全新！史上最強韓語單字

從初學入門到專業譯者都需要的

一〇〇〇〇個超詳細單字書

前　言

　　本書是2012年出版的《史上最強韓語單字》增修改訂版。當你手持本書稍作閱覽時，不難發現本書已大幅度收錄更多新的單字，就像一本煥然一新的單字大全呈現在你的面前。書中為了方便讀者學習，除了初級的「必學單字」以外，更新增許多赴韓生活明明就很需要，但一般的辭典卻都不會刊載的「活用韓語」，盡其所能將這些單字收錄在各個單元裡。

　　書中單字擺放的設計皆依其所屬領域加以分類完成，每個單字的相關用語都明列在單字旁。你只要查一個字，便能立即學到與該單字相關的搭配詞。除此之外，本書首度創新，以本來就是表音文字的「韓式拼音」取代了以往各項韓語學習類書籍中揭載的「羅馬拼音」。這種韓式拼音法，能幫助讀者在學習發音時，確確實實學到各韓語單字最正確的「發音」，讓學習更有效率。

　　這邊再向你介紹本書的一大特點。書中收錄的單字皆附有對台灣讀者相當有益的「備註」。許多初學時會學到的簡單字彙，有時候也蘊含著讓你意想不到的特殊意義，這些備註中都會有補充說明。另外，你會發現，一般韓語辭典中刊載的單字，在實際與韓國人交談時，其語義也許會與辭典上記載的有些許出入。因此，本書不時收錄著一般辭典不會特別提到的「韓語相關小知識」。空閒時，也可以輕鬆閱讀這些小篇章，讓它變成你的活用寶典。

　　在這回增修改訂版的重新編輯裡，我要特別感謝台灣廣廈有聲圖書有限公司的邱麗儒小姐，感謝她傾力協助本書中大量韓語單字及其中譯的校正工作。

　　不論是國際婚姻、商務往來、留學等長期或短期的接觸因由，台灣與韓國之間相互往來、交流的人口與日俱增。相信本書不僅能讓讀者與在台生活的韓國人在交流上大有斬獲，對於在韓國生活的台灣人也相當適用。請務必善用本書，一起朝向「韓語達人」的道路邁進吧！

2018 年 孟夏

筆者　今井久美雄　於日本川崎縣

3

使用説明｜이 책의 구성

主要單字

音標

主要單字中文解釋

單元名稱

語源/漢字

補充單字

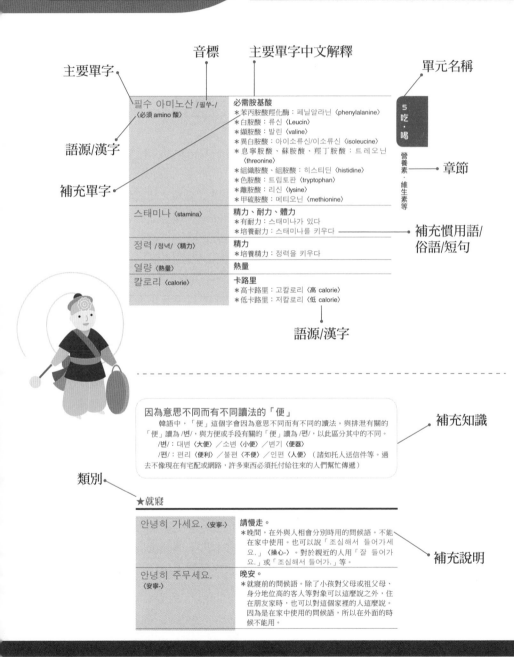

필수 아미노산 /필쑤-/ 〈必須 amino 酸〉	必需胺基酸 ＊苯丙胺酸羥化酶：페닐알라닌 〈phenylalanine〉 ＊白胺酸：류신 〈Leucin〉 ＊纈胺酸：발린 〈valine〉 ＊異白胺酸：아이소류신/이소류신 〈isoleucine〉 ＊息寧胺酸、蘇胺酸、羥丁胺酸：트레오닌 〈threonine〉 ＊組織胺酸、組胺酸：히스티딘 〈histidine〉 ＊色胺酸：트립토판 〈tryptophan〉 ＊離胺酸：리신 〈lysine〉 ＊甲硫胺酸：메티오닌 〈methionine〉
스태미나 〈stamina〉	精力、耐力、體力 ＊有耐力：스태미나가 있다 ＊培養耐力：스태미나를 키우다
정력 /정녁/ 〈精力〉	精力 ＊培養精力：정력을 키우다
열량 〈熱量〉	熱量
칼로리 〈calorie〉	卡路里 ＊高卡路里：고칼로리 〈高 calorie〉 ＊低卡路里：저칼로리 〈低 calorie〉

單元名稱

5
吃・喝

營養素・維生素等

章節

補充慣用語/俗語/短句

語源/漢字

補充知識

因為意思不同而有不同讀法的「便」
　韓語中，「便」這個字會因為意思不同而有不同的讀法。與排泄有關的「便」讀為 /변/，與方便或手段有關的「便」讀為 /편/，以此區分其中的不同。
　/변/：대변 〈大便〉／소변 〈小便〉／변기 〈便器〉
　/편/：편리 〈便利〉／불편 〈不便〉／인편 〈人便〉（諸如托人送信件等。過去不像現在有宅配或網路，許多東西必須托付給往來的人們幫忙傳遞）

類別

★就寢

안녕히 가세요. 〈安寧-〉	請慢走。 ＊晚間，在外與人相會分別時用的問候語。不能在家中使用。也可以說「조심해서 들어가세요.」〈操心-〉。對於親近的人用「잘 들어가요.」或「조심해서 들어가.」等。
안녕히 주무세요. 〈安寧-〉	晚安。 ＊就寢前的問候語。除了小孩對父母或祖父母、身分地位高的客人等對象可以這麼說之外，住在朋友家時，也可以對這個家裡的人這麼說。因為是在家中使用的問候語，所以在外面的時候不能用。

補充說明

小尖括弧＜＞裡面的
內容為語源或漢字

單字中文解釋後方若有圓
形括弧，裡面的字為該單
字的英文學名或名稱

韓文單字、例句
都會進行套色處理

韓式音標
標記方式為/音標/

수면제 〈睡眠劑〉	安眠藥
해독제 〈解毒劑〉	解毒劑(antidotes)
위장약 / 위장냑 / 〈胃腸藥〉	胃腸藥 ＊有商品名겔포스엠、까스활명수（液體消化劑）等。
구충제 〈驅蟲劑〉	驅蟲劑、驅蠕蟲劑(anthelmintics)
변비약 〈便秘藥〉	便秘藥
지사제 〈止瀉劑〉	止瀉劑(antidiarrheals) ＊會話中也會稱為설사약〈泄瀉藥〉，但這麼說也可能會被誤以為是「引起腹瀉的藥」，要特別注意。
항생제 〈抗生劑〉	抗生素(antibiotics) ＊年紀較長的人會說마이신，這是來自過去治療結核病常用的抗生素鏈黴素的名字。
항암제 〈抗癌劑〉	抗癌藥(anticancer drug)
항히스타민제 〈抗 histamine 劑〉	抗組織胺(antihistamines)
스테로이드제 〈steroid 劑〉	類固醇
이뇨제 〈利尿劑〉	利尿劑(diuretics)
강압제 /-쩨/ 〈降壓劑〉	抗高血壓藥(antihypertensive drug) ＊一般稱為고혈압약 /고혀람낙/ 〈高血壓藥〉。
승압제 /-쩨/ 〈昇壓劑〉	升壓藥(vasopressor) ＊一般稱為저혈압약 /저혀람낙/ 〈低血壓藥〉。
강심제 〈強心劑〉	強心劑(cardiotonics)
보약 〈補藥〉	補藥

꼭지 /꼭찌/	蒂 ＊柿子蒂：감꼭지 ＊番茄蒂：토마토의 꼭지
꼭지를 따다 /꼭찌-/	剔除菜蒂 ＊剔除茄子的菜蒂：가지 꼭지를 따다
씨	種子 ＊例如배추씨（白菜種子）、사과씨（蘋果籽）、수박씨（西瓜籽）、귤씨（橘子籽），在表示植物的種子時，原則上不分開書寫。

補充說明裡提到的韓
文單字，若後方有圓
形括弧，裡面的中文
是該韓文單字的中文
解釋，並非漢字

目　錄

5. 吃・喝

6. 交通

7. 旅行‧休閒娛樂

8. 打扮

9. 住家

10. 購物

11. 樂在運動

12. 教・學

1. 讀書

2. 學校生活

3. 文具・辦公事務用品

13. 親近動植物

1. 動物

2. 飼養寵物

3. 鳥類

4. 海中生物

5. 昆蟲類

6. 植物

14. 工作

15. 取得資訊

16. 休閒娛樂

17. 與自然共生

18. 人的身體

19. 生病的時候

15

20. 親近藝術

21. 社會的組成

22. 了解世界

補充資料

1.

晨起到就寢

【1】晨起到就寢

1. 早起梳洗
★起床

아침	早上 ＊早起的鳥兒有蟲吃：일찍 일어나는 새가 벌레를 잡는다.
일어나다	起身、起床
일찍 일어나다	早起
깨우다	喚醒
잠이 깨다 잠에서 깨다	醒來、睡醒
눈을 뜨다	睜眼
잠꾸러기	瞌睡蟲
늦잠을 자다 /늗짬-/	睡過頭
낮잠 자다 /낟짬-/	睡午覺
못 일어나다 /모디러나다/	起不了床 ＊也有人會念成 /몬니러나다/。
지각하다 /지가카다)/ 〈遲刻-〉	遲到
늦다 /늗따/	晚 ＊晚到學校：학교에 늦다 ★晚到了，真抱歉：늦어서 미안합니다.
알람 시계 〈alarm 時計〉	鬧鐘 ＊簡稱알람或자명종〈自鳴鐘〉。 ＊鬧鐘響了：알람이 울리다 ＊關閉鬧鐘：알람을 끄다
커튼을 열다 〈curtain-〉	掀開窗簾

잠을 잘못 자다 /-잘몯짜다/	沒睡好覺
다시 자다	繼續睡覺、睡回籠覺
잠이 덜 깨다	還沒睡醒 ＊發呆：멍하게 있다 /-읻따/
기지개를 켜다	伸懶腰

아침형 인간 〈-型人間〉	晨型人 ＊早起有困難：아침에 일어나기 힘들다
올빼미형 인간 〈-型人間〉	夜貓子 ＊올빼미：貓頭鷹。

갈아입다 /가라입따/	更衣 ＊更換服裝：옷을 갈아입다
개다	折疊 ＊折衣服：옷을 개다 ＊折棉被：이불을 개다

얼굴이 붓다 /붇따/	臉部浮腫
피부가 푸석푸석하다 /-푸석푸서카다/ 〈皮膚-〉	皮膚乾燥 ＊皮膚失去水分、乾燥的狀態。

★刷牙、洗臉

이를 닦다 /-닥따/	刷牙 ＊指刷牙漱口一連串的動作，或稱 양치질을 하다 〈養齒質-〉〔-질接在名詞後面，是表示重複動作或行動的接尾詞〕。
치약을 짜다 〈齒藥-〉	擠牙膏
입을 헹구다	漱口
가글하다 〈gargle-〉	漱口

수염을 깎다 /-깍따/ 〈鬚髥-〉 면도하다 〈面刀-〉	刮鬍子、剃鬍 ＊用수염을 밀다有「剃下」的感覺。 ＊鬍子濃密：수염이 많다 /-만타/〔稀疏 적다 /-적따/〕

23

셰이빙 크림 〈shaving cream〉 면도용 크림 〈面刀用 cream〉	剃毛霜、刮鬍膏 ＊塗抹剃毛霜：셰이빙 크림을 바르다
면도기 〈面刀器〉	刮鬍刀機 ＊電動刮鬍刀：전기면도기 〈電氣面刀器〉
면도칼 〈面刀-〉	刮鬍刀片
샤워를 하다 〈shower-〉	沖澡 ＊在韓國，許多人在早上出門前淋浴。 ＊如同「씻고 와요.」，씻다也可以用在「淋浴」，當作洗澡的意思。
몸을 씻다 /-싣따/ 몸을 닦다 /-닥따/	洗身體、擦身體
머리를 감다 /-감따/	洗頭髮 ＊감다是「洗頭」的動詞，所以洗手或臉時要用씻다。
세수하다 〈洗手-〉	洗臉 ＊早上起床「洗臉」時不會使用얼굴을 씻다 /-싣따/ 這樣的表現〔얼굴을 씻다是用在臉上沾了什麼東西，為了把它弄乾淨而清洗的時候〕。
얼굴을 닦다 /-닥따/	擦臉

各種「洗」的應用說明

洗	감다	씻다	닦다	빨다
頭 (머리)	●			
臉 (얼굴)		●		
身體 (몸)		●	●	
脖子 (목)		●	●	
手 (손)		●	●	
盤子 (접시)		●	●	
衣服 (옷)				●

씻다 與 닦다 的不同

- 씻다：以水等洗掉或擦淨髒污的地方。
  * 洗手後用餐：손을 씻고 밥을 먹다
  * 洗澡：몸을 씻다

- 닦다：以工具擦拭髒污的地方。
  * 用手帕擦乾額頭上的汗水：이마의 땀을 손수건으로 닦다
  * 擦掉臉上沾到的灰灰塵：얼굴에 묻은 먼지를 닦다
  * 刷牙：이를 닦다
  * 用抹布擦房間的地板：방바닥을 걸레로 닦다

머리를 말리다	將頭髮弄乾
헤어드라이어 〈hair dryer〉	吹風機 * 吹頭髮：드라이하다 〈dry-〉
머리가 부스스하다	頭髮蓬鬆 * 在會話中經常使用머리가 부시시하다。
헝클어진 머리를 매만지다	梳理凌亂的頭髮
머리를 빗다 /-빋따/	梳頭髮
헤어브러시 〈hair brush〉	梳子 * 泛指扁梳以外的各類梳子。
빗 /빋/	扁梳

2. 外出
★出門

나가다	出去 * 外出：외출하다 〈外出-〉。 * 出去工作：일하러 나가다 * 比平時早 (晚) 出門：평소보다 일찍 〔늦게〕 　나가다
나갔다 오다	出去又回來

25

다녀오다	去…回來
갔다 오다	去了回來 ＊是갔다가 오다的意思。可表示話者去附近超商或銀行辦事，馬上回來；也可以指人在國外，告訴別人「我先回一下台灣再過來（目前所在的國家）」。
다녀오겠습니다.	去了會再回來、我要出去了 ＊僅限話者與聽者住在同一間房子裡，但話者要去找有一定距離的朋友時可對聽者這麼說；或是小孩子要外出時也會跟父母親這麼講。一般丈夫對妻子說「다녀올게」，妻子對丈夫說「다녀올게요」。
다녀오세요.	請慢走
다니다	往返(某一單位) ＊去公司：회사에 다니다 ＊去學校：학교에 다니다 ＊去醫院：병원에 다니다
출근하다 〈出勤-〉	出勤、上班
외출 준비 〈外出準備〉	外出準備
물을 잠그다	關閉水龍頭 ＊或說수도꼭지를 잠그다 /수도꼭찌-/ 〈水道-〉。
가스를 잠그다 〈gas-〉	關閉瓦斯
불을 끄다	關燈
창문을 닫다 /-닫따/ 〈窓門-〉	關窗戶
커튼을 치다 〈curtain-〉	拉上窗簾
문단속을 하다 〈門團束-〉	檢查門是否上鎖關好
문을 잠그다	鎖門
집을 비우다	清空房子
집을 보다	看家

★ 早晨問候

인사하다 〈人事-〉	問候 ＊早安問候：아침 인사 〈-人事〉
안녕하세요? 〈安寧-〉	您好。 ＊這種說法不分男女，是可以用在鄰居、職場、學校等一般場合的問候語。不只是早晨，白天和晚上也可以使用，但不會用於家人之間的問候。
안녕히 주무셨어요? 〈安寧-〉	您睡得好嗎？ ＊在家中對祖父、祖母等長輩說的問候語。對於留宿家中的客人也這麼說。但不用在一般家人之間的問候。也不用在職場、學校等。家人之間使用잘 잤어？（睡得好嗎？）、일어났어？（起床了？）等輕鬆的問候〔但不可對長輩使用〕。
일찍 나오셨네요.	您來得真早。 ＊是職場上對同事或比較親近的上司使用的問候語。路上遇到鄰居時不能這麼用。尊敬的用法是「오셨습니까？」（您已經到了嗎？）。
일찍 나왔네.	你來得真早。 ＊直譯是「來得真早呢」。是用在學生、職場或親近的人之間的問候。社會人士之間不使用。關係親近的人一般用「왔어？」、「왔니？」來問候。
좋은 아침!	早安！ ＊最近年輕人之間輕鬆的早晨問候。是英語 Good morning 的直譯。

★ 日間的問候

안녕하세요. 〈安寧-〉	您好。 ＊對於沒那麼親近但認識的人，在路上遇到時的問候。 ＊也可以用在對不認識的人隨意地說「您好」時。 ＊以「네, 안녕하세요.」回應。

식사하셨어요？/식싸-/ 〈食事-〉	您用餐了嗎？ ＊直譯是「吃了嗎？」，但當然不是真的在問是否已經吃過飯。是較為親近的人之間的問候方式。
어디 가세요？	您去哪裡呢？ ＊在路上遇到認識的人時用的簡單問候。並不是真的要問去哪裡。 ＊遇到長輩則問「어디 다녀오십니까？」等。 ＊以「잠깐 볼일이 있어서요.（是啊，去辦點事情）」的程度來回應即可。
어디 가？	你去哪？ ＊어디 가니？是親切地問對方去哪裡。是女性常用的說法，男性也可使用。

3. 閒暇時光
★回家

돌아오다 들어오다	回來、進來 ＊上班或上學等，早上出門晚上回家這樣短時間之內的離家使用들어오다；出差或留學、旅行等長期離開的時候使用돌아오다。 ＊也可說오다。
돌아가다 들어가다	回去、進去 ＊也可說가다。
다녀왔어요.	我回來了。 ＊小孩對自己父母使用的說法。寄宿在韓國人家裡的學生，也可以對房東這麼說。
나 왔어.	我來了。 ＊丈夫回家時，對妻子說「我回來了」的招呼語。
다녀오셨어요？	您回來了？ ＊也可說오셨어요？ ＊是尊敬的用法，對祖父、祖母，或妻子對丈夫使用。
잘 다녀왔니？	你回來了？ ＊父母對回家的小孩這麼說。

| 이제 오니？ | 你現在才回來？
＊父母對小孩說。意思是「你回來啦？」。去了
　某處回來的時候說「잘 갔다 왔니？」 |
| 편히 쉬다 〈便-〉 | 好好休息 |

★洗澡、淋浴

땀을 씻다 /-씯따/	擦汗
물을 끼얹다 /-끼언따/	潑冷水
전신욕을 하다 /전신뇩-/ 〈全身浴-〉	做全身浴
반신욕을 하다 /반신뇩-/ 〈半身浴-〉	做半身浴

물을 데우다	把水加熱
목욕물 /모굥물/ 〈沐浴-〉	洗澡水
물 온도 〈-溫度〉	水溫
뜨겁다 /뜨겁따/	燙
미지근하다	不冷不熱、適溫
식히다 /시키다/	冷卻
물을 받다 /-받따/	接水
물을 틀다	把水打開
물이 넘치다	水溢出來

목욕하다 〈沐浴-〉 /모교카다/	洗澡 ＊把身體浸泡在浴缸中：욕조에 몸을 담그다 〈浴 　槽-〉 ＊叫孩子洗澡：아이를 목욕시키다 /-씨키다/
물을 끼얹다 /-끼언따/	潑熱水
몸을 씻다 /-싣따/	洗身體
때를 밀다	搓癬

등을 밀다	搓背

비누	肥皂
비누질하다	抹肥皂 ＊在臉上抹肥皂：얼굴에 비누질하다 ＊搓出肥皂泡沫：비누 거품을 내다
보디 샴푸 〈body shampoo〉	沐浴乳
머리를 감다 /-감따/	洗頭髮
샴푸하다 〈shampoo-〉	洗頭
린스하다 〈rinse-〉	潤絲

수건 〈手巾〉	毛巾
타월 〈towel〉	毛巾
배스 타월 〈bath towel〉	浴巾 ＊也稱為목욕 수건（沐浴用毛巾）。

욕조에서 나오다 /욕쪼-/ 〈浴槽-〉	從浴缸出來
현기증이 나다 /현기쯩-/ 〈眩氣症-〉	出現暈眩

★廁所

화장실 〈化粧室〉	化妝室 ＊一般不使用변소〈便所〉這個字，是변소的優雅 　的說法。
비데 〈bidet〉	免治馬桶
공중화장실 〈公眾化粧室〉	公共廁所 ＊男士洗手間：남자 화장실〈男子化粧室〉 ＊女士洗手間：여자 화장실〈女子化粧室〉 ＊多用途洗手間：다목적 화장실 /다목쩍-/〈多目 　的-〉
파우더룸 〈powder room〉	(女用)化妝室、化妝間

오스토메이트 〈ostomate〉	人工肛門廁所 ＊也稱為인공항문 환자용 세척대 /-세척때/〈人工肛門患者用洗滌臺〉、장루 설치 환자용 세척대 〈腸瘻設置-〉。 ＊오스토메이트（Ostomate）原指裝有人工肛門或人工膀胱的人，這些患者因為治療上的需要會做一個腸造口以利糞便排出，俗稱人工肛門；若是因泌尿系統疾病做的腸造口可稱為迴腸造口，俗稱人工膀胱。不過這裡的오스토메이트指的是人工肛門廁所（Ostomate Toilet）。
기저귀 교환대 〈-交換臺〉	尿布台
안에 있어요.	在裡面。 ＊也可以說아직이요.。 ＊一般內外只會敲門對應，並不交談。
빨리 나와요.	快出來
참다 /참따/	忍耐 ★再也忍不住了：더 이상 못 참겠어요.
대변 〈大便〉	大便 ＊簡稱변〈便〉。 ＊糞便：똥
소변 〈小便〉	小便 ＊小便：오줌
방귀	放屁 ＊放屁：방귀를 뀌다 ＊放屁：방귀가 나오다 ＊방구是以首爾為中心的地方方言，但一般也都會使用。 ＊放屁的聲音，聲音小是뿅，聲音大是뿡。
볼일을 보다	上廁所 ＊上大號〔小號〕：대변〔소변〕을 보다
배설하다 〈排泄-〉	排泄 ＊一般會話之中不使用。
휴지 〈休紙〉	衛生紙 ★請勿放入衛生紙以外的東西：휴지 이외는 넣지 마세요. ＊捲筒衛生紙：두루마리 화장지 〈-化粧紙〉

생리대 /생니대/ 〈生理帶〉	衛生棉
물을 내리다	沖馬桶 ★請務必沖馬桶：반드시 물을 내려 주세요. ★廁所無法沖水：화장실 물이 안 내려가요.
변기가 막히다 /-마키다/	馬桶不通 ★馬桶不通了：변기가 막혔어요.

因為意思不同而有不同讀法的「便」

　　韓語中，「便」這個字會因為意思不同而有不同的讀法。與排泄有關的「便」讀為 /변/，與方便或手段有關的「便」讀為 /편/，以此區分其中的不同。

　　/변/：대변〈大便〉／소변〈小便〉／변기〈便器〉

　　/편/：편리〈便利〉／불편〈不便〉／인편〈人便〉（諸如托人送信件等。過去不像現在有宅配或網路，許多東西必須托付給往來的人們幫忙傳遞）

★就寢

안녕히 가세요. 〈安寧-〉	請慢走。 *晚間，在外與人相會分別時用的問候語。不能在家中使用。也可以說「조심해서 들어가세요.」〈操心-〉。對於親近的人用「잘 들어가요.」或「조심해서 들어가.」等。
안녕히 주무세요. 〈安寧-〉	晚安。 *就寢前的問候語。除了小孩對父母或祖父母、身分地位高的客人等對象可以這麼說之外，住在朋友家時，也可以對這個家裡的人這麼說。因為是在家中使用的問候語，所以在外面的時候不能用。
푹 쉬세요.	請好好休息。 *除了用在晚上，也可用在一天工作結束以後，或是忙碌了很多天後，替對方著想道別時使用。
잘 자.	晚安。 *因為是家中的問候語，在外面不能使用。

잠옷 /자몯/	睡衣 ＊也稱為파자마〈pajamas〉。 ＊換睡衣：잠옷으로 갈아입다/가라입따/
잠자리 /잠짜리/	床鋪 ＊鑽進被窩：이불 속으로 들어가다 ＊上床：침대에 올라가다 ＊躺在床上：침대에 눕다
이불 덮는 이불 /덤는-/	棉被、蓋的被子 ＊蓋棉被：이불을 덮다/-덥따/
요〈褥〉	墊被 ＊也稱為까는 이불。
요를 깔다〈褥〉	鋪上墊被 ＊或是說이부자리를 펴다、이부자리를 깔다。
매트리스〈mattress〉	床墊
오리털 이불	羽絨被
담요 /담뇨/〈毯褥〉	毯子

침대〈寢臺〉	床 ＊雙人床：더블베드〈double bed〉 ＊半雙人床：세미더블베드〈semi-double bed〉，是日本獨有的床鋪尺寸。 ＊單人床：싱글베드〈single bed〉 ＊上下鋪床：이층 침대〈二層-〉

베개	枕頭 ＊죽부인 /죽뿌인/〈竹夫人〉：竹編枕頭，竹子編成的抱枕。可以在炎熱的夏夜抱著睡覺。 ＊목침〈木枕〉：木枕頭，以堅硬木料做成的枕頭〔不少老人愛用〕。 ＊좁쌀 베개：米枕頭。嬰兒用的，裡面填充좁쌀（小米）的枕頭。有冷卻頭部熱度的效果。 ＊메밀 베개：蕎麥枕頭，蕎麥殼的枕頭。 ＊얼음 베개：冰枕。 ＊「低反發枕（저반발 베개）」又稱為人體工學枕 인체공학 베개〈人體工學-〉或記憶枕 메모리 폼 베개〈memory form-〉，或者以商品名稱乳膠枕라텍스 베개稱之。 ＊受到女性喜愛的「抱枕」是바디필로우。

베개를 베다	枕著、靠著 ＊枕著膝蓋上睡覺（實際上是靠在別人的大腿上睡覺之意）：무릎을 베고 잠자다
베갯잇 /베갠닏/	枕頭套
시트 〈sheet〉	床單 ＊鋪床單：시트를 깔다 ＊床單是平單、床包、床罩的統稱。平單指的是沒有鬆緊帶的一整塊布，鋪在彈簧墊上，大部分是飯店或旅館才會使用；床包指的是有鬆緊帶，可直接把彈簧床包起來的一整塊布，適合直接把彈簧墊鋪在地上的人使用；床罩指的是有鬆緊帶，可以直接罩在彈簧床上，有裙襬及流蘇等，適合有床架的床鋪使用。
침대 커버 〈寢臺 cover〉	床罩
알람 〈alarm〉	鬧鐘 ＊設鬧鐘：알람을 맞추다
자다	睡覺 ＊睡覺：잠자다；入睡：잠들다
눕다 /눕따/	躺下 ＊躺好：똑바로 눕다；躺平：반듯이 눕다 ＊放好：똑바로 눕히다 /-누피다/ ＊趴著睡覺：엎드려 자다
잠	睡眠 ＊沒有睡得很熟：잠을 깊이 못 자다 ＊沒有睡好覺：잠을 설치다 ＊睡不著：잠이 안 오다 ＊在似夢似醒中醒了：어중간한 시간에 눈이 떠지다
눈을 붙이다 /-부치다/	闔眼
눈이 감기다	眼皮閉上 ＊〔如熬夜念書的考生〕並不打算睡著，但因為疲勞而自然閉上眼睛的模樣。
수면 부족 〈睡眠不足〉	睡眠不足

불면증 /불면쯩/ 〈不眠症〉	失眠症 ＊有失眠症：불면증이 생기다
수면제 〈睡眠劑〉	安眠藥 ＊吃安眠藥：수면제를 먹다
안대 〈眼帶〉	眼罩 ＊戴上眼罩：안대를 하다
푹 자다	睡好覺、熟睡 ＊酣睡：단잠 자다；熟睡：깊게 잠들다 /깁께-/
잠버릇 /잠뻐를/	睡覺習慣 ＊有睡癖/睡覺習慣不好/睡覺習慣很糟/沒有睡癖： 　잠버릇이 있다/나쁘다/고약하다/없다（不會 　用잠버릇이 좋다）。 ＊睡覺踢被子：이불을 차고 자다 ＊捲曲睡：새우잠 자다（새우잠是指在汽車後 　座、或是公司辦公室沙發等狹小的地方以綁手 　綁腳的姿勢睡著，也可以衍伸用作「許多人擠 　在一起睡」的意思）。 ＊側睡：옆으로 자다 ＊仰睡：똑바로 자다 /똑빠로-/
몸을 뒤척거리다 /-뒤척꺼리다/	來回翻身、輾轉反側
잠꼬대하다	說夢話、夢囈 ＊喃喃自語地說夢話：중얼중얼 잠꼬대하다
숨소리를 내다	發出呼吸聲
새근새근 잠자다	酣睡
코를 골다	打鼾、打呼 ＊鼾聲如雷：드르렁드르렁 코를 골다 ＊打鼾的聲音很大：코 고는 소리가 심하다
침을 흘리다	流口水
이를 갈다	磨牙 ＊嘎吱嘎吱地磨牙：빠드득 이를 갈다
식은땀을 흘리다	出冷汗

밤을 새우다	熬夜 ＊熬夜念書：밤새워 공부하다 ＊臨陣磨槍：벼락치기하다 ＊整夜沒睡：밤늦게까지 안 자다 ＊精神抖擻：정신이 말똥말똥해지다
졸리다 〔形容詞〕	睏 ＊睏死了：졸려 죽겠다 ＊睡眼惺忪地看：졸린 눈으로 보다
졸다	打瞌睡 ＊꾸벅꾸벅 졸다：打瞌睡打得頭點啊點的。
졸음이 밀려오다	睡意很重、睡意襲來
눈이 풀리다	失神、恍惚、六神無主
하품을 하다	打哈欠
선잠이 들다	打盹、睡午覺、淺眠 ＊從淺眠中醒來：선잠에서 깨다

꿈	夢 ＊好夢：길몽〈吉夢〉。在韓國認為돼지꿈（豬夢）是好兆頭。 ＊惡夢：흉몽〈凶夢〉。귀신에게 쫓기는 꿈（被鬼怪追的夢）等。
꿈을 꾸다	作夢 ＊내 꿈 꿔、예쁜 꿈 꿔：要夢到我喔、祝你有個美夢。這是男女朋友晚上睡覺前在電話裡的問候。
해몽 〈解夢〉	解夢 ＊꿈보다 해몽이 좋다：譬喻同一件事，用不同的角度去看、去想，意思就完全不同〔直譯為「解夢比夢更重要」，也就是說即使夢到狗，如果自己覺得會發生好事，那就是好事〕。
악몽 /앙몽/〈惡夢〉	惡夢
시달리다	折磨 ＊受惡夢的折磨：악몽에 시달리다
가위에 눌리다	鬼壓床

2.

日常生活

【2】日常生活

1. 生活
★日常生活

생활하다 〈生活-〉	生活
살다	活 ＊優雅地生活：우아하게 살다 ＊貧困地生活：궁핍하게 살다
살림	生活、家務 ＊生活秘訣：살림 비법
생계 〈生計〉	生計 ＊謀生：생계를 꾸리다 ＊為了謀生而工作：생계를 꾸려 나가다 ＊精打細算：알뜰하다〔精打細算的家庭主婦稱 　為 알뜰 주부〕
살림살이	家計 ＊家計艱難：살림살이가 어렵다 ＊補貼家計：가계를 돕다
가계부 〈家計簿〉	家計帳本 ＊記家計帳：가계부를 쓰다
절약하다 /저랴카다/ 〈節約-〉	節約、節儉
낭비하다 〈浪費-〉	浪費
돈을 모으다	累積金錢、聚財、存錢
돈이 모이다	金錢累積、集資
돈을 벌다	賺錢
맞벌이하다 /맏뻐리-/	夫妻各自有工作 ＊雙薪夫妻：맞벌이 부부
돈이 궁하다 〈-窮-〉	缺錢、手頭緊

★ 家事

가사 〈家事〉	**家務** ＊也稱為집안일。 ＊從事家務：가사에 종사하다；做家事：집안일 　을 하다 ＊被家事纏身：가사에 쫓기다 ＊協助家務：가사를 돕다
돌보다	**照顧** ＊照料生活：살림을 돌보다 ＊照顧孩子：아기를 돌보다 ＊調理伙食：식사를 돌보다
심부름	**差事** ＊跑腿：심부름을 가다 ＊派人去跑腿：심부름을 보내다 ＊讓人去跑腿：심부름을 시키다
잡무 /잠무/ 〈雜務〉	**瑣事、雜務** ＊也稱為잔심부름、자질구레한 일。 ＊瑣事纏身：잡무에 시달리다
허드렛일 /허드렌닐/	**打雜的瑣事**
주부 〈主婦〉	**主婦**
전업주부 /전업쭈부/ 〈專業主婦〉	**專職主婦** ＊最近，代替女性主要負責做家事的丈夫，稱為 　전업주부〈專業主夫〉、남성주부〈男性主夫〉。
가정부 〈家政婦〉	**家庭管家** ＊雇用家庭管家：가정부를 두다 ＊最近已不大使用식모〈食母〉、파출부〈派出 　婦〉等舊稱。
가사도우미 〈家事-〉	**家務助手**
베이비시터 〈babysitter〉	**褓母**
사용인 〈使用人〉	**受雇人**

2. 洗滌
★ 洗衣服

빨래하다	**洗衣服**

물로 빨다	水洗衣服、水洗 ＊也稱為물빨래하다。
손으로 빨다	手洗衣服、手洗 ＊也稱為손빨래하다。
삶아 빨다	煮洗衣服 ＊在韓國有把白色洗滌物放進鍋裡煮一遍的習慣。 ＊先煮一鍋水，等水滾了之後放入衣物，再加一小匙洗衣粉，約煮 10 分鐘左右後熄火。接著將衣物取出，用清水洗淨即可。這種洗衣服的方式可讓泛黃的白色衣物變回白色。
빨다	洗滌衣物 ＊以手搓洗衣物：손으로 주물러 빨다；揉洗衣服：비벼 빨다 ＊冷水洗滌衣物：찬물로 빨다 ＊俐落地洗滌：쓱쓱 빨다
빨래	洗滌衣物、要洗的衣物 ＊也稱為빨랫감。
빨래가 쌓이다	堆積洗滌衣物、累積要洗的衣物
물이 튀다	水濺出來
걷어 올리다	撩起 ＊捲起袖子：소매를 걷어 올리다
세탁소 /세탁쏘/ 〈洗濯所〉	洗衣店 ＊託付給洗衣店：세탁소에 맡기다；委託乾洗：드라이를 맡기다
셀프 빨래방 /- 빨래빵/ 〈self-房〉	自助洗衣店 ＊也稱為코인 런드리〈coin laundry〉。 ＊最近有稱為운동화 빨래방的店，是清洗運動鞋的專門店。
세탁기 /세탁끼/ 〈洗濯機〉	洗衣機 ＊運轉洗衣機：세탁기를 돌리다 ＊用洗衣機洗：세탁기에 빨다
대야	臉盆 ＊裝滿水盆：물을 한가득 채우다
세숫대야 /세숟때야/ 〈洗手-〉	洗臉盆

빨래판 〈-板〉	洗衣板 ＊放到洗衣板上用力搓洗：빨래판에 올려놓고 　박박 비비다
세제 〈洗劑〉	洗滌劑 ＊作為洗劑的代名詞，비트或스파크（商品名） 　也通用。 ＊放入洗滌劑：세제를 넣다
빨랫비누 / 빨랟삐누 /	洗衣皂
액체 세제 〈液體洗劑〉	液體洗滌劑
가루비누	洗衣粉
합성 세제 / 합썽-/ 〈合成洗劑〉	合成洗滌劑
섬유 유연제 〈纖維柔軟劑〉	纖維柔軟劑 ＊作為柔軟劑的代名詞，經常使用피죤（商品 　名）。
세제에 담가 놓다	放置洗滌劑
물에 담그다	泡水、浸泡在水裡 ＊泡過夜水：밤새 물에 담그다 ＊때를 불리다：（浸泡在水中）讓污垢浮起來。
헹구다	漂洗、清洗 ＊洗衣機上的標示「沖水」為헹굼。 ＊將洗滌衣物漂洗兩三遍：빨래를 두세 번 헹구 　다
짜다	擰、擠 ＊擰乾洗滌衣物：빨래를 짜다 ＊用力擰乾：꽉 짜다、꼭 짜다
탈수하다 / 탈쑤-/ 〈脫水-〉	脫水

★晾曬、收起洗滌物

건조기 〈乾燥機〉	烘乾機 ＊運轉烘乾機：건조기를 돌리다 ＊放入烘乾機：건조기에 넣다

말리다	使乾燥 *晾衣服：빨래를 말리다 *曬衣服：햇볕에 말리다 *陰乾：그늘에 말리다 *洗滌衣物乾了：빨래가 마르다
널다	晾乾 *將洗滌物等攤開來曬太陽或吹風。 *在房間晾乾：방 안에 널다 *在陽台晾乾：베란다에 널다
빨랫줄 /빨랟쭐/	晾衣繩 *把洗滌衣物放在晾衣繩上晾乾：빨래를〔빨랫 　줄에〕널다
빨래 건조대 〈-乾燥臺〉	晾衣架
빨래집게 /빨래집께/	晾衣夾 *用晾衣夾夾著：빨래집게로 집다

털다	拍打 *拍打棉被：이불을 털다
걷다 /걷따/	收拾 *收衣服：빨래를 걷다 *把洗滌衣物放進洗衣籃：빨래를 바구니에 넣다
개다	折 *折衣服：빨래를 개다
걸다	懸掛 *掛在衣架上：옷걸이에 걸다

풀	漿 *（將衣服）上漿：풀을 먹이다 *「上漿」是一項傳統技術，將洗滌好的衣物浸 　泡在用澱粉加水製成的黏性液體中。上漿後曬 　乾的衣物較為挺直。
스프레이 풀 〈spray-〉	燙衣噴霧、燙衣噴漿 *噴燙衣噴霧：스프레이 풀을 뿌리다
빳빳하다 /빧빠타다/	硬挺 *洗滌衣物變硬挺：빨래가 빳빳해지다 *硬挺的襯衫：빳빳한 와이셔츠

42 다리미	熨斗

스팀다리미 〈steam-〉	蒸氣熨斗 ＊也稱증기다리미〈蒸氣-〉。
다리미판 〈-板〉	燙衣板
다림질하다	熨衣服
주름	皺紋 ＊長皺紋：주름지다〔變皺。變得皺巴巴的是구겨지다〕 ＊褲子起皺（皺褶）：바지에 주름/구김살이 가다 ＊撫平皺褶：주름을 펴다 ＊抓出皺褶：주름을 잡다
분무기 〈噴霧器〉	噴霧器

★衣服的部分請參照 318 頁

★縫補

줄어들다	減少、縮小 ＊毛衣縮水：스웨터가 줄어들다
늘어나다	增加、拉長 ＊內褲鬆緊帶變長：팬티 고무줄이 늘어나다
옷 모양이 망가지다	衣服變形
구멍 나다	破洞 ＊襪子破洞：양말에 구멍 나다、양말이 구멍이 생기다
꿰매다	縫補
땀	針
깁다 /깁따/	縫，補 ＊縫補破衣：해진 옷을 깁다 ＊縫襪子：양말을 깁다

니트 〈knit〉	針織衣
자수 〈刺繡〉	刺繡
수놓다 /수노타/ 〈繡-〉	繡
뜨다	編、織 ＊編織：뜨개질

바늘	針 ＊바늘에 실 꿰다 : 給針穿線 ＊바늘 가는 데 실 간다 : 針過線也過，表示關係 　密切〔俗語〕
실	線
골무	指套 ＊戴指套 : 골무를 끼다
털실	毛線 ＊毛線襪 : 털실 양말
보푸라기	毛球 ＊起毛球 : 보푸라기가 생기다 ＊附著毛球 : 보푸라기가 묻다 ＊去除毛球 : 보푸라기를 제거하다

3. 打掃
★打掃

지저분하다	髒亂、邋遢、亂七八糟 ＊房間髒亂 : 방이 지저분하다
어질러져 있다	亂七八糟、一片狼藉
발 디딜 틈도 없다	沒有立足之地；形容人潮眾多、擁擠的狀態 〔慣用語〕
청소하다〈清掃-〉	打掃 ＊打掃得乾乾淨淨 : 말끔히 청소하다 ＊大掃除 : 대청소를 하다
치우다	清理、收拾 ＊把房間清理得乾乾淨淨 : 방을 깨끗하게 치우다
제자리로 돌리다	放回原本的位置 ＊或是說원위치로 돌리다。
정리하다 /정니-/〈整理-〉	整理 ＊收拾整理 : 정리 정돈하다〈整理整頓-〉
배치를 바꾸다〈配置-〉	改變位置
설거지하다	洗碗 ＊洗碗等，用餐後清洗碗盤。 ＊洗碗槽堆滿了碗盤 : 싱크대에 식기가 쌓여 있다

주방용 세제 〈廚房用洗劑〉	**廚房洗潔劑** ＊說汸汸 세제（商品名）更加廣為人知。
클렌저 〈cleanser〉	**清潔劑**

먼지	**灰塵** ＊灰塵滿天飛：먼지가 나다 ＊堆積灰塵：먼지가 쌓여 있다
곰팡이	**霉** ＊發霉：곰팡이가 피다，곰팡이가 슬다 ＊清除發霉：곰팡이를 없애다；去除發霉：곰팡이를 제거하다
곰팡이 제거제 〈-除去劑〉	**去霉劑** ＊知名的有汸이제로（商品名）。
습기 /습끼/	**濕度**
제습제 /제습쩨/ 〈-除濕劑〉	**除濕劑** ＊知名的有物먹는 하마（商品名）。 ＊拂去灰塵：먼지를 털다

★掃除工具

청소기 〈清掃機〉	**吸塵器** ＊啟動吸塵器：청소기를 돌리다
쓰레받기 /쓰레받끼/	**畚斗** ＊用畚斗裝垃圾：쓰레받기로 쓰레기를 담다
빗자루 /빋짜루/	**掃把** ＊用掃把掃地：빗자루로 마루를 쓸다 ＊也可說비。빗자루的자루是指把、柄。
먼지떨이	**除塵撢** ＊也用총채，但最近很少這麼使用。
머릿수건 /머릳쑤건/ 〈-手巾〉	**包頭巾** ＊삼각건是指急救時使用的繃帶。
앞치마 /압치마/	**圍裙** ＊穿圍裙：앞치마를 하다；圍圍裙：앞치마를 두르다
고무장갑 〈-掌匣〉	**橡皮手套** ＊戴手套：장갑을 끼다

비닐장갑 〈vinyl 掌匣〉	塑膠手套
물통 〈-桶〉	水桶 ＊也稱為양동이。 ＊裝水到水桶裡：물통에 물을 푸다 ＊把水桶裝滿水：물통에 가득 물을 받다
플라스틱 양동이 〈plastic 洋-〉	塑膠水桶 ＊在浴室用來舀水的水瓢稱為바가지〔包含塑膠製品〕。
행주	洗碗布 ＊用洗碗布擦洗：행주질을 하다
걸레	抹布 ＊擰抹布：걸레를 짜다 ＊用抹布擦：걸레질을 하다
수세미	菜瓜布
스펀지 〈sponge〉	海綿(菜瓜布)
대걸레	拖把 ＊用拖把拖地：대걸레로 마루를 닦다 ＊用拖把拖：대걸레질을 하다
밀대 /밀때/	除塵拖把
솔	刷子，長柄刷 ＊用刷子刷、用刷子刷洗：솔로 닦다、솔질하다 ＊地毯上沾滿了狗毛：카펫에 개털이 엄청 붙어 있다
닦다 /닥따/	擦拭 ＊用濕抹布擦：젖은 걸레로 닦다 ＊用乾抹布擦：마른 걸레로 닦다 ＊用布擦：헝겊으로 닦다
문지르다	搓、揉、擦拭 ＊用菜瓜布刷洗：수세미로 닦다；用菜瓜布搓揉：수세미로 문지르다 ＊擦拭馬桶內側：변기 안쪽을 문지르다
왁스질하다 〈wax-〉	打蠟
유리창 〈瑠璃窓〉	玻璃窗 ＊在玻璃窗上哈氣：유리에 입김을 불다 ＊玻璃變得模糊：유리가 뿌예지다 ＊擦玻璃窗：유리창을 닦다

젖빛 유리 /젇삗뉴리/ 〈-瑠璃〉	毛玻璃 ＊也稱為반투명 유리（半透明玻璃）。
반짝반짝해지다 /반짝빤짜캐지다/	變得光亮

★垃圾

쓰레기	垃圾
쓰레기를 버리다	丟垃圾
쓰레기를 내놓다 /-내노타/	把垃圾拿出去放 ＊把垃圾集中到同一個地方放置：쓰레기를 한곳 에 모으다
쓰레기가 넘치다	垃圾爆滿

쓰레기 배출 방법 〈-排出方法〉	垃圾處理方法、垃圾丟棄方法
쓰레기 수거 〈-收去〉	垃圾回收、資源回收
쓰레기봉투 〈-封套〉	垃圾袋 ＊放到垃圾袋裡：쓰레기봉투에 넣다 ＊計量垃圾袋：종량제 봉투
쓰레기통 〈-桶〉	垃圾桶 ＊清空垃圾桶：쓰레기통을 비우다
쓰레기차 〈-車〉	垃圾車
청소차 〈清掃車〉	清掃車

일반 쓰레기 〈一般-〉	一般垃圾
재활용 쓰레기 /재화룡-/ 〈再活用-〉	回收再利用垃圾、資源回收垃圾
대형 쓰레기 〈大型-〉	大型垃圾
음식물 쓰레기 /음싱물-/ 〈飲食物-〉	廚餘 ＊廚餘殘渣：음식물 찌꺼기 〈飲食物-〉
불용품 〈不用品〉	廢棄物

종이류 〈-類〉	紙類
신문지 〈新聞紙〉	報紙
폐지 〈廢紙〉	廢紙 ＊也稱為종이 쓰레기。
전단지 〈傳單紙〉	傳單 ＊發傳單：전단지를 돌리다
포장지 〈包裝紙〉	包裝紙
박스 〈box〉	箱子
종이컵 〈-cup〉	紙杯
우유팩 〈牛乳 pack〉	牛奶紙盒
헌책 〈-冊〉	舊書 ＊고서 〈古書〉是指在舊書店等地方買賣，具有價 值的書籍。

끈	繩子、帶子
노끈	細繩
비닐끈 〈vinyl-〉	塑膠繩

비닐류 〈vinyl 類〉	塑膠類
발포 스티롤 〈發泡 Styrol〉 (獨)	保麗龍 ＊也稱為발포 스타이렌 수지 〈發泡 styrene 樹脂〉。 ＊一般通用的是스티로폴這個錯誤的用法。
플라스틱 용기 〈plastics 容器〉	塑膠容器
일회용 용기 〈一回用容器〉	免洗容器
빈 병 〈-瓶〉	空瓶
병뚜껑 〈瓶-〉	瓶蓋
페트병 〈pet 瓶〉	寶特瓶

빈 캔 〈-can〉	空罐子
깡통 〈-桶〉	罐頭、空罐

스테인리스 〈stainless〉	不鏽鋼
알루미늄 〈aluminum〉	鋁
철판 〈鐵板〉	鐵板
고철 〈古鐵〉	廢鐵
철사 /철싸/ 〈鐵絲〉	鐵絲
함석판 〈-板〉	白鐵板、鍍鋅鐵板

나무 조각	木雕 ＊조각比쪼가리要大。
판자 쪼가리 〈板子-〉	木板塊
톱밥 /톱빱/	鋸木屑
대팻밥 /대팯빱/	木屑刨花

넝마	破爛的布
헌 옷 /허ː녿/	舊衣服

4. 育兒
★育兒

육아 〈育兒〉	育兒
기르다	培養、栽培
키우다	培育、養育

기르다與키우다
　　기르다與키우다都有培育、飼養、栽培（人或動物、草木等）的意思，不過就語源來說，據說기르다與길이（長度）、키우다與크기（大小）有關聯。只要記得，像栽培「幸運樹」這樣又細又高的植物時用기르다，要養出「肉

雞」這樣圓滾滾的家禽時用키우다就對了。

- 애완동물을 기르다 （○） / 키우다 （○） （飼養寵物）
- 모유로 기르다 （○） / 키우다 （○） （哺育母乳）
- 분재를 기르다 （○） / 키우다 （○） （栽培盆栽）
- 나무를 기르다 （○） / 키우다 （○） （種植樹木）
- 제자를 기르다 （○） / 키우다 （○） （培育徒弟）
- 후배를 기르다 （○） / 키우다 （○） （培育晚輩）
- 체력을 기르다 （○） / 키우다 （○） （培養體力）
- 능력을 기르다 （○） / 키우다 （○） （培養能力）
- 재능을 기르다 （○） / 키우다 （○） （培育才能）
- 꿈을 기르다 （○） / 키우다 （○） （築夢）
- 버릇/습관을 기르다 （○） / 키우다 （x） （培養習慣）
- 머리를 기르다 （○） / 키우다 （x） （留長頭髮）
- 수염을 기르다 （○） / 키우다 （x） （留長鬍鬚）

자라다	長大、成長 ＊孩子茁壯長大：아이가 무럭무럭 자라다 ＊生物會成長，頭髮、指甲等會長長。
크다 〔動詞〕	大 ★孩子長大了吧？：애기 많이 컸죠？
성장하다 〈成長-〉	成長
발육하다 /바류카다/ 〈發育-〉	發育 ＊發育好：발육이 좋다 ＊發育快：발육이 빠르다
한창 자랄 때 성장기 〈成長期〉	發育期、成長期、荳蔻年華

목을 가누다	抬起脖子 ＊가누다是「支撐身體」的意思。
뒤집기를 하다 /뒤집끼-/	翻轉、翻身
기어 다니다	爬行
온 집 안을 돌아다니다	滿屋子走動
잡고 걷다 /-걷따/	抓著走路

아장아장 걷다 /-걷따/	搖搖晃晃地走路、蹣跚學步
잡고 서다 /잡꼬-/	抓住並站著
앉다 /안따/	坐下
옹알이를 하다	牙牙學語 ＊喃語〔指出生後半年左右的嬰兒發出的、沒有意義的聲音。〕
낯을 가리다 /나츨-/	怕生
한밤중에 울다 /한밤쭝-/ 〈-中〉	在半夜時哭泣
짜증을 내다	不耐煩
칭얼거리다	耍脾氣、(小孩哭鬧)哼哼唧唧
어리광을 부리다	耍小孩子脾氣

달래다	哄、安撫 ＊哄小孩子、安撫小孩子：아이를 달래다
딸랑이를 흔들다	搖波浪鼓
목말을 태우다 /몽말-/	騎脖子
안다 /안따/	抱
업다 /업따/	背

【可以對嬰兒說的話】

• 우루루 까꿍, 아가야 까꿍：逗嬰兒時說的話。
• 도리도리：大人哄嬰兒搖搖頭時說的話。
• 잼잼：哄嬰兒時，大人的雙手握拳又張開、握拳又張開的動作。
• 곤지곤지：大人做出用右手手指戳左手手掌的動作，哄嬰兒跟著學。
• 짝짜꿍：逗嬰兒拍手時說的話，或指嬰兒拍手的動作。
• 아장아장：形容小寶寶蹣跚學步、走路搖搖晃晃的樣子。
• 이리 와, 이리 와：「過來呀、過來呀」，哄寶寶朝自己走過來或爬過來時說的話。
• 간질간질：用搔癢的方式逗小孩時說的話。
• 메롱：ㄅㄩㄝ～，做鬼臉時說的語助詞。
• 걸음마～ 걸음마～：寶寶學走路時，大人在旁邊附和說的話。
• 착하다, 우리 아기：大人對孩子說「真乖，我的寶貝」。

- 아이고 예뻐라：大人跟孩子說「唉呦，真乖」、「唉呦，真可愛」。
- 코할 시간이네：大人跟嬰兒說「睡覺覺的時間到囉」。
- 엄마 손은 약손이다.：直譯為「媽媽的手是藥手」，意即不論孩子身上有何病痛，只要媽媽用手摸一摸，病痛就會好轉。
- 울다가 웃으면 엉덩이에 털 나요.：這是大人讓孩子不要再哭時說的話，直譯是「哭完又笑的話，屁股會長毛喔。」

보행기 〈步行器〉	學步車
유모차 〈乳母車〉	嬰兒車 ＊用嬰兒車載：유모차에 태우다
베이비 카시트 〈baby car sheet〉	嬰兒安全座椅
아기 침대 〈-寢臺〉	嬰兒床
요람 〈搖籃〉	搖籃 ＊搖搖籃：요람을 흔들다 ＊요람에서 무덤까지：直譯是「從搖籃到墳墓」，意即「由生至死」。
아기띠	嬰兒背帶
자장가 〈-歌〉	搖籃曲、催眠曲 ＊唱搖籃曲：자장가를 부르다
재우다	使睡覺 ＊哄孩子睡覺：아이를 재우다
똑바로 재우다 /똑빠로-/	讓…仰躺著睡
엎드려 재우다 /업뜨려-/	讓…趴著睡

★ 哺乳

젖 /젇/	奶水、乳房
젖을 먹이다 /저즐-/	餵奶
수유하다 〈授乳-〉	哺乳
젖을 빨다 /저즐-/	吸奶 ＊不太會吸奶：젖을 잘 빨지 못하다
젖을 짜다 /저즐-/	擠奶

유축기 /유축끼/ 〈乳畜器〉	吸乳器、擠乳器
모유 〈母乳〉	母乳 ＊餵母乳長大：모유로 기르다 ＊餵母乳：모유를 먹이다
분유 〈粉乳〉	奶粉 ＊泡奶粉：분유를 물에 타다
젖병 /젇뼝/ 〈-瓶〉	奶瓶 ＊咬奶瓶：젖병을 물리다
젖병 소독기 /-소독끼/ 〈-瓶消毒器〉	奶瓶消毒器 ＊消毒奶瓶：젖병을 소독하다
젖꼭지 /젇꼭찌/	奶頭、奶嘴 ＊被小孩咬了乳頭：아기에게 젖꼭지를 물리다
공갈젖꼭지 /-젇꼭찌/ 〈恐喝-〉	橡皮奶嘴 ＊也稱為노리개젖꼭지。 ＊咬橡皮奶嘴：공갈젖꼭지를 물리다
이유식 〈離乳食〉	斷奶食品 ＊餵斷奶食品：이유식을 주다 ＊餵冷開水、水滾了之後放涼再餵：물을 끓인 후 식혀서 주다
젖니 /전니/	乳牙 ＊長乳牙：젖니가 나다
침	口水 ＊流口水：침을 흘리다
턱받이 /턱빠지/	圍兜兜、口水巾 ＊帶圍兜兜：턱받이를 하다/받치다
물건을 집어 삼키다	把東西硬吞
등을 문지르다	搓背
트림을 시키다	讓…打嗝、拍嗝

★排泄行為

기저귀	尿布 ＊拋棄式紙尿布：일회용 기저귀 ＊布尿布：천 기저귀
기저귀를 채우다	包尿布
기저귀를 갈다	換尿布
기저귀 발진 /-발찐/ 〈-發疹〉	尿布疹 ＊出現尿布疹：기저귀 발진이 생기다〔在會話中也用엉덩이에 발진이 생기다〕
오줌	尿尿
소변을 보다	上小號 ＊쉬쉬（幼兒語）：쉬하다
밤에 자다가 오줌 싸다	睡到一半尿床了 ＊母親問小孩：「你尿床了嗎？」的時候，說「밤에 쉬했어？」、「밤에 쉬했구나.」。也會說「이불에 쉬했어？」、「이불에 지도 그렸네.」。 ＊尿床鬼：오줌싸개〔尿床鬼少男：오줌싸개 소년〕
똥	大便、糞、屎
대변을 보다	上大號、解手 ＊응응（幼兒語）：응가하다
마렵다 /마렵따/〔形容詞〕	內急
누다	解、拉、撒 ＊指在固定地方大小便的行為。這種說法比대변〔소변〕을 보다更直接。委婉的說法有일을 보다，화장실에 가다等。
싸다	解，拉，撒 ＊除了指在廁所等地大小便的行為之外，也指因忍不住而上在褲子上的行為。 ＊누다與싸다的差異，在於是不是在固定的地點、以固定的方式排泄。
지리다	漏(尿／屎) ＊因為沒忍住，讓大〔小〕便稍微滲漏出來。

가리다	會大小便 ＊在固定的地方大〔小〕便。動物等已做好完善的排泄訓練稱為똥오줌을 잘 가리다。嬰兒長大一點之後，可以聽懂「쉬」這個字，在專用的馬桶或廁所排泄時，也可以稱為똥오줌을 가리다。
엉덩이	屁股 ＊擦屁股：엉덩이를 닦다 ＊使屁股乾燥：엉덩이를 말리다

★ 其他

목욕시키다 〈沐浴-〉	讓…洗澡 ＊讓小孩洗澡：아이를 목욕시키다
배냇저고리 /배낻쩌고리/	嬰兒上衣
유아복 〈乳兒服-〉	嬰兒服
입히다 /이피다/	幫…穿上 ＊幫…穿上嬰兒上衣：배냇저고리를 입히다

예방 접종 /-접쫑/ 〈豫防接種〉	預防接種、疫苗接種 ＊讓孩子打預防針、讓孩子接種疫苗：아이에게 예방 접종을 맞히다
육아 수첩 〈育兒手帖〉	育兒手冊

韓國嬰幼兒〔영유아〕基本的預防接種

- BCG〔肺結核〕：BCG〔결핵〕
- 小兒麻痺：소아마비
- 日本腦炎：일본 뇌염
- B 型肝炎：B 형 간염
- 腦膜炎：뇌수막염 /뇌수망념/
- 水痘：수두
- DPT〔DPT 三合一疫苗，預防白喉、破傷風及百日咳〕：디프테리아，파상풍，백일해
- MMR〔MMR 三合一疫苗，預防麻疹、腮腺炎及德國麻疹〕：홍역，볼거리，풍진

출산 휴가 /출싼-/ 〈出產休暇〉	產假
육아 휴직 〈育兒休職〉	育嬰假
육아 노이로제 〈育兒 Neurose〉	育兒期神經質
육아 스트레스 〈育兒 stress〉	育兒壓力
유아 학대 /-학때/ 〈幼兒虐待〉	虐待嬰兒
아동 학대 /-학때/ 〈兒童虐待〉	虐待兒童

【慶祝兒童成長的活動】

백일잔치 〈百日-〉百日宴
＊慶祝小孩出生滿 100 天。

돌잔치 周歲宴
＊慶祝小孩滿 1 歲的生日宴會。在韓國是比結婚典禮更盛大的重要活動。會寄送如以下的邀請函或電子郵件。

★바쁘실 줄 압니다만 부디 참석하셔서 성익의 첫돌을 축하해 주시면 감사하겠습니다. (敬請撥冗蒞臨小兒成翊的週歲宴)

★조촐하지만 정성 어린 자리를 마련했습니다. 꼭 참석하셔서 미란이의 앞날을 축복해주세요. (雖然簡單樸素，但我們誠摯地準備了宴席。敬請撥冗蒞臨，給予小女米蘭祝福)

돌잡이 抓週
＊讓小孩從散放的各種物品當中選擇一樣的돌잔치儀式。以小孩選擇何物，來預測小孩將來的職業或才華。例如，小孩拿錢的話，將來會成為有錢人，拿到書本的話將來會成為學者等。或是，拿到電腦滑鼠，將來會成為很會讀書的孩子，拿麥克風的話會成為歌手等。散放的物品或許會遵循當下社會的流行，也會展現此家庭的獨特性。

5. 烹飪
★料理相關

요리하다 〈料理-〉	烹煮
조리하다 〈調理-〉	烹調、烹飪
만들다	製作

조리법 /조리뻡/ 〈調理法〉	烹調法
쿠킹 〈cooking〉	料理、烹調
만드는 법 〈-法〉	製作方法

취사 〈炊事〉	生火做飯、做菜、做飯、炊飯
만들어 먹다	做來吃

요리 솜씨 〈料理-〉	料理手藝 ＊料理手藝好：요리 솜씨가 좋다
식사 준비 〈食事準備〉	用餐準備
식단을 짜다 /식딴-/ 〈食單-〉	制定菜單、擬菜單
레시피 〈recipe〉	食譜

조림	醬燒
볶음	火炒
구이	燒烤
튀김	油炸
날것 /날걷/	生的、未加工的

★煮飯

쌀을 씻다 /-씯따/	洗米、淘米 ＊쌀을 일다：去除細小石頭或雜物。此時使用的籃篩稱為조리〈笊籬〉。

쌀뜨물	洗米水
밥을 짓다 /-짇따/	煮飯、開伙、下廚
밥을 뜸들이다	燜飯
밥을 푸다	盛飯 ＊這裡的푸다是우不規則變化動詞。

된밥	硬飯、乾飯 ＊（因水分少而）飯粒硬：밥이 되다
진밥	軟飯、爛爛的飯 ＊飯軟：밥이 질다
눌은밥	鍋巴飯 ＊飯燒焦了：밥이 눋다
누룽지	鍋巴 ＊焦黃黏在鍋底的米飯，加水煮成之物稱為숭늉 （鍋巴水）。
찬밥	冷飯
밥풀	飯粒

★前置作業

재료 〈材料〉	食材 ＊準備食材：재료를 준비하다
밑준비하다 /밑쭌비-/ 〈-準備-〉	準備 ＊也稱為재료를 손질하다。
재우다	放置 ＊양념에 하루쯤 재워두다：以佐料事先醃漬一 天左右。
간을 맞추다 /-맏추다/	調味
밑간을 하다 /밑깐-/	做湯底醬料 ＊用鹽巴和胡椒粉做湯底醬料：소금과 후추로 밑간을 해 두다
소금을 넣다 /-너타/	放鹽巴
맛을 보다	試試看味道

껍질 /껍찔/	皮、殼
껍질을 벗기다 /껍찔-벋끼다/	去皮、去殼
껍질을 까다	剝皮、剝殼

〔벗기다、까다、깎다**不同的使用方式**〕

- 벗기다：為了把中間的東西取出，除去覆蓋於外側的皮等東西。使用在剝掉、去除較軟的皮的時候。還有，剝去魚類的皮時也用벗기다。
  - ＊削馬鈴薯皮：감자 껍질을 벗기다
  - ＊剝水蜜桃皮：복숭아 껍질을 벗기다
  - ＊剝香蕉皮：바나나 껍질을 벗기다
  - ＊刮除魚皮：생선 껍질을 벗기다
  - ＊刮除魚鱗：생선 비늘을 벗기다
  - ＊去除烏賊皮：오징어 껍질을 벗기다
  - ＊剝蝦殼：새우 껍질을 벗기다
- 까다：將覆蓋於某物外側，較硬的厚皮、殼等，敲碎敲破，取出內物。
  - ＊剝熟蛋殼：(삶은) 계란 껍질을 까다
  - ＊剝栗子：밤을 까다
  - ＊剝大蒜：마늘을 까다
  - ＊剝核桃：호두를 까다
  - ＊剝豆：콩을 까다
  - ＊剝橘子：귤을 까다
- 以刀子等工具去皮時，使用깎다。
  - ＊削蘋果：사과를 깎다
  - ＊削馬鈴薯皮(生的)：감자 껍질을 깎다

꼭지 /꼭찌/	蒂 ＊柿子蒂：감꼭지 ＊番茄蒂：토마토의 꼭지
꼭지를 따다 /꼭찌-/	剔除菜蒂 ＊剔除茄子的菜蒂：가지 꼭지를 따다
씨	種子 ＊例如배추씨（白菜種子）、사과씨（蘋果籽）、수박씨（西瓜籽）、귤씨（橘子籽），在表示植物的種子時，原則上不分開書寫。

씨를 바르다	把種子挑出來 ＊바르다 : 剝去外皮將其中的肉取出來〔將魚去 　　骨取肉也是바르다（생선 살을 발라 먹다 : 去 　　骨取出魚肉食用）〕。 ＊把酪梨種子挑出來 : 아보카도씨를 바르다

속대 /속때/	菜心 ＊白菜菜心 : 배추속대
콩깍지 /콩깍찌/	豆莢 ＊剝去豆莢 : 콩깍지를 벗기다

야채를 씻다 /-씯따/ 〈野菜-〉	洗菜
물에 담그다	泡水 ＊把菠菜浸泡在水裡 : 시금치를 물에 담그다
물기를 빼다 /물끼-/ 〈-氣-〉	瀝乾水份

쓴맛 /쓴맏/	苦味 ＊有苦味 : 쓴맛이 나다
쓴맛을 빼다	去除苦味
거품을 걷어 내다	撈起泡沫

갈다	磨碎 ＊磨蘿蔔 : 무를 갈다
강판에 갈다 〈薑板-〉	在磨泥器上磨

갈다	研磨 ＊研磨原豆咖啡 : 원두커피를 갈다 〈原豆 coffee-〉
깨를 갈다	搗碎芝麻、磨芝麻
믹서에 갈다 〈mixer-〉	用攪拌機磨碎
으깨다	弄碎、碾碎 ＊碾碎熟馬鈴薯 : 삶은 감자를 으깨다

가루를 내다	磨成粉末
갈다	磨穀物 ＊用石磨磨麥子 : 맷돌로 밀을 갈다

빻다 /빠타/	**搗、碾、磨** ＊以杵（棒狀物）上下敲打使其變細。
방앗간 /방앋깐/	**磨坊**
찧다 /찌타/	**搗、舂** ＊搗年糕：떡을 찧다
무게를 달다	**秤重、過磅** ＊달다只能用在測量무게（重量）的時候，재다 　除了用在重量之外，也可以用來測量길이（長 　度）、높이（高度）、너비（面積大小）等。
재다	**測量** ＊用杯測量：컵으로 재다
저울	**秤子**
큰 술	**大匙** ＊술是指숟가락。 ＊三大匙：세 큰 술 ＊兩大匙：두 큰 술
작은 술	**茶匙** ＊一茶匙：한 작은 술 ＊兩茶匙：두 작은 술

★烹調

굽다 /굽따/	**烤** ＊굽다以火來「烤」，直到中間熟透。有沒有使 　用油並不重要。 ＊烤肉：고기를 굽다
부치다	**煎** ＊煎蛋：계란을 부치다 ＊油煎、油炸：프라이하다
볶다 /복따/	**炒** ＊將材料不斷攪拌、翻炒。 ＊炒菜：야채를 볶다 ＊將芝麻、豆子等，不用油，放進平底鍋裡，為 　了避免焦掉，一邊撥動一邊加熱。 ＊炒芝麻：깨를 볶다 ＊炒豆子：콩을 볶다

61

지지다	**煎、燙** ＊有沒有放油不重要，利用平底鍋等來加熱煎 　烤。煎蛋或豆腐等。
익히다 /이키다/	**使…熟、弄熟**

센 불	**大火**
중간 불 〈中間-〉	**中火**
약한 불 /야칸-/ 〈弱-〉	**小火**
뭉근한 불	**文火**

끓이다 /끄리다/	**熬、燒** ＊燒開水：물을 끓이다
삶다 /삼따/	**煮、炖** ＊先煮好放著：미리 삶아 두다
데치다	**氽燙** ＊燙菠菜：시금치를 데치다 ＊把茼蒿放入熱水燙一下：양상추를 뜨거운 물 　에 살짝 데치다

【 삶다，끓이다，데치다的差異 】

・삶다：在水中放入材料，以較長的時間炖煮、水煮。炖煮馬鈴薯、番薯、雞蛋等較不易煮透的食物。〔著眼點不是在液體本身，而是在以液體加熱的物品上〕。不食用烹調中使用的水，會倒掉。
　（○）달걀을 삶다。（x）달걀을 끓이다。
　（○）감자를 삶다。（x）감자를 끓이다。
　（○）스파게티를 삶다。（x）스파게티를 끓이다。
　（○）빨래를 푹 삶다。（x）빨래를 푹 끓이다。〔在韓國，抹布或毛巾、內衣等為了殺菌會以熱水煮過〕

・끓이다：將液體加熱，溫度上升使其沸騰〔著眼點在液體本身〕。為了喝茶、牛奶、湯而將其煮沸。會吃、喝烹調中使用的液體。
　或是，煮像拉麵這類容易煮熟之物。
　（○）국을 끓이다。（x）국을 삶다。
　（○）밥을 끓이다。（x）밥을 삶다。
　（○）라면을 끓이다。（x）라면을 삶다。

- 데치다：將菠菜或包心萵苣之類易熟的葉菜類蔬菜，迅速地氽燙過。
  （○）시금치를 데치다. （x）시금치를 삶다.

조리다	燉、燒 ＊用文火燉：뭉근한 불로 조리다
고다	熬、炖 ＊將肉或骨等熬煮到變得非常柔軟。
냄비를 불에 올리다	把鍋子放在火上
물을 잠길랑 말랑하 게 넣다	把水裝到快淹過的程度
끓어오르다 /끄러-/	沸騰 ＊水沸騰而溢出：물이 끓어 넘치다
데우다	加熱 ＊放入微波爐加熱：전자레인지에 데우다 〈電子 range-〉
랩을 씌우다 /-씨우다/ 〈lap-〉	用保鮮膜包上
기름을 두르다	塗油、上油
프라이팬을 달구다	熱平底鍋
뒤집다 /뒤집따/	翻
찌다	蒸
뜸들이다	燜
김이 나다	冒熱氣、冒蒸氣
뚜껑을 덮다 /덥따/	蓋上蓋子
반죽하다 /반주카다/	揉、拌 ＊揉麵粉：밀가루를 반죽하다、밀가루 반죽을 　하다
묻히다 /무치다/	沾(粉、泥)、沾上、蘸 ＊撒砂糖或鹽是뿌리다。

튀김옷을 입히다 /-이피다/	裹上炸衣 ＊裹上麵粉：밀가루을 입히다 ＊裹上麵包粉：빵가루을 입히다 ＊裹上蛋液：풀어 놓은 달걀을 입히다
튀김을 튀기다	炸油炸物 ＊用高溫〔低溫〕油炸：고온〔저온〕으로 튀기다、고온〔저온〕에서 튀기다（使用高溫〔저온〕으로則是强調油的溫度）
풀다	打開、打 ＊打蛋（把蛋殼敲破；把碗裡的蛋打勻）：계란을 풀다 ＊把太白粉放進水中攪勻：녹말가루를 물에 풀다
비비다	攪拌 ＊비빔밥、비빔냉면、비빔국수、짜장면等，在飯或麵裡拌上香料蔬菜。
섞다 /석따/	混合、攪拌、摻 ＊將 2 種以上的物品混合。 ＊輕輕地攪拌食材：재료를 가볍게 섞다 ＊在米裡摻豆子一起煮飯：쌀에 콩을 섞어 밥을 짓다 ＊把蛋黃和蛋白攪拌均勻：노른자와 흰자를 잘 섞다
젓다 /젇따/	攪拌，搖、划槳 ＊使用手或工具，將液體或粉末混合在一起。 ＊（在咖啡裡）放糖攪拌〔攪拌咖啡〕：（커피에）설탕을 넣고 젓다〔커피를 젓다〕 ＊用湯匙攪拌：숟가락으로 젓다
휘젓다 /휘젇따/	攪拌 ＊在鍋子或缽盆等大型容器中使力混合、攪拌。 ＊用攪拌器（奶泡器/打蛋器）攪拌鮮奶油：거품기로 휘핑크림을 휘젓다 ＊用手攪拌：손으로 휘젓다
버무리다	拌、攪和 ＊用醬汁拌義大利麵：파스타에 소스를 버무리다 ＊用醋辣醬攪和虹魚（生魚片）：홍어를 초고추장에 버무리다

무치다	涼拌 ＊무치다和버무리다不同，本身就有與香料蔬菜 　充分混合的意思，所以不使用무엇에（與某 　物）的表現也沒關係。 ＊涼拌菜：나물을 무치다 ＊涼拌豆芽菜：콩나물을 무치다 ＊涼拌菠菜：시금치를 무치다
주무르다	搓揉
걸쭉하게 만들다	勾芡 ＊用太白粉勾芡：녹말가루로 걸쭉하게 만들다
절이다	醃漬
거품을 내다	發泡 ＊用攪拌器（奶泡器／打蛋器）發泡：거품기로 　거품을 내다
거르다	過濾 ＊將液體的渣滓（찌꺼기）或湯底、熬湯食材 　（건더기）以濾紙（거름종이）或濾網（체） 　去除。
고운 체로 거르다	用細篩網過濾
생선을 손질하다 〈生鮮-〉	處理魚
생선을 바르다 〈生鮮-〉	挑魚刺、剔魚骨 ＊생선을 발라 먹다：去掉魚骨食用。
생선 대가리를 잘라 내다 〈生鮮-〉	切掉魚頭
비늘을 벗기다 /-벋끼다/	剔魚鱗
칼질을 하다	用刀 ＊使刀：칼집을 내다 ＊用刀划開：끊어서 갈라 놓다
토막 치다	剁成塊狀

【各種的「切」】

- 썰다：將想切的物品〔細長之物〕「放」在砧板等上面「切」。切的時候，力道是從上往下。以固定的方向切成小段。

  ＊切泡菜：김치를 썰다

  ＊把蔥切碎：파를 잘게 썰다

  ＊把白菜切碎：양배추를 잘게 썰다

  ＊把肉切成薄片：고기를 얇게 썰다

  ＊把火腿切成厚片：햄을 두툼하게 썰다

  ＊把牛排切成厚片：스테이크를 두툼하게 썰다

  ＊把蘿蔔切絲：무를 채 썰다、무를 채 치다

  ＊把高麗菜切絲：양배추를 채 썰다、양배추를 채 치다

  ＊亂切：마구 썰다

  ＊切成大塊狀：큼직하게 썰다

  ＊切成圓塊狀：둥글게 썰다

  ＊斜切：어슷썰기 하다

- 다지다：細細切開、剁碎、切丁、切成末。

  ＊把洋蔥切成丁：양파를 다지다

  ＊用刀切成末：칼로 다지다

- 자르다：不管在切割時使用剪刀、刀子、菜刀等何種工具或何種方法〔直切、橫切或橫片〕，只表示「切」這個行為。

  ＊切牛肉：고기를 자르다

  ＊用烹飪剪刀剪牛肉：요리용 가위로 고기를 자르다

  ＊切豆腐：두부를 자르다

  ＊切魚：생선을 자르다

〈參考〉

＊머리를 자르다：剪頭髮〔剪去長髮的一部分。男女都可以使用〕

＊머리를 깎다：剃頭髮〔主要用在男性。例如剃邊短髮等，使用在頭髮的長度雖然不長，但把長度剃齊的狀況〕

- 저미다：將好幾個小塊狀物「薄切」。使用在切生魚片等的時候。

  ＊把生魚片、生肉片切成薄片：회를 얇게 뜨다

- 베다：以刀子或鐮刀等刀刃較為銳利的工具，將直立之物切成 2 段。切的動作，一般是從與物品呈直角，橫向切過。

  ＊用刀割脖子：칼로 목을 베다

* 用鐮刀割草：낫으로 풀을 베다
* 被玻璃碎塊割到手：유리 조각에 손을 베었다
* 刮鬍子時被割傷皮膚：면도를 하다가 살갗을 베였다

냉동하다 〈冷凍-〉	冷凍
해동하다 〈解凍-〉	解凍 ＊轉移到冷藏室自然解凍：냉장실로 옮겨 자연 해동하다
곁들이다 /겯뜨리다/	搭配
담다 /담따/	盛、裝至(器皿、容器中)
접시 닦기 /접씨닥끼/	擦盤子
설거지	洗碗

★廚房家電等

전기밥솥 /-밥쏟/ 〈電氣-〉	電飯鍋、電子鍋
밥솥 /밥쏟/	飯鍋
압력 밥솥 /암녁빱쏟/ 〈壓力-〉	壓力電子鍋
냉장고 〈冷藏庫〉	電冰箱、冰箱
김치냉장고 〈-冷藏庫〉	泡菜冰箱 ＊以適當的溫度保存泡菜，避免泡菜發酵的泡菜專用冰箱。
냉동고 〈冷凍庫〉	冷凍庫、冰櫃
식기세척기 /식끼세척끼/ 〈食器洗滌機〉	洗碗機
식기 건조기 /식끼-/ 〈食器乾燥機〉	烘碗機

제빵기 〈製-器〉	麵包機
푸드프로세서 〈food processor〉	食物處理機、食物調理機
주서 〈juicer〉	榨汁機
믹서 〈mixer〉	攪拌機
핸드믹서 〈hand mixer〉	手提式攪拌機、掌上型攪拌機
가스레인지 〈gas range〉	瓦斯爐
전기풍로 /-풍노/ 〈電氣風爐〉	電爐
핫플레이트 〈hot plate〉	電磁爐
전자레인지 〈電子 range〉	微波爐
인덕션 조리 히터 〈induction 調理 heater〉	IH 感應爐
그릴 〈grill〉	烤盤
오븐 〈oven〉	烤箱
토스터 〈toaster〉	烤麵包機
커피메이커 〈coffee maker〉	咖啡機
보온병 〈保溫瓶〉	保溫瓶
무선 주전자 〈無線酒煎子〉	無線水壺、電熱水壺、快煮壺

★廚房家電等

조리 기구 〈調理器具〉	料理道具
냄비	鍋子 ＊深鍋：깊은 냄비／淺鍋：얕은 냄비
압력솥 /암녁솓/ 〈壓力-〉	壓力鍋
냄비 받침대 /-받침때/ 〈-臺〉	鍋墊

뚜껑	蓋子
냄비 뚜껑	鍋蓋 ＊냄비：鍋子，煮飯的鍋具之一。通常高度比솥 還低，有鍋蓋跟把手。
솥뚜껑 /솓뚜껑/	鍋蓋 ＊솥：鍋子，煮飯或煮湯用的鍋具之一。像是銀 鍋、鋁鍋、鐵鍋等。
뚜껑을 덮다	蓋上鍋蓋
뚜껑을 열다	打開鍋蓋

마개	塞子
코르크 마개	軟木塞
마개를 따다	打開塞子 ＊打開瓶蓋：병뚜껑을 따다
마개를 하다	塞上塞子
깡통 따개	開罐器 ＊用開罐器打開〔罐頭〕蓋子：깡통 따개로 뚜 껑〔통조림〕을 따다
병따개 〈瓶-〉	開瓶器 ＊也稱為오프너 〈opener〉。 ＊紅酒開瓶器：와인 오프너 〈wine opener〉

볼 〈bowl〉	碗、缽
절구	臼 ＊包含陶瓷搗臼、木臼等。 ＊傳統甕器中以石頭或鐵做成的臼稱為방아확。
절굿공이 /절굳꽁이/	杵、木椿、搗杵
밀대 /밀때/	擀麵棍
맷돌 /맫똘/	石磨 ＊轉動石磨：맷돌을 돌리다

프라이팬 〈fry pan〉	平底鍋
뒤집개 /뒤집께/	鍋鏟
집게 /집께/	夾子

69

석쇠 /석쐬/	烤肉網
부엌칼 /부억칼/	菜刀、廚房刀具
과도 〈果刀〉	水果刀
도마	砧板
요리용 가위 〈料理用-〉	料理剪刀、廚房剪刀 ＊用料理剪刀剪肉：요리용 가위로 고기를 자르다
야채 칼 〈野菜-〉	刨刀、削皮刀 ＊用刨刀去皮：야채 칼로 껍질을 까다
마늘 다지개	壓蒜器
깨갈이	磨缽與擂茶棒 ＊以手轉圈研磨芝麻的器具。
약탕기 〈藥湯器〉	煎藥壺、藥膳壺
즙짜개 〈汁-〉	榨汁器
꼬치	烤肉叉、竹籤、烤針
저울	秤
용수철 저울 〈龍鬚鐵-〉	彈簧秤
천평칭 〈天平秤〉	天秤
계량컵 〈計量 cup〉	量杯
거품기 〈-器〉	攪拌器、奶泡器、打蛋器 ＊最近也出現머랭 거품기、머랭기、핸드 믹서等的表現。
강판 〈薑板〉	磨泥器、刨絲器
소쿠리	籮筐
체	篩子、篩網、濾網 ＊用篩子過濾粉末：체로 가루를 치다
찜통 시루	蒸籠

물병 〈-瓶〉	水瓶
주전자 〈酒煎子〉	水壺
항아리	甕、缸 ＊水缸、水甕是물동이。
단지	罐子、壺、罈子

밥주걱 /밥쭈걱/	飯勺 ＊盛飯：밥을 푸다
국자 /국짜/	湯勺、湯瓢 ＊盛湯：국물을 뜨다

烹飪

식기 /식끼/ 〈食器〉	餐具
그릇 /그륻/	碗盤 ＊玻璃碗盤：유리그릇 〈琉璃-〉
밥그릇 /밥끄륻/	飯碗 ＊밥공기 〈-空器〉：在餐廳中使用，有蓋的不鏽 鋼製飯碗。 ＊飯碗 1 碗、2 碗是밥 한 공기、밥 두 공기。
국그릇 /국끄륻/	湯碗
사발 〈沙鉢〉	大碗公 ＊盛飯到大碗公裡：밥을 사발에 담다
도기 〈陶器〉	陶器
자기 〈磁器/瓷器〉	瓷器
칠기 〈漆器〉	漆器

접시 /접씨/	盤子、碟子 ＊盛食物到盤子上：접시에 음식을 담다 ＊打破盤子：접시를 깨다 ＊盤子 1 塊、2 塊是한 개、두 개〔裝著菜餚的 盤子是한 접시、두 접시〕。
큰 접시 /-접씨/	大盤子
작은 접시 /-접씨/	小盤子
앞접시 /압쩝씨/	小碟子

젓가락 /젇까락/	筷子
젓가락질 /젇까락찔/	用筷子、下箸 ＊不會用筷子：젓가락질을 못하다
젓가락 한 벌 /젇까락-/	一套筷子
젓가락 한 짝 /젇까락-/	一雙筷子
젓가락 받침 /젇까락-/	筷架
숟가락 /숟까락-/	湯匙 ＊筷子與湯匙合稱수저。 ＊一組湯匙筷子：수저 한 벌
나이프 〈knife〉	餐刀
포크 〈fork〉	餐叉
잔 〈盞〉	杯 ＊1 杯、2 杯是한 잔、두 잔。
술잔 /술짠/ 〈-盞〉	酒杯
글라스 〈glass〉 유리잔 〈瑠璃盞〉	玻璃杯
맥주잔 /맥쭈짠/ 〈麥酒盞〉	啤酒杯
커피잔 /커피짠/ 〈coffee 盞〉	咖啡杯
티세트 〈tea set〉	茶杯組、茶具
식탁 〈食卓〉	餐桌
테이블보 /-뽀/ 〈table 褓〉	桌布、桌巾、台布 ＊蓋在桌子上的布。也稱為식탁보〈餐桌褓〉。
상 〈床〉	桌子、飯桌 ＊식탁跟상的韓文都有餐桌之意，差別在於상是指沒有椅子，要坐在地上的那種小桌子；而식탁則是要坐在椅子上的餐桌。
쟁반 〈錚盤〉	托盤
테이블 매트 〈table mat〉	餐墊

★廚房的其他日用品

플라스틱통 〈plastic 桶〉	塑膠桶 ＊也稱為밀폐 용기〈**密閉容器**〉、락앤락통〈Lock and lock桶〉（商品名）和지퍼락〈Ziploc〉（商品名）。
빨대 /빨때/	吸管
알루미늄 포일 〈aluminium foil〉	鋁箔紙 ＊也可單稱포일〈foil〉。
쿠킹포일 〈cooking foil〉	錫箔紙
랩 〈wrap〉	保鮮膜
키친타월 〈kitchen towel〉	洗碗巾、洗碗布、廚房紙巾
쿠킹 페이퍼 〈cooking paper〉	料理紙、烘焙紙
위생 장갑 〈**衛生掌匣**〉	衛生手套、手扒雞手套
쓰레기봉투 〈-**封套**〉	垃圾袋 ＊廚餘用的稱為음식물 쓰레기봉투。在韓國倒垃圾時必須分類成一般垃圾與廚餘。
싱크대 코너 바스켓 〈sink 臺 corner basket〉	瀝水架

3.

性格與感情

【3】性格與感情

1. 各種性格
★性格、人格

성격 /성격/ 〈性格〉	性格、個性 ＊性格好〔壞〕：성격이 좋다〔나쁘다〕 ＊英文的 character 有個性、性格、特徵之意。但在韓語中，캐릭터指的是登場人物、角色等，並無性格、個性的意思。
사람 됨됨이 /-됨되미/	為人、人品 ＊人品優秀：사람 됨됨이가 훌륭하다 ＊人品佳：사람 됨됨이가 좋다 ＊為人端正：됨됨이가 된 사람 ＊為人不端正：됨됨이가 안 돼 있는 사람
홍보 캐릭터 〈弘報 character〉	宣傳吉祥物

특징 /특찡/ 〈特徵〉	特徵
장점 /장쩜/ 〈長點〉	長處、優點
단점 /단쩜/ 〈短點〉	短處、缺點
결점 /결쩜/ 〈缺點〉	缺點、缺陷
약점 /약쩜/ 〈弱點〉	弱點、痛處

착하다 /차카다/	善良、乖巧
못되다 /몯뙤다/	邪惡、壞、惡劣

어질다	仁慈
악랄하다 /앙나라다/ 〈惡辣-〉	惡毒、殘忍

똑똑하다 /똑또카다/	聰明 ＊聰明的人：똑똑한 사람

총명하다 〈聰明-〉	聰明 ＊聰明的孩子：총명한 아이
영리하다 /영니-/ 〈怜悧-〉	機靈、聰明伶俐

어리석다 /어리석따/	愚蠢
미련하다	愚笨
멍청하다	傻、糊塗、呆

어수룩하다 /어수루카다/	(說話、行動)憨厚、憨直
원만하다 〈圓滿-〉	隨和 ＊個性圓滑：성격이 둥글둥글하다
상냥하다	和藹
온화하다 〈溫和-〉	溫和
부드럽다 /부드럽따/	溫柔
순하다 〈順-〉	溫順

모나다	(性格)有稜有角、不圓滑的
비뚤어지다	(性格)彆扭

친절하다 〈親切-〉	親切
불친절하다 〈不親切-〉	不親切

자상하다 〈仔詳-〉	細心、無微不至、慈祥
다정하다 〈多情-〉	熱情、親切、多情
따뜻하다 /따뜨타다/	(人的言行、感情或氛圍)溫柔、溫暖、熱情、親切
배려심이 있다 〈配慮心-〉	替人著想
인간적이다 〈人間的-〉	有人情味的
붙임성이 있다 /부침썽-/ 〈-性-〉	平易近人、和藹的
사교성이 있다 /사교썽-/ 〈社交性-〉	善於交際的

나긋나긋하다 /나근나그타다/	柔和
냉정하다 〈冷情-〉	冷淡、冷漠
붙임성이 없다 /부침썽-/ 〈-性-〉	不和善的、難親近
무뚝뚝하다 /무뚝뚜카다/	木訥
퉁명스럽다 /퉁명스럽따/	倔強、氣呼呼的
매정하다	無情、薄情
뻣뻣하다 /뻗뻐타다/	僵硬的、生硬
사근사근하다	和氣、和善的
싹싹하다 /싹싸카다/	和藹、親切
마음씨가 곱다 /-곱따/	心地善良
시원시원하다	(性格、行動)爽快、灑脫
예의바르다 /예이-/ 〈禮儀-〉	有禮貌
점잖다 /점잔타/	斯文、文質彬彬
겸손하다 〈謙遜-〉	謙虛、謙遜 ＊畢恭畢敬、謙恭有禮：공손하다 〈恭遜-〉
뻔뻔하다	厚臉皮的 ＊也稱為뻔뻔스럽다。
철면피이다 〈鐵面皮-〉	厚臉皮的、不要臉的、厚顏無恥的 ＊也稱為낯짝이 두껍다（慣用語）。
버릇없다 /버르덥따/	沒有教養 ＊較強烈的說法是버르장머리가 없다。 ＊一般的說法是싸가지 없다。
무례하다 〈無禮-〉	無禮
교만하다 〈驕慢-〉	傲慢
부지런하다	勤快

78

근면하다 〈勤勉-〉	勤勉、勤勞
게으르다 나태하다 〈懶怠-〉	懶惰、怠惰
태만하다 〈怠慢-〉	怠慢、懈怠

당당하다 〈堂堂-〉	正大光明、理直氣壯
비굴하다 〈卑屈-〉	卑鄙、卑躬屈膝

의젓하다 /의저타다/	落落大方、堂堂正正 ＊行為舉止沉穩、穩重。
야무지다	精明幹練 ＊外表看起來很精明俐落。
믿음직하다 /믿음지카다/	可靠的、值得信賴的
늠름하다 /늠늠-/ 〈凜凜-〉	神采奕奕、威風凜凜、儀表堂堂
씩씩하다 /씩씩카다/	朝氣蓬勃、生龍活虎
떳떳하다 /떧떠타다/	理直氣壯、光明磊落

차분하다	冷靜、沉著
차분하지 못하다 /-모타다/	無法冷靜
안절부절못하다 /-모타다/	心浮氣躁、坐立不安、心神不寧
들떠 있다	興奮的、激動的

느긋하다 /느긋타다/	從容的
성급하다 /성그파다/ 〈性急-〉	急躁的
성질이 급하다 〈性質-急-〉 /-그파다/	性情急躁

적극적이다 /적끅쩍-/ 〈積極的-〉	積極的

소극적이다 /소극쩍-/ 〈消極的-〉	消極的
똘똘하다	聰明伶俐的
발랄하다 /발라라다/ 〈潑剌-〉	活潑的、潑辣的
활발하다 〈活潑-〉	活躍的、活潑的
쾌활하다 〈快活-〉	開朗的、快活的
긍정적이다 〈肯定的-〉	肯定的、正面的
부정적이다 〈否定的-〉	否定的、負面的
능동적이다 〈能動的-〉	主動的
수동적이다 〈受動的-〉	被動的
낙관적이다 /낙꽌적-/ 〈樂觀的-〉	樂觀的
명랑하다 /명낭-/ 〈明朗-〉	開朗的
유머 감각이 있다 〈humor 感覺-〉	有幽默感的
비관적이다 〈悲觀的-〉	悲觀的
침울하다 〈沈鬱-〉	沉鬱的、陰沉的
절망적이다 〈絶望的-〉	絶望的
염세적이다 〈厭世的-〉	厭世的
공평하다 〈公平-〉	公平、公道
공명정대하다 〈公明正大-〉	光明正大、光明磊落
불공평하다 〈不公平-〉	不公平
수다스럽다 /수다스럽따/	嘮叨的、囉嗦的

과묵하다 /과무카다/ 〈寡默-〉 말이 없다 / -적다	緘默的、沉默寡言
입이 무겁다 /-무겁따/	口風很緊
입이 가볍다 /-가볍따/	口風很鬆、大嘴巴、嘴不嚴
협조적이다 /협쪼적-/ 〈協調的-〉	協調的
비협조적이다 /비협쪼적-/ 〈非協調的-〉	不協調的
철이 들었다	懂事的
철이 없다	不懂事的
줏대가 있다 /줃때-/ 〈主-〉	有骨氣的
줏대가 없다 /줃때-/ 〈主-〉	沒有骨氣的
교양이 있다 〈教養-〉	有教養
교양이 없다 〈教養-〉	沒有教養
무식하다 /무시카다/ 〈無識-〉	沒有知識的、無知的
기가 세다 〈氣-〉	氣勢強硬
기가 약하다 /-야카다/ 〈氣-弱-〉	氣勢軟弱
소심하다 〈小心-〉	小心謹慎、縮手縮腳、過度謹慎
성실하다 〈誠實-〉	真實、老實
착실하다 /착씰-/ 〈着實-〉	實在、踏實
불성실하다 〈不誠實-〉	不誠實、不老實
정직하다 /정지카다/ 〈正直-〉	正直的

고지식하다 /고지시카다/	死心眼、死腦筋、耿直
거짓말쟁이다	說謊成性、說謊精

용기가 있다 〈勇氣-〉	有勇氣
용감하다 〈勇敢-〉	勇敢
겁이 많다 〈怯-〉	膽小
요령이 좋다 〈要領-〉	懂竅門的 ＊投機取巧的人：요령을 피우는 사람〔貶義〕
요령이 없다	不懂竅門的

아량이 넓다 〈雅量-〉	寬宏大量、有雅量
너그럽다 /너그럽따/	寬容、寬大
대범하다 〈大汎-/大泛-〉	大而化之、豁達、不拘小節
관대하다 〈寬大-〉	寬宏大量
느긋하다 /느그타다/	輕鬆、從容
화끈하다	火熱的、熱烈、痛快 ＊화끈하다原本是「發燙、發燒」的意思，引申 　為因為一頭熱而花很多錢。화끈하게 놀자！則 　是「玩個痛快吧！」的意思。

옹졸하다 〈壅拙-〉	心胸狹窄
인색하다 /인새카다/ 〈吝嗇-〉	吝嗇、小氣 ＊也稱為짜다。 ＊구두쇠是指吝嗇鬼、鐵公雞、守財奴。吝嗇的 　男人是짠돌이；吝嗇的女人是짠순이。
치사하다 〈恥事-〉	卑鄙、無恥
쩨쩨하다	計較、小氣、吝嗇
쫀쫀하다	斤斤計較、錙銖必較 ＊本來的意思是毛衣等織得很細密。 ＊깍쟁이：小氣鬼、精明的人、吝嗇鬼〔一般用 　在女性或小孩〕。

외향적이다 〈外向的-〉	外向的

내성적이다 〈內性的-〉	內向的
꼼꼼하다	仔細的、一絲不苟
빈틈없다 /빈트멉따/	沒有疏漏的、嚴謹、周到
말끔하다	整潔、乾淨 ＊服裝等很整齊、很乾淨。〔事物的處理等〕很 　俐落。
칠칠하지 못하다	邋遢、丟三落四 ＊在會話中會用칠칠맞지 못하다/칠칠맞지 않 　다、칠칠찮다。 ＊吊兒啷噹、不正派、品行不端正：단정하지 못 　하다、단정치 못하다 ＊舉止不檢點的女人：몸가짐이 헤픈 여자
평범하다 〈平凡-〉	平凡的
비범하다 〈非凡-〉	非凡的
이성적이다 〈理性的-〉	理性的
감정적이다 〈感情的-〉	感性的
정열적이다 /정녈쩍-/ 〈情熱的-〉	熱忱、熱情、熱血
차분하다 조용하다	冷靜的、安靜的、沉著的
담담하다 〈淡淡-〉	淡泊、平靜
천진난만하다 〈天眞爛漫-〉	天真爛漫
순진하다 〈純眞-〉 착하다 /차카다/	純真、天真
순수하다 〈純粹-〉	單純、純真
순박하다 /순바카다/ 〈 朴-/淳樸-/醇朴-〉	純樸
소박하다 /소바카다/ 〈素朴-〉	樸素、樸實

어수룩하다 /어수루카다/	(說話或行動)憨厚、憨直、呆笨的 ＊숙맥 /숭맥/：笨蛋、二百五。指不辨黑白、不諳世情的人。原本是숙맥불변〈菽麥不辨〉，也就是「無法區分菽（豆）與麥的不同，愚笨無知之人」的意思。現在意思已有所改變，成為「天真的人」、「晚熟的人」、「在女性面前內向害羞的人」的代名詞。

고분고분하다 순종적이다 〈順從的-〉	謙恭的、順從的
반항적이다 〈反抗的-〉	反抗的、叛逆的

★其他正面性格、個性

훌륭하다	優秀、出色
대단하다	厲害 ＊父母在稱讚子女時會用기특하다〈奇特-〉、장하다〈壯-〉〔장하다在感情上較為強烈〕。
선량하다 /설량-/ 〈善良-〉	善良 ＊선남선녀〈善男善女〉：最近對於長相好的男女會這麼形容。
솔직하다 /솔찌카다/ 〈率直-〉	直爽、坦率
털털하다	隨和、隨便、不講究
점잖다 /점잔따/	斯文、端莊、文質彬彬 ＊表現「溫厚」、「穩重」、「莊重」、「端莊」等大人的成熟穩重。 ＊素雅的服飾：점잖은 옷 ＊文質彬彬的紳士：점잖은 신사분
얌전하다	文靜、斯文 ＊「溫文爾雅」、「穩重」、「不囉嗦」的意思。
착하다 /차카다/	善良、乖巧 ＊例如，我家小孩在外面很乖巧、很聽話〔우리 아이는 밖에서는 착하고 말을 잘 듣는다.〕，是行為正確且善良的意思，用來形容年紀較小的孩子。

지혜롭다 /지혜롭따/ 〈知慧-〉	智慧、聰明、機智
참을성이 있다 /참을썽-/ 〈-性-〉	有耐心 *也可以用인내심이 강하다 〈忍耐心-強-〉。
꿋꿋하다 /꾿꾸타다/	堅定、堅強
한결같다 /-갇따/	始終如一
끈질기다	執著、堅忍不拔
끈기가 있다	堅毅不拔、有毅力
냉정하다 〈冷靜-〉	冷靜
신중하다 〈愼重-〉	愼重
세심하다 〈細心-〉	細心、仔細

★ 其他負面性格、個性

나약하다 /나야카다/ 〈懦弱/愞弱-〉	懦弱、軟弱、心軟
재빠르다	迅速、敏捷
집요하다 〈執拗-〉	執著、執意
뻔뻔스럽다	厚顏無恥
눈치가 없다	不會看臉色、沒眼力
내숭떨다	矜持、裝模作樣
새침하다	冷淡、冷漠 *年輕女孩表現出冷淡高傲的態度。
시치미를 떼다	裝蒜、假裝不知、若無其事的樣子
덜렁거리다	冒冒失失、莽莽撞撞
경솔하다 〈輕率-〉	輕率、草率
변덕스럽다 〈變德-〉	變化無常
거칠다	粗糙、粗魯、馬虎、潦草、粗枝大葉
사납다 /사납따/	(泛指動物)兇猛 *主要用在形容動物。

난폭하다 /난포카다/ 〈亂暴-〉	野蠻、粗暴
모질다	狠毒、殘酷、狠心
잔인하다 〈殘忍-〉	殘忍
잔혹하다 /잔호카다/ 〈殘酷-〉	殘酷
얄밉다 /얄밉따/	討厭、可惡
못쓰다 /몯쓰다/	不好的、不行的 ＊韓國長輩指責晚輩是個「廢物」、「沒用的傢 　伙」時也會使用這個字。
간사하다 〈奸詐-〉	奸詐、阿諛諂媚
교활하다 〈狡猾-〉	狡猾
비겁하다 /비거파다/ 〈卑怯-〉	卑鄙、卑怯
거만하다 〈倨慢-〉	傲慢、高傲
괘씸하다	厭惡、反感、可惡
건방지다	傲慢無禮、高傲、放肆
주제넘다 /주제넘따/	自不量力
고집 세다 /고집쎄다/ 〈固執-〉	固執、倔強、犟
꼼꼼하다	仔細、細心 ＊指心思細膩、敏感。這種人因為怕出錯，神經 　通常比較緊繃。
날카롭다 /날카롭따/	鋒利、敏銳
신경질적이다 /신경질 쩍-/〈神經質的-〉	神經質的、神經兮兮 ＊也有「歇斯底里的」的意思。
괴팍하다 /괴파카다/ 〈△乖愎-〉	乖戾、孤僻 ＊「愎」原本念為곽，是「不符合事物的道理、 　違反正理」之意。 ＊執拗、頑固不知變通是깐깐하다。
까다롭다 /까다롭따/	挑剔、繁瑣、棘手、刁鑽 ＊頑固、囉嗦、對小事錙銖必較。
소홀하다 〈疏忽-〉	疏忽、大意、忽略 ＊疏忽：소홀히 하다（動詞）

대충대충하다	草率、湊合、馬馬虎虎、不嚴謹、過得去就好
우유부단하다 〈優柔不斷-〉	優柔寡斷
화를 잘 내다 〈火-〉	易怒、動輒發怒 ＊俗語的說法是성질이 더럽다 〈性質-〉，壞脾氣的意思。 ＊立刻就暴怒的人是다혈질 〈多血質〉，意指火氣旺盛、易衝動。
몰상식하다 〈沒常識-〉	無知、愚昧
자존심이 강하다 〈自尊心-强-〉	自尊心很強
제멋대로다 /제먿때로다/	隨便、恣意妄為、任性

〔形容人的用法〕

• -꾸러기：接在名詞後面的接尾語，指擁有這個名詞的特性的人。主要用在形容年紀較小的小孩，是讓人感覺到可愛的用法。
　＊걱정꾸러기：惹事鬼
　＊심술꾸러기 〈心術-〉：心機鬼
　＊말썽꾸러기：搗蛋鬼
　＊욕심꾸러기 〈慾心-〉：貪心鬼
　＊장난꾸러기：淘氣鬼
　＊잠꾸러기：瞌睡蟲

• -장이：-장이是接尾語，指稱某種職業或擁有某種技術的人。在這個工作或工具的後面接上-장이，作為成為「職人」的意思使用〔漢字為-匠이〕。可是最近因為這個-장이有蔑視職人之意，漸漸的已經很少使用了。
　＊간판장이：招牌工匠
　＊담장이，토담장이：砌牆工匠
　＊대장장이：打鐵工匠
　＊땜장이：焊接工人
　＊미장이：水泥工匠
　＊양복장이：裁縫工匠
　＊칠장이：油漆工匠

- -쟁이：接在表示人的性格、習慣、行動等字詞後面，對於這個人有些輕蔑的用法。大多不是用在好的意思上。
  *거짓말쟁이：謊話精
  *겁쟁이：膽小鬼
  *고집쟁이：死心眼、老頑固
  *노름쟁이：賭徒、賭鬼
  *떼쟁이：賴皮鬼
  *빚쟁이：債主
  *빵쟁이：麵包族
  *수다쟁이：嘮叨鬼
  *심술쟁이：心機鬼
  *안경쟁이：眼鏡俠
  *엄살쟁이：做作鬼
  *월급쟁이：月薪族
  *욕심쟁이：貪心鬼
  *점쟁이：算命師
  *코쟁이：洋人、阿逗仔
  *힘쟁이：大力士
  *개구쟁이：搗蛋鬼
  *멋쟁이：潮人〔不只是外表，連氣勢也很帥氣的人〕、帥哥

- -꾼：指專門從事某種職業或習慣做某種事情的人。
  *구경꾼：圍觀者、看熱鬧的
  *나무꾼：樵夫
  *낚시꾼：釣客
  *사기꾼〈詐欺-〉：騙子、神棍
  *사냥꾼：獵人
  *심부름꾼：跑腿的、打雜的
  *술꾼：酒鬼、酒客
  *장사꾼：生意人、商人
  *지게꾼：挑夫〔現在已幾乎不使用〕

・-보：表示具有某種性質的人。
  ＊땅딸보：矮冬瓜、小矮子
  ＊뚱뚱보：胖子
  ＊먹보：飯桶
  ＊느림보：慢性子、慢吞吞
  ＊술보：酒鬼
  ＊울보：愛哭鬼
  ＊털보：大鬍子

・-이：表示具有某種特性的人。
  ＊늙은이：老年人〔對於老人有些輕蔑的用法〕
  ＊덜렁이：冒失鬼
  ＊떠돌이：流浪漢
  ＊똘똘이：鬼靈精
  ＊어린이：兒童
  ＊점박이：帶斑點的（人或動物）〔狗的愛稱〕
  ＊바둑이：小花狗〔狗的愛稱〕
  ＊젊은이：年輕人
  ＊출랑이：冒失鬼
  ＊젖먹이：吃奶嬰兒

・-개：具有某種特性的人（貶義）。
  ＊똥싸개：大便大在褲子上的人、屎拉在褲子上的人
  ＊침흘리개：流口水的人
  ＊코흘리개：流鼻涕的人

・-잡이：對具有某種性質之人的貶稱。
  ＊바람잡이：同夥、幫腔（指從旁誘人受騙上當的人，假裝是客人來買東
    西，其實是賣家的同夥）
  ＊안경잡이：四眼田雞
  ＊오른손잡이：右撇子
  ＊왼손잡이：左撇子

- -둥이：對帶有某種特性之人的愛稱或貶稱。
  * 검둥이：黑人（貶稱）、小黑〔狗的愛稱〕
  * 흰둥이 /힌둥이/：白色垃圾、白色廢物（貶稱）、小白〔狗的愛稱〕
  * 귀염둥이：小寶貝、小乖乖
  * 늦둥이 /늗뚱이/：老來得子、神經慢半拍的人
  * 막둥이：老么
  * 바람둥이：花花公子
  * 쌍둥이〈雙-〉：雙胞胎
  * 세쌍둥이〈-雙-〉：三胞胎

- 뱅이：表示對具有不良習慣或特徵之人的貶稱。
  * 가난뱅이：窮光蛋
  * 게으름뱅이：懶惰鬼
  * 앉은뱅이：癱子〔無法以腳站起的人。靠膝蓋或臀部移動的人。〕
  * 주정뱅이：酒鬼

- -내기：表示對具有某種特性之人的通稱。
  * 동갑내기〈同甲-〉：同齡
  * 새내기：新人、新生
  * 서울내기：首爾人（如同稱台北人為「天龍人」一般，是一種帶有貶意的稱呼方式）
  * 시골내기：鄉巴佬（帶有貶意的稱呼）
  * 신출내기〈新出-〉：新手、新生
  * 여간내기〈如干-〉：常人、凡人、一般人（常與否定一起使用，如여간내기가 아니다。表示這個人不一般，跟我們這些人不同。）
  * 풋내기：新手、初出茅廬

- -박이：表示有某种特徵的人。
  * 금니박이：鑲金牙的人
  * 네눈박이：指兩眼上面有點點的狗，如柴犬、伯恩山犬。
  * 점박이：帶斑點的（人或動物）
  * 토박이，본토박이：土生土長的人，本地人

2. 各種感情行動

＊在這一節，為了便於學習，分別標示出〔動〕、〔形〕、〔副〕。

★感情行動

기뻐하다 〔動〕	高興、喜悅
기쁘다 〔形〕	高興、喜悅
반갑다 /반갑따/ 〔形〕	高興、喜歡 ＊與故人重逢、已經期待很久的事情得以實現時的喜悅感情。發生沒有預期到的好事時也可以使用。
즐겁다 /즐겁따/ 〔形〕	高興、愉快 ＊愉快的旅行：즐거운 여행 ＊歡度（…的時光/時間）：즐겁게 지내다
즐거워하다 〔動〕	享受、喜愛
즐기다 〔動〕	享受、嗜好 ＊享受青春：청춘을 즐기다 ＊喜歡飲酒：술을 즐기다
재미있다 〔形〕	有趣的
마음이 들뜨다 〔動〕	(心情)激動、興奮
마음이 설레다 〔動〕	(內心)悸動
두근거리다 〔動〕	心臟撲通撲通地跳、怦然心動、悸動、忐忑不安 ＊感受到心臟跳得很快的「心跳加速」。除了在喜歡的人面前感到胸口怦怦跳之外，也可以用在因為不安、恐懼、驚嚇而心跳加速的時候。
흐뭇하다 /흐므타다/ 〔形〕	滿意的 ＊흐뭇한 이야기：受用的談話。
만족하다 /만조카다/ 〔動〕 〔形〕	滿足

행복하다 /행보카다/ 〔形〕	幸福、美滿 ＊깨가 쏟아지다：指類似新婚初期的生活，瀰漫著愛情，幸福快樂的樣子〔主要是形容他人〕。直譯是「很多芝麻灑下來」。採收芝麻的時候，輕輕一劃，就會有很多芝麻掉下來。깨가 쏟아지다就是從這種快樂衍生出來的字。
사랑하다 〔動〕	愛慕
좋아하다 〔動〕	喜歡
마음에 들다 〔動〕	滿意
흡족하다 /흡쪼카다/ 〈洽足-〉 〔形〕	心滿意足
귀여워하다 〔動〕 애지중지하다 〈愛之重之-〉 〔動〕	疼愛、心愛 ＊애지중지하다是極其寵愛、珍惜的意思。
소중하다 〈所重-〉 〔形〕	珍貴、寶貴
소중히 하다 〈所重-〉 〔副＋動〕	愛護、珍重
아끼다 〔形〕	節省、節約、珍惜 ＊對物品、時間、金錢等，節約不浪費。
아쉬워하다 〔動〕	可惜、遺憾 ＊可惜、遺憾、覺得不甘心，也有憐憫珍愛的意思。
아쉽다 /아쉽따/ 〔形〕	令人可惜的 ＊遺憾、可惜；也有惹人憐愛的意思。
따분하다 〔形〕	枯燥無味、單調乏味
재미없다 〔形〕	無趣的 ＊不有趣、無趣、沒感覺、沒興趣。
시시하다 〔形〕	不怎麼樣、沒意思 ＊某個對象很無趣、無聊、平凡無奇令人煩膩。
하찮다 /하찬타/ 〔形〕	不值一提、微不足道、無關緊要
진절머리가 나다 〔動〕	厭煩的、煩人的

안타깝다 /안타깝따/ 〔形〕	遺憾、惋惜
귀엽다 /귀엽따/ 〔形〕	可愛
사랑스럽다 〔形〕	乖巧、可愛、討喜
바라다 〔動〕 원하다 〈願-〉 〔動〕	祈求、祈盼、希望
소망하다 〈所望-〉 〔動〕	希望、期盼
동경하다 〈憧憬-〉 〔動〕	憧憬、嚮往
웃다 /욷따/ 〔動〕	笑
웃는 얼굴 /운는-/	笑臉、笑意盎然
미소 짓다 /-짇따/ 〔ㅅ變〕	微笑、含笑
비웃음 /비우슴/	譏笑、恥笑、嘲笑
비웃다 /비욷따/ 〔動〕	譏笑、恥笑、嘲笑、嘲諷
웃음소리 /우슴쏘리/	笑聲
빙그레 〔副〕	笑瞇瞇 ＊嘴角輕綻，無聲而笑的模樣。
싱글벙글 〔副〕	笑逐顏開、眉飛色舞、眉開眼笑 ＊愉快地微笑的模樣。
씩 〔副〕	嘻 ＊咧嘴一笑。只是嘴邊笑著，嘻皮笑臉的樣子。
낄낄 〔副〕	嘻嘻、噗嗤一笑 ＊抑制住激動的笑意，忍住笑的樣子。
껄껄 〔副〕	哈哈、呵呵 ＊放聲大笑的樣子。
히죽히죽 〔副〕	嘻嘻、嘿嘿、咧嘴偷笑 ＊不發出聲音，笑得令人毛骨悚然的模樣。
울다 〔動〕	哭泣
우는 얼굴 울상 /울쌍/ 〈-相〉	哭臉、哭相

울상을 짓다 /-짇따/ 〈-相-〉〉〔動〕ㅅ變	哭喪著臉
따라 울다 〔動〕	跟著哭
흐느끼다 〔動〕	抽泣、嗚咽、哽咽
통곡하다 /통고카다/ 〈慟哭-〉〔動〕	痛哭
울음소리 /우음쏘리/	哭聲
응애응애 〔副〕	哇哇 ＊嬰兒的哭聲。
앙앙 〔副〕	哇哇 ＊小孩子響亮的哭聲。
훌쩍훌쩍 〔副〕	形容抽泣的聲音 ＊愛哭鬼靜靜哭泣的聲音。
흑흑 〔副〕	抽噎、啜泣 ＊女性或小孩靜靜哭泣的聲音。
엉엉 〔副〕	形容嚎啕大哭的聲音 ＊主要是男性大聲哭泣的聲音。

외롭다 /외롭따/ 〔形〕	寂寞
서운하다 〔形〕	可惜、惋惜、惆悵、失落
서글프다 〔形〕	悲傷、哀傷、淒涼 ＊難以排遣。表現帶著寂寞的哀傷。
가련하다 〈可憐-〉〔形〕	令人憐憫的、可憐的
가엽다 가엾다 /가엽따/ 〔形〕	淒涼、悲哀 ＊這 2 種用法皆被承認為正確的複數標準語。原本標準語是가엾다，但因為誤用的人很多，가엽다也得到承認。現在以가엽다為主流。
불쌍하다 〔形〕	可憐
비참하다 〈悲慘-〉〔形〕	悲慘

미워하다 〔動〕	厭惡、憎恨、討厭
밉다 /밉따/ 〔形〕	討厭、難看、可恨、醜陋
얄밉다 /얄밉따/ 〔形〕	令人厭煩的、可惡、可憎、討厭

원망하다 〈怨望-〉	埋怨、抱怨 ＊吐露全部冤屈：갖은 원망을 늘어 놓다
서럽다 /서럽따/ 〔形〕	委屈、傷心
분하다 〔形〕	氣憤、憤慨
억울하다 〈抑鬱-〉 〔形〕	委屈、冤枉
슬프다 〔形〕	傷心的、悲傷的
슬퍼하다 〔動〕	傷心、悲傷
사무치다 〔動〕	刻骨、滲透 ＊刻骨銘心：마음에 깊이 사무치다 ＊恨之入骨：원한이 뼈에 사무치다
불평하다 〈不平-〉 〔動〕	不滿、牢騷、抱怨
투덜대다 〔動〕 투덜거리다 〔動〕	嘟囔、嘀咕
시새우다 〔動〕 시샘하다 〔動〕	嫉妒、眼紅 ＊嫉妒別人的幸福：남의 행복을 시샘하다
부러워하다 〔動〕	羨慕 ＊羨慕別人的成功：남의 성공을 부러워하다 ＊投以羨慕的目光：선망의 눈길로 보다 ＊令人羨慕的交情：남들이 부러워하는 사이
부럽다 /부럽따/ 〔形〕	羨慕的、眼饞
경멸하다 〈輕蔑-〉	輕蔑、鄙視、鄙夷
업신여기다 /업씬녀기다/ 〔動〕	欺負、藐視、看不起 ＊投以藐視的目光：업신여기는 눈으로 보다
깔보다 〔動〕	看不起、瞧不起
얕보다 /얕뽀다/ 〔動〕	小看、小覷
소홀히 하다 〈疏忽-〉 〔副＋動〕	疏忽、忽略 ＊敷衍了事〔隨便對待〕。不重視。
비웃다 /비욷따/ 〔動〕	譏笑、恥笑、嘲笑、嘲諷

자조하다 〈自嘲-〉〔動〕	自嘲
질리다 〔動〕	厭倦，膩 ＊對食物或工作感到厭倦、煩膩。 ★어제 고기를 물리도록 먹었어.（昨天吃肉吃到快膩死了） ★이 영화는 몇 번 봐도 물리지 않아요.（這部電影就是看再多次也不會膩）
물리다 〔動〕	煩膩、膩味、厭煩 ＊一般只用在食物上。 ★매일 아침에 계란만 먹어서 물렸어.（每天早上都吃雞蛋已經很膩了）
싫증 나다 /실쯩-/ 〈-症-〉〔動〕	厭倦、膩
꺼리다 〔動〕	顧忌、忌諱、討厭、迴避
싫다/실타/ 〔形〕	討厭的
싫어하다/시러-/ 〔動〕	討厭、不願意
부끄럽다 /부끄럽따/ 〔形〕	害羞的、羞愧的 ＊明明在旁人看來沒甚麼大不了的，但因為強烈意識到自己的缺點、過錯或工作沒能做好等，打從內心感到有種羞愧感。這也包括受到稱讚時，感到不好意思的情況等。
부끄러워하다 〔動〕	害羞、羞愧、慚愧
창피하다 〈猖披-〉〔形〕	丟臉、丟人 ＊因為犯下沒臉見人的失敗而感到羞愧。부끄럽다是對於自己感到羞恥，창피하다是因為意識到他人而感到羞恥。 ＊俗語有쪽팔리다。
쑥스럽다 〔形〕	難為情的、害羞 ＊自己的行為舉止不自然，因尷尬時的難為情而感到羞愧。
쑥스러워하다 〔動〕	害臊、害羞
수줍어하다 〔動〕	腼腆、羞澀、羞答答

화나다 〈火-〉〔動〕 성나다 〔動〕	生氣、發火 ＊自然地發怒，自己無法平息憤怒的狀態。 ＊動物勃然大怒的狀況是성나다。 ＊小孩子生氣地噘嘴是골내다 /골래다/〔鬧脾氣：골난 표정을 짓다 /골란-짇따/〕。 ＊突然暴怒是성질내다 /성질래다/〈性質-〉。
화내다 〈火-〉〔動〕	發脾氣、生氣、發火 ＊對於某件事情，表示自己的憤怒。
약 오르다 〔動〕	令人火大、讓人一肚子火 ＊自己被嘲笑、事情不順利而生氣的時候。
약 올리다 〔動〕	招惹、氣人
분노하다 〈憤怒-〉〔動〕	憤怒
안절부절못하다 /안절부절모타다/〔動〕	坐立不安、心神不寧 ＊基本上是指行動面的部分，而非情感性的部分。對於自己所採取的行動，可以說自己「안절부절못하겠어！」，對於對方的行動，則說「안절부절못하고 있네.」。
짜증이 나다 〔動〕	心煩、不耐煩
지긋지긋하다 /지귿찌그타다/〔形〕	厭煩、令人生厭

3. 各種思考活動
★思考

생각하다 /생가카다/〔動〕	思考、認為 ＊생각하다使用在經過思考的狀況。 ＊「我認為是～」除了「～라고 생각해요.」之外，亦可以「～인 것같아요.」、「～다 싶어요.」、「～이/가 아닐까요？」來表示。 ＊생각이 없다表示對食物「不想吃」。
생각나다 /생강나다/〔動〕	想起來、記起來
느끼다 〔動〕	感覺 ＊感到疲勞：피부로 느끼다
알아차리다 /아라차리다/〔動〕	注意到、覺察到

깨닫다 /깨닫따/ 〔動〕 ㄷ變	領悟、覺悟 ＊知錯：잘못을 깨닫다
간파하다 〈看破-〉 〔動〕	看破、看穿、看清
수상하다 〈殊常-〉 〔形〕	奇怪、可疑、蹊蹺
의심하다 〈疑心-〉 〔動〕	疑心、懷疑
간주하다 〈看做-〉 〔動〕	看做、當做、視為
분간하다 〈分揀-〉 〔動〕	辨別、識別 ＊分辨真與假：진짜와 가짜를 분간하다
자각하다 /자가카다/ 〈自覺-〉 〔動〕	自覺、覺悟
남의 눈을 의식하다 /- 의시카다/ 〈-意識-〉 〔動〕	在意別人的看法
의식적으로 /이식쩌그로/ 〈意識的-〉	有意識地、有意地
무의식적으로 /무이식쩌 그로/ 〈無意識的-〉	無意識地
염려하다 /염녀-/ 〈念慮-〉 〔動〕	掛念、擔心
조심하다 〈操心-〉 〔動〕	小心
걱정하다 /걱쩡-/ 〔動〕	擔心
우려하다 〈憂慮-〉 〔動〕	憂慮、擔憂
잊다 /읻따/ 〔動〕	忘記
깜빡 잊어버리다 /-이저버리다/ 〔動〕	一時忘記
건성	敷衍、馬虎
희미한 기억 〈稀微-記憶〉	模糊的記憶
생각이 나다 〔動〕 생각나다 /생강나다/ 〔動〕	想起來

생각해 내다 /생가캐-/ 〔動〕	想出、研究出
기억하다 /기어카다/ 〈記憶-〉〔動〕	記憶、記得 ＊記憶力：기억력 /기엉녁/〈記憶力〉
명심하다 〈銘心-〉〔動〕	銘記、牢記
상상하다 〈想像-〉〔動〕	想象
이미지를 그리다 〈image-〉〔動〕	描繪影像
고민하다 〈苦悶-〉〔動〕	苦惱、操心
괴로워하다 〔動〕	痛苦、難受
고생하다 〈苦生-〉〔動〕	辛苦、吃苦、受罪
참다 /참따/〔動〕	忍受、忍耐 ＊只能用於人。用於笑或怒等在自己心中產生的感情，也能用於小便、放屁、打呵欠等生理上的本能。用於短時間內發生的事，即使沒有忍住也不會發生嚴重的後果。
견디다 〔動〕	忍受、忍耐、堅持 ＊可用於動植物或非生物體。用於面對外部給予的條件或狀況，跟참다相比持續較長的一段時間。如果沒有忍住，就會發生嚴重的後果。
후회하다 〈後悔-〉〔動〕	後悔
뉘우치다 〔動〕	懊悔、悔悟
체념하다 〈諦念-〉〔動〕	死心、放棄
실망하다 〈失望-〉〔動〕	失望
침울해하다 〈沈鬱-〉 〔動〕	沉鬱、沉悶
절망하다 〈絶望-〉〔動〕	絕望

믿다 /믿따/ 〔動〕	相信、信任
미덥다 〔形〕	可靠、信得過的
신용하다 /시뇽-/ 〈信用-〉 〔動〕	信任

망설이다 /망서리다/ 〔動〕	猶豫、遲疑、舉棋不定
주저하다 〈躊躇-〉 〔動〕	躊躇
헷갈리다 /헫깔리다/ 〔動〕	弄糊塗、混淆
당황하다 〈唐慌-〉 〔動〕	驚慌、慌張

의심하다 〈疑心-〉 〔動〕	疑心
오해하다 〈誤解-〉 〔動〕	誤解
미안하다 〈未安-〉 〔動〕	抱歉、勞駕 ＊미안합니다、미안해요不能用於比自己年長的人。向年長者道歉時使用죄송합니다〈罪悚-〉，〔女性經常使用죄송해요〕。
민망하다 〈憫惘-〉 〔動〕	不好意思、難為情
반성하다 〈反省-〉 〔動〕	反省

무섭다 /무섭따/ 〔形〕	可怕的、恐懼的、驚人的 ＊使用在對於某物具體感到害怕或有恐懼感的時候。
무서워하다 〔動〕	可怕、驚人、恐懼
두렵다 /두렵따/ 〔形〕	害怕、畏懼、敬畏 ＊眼睛看不到的、心理上的不安、對於會威脅到自己的事物感到害怕時使用。經常用在擔心的事情上。
두려워하다 〔動〕	害怕、畏懼、敬畏
겁내다 /검내다/ 〔動〕	害怕、膽怯

깜짝 놀라다 /깜짱-/ 〔動〕	驚嚇、大吃一驚
놀래다 〔動〕	嚇到、令人驚訝

주눅 들다 /-뜰다/ 〔動〕	畏縮、懦弱
～하고 싶어 하다 /-시퍼하다/ 〔動〕	他人有想做某事的樣子
～하려고 하다 〔動〕	打算做某事
～할 생각이다 /-생가기다/ 〔動〕	有做某事的意念
～할 작정이다 /-작쩡이다/ 〈-作定-〉 〔動〕	打算做某事 ＊使用在有具體的決心時。
내키다 〔動〕	動心、情願、樂意、欣然
열중하다 /열쭝-/ 〈熱中-〉 〔動〕	熱衷、聚精會神
몰두하다 /몰뚜-/ 〈沒頭-〉 〔動〕	埋頭、專心、熱衷

各種思考活動

4.

知人知己

【4】知人知己

1. 人生
★人的一生

수정란 /수정난/〈受精卵〉	受精卵
태아〈胎兒〉	胎兒

신생아〈新生兒〉	新生兒
미숙아 /미수가/〈未熟兒〉	早產兒
유아〈乳兒〉	幼兒 ＊發音與幼兒（유아）相同，為了區別會說成 젖먹이、영유아（嬰幼兒）。
아기	孩子 ＊口語中常會說成애기。

유아〈幼兒〉	幼兒
어린이 /어리니/	兒童 ＊小朋友：꼬마、꼬맹이
소년〈少年〉	少年 ＊男童：남자아이〔以前叫做사내아이〕 ＊少年易老學難成：늙기는 쉬우나 배움을 이루기는 어렵다 ＊少年要抱以雄心：소년이여 야망을 가져라
소녀〈少女〉	少女 ＊女孩：여자아이〔以前叫做계집아이，但因這個字現在不是用在好的意思上，有卑下語的言外之意，現在已不再使用〕 ＊在呼喚時會用「학생！」。不過，中學到大學的學生可以喚為「학생！」，小學生一般會喚為「애야！」、「꼬마야！」。

젊은이 /절므니/	年輕人
청년〈靑年〉	青年

성인 〈成人〉	**成年人、成人** ＊稱呼成年的男性會用「아저씨！」。 ＊稱呼成年的女性時，如果外表看起來年輕稱呼 　為「언니！」〔過去是稱呼「아가씨！」〕， 　如果看來有些年紀則稱呼為「아줌마！」、 　「아주머니！」。
어른	**大人** ＊어르신네：指稱別人的父親、或是與父親年紀 　相同的人。比어른更尊敬。
장년 〈壯年〉	**壯年**
중년 〈中年〉	**中年**
노인 〈老人〉	**老人** ＊呼喚時會用「할아버지！」、「할머니！」。 　更為尊敬一些會呼喚「어르신！」。 ＊늙은 사람：年紀大的人。 ＊영감〈令監〉：已退休的人，在年長的夫婦之 　間，妻對夫的稱呼。 ＊나이 먹은 사람：雖然已經上年紀，但看起來 　一點都不顯老的人。

★人生

인생 〈人生〉	**人生**
평생 〈平生〉	**生平、終身、一輩子**
팔자 /팔짜/ 〈八字〉	**八字** ＊八字很好〔不好〕：팔자가 좋다〔나쁘다〕 ＊絕好的八字：타고난 팔자
운명 〈運命〉	**命運** ＊命運般的相遇：운명적 만남 ＊命運般的玩笑：운명의 장난 ＊違抗命運：운명에 거스르다、운명을 거스르다 ＊左右命運：운명을 좌우하다
벌 〈罰〉	**懲罰** ＊受到懲罰：벌을 받다

태어나다	**出生** ★我出生於 1993 年 6 月 1 日 : 저는 1993년 6월 1일에 태어났어요.
탄생하다 〈誕生-〉	**誕生**
생년월일 /생녀눠릴/ 〈生年月日〉	**出生年月日**
생일 〈生日〉	**生日** ＊生辰（敬語）: 생신 〈生辰〉
생일 파티 〈生日 party〉	**生日派對、生日宴會**
생일 선물 〈-膳物〉	**生日禮物**
생일 케이크 〈-cake〉	**生日蛋糕**

나이	**年齡** ＊年歲、年紀: 연세 〈年歲〉〔年齡的敬語〕 ＊年長兩歲: 두 살 위다 ＊年輕一歲: 한 살 밑이다 ＊同齡: 동갑이다 ＊年齡差距大: 나이 차가 많이 나다
늙다 /늑따/	**年老** ＊一般使用過去時制表示 늙었다（變老）。
연령 /열령/ 〈年齡〉	**年齡**

年齡的特別說法

- 志學之年 : 지학 〈志學〉
  ＊15 歲的別稱。源自論語的「吾十有五而志於學」。
- 而立之年 : 이립 〈而立〉
  ＊30 歲的別稱。源自論語的「三十而立」。
- 不惑之年 : 불혹 〈不惑〉
  ＊40 歲的別稱。源自論語的「四十而不惑」。
- 知命之年 : 지천명 〈知天命〉
  ＊50 歲的別稱。源自論語的「五十而知天命」。
- 耳順之年 : 이순 〈耳順〉
  ＊60 歲的別稱。源自論語的「六十而耳順」。
- 花甲之年 : 환갑 〈還甲〉、회갑 〈回甲〉
  ＊60 歲的另一個別稱。中國古代曆法是以 10 天干與 12 地支錯縱相配來紀元，總共有 60 個組合，每 60 為一個循環，所以六十是一個甲子，稱為

「六十花甲子」，又稱為「花甲」。後來這種計算方式引用到年齡上，故 60 歲除了「耳順之年」，還可稱為「花甲之年」。

＊出生之年的干支循環一輪，以出生算 1 歲來計數為 61 歲。

＊花甲宴：환갑잔치 /환갑짠치/

・古稀之年：고희 /고히/〈古稀〉

＊70 歲的別稱。源自杜甫之詩「人生七十古來稀」。也稱為칠순〈七旬〉。

・喜壽〔77 歲〕：희수 /히수/〈喜壽〉

・米壽〔88 歲〕：미수〈米壽〉

＊80 歲為팔순〈八旬〉。

・卒壽〔90 歲〕：졸수 /졸쑤/〈卒壽〉

＊90 歲也稱為구순〈九旬〉。

・白壽〔99 歲〕：백수 /백쑤/〈白壽〉

★幼兒－少年期

조숙아 /조수가/〈早熟兒〉	早熟兒童 ＊相反地，「天真的人」、「晚熟的人」、「戀愛經驗（性經驗）少的人」稱為숙맥 /숭맥/。原本是숙맥불변〈菽麥不辨〉，也就是無法區別菽（豆）與麥的愚笨之人，意為缺乏常識或判斷能力，不諳世事的人。
골목대장 /골목때장/〈-大將〉	孩子王
개구쟁이	調皮鬼、搗蛋鬼
문제아〈問題兒〉	問題兒童 ＊也稱為말썽꾸러기、사고뭉치〈事故-〉。
장난꾸러기	淘氣鬼、頑童
망나니	無賴、瘋三、痞子
비행소년〈非行少年〉	不良少年
이단아 /이다나/〈異端兒〉	行為不端正的孩子
귀국 자녀 /귀국짜녀/〈歸國子女〉	歸國子女

★青年期－壯年期－老年期

반항기 〈反抗期〉	叛逆期 ＊擺出反抗、抗拒的態度：반항적인 태도를 보이다
반항하다 〈反抗-〉	反抗、抗拒 ＊向父母反抗：부모에게 반항하다 ＊無法承擔：감당할 수가 없다 〈堪當-〉
말대꾸하다 말대답하다 〈-對答-〉	頂嘴、回嘴
욕구 불만 /욕꾸-/ 〈欲求不滿〉	不滿、欲求不滿 ＊累積不滿：욕구 불만이 쌓이다
사춘기 〈思春期〉	思春期 ＊也稱為질풍노도의 시기 〈疾風怒濤-時期〉。
이차 성징 〈二次性徵〉	第二性徵 ＊第二性徵出現：이차 성징이 나타나다
청춘 시절 〈靑春時節〉 청춘 시대 〈靑春時代〉	青春期
장년기 〈壯年期〉	壯年期
한창 일할 나이	正值壯年
갱년기 〈更年期〉	更年期
은퇴하다 〈隱退-〉	隱退、退休
은거하다 〈隱居-〉	隱居
노후 〈老後〉	老年、晚年 ＊老年保障：노후 보장 〈老後保障〉 ＊老年儲蓄：노후 저축 〈老後貯蓄〉 ＊老年之樂：노후의 낙 〈-樂〉
불로장생 〈不老長生〉	長生不老
무병장수 〈無病長壽〉	健康長壽

2. 人際關係
★人際關係

인간 〈人間〉	人類 ＊人：사람。
인간관계 〈人間關係〉	人際關係
남녀노소 〈男女老少〉	男女老少
선남선녀 〈善男善女〉	善男信女
신사 〈紳士〉	紳士
숙녀 /숙녀/ 〈淑女〉	淑女
미성년자 〈未成年者〉	未成年人
윗사람 /윋싸람/	上位者 ＊也稱為손윗사람。연상〈年上〉、연하〈年下〉主要用在形容情侶時。 ＊女大男小的情況則稱為연상연하 커플〈年上年下 couple〉。
연장자 〈年長者〉	年長者
손아랫사람 /소나랟싸람/	晚輩
동갑내기 /동감내기/〈同甲-〉 또래	同齡人 ＊갑〔동갑的俗語〕。我們是同齡哦：우리 갑이네.
선배 〈先輩〉	前輩
후배 〈後輩〉	後輩 ＊前輩與後輩合稱為선후배〈先後輩〉。
이웃집 /이욷찜/ 옆집 /엽찝/	左鄰右舍、鄰居、鄰居家
이웃 사람 /이욷싸람/	鄰居
이웃 사촌 /이욷싸촌/ 〈-四寸〉	街坊鄰居、遠親不如近鄰 ＊交情特別好的鄰居。
친구 〈親舊〉 벗 /벋/	朋友 ＊벗這個固有語是文言用法，感覺格調較高〔經常使用在詩歌之中〕。 ＊동무這個固有語過去經常使用，但因為北朝鮮將之用在有政治意味的用法上，之後韓國就幾乎不再使用這個字了。

109

친한 친구 〈親-親舊〉	好朋友、閨蜜 ＊最近的年輕人，對於親近的朋友會將베스트프렌드簡稱為베프。
소꿉동무 /-똥무/	青梅竹馬 ＊소꿉是玩扮家家酒的玩具。 ＊因為동무這個字詞在北朝鮮意指同志，所以南韓避之，使用소꿉친구來替代。 ＊男性之間的兒時玩伴也稱為불알친구〈-親舊〉。
죽마고우 /중마고우/ 〈竹馬故友〉	青梅竹馬
동료 /동뇨/ 〈同僚〉	同事
짝 짝꿍	夥伴
상대방 〈相對方〉	對方
회원 〈會員〉	會員
아는 사람	認識的人
지인 〈知人〉	熟人
동포 〈同胞〉	同胞 ＊當韓國人指稱在台灣的韓國人時，稱대만동포〈臺灣同胞〉、대만교포〈臺灣僑胞〉。在日本的韓國人是재일동포〈在日同胞〉、재일교포〈在日僑胞〉，在美國的韓國人是재미동포〈在美同胞〉、재미교포〈在美僑胞〉。
남 타인 〈他人〉	他人、別人 ＊남남：陌生人、外人。
적 〈敵〉	敵人 ＊也稱為원수。北朝鮮因為원수和「元帥」的發音相同，在指「敵人」、「仇人」的時候，會寫成원쑤。
라이벌 〈rival〉	競爭對手、敵手

稱呼人、詢問名字的方式

（1） 韓語的人稱代名詞非常複雜，只要稍有錯誤就會給對方留下不好的印象。首先希望讀者們要注意的是당신。당신只能用在丈夫喚妻子的時候、挑釁的時候或是廣告等對於不特定多數的人有某種訴求時。

（2） 在姓氏不多，有許多人同名同姓的韓國，喚人時一般都會稱呼「全名＋

씨」如「오성욱 씨（吳星郁女士）」、「이혜경 씨（李惠京女士）」。
當不知全名時，則如「김 선생님（金先生/小姐）」這樣以「姓＋선생님」，或是「박 사장님（朴社長）」這樣在職稱後加上敬稱）。

（3） 不知道對方名字時只稱呼선생님也不要緊。這個선생님並非「老師」的意思，而是輕鬆的「～先生/女士」之意。一定要加上님，稱為선생님。只說선생是很沒有禮貌的。

（4） 要問「請問尊姓大名？」的時候，必須說「성함이 어떻게 되세요？」，要避免直接說出「你」，而以間接的方式來說。「당신 이름 뭐예요？」這樣的用法雖然經常出現在課本裡，但其實是絕對用不得的粗俗用法。

（5） 學生之間、朋友之間，不論是男性或女性，關係親近時可直呼名字不加敬稱。例如原本的名字是헌철，喚為「헌철아！」；原本是용수，喚為「용수야！」。名字有終聲接아，名字沒有終聲接야，這樣等於不加敬稱直呼其名〔在釜山等地，習慣以名字最後一個字加上아〔야〕來喚人，名為헌철就是「철아！」，名為용수就以「수야！」來稱呼〕。

（6） 「君〔孃〕」這樣的用法，在韓國是年長者稱呼年輕人時使用的稱呼〔如김 군、이 양〕，但最好不要使用。

（7） 在叫喚小孩子的時候，就是別人的小孩，也可直呼其名不需敬稱。詢問姓名時，可問「너, 이름이 뭐야？（你叫什麼名字？）」。陌生人在稱呼學生〔或是年紀相當的年輕人〕會說「학생！」、「총각！」。

（8） 「미스터 김」、「미스 리」、「미세스 정」等稱呼方式，過去經常在公司裡面使用，但最近已經不再這麼用。

（9） 對於「～先生/小姐」的新的說法，例如在銀行當行員要稱呼顧客時，會以「박경준 님」或「김유순 님」這樣的方式，在全名的後面加上님。網際網路上的稱呼也這麼使用，例如 kuma님、강아지님，在網名上直接加上님使用。

（10） 在機場或百貨公司廣播呼喚客人時，以「이동진 손님」、「박인숙 손님」等用全名+손님的稱呼方式已經相當普及。

（11） 打到百貨公司賣場或顧客服務中心的電話，稱呼客人會使用고객님，現在已經是很普遍的用法。

★ 親子關係

부모 〈父母〉	父母
	＊父親與母親合稱어버이或부모，沒有特指父親或母親時可以稱부모。「雙親」是양친〈兩親〉，但這種用法比較正式。此外，韓文裡雖然沒有跟「親子」相等的字，但可以區分父母與子女為부자〈父子〉、모자〈母子〉、부녀〈父女〉、모녀〈父女〉。

아버지	**父親** ＊「父親」的尊稱為아버님。對於身分較高的人，提及對方的父親時，稱춘부장〈椿府丈〉。부친〈父親〉是書面語，不用在會話中。另外，祖父母對孫子提及其父親的時候稱為아비。
아빠	**爸爸** ＊小孩子撒嬌時使用，長大之後不用。或是妻子在對他人稱呼自己丈夫時用우리 아빠（我家爸爸），或在前面冠上自己小孩的名字如선희 아빠、진수 아빠等〔不使用나의 아빠〕。
어머니	**母親** ＊「母親」的尊稱為어머님。對長輩或上司提及其母親時用자당〈慈堂〉。모친〈母親〉為書面語，不用在會話中。另，祖父母對孫子提及其母親時用어미。
엄마	**媽媽** ＊跟아빠一樣，小孩子撒嬌時使用。雖然長大之後不用，不過到某個年紀的人還是可以用，使用的時間比아빠更久一點〔正式場合不使用〕。
아이	**孩子** ＊指兒子、女兒。
자식〈子息〉	**兒女** ＊也稱為내 자식。
아들	**兒子** ＊在他人面前謙稱自己兒子時用아들 자식〈-子息〉。提及他人的兒子時用아드님〔也可用자제분〈子弟-〉〕。直接稱呼自己兒子的時候，以兒子的名字加上呼格助詞아、야（人名音節末音為子音時用아〔정용아〕，母音時用야〔성우야〕）。
딸	**女兒** ＊在他人面前謙稱自己女兒時用딸 자식〈-子息〉。提及他人的女兒時用따님〔也可用자녀분〈子女-〉〕。直接稱呼自己女兒的時候，以女兒的名字加上呼格助詞아、야（人名音節末音為子音時用아〔정숙아〕，母音時用야〔경희야〕）。

외아들	**獨生子** ＊也稱為독자〈獨子〉。「連續三代都只有一個男孩」稱為삼대독자〈三代獨子〉，有免除兵役的優惠。用외동아들，帶有因為是獨生子所以特別嬌養的感覺。
외딸	**獨生女** ＊「生在全是兒子的家裡的獨女」是고명딸。用외동딸，帶有因為是獨生女所以特別嬌養的感覺。
장남〈長男〉	**長子** ＊也稱為맏아들。「次子」是차남〈次男〉或둘째아들，「三子」是삼남〈三男〉或셋째 아들。
장녀〈長女〉	**長女** ＊也稱為맏딸。「次女」是차녀〈次女〉或둘째딸，「三女」是삼녀〈三女〉或셋째 딸。 ＊在韓國有셋째 딸은 얼굴도 안 보고 데려간다.（三女不用看長相就可以帶走）的俗諺，意為三女上有兩個姊姊為榜樣，行為舉止都好，可以娶來當媳婦。
막내 /망내/	**老幺** ＊使用時沒有男女的區分。要區分時用막내아들、막내딸。也可以用막둥이 /막뚱이/（有可愛的感覺）。

★兄弟姊妹

형〈兄〉 오빠	**兄長、哥哥** ＊형是弟弟稱呼自己哥哥時的用法。稱呼時用형님（哥哥）這樣較尊敬的用法。妹妹稱呼哥哥為오빠。和自己沒有血緣關係，年齡差距不大、親近的年長男子都可以這麼稱呼。
누나 언니	**姐姐** ＊누나是弟弟稱呼自己姐姐時的用法。年紀稍長用누님（姊姊）這樣較尊敬的用法。妹妹稱呼姊姊為언니。和自己沒有血緣關係，年齡差距不大、親近的年長女子都可以這麼稱呼。
남동생〈男同生〉	**弟弟** ＊韓語中弟、妹都稱為동생〈同生〉。

여동생 〈女同生〉	妹妹
형제 〈兄弟〉 남매 〈男妹〉 자매 〈姊妹〉	兄弟、兄妹、姐妹 ＊「同為男性」的手足稱為형제，「異性」的手足稱為남매，「同為女性」的手足稱為자매〈姊妹〉。 ★你有兄弟姊妹嗎？：형제가 어떻게 되죠？

★血緣關係

혈연관계 /혀련-/ 〈血緣關係〉	血緣關係
친자식 〈親子息〉	親生子女
양자 〈養子〉	養子
양자로 들이다 〈養子-〉 입양하다 /이뱡-/ 〈-入養-〉	收為養子、領養
데리고 온 자식 〈-子息〉	收養的孩子
사생아 〈私生兒〉	私生子、私生女 ＊私生的孩子：숨겨 놓은 자식
이복형제 /이보켱제/ 〈異腹兄弟〉	同父異母兄弟 ＊也稱為배다른 형재、씨다른 형재。
고아 〈孤兒〉	孤兒 ＊孤兒院：고아원 〈孤兒院〉
양부모 〈養父母〉	養父母 ＊韓國近來因為離婚率上升，계부〈繼父〉、계모〈繼母〉也變多了。

★家族

친족 〈親族〉	親屬
가족 〈家族〉	家族、家人 ＊指住在同一個家中有血緣關係的人們。식구 /식꾸/ 〈食口〉則包含沒有血緣關係的同居人。
패밀리 〈family〉	家庭

대가족 〈大家族〉	大家族
핵가족 /핵까족/ 〈核家族〉	小家庭、核心家庭

★夫婦

부부 〈夫婦〉	夫婦 ＊夫婦之間在稱呼對方時用여보或당신。戀愛結婚的年輕夫婦互稱자기야。有小孩的時候，以小孩的名字後面加上○○ 아빠、○○ 엄마來稱呼。 ＊夫婦之間互稱的당신也用在敬稱他人時，若有爭執時也會用당신互稱。最近年輕夫妻之間，丈夫會稱呼妻子為○○야〔○○是妻子的名字〕，妻子會稱呼夫為오빠。
배우자 〈配偶者〉	配偶
동반자 〈同伴者〉	伴侶
원앙지계 /워낭지계/ 〈鴛鴦之契〉	終身之盟
해로동혈 〈偕老同穴〉	白頭偕老
조강지처 〈糟糠之妻〉	糟糠之妻
부창부수 〈夫唱婦隨〉	夫唱婦隨
남편 〈男便〉	丈夫 ＊妻子喚丈夫本人的時候：여보、〔小孩的名字〕＋아빠 ＊妻子對公婆提到丈夫的時候：아범、애비、그 사람、그이 ＊妻子對丈夫的家人提到丈夫的時候：아범、애비 ＊妻子對認識的人提到丈夫的時候：남편、그이、애 아빠〔有小孩的情況〕、바깥양반 ＊妻子對自己的小孩提到丈夫的時候：아버지、아빠 ＊妻子將自己的丈夫介紹給對方的時候：제 남편

서방님 〈書房-〉	相公 ＊指稱他人丈夫時的說法。 ＊在稱呼丈夫已婚的弟弟時也稱為서방님。 ＊在稱呼丈夫未婚的弟弟時稱為도련님。 ＊在稱呼丈夫的哥哥時稱為아주버님、시숙 어른。 ＊提及自己的丈夫時用우리 신랑이～（我老公～）〔신랑（新郎）這樣的稱呼，即使不是新婚也可以使用〕。
부군 〈夫君〉	夫君
처 〈妻〉 아내	妻子、夫人 ＊丈夫稱呼妻子本人時：여보、〔小孩的名字〕＋엄마 ＊丈夫對妻子的家人提到妻子時：〔小孩的名字〕어미、집사람 ＊丈夫對認識的人提到妻子時：〔小孩的名字〕＋엄마、애 엄마、제 아내、제 처。對「年齡、地位」較高的對象介紹自己的妻子時用애미、집사람等。 ＊丈夫對自己的小孩提到妻子時：어머니、엄마
집사람 /집싸람/	妻子、內人、賤內、拙荊 ＊向他人提到自己的妻子時，謙遜的稱呼方式。在丈夫的同事之間提到時也用와이프。 ★우리 집사람이：我家內人～
마누라	老婆 ＊對於自己已過中年的妻子不客氣的稱呼。 ★우리 마누라가：我的老婆～
부인 〈夫人〉	夫人
사모님 〈師母-〉	師母

★ 親族

며느리	兒媳 ＊公公或婆婆（시부모님）喚媳婦時用새아가、아가야。
맏며느리 /만며느리/	大兒媳

사위	女婿
맏사위 /맏싸위/	大女婿
동서 〈同壻〉	姒娌、連襟 ＊兄弟的妻子之間互稱姒娌，姊妹的丈夫之間互稱連襟。
할아버지 /하라버지/	祖父、爺爺 ＊雖有조부〈祖父〉一詞但很少使用。提到自己的祖父時，也會用敬語稱할아버지께서（祖父）。丈夫的祖父為시할아버지〈媤-〉。
증조할아버지 /-하라버지/ 〈曾祖-〉	曾祖父
할머니	祖母、奶奶 ＊雖有조모〈祖母〉一詞但很少使用。提到自己的祖母時，也會使用敬語稱할머니께서（祖母）。丈夫的祖母為시할머니〈媤-〉。
증조할머니 〈曾祖-〉	曾祖母
손자 〈孫子〉	孫子 ＊原本是指男孫，但一般使用時並不會區別男女〔本來的字是손주〕。要強調是孫女的時候用손녀〈孫女〉。 ＊抱孫子：손자를 보다
첫 손자 /첟쏜자/	大孫子、長孫
증손 〈曾孫〉	曾孫 ＊要區別男性或女性時，用증손자（男）、증손녀（女）。
큰아버지	大伯、伯父
작은아버지	叔父 ＊삼촌〈三寸〉：伯叔（父親未婚的兄弟）。會話中發音為 /삼춘/。 ＊외삼촌〈外三寸〉：舅舅（母親的兄弟）。
고모 〈姑母〉	姑姑
고모부 〈姑母夫〉	姑丈

이모 〈姨母〉	姨媽
이모부 〈姨母夫〉	姨丈

사촌 〈四寸〉	堂兄弟姐妹 ＊會話中發音為 /사춘/。
친척 〈親戚〉	親戚 ＊遠親：먼 친척
처가 〈妻家〉 친정 〈親庭〉	岳丈家、娘家
시집 〈媤-〉	婆家
사돈 〈査頓〉	親家 ＊因為各自家中的兒子、女兒間有婚姻關係而往 　來的親戚、姻親。

조카	侄子
조카딸	姪女 ＊一般不會區分男女，都稱為조카。

시아버지 〈媤-〉	公公
시어머니 〈媤-〉	婆婆
장인 〈丈人〉	岳父
장모 〈丈母〉	岳母

시숙 〈媤叔〉	大伯或小叔 ＊丈夫的兄弟。
시동생 〈媤同生〉	小叔 ＊丈夫的弟弟。
시누이 〈媤-〉	大姑、小姑 ＊丈夫的姊妹。
처남 〈妻男〉	大舅子、小舅子 ＊妻子的兄弟。
처형 〈妻兄〉	大姨子 ＊妻子的姊姊。
처제 〈妻弟〉	小姨子 ＊妻子的妹妹。

형부 〈兄夫〉	(本人是女性時，稱姐姐的丈夫)姐夫
매형 〈妹兄〉	(本人是男性時，稱姊姊的丈夫)姐夫 ＊也稱為자형〈姊兄〉。
매제 〈妹弟〉	妹夫

・由男性來看

형수 〈兄嫂〉	嫂子
자부 〈姊夫〉、매형 〈妹兄〉、자형 〈姊兄〉	姊夫
제수 〈弟嫂〉	弟媳或稱同輩他人的妻子
처형 〈妻兄〉	大姨子
처제 〈妻弟〉	小舅子

・由女性來看

올케	嫂子
형부 〈兄夫〉	姐夫
올케	弟媳、弟妹
제부 〈弟夫〉	妹夫
도련님	小叔
아주버님	大伯
시누이	大姑、小姑

3. 戀愛與結婚
★男與女

| 남자 〈男子〉 | 男子 |
| 남성 〈男性〉 | 男性 |

| 여자 〈女子〉 | 女子 |
| 여성 〈女性〉 | 女性 |

| 동성 〈同性〉 | 同性 |

이성 〈異性〉	異性

| 남자 친구 〈男子親舊〉 | 男朋友
＊也可以單用애인〈愛人〉。年輕世代稱為남친〈男親〉。
＊對男朋友傾心：남자 친구에게 마음이 있다
＊被介紹男朋友：남자 친구를 소개 받다
＊收到男朋友送的花：남자 친구한테서 꽃을 받다 |
| 여자 친구 〈女子親舊〉 | 女朋友
＊也可以單用애인〈愛人〉。
＊送女朋友回家：여자 친구를 집까지 바래다주다
＊收到女朋友的領帶：여자 친구한테서 넥타이를 받다 |

| 전 남친 〈前男親〉 | 前男友
＊也稱為구남친〈舊男親〉。 |
| 전 여친 〈前女親〉 | 前女友
＊也稱為구여친〈舊女親〉。 |

애인 〈愛人〉	男女朋友 ＊找男女朋友：애인을 만들다 ＊找男女朋友：애인을 찾다 ＊被介紹女朋友〔男朋友〕：여자 친구〔남자 친구〕를 소개받다 ＊出現心儀的人：마음에 드는 사람이 나타나다
커플 〈couple〉	情侶 ＊也稱為쌍쌍〈雙雙〉。쌍쌍파티〈雙雙 party〉是男女情侶的宴會。 ＊很配的一對：잘 어울리는 커플 ＊情侶戒指：커플링 ＊情侶裝：커플룩
그냥 친구 〈-親舊〉	就只是朋友而已、純朋友

| 미팅 〈meeting〉 | 會議
＊開會：미팅을 하다 |
| 만나다 | 見面
＊만나다是指「偶然、必然的」相遇。보다比만나다感覺更輕鬆一點，用在同僚或下屬。朋友之間說「那就明天見了」的時候用그럼 내일 보자。 |

만남	相遇
해후 〈邂逅〉	邂逅、不期而遇
이상형 〈理想形〉	理想型 ＊或稱타입〈type〉、스타일〈style〉。 ★那個女人正是我的理想型：그녀는 딱 내 스타일이야. ★妳喜歡哪種類型的男人呢？：어떤 스타일의 남자를 좋아하세요？

〔 情侶的稱呼方式 〕

　　在發展為親密的關係之前，稱呼時一般會像태호 씨、혜경 씨這樣在名字上加씨。隨著親密度的增加，對於年紀較小或同年的對象，可以去掉씨直接稱呼名字，女性對於年長的男性暱稱오빠（兄）；男性對於年長的女性則稱呼누나（姊）。除此之外，女性會稱男性 왕자님（王子）；男性會稱女性공주님（公主）、예쁜이（美女）等。成為親密的關係之後，男女可互稱너。親熱的情侶之間也會互稱자기、내 사랑、여보〔原本是夫妻間親暱的互稱〕。

　　A ♂ 우리 아기 너무 예쁘다!（我的寶貝，真是可愛！）
　　B 우 서방도 잘생겼어~!（你也好帥~！）

＊年長的男性在稱呼年紀比自己小的女友時，暱稱우리 애기〔會話中大多使用애기，但標準語是아기〕。

＊年紀小的女性在稱呼年紀比自己大的男友時，會用本來用來稱呼丈夫的서방暱稱。

★戀愛

첫사랑 /첟싸랑/	初戀 ＊陷入初戀：첫사랑에 빠지다 ＊初戀的回憶：첫사랑의 추억 ＊初戀的感覺：첫사랑의 느낌
짝사랑 /짝싸랑/	單戀、暗戀

궁합 〈宮合〉	合八字 ＊夫妻宮很合：궁합이 맞다 ＊夫妻宮佳〔不佳〕：궁합이 좋다〔나쁘다〕
호감을 품다 /-품따/	有好感
반하다	迷戀、鍾情
첫눈에 반하다	一見鐘情
사랑을 느끼다	感受愛戀
사랑하다	愛 ＊「真摯的愛」為일편단심 〈一片丹心〉。
사랑에 빠지다	陷入愛河
서로 너무 사랑하다	互相愛慕
상사병 /상사뼝/ 〈相思病〉	相思病 ＊情人眼裡出西施：제 눈에 안경〔直譯是，自己 的眼睛就要戴符合自己眼睛的眼鏡（最好）〕
사랑에 눈이 멀다	被愛情蒙住雙眼、因愛情而瞎了眼

데이트 〈date〉	約會 ＊邀請約會〔接受邀約〕：데이트 신청하다〔신 청을 받다〕 ＊拒絕約會〔被拒絕〕：데이트 신청을 거절하 다〔거절당하다〕 ＊被放鴿子：바람맞다 ★下次再約會吧：다음에 데이트해요.
데이트 장소 〈date 場所〉	約會地點
데이트 코스 〈date course〉	約會場所

윙크하다 〈wink-〉	拋媚眼
첫 경험 /첟껑험/ 〈-經驗〉	第一次經驗
음담패설 〈淫談悖說〉	淫詞穢語 ＊亂說淫詞穢語：음담패설을 늘어놓다
헌팅하다 〈hunting-〉	打獵 ＊會話中常用꼬시다，但標準語是꼬이다〔꾀 다〕。 ＊勾引漂亮女人：예쁜 여자를 꼬시다

키스하다 〈kiss-〉	接吻 ★親親我：뽀뽀해줘！ ＊接吻也稱為뽀뽀（啾一下）。有點可愛的感覺，小孩到大人都可以用。
팔짱을 끼다	挽手臂
껴안다 /껴안따/	摟抱、摟住
손잡다	牽手
어깨에 손을 올리다	勾肩
애정 행각을 벌이다 〈愛情行脚-〉	進行親密行為
섹스하다 〈sex-〉	性行為 ＊婚前性行為：혼전 섹스를 하다、혼전 관계를 가지다
애무하다 〈愛撫-〉	愛撫

연애편지 〈戀愛便紙〉	情書
사귀다	交往 ★你要跟我交往嗎？：나랑 사귀지 않을래요？
교제하다 〈交際-〉	應酬、來往、交際
장거리 연애 〈長距離戀愛〉	遠距離戀愛

고백하다 /고배카다/ 〈告白-〉	告白 ＊示愛：사랑을 고백하다
프로포즈하다 〈propose-〉	求婚 ＊接受求婚：프로포즈를 받다 ＊청혼하다 〈請婚-〉：求婚、請求結婚 ★你願意跟我結婚嗎？：나랑 결혼해 줄래？

동거하다 〈同居-〉	同居 ＊同居生活：동거 생활 〈同居生活〉

차다	甩人 ＊指男女朋友之間。
차이다	被甩 ＊指男女朋友之間。

◆ **遭遇兵變**：고무신을 거꾸로 신다

　　軍人間常出現的話題裡，有고무신 거꾸로 신다這樣的表現。隱喻男性在從軍期間「被女朋友甩了」。고무신是穿著韓服時腳上穿的橡膠鞋。所謂고무신 거꾸로 신다，就是前後顛倒穿上有伸縮彈性的橡膠鞋，表現女友在拋棄男友之後，慌忙逃走的模樣。與此相關的신발을 바꿔 신다（換穿新鞋），意思是「換了新的戀人」的意思。

★結婚

혼담 〈婚談〉	提親、說親 ＊論及婚嫁：혼담이 나오다 ＊談成婚事：혼담이 이루어지다
선을 보다	相親 ＊拒絕相親：맞선을 거절하다
중매 〈仲媒〉	媒人、紅娘 ＊作媒：중매를 세우다 ＊牽紅線：중매를 서다 ＊請上司作媒：상사한테 중매를 부탁하다
약혼하다 /야콘-/ 〈約婚-〉	訂婚
파혼하다 〈破婚-〉	退婚
약혼자 /야콘자/ 〈約婚者〉	未婚夫、未婚妻 ＊向父母介紹未婚夫（妻）：약혼자를 부모님에게 소개하다
약혼반지 /야콘-/ 〈約婚斑指-〉	訂婚戒指 ＊給訂婚戒指：약혼반지를 주다 ＊戴訂婚戒指：약혼반지를 끼다
납폐 〈納幣〉	聘金、聘禮

납폐를 보내다 〈納幣-〉	給聘金、給聘禮 ＊예물〈禮物〉：指시댁（新郎家）送給媳婦的戒指或寶石等，最近也會送名牌皮包等。這些會放在함中送出。 ＊함〈函〉：婚禮前一晚，新郎家放入聘禮等送到新娘家的箱子。 ＊예단〈禮緞〉：由女方送給新郎雙親〔公公、婆婆〕的禮物〔過去贈送棉被、餐具、銀匙銀筷、可做禮服穿著的韓服或衣料等，最近大多以現金取代（예단비）〕 ＊봉채〈封采〉：由男方送給新娘雙親〔岳父、岳母〕的韓服或衣料等物品。
혼수 〈婚需〉	嫁妝 ＊籌備嫁妝：혼수를 갖추다、혼수를 장만하다 ＊各地、各家的結婚習俗不同，也有許多家庭或地區不會準備꾸밈비（禮金）。

결혼하다 〈結婚-〉	結婚
중매결혼 〈仲媒結婚〉	說媒結婚
연애결혼 〈戀愛結婚〉	戀愛結婚
전격 결혼 〈電擊結婚〉	閃婚
속도위반 〈速度違反〉	奉子成婚 ＊比喻的表現。
위장 결혼 〈僞裝結婚〉	假結婚

신랑 신부 〈新郎新婦〉	新郎新娘
신랑 /실랑/ 〈新郎〉	新郎
신부 〈新婦〉	新娘 ＊也稱為각시 /각씨/、새색시 /새색씨/。 ＊稱새댁〈-宅〉是尊敬詞〔新娘的意思〕。

결혼식 〈結婚式〉	結婚典禮 ＊定結婚日期：결혼식 날짜를 정하다 ＊辦結婚典禮：결혼식을 올리다 ★二位願意相愛到白頭偕老嗎？：검은 머리가 파뿌리 될 때까지 서로 사랑하시겠습니까？（結婚典禮中的誓詞）

예식장 /예식짱/〈禮式場〉	結婚禮堂 ＊或稱웨딩홀〈wedding hall〉。
초대하다 〈招待-〉	招待 ＊招待客：초대객〈招待客〉，或稱為손님。
청첩장 /청첩짱/〈請牒狀〉	請柬、喜帖 ＊指邀請參加結婚典禮等喜宴的結婚請柬。
방명록 /방명녹/〈芳名錄〉	賓客名單
축의금 /추기금/〈祝儀金〉	禮金、紅包 ＊給禮金：축의금을 넣다
피로연 〈披露宴〉	喜宴 ＊參加喜宴：피로연에 참석하다 ＊來賓問候：내빈 인사〈来賓人事〉 ＊폐백〈幣帛〉：結婚的新郎新娘與辦喜事的雙方家族穿著韓服進行的儀式。在這個場合中準備的食物稱為폐백 음식，必備有早生貴子之意的대추（紅棗）。 ＊이바지：精心製作的食物。尤其是在婚禮前後，由新娘送給新郎的食物。雖然各地習俗不同，不過與폐백相比，最近已較少舉行。
결혼반지 〈結婚班指〉	結婚戒指
웨딩드레스 〈wedding dress〉	婚紗
연미복 〈燕尾服〉	燕尾服
턱시도 〈tuxedo〉	無尾晚禮服
웨딩케이크 〈wedding cake〉	結婚蛋糕
촛불 서비스 /촏뿔-/ 〈-service〉	燭光服務
꽃장식 /꼳짱식/〈-裝飾〉	鮮花裝飾
꽃다발 /꼳따발/	花束、新娘捧花
답례품 /담녜품/〈答禮品〉	答謝品、婚禮小物

신혼여행 〈新婚旅行〉	蜜月旅行 ＊去度蜜月：신혼여행을 가다 ＊蜜月旅行：허니문〈honeymoon〉
첫날밤 /천날빰/	新婚之夜、初夜
혼인 신고 /호닌-/ 〈婚姻申告〉	結婚登記
혼인 신고를 하다 〈婚姻申告〉	辦理結婚登記
임신하다 〈姙娠-〉	懷孕 ＊懷孕三個月：임신 삼 개월 ＊使懷孕：임신시키다 ＊懷有身孕：아이를 배다
출산하다 /출싼-/ 〈出產-〉	生產、分娩 ＊也稱為해산하다〈解產-〉。
아이를 낳다 /-나타/	生孩子

★分手

질투하다 〈嫉妬-〉	嫉妒
양다리 걸치다 〈兩-〉	劈腿
바람피우다	外遇
바람둥이	花花公子
삼각관계 /-꽌게/ 〈三角關係〉	三角關係
세컨드 〈second〉	第三者、小三 ＊也稱為정부〈情夫 · 情婦〉。
첩 〈妾〉	妾
불륜을 저지르다 〈不倫關係-〉	不倫戀、出軌 ＊也稱為외도하다〈外道-〉。
말다툼	鬥嘴、口角

말대꾸	頂嘴
부부 싸움 〈夫婦-〉	夫婦吵嘴 ＊妻子對丈夫成天嘮嘮叨叨是바가지를 긁다。바 가지是葫蘆直切後挖空而成的瓢〔勺子般的容 器〕，一刮就會發出刺耳的聲音，所以這麼形 容。 ＊夫婦吵架是床頭吵床尾和：부부 싸움은 칼로 물 베기

화해하다 〈和解-〉	和解、和好
깨지다	破碎
관계를 끊다 /-끈타/	斷絕關係 ★我從今天開始要與你絕交：너랑은 오늘부터 절교할 거야.
이별 〈離別〉	離別
헤어지다	分手
별거하다 〈別居-〉	分居
부부가 각방을 쓰다	夫妻分房 ＊不會說가정 내 별거。

이혼하다 〈離婚-〉	離婚
합의 이혼 /하비-/ 〈合意-〉	協議離婚
조정 이혼 〈調停-〉	調解離婚
황혼 이혼 〈黃昏-〉	老年離婚
이혼 수속 〈離婚手續〉	離婚手續
이혼 소송 〈離婚訴訟〉	離婚訴訟 ＊與丈夫進行離婚訴訟：남편과 이혼 소송을 하다 ＊在家庭法院提出離婚訴訟：가정 법원에 이혼 소송을 제기하다
이혼 신고 〈離婚申告〉	登記離婚 ＊辦理離婚登記：이혼 신고를 하다 ＊蓋離婚章：이혼 도장을 찍다 ＊一般也稱為이혼 서류 〈離婚書類〉。
호적에서 빼다 〈戶籍-〉	從戶籍中刪除、除籍 ＊在韓國因為戶籍法的修改，已不再使用「拔 籍」這樣的字詞。

이혼남 〈離婚男〉 이혼녀 〈離婚女〉	離婚男、離婚女 ＊돌싱：離婚後再度單身的人稱為돌싱남、돌싱 녀〔돌아온 싱글的縮寫〕。
위자료 〈慰藉料〉	精神補償 ＊繳交精神補償金：위자료를 내다 ＊請求精神補償金：위자료를 청구하다 〈-請求-〉 ＊索賠精神補償金：위자료를 물리다〔물렸다〕
양육비 /양육삐/ 〈養育費〉	撫養費
자녀 양육권 /-양육꿘/ 〈子女養育權〉	子女撫養費
재혼하다 〈再婚-〉	再婚 ＊三婚：세 번째 결혼〔不會用재재혼〕
재취 〈再娶〉	再娶、續絃 ＊因為妻子死亡或離婚而娶第二個妻子，或是指 稱續娶的這位妻子。
한부모 〈-父母〉	單親
한부모 가정 〈-父母家庭〉	單親家庭
모자 가정 〈母子-〉	單親媽媽家庭
부자 가정 〈父子-〉	單親爸爸家庭
싱글맘 〈single-mom〉	單身母親 ＊未婚媽媽：미혼모 〈未婚母〉
맞벌이 부부의 자녀	雙薪父母的子女 ＊在報紙或新聞報導中經常出現的소년 가장或 소녀 가장，是指小時候就父母雙亡，還是個孩 子就成為一家之主，照顧弟妹支撐家計。

★其他

미혼자 〈未婚者〉	未婚 ＊未婚媽媽：미혼모 〈未婚母〉
기혼자 〈既婚者〉 기혼 〈未既〉	已婚

독신자 /독씬자/ 〈獨身者〉	單身 ＊單身：싱글〈single〉 ＊單身主義者：독신주의자 ＊未婚的男性稱為총각〈總角〉，未婚的女性稱為 　처녀〈處女〉。
동성애 〈同性愛〉	同性戀 ＊同性戀者：동성애자〈同性愛者〉 ＊男同性戀者：게이〈gay〉 ＊女同性戀者：레즈비언〈lesbian〉
이성애 〈異性愛〉	異性戀
바이섹슈얼 〈bisexual〉	雙性戀
커밍 아웃 〈coming out〉	出櫃
제비족 〈-族〉	小白臉、小鮮肉 ＊成為年長女子情人的年輕男子。
정부 〈情夫〉	情夫
현모양처 〈賢母良妻〉	賢妻良母

4. 死
★死

죽음	死亡
죽다 /죽따/	去世、死亡 ＊在新聞中以숨지다的方式表現。 ＊죽다也有植物枯萎的意思〔這棵松樹枯掉了： 　이 소나무는 죽었다.〕
사망하다 〈死亡-〉	死亡、去世
돌아가시다	過世、去世 ＊父親〔母親〕去世了：아버님〔어머님〕이 돌 　아가셨다.
서거하다 〈逝去-〉 별세하다 〈別世-〉	逝世、離世 ★為令尊去世而哀悼：춘부장의 서거를 애도합 　니다.

먼저 죽다 /-죽따/	先去世 ★爸、媽，請原諒我先走了：아버지, 어머니 먼저 죽는 걸 용서해 주십시오. ＊子女先去世：아이가 먼저 죽다、자식이 먼저 죽다
요절하다 〈夭折-〉	夭折、早逝
단절하다 〈短折-〉	斷絕、早逝

사망 진단서 〈死亡診斷書〉	死亡診斷書
사망신고 〈死亡申告〉	死亡申報
사망률 /사망뉼/ 〈死亡率〉	死亡率

향년 〈享年〉	享年
단말마 〈斷末魔〉	臨終、垂死 ＊臨終前的哀鳴：단말마의 비명을 지르다 〈-悲鳴-〉

・「死」的各種說法
- 呼吸停止、斷氣：숨이 멎다
- 離世、逝世：타계하다 〈他界-〉
- 永眠：영원히 잠들다 〈永遠-〉
- 長眠：영면에 들다 〈永眠-〉
- 克盡天年：천수를 다하다 〈天壽-〉
- 成佛：성불하다 〈成佛-〉
- 死於非命：비명에 죽다 〈非命-〉
- 猝死：덜컥 죽다
- 喪命：목숨을 잃다〔斷命：명줄이 끊어지다〕

★往生者、屍體

죽은 사람	死掉的人
사망자 〈死亡者〉	死者、往生者

사상자 〈死傷者〉	死傷者、傷亡者
희생자 〈犧牲者〉	犧牲者 ＊頌揚犧牲者：희생자를 기리다
행방불명자 〈行方不明者〉	行蹤不明者、失蹤者
행방불명이 되다	行蹤不明
실종되다 / 실쫑-/ 〈失踪-〉	失蹤

시체 〈屍體〉	屍體
시체 부검 〈屍體剖檢〉	屍體解剖
백골 시체 / 백꼴-/ 〈白骨屍體〉	已成白骨遺體

송장	死屍、屍體 ＊活死人（屍體）：산송장
미라	乾屍、木乃伊
시반 〈屍斑〉	屍斑 ＊長屍斑：시반이 생기다
시취 〈屍臭〉	屍臭 ＊散發屍臭：시취가 진동하다 〈-振動-〉

사인 〈死因〉	死因 ＊查明死因：사인을 구명하다
자연사 〈自然死〉	自然死亡
병사 〈病死〉	病逝
사고사 〈事故死〉	事故死亡
즉사 / 즉싸/ 〈卽死〉	當場死亡
빈사 〈瀕死〉	瀕臨死亡
가사 〈假死〉	假死 ＊在絕境中掙扎：사경을 헤매다 〈死境-〉

자살 〈自殺〉	自殺
타살 〈他殺〉	他殺

★喪禮

부고 〈訃告〉	訃聞、訃告 ＊發喪 : 부고를 알리다
조전을 치다 〈弔電-〉	電唁 ★得知故人去世的消息，祈求冥福 : 돌아가셨다 　는 소식을 듣고 고인의 명복을 빕니다.
조문하다 〈弔問-〉 문상하다 〈問喪-〉	弔唁、弔喪 ★發生了這樣的事情，請節哀順變 : 이런 일이 　생겨 얼마나 애통하십니까？
조문객 〈弔問客〉	問喪賓客、弔客 ＊也稱為문상객 〈問喪客〉。
조객록 /조갱녹/ 〈弔客錄〉	問喪名單
상주 〈喪主〉	喪主
상복 〈喪服〉	喪服

유가족 〈遺家族〉	遺屬
유족 연금 /유종년금/ 〈遺 族年金〉	撫恤金
유아 〈遺兒〉	遺孤
유언 〈遺言〉	遺言 ＊留下遺言 : 유언을 남기다
유서 〈遺書〉	遺書 ＊親筆寫下遺書 : 자필 유서를 쓰다
유산 〈遺産〉	遺産 ＊留下遺産 : 유산을 남기다
유산 상속 〈遺産相續〉	繼承遺産

장례식 /장:녜식/ 〈葬禮式〉	葬禮 ＊舉辦葬禮 : 장례식을 치르다 ＊舉辦佛教〔基督教〕葬禮 : 불교식〔기독교 　식〕으로 치르다 ＊在韓國，喪禮一般為삼일장 〈三日葬〉。也就是 　過世之日的隔日再隔日早晨出殯〔발인 〈發 　靷〉〕。
장의사 〈葬儀社〉	葬儀社

영결식 〈永訣式〉	告別式 ＊安置遺體之處稱為빈소〈殯所〉（靈堂）。
영정 〈影幀〉	遺像
조의금 〈弔意金〉	奠儀、白包 ＊也稱為부의금〈賻儀金〉。
조의금 봉투 〈弔意金封套〉	奠儀信封、白包信封 ＊信封上寫부의〈賻儀〉，裝在흰봉투（白色信封）裡。
분향하다 〈焚香-〉	捻香、上香 ＊點香：향을 피우다 ＊點蠟燭：초에 불을 켜다
헌화하다 〈獻花-〉	獻花 ＊也稱為영전에 꽃을 바치다〈靈前-〉。
합장하다 /합짱-/ 〈合葬-〉	合葬
고인을 그리워하다 〈故人-〉	思念故人
명복을 빌다 〈冥福-〉	祈求冥福
관	棺材、棺木 ＊염습하다 〈殮襲-〉：遺體以熱水〔酒精〕擦拭清潔後，換上經衣，以衾包起綁住。 ＊발인하다 〈發靷-〉：出殯。 ＊운구하다 〈運柩-〉：搬運裝有遺體的棺材。
영구차 〈靈柩車〉	靈車 ＊將屍體搬到靈柩車上：시신을 영구차에 싣다
화장터 〈火葬-〉	火葬場
화장하다 〈火葬-〉	火葬
다비하다 〈茶毘-〉	火化 ＊佛教禮葬。
토장하다 〈土葬-〉	土葬
매장하다 〈埋葬-〉 묻다 /-묻따/	埋葬 ＊埋葬屍體：선산에 묻다 〈先山-〉 ＊장지 〈葬地〉：墓地。埋葬遺體之處。
유해 〈遺骸〉	遺骨、骨灰 ＊安置骨灰：유해를 안치하다 〈-安置-〉

134

유골 〈遺骨〉	遺骨
유골함 〈遺骨函〉	骨灰罈
재	骨灰 ＊將骨灰撒入大海：재를 바다에 뿌리다

상중 〈喪中〉	居喪、服喪中
기중 〈忌中〉 근조 〈謹弔〉	治喪期間 ＊寫在玄關或燈籠上公告週知。
상복을 입다 〈喪服-〉	穿喪服
탈상하다 /탈쌍-/ 〈脫喪-〉	服喪期滿、除喪
칠일재 /칠일째/ 〈七日齋〉	七日祭、齋七、做七
사십구재 /사십꾸재/ 〈四十九齋〉	四十九日祭、七七齋
제사 〈祭祀〉	祭祀 ＊제사상 〈祭祀床〉：供桌，祭祀時為祖先準備的 飯菜。供上大量的特別食物，儀式結束之後， 由親族與鄰居們一起分食。

★墓

무덤	墳墓 ＊也稱為묘 〈墓〉、산소 〈山所〉。
묘지 〈墓地〉	墓地
선산 〈先山〉	祖墳
조상 〈祖上〉	祖先
묘원 〈墓園〉	墓園
공동묘지 〈共同墓地〉	公共墓園、公墓
납골당 /납꼴땅/ 〈納骨堂〉	骨灰堂、永安堂、納骨塔

성묘 〈省墓〉	掃墓 ＊韓國會在설〔陰曆過年〕、추석〈秋夕〉、한식〈寒食〉〔從冬至算起第 105 日。大約是 4 月 5、6 日〕掃墓。
벌초 〈伐草〉	掃墓、祭掃
묘석 〈墓石〉	墓碑
묘비 〈墓碑〉	墓碑
비석 〈碑石〉	碑石

5. 宗教
★信仰、祈禱

종교 〈宗敎〉	宗教
교주 〈敎主〉	教主
신자 〈信者〉	教徒
신도 〈信徒〉	信徒
교도 〈敎徒〉	教徒
이교도 〈異敎徒〉	異教徒
믿다 /믿따/	信奉、信仰 ＊信神：신을 믿다
귀의하다 /귀이-/ 〈歸依-〉	皈依 ＊皈依佛門：불법에 귀의하다

전도하다 〈傳道-〉	傳道、傳教
전도사 〈傳道師〉	傳教士
포교하다 〈布敎-〉	佈道、傳教
선교하다 〈宣敎-〉	宣教
선교사 〈宣敎師〉	宣教士

빌다	祈求 ＊祈求願望：소원을 빌다 〈所願-〉
기도하다 〈祈禱-〉	祈禱 ＊禱告：기도를 드리다

기원하다 〈祈願-〉	祈願
배례하다 〈拜禮-〉	行禮
예배하다 〈禮拜-〉	禮拜
순례하다 / 술레- / 〈巡禮-〉	巡禮
참배하다 〈參拜-〉	參拜
숭배하다 〈崇拜-〉	推崇、崇仰
깨닫다 / 깨닫따 /	醒悟
참회하다 〈懺悔-〉	懺悔 ＊向神懺悔：신에게 죄를 참회하다
체관하다 〈諦觀-〉	悟透 ＊悟透人生：인생을 체관하다

계율 〈戒律〉	戒律 ＊遵守戒律：계율을 지키다 ＊違反戒律：계율을 어기다
개종하다 〈改宗-〉	改信其他宗教

순교자 〈殉敎者〉	殉教者
박해하다 / 바캐- / 〈迫害-〉	迫害 ＊受到迫害：박해를 당하다
모독하다 / 모도카다 / 〈冒瀆-〉	褻瀆
더럽히다 / 더러피다 /	玷污、敗壞

맹신하다 〈盲信-〉	盲目相信
배신하다 〈背信-〉	背信棄義
과신하다 〈過信-〉	過分相信

미신 〈迷信〉	迷信 ＊在韓國常常會被提及，普遍的迷信有밤에 손톱을 깎지 말라（夜裡不可以剪指甲）、문지방을 밟고 서 있으면 재수가 없다（踩在門檻上站立不吉利）、다리를 떨면 복이 떨어진다（抖腳會把福氣抖走）等。

신의 계시 〈神-啓示〉 신탁 〈神託〉	神之啓示
가호 〈加護〉	保護、保佑 ＊願神保佑你：신의 가호가 있기를 바랍니다.

설교하다 〈說敎-〉	說敎、講道
설법하다 /설뻐파다/〈說法-〉	宣說佛法
법요 〈法要〉	法事

★ 緣份

연 〈緣〉 인연 〈因緣〉	緣份
전생의 인연 〈前世-因緣〉	前世姻緣
숙명 /숭명/〈宿命〉	宿命
운명 〈運命〉	命運 ＊也稱為팔자 /팔짜/〈八字〉。

벌을 받다 〈罰-〉	受到懲罰
응보 〈應報〉	報應
인과응보 〈因果應報〉	因果報應

지벌 〈-罰〉	神的懲罰 ＊탈 〈頉〉：主要是人身上發生疾病或是意外事故等。
저주 〈詛呪〉	詛咒 ＊受到詛咒：저주를 걸다
저주하다 〈詛呪-〉	詛咒

액 〈厄〉	厄運
액막이	驅邪、避邪

액막이 부적 〈厄-符籍〉	避邪護身符
역귀 〈疫鬼〉	瘟神 ＊驅除瘟神：역귀를 쫓다
빌미	把柄 ＊變成把柄：빌미가 되다
자업자득 /자업짜득/ 〈自業自得〉	自作自受、自食其果
자승자박 〈自繩自縛〉	作繭自縛、玩火自焚、自作自受
윤회 〈輪廻〉	輪廻
정교분리 /정교불리/ 〈政敎分離〉	政敎分離
여인 금제 〈女人禁制〉	女人禁忌
우상 숭배 〈偶像崇拜〉	偶像崇拜
샤머니즘 〈shamanism〉	薩滿敎
샤먼 〈shaman〉	薩滿 ＊能與神或鬼魂直接接觸、交流，作為靈媒傳遞訊息或給予建議的宗敎人員。
점 〈占〉	卜、卦
점쟁이	算命師
관상을 보다 〈觀相-〉	看面相
손금을 보다	看手相
사주팔자 /사주팔짜/ 〈四柱八字〉	生辰八字 ＊토정비결 〈土亭秘訣〉：朝鮮中期由李之函（이지함）所著，稱為圖讖書 〈圖讖書〉的占卜書。將태세 〈太歲〉〔當年的干支〕，월건 〈月建〉〔當月的干支〕，일진 〈日辰〉〔當日的干支〕置換為數字，以周易的陰陽說為基礎，占卜一年的吉凶禍福。

점성술 〈占星術〉 별자리점 /별짜리점/	占星術

★ 神的世界

신 〈神〉	神 ＊天主教為하느님，基督教為하나님。
저승 사자 〈-使者〉	陰間使者、閻羅使者 ＊看到陰間使者：저승 사자를 보다

영감 〈靈感〉	靈感
영혼 〈靈魂〉	靈魂
빙의 〈憑依〉	附身
유령 〈幽靈〉	幽靈
망령 /망녕/ 〈亡靈〉	亡靈
도깨비	鬼怪
귀신 〈鬼神〉	鬼神
요괴 〈妖怪〉	妖怪 ＊韓國傳說中的妖怪，最有名的有구미호〈九尾狐〉與이무기。구미호如字面所示，是有九條尾巴的狐狸，化為美女誘惑男性，奪走其魂魄之傳說中的動物。
괴물 〈怪物〉	怪物
이매망량 /이매망냥/ 〈魑魅魍魎〉	妖魔鬼怪、魑魅魍魎

마력 〈魔力〉	魔力
신통력 /신통녁/ 〈神通力〉	法力、通靈能力

낙원 〈樂園〉	樂園、極樂世界
파라다이스 〈paradise〉	西方樂園
천국 〈天國〉	天國

극락 /긍낙/ 〈極樂〉	極樂、天堂
도원향 〈桃源鄉〉 무릉도원 〈武陵桃源〉	桃花源、武陵桃源
별세계 〈別世界〉	世外桃源
별천지 〈別天地〉	世外之地、別有洞天

★各種宗教

일신교 〈一神敎〉	一神教
다신교 〈多神敎〉	多神教
무신론자 /무신논자/ 〈無神論者〉	無神論者
무교 〈無敎〉	無宗教

불교 〈佛敎〉	佛教
유교 〈儒敎〉	儒教
도교 〈道敎〉	道教
기독교 /기독꾜/ 〈基督敎〉	基督教
유대교 〈Judea 敎〉	猶太教
이슬람교 〈Islam 敎〉	伊斯蘭教
힌두교 〈Hindu 敎〉	印度教

신흥 종교 〈新興宗敎〉	新興宗教
창가 학회	創價學會 ＊日本宗教。
입정교성회	立正佼成會 ＊日本宗教。
천리교	天理教 ＊日本宗教。
원불교 〈圓佛敎〉	圓佛教 ＊日本宗教。 ＊由박중빈 〈朴重彬〉 創始於 1916 年，韓國的佛 　教系新宗教。

통일교 〈統一敎〉	統一教 ＊문선명〈文鮮明〉於 1954 年在首爾創設的基督 教系新宗教團體。總部在紐約。

컬트 종교 〈cult 宗敎〉	邪教、異教
사이비 종교 단체 〈似而非宗敎團體〉	邪教組織
여호와의 증인 〈Jehovah-證人〉	耶和華見證人

★ 佛教

불교도 〈佛敎徒〉	佛教徒
대승 불교 〈大乘佛敎〉	大乘佛教
소승 불교 〈小乘佛敎〉	小乘佛教

종단 〈宗團〉	宗教團體
절	寺廟、佛寺
사원 〈寺院〉	寺院
가람 〈伽藍〉	佛寺
불각 〈佛閣〉	佛閣、佛堂
총본산 〈總本山〉	總本山 ＊總管韓國佛教各本山寺廟的最高機構。

본당 〈本堂〉	(佛教)大殿、主教堂 ＊也稱為대웅전〈大雄殿〉。
불상 /불쌍/ 〈佛像〉	佛像
본존 〈本尊〉	主事佛
부처님	佛祖 ＊釋迦牟尼的生日〔農曆的 4 月 8 日〕是부처님 오신 날，也稱為초파일〈初八日〉，在韓國是 國定假日。

부처님	釋迦摩尼佛、佛陀 ＊也稱為석가모니〈釋迦牟尼〉、세존〈世尊〉、 　석존〈釋尊〉、석가여래〈釋迦如來〉等。
여래 〈如來〉	如來
아미타여래 〈阿彌陀如來〉	阿彌陀如來
석가여래 / 석까여래 / 〈釋迦如來〉	釋迦如來
약사여래 / 약싸여래 / 〈藥師如來〉	藥師如來
보현왕여래 〈普賢王如來〉	普賢王如來
다보여래 〈多寶如來〉	多寶如來
보살 〈菩薩〉	菩薩
미륵보살 / 미륵뽀살 / 〈彌勒菩薩〉	彌勒菩薩
관세음보살 〈觀世音菩薩〉	觀世音菩薩
지장보살 〈地藏菩薩〉	地藏菩薩
주지 〈住持〉	住持、和尚
스님	師父、大師、法師、上人
중	僧人
승려 / 승녀 / 〈僧侶〉	僧侶
여승 〈女僧〉	女僧人
비구니 〈比丘尼〉	比丘尼
산문 〈山門〉	佛寺外門 ＊也稱為누문〈樓門〉。
오층탑 〈五層塔〉	五輪塔
강당 〈講堂〉	講堂、禮堂
공양간 / 공양깐 / 〈供養間〉	寺院的廚房、大寮

해우소 〈解憂所〉	寺院的廁所、淨房

종 〈鐘〉	鐘
종을 치다 〈鐘-〉	敲鐘
종을 울리다 〈鐘-〉	打鐘
범종 〈梵鐘〉	佛鐘、梵鐘
종루 /종누/ 〈鐘樓〉	鐘樓

솔도파 〈率堵婆〉	舍利塔、佛塔
계명 〈戒名〉	法名
불단 /불딴/ 〈佛壇〉	佛壇
위패 〈位牌〉	牌位

가사 〈袈裟〉	袈裟 ＊也稱為법의 /버비/ 〈法衣〉。
목탁 〈木鐸〉	木魚
염주 〈念珠〉	念珠、佛珠
탱화 〈幀畫〉	佛畫 ＊畫在紙或布上，朝鮮獨特的掛軸風佛畫。也稱 　為괘불 〈掛佛〉。

염불 〈念佛〉	念佛、念經
염불을 외다 〈念佛-〉	念佛、誦經
좌선하다 〈坐禪-〉	坐禪
독경 /독껑/ 〈讀經〉	讀經
경 〈經〉	經
경을 외다 〈經-〉	念經
법화경 /버콰경/	法華經
나무묘법연화경 〈南無妙法蓮華經〉	南無妙法蓮華經
반야심경 〈般若心經〉	般若心經

범어 /버머/ 〈梵語〉	梵語
공물을 하다 〈供物-〉	供養品
향을 피우다 〈香-〉	焚香
후광이 비치다 〈後光-〉	光環普照

재수 〈財數〉	財運
운이 좋다 〈運-〉	運氣好
미신을 믿다 〈迷信-〉	迷信

열반 〈涅槃〉	涅槃 ＊指滅絕一切煩惱、達到極高的開悟境界後死去。也稱為니르바나。
열반에 들다 〈涅槃-〉	圓寂
번뇌 〈煩惱〉	煩惱
사라쌍수 〈沙羅雙樹〉	婆羅樹
제행무상 〈諸行無常〉	諸事無常
성자필쇠 /성자필쐬/ 〈盛者必衰〉	盛極必衰
일련탁생 /일련탁쌩/ 〈一蓮托生〉	一蓮託生

아수라 〈阿修羅〉	阿修羅
아수라장 〈修羅場〉	阿修羅場、混亂場面 ＊擺脫阿修羅場：아수라장을 빠져 나오다
염라대왕 /염나-/ 〈閻羅大王〉	閻羅王 ＊被閻羅王拔掉舌頭：염라대왕한테 혀를 뽑히다
지옥 〈地獄〉	地獄 ＊陷入地獄：지옥에 떨어지다 ＊有錢能使鬼推磨 유전무죄 무전유죄 〈有錢無罪沒錢有罪〉
나락 〈奈落〉	地獄、深淵、苦海 ＊飽嘗地獄之苦：나락의 고통을 맛보다
저승	陰曹地府、陰間

명토 〈冥土〉	冥土、靈界
황천 〈黃泉〉	黃泉
삼도내 〈三途-〉	冥河 ＊穿過奈何橋：삼도내를 건너다

★ 基督教

기독교 〈基督敎〉	基督敎 ＊分為舊敎的천주교〈天主敎〉，與新敎的개신교〈改新敎〉。
크리스찬 〈Christian〉	基督敎徒
가톨릭 〈Catholic〉	天主敎
구교 〈舊敎〉	舊敎
프로테스탄트 〈Protestant〉	新敎徒
신교 〈新敎〉	新敎
성직자 /성직짜/ 〈聖職者〉	神職人員
교황 〈敎皇〉	敎皇 ＊羅馬敎皇：로마 교황〈Rome 敎皇〉
추기경 〈樞機卿〉	紅衣主敎、樞機主敎
신부 〈神父〉	神父
수녀 〈修女〉	修女
목사 /목싸/ 〈牧師〉	牧師
성당 〈聖堂〉	敎堂
수도원 〈修道院〉	修道院
교회 〈敎會〉	敎會
구세주 〈救世主〉	救世主

예수 그리스도 〈Jesus Christ〉	耶穌基督 ＊加利利的耶穌：갈릴리의 예수 ＊木匠約瑟的兒子耶穌：목수 요셉의 아들인 예수
세례 〈洗禮〉	洗禮 ＊施洗：세례를 주다 ＊受洗、教名：세례를 받다

세례명 〈洗禮名〉	洗禮名、教名
미사 〈missa〉	彌撒
찬송가 〈讚頌歌〉	聖歌 ＊唱聖歌：찬송가를 부르다
성가대 〈聖歌隊〉	唱詩班
묵주 〈默珠〉	玫瑰經念珠、玫瑰念珠
마리아상 〈Maria 像〉	聖母瑪利亞像
십자가 /십짜가/ 〈十字架〉	十字架 ＊畫十字：십자가를 그리다 ＊佩戴十字架：십자가를 몸에 지니고 다닌다 ＊以聖父聖子聖靈的名義，阿門：성부와 성자와 성령의 이름으로, 아멘.
면죄부 〈免罪符〉	贖罪券、赦罪符

부활절 /부활쩔/ 〈復活節〉	復活節
할로윈 데이 〈Halloween day〉	萬聖節
추수 감사절 〈秋收感謝節〉	感恩節
성탄절 〈聖誕節〉	聖誕節
강림절 /강님쩔/ 〈降臨節〉	基督降臨節

고해 성사 〈告解聖事〉	和好聖事、告解 ＊向神父告解自己的罪過：신부님께 자신의 죄 를 고해하다
구세군 〈救世軍〉	救世軍
자선냄비 〈慈善-〉	慈善募捐箱、慈善愛心箱

천사 〈天使〉	天使
악마 〈惡魔〉	惡魔

성경 〈聖經〉 성서 〈聖書〉	聖經 ＊在天主教稱為성서，基督教稱為성경。
구약 성서 〈舊約聖書〉	舊約聖經
신약 성서 〈新約聖書〉	新約聖經

천지창조 〈天地創造〉	創世紀
에덴 동산 〈Eden-〉	伊甸園
선악과 /서낙꽈/ 〈善惡果〉	善惡果、禁果
실락원 〈失樂園〉	失樂園
노아의 방주 〈Noah-方舟〉	諾亞方舟
바벨탑 〈Babel 塔〉	巴別塔
모세 오경 〈Moses 五經〉	摩西五經
복음서 〈福音書〉	福音 ＊馬太福音：마태오 복음서 ＊馬可福音：마르코 복음서 ＊路加福音：루카 복음서 ＊約翰福音：요한 복음서

★耶誕節

크리스마스 〈Christmas〉	聖誕節
크리스마스이브 〈-eve〉	平安夜
크리스마스트리 〈-tree〉	聖誕樹
산타클로스 〈Santa Claus〉	聖誕老人
산타할아버지 〈Santa-〉	聖誕老公公
크리스마스 송 〈-song〉	聖誕頌
징글벨 〈jingle bell〉	聖誕歌

5.

吃·喝

【5】吃・喝

1. 飲食
★飲食

식생활 /식쌩활/ 〈食生活〉	飲食生活
먹다 /먹따/	吃 ＊我要開動了：잘 먹겠습니다. ＊謝謝款待：잘 먹었습니다.
식사하다 /식싸-/ 〈食事-〉	用餐
드시다	吃 ＊比먹다更尊敬的用法，들다的尊敬形。
진지	飯 ＊比밥更尊敬的用法。 ＊用過餐了嗎：진지 잡수셨습니까?
먹으러 가다 /머그러가다/	去吃飯
마시다	喝、飲用
마시러 가다	去喝(東西)
한잔하다 〈-盞-〉	喝一杯(酒) ＊喝一杯酒或茶。
끼	頓、餐 ＊表示早上、中午、晚上用餐次數的字詞。 ＊一頓：한 끼 ＊一日兩餐：하루에 두 끼
챙겨 먹다 /-먹따/	好好吃飯 ＊챙기다：定時用餐。
한입 /한닙/	一口 ＊也可說한 숟가락。
식욕 〈食慾〉	食慾 ＊也稱為입맛、밥맛。 ＊沒有食慾〔胃口〕：식욕〔입맛이〕 없다 ＊食慾很好：식욕이 왕성하다 〈-旺盛-〉 ＊增進胃口：입맛을 돋구다

편식하다 /편시카다/ 〈偏食-〉	偏食 ＊也稱為음식을 가리다 〈飲食-〉。
식성 /식썽/ 〈食性〉	口味、胃口 ＊식성이 까다롭다：偏食得厲害、挑嘴 ＊식성이 좋다：（不偏食）什麼都吃

배고프다 〔形容詞〕	肚子餓 ＊也使用배가 고프다。 ＊肚子餓得咕嚕咕嚕叫：배가 꼬르륵거리다
배부르다 〔形容詞〕	飽 ＊也使用배가 부르다。 ＊狼吞虎嚥：게걸스럽게 먹다
포식하다 /포시카다/ 〈飽食-〉	吃飽 ＊吃到飽：배부르게 먹다 ＊餵到飽：배부르게 먹이다
폭식하다 /폭씨카다/ 〈暴食-〉	暴飲暴食

사레들리다	嗆到
목에 막히다 /-마키다/	噎到喉嚨
목에 걸리다	卡到喉嚨 ＊魚刺卡到喉嚨：생선 뼈가 목에 걸리다

먹보 /먹뽀/	飯桶
대식가 /대식까/ 〈大食家〉	大胃王 ＊也使用（開玩笑的用法）식충이 〈食蟲-〉。
과식하다 /과시카다/ 〈過食-〉	吃得過多、暴食
소식하다 /소시카다/ 〈小食-〉	吃得不多、食量小

단식하다 /단시카다/ 〈斷食-〉	絕食、禁食、齋戒
금식하다 /금시카다/ 〈禁食-〉	禁食

굶주리다 /굶주리다/	**飢餓、挨餓** ＊飢餓：굶주려 있다 ＊挨餓：굶주리게 하다
채식주의자 /채식쭈이자/ 〈菜食主義者〉	**素食主義者** ＊也稱為베지테리엔〈vegetarian〉。
육식주의자 /육씩쭈이자/ 〈肉食主義者〉	**肉食主義者**
아침 식사 /-식싸/ 〈-食事〉	**早飯、早餐** ＊也可以單稱아침。 ＊早餐：브렉퍼스트〈breakfast〉 ＊省略早餐：아침을 거르다 ＊早餐一定要吃：아침을 꼭 챙겨먹다
브런치 〈brunch〉	**早午餐** ＊也稱為아점。
점심 식사 /-식싸/ 〈點心食事〉	**中餐、中飯** ＊也可以單稱점심〈點心〉。 ＊午餐：런치〈lunch〉
간식 〈間食〉	**零食** ＊군것질：吃零食。與時間沒有關係，正餐之外 　零零散散吃的東西。 ＊주전부리：（習慣性）吃零嘴。因為嘴饞，抓 　來吃的東西。 ＊새참：打尖。務農時中間休息時間用的餐點。
저녁 식사 /-씩사/ 〈-食事〉	**晚飯、晚餐** ＊也可單稱저녁。 ＊晚餐：디너〈dinner〉
야식 〈夜食〉	**宵夜** ＊也稱為밤참。
만찬 〈晚餐〉	**晚餐**
식비 /식삐/ 〈食費〉	**餐費**
엥겔 계수 〈Engel 係數〉	**恩格爾係數** ＊伙食費占總生活費的比重。

식사비 /식싸비/ 〈食事費〉	伙食費

시식하다 /시시카다/ 〈試食-〉	試吃
시음하다 〈試飮-〉	試喝

웨이터 〈waiter〉	男服務生
웨이트리스 〈waitress〉	女服務生
주방장 〈廚房長〉	主廚
요리사 〈料理師〉	廚師
조리사 〈調理士〉	調理師
조리사 면허 〈調理士免許〉	廚師執照
파티쉐 〈pâtissier〉	糕點師傅 ＊也稱為제과사〈製菓士〉。
제빵사 /제빵사/ 〈製-士〉	麵包師傅

★餐桌禮儀

식사 예절 /식싸-/ 〈食事禮節〉	用餐禮節
민폐 /민폐/ 〈民弊〉	擾民、妨害他人 ＊給周邊人們帶來困擾：주변 사람에게 민폐다

〔 各種餐桌禮儀 〕
・胳膊撐在餐桌上：식탁에 팔을 괴다
・一邊吃飯一邊看書：음식을 먹으면서 책을 읽다
・剩飯：음식을 남기다
・挑食、偏食：편식하다, 음식을 가리다
・正確用筷子：젓가락질을 정확히 하다
・用筷子夾：젓가락으로 집다
・舔筷子：젓가락을 빨다
・用筷子插食物來吃：젓가락에 음식을 꽂아서 먹다
・噴飯粒：밥풀을 튀기다

- 掉飯：밥을 흘리다
  ＊흘리다：因為不小心，灑出液體或飯粒等。
- 一邊吃飯一邊聊天：음식을 먹으면서 이야기하다
- 把飯泡到湯裡吃：밥을 국에 말아 먹다
- 拿在手裡吃：손에 들고 먹다
- 以口就碗吃：그릇에 입을 대고 먹다
  ＊沾醬油或醬汁食用是찍어 먹다。
- 將蕎麥麵浸到湯裡吃：메밀국수를 국물에 적셔 먹다
- 用湯匙舀：숟가락으로 뜨다
- 用勺子拌：숟가락으로 비비다
- 邊吃邊發出呼嚕嚕的聲音：후루룩 소리 내면서 먹다
- 嘴裡嚼來嚼去：입을 우물우물하다
- 呷嘴、吧唧嘴：쩝쩝거리다
  ＊吃東西發出的聲音。
- 細嚼慢嚥：쩝쩝 씹다, 질겅질겅 씹다
  ＊쩝쩝 씹다是咀嚼的聲音，질겅질겅 씹다是將重點放在咀嚼動作的表現。
  ＊一邊嚼口香糖一天聊天：껌을 쩝쩝 씹으면서 이야기하다
  ＊使勁兒嚼魷魚乾：마른 오징어를 질겅질겅 씹다
- 嘎吱嘎吱地吃：아작아작 먹다
  ＊嘎吱嘎吱地吃爆米花：팝콘을 아작아작 먹다
  ＊아작아작：咬碎稍微有些硬度的食材、食物時發出的聲音。
- 咔擦咔擦的嚼吃：아삭아삭 씹어 먹다
  ＊咔擦咔擦的嚼黃瓜：오이를 아삭아삭 씹어 먹다
  ＊아삭아삭：輕輕折斷、咬碎蔬果等堅硬容易咀嚼的食材時發出的聲音。
- 嘎吱嘎吱地嚼著吃：아작아작 씹어 먹다
  ＊嘎吱嘎吱嚼著,生吃胡蘿蔔或生菜沙拉：당근이나 샐러리를 생으로 아작아작 씹어 먹다

★食物

음식 〈飲食〉	飲食 ＊會話中也會說먹을 것。最近也常使用由먹을거리衍生出來的먹거리。
음료수 /음뇨수/ 〈飲料水〉	飲料 ＊在餐廳是指無酒精飲料。 ＊會話中也使用마실 것、마실 거리。
식료품 /싱뇨품/ 〈食料品〉	食材 ＊新鮮的食材：신선한 식료품 〈新鮮-食料品〉

식재료 /식째료/ 〈食材料〉	食材
식품 〈食品〉	食品
식품 첨가물 〈食品添加物〉	食品添加物
기능성 식품 /기능썽-/ 〈機能性食品〉	功能性食品
건강 식품 〈健康食品〉	健康食品
가공 식품 〈加工食品〉	加工食品

통조림 〈桶-〉	罐頭食品
병조림 〈瓶-〉	瓶裝食品
인스턴트 식품 〈instant 食品〉	速食食品
레토르트 식품 〈retort 食品〉	即食食品 ＊也稱為즉석 식품 〈即席-〉。 ＊特指不須調理便能食用的삼각김밥（超商的飯糰）或햄버거（漢堡）等간편식〈簡便食〉。 ＊指調理、加工過後，經過高溫殺菌後保存在密封、真空容器中的食品。
진공 포장 〈眞空包裝〉	眞空包裝
냉동 식품 〈冷凍食品〉	冷凍食品
자연 식품 〈自然食品〉	天然食品
유전자 변형 식품 〈遺傳子變形食品〉	基因改造食品
수입 식품 /-씩품/ 〈輸入食品〉	進口食品

주식 〈主食〉	主食、主餐
부식 〈副食〉	副食、副餐
반찬 〈飯饌〉	小菜 ＊便於保存的菜餚稱為밑반찬。
대용식 〈代用食〉	代餐
비상식 〈非常食〉	備用糧食
도시락	便當 ＊便利商店便當：편의점 도시락 〈便宜店-〉

155

명물 〈名物〉	名產、特產 ＊盛名之下，其實難符：소문난 잔치에 먹을 것 없다。
특산품 /특싼품/ 〈特產品〉	特產
진수성찬 〈珍羞盛饌〉	山珍海味、美味佳餚
어머니의 손맛 /-손맏/	母親的手藝
미슐랭 가이드 〈Michelin Guide〉	米其林指南 ＊因封面以綠色為基調而被稱為綠色米其林的旅 行導覽書，介紹了首爾與各地總共接近 200 家 的餐廳。
미식가 /미식까/ 〈美食家〉	美食家
식도락가 /식또락까/ 〈食道樂家〉	美食家
먹자골목 /먹짜골목/	美食街
유통 기한 〈流通期限〉	保存期限 ＊保存期限快要到期的商品稱為유통 기한 임박 제품〈流通期限臨迫製品〉，通常會特價銷售。
제조 일자 /-일짜/ 〈製造日時〉	製造日期
상하다 〈傷-〉	變質、腐爛 ＊外表看不出有什麼不同，但內部已經損壞。
맛이 가다 /마시-/	味道變了、走味
썩다 /썩따/	腐壞、爛掉 ＊從外表就能看到變形、腐敗的模樣。
부패하다 〈腐敗-〉	腐敗

2. 味
★味

맛 /맏/	味道 ＊口味挑剔、嚴重挑食：입맛이 까다롭다

미각 〈味覺〉	味覺 ＊味覺不發達的人：미각이 발달되지 않은 사람
오미 〈五味〉	五味 ＊指神맛（酸味）、쓴맛（苦味）、단맛（甜味）、매운맛（辣味）、짠맛（鹹味）。
맛있다 /마딛따,마싣따/	好吃 ＊非常好吃：아주 맛있다
맛이 없다 맛없다 /마덥따/	不好吃、難吃
맛보다 /맏뽀다/	嚐味
신맛 /신맏/	酸味
시다	酸的
새콤하다	微酸微甜 ＊酸味較重一些〔-콤出現在새콤하다、달콤하다、매콤하다 等部分形容詞中，表示感覺這個味道比較重一點〕。
매운맛 /매운맏/	辣味
맵다 /맵따/	辣的
얼얼하다	麻辣 ＊舌頭〔滿嘴〕火辣辣的：혀가〔입안이〕얼얼하다 ＊얼얼하게 맵다：麻辣 ＊얼큰하다：辛辣 ＊톡 쏘게 맵다：嗆辣 ＊像是做牙科治療麻醉時臉頰的感覺，也以얼얼하다來表現。
짠맛 /짠맏/	鹹味
짜다	鹹的 ＊짭짤하다：稍鹹一點，但鹹得剛好，感到好吃〔如下酒的杏仁或魷魚絲的鹹度〕
단맛 /단맏/	甜味

달다	甜的 ＊달짝지근하다＜달착지근하다：甜滋滋、微甜
달콤하다	香甜的 ＊달콤하다並不是甜得過頭，而是隱含有很甜但 　很好吃的正面意思在內。 ＊ 달큼하다是非常甜。
달달하다	甜蜜的味道 ＊달달하다不是標準語，但常被使用。
매콤달콤하다	辣辣甜甜的
새콤달콤하다	酸酸甜甜的

쓴맛 /쓴맏/	苦味
쓰다	苦的
씁쓸하다	微苦、苦澀 ★這啤酒的後勁兒有點苦：이 맥주는 뒷맛이 씁 　쓸해요.
쌉쌀하다	略苦 ＊略苦的人參茶：쌉쌀한 인삼차

떫다 /떨따/	澀
아리다	(味覺)麻 ＊喉嚨感到麻麻的、被刺激到的感覺。

느끼하다	油膩、噁心 ＊或稱기름기가 많다。
개운하지 않다	不爽口
걸다	肥、豐盛
걸쭉하다 /걸쭈카다/	濃、稠 ＊加進水溶太白粉那種勾芡的感覺。
묽다 /묵따/	稀、淡 ＊湯水較多、稀稀的。
비린내가 나다	有腥味

5
吃
·
喝

飲
食
店

싱겁다 /싱겁따/	味道淡 ＊水水沒味道的時候也用싱겁다。 ＊밍밍하다：淡而無味
심심하다	清淡 ＊삼삼하다：清淡〔正面的表現〕
진하다 〈津-〉	濃、烈

산뜻하다 /산뜨타다/	清淡、清新、清爽
깔끔하다	清爽的 ＊清爽口感好〔깔끔한 맛의 비빔밥、함흥 냉면 의 깔끔한 맛〕。

시원하다	爽快、痛快
	＊吃或喝冰涼飲食時的清涼感覺〔시원한 콩국
	  수、시원한 사이다〕。
	＊韓國人在吃冰涼的食物時，或在喝熱湯、泡溫
	  泉時的爽快感覺都稱為시원하다。

개운하다	爽口 ＊喝熱騰騰清湯時的清爽感覺〔개운한 동태탕、 개운한 조개탕〕。
담백하다 /담배카다/ 〈淡白-〉	清淡
순하다 〈順-〉	溫和 ＊原味：순한 맛
구수하다	香醇、香噴噴的
감칠맛 /감칠맏/	美味、可口、合胃口

3. 飲食店
★飲食店

음식점 /음식쩜/ 〈飲食店〉	小飯館、食堂、餐廳

식당 /식땅/ 〈食堂〉	食堂
	＊學生餐廳：학생식당
	＊內部餐廳：구내식당 〈構內
	  食堂〉
	＊以巴士、計程車司機為對
	  象的餐廳稱為기사식당 〈技
	  士食堂〉。

매점 〈賣店〉	賣場、商店、小舖
레스토랑 〈restaurant〉	餐廳
일식집 /일씩찝/ 〈日食/日式-〉	日式餐廳
한식집 /한식찝/ 〈韓食-〉	韓式餐廳
중국집 /중국찝/ 〈中國-〉	中式餐廳
양식집 /양식찝/ 〈洋食-〉	西式餐廳
프렌치 레스토랑 〈French-〉	法式餐廳
이탈리안 레스토랑 〈Italian-〉	義式餐廳
백반집 /백빤집/ 〈白飯-〉	白飯套餐店
오늘의 정식 〈-定食〉	今日套餐
불고기 백반 /-백빤/ 〈-白飯〉	烤肉套餐 ＊簡稱為불백。
분식집 /분식찝/ 〈粉食-〉	小吃店、麵食店 ＊供應海苔捲或拉麵等當場製作的料理，便宜方 便的小店。
서서 먹는 집	站著吃的小吃店
푸드코트 〈food court〉	美食廣場、美食街
패밀리 레스토랑 〈family restaurant〉	家庭式餐廳 ＊韓國的家庭式餐廳與其他韓國料理餐廳相比價 格較高，給人的感覺就是可以在紀念日聚餐， 一群人聚集在一起吃豪華大餐的氣氛，大多是 供應海鮮、牛排、沙拉吧吃到飽的連鎖店。
외식하다 /외시카다/ 〈外食-〉	外食 ＊也稱為사 먹다〔也可以用在買熟食來吃的時 候〕。
메뉴 〈menu〉	菜單 ＊也稱為메뉴판 〈menu 板〉、차림표 〈-表〉。
식단 〈食單〉 /식딴/	菜單、食譜
물수건 〈-手巾〉	濕紙巾

나무젓가락 /나무젇까락/	木筷
종이 냅킨 〈-napkin〉	餐巾紙
이쑤시게	牙籤

한 잔 더 〈-盞-〉	再來一杯 ＊也可以說같은 것을 주세요。
한 공기 더 〈-空器-〉	再來一碗 ★再給您來點飯嗎？：밥 더 드릴까요？ ★請再來一碗飯：밥 한 공기 더 주세요. ★請再給我一點：조금 더 주세요. ＊在餐廳要求泡菜等要追加時用「이거 하나 더 　주세요.」，追加白飯是「밥 하나 더 주세 　요.」，追加玻璃杯裡的飲料是「한 잔 더 주세 　요.」。
곱빼기	加大、雙倍 ★請給我加大炸醬麵：짜장면, 곱빼기요.
무한 리필 〈無限 refill〉	吃到飽 ＊무한 리필是指「無限再裝滿」。喝到飽稱為음 　료 뷔페。
뷔페 〈buffet〉	自助餐 ＊吃到飽形式的餐廳稱為뷔페 식당〔因為難以發 　音，一般稱為부페、부폐 식당〕。

★速食

패스트푸드점 〈fastfood 店〉	速食店
패스트푸드 〈fastfood〉	速食
햄버거 〈hamburger〉	漢堡
치킨버거 〈chicken burger〉	雞肉漢堡
치즈버거 〈cheese burger〉	起司漢堡 ＊雙層起司漢堡：더블치즈버거 〈double cheese 　burger〉
불고기버거 〈-burger〉	烤肉漢堡
새우버거 〈-burger〉	鮮蝦漢堡

빅맥 /빙맥/ ⟨Big Mac⟩	大麥克漢堡
핫도그 /핟도그/ ⟨hotdog⟩	熱狗 ＊在韓國，香腸以竹籤串起，裹上麵衣油炸的美 　式熱狗也稱為핫도그。
칠리 핫도그 ⟨chili hotdog⟩	香辣熱狗
프라이드 치킨 ⟨fried chicken⟩	炸雞 ＊양념 치킨：調味炸雞。炸雞裹上醬油、糖等香 　料蔬菜醬汁。 ＊파닭：香蔥炸雞。雞肉上面撒上大量的蔥絲。 ＊간장 치킨：醬油炸雞。麵衣上面淋醬油。 ＊순살 치킨：無骨炸雞。沒有骨頭的雞塊。
로스트 치킨 ⟨roast chicken⟩	烤雞、烤全雞 ＊也稱為통닭、전기구이 ⟨電氣-⟩。
치킨너겟 ⟨chicken nugget⟩	炸雞塊
감자 프라이 ⟨-fries⟩	炸薯條
포테이토칩 ⟨potato chips⟩	炸薯片
사이즈 ⟨size⟩	尺寸
스몰 ⟨Small⟩	小杯
미디엄 ⟨Medium⟩	中杯 ＊寫為미디엄，但也有人發音為/미듐/。
라지 ⟨Large⟩	大杯
엑스라지 ⟨X-large⟩	特大杯
레귤러 ⟨Regular⟩	普通杯
점보 ⟨Jumbo⟩	超大杯

주문하다 〈注文-〉	訂餐、點餐、訂貨
	＊也稱為시키다。
	★請問您點餐了嗎？：주문하셨어요？ /시키셨어요？
	★歡迎光臨，請問您要點餐嗎？：어서 오세요. 주문하시겠어요？
	★可以幫您點餐嗎？：주문 도와 드릴까요？
	★請問還需要什麼嗎？：더 필요한 거 있으세요？
	★久等了，您點的餐好了：오래 기다리셨습니다. 주문하신 거 나왔습니다.
추가하다 〈追加-〉	追加
취소하다 〈取消-〉	取消
여기서 먹고 가다	店內食用
	★您要在這裡用餐嗎？：여기서 드실 거예요？
	★在這裡吃了再走吧：여기서 먹고 가요.
가져가다	外帶
	＊也稱為테이크아웃하다。
	★請問您要外帶嗎？：가져가실 거예요？
	★要幫您裝起來嗎？：포장해 드릴까요？
	★這是要外帶的：테이크아웃이에요.
	＊也可以說포장해 주세요/싸 주세요。
도넛 〈doughnut〉	甜甜圈
아이스크림 〈ice cream〉	冰淇淋
소프트크림 〈soft cream〉	霜淇淋
콘 〈cone〉	甜筒
셔벗 〈sherbet〉	雪酪
오렌지 셔벗 〈orange sherbet〉	香橙雪酪
아이스캔디 〈ice candy〉	冰棒
	＊因為很硬所以也稱為하드〈hard〉。吸吮食用，包在塑膠袋裡的棒狀冰俗稱쭈쭈바。
드라이아이스 〈dry ice〉	乾冰

파르페 〈parfait〉	百匯
초콜릿 파르페 〈chocolate parfait〉	巧克力百匯
과일 파르페 〈-parfait〉	水果百匯
프루트펀치 〈fruits punch〉	賓治酒、潘趣酒、旁治酒 ＊과일 화채 〈-花菜〉：以蜂蜜或砂糖調味的오미자〈五味子〉湯汁中放入切薄片的水果，再點綴松子的冷飲。
빙수 〈氷水〉	刨冰
팥빙수 /팥삥수/	紅豆刨冰
과일 빙수 〈-氷水〉	水果刨冰

★ 麵包

빵	麵包 ＊麵包撕開來吃：빵을 뜯어 먹다 ＊麵包沾牛奶：빵을 우유에 적시다
식빵 〈食-〉	吐司、麵包
식빵 가장자리	吐司邊、麵包邊
크루통 〈croûton〉	油炸吐司丁、油炸麵包丁
빵을 굽다 /굽따/	烤麵包 ＊烤得焦黃：노릇노릇하게 굽다 ＊麵包烤焦了：빵이 시꺼멓게 타다
토스트 〈toast〉	吐司、烤麵包
피자토스트 〈pizza-〉	披薩烤吐司
프렌치토스트 〈French-〉	法式烤吐司
마늘토스트	香蒜烤吐司

롤빵 〈roll-〉	麵包捲
버터롤 〈buttered-〉	奶油捲、奶油麵包捲
하드롤 〈hard-〉	硬麵包捲
소프트롤 〈soft-〉	軟麵包捲
머핀 〈muffin〉	馬芬蛋糕
초코 머핀 〈choco-〉	巧克力馬芬
모카 머핀 〈mocha-〉	摩卡馬芬
번 〈bun〉	小圓麵包
베이글 〈bagel〉	貝果
바게트 〈baguette〉	法國麵包
크루아상 〈croissant〉	牛角可頌麵包
쿠페빵	歐式麵包
마늘빵	香蒜麵包
잼빵 〈jam-〉	果醬麵包
초콜릿빵 〈chocolate-〉	巧克力麵包
크림빵 〈cream-〉	奶油麵包
팥빵 /팓빵/	紅豆麵包 ＊也稱為단팥빵。
곰보빵	菠蘿麵包 ＊곰보是「麻子臉」的意思。 ＊也稱為소보로빵。
카레빵 〈curry-〉	咖哩麵包
멜론빵 〈melon-〉	哈密瓜麵包
러스크 〈rusk〉	乾麵包片
건빵 〈乾-〉	硬餅乾
샌드위치 〈sandwich〉	三明治
클럽샌드위치 〈club-〉	總匯三明治

165

햄샌드위치 〈ham-〉	火腿三明治
에그샌드위치 〈egg-〉	雞蛋三明治
커틀릿샌드위치 〈cutlet-〉	肉排三明治
시리얼 〈cereal〉	燕麥片
콘플레이크 〈cornflakes〉	玉米片 ＊把玉米片加到牛奶裡一起吃：콘플레이크에 우 유를 부어 먹다
잼 〈jam〉	果醬 ＊草莓果醬：딸기 잼
마멀레이드 〈marmalade〉	柑橘醬
꿀 벌꿀	蜂蜜
피넛 버터 〈peanut butter〉	花生醬 ＊也稱為땅콩버터。

★咖啡、飲料

커피 〈coffee〉	咖啡 ＊用咖啡和麵包填飽肚子：커피와 빵으로 때우 다
원두 〈原豆〉	原豆、咖啡豆 ＊也稱為커피빈 〈coffee been〉。 ＊磨原豆：원두를 갈다；磨咖啡豆：커피빈을 갈다
커피를 타다	泡咖啡 ＊三合一咖啡〔咖啡、砂糖、奶精都已經混合在 一起〕稱為커피 믹스。
커피를 끓이다 /-끄리다/	煮咖啡 ＊以커피 메이커（咖啡機）等泡咖啡稱為커피를 내리다。
커피숍 〈coffee shop〉	咖啡店、咖啡廳 ＊也稱為카페 〈café〉。

커피 전문점 〈coffee 專門店〉	咖啡專賣店
다방 〈茶房〉	茶房

5 吃・喝

飲食店

【各種咖啡】

- 原豆咖啡：원두 커피 〈原豆 coffee〉
- 速溶咖啡：인스턴트 커피 〈instant coffee〉
- 罐裝咖啡：캔 커피 〈can coffee〉
- 正規咖啡、招牌咖啡：레귤러 커피 〈regular coffee〉
- 冰咖啡：아이스 커피 〈ice coffee〉
- 牛奶咖啡：밀크 커피 〈milk coffee〉
- 維也納咖啡：비엔나 커피 〈viennese coffee〉
- 卡布奇諾咖啡：카페 카푸치노 〈café cappuccino〉
- 義式濃縮咖啡：에스프레소 〈espresso〉
- 美式咖啡：아메리카노 〈Americano〉
- 美式咖啡：아메리칸 커피 〈American coffee〉
- 愛爾蘭咖啡：아이리시 커피 〈irish coffee〉
- 咖啡歐蕾：카페오레 〈café au lait〉
- 拿鐵咖啡：카페 라테 〈 caffe latte 〉
- 摩卡咖啡：모카 〈mocha〉
- 吉利馬札羅：킬리만자로 〈Kilimanjaro〉
- 藍山咖啡：블루마운틴 〈blue mountain〉
- 今日咖啡：오늘의 커피

음료수 /음뇨수/ 〈飲料水〉	飲料 ＊不是指「飲用水」，而是指果汁、可樂等。 ＊容量有小杯（Short）：숏（8 oz/236ml）、中杯（Tall）：톨（12 oz/354ml）、大杯（Grande）：그란데（16 oz/473ml）、特大杯（Venti）：벤티（20 oz /591ml），或是Regular：레귤러（M）、Large：라지（L）。

167

리필 〈refill〉	續杯
물	水 ＊冰水：찬물、냉수 〈冷水〉 ＊溫水：미지근한 물
뜨거운 물	熱水
얼음 /어름/	冰塊
생수 〈生水〉	礦泉水 ＊也稱為미네랄 워터 〈mineral water〉。
탄산 음료 /-음뇨/ 〈炭酸飲料〉	碳酸飲料
탄산수 〈炭酸水〉	氣泡水
콜라 〈cola〉	可樂 ＊可口可樂：코카 콜라 〈Coca-Cola〉 ＊百事可樂：펩시 콜라 〈PEPSI cola〉
환타 〈Funta〉	芬達
스프라이트 〈Sprite〉	雪碧
사이다 〈cider〉	汽水
주스 〈juice〉	果汁 ＊柳橙果汁：오렌지주스 〈orange-〉 ＊番茄果汁：토마토주스 〈tomato-〉 ＊紅柚汁、葡萄柚汁：자몽주스、그레 이프프루트주스 〈grapefruit-〉
진저 에일 〈ginger ale〉	薑汁汽水
레몬수 〈lemon 水〉	檸檬水
우유 〈牛乳〉	牛奶
두유 〈豆乳〉	豆漿、豆奶
차 〈茶〉	茶 ＊沏茶：차를 우리다
홍차 〈紅茶〉	紅茶 ＊奶茶：밀크티 〈milk tea〉 ＊檸檬茶：레몬티 〈lemon tea〉 ＊珍珠奶茶：버블티 〈bubble tea〉

우롱차 〈-茶〉	烏龍茶
허브티 〈herb tea〉	花草茶
자스민차 〈jasmine 茶〉	茉莉花茶

녹차 〈綠茶〉	綠茶
옥로 /옹노/ 〈玉露〉	玉露茶
전차 〈煎茶〉	日式煎茶
번차 〈番茶〉	餅茶
볶은 차 /보끈차/ 〈-茶〉	炒茶
현미차 〈玄米茶〉	玄米茶
말차 〈抹茶〉	抹茶

【韓國的茶】
- 人參茶：인삼차 〈人蔘茶〉
- 雙和茶：쌍화차 〈雙和茶〉
- 五味子茶：오미자차 〈五味子茶〉
- 枸杞茶：구기자차 〈枸杞子茶〉
- 大麥茶：보리차 〈-茶〉
- 玉米鬚茶：옥수수차 〈-茶〉
- 枳椇子茶：헛개차 /헏깨차/ 〈-茶〉
- 紅棗茶：대추차 〈-茶〉
- 薏仁茶：율무차 〈-茶〉
- 柚子茶：유자차 〈柚子茶〉
- 木瓜茶：모과차 〈木瓜茶〉

4. 各種料理
★各國料理

일본 요리 /-뇨리/ 〈日本料理〉	日本料理 *也稱為일식 〈日食/日式〉。
한국 요리 /한궁뇨리/ 〈韓國料理〉	韓國料理 *也稱為한식 〈韓食〉。

중국요리 /중궁뇨리/ 〈中國料理〉	中餐、中國料理
광둥요리 /-뇨리/ 〈-料理〉	廣東料理
베이징요리 /-뇨리/ 〈-料理〉	北京料理 *也稱북경요리。
쓰촨요리 /-뇨리/ 〈-料理〉	四川料理 *也稱사천요리。
대만 요리 /-뇨리/ 〈臺灣料理〉	台灣料理
서양 요리 /-뇨리/ 〈西洋料理〉	西餐 *也稱為양식〈洋食〉。
프랑스 요리 〈-料理〉	法國料理
독일 요리 /-료리/ 〈獨逸料理〉	德國料理
이탈리아 요리 〈-料理〉	義大利料理
스페인 요리 /-뇨리/ 〈-料理〉	西班牙料理
인도 요리 〈印度料理〉	印度料理
태국 요리 /태궁뇨리/ 〈泰國料理〉	泰國料理
베트남 요리 /베트남뇨리/ 〈-料理〉	越南料理
에스닉 요리 /에스닝뇨리/ 〈ethnic 料理〉	民族料理
퓨전 요리 /-뇨리/ 〈fusion 料理〉	無國界料理
스태미나 요리 〈stamina 料理〉	壯陽料理
전통 요리 /-뇨리/ 〈傳統料理〉	傳統料理
제사 음식 〈祭祀飲食〉	祭祀食物

| 사찰 음식 〈寺刹飲食〉 | 齋菜 |
| 즉석 요리 /즉썽뇨리/ 〈卽席料理〉 | 速食料理 |

★日本料理

샤브샤브	涮涮鍋
스키야키	壽喜燒
튀김	炸物 ＊韓語的튀김不僅指「天婦羅」，一般指所有的「炸物」。 ＊油炸物的材料：海鰻（아나고〔붕장어〕）、白丁魚（보리멸）、蝦（새우）、魷魚（오징어）、茄子（가지）、糯米椒（꽈리고추），南瓜（호박）、番薯（고구마）、香菇（표고버섯）。
오뎅	魚糕、魚板 ＊也稱為어묵〈魚-〉、어묵탕〈魚-湯〉。
냄비요리 〈-料理〉	沙鍋料理 ＊也稱為전골。
물두부	水豆腐
닭백숙 /닥빽쑥/ 〈-白熟〉	清燉雞、白斬雞
지리나베	日本千里鍋
모둠냄비	拼盤火鍋
오코노미야키	大阪燒

★飯類

카레라이스 〈curry rice〉	咖哩飯
돈까스 카레	咖哩豬排飯
드라이카레 〈dry curry〉	乾咖哩飯
하이라이스	燴飯

오므라이스	**蛋包飯** ＊在韓國，大多在街坊的中華料理店販賣。

밥	**米飯** ＊白飯：공기밥〈空器-〉
된밥	**硬飯**
진밥	**軟飯、乾飯**
흰밥	**白飯** ＊백반〈白飯〉是指包含白飯、湯與幾種菜餚的定 食套餐。
라이스 〈rice〉	**米飯**
주먹밥 /주먹빱/	**飯糰、拳頭飯** ＊在超商賣的是삼각 김밥〈三角-〉。
매실 장아찌 〈梅實-〉	**梅子醬菜**
팥밥 /팓빱/	**紅豆飯**
찰밥	**糯米飯**
보리밥	**大麥飯**
김밥 /김밥 · 김빱/	**紫菜包飯** ＊純紫菜包飯：누드 김밥

【韓國的各種飯】

湯泡飯국밥 /국빱/
＊湯裡加白飯。
＊豬肉泡飯：돼지 국밥
＊湯與飯分開裝的湯配飯：따로국밥
＊牛頭肉泡飯：소머리 국밥
＊黃豆芽泡飯：콩나물 국밥

비빔밥 /비빔빱/	**拌飯** ＊石鍋拌飯：돌솥 비빔밥 ＊生牛肉拌飯：육회 비빔밥 ＊嫩芽拌飯： 새싹 비빔밥

덮밥 /덥빱/	蓋飯
	*泡菜蓋飯：김치 덮밥
	*牛肉蓋飯：소고기 덮밥
	*魷魚蓋飯：오징어 덮밥
	*辣炒豬肉蓋飯：제육 덮밥
	*生魚片蓋飯：회덮밥〈膾-〉
	*魚卵飯：알밥
쌈밥	菜包飯
	*以葉子或蔬菜包飯食用的料理。
약밥 /약빱/〈藥-〉	八寶糯米飯
	*放進蜂蜜、黑砂糖、芝麻油、醬油、栗子、紅棗等的炊飯。也稱為약식〈藥食〉。
오곡밥 /오곡빱/〈五穀-〉	五穀飯
	*찹쌀（糯米）與수수（高粱）、조（小米）、검정콩（黑豆）、붉은팥（紅豆）這 5 種穀物混合炊煮而成的飯。一般在陰曆正月十五日製作食用。
죽〈粥〉	粥
	*芝麻粥：깨죽
	*鮑魚粥：전복죽〈全鰒-〉
	*紅豆粥：팥죽
	*南瓜粥：호박죽〈胡-〉
	*白米粥：흰죽
누룽지	鍋巴
	*在韓國，用餐之後會將鍋巴泡熱水〔숭늉〕飲用。

★麵類

국수 /국쑤/	麵條
면〈麵〉	麵
사리	(另外加點)麵條
메밀국수 /메밀국쑤/	蕎麥麵條
	*吃蕎麥麵條：메밀국수를 먹다
우동	烏龍麵
	*油豆腐烏龍麵：유부 우동〈油腐-〉
	*鍋燒烏龍麵：냄비 우동

소면 〈素麵〉	素麵條
일본식 볶음면 〈日本式-麵〉	日式炒麵
라면	泡麵 ＊韓國的拉麵不像日本是生麵，而是指「速食麵」。不是直接吃麵，而是放入火鍋或湯裡烹煮後食用。
라면 사리	(另外加點)泡麵 ＊日本式的拉麵稱為쇼유 라멘（醬油拉麵）、미소 라멘（味噌拉麵）、시오 라멘（鹽味拉麵）、돈코츠 라멘（豚骨拉麵）。
즉석면 /즉성면/〈即席麵〉	即食麵 ＊在軍隊裡，直接把熱水倒入袋中泡成的速食麵稱為뽀글이。
컵라면 /컴나면/〈cup-〉	杯麵 ＊大碗尺寸的杯麵稱為사발면。

【韓國的各種麵・粉食】

칼국수 /칼국쑤/ 刀削麵
콩국수 /콩국쑤/ 豆漿麵
팥국수 /받꾹쑤/ 紅豆湯麵
＊在紅豆湯中加麵條。
밀면 〈-麵〉小麥麵
＊類似冷麵的釜山知名麵食。與冷麵不同，麵條是以麵粉和番薯粉或馬鈴薯粉混和製成。
쫄면 〈-麵〉筋麵
＊麵條較粗嚼勁十足的冷麵。名字的由來便是意為耐嚼口感的쫄깃쫄깃하다。乾麵拌上韓式辣椒醬食用。
쟁반국수 /쟁반국쑤/ 〈錚盤-〉大盤蕎麥麵
＊大盤中盛上蕎麥麵、牛肉、蔬菜等的料理。
막국수 /막꾹쑤/ 蕎麥涼麵
＊以蕎麥粉做成的涼麵料理。江原道的鄉土料理。
국수 전골 /국쑤-/ 麵條火鍋

냉면〈冷麵〉冷麵

＊冷麵原本是土地貧瘠、無法收穫穀類的半島北部冬天的食物。一直以來，都區分為稱為물냉면（水冷麵）的평양냉면〈平壤冷麵〉〔如圖〕，以及加入홍어회（洪魚膾、鰩魚發酵製成的生魚片），無湯的비빔냉면（乾拌冷麵）也就是함흥냉면〈咸興冷麵〉。平壤冷麵是以蕎麥粉與綠豆粉做成，粗而帶黑，麵條容易咬斷；咸興冷麵是使用馬鈴薯或玉米澱粉，細而白，麵條不容易咬斷。先吃配麵的水煮蛋或白蘿蔔的水泡菜，可以減少胃的負擔，促進消化。追加的麵條稱為사리，如果覺得麵量不足都可以追加。

수제비 麵疙瘩湯
온면〈溫麵〉溫麵
당면〈唐麵〉韓式冬粉

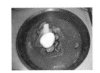

★壽司

초밥〈醋-〉	壽司(日式)
초밥집〈醋-〉	壽司店
카운터에 앉다〈counter-〉	坐在吧檯前 ＊壽司店的吧台也稱為스시바。
회전 초밥〈回轉醋-〉	迴轉壽司

와사비를 뺀 초밥〈醋-〉	沒有芥末的壽司
톡 쏘다	非常暢快
손으로 집어 먹다	用手抓來吃
간장을 찍어 먹다	沾醬油吃

초밥 재료〈-醋材料〉	壽司材料
붉은 살 생선〈-生鮮〉	紅色生魚片
중뱃살 /중밷쌀/〈中-〉	中腹肉
대뱃살 /대밷쌀/〈大-〉	大腹肉
연어〈鰱魚〉	鮭魚
흰 살 생선〈-生鮮〉	白色生魚片
도미	鯛魚

175

광어 〈廣魚〉	比目魚
광어 지느러미 〈廣魚-〉	比目魚鰭 ＊也俗稱為엔삐라。
등 푸른 생선 〈-生鮮〉	青背魚
다진 전갱이	切碎的竹筴魚
고등어 초절임	醃鯖魚
새끼 방어 〈-魴魚〉	小鰤魚
잿방어 /잳빵어/ 〈-魴魚〉	杜氏鰤、高體鰤
방어 〈魴魚〉	鰤魚
새우	蝦
단새우	甜蝦
갯가재 /갣까재/	螳螂蝦
오징어	魷魚
한치	小魷魚
무늬오징어	花紋魷魚
흰오징어	白魷魚
문어 〈文魚〉	章魚
조개관자 〈-貫子〉	干貝 ＊也稱為패주〈-貝柱〉。
조개 가장자리	貝殼邊
생선 초밥 〈生鮮-〉	生魚片壽司
모둠회 덮밥 /-덥빱/ 〈-膾-〉	綜合生魚片蓋飯
김말이 초밥 〈-醋-〉	握壽司
다랑어 김초밥 〈-醋-〉	鮪魚壽司
오이 김초밥 〈-醋-〉	黃瓜壽司
유부 초밥 〈油腐醋-〉	豆皮壽司

★丼飯

덮밥 /덥빱/	蓋飯
쇠고기 덮밥 /-덥빱/	牛肉蓋飯
튀김 덮밥 /-덥빱/	天婦羅蓋飯
돈가스 덮밥 /-덥빱/	炸豬排蓋飯
회덮밥 〈膾-〉 /-덥빱/	生魚片蓋飯
닭고기 덮밥 /-덥빱/	雞肉蓋飯
장어 덮밥 〈長魚-〉 /-덥빱/	鰻魚蓋飯
장어구이 〈長魚-〉	烤鰻魚
생선조림 〈生鮮-〉	紅燒魚
생선구이 〈生鮮-〉	烤魚

★韓國料理

한정식 〈韓定食〉	韓定食、韓式套餐 ＊其實並不是簡單的「定食」，而是一整套的套餐。 ＊像烤肉定食불고기 백반〔簡稱불백〕的백반〈白飯〉，指的就是簡單的「定食」。
불고기	烤肉 ＊薄切的牛肉調味之後放在鐵板上烤。
갈비	排骨 ＊갈비 구이：烤排骨。沒有調味直接烤的牛小排是생갈비，醃過再烤的牛小排稱為양념 갈비。 ＊떡갈비：牛肉餅 ＊숯불 갈비：炭火排骨 ＊항아리 갈비：甕釀排骨 ＊吃牛小排的時候搭配的蔥稱為파무침。
돼지갈비	豬排骨
갈비찜	燉排骨 ＊燉煮牛小排。
삼겹살 /삼겹쌀/ 〈三-〉	五花肉、三層肉 ＊豬腹肉、五花肉

177

순대	血腸
	＊豬腸中灌入糯米、粉絲、豬血等水煮而成。

김치	泡菜

- 배추김치：白菜泡菜
- 오이소박이：黃瓜泡菜
- 부추김치：韭菜泡菜
- 물김치：水泡菜
- 깍두기 /깍뚜기/：蘿蔔塊泡菜
- 동치미：水蘿蔔泡菜

(동치미)　　　(김치)

- 총각김치 /총각낌치/〈總角-〉：嫩蘿蔔泡菜
- 나박김치 /나박낌치/：蘿蔔片水泡菜
- 갓김치 /갇낌치/：芥菜泡菜
- 보쌈김치〈褓-〉：包捲泡菜
  ＊將蘿蔔或白菜切成一定大小，調配各種醬料
  　後，包在寬大白菜葉裡醃漬的泡菜。
- 열무김치：小蘿蔔泡菜
- 김장 김치：過冬泡菜。
  ＊11月下旬到12月間醃漬過冬用的泡菜。
- 묵은김치，묵은지：陳年泡菜
- 새김치：新泡菜
- 겉절이 /걷쩌리/：鮮辣白菜

湯

＊국指的是料理時進行調味，上桌後不再調味的湯，份量是一個人的量；탕指
的是上桌後還會再依個人喜好添加調味料的湯，可供多人食用。

- 김칫국 /김칟꾹/：泡菜湯
- 개장국 /개장꾹/〈-醬-〉：狗肉湯
- 떡국 /떡꾹/：年糕湯
- 만둣국 /만둗꾹/〈饅頭-〉：餃子湯
- 명탯국 /명탣꾹/〈明太-〉：明太魚湯、鱈魚湯
- 미역국 /미역꾹/：海帶湯。產後喝海帶芽湯以恢復體力。在慶生時也會喝。
- 북엇국 /부걷꾹/〈北魚-〉：乾明太魚湯
- 선짓국 /선짇꾹/，선지：牛血湯〔선지：整塊凝固的動物血，特指牛血〕

- 시래깃국 /시래긷꾹/：乾菜醬湯〔시래기是將蘿蔔或白菜的莖與葉曬乾後製成之物〕。
- 아욱국 /아욱꾹/：露葵湯
- 재첩국 /재첩꾹/：河蜆湯
- 조갯국 /조갣꾹/：蛤蠣湯
- 콩나물국 /콩나물꾹/：黃豆芽湯
- 토란국 /토란꾹/：〈土卵-〉芋頭湯，中秋時食用以祈求身體健康。
- 해장국 /해장꾹/：醒酒湯，為了解酒而喝的飲品之總稱。

냉국 /냉꾹/ 〈冷-〉	冷湯
된장국 /된장꾹/ 〈-醬-〉	大醬湯
맑은국	清湯
건더기	湯料

탕 〈湯〉	燉湯 ＊指放很多食材的湯。

＊可供多人食用，湯料比국多，且烹調需要較長的時間。
- 갈비탕：牛排骨湯
- 감자탕：馬鈴薯湯
- 곰탕：牛骨湯
- 꼬리곰탕：牛尾湯
- 꽃게탕 /꼳께탕/：花蟹湯
- 내장탕 〈內臟湯〉：內臟湯
- 닭도리탕/닥또리탕/、매운 닭볶음탕：辣燒雞湯、辣燉雞塊，或稱매운 닭볶음탕。
- 대구탕 〈大口湯〉：鱈魚湯
- 도가니탕：牛膝骨湯
- 매운탕：辣魚湯、辣湯
- 보신탕 〈補身湯〉：狗肉湯
＊在韓國，尤其是夏天最炎熱的日子복날 〈伏-〉 /봉날/，會吃營養價值高的狗肉進補〔近年來大多吃삼계탕代替〕。有些地方因為直接寫出狗肉顯得觸目驚心，便掛上사철탕 〈四-湯〉、영양탕 〈營養湯〉等招牌。
- 복매운탕 /봉매운탕/：鮮辣河豚湯
- 복지리 /복찌리/：河豚清湯

- 삼계탕〈蔘鷄湯〉：蔘雞湯〔使用半隻雞的삼계탕會稱為반계탕〈半鷄湯〉〕
- 설렁탕：牛雜碎湯、雪濃湯、先農湯
- 아귀탕：鮟鱇魚湯〔아구탕是錯誤的寫法〕
- 알탕：魚籽湯、魚卵湯
- 우거지탕：乾白菜湯

- 육개장 /육깨장/〈肉-醬〉：香辣牛肉湯
- 조개탕：蛤蠣清湯
- 조기 매운탕：香辣黃花魚湯
- 추어탕〈鰍魚湯〉：泥鰍湯
- 해물탕〈海物湯〉：海鮮湯

찌개	鍋、湯
	＊用砂鍋或小鍋子將湯汁煮得較為濃稠，放入蔬菜、肉、豆腐等食材，並添加韓式味噌醬或香料蔬菜調味煮成的料理。

- 갈낙찌개 /갈락찌개/：辣味排骨章魚鍋
- 김치찌개：泡菜鍋
- 된장찌개〈-醬-〉：大醬鍋
- 동태찌개〈凍太-〉：凍明太魚鍋
- 생태찌개〈生太-〉：鮮明太魚鍋
- 부대찌개〈部隊-〉：部隊鍋
- 생선찌개〈生鮮-〉：海鮮鍋
- 섞어찌개 /서꺼-/：什錦鍋
- 순두부찌개〈-豆腐-〉：嫩豆腐鍋〔漢字寫法「純豆腐」是以發音直接借用的漢字〕

전골	火鍋
	＊蔬菜、肉等以少量的煮汁，邊煮邊吃的火鍋料理〔類似壽喜燒〕。

- 국수전골 /국쑤-/：刀削麵火鍋
- 굴전골：牡蠣火鍋
- 곱창전골：牛小腸火鍋

- 낙곱전골 /낙꼽-/：章魚牛小腸火鍋。長腕小章魚（낙지）與牛小腸（곱
  창）的火鍋。
- 낙지전골 /낙찌-/：章魚火鍋
- 불낙전골 /불락-/：烤牛肉章魚火鍋。牛肉（불고기）與長腕小章魚（낙
  지）的火鍋。

★韓國的宮廷料理

궁중 요리 /궁중뇨리/〈宮中料理〉	宮廷料理

- 수라상 /수라쌍/〈水刺床〉：御膳桌
  - （1）더운구이：燒烤
    - ＊너비아니：宮廷烤牛肉
    - ＊섭산적 /섭싼적/〈-散炙〉：烤肉餅
    - ＊맥적 /맥쩍/〈貊炙〉：烤豬肉（味噌烤豬肉）
  - （2）찬구이：鹽烤
    - ＊烤過的김（海苔）或더덕（沙蔘）等。
  - （3）전유어 /저뉴어/〈煎油魚〉：什錦煎餅
    - ＊대합전 /대합쩐/〈大蛤煎〉：文蛤煎餅
    - ＊생선전〈生鮮煎〉：鮮魚煎餅
    - ＊깻잎전 /껜닙쩐/〈-煎〉：蘇子葉煎餅
    - ＊호박전 /호박쩐/〈-煎〉：南瓜煎餅
    - ＊사슬산적 /-싼적/〈-散炙〉：煎蛋衣魚肉片
    - ＊표고전〈-煎〉：香菇煎餅
  - （4）편육 /펴뉵/〈片肉〉：肉片
    - ＊양지머리（牛胸骨肉）、우설편육〈牛舌片肉〉（將牛舌煮後切薄
      片）等。
  - （5）숙채〈熟菜〉：熟菜
    - ＊삼색나물 /삼생-/〈三色-〉：三色蔬菜（芥末、桔梗根、波菜滷）
      等。
  - （6）생채〈生菜〉：生拌菜、涼拌
    - ＊生的더덕（沙蔘）、白蘿蔔、도라지（桔梗根）等。
  - （7）조리개：涼拌貝類
  - （8）장，장아찌：醬菜
    - ＊小黃瓜、大蒜、白蘿蔔、大頭菜等。

(9) 젓갈 /젇깔/ : 魚蝦醬
  *牡蠣、糠蝦、鱈魚子等。
(10) 마른 반찬 : 乾菜
  *炸過的海帶芽、昆布、육포〈肉脯〉〔牛肉脯〕等。
(11) 회 : 生魚片
  *미나리회〈-膾〉〔水煮芹菜，沾醋辣醬食用〕，육회 /유쾨/〈肉膾〉
  （生拌牛肉）等。
(12) 수란〈水卵〉: 半熟荷包蛋
(13) 숭늉 : 鍋巴湯、鍋巴水
  *除此之外還會喝곡차〈穀茶〉〔大麥、玉米、大豆等混合後煮成的
  茶〕。

구절판〈九折板〉	九折板。 *八角形容器，按照陰陽五行思想放入「五味五色」的 8 種材料，以放在中央的전병〈煎餅〉包裹食材食用的料理。
신선로 /신설로/〈神仙爐〉	神仙火鍋爐。 *使用中央有筒狀通氣孔的鍋子做成的火鍋。為宮廷料理之一。

★中國料理

해파리 냉채〈-冷菜〉	涼拌海蜇皮 *양장피〈兩張皮〉：粉皮、東北大拉皮。
피단〈皮蛋〉	皮蛋
빵빵지	棒棒雞
마파두부〈麻婆豆腐〉	麻婆豆腐
탕수육〈糖水肉〉	糖醋里脊
팔보채〈八寶菜〉	八寶菜
동파육〈東坡肉〉	東坡肉

깐풍기	乾烹雞
라조기	辣子雞
궁보계정 〈宮保鷄丁〉	宮保雞丁

라조육	辣子肉丁
고추잡채 〈-雜菜〉	彩椒炒肉絲
유산슬	溜三絲
회과육 〈回鍋肉〉	回鍋肉
난자완스	南煎丸子

깐쇼새우	乾燒蝦仁
상어 지느러미	魚翅 ＊魚翅：也稱為샥스핀〈shark's fin〉。
만한전석 〈滿漢全席〉	滿漢全席
베이징덕 〈Beijing duck〉	北京烤鴨
자라	甲魚
상하이 게	上海蟹

기스면	雞絲麵
울면 〈-麵〉	溫滷麵
훈툰	餛飩

딤섬	點心
춘권 〈春卷〉	春捲 ＊也稱為스프링롤〈spring roll〉。
슈마이	燒賣
만두 〈饅頭〉	饅頭 ＊也稱為찐빵、빠오즈。
쫑즈	粽子
월병 〈月餅〉	月餅
야채 호빵 〈野菜-〉	菜包

183

단팥 호빵 팥호빵	豆沙包
누룽지탕 〈-湯〉	鍋巴湯 ＊勾芡淋在鍋巴上而成的熱食，也稱為과파。
꽃빵 /꼳빵/	花捲
공갈빵 〈恐喝-〉	糖鼓火燒、糖鼓燒餅
행인두부 〈杏仁豆腐〉	杏仁豆腐

★台灣料理

대만 요리 /대만뇨리/ 〈臺灣料理〉	台灣料理
취두부 〈臭豆腐〉	臭豆腐 ＊也稱為삭힌 두부、초우또우푸。
시앙창	香腸 ＊也稱為대만식 소시지 〈臺灣式 sausage〉 샹창。
볶음쌀국수	炒米粉 ＊也稱為차오미펀。
굴전 〈-煎〉	蚵仔煎 ＊也稱為오아첸。
루로우판	滷肉飯 ＊也稱為되지고기 간장 덥밥。
유린기	油淋雞
찌파이	雞排 ＊也稱為닭 갈비살 튀김。
우육면 /우융면/ 〈牛肉麵〉	牛肉麵 ＊也稱為소고기 면、니우로우미엔。
러우완	肉圓
라복고 〈蘿蔔糕〉	蘿蔔糕 ＊也稱為로보까오。
쫑즈	粽子 ＊也稱為로우쫑。

★韓國式中國料理

자장면 짜장면	炸醬麵
짬뽕	炒碼麵
삼선 짬뽕 〈三鮮-〉	三鮮炒碼麵 ＊삼선是指蝦子（새우）、魷魚（오징어）、海 參（해삼〈海蔘〉）這 3 種海鮮。依店家不同， 也有可能是包含豬肉、雞肉或菇菌、竹筍等山 菜的其中 3 種。
우동	烏龍麵 ＊在中華料理店賣的是不辣的湯頭，類似日本湯 麵，近似拉麵。
따루면 〈大滷麵〉	大滷麵
수초면 〈水炒麵〉	水草湯麵
볶음밥	炒飯
김치 볶음밥	泡菜炒飯
삼선 볶음밥 〈三鮮-〉	三鮮炒飯
잡채밥 〈雜菜-〉	什錦炒菜蓋飯 ＊在白飯上面蓋上炒冬粉。
왕만두 〈王饅頭〉	大包子 ＊正確的說法是찐만두（蒸饅頭），比日本的肉 包小一點。冷麵店經常會將之作為副餐。
물만두 〈-饅頭〉	水餃
군만두 〈-饅頭〉	煎餃
만두소 〈饅頭-〉	餃子餡、包子餡
배달 〈配達〉	外賣 ＊在韓國說到外送，最有代表性的就是짜장면與 짬뽕。因為手機的普及，就是在郊外野餐，只 要能夠報出地點在哪裡就可以外送。
철가방 〈鐵-〉	中華料理外送員的貶稱 ＊原指中華料理餐廳（중국집）的外送提箱。

배달시키다 〈配達-〉	叫外賣

★西洋料理

양식 〈洋食〉	西餐
경양식 〈輕洋食〉	簡餐
일품 요리 /-뇨리/ 〈一品料理〉	一品料理、上乘料理、菜單料理 ＊也稱為단품 요리〈單品料理〉。
타블도트 〈Table d'Hote〉	定食
풀 코스 〈full course〉	套餐
전채 〈前菜〉	前菜、開胃菜 ＊也常會寫成애피타이저（Appetizer）。
수프 〈soup〉	湯
포타주 수프 〈pottagesoup〉	濃湯
콘소메 수프 〈consommé soup〉	法式清湯
메인 디시 〈main dish〉	主菜
사이드 디시 〈side dish〉	副菜
곁들임 요리 /-뇨리/ 〈-料理〉	配菜、小菜
철판구이 〈鐵板-〉	鐵板燒
스테이크 〈steak〉	牛排
안심 스테이크	菲力牛排、腰內肉
텐더로인 스테이크 〈tenderloin-〉	菲力牛排、腰內肉
등심 스테이크	沙朗牛排、後腰脊肉 ＊也稱為서로인 스테이크〈sirloin-〉。
햄버그스테이크 〈Hamburg steak〉	漢堡牛排

로스트비프 〈roast beef〉	烤牛肉
고기를 익히는 정도 〈-程度〉	肉熟的程度 ＊請問牛排要幾分熟？：고기는 어떻게 구워 드 릴까요？
웰던 〈well-done〉	全熟 ＊請烤熟一點：잘 익혀 주세요.
미디엄 웰던 〈Medium Well-Done〉	七分熟
미디움 〈medium〉	五分熟
미디움레어 〈mediumrare〉	三分熟
레어 〈rare〉	一分熟
포크소테 〈pork sauté〉	嫩煎豬排
치킨소테 〈chicken sauté〉	嫩煎雞排
그라탱 〈gratin〉	義式焗烤 ＊有些地方寫成그라탕。
마카로니 그라탱 〈macaroni-〉	焗烤通心麵
새우 그라탱 〈-gratin〉	焗烤鮮蝦
스튜 〈stew〉	燉菜、燉飯
비프 스튜 〈beef-〉	燉牛肉
크림 스튜 〈cream-〉	奶油燉菜、奶油燉飯
양배추 롤 〈洋-roll〉	高麗菜捲
도리아 〈Doria〉	焗飯
필라프 〈pilaf〉	香料飯 ＊中東或印度料理。通常會加入肉、蔬菜、香料 燉煮的一種飯。
새우튀김	炸蝦
크로켓 〈croquette〉	可樂餅、炸肉餅 ＊馬鈴薯肉餅：감자크로켓

187

파스타 〈pasta〉	義大利麵
롱 파스타 〈long-〉	長義大利麵
쇼트 파스타 〈short-〉	短義大利麵 ＊如斜管麵、蝴蝶麵、通心麵等。
드라이 파스타 〈dried-〉	乾義大利麵
프레시 파스타 〈fresh-〉	新鮮義大利麵
마카로니 〈macaroni〉	通心麵
뇨키 〈gnocchi〉	義大利馬鈴薯麵疙瘩
라자니아 〈lasagna〉	千層麵
스파게티 〈spaghetti〉	義大利實心細麵 ＊用叉子捲起來吃：포크로 돌돌 말아서 먹다
미트소스 〈meatsauce〉	肉醬
나폴리탄 〈Napolitan〉	拿坡里
카르보나라 〈Carbonara〉	奶油培根麵
볼로네즈 〈Bolognase〉	波隆那肉醬面
피자 〈pizza〉	披薩
토핑 〈topping〉	(撒上的)配料
피자 도우 〈pizza dough〉	披薩麵團
지비에 요리 〈gibier 料理〉	野味料理 ＊指使用捕獲的野生鳥獸作為食材的菜餚。鳥類有물오리（綠頭鴨）、집오리（家鴨）、메추라기（鵪鶉）、꿩（野雞）、멧도요새（山鷸），獸類有산토끼（野兔）、토끼（兔子）、사슴（鹿）、멧돼지（野豬）等。
샐러드 〈salad〉	沙拉
야채 샐러드 〈野菜-〉	蔬菜沙拉
해물 샐러드 〈海物-〉	海鮮沙拉
시저 샐러드 〈caesar-〉	凱撒沙拉
매시드 포테이토 〈mashed potato〉	馬鈴薯泥

드레싱 〈dressing〉	沙拉醬
프렌치 드레싱 〈French-〉	法式沙拉淋醬
이탈리안 드레싱 〈Italian-〉	義式沙拉醬
사우전드아일랜드 드레싱 〈Thousand island-〉	千島醬
오리엔탈 드레싱 〈Oriental-〉	東方沙拉醬
깨소금 드레싱 〈-dressing〉	芝麻沙拉醬

| 후식 〈後食〉 | 飯後甜點 |

5. 酒・菸
★酒

술	酒 ＊酒的雅稱是약주〈藥酒〉〔對長輩或上司時使用〕。
알코올 〈alcohol〉	酒精
논알코올 〈non-alcohol〉	無酒精

| 술을 마시다 | 喝酒 |
| 한잔하다 〈-盞-〉 | 喝一杯
 ★我們來輕酌一杯吧：가볍게 한잔 하고 가자.
 ★今天要喝一杯嗎？：오늘 한잔 어때요？ |

술친구 〈-親舊〉	酒友
단골 손님	常客、老主顧
단골집 /단골찝/	常去的店鋪
술집 /술찝/	酒吧、酒家、酒樓 ＊也稱為주점〈酒店〉。

선술집 /선술찝/	小酒吧、小酒店 ＊也稱대폿집。
학사 주점 /학싸주점/ 〈學士酒店〉	學士酒店 ＊學生們可以便宜喝到酒的酒店。
포장마차 〈布帳馬車〉	帳棚小店、布帳馬車、路邊攤
맥줏집 /맥쭈찝 · 맥쭏찝/ 〈麥酒-〉	啤酒屋 ＊最近稱為호프집〔來自德語的 Hof〕。
바 〈bar〉	酒吧
칵테일바 〈cocktail bar〉	雞尾酒酒吧
게이바 〈gay bar〉	同性戀酒吧
클럽 〈club〉	俱樂部 ＊以年輕人為目標走在流行最前端的設施。
나이트클럽 〈night club〉	夜店、夜總會 ＊관광나이트：以觀光客為對象，表演魔術或武 　術秀，位在鬧區的所謂表演酒吧。
호스트 클럽 〈host club〉	牛郎店 ＊호스트바〈host bar〉，俗稱호빠。 ＊在男公關俱樂部工作的男公關，俗稱선수〈選手〉。
카바레 〈cabaret〉	歌舞酒店、酒店
호객행위 /호개캥위/ 〈呼客行爲〉	拉客行為
스낵바 /스낵빠/	小吃店、快餐店
노래방 〈-房〉	卡拉 OK ＊有女性服務的卡拉 OK 稱為단란주점〈團欒酒店〉。
식전주 /식쩐주/ 〈食前酒〉	餐前酒 ＊邊用餐邊喝 1、2 杯酒稱為반주〈飯酒〉。
식후주 /시쿠주/ 〈食後酒〉	餐後酒
맥주 /맥쭈/ 〈麥酒〉	啤酒
맥주병 /맥쭈뼝/ 〈麥酒瓶〉	啤酒瓶
병맥주 /병맥쭈/ 〈瓶麥酒〉	瓶裝啤酒

캔맥주 / 캔맥쭈/ 〈can-〉	罐裝啤酒
생맥주 / 생맥쭈/ 〈生麥酒〉	生啤酒 ＊最小的容量是 500（오백）。如果是以피처（壺）為單位，則以 1000（천）、2000（이천）、3000（삼천）來點酒。
흑맥주 / 흥맥쭈/ 〈黑麥酒〉	黑啤酒
라거맥주 / -맥쭈/ 〈Lager 麥酒〉	拉格啤酒、窖藏啤酒 ＊低層發酵啤酒/下發酵啤酒：하면 발효 맥주〈下面釀酵麥酒〉 ＊是一種在攝氏 2-13 度低溫環境下，利用低溫熟成技術製作的啤酒，做好之後須放置數月才算完成。
에일맥주 / -맥쭈/ 〈Ale 麥酒〉	艾爾啤酒 ＊頂層發酵啤酒/上發酵啤酒：상면 발효 맥주〈上面釀酵麥酒〉 ＊是一種在攝氏 15-24 度溫暖環境下釀製的啤酒，味道比窖藏啤酒濃郁。
마이크로브루어리 〈microbrewery〉	小型釀酒廠
하우스 맥주 / -맥쭈/ 〈house-〉	家庭式釀酒廠
일본술 〈日本-〉	日本清酒 ＊也稱為사케、청주〈清酒〉。 ＊因為過去的影響，年長者也會稱之為정종〈正宗〉，最近因為日本酒的飲法已經普及，稱之為사케、일본술的人也變多了。
잔술 〈盞-〉	論杯賣的酒
됫술 / 뒏쑬/	論升賣的酒
매실주 / 매실쭈/ 〈梅實酒〉	梅酒
소주 〈燒酒〉	燒酒
보리 소주 〈-燒酒〉	大麥燒酒

고구마 소주 〈-燒酒〉	番薯燒酒
오키나와 소주 〈-燒酒〉	沖繩燒酒、泡盛
탁주 /탁쭈/ 〈濁酒〉	米酒、濁酒 ＊也稱為막걸리〔포천 이동 막걸리〈抱川二東-〉相當知名〕。 ＊冬冬酒：동동주〈-酒〉
양주 〈洋酒〉	洋酒
위스키 〈whiskey〉	威士忌
스트레이트 〈straight〉	純飲 ＊品嚐不加任何冰塊或是其他飲料的純酒，是威士忌四種主流喝法之一。
미즈와리 〈Mizuwari〉	水割 ＊日本三得利發明的一種喝法，加冰又加水，是威士忌四種主流喝法之一。
온더록 〈on the rock〉	加冰 ＊在威士忌裡加冰塊讓酒的溫度降低，口感清涼爽口，是威士忌四種主流喝法之一。
스카치 위스키 〈scotch whisky〉	蘇格蘭威士忌
발렌타인 〈Ballantine's〉	百齡罈威士忌
시버스리갈 〈Chivas Regal〉	起瓦士威士忌
커티샤크 〈Cutty Sark〉	蘇格蘭順風威士忌
제이앤비 〈J&B〉	J&B 珍寶威士忌
조니워커 〈Johnnie Walker〉	約翰走路威士忌 ＊約翰走路紅標為레드라벨、約翰走路黑標為블랙라벨、約翰走路藍標為블루라벨。
올드 파 〈Old Parr〉	老伯威士忌
화이트호스 〈White Horse〉	白馬蘇格蘭調和威士忌
버번 위스키 〈bourbon whisky〉	波本威士忌

얼리 타임즈 〈EARLY TIMES〉	時代波本威士忌
아이더블류 하퍼 〈I.W.HARPER〉	肯塔基純波本威士忌
짐 빔 〈JIM BEAM〉	金賓波本威士忌
포 로제즈 〈FOUR ROSES〉	美國四玫瑰波本威士忌
메이커스 마크 〈Maker's Mark〉	美格波本威士忌
와일드 터키 〈WILDTURKEY〉	野火雞波本威士忌
올드 그랜드대드 〈OLD GRAND DAD〉	老祖父波本威士忌
우드포드 리저브 〈WOODFORD RESERVE〉	沃福珍藏波本威士忌
잭다니엘 〈Jack Daniel's〉	傑克丹尼 ＊美國威士忌品牌之一。

브랜디 〈brandy〉	白蘭地
코냑 〈cognac〉	干邑白蘭地
레미 마틴 〈Remy Martin〉	人頭馬干邑白蘭地
카뮤 〈Camus〉	卡慕干邑白蘭地 ＊舊名：金花干邑白蘭地。
헤네시 〈Hennessy〉	軒尼詩干邑白蘭地
마르텔 〈Martell〉	馬爹利干邑白蘭地

와인 〈wine〉	葡萄酒、紅酒 ＊也稱為포도주〈葡萄酒〉。
레드 〈red〉	紅葡萄酒
화이트 〈white〉	白葡萄酒
로제 와인 〈Rosé wine〉	桃紅葡萄酒、粉紅酒、玫瑰紅酒
보졸레 누보 〈Beaujolais nouveau〉	薄酒萊葡萄酒、薄酒萊新酒

샴페인 〈champagne〉	香檳
발포성 포도주 〈發泡性葡萄酒〉	氣泡酒、發泡性葡萄酒
럼 〈rum〉	蘭姆酒
리큐르 〈liqueur〉	利口酒
캄파리 〈CAMPARI〉	金巴利香甜酒
진 〈gin〉	琴酒
데킬라 〈Tequila〉	龍舌蘭酒
보드카 〈vodka〉	伏特加
칵테일 〈cocktail〉	雞尾酒
블루 코럴 리프 〈Blue coral reef〉	藍色珊瑚礁
알렉산더 〈Alexander〉	亞歷山大雞尾酒
칼루아 밀크 〈kahlua milk〉	卡魯哇牛奶
그라스 하퍼 〈grass hopper〉	綠色蚱蜢
사이드 카 〈side car〉	側車、賽德卡
싱가포르 슬링 〈Singapore Sling〉	新加坡司令
진 토닉 〈gin tonic〉	琴通寧
진 피즈 〈gin fizz〉	琴費士
진 라임 〈gin lime〉	金青檸
스크루드라이버 〈screwdriver〉	螺絲起子
솔티 도그 〈salty dog〉	鹹狗
다이키리 〈daiquiri〉	黛綺莉
치치 〈Chi Chi〉	奇奇
톰 콜린스 〈Tom Collins〉	湯姆可林斯
하이볼 〈highball〉	高球雞尾酒

발랄라이카 〈Balalaika〉	巴拉萊卡雞尾酒、俄羅斯吉他
핑크 레이디 〈Pink lady〉	粉紅佳人
블러디 메리 〈bloody mary〉	血腥瑪麗
마티니 〈martini〉	馬丁尼
마르가리타 〈margarita〉	瑪格麗特
맨해튼 〈manhattan〉	曼哈頓
모스코 뮬 〈Moscow Mule〉	莫斯科騾子

인삼주 〈人蔘酒〉	人參酒
폭탄주 〈爆彈酒〉	炸彈酒 ＊在威士忌小酒杯裡倒進洋酒或燒酒，沉入裝有啤酒的大杯裡飲用，是象徵韓國飲酒文化的混酒。將之一口喝乾，搖晃啤酒杯發出喀啦聲以誇示已經乾杯。

★下酒菜

술안주 〈-按酒〉	下酒菜
기본 안주 〈基本按酒〉	基本下酒菜 ＊也稱為쓰키다시（日語直譯）。

마른 안주 〈-按酒〉	乾下酒菜
한치	小魷魚、鎖管
오징어포 〈-脯〉	魷魚乾
오징어채	魷魚絲
육포 〈肉脯〉	肉乾
땅콩	花生
김	海苔
진미 〈珍味〉	珍饈 ＊世界三大珍饈：세계 삼대 진미 〈世界三大珍味〉〔松露：송로 〈松露〉、鵝肝：푸아그라 〈foiegras〉、魚子醬：캐비아 〈caviar〉〕

195

〔韓國的下酒菜〕
- 부침개：煎物
- 전〈煎〉：煎餅。依照材料的不同有파전（蔥煎餅）、부추전（韭菜煎餅），해물파전（海鮮煎餅）等。
- 빈대떡：綠豆煎餅
- 노가리：小明太魚
- 쥐포：魚乾
- 골뱅이 무침：辣拌海螺
- 이면수：遠東多線魚
- 알탕：魚子湯、魚卵湯
- 계란찜：茶碗蒸、蒸蛋
- 김치볶음：辣炒泡菜
- 두부김치：辣炒白菜豆腐
- 두부전：豆腐煎餅
- 동그랑땡：煎肉餅，也稱為고기완자。
- 파강회：蔥捲菜。長蔥燙過後捲起豬肉或편육，做成小束。沾초고추장食用。
- 족발：豬腳
- 닭발：雞爪
- 아귀찜，아구찜：辣燉鮟鱇魚。鮟鱇魚與黃豆芽、미더덕（柄海鞘）蒸過後拌成的辣味菜餚。
- 번데기：炒蠶蛹
- 치맥：炸雞配啤酒
- 통닭：炸全雞

★酒席

술자리 /술짜리/	酒席
주도〈酒道〉	酒道
회식〈會食〉 모임	聚餐
총무〈總務〉	總務
술상무〈-常務〉	**酒常務** ＊工作上表現的不怎麼樣，一到宴會就能發揮本領的人。

196

환영 파티 〈歡迎 party〉	歡迎派對
건배 제의를 하다 〈乾杯提議-〉	敬酒 ★社長要敬酒：사장님께서 건배 제의를 해 주시 겠습니다. ★由我來敬酒：건배 제의를 하겠습니다.
잔을 들다 〈盞-〉	舉杯 ★請大家起立舉杯：여러분, 잔을 들고 일어나 주시기 바랍니다.
건배하다 〈乾杯-〉	乾杯 ★那麼，讓我們開始乾杯吧：그럼, 건배 순서로 들어가겠습니다. ★願在座的各位幸福健康，乾杯！：참석하신 여 러분의 건승과 행복을 기원하며, 건배！
이차 〈二次〉	第二攤(聚會、聚餐等) ＊第一攤：일차 〈一次〉 ＊第三攤：삼차 〈三次〉
도수 /도쑤/ 〈度數〉	酒精濃度 ＊酒精濃度高：도수가 높다 ＊烈酒：독한 술 ＊酒很烈：술이 독하다
술이 세다	酒量好
술이 약하다 /-야카다/ 〈-弱-〉	酒量不好 ＊不會喝酒：술을 못하다 ＊不能喝的體質：술에 약한 체질
주당 〈酒黨〉	很會喝酒的人
술고래	酒鬼、醉鬼
주정뱅이 〈酒酊-〉	酒鬼
빈속	空腹 ＊空腹喝酒：빈속에 술을 마시다
맨정신 〈-精神〉	清醒、未醉
취기가 빨리 돌다 〈醉氣-〉	酒醉的快
술에 취하다 〈-醉-〉	酒醉
기분 좋게 취하다 〈氣分-醉-〉	醉得開心

얼굴이 빨개지다	臉變紅
얼굴이 하얘지다	臉變白
술을 따르다	斟酒 ＊添酒：첨잔하다〈添盞-〉〔在韓國，若對方酒杯裡還有酒，不可為對方斟酒〕
흘리다	流出 ＊少量的液體或飯粒等，從容器或容器口灑出來。
쏟다 /쏟따/	灑出 ＊裝在容器裡的液體因為不小心而打翻、整個翻倒而「全部」灑出來。
엎지르다 /업찌르다/	弄翻(酒) ＊裝在容器裡的液體因為不小心而打翻、整個翻倒而「全部」灑出來。 ★酒倒到衣服上：술을 옷에 엎질렀어요.
거품이 넘치다	泡沫溢出
엔젤링 〈angelring〉	天使光環 ＊以乾淨的玻璃杯喝啤酒時，杯上留下的泡沫痕跡。
김이 빠지다	走味
폭주하다 /폭쭈-/ 〈暴酒-〉	暴飲酒
과음하다 〈過飲-〉	過度飲酒
짬뽕하다	混合
잔을 돌리다 〈盞-〉	輪杯、勸酒
홀짝홀짝 마시다	一口一口的喝
단숨에 마시다	一口氣乾了酒
원샷 〈oneshot〉	乾杯
술을 들이켜다	猛灌酒
잔을 비우다 〈盞-〉	乾了這一杯、清空杯子
속이 나쁘다	胃不好
속이 메슥거리다	噁心、想吐
토할 것 같다 〈吐-〉	想吐

오바이트하다 〈overeat-〉	吃太多 ＊웩하다：吃太多而吐〔突然感到噁心想吐〕。
곤드레만드레하다	爛醉如泥、酩酊大醉
헬렐레하다	軟綿綿
다리가 휘청거리다	雙腿打顫
갈지자걸음 /갈찌짜거름/ 〈-之字-〉	蛇行走路
만취하다 〈滿醉-〉	爛醉、大醉
고약하게 취하다 〈-醉-〉	喝得臭氣熏人
숙취 〈宿醉〉	宿醉 ＊因宿醉而頭疼：숙취 때문에 머리가 아프다
머리가 지끈지끈거리다	頭一陣一陣的疼
술독에 빠지다 /술똑-/	沉溺于飲酒、酗酒
알코올 의존증 /-의존쯩/ 〈-依存症〉	酒精中毒
해장술 /해장쑬/ 〈解醒-〉	醒酒酒 ＊속이 풀리다：消酒氣、解開心結。
술이 깨다	酒醒
술을 끊다 /-끈타/	戒酒
음주 강요 〈飲酒强要〉	強迫飲酒
한턱내다 /한텅내다/	請客 ＊也稱為사 주다。 ＊在朋友之間使用的隱語有쏘다、한턱쏘다。쏘 　다是「射擊」、「刺」的意思。
얻어먹다 /어더먹따/	蹭吃蹭喝
대접하다 /대저파다/ 〈待接-〉	接待、招待
대접받다 /대접빧따/ 〈待接-〉	受接待、受招待
술값 /술깝/	酒錢
각자 부담하다 /각짜-/ 〈各自負擔-〉	各付各的 ＊在會話中也會使用더치페이하다 〈Dutchp ay-〉。

계산하다 〈計算-〉	結帳、買單
지불하다 〈支拂-〉	支付、付款 ＊지불하다是較正式的表現，用在商店對顧客說 「어떻게 지불하시겠습니까？（請問要怎麼結 帳呢？）」的情況。顧客可以回答「신용 카드 로 할게요.（用信用卡結帳）」。
외상 술값 /-술깝/	賒酒錢 ＊謝絕賒賬：외상 사절

★菸

담배	菸 ＊最近吸菸的人已有減少，在過去的韓國有담배 인심〈-人心〉的說法，對於第一次見面的人敬 上自己的菸是禮貌。
지궐련 〈紙-〉	捲菸
시가 〈cigar〉	雪茄
살담배	菸絲
한 개비	一根
한 갑 〈-匣〉	一盒(菸)、一包(菸)
한 보루	一條(菸)
담배를 입에 물다	叼香煙
담배를 피우다	抽菸
불을 붙이다	點火
불을 끄다	滅火

성냥	火柴 ＊一根火柴：성냥 한 개비
라이터 〈lighter〉	打火機
재떨이	菸灰缸

담배를 끊다 /-끈타/	戒菸
담배 연기 〈-煙氣〉	香菸菸氣

연기에 숨이 막히다 /-마키디/	被菸嗆得喘不過氣
매캐하다	(菸氣、霉味)嗆鼻子、刺鼻
담배꽁초	菸頭，菸蒂
담뱃재 /담밷째/	菸灰
뻐끔담배	吧嗒菸 ＊一種淺吸快吐的抽菸法。
파이프 〈pipe〉	菸嘴
담뱃대 /담밷때/	菸斗
필터 〈filter〉	過濾器、濾嘴
애연가 〈愛煙家〉	嗜菸者
골초	老菸槍 ＊一根接一根地抽菸：줄담배를 피우다
돛대 /돋때/	菸包裡的最後一根菸 ＊돛대是指船的桅杆。把最後一根從盒裡倒出來 　時看來有如船的桅杆。
간접 흡연 〈間接吸煙〉	吸二手菸
혐연권 /혀면꿘/ 〈嫌煙權〉	嫌菸權 ＊不吸菸者拒吸二手菸的權利。
흡연권 /흐변꿘/ 〈吸煙權〉	吸菸權
국산 담배 /국싼-/ 〈國產-〉	國產菸
수입 담배 〈輸入-〉	進口菸 ＊也稱為외국 담배 〈外國-〉。

6. 甜點類
★西式甜點

과자 〈菓子〉	餅乾、點心
양과자 〈洋菓子〉	西洋餅乾、點心
케이크 〈cake〉	蛋糕 ＊「蛋糕」的正確寫法應該是케이크，但在日常生活中寫為케익，也如此使用。 ＊烤蛋糕：케이크를 굽다 ＊切蛋糕：케이크를 자르다
데코레이션 케이크 〈decoration cake〉	裝飾蛋糕
생일 케이크 〈生日 cake〉	生日蛋糕
생크림 케이크 〈生 cream cake〉	鮮奶油蛋糕
크리스마스 케이크 〈Christmas cake〉	聖誕蛋糕
웨딩 케이크 〈wedding cake〉	結婚蛋糕
딸기 쇼트 케이크 〈-short cake〉	草莓奶油蛋糕
컵케이크 〈cupcake〉	紙杯蛋糕
시폰케이크 〈chiffon cake〉	戚風蛋糕
쇼콜라 〈chocolat〉	巧克力蛋糕
수플레 〈soufflé〉	舒芙蕾
치즈 케이크 〈cheese cake〉	起司蛋糕
티라미수 〈tiramisu〉	提拉米蘇
파운드케이크 〈pound cake〉	磅蛋糕
팬케이크 〈pancake〉	美式鬆餅

브라우니 〈brownie〉	巧克力布朗尼蛋糕
프루트 케이크 〈fruit cake〉	水果蛋糕
마들렌 〈madeleine〉	瑪德蓮貝殼蛋糕
마블케이크 〈marble cake〉	大理石蛋糕
마롱글라세 〈marrons glacés〉	糖漬栗子
몽블랑 〈Mont Blanc〉	蒙布朗栗子蛋糕
롤케이크 〈roll cake〉	蛋糕捲

슈크림 〈chou à la crème〉	奶油泡芙
바움쿠헨 〈Baumkuchen〉	年輪蛋糕
스위트포테이토 〈sweet potato〉	地瓜燒
고구마케이크 〈-cake〉	地瓜蛋糕

파이 〈pie〉	派
애플파이 〈apple pie〉	蘋果派
커스타드크림파이 〈custard cream pie〉	卡士達奶油派
초코파이 〈chocopie〉	巧克力派
펌프킨파이 〈pumpkin pie〉	南瓜派

타르트 〈tarte〉	塔
와플 〈waffle〉	格子鬆餅
웨하스 〈wafers〉	威化餅
카스텔라 〈castella〉	長崎蛋糕

쿠키 〈cookie〉	曲奇餅
비스킷 〈biscuit〉	比司吉

크래커 〈cracker〉	薄脆餅乾
사블레 〈sablé〉	沙布列法式酥餅
도넛 〈doughnut〉	甜甜圈
꽈배기	麻花捲
핫케이크 〈hot cake〉	美式鬆餅、美式熱香餅
마시멜로 〈marshmallow〉	棉花糖(顆粒狀)
무스 〈mousse〉	慕斯
젤리 〈jelly〉	果凍、軟糖
딸기 젤리 〈-jelly〉	草莓果凍、草莓軟糖
포도 젤리 〈葡萄 jelly〉	葡萄果凍、葡萄軟糖
푸딩 〈pudding〉	布丁
구운 사과 〈-沙果〉	烤蘋果
사탕 〈砂糖〉	糖果 ＊也稱為캔디〈candy〉。
엿 /엳/	飴糖、麥芽糖 ＊古早味的麥芽糖或棒狀的糖。
박하사탕 /바카-/ 〈薄荷砂糖〉	薄荷糖
누룽지 사탕	鍋巴糖
솜사탕 〈-砂糖〉	棉花糖(棉絮狀)
캐러멜 〈caramel〉	焦糖
누가 〈nougat〉	牛軋糖
드롭스 〈drops〉	水果糖
목캔디 〈-candy〉	喉糖
생강엿 /생강녇/ 〈生薑-〉	薑飴糖

껌 〈gum〉	口香糖
추잉껌 〈chewing gum〉	口香糖
풍선껌 〈風船 gum〉	泡泡糖
초콜릿 〈chocolate〉	巧克力

★日式甜點

화과자 〈和菓子〉	和菓子
경단 〈瓊團〉	糰子、糯糕
양갱 〈羊羹〉	羊羹
수양갱 〈水羊羹〉	水羊羹
고구마 맛탕 /-맏탕/	拔絲地瓜
전병 〈煎餅〉	煎餅 ＊韓國固有的煎餅稱為부꾸미、화전〈花煎〉。

★零食

스낵 〈snack〉	零食
포테이토 칩 〈potato chips〉	洋芋片
바나나 칩 〈banana chips〉	香蕉脆片
포키	百奇(pocky) ＊在韓國，與 Pocky 類似的빼빼로相當有名。名 　稱是來自빼빼〔瘦巴巴的樣子〕。
새우깡	蝦味先
쌀과자 〈-菓子〉	米餅
팝콘 〈popcorn〉	爆米花
불량식품 〈不良食品〉	垃圾食品 ＊也稱為옛날과자〈-菓子〉。

◆ 韓國的傳統點心

강정：江米塊。糯米粉以炸油炸過，沾上蜂蜜，再撒上芝麻、黃豆粉等做成的點心。

국화빵〈菊花-〉：菊花小蛋糕。烤成菊花形狀的紅豆餅。

붕어빵：鯽魚小蛋糕，韓國版鯛魚燒。裡面包有紅豆餡。因為是倒入烤模中烤成，形狀都相同，當親子長得很像，一模一樣的時候，會說是붕어빵 부자。

꿩엿：野雞糖。以雉雞肉與湯做成的糖。

다식〈茶食〉：茶點。穀物粉或松樹花粉加入蜂蜜揉成，類似落雁的甜點。

달고나：糖餅。將砂糖煮溶成糖漿後做成的點心。

뽑기：烤糖餅。砂糖煮溶成糖漿後印出形狀的點心。

약과〈藥果〉：藥果。麵粉加上蜂蜜或砂糖，以炸油炸過的甜點。

유밀과〈油蜜果〉：油蜜果。麵團以炸油炸過，塗上蜂蜜再撒上炒過的糯米做成的甜點。

호떡〈胡-〉：（糖餡）燒餅。麵粉揉成麵糰，包上糖或內餡壓扁後煎成之物。

정과〈正果〉：蜜餞。水果或薑、蓮藕等以蜂蜜或糖水煮成的甜點。

호두과자〈-菓子〉：核桃菓子。核桃餡以紅豆餅的皮包起來烤成的核桃形甜點。

풀빵：雞蛋糕、烤餅。直譯為「糊麵包」。將類似章魚燒的麵糊倒在鐵板上，中間包紅豆泥等烤成的點心。

떡：糕餅。韓國的糕餅，主要原料為粳米（멥쌀）。按照做法大致可分為 4 類。

（1）糯米糕：찐 떡，시루떡〔시루是蒸年糕的器具（蒸籠）〕。

- 백설기〈白-〉：白米蒸糕。米粉加上水或糖水，放入蒸籠蒸出之物。
- 팥시루떡：豆沙糯米糕。紅豆餡（팥소）與粳米層層交疊蒸出之物。
- 무지개떡：彩虹打糕。粳米拌入當歸（당귀）、梔子（치자）、紅豆（팥）、五味子（오미자）等，做成五色層層相疊蒸成之物。口感更接近蒸糕。
- 구름떡：雲片糕。糯米粉中加入栗子（밤）、紅棗（대추）等蒸成之物。因切口形狀如雲（구름）而得此名。
- 송편〈松-〉：松餅。以馬鈴薯澱粉做成之物稱為감자 송편，以橡實粉做成之物為도토리 송편。
- 개떡：打糕。蕎麥皮（나깨）、麵渣（노깨）、麥糠（보릿겨）等揉成糰，整成適當形狀蒸成的粿。呈綠色。

（2）搗糕：찧은 떡

- 가래떡：長條糕。棒狀的年糕。떡국年糕湯用的較粗，떡볶이辣炒年糕用的較細。

- 절편：片糕。表面以木模等壓出花紋的糕餅。
- 인절미：粘糕。搗好的米糕切成小塊，表面撒上芝麻或紅豆粉、黃豆粉等做成之物。
- 삼색 경단〈三色瓊團〉：三色糯糕。糯米搗過，包入紅棗或紅豆、栗子等內餡做成圓形。表面撒上黑芝麻、松子。柔軟的口感接近日本的糰子，也稱為삼색 단자〈三色團子〉。

（3）油煎糕：지진 떡。在糯米粉中加入熱水或冷水揉成糰，加油煮到變得柔軟。
- 화전〈花煎〉：花煎。放上杜鵑花、玫瑰、菊花等當季的花瓣或核果烤成的餅。
- 부꾸미：烙餅。糯米與粳米以 2 比 1 的比例混合，以冷水揉成糰，包入紅豆餡煎成的餅。

（4）水煮糕：삶은 떡。糯米粉等以熱水或冷水揉成糰，水煮後，灑粉而成。
- 잣구리：松子餅。中間包栗子或芝麻餡，水煮後，撒上松子粉。
- 경단〈瓊團〉：糯糕。做成一口大小的圓球狀。因撒上的粉不同而有不同的名字。
- 율무 단자〈-團子〉：薏苡糰子。糯米加上薏仁，做成較大的圓團狀。外裹以紅豆或栗子。
- 오그랑떡：圓團糕。粳米粉加熱水揉成，再裹上紅豆，以小火水煮而成。縮得又圓又小，別名「縮餅」。

7. 蔬菜・水果
★蔬菜

야채〈野菜〉	蔬菜 ＊也稱為채소〈菜蔬〉。
생야채〈生野菜〉	新鮮蔬菜
건조 야채〈乾燥野菜〉	乾燥蔬菜
냉동 야채〈冷凍野菜〉	冷凍蔬菜
무농약 야채〈無農藥野菜〉	無農藥蔬菜
근채류〈根菜類〉	根菜類 ＊也稱為뿌리채소〈-菜蔬〉。
과채류〈果菜類〉	果菜類

경채류 〈莖菜類〉	莖菜類 ＊也稱為줄기채소 〈-菜蔬〉。
화채류 〈花菜類〉	花菜類
엽채류 〈葉菜類〉	葉菜類 ＊也稱為잎채소 〈-菜蔬〉。
산나물 〈山-〉	山菜
버섯류 /버선뉴/ 〈-類〉	蘑菇類、蕈類

★根菜類

당근	胡蘿蔔
우엉	牛蒡
연근 〈蓮根〉	蓮藕 ＊也稱為연뿌리。
무	蘿蔔 ＊蘿蔔乾：무말랭이 ＊蘿蔔絲：무채 ＊帶葉 10cm 左右的白蘿蔔稱為총각무 〈總角-〉。
순무	蕪菁 ＊別稱蔓菁、大頭菜、結頭菜、圓菜頭等，根與 　莖皆可食用，可供中藥入藥。
래디시 〈radish〉	櫻桃蘿蔔
서양고추냉이 〈西洋-〉	山葵
락교 /락꾜/	薤、藠藠、小蒜
백합 뿌리 /배캅-/ 〈百合-〉	百合根
비트 〈beet〉	甜菜根

감자	馬鈴薯
고구마	地瓜 ＊地瓜根：고구마 줄기
마	山藥
참마	日本薯蕷、薄葉野山藥
토란 〈土卵〉	芋頭

★果菜類

오이	黃瓜
오이피클 〈pickle〉	酸黃瓜
가지	茄子
토마토 〈tomato〉	番茄 ＊在韓國將番茄視為水果，會灑糖食用、裝飾蛋糕。
피망 〈piment〉	甜椒、青椒
파프리카 〈paprika〉	匈牙利紅椒、紅椒粉 ＊台灣一般提到 paprika 指的不是匈牙利紅椒，而是指用匈牙利紅椒製成的紅椒粉。 ＊파프리카原指匈牙利紅椒，但韓國普遍將彩椒稱為파프리카（如紅椒、黃椒、橘色彩椒等），將青椒稱為피망（如青椒、紅椒等）。兩者差別在於파프리카比피망更沒有辣味。
고추	辣椒
풋고추	青辣椒 ＊청량고추〈青陽-〉：青陽辣椒。極辣的青辣椒，作為調味料只會放一點點。 ＊오이고추：青龍椒、甜辣椒。幾乎不辣，可以直接啃的辣椒。
꽈리고추	糯米椒
호박 〈胡-〉	南瓜
돼지호박 〈-胡-〉	櫛瓜
여주	苦瓜
수세미	絲瓜
박	葫蘆
오크라 〈okra〉	秋葵

★莖菜類

아스파라거스 〈asparagus〉	蘆筍
파	蔥 ＊珠蔥：쪽파

실파	日蔥
차이브 〈chives〉	蝦夷蔥
양파 〈洋-〉	洋蔥
죽순 /죽쑨/ 〈竹筍〉	竹筍
마늘종 /마늘쫑/	蒜薹
땅두릅	楤木芽
콜라비 〈kohlrabi〉	莖藍、球莖甘藍 ＊別稱結頭菜、大頭菜、蕪菁、芥藍頭等，通常 　食用其莖部。
자차이	榨菜
공심채 〈空心菜〉	空心菜
루바브 〈rhubarb〉	大黃

★花菜類

콜리플라워 〈cauliflower〉	白色花椰菜、白花椰菜
브로콜리 〈broccoli〉	綠色花椰菜、青花椰菜
아티초크 〈artichoke〉	洋薊、朝鮮薊
식용 국화 /-구콰/ 〈食用菊花〉	食用菊花
양하 〈蘘荷〉	蘘荷、茗荷

★葉菜類

시금치	菠菜
배추	白菜 ＊알배기 배추：嫩白菜。中心緊實包起的白菜。 　將菜葉一片一片剝下，做成쌈食用。 ＊얼갈이 배추：冬白菜。可做겉절이，種植於晚 　秋或初冬的白菜。 ＊배추속대：白菜心。
양배추 〈洋-〉	高麗菜

양상추 〈洋-〉 레터스 〈lettuce〉	美生菜、結球萵苣
상추	生菜
깻잎 /깬닙/	蘇子葉、芝麻葉
들깨	紫蘇
청경채 〈靑梗菜〉	靑江菜
쑥갓 /쑥깓/	茼蒿
갓 /갇/	芥菜
소송채 〈小松菜〉	小松菜、日本油菜
아기 양배추 〈-洋-〉	捲心菜
크레송 〈cresson〉	水田芥、西洋菜
셀러리 〈celery〉	芹菜、西洋芹
부추	韭菜
케일 〈Kale〉	羽衣甘藍、芥藍菜
참나물	短果茴芹
파슬리 〈parsley〉	荷蘭芹、香芹
유채 〈油菜〉	油菜
루꼴라 〈rucola〉	芝麻菜
알로에 〈aloe〉	蘆薈
미나리	水芹菜
냉이	薺菜

새싹채소 〈-菜蔬〉	芽苗菜
무순 〈-筍〉	蘿蔔嬰
콩나물	黃豆芽菜
숙주나물 /숙쭈-/	綠豆芽菜
완두콩싹 〈豌豆-〉	豌豆苗

생강 〈生薑〉	生薑

울금 〈鬱金〉 강황 〈薑黃〉	鬱金 ＊別名薑黃，韓文也可說터머릭〈turmeric〉
고수	香菜、芫荽 ＊中國稱為「香菜」，所以韓文也稱향채〈香菜〉。
딜 〈dill〉	蒔蘿
펜넬 〈fennel〉	茴香

★山菜類

머위	蜂斗菜
두릅	刺老芽
도라지	桔梗
더덕	沙參
고비	紫萁、薇菜
고사리	蕨菜
돌나물 /돌라물/	垂盆草
쑥	艾草
순채 〈蒓菜〉	蒓菜、水葵
산마늘 〈山-〉	茖蔥、寒蔥
칡 /칙/	葛根
인삼 〈人蔘〉	人參 ＊山中野生的稱為산삼〈山蔘〉，挖出來未經乾燥 　的高麗人參稱為수삼〈水蔘〉。

★豆類

콩	豆 ＊豆莢：콩깍지
콩	豆子
팥 /팓/	紅豆
녹두 /녹뚜/	綠豆

강낭콩	菜豆
완두콩 〈豌豆-〉	豌豆
그린빈 〈green bean〉	四季豆
누에콩	蠶豆
풋콩 /푿콩/	毛豆

★蕈類

버섯 /버섣/	菇
송이버섯 〈松栮-〉	松茸
표고버섯	香菇 ＊乾香菇：건표고 〈乾-〉
만가닥버섯 〈萬-〉 /-뻐섣/	鴻喜菇
맛버섯 /맏뻐섣/	滑菇、珍珠菇
양송이 〈洋-〉	洋菇、蘑菇
새송이버섯 /-버섣/ 〈-松栮-〉	杏鮑菇
느타리버섯 /-버섣/	平菇、秀珍菇
팽이버섯 /-버섣/	金針菇
목이버섯 /-버섣/ 〈木耳-〉	木耳
영지 〈靈芝〉	靈芝
상황버섯 /-버섣/ 〈桑黃-〉	桑黃菇
주름버섯 /-버섣/	四孢蘑菇、野蘑菇
송로버섯 〈松露-〉 /송노버섣/	黑松露 ＊也稱為트뤼프 〈truffe〉。

★穀類

| 벼 | 水稻
＊稻穗：벼 이삭 |

쌀	米 ＊米粒：쌀알
햅쌀	新米
묵은 쌀	陳米
기능성쌀 〈機能性-〉	功能性大米
백미 /뱅미/ 〈白米〉	白米 ＊也稱為흰쌀。
현미 〈玄米〉	糙米
흑미 〈黑米〉	黑米
배아미 〈胚芽米〉	胚芽米
멥쌀	粳米
찹쌀	糯米
보리	大麥
밀	小麥
호밀 〈胡-〉	黑麥
쌀보리	裸麥
율무	薏仁
홉 〈hop〉	啤酒花
잡곡 /잡꼭/ 〈雜穀〉	雜糧、粗糧
메밀	蕎麥
조	小米、粟米
피	稗草
기장	黍子、稷 ＊也稱為수수。
사탕수수 〈砂糖-〉	甘蔗
옥수수	玉米 ＊玉米鬚：옥수수 수염
찰수수	粘高粱米

★水果與樹實

과일	水果
열매	果實 ＊結果實：열매가 열리다 ＊結果實：열매를 맺다
익다	熟

사과 〈沙果〉	蘋果 ＊능금：沙果、花紅，意即小顆的蘋果。
배	梨
감	柿子 ＊柿餅：곶감 ＊硬柿：단감 ＊澀柿：떫은 감 ＊軟柿子紅柿：연시 〈軟柿〉、홍시 〈紅柿〉
포도 〈葡萄〉	葡萄 ＊葡萄乾：건포도 〈乾葡萄〉 ＊一串葡萄：포도 송이 ＊山葡萄：머루、산포도 〈山葡萄〉
딸기	草莓 ＊蛇莓：뱀딸기 ＊樹莓：산딸기 〈山-〉 ＊覆盆子：복분자 〈覆盆子〉
라즈베리 〈raspberry〉	樹莓
블루베리 〈blueberry〉	藍莓
체리 〈cherry〉	櫻桃

복숭아	桃子 ＊白桃：백도 〈白桃〉 ＊黃蜜桃：황도 〈黃桃〉
자두	李子
천도 복숭아 〈天桃-〉	油桃、蜜桃李 ＊沒有絨毛的桃子。
월귤 〈越橘〉	越桔

215

서양 자두 〈西洋-〉	西洋李子
비파 〈枇杷〉	枇杷
무화과 〈無花果〉	無花果
석류 / 성뉴/ 〈石榴〉	石榴
살구	杏
매실 〈梅實〉	梅子
앵두	櫻桃
올리브 〈olive〉	橄欖
으름	木通果

감귤류 〈柑橘類〉	柑橘類
굴 〈橘〉	橘子 ＊한라봉 〈漢拏峰〉：濟州醜橘，濟州島特產的橘子。
여름굴 〈-橘〉	夏蜜柑
오렌지 〈orange〉	柳橙
그레이프프루트 〈grapefruit〉	葡萄柚 ＊也稱為자몽。
레몬 〈lemon〉	檸檬
라임 〈lime〉	萊姆
유자 〈柚子〉	柚子
모과 〈木瓜〉	榲桲、木梨
대추	大棗

밤	栗子 ＊生栗子〔剝去外殼削平的栗子〕：생률 〈生栗〉
호두	核桃
은행 〈銀杏〉	銀杏
잣 /잗/	松子
아몬드 〈almond〉	杏仁
땅콩	花生

도토리	橡子
수박	西瓜 ＊無籽西瓜：씨 없는 수박
멜론 〈melon〉	哈密瓜 ＊厚皮甜瓜、香瓜：머스크멜론 〈muskmelon〉
참외 /차뫼/	香瓜、甜瓜

키위 〈kiwi〉	奇異果
구아바 〈guava〉	芭樂
파인애플 /파이내플/ 〈pineapple〉	鳳梨
파파야 〈papaya〉	木瓜
망고 〈mango〉	芒果
패션 프루트 〈passion fruit〉	百香果
망고스틴 〈mangosteen〉	山竹
코코넛 〈coconut〉	椰子
바나나 〈banana〉	香蕉
아보카도 〈avocado〉	酪梨

번려지 /벌려지/ 〈蕃荔枝〉	釋迦
왁스애플 〈wax apple〉	蓮霧
용안 〈龍眼〉	龍眼
리치 〈litchi〉	荔枝
용과 〈龍果〉	火龍果
두리안 〈durian〉	榴蓮

8. 肉類・乳製品
★肉類

고기	肉 ＊原來的意思是指所有可以食用的動物肉。
덩어리	團、塊
다진 고기	肉末 ＊也稱為다짐육〈-肉〉。 ＊牛肉末：다진 쇠고기
지방〈脂肪〉	脂肪
비계	肥肉 ＊特別指豬的肥肉。
육포〈肉脯〉	肉片
육회 / 유쾌/ 〈肉膾〉	生拌牛肉

★牛肉

한우〈韓牛〉	韓牛
소고기	牛肉 ＊即쇠고기。
비프〈beef〉	牛肉
생고기	生肉
갈비	排骨 ＊肋排肉。생갈비〈生-〉是未經調味直接烤的小排；調味過的牛小排是양념갈비，有토시살、안창살、제비추리等，以部位區分。
갈비심	牛肋眼
등심	牛腰脊肉
안심	牛腰內肉、牛小里肌

★豬肉

돼지고기	豬肉
포크 〈pork〉	叉子
돈가스	炸豬排 ＊히레가스：炸豬排。用的是豬腰內肉，俗稱小 　里肌。 ＊로스가스：炸豬排。用的是豬腰脊肉。

★其他肉類

양고기 〈羊-〉	羊肉
램 〈lamb〉	羔羊肉
말고기	馬肉
말회 〈-膾〉	生拌馬肉
멧돼지고기 /멛뙈지-/	野豬肉
개고기	狗肉
식용 개구리 〈食用-〉	食用青蛙肉

가금류 /-뉴/ 〈家禽類〉	家禽類
닭고기 /닥꼬기//	雞肉
치킨 〈chicken〉	雞肉 ＊一般指炸雞。
영계 〈-鶏〉	童子雞、小雞
가슴살 /가슴쌀/	雞胸肉
날개살 /날개쌀/	翅膀肉

닭꼬치구이 /닥꼬치구이/	烤雞肉串
닭날개 /당날개/	雞翅
닭다리 /닥따리/	雞腿
닭껍질 /닥껍찔/	雞皮
닭똥집 /닥똥찝/	雞胗

간 〈肝〉	雞肝
염통	雞心
오돌뼈	軟骨 ＊오도독뼈的非標準語，指牛或豬的軟骨。要說 　雞軟骨時可以說닭 오돌뼈。
메추리알	鵪鶉蛋

닭발 /닥빨/	雞爪
닭뼈 /닥뼈/	雞骨
토종닭 /토종딱/ 〈土種-〉	土雞 ＊土雞生的蛋稱為토종란〈土種卵〉。
오골계 〈烏骨鷄〉	烏骨雞
거위간 〈-肝〉	肥鵝肝 ＊也稱為푸아그라〈foie gras〉。

★蛋、蛋料理

계란 〈鷄卵〉	雞蛋 ＊也稱為달걀。 ＊打雞蛋：계란을 깨다 ＊攪拌雞蛋、打蛋：계란을 섞다 ＊雞蛋過敏：달걀 알레르기가 있다
날계란 〈-鷄卵〉	生雞蛋
흰자 /힌자/	蛋白 ＊也稱為흰자위、난백〈卵白〉。
노른자	蛋黃 ＊也稱為노른자위、난황〈卵黃〉。 ＊蛋黃破了：노른자가 깨지다
삶은 계란 /살믄-/ 〈-鷄卵〉	水煮蛋 ＊煮雞蛋：계란을 삶다 ＊半熟：반숙〈半熟-〉 ＊全熟：완숙
알끈	卵繫帶
알껍데기 /알껍때기/	蛋殼 ＊剝蛋殼：껍질을 벗기다

계란 프라이 〈鷄卵 fry〉	荷包蛋
계란말이 〈鷄卵-〉	雞蛋捲
오믈렛 〈omelet〉	歐姆蛋
스크램블 에그 〈scrambled egg〉	西式炒蛋
계란찜 〈鷄卵-〉	茶碗蒸
맥반석 계란 / 맥빤석-/ 〈麥飯石-〉	烤麥飯石雞蛋 ＊在韓國的三溫暖或찜질방都會賣這種茶色的煙燻蛋。

★加工品、乳製品

소시지 〈sausage〉	香腸
비엔나소시지 〈Vienna sausage〉	維也納香腸
살라미 〈salami〉	義大利香腸
햄 〈ham〉	火腿
런천미트 〈luncheon meat〉	午餐肉 ＊指「午餐肉」這個東西。
스팸 〈Spam〉	午餐肉 ＊스팸是午餐肉的一個品牌，但提到스팸大家都知道是午餐肉，因此也會用스팸來指午餐肉。
베이컨 〈bacon〉	培根

유제품 〈乳製品〉	乳製品
우유 〈牛乳〉	牛奶 ＊牛奶咖啡：커피 우유 〈coffee-〉 ＊香蕉味牛奶：바나나맛 우유 〈banana-〉
저지방 우유 〈低脂肪牛乳〉	低脂牛奶
분유 〈粉乳〉	奶粉
연유 / 여뉴/ 〈煉乳〉	煉乳
생크림 〈生 cream〉	鮮奶油

버터 〈butter〉	奶油 ＊無鹽奶油：무염 버터 〈無鹽-〉
마가린 〈margarine〉	人造奶油、瑪琪琳
치즈 〈cheese〉	起司 ＊起司片：슬라이스 치즈 〈sliced-〉 ＊融化的起司：녹는 치즈
유산음료 /유사늠뇨/ 〈乳酸飲料〉	乳酸飲料
요구르트 〈yogurt〉	優格、優酪乳 ＊用湯匙舀著吃的優格：떠먹는 요구르트 ＊直接喝的優酪乳：마시는 요구르트
야쿠르트 〈Yakult〉	養樂多

9. 海鮮類
★魚類

어패류 〈魚貝類〉	魚貝類
생선 〈生鮮〉	鮮魚 ＊指為了食用而抓捕的鮮魚；在水裡游來游去、 活得好好的魚叫물고기。
다랑어	鮪魚 ＊也稱為참치。
연어 〈鰱魚〉	鮭魚
가다랭이	鰹魚
병어	鯧魚、白鯧
대구 〈大口〉	鱈魚、太平洋鱈
명태 〈明太〉	明太魚 ＊생태 〈生太〉：新鮮明太魚。剛捕獲、生的黃線 狹鱈。 ＊동태 〈凍太〉：冷凍明太魚。冷凍的黃線狹鱈。 ＊황태 〈黃太〉：解凍明太魚乾。在野外風乾的黃 線狹鱈〔冬天捕獲後在春天出貨〕。顏色是黃 色而得此名。

	＊북어〈北魚〉：全乾明太魚。乾燥後黃線狹鱈的總稱，也稱為건태〈乾太〉。 ＊코다리：半乾明太魚。黃線狹鱈直接風乾之後，以繩子串起。 ＊노가리：小明太魚。黃線狹鱈的幼魚，可以作為下酒菜。 ＊明太魚為鱈魚的一種，又稱대구，只是明太魚的品種是阿拉斯加鱈魚，或稱狹鱈。
이면수어〈林延壽魚〉	青花魚 ＊簡稱為임연수。
숭어	鯔魚

도미	鯛魚
벤자리	三線磯鱸、三線雞魚
볼락	黑鱸魻
쥐노래미	大瀧六線魚、黃魚、海黃魚
보리멸	日本沙鮻
조기	黃花魚 ＊乾黃花魚：굴비
삼치	日本馬加鰆、鰆魚
가자미	鰈魚、比目魚
광어〈廣魚〉	牙鮃、扁魚、皇帝魚

방어〈魴魚〉	鰤魚、五條鰤、青甘魚、平安魚、油甘魚
고등어	白腹鯖、日本鯖、白肚仔、青花魚 ＊고등어 자반：腌鯖魚。安東鹹鯖魚（안동 간고등어）很有名。
청어〈青魚〉	太平洋鯡魚、青魚
꽁치	秋刀魚
학꽁치〈鶴-〉	沙氏下鱵、水針魚
전갱이	竹筴魚、日本竹筴魚
정어리	遠東擬沙丁魚、斑點莎瑙魚
멸치	日本鯷、苦蚵仔、鱙仔
앤초비〈anchovy〉	歐洲鯷

날치	燕鰩魚、阿戈飛魚、飛烏
갈치	白帶魚 ＊腌白帶魚：갈치 자반 ＊제주도의 갈치조림（辣燉白帶魚）很有名。
우럭	哈氏鱸鮋、鎧平鮋
도루묵	日本叉牙魚
망둥이	彈塗魚
쏨뱅이	石狗公、石頭魚
가물치	黑魚、烏鱧
가숭어	鯔魚、青頭仔(幼魚)、奇目仔(成魚)
개복치	翻車魚、曼波魚
상어	鯊魚
양태	印度鯒、印度牛尾魚
아귀	鮟鱇魚、黑口鮟鱇
쑤기미	日本鬼鮋、貓魚、鬼虎魚
가오리	鰩魚
홍어 〈洪魚〉	班甕鰩
복어	河豚
뱀장어 〈-長魚〉	白鰻
아나고	繁星糯鰻、星康吉鰻、星鰻
갯장어 / 갠짱어 / 〈-長魚〉	灰海鰻、虎鰻
곰치	蠕紋裸胸鯙、錢鰻
잉어	鯉、西鯉、在來鯉、財神魚
은어 〈銀魚〉	香魚
산천어 〈山川魚〉	梨山鮭魚、櫻花鉤吻鮭
곤들매기	花羔紅點鮭 ＊也稱為 홍송어 〈紅松魚〉。
송어 〈松魚〉	鱒魚、櫻花鉤吻鮭

빙어	公魚、池沼公魚
뱅어	日本銀魚、白魚
붕어	黑鯽、鯽魚
미꾸라지	大鱗泥鰍
메기	鯰魚

★貝類

조개	蛤蜊
조개 관자 〈-貫子〉	干貝 ＊也稱為조개 기둥살、 패주〈貝柱〉。
조개 껍데기 /-껍떼기/	蛤蜊殼

대합 〈大蛤〉	文蛤
바지락	菲律賓簾蛤
재첩	環紋蜆
전복 〈全鰒〉	鮑魚
소라	海螺
굴	牡蠣
가리비	扇貝
키조개	牛角江珧蛤
홍합 〈紅蛤〉	絲綢殼菜蛤
함박조개 /-쪼개/	庫頁島馬珂蛤、北寄貝
개조개	紫石房蛤
멍게	海鞘 ＊也稱為우렁쉥이，但比較常用멍게。
미더덕	柄海鞘
오만둥이	皺瘤海鞘
피조개	包氏舟船蛤、魁蛤
새조개	滑頂薄殼鳥蛤、日本鳥尾蛤

225

골뱅이	大玉螺 ＊圓田螺（우렁이）等卷貝的總稱。因為形狀類似 at 符號（＠），所以這麼稱呼。
맛조개 /맏쪼개/	竹蟶
가리맛조개 /-맏쪼개/	毛蟶蛤、青子、蟶子

★其他海產

오징어	魷魚
갑오징어 〈甲-〉	烏賊、花枝、墨魚
무늬오징어 /무니-/	唇瓣烏賊、擬目烏賊
흰오징어 /히노징어/	軟翅仔、擬烏賊、軟絲
살오징어	太平洋褶柔魚、北魷
한치	劍尖槍烏賊、透抽、劍端魷魚
창오징어 〈槍-〉	劍尖槍烏賊、透抽、劍端魷魚 ＊한치是창오징어的俗名。
반디오징어	螢光烏賊、螢魷

문어 〈文魚〉	北太平洋巨型章魚
쭈꾸미	短蛸、短爪章魚
낙지	長蛸、長腕小章魚 ＊活長腕小章魚：산낙지

게	螃蟹
털게	伊氏毛甲蟹、北海道毛蟹、大栗蟹
대게	松葉蟹 ＊因為在경상북도〈慶尚北道〉的영덕〈盈德〉捕捉到很多，所以也稱為영덕게。
왕게 〈王-〉	堪察加擬石蟹、北海道帝王蟹、鱈場蟹 ＊也稱為킹크랩〈king crab〉。
꽃게 /꼳께/	三疣梭子蟹、市仔

새우	蝦子

닭새우 /닥쌔우/	日本龍蝦
참새우	日本對蝦、斑節蝦、虎蝦
모란새우	牡丹蝦
젓새우 /젇쌔우/	日本毛蝦、秋醬蝦
단새우	北極甜蝦、北極蝦
대하 〈大蝦〉	明蝦、中國對蝦
흰다리새우 /힌다리-/	白蝦、中南美白對蝦、白腳蝦
바닷가재 /바닫까재/	龍蝦
미국가재 〈美國-〉	克氏原螯蝦、美國螯蝦、小龍蝦
갯가재 /갣까재/	口蝦蛄
줄새우	條紋長臂蝦

해초 〈海草〉	海草
미역	海帶芽、裙帶菜
미역 귀다리	乾裙帶菜根

◆ 韓國人與海帶芽湯

對於韓國人而言，有些日子必喝海帶芽湯不可，也有些日子是絕不可喝，是種特別的食物。

在入學考試的季節，在路上四處可以聽到「시험 어떻게 됐니？（考試考得如何？）」、「미역국 먹었어．（喝了海帶芽湯）」這樣的對話。這個「喝了海帶芽湯（미역국 먹었다）」的表現，就是試驗에 떨어졌다（落榜了）的意思。因為海帶芽滑溜滑溜的，在考試日喝海帶芽湯就成為禁忌。

可是，在產婦生下嬰兒後的 1 個月期間，因為需要補充更多的碘與礦物質，作為產後恢復的月子餐，每天每餐都必須要喝海帶芽湯。據說產婦吃海帶芽能夠促進體力恢復、發奶，讓嬰兒的營養更好。所以，在生日的早晨，為了感謝生下自己的媽媽，有讓人煮一碗慶祝的海帶芽湯給壽星喝的習慣。

다시마	昆布、海帶 ＊부각：昆布曬乾後油炸而成之物。
톳 /톧/	鹿尾菜、羊棲菜

김	海苔
맛김 /맏낌/	烤海苔
돌김	石苔 ＊附在石頭上的海苔。
파래	礁膜、海菜、石菜
큰실말	褐藻、海蘊
풀가사리	鹿角海蘿
청각채 〈青角菜〉	刺松藻
생선 알 〈生鮮-〉	魚卵、魚子
명란 〈明卵〉	明太魚卵
연어알 〈鰱魚-〉	鮭魚卵
말린 청어알 〈-青魚-〉	乾鯡魚卵
날치알	飛魚子
숭어 알집 절임	醃製鯔魚卵、烏魚子
성게알	海膽卵、海膽籽
캐비어 〈caviar〉	魚子醬
젓갈 /젇깔/	魚蝦醬 ＊멸치젓：鯷魚醬 ＊조기젓：黃花魚醬 ＊갈치젓：白帶魚醬 ＊자리젓：尾斑光鰓魚醬 • 자리젓是用자리돔製成的醬。자리돔是斑鰭光鰓雀鯛，又稱尾斑光鰓魚。 ＊오징어젓：魷魚醬 ＊낙지젓：長腕小章魚醬 ＊명란젓：明太魚子醬 ＊창난젓：明太魚腸卵醬 ＊성게알젓：海膽籽醬 ＊청어알젓：鯡魚魚子醬 ＊연어알젓：鮭魚魚子醬 ＊새우젓：蝦醬 ＊조개젓：蛤蠣醬 ＊굴젓：牡蠣醬

해삼창자 젓 /-젇/	海參腸子醬
해삼 〈海蔘〉	海參
해파리	海蜇
어묵 〈魚-〉	魚板 ＊蟹肉棒：게맛살

10. 調味料‧香辛料等
★乾物類、粉類

곤약 〈蒟蒻〉	蒟蒻
두부 〈豆腐〉	豆腐
비지	豆腐渣
유부 〈油腐〉	油豆腐
박고지 /박꼬지/	瓢瓜乾

녹말 /농말/ 〈綠末〉	澱粉
밀가루 /밀까루/	麵粉
빵가루 /빵까루/	麵包粉
튀김가루 /-까루/	酥炸粉
베이킹 파우더 〈baking powder〉	泡打粉
미숫가루 /미숟까루/	穀物粉
부침가루 /-까루/	煎餅粉
콩고물	豆蓉、豆粉

★調味料、香辛料

엠에스지 〈MSG〉	味精 ＊MSG 是 Mono Sodium Glutamate（麩胺酸鈉（味精））的簡稱。 ＊味素：미원 〈味元〉 ＊牛肉高湯粉：다시다（從입맛을 다시다〔因為好吃而發出嘖聲〕而來的商品名）

양념	佐料、調味料 ＊調味料醬：다진양념；調味料醬汁：다대기
설탕 〈雪糖〉	白糖、砂糖
올리고당 〈oligo糖〉	寡糖、低聚醣
소금	食鹽
깨	芝麻 ＊（未搗碎）芝麻：통깨〔沒有磨過的芝麻〕 ＊芝麻鹽：깨소금
식초 〈食醋〉	食用醋
미림 〈味淋/味醂〉	味醂
요리술 〈料理-〉	料理酒
간장 〈-醬〉	醬油 ＊韓式醬油：국간장、조선간장 〈朝鮮-醬〉 ＊濃醬油：진간장、왜간장 〈倭-醬〉 ＊薄鹽醬油：저염 간장 〈抵鹽-醬〉
된장 〈-醬〉	大醬
초장 〈醋醬〉	醋醬
고추장 〈-醬〉	辣椒醬
초고추장 〈醋-醬〉	辣醋醬
두반장 〈豆板醬/豆瓣醬〉	豆瓣醬
누룩	酒麴、酵母
소스 〈sauce〉	調料汁、醬汁 ＊辣醬油：우스터 소스 <Worcester sauce> ＊日式豬排醬：돈가스 소스 ＊塔塔醬：타르타르 소스 <tartar sauce> ＊辣椒醬：칠리 소스 <chili sauce> ＊辣醬：핫 소스 <hot sauce>
굴소스 〈-sauce〉	牡蠣醬
액젓 /액쩓/ 〈液-〉	魚露 ＊也稱為어장 〈魚醬〉。
새우젓 /새우젇/	蝦醬

겨자	山葵醬
머스터드 〈mustard〉	芥末醬
타바스코 소스 〈Tabasco sauce〉	塔巴斯科辣椒醬 ＊一般也稱為핫소스〈hot sauce〉。 ＊加塔巴斯克辣椒醬〔辣醬〕：타바스코 소스 〔핫소스〕를 치다
케첩 〈ketchup〉	番茄醬
마요네즈 〈mayonnaise〉	蛋黃醬、美乃滋
드레싱 〈dressing〉	沙拉醬 ＊法式沙拉醬：프렌치 드레싱〈French-〉 ＊義式沙拉醬：이탈리안 드레싱〈Italian-〉 ＊千島醬：사우전드아일랜드 드레싱〈Thousand island-〉 ＊東方沙拉醬：오리엔탈 드레싱〈Oriental-〉 ＊芝麻鹽沙拉醬：깨소금 드레싱

기름	油
식용유 /식용뉴/〈食用油〉	食用油
참기름	香油
올리브유 〈olive-〉	橄欖油
들기름	蘇子油
고추기름	辣椒油

향신료 /향신뇨/〈香辛料〉	香辛料
후추	胡椒
고춧가루 /고추까루/	辣椒粉 ＊辣椒絲：실고추

마늘	大蒜
산초 〈山椒〉	山椒、花椒
카레 가루 〈curry-〉	咖哩粉
카레 〈curry〉	咖哩

박하 /바카/ 〈薄荷〉	薄荷 ＊胡椒薄荷、歐薄荷：페퍼민트〈peppermint〉
로리에 〈laurier〉	月桂葉
와사비	芥末、山葵 ＊고추냉이是醇化語，一般通用的說法是와사비。
허브 〈herb〉	香草
바질 〈basil〉	羅勒
타임 〈thyme〉	百里香
세이지 〈sage〉	鼠尾草
로즈마리 〈rosemary〉	迷迭香
한천 〈寒天〉 우무	寒天、洋菜、石花菜
젤라틴 〈gelatin〉	明膠、魚膠、吉利丁

★關於烹飪方法請參照 2-5 烹飪（55 頁開始）。

11. 廚房用品
★烹飪器具

조리 기구 〈調理器具〉	烹飪器具
밥솥 /밥쏟/	飯鍋
압력 밥솥 /암녁빱쏟/ 〈壓力-〉	壓力電子鍋
전기밥솥 /-밥쏟/ 〈電氣-〉	電飯鍋、電子鍋 ＊發音是전기밥솥이/-밥쏘치/、전기밥솥을/-밥쏘틀/、전기밥솥만/-밥쏜만/。
냄비	鍋子
냄비 받침대 /-받침때/ 〈-臺〉	鍋墊

뚜껑	**蓋子** ＊蓋上蓋子：뚜껑을 덮다 ＊打開蓋子：뚜껑을 열다 ＊鍋蓋：냄비 뚜껑 ・냄비：鍋子，煮飯的鍋具之一。通常高度比솥還低，有鍋蓋跟把手。 ＊鍋蓋：솥뚜껑 ・솥：鍋子，煮飯或煮湯用的鍋具之一。像是銀鍋、鋁鍋、鐵鍋等。
마개	**塞子** ＊軟木塞：코르크 마개 ＊打開蓋子：마개를 따다 ＊用塞子堵住：마개로 막다、마개를 하다
깡통 따개	**開罐器** ＊用開罐器打開蓋子〔罐頭〕：깡통 따개로 뚜껑〔통조림〕을 따다
병따개 〈瓶-〉	**開瓶器** ＊也稱為오프너〈opener〉〔拔出葡萄酒軟木塞的開瓶器：와인 오프너〕 ＊（用開瓶器）開瓶蓋：병뚜껑을 따다
테이블보 /-뽀/ 〈table 褓〉	桌布、台布、桌巾

볼 〈bowl〉	碗、缽
절구	臼 ＊包含陶瓷搗臼、木臼等。
절굿공이 / 절굳꽁이/	杵、木椿、搗杵
밀대 / 밀때/	擀麵棍
떡을 찧다 /-찌타/	搗年糕
빻다 / 빠타/	碾、磨
맷돌 / 맫똘/	石磨
갈다	磨 ＊用石磨磨麥子：맷돌로 밀을 갈다

프라이팬 〈fry pan〉	平底鍋
뒤집개 / 뒤집깨/	鍋鏟
집게 / 집께/	夾子

석쇠 /석쐬/	烤肉網
부엌칼 /부억칼/	廚房用刀、菜刀
과도 〈果刀〉	水果刀
도마	砧板
요리용 가위 〈料理用-〉	廚房剪刀、料理剪刀 ＊用廚房剪刀剪肉：요리용 가위로 고기를 자르다
야채 칼 〈野菜-〉	刨刀、削皮刀 ＊用刨刀去皮：야채 칼로 껍질을 까다
마늘 다지개	壓蒜器
약탕기 〈藥湯器〉	煎藥壺、藥膳壺
즙짜개 〈汁-〉	榨汁器
꼬치	烤肉叉、竹籤、烤針
저울	秤 ＊彈簧秤：용수철 저울 〈龍鬚鐵-〉 ＊天平：천평칭 〈天平秤〉
계량컵 〈計量 cup〉	＊量杯：계량컵 〈計量 cup〉
거품기 〈-器〉	攪拌器、奶泡氣、打蛋器 ＊最近也稱為머랭 거품기、머랭기、핸드 믹서 等。
강판 〈薑板〉	磨泥器、刨絲器
소쿠리	籮筐
체	濾網、篩網、篩子 ＊用濾網過濾粉末：체로 가루를 치다
시루	蒸籠
물병 /물뼝/ 〈-瓶〉	水瓶
주전자 〈酒煎子〉	水壺
항아리	甕、缸

234

단지	罐子、壺、罈子

밥주걱 /밥쭈걱/	飯勺 ＊盛飯：밥을 푸다
국자 /국짜/	湯勺、湯瓢

식기 /식끼/ 〈食器〉	餐具
그릇 /그른/	碗盤
밥그릇 /밥끄른/	飯碗
국그릇 /국끄른/	湯碗
유리그릇 〈琉璃-〉	玻璃碗
밥공기 /밥꽁기/ 〈-空器〉	小飯碗 ＊在餐廳中，有蓋子的不鏽鋼製容器稱為밥공기。 ＊飯碗 1 碗、2 碗是밥 한 공기、밥 두 공기。
사발 〈沙鉢〉	大碗公 ＊盛飯到大碗公裡：밥을 사발에 담다
도기 〈陶器〉	陶器
자기 〈磁器/瓷器〉	瓷器
칠기 〈漆器〉	漆器

접시 /접씨/	盤子、碟子 ＊盛食物到盤子上：접시에 음식을 담다 ＊打碎盤子：접시를 깨다 ＊盤子 1 塊、2 塊是한 개、두 개〔裝菜餚的盤子 　是한 접시、두 접시〕。
큰 접시 /-접씨/	大盤子
작은 접시 /-접씨/	小盤子
앞접시 /압쩝씨/	小碟子
젓가락 /젇까락/	筷子 ＊筷子 1 套是젓가락 한 벌。 ＊筷子 1 雙是젓가락 한 짝。
젓가락 받침 /젇까락-/	筷架

숟가락 /숟까락/	湯匙 ＊筷子與湯匙合稱수저。 ＊一套的筷子與湯匙：수저 한 벌
나이프 〈knife〉	餐刀
포크 〈fork〉	餐叉

잔 〈盞〉	杯子 ＊茶杯 1 杯、2 杯是한 잔、두 잔。
술잔 /술짠/ 〈-盞〉	酒杯
글라스 〈glass〉	玻璃杯 ＊也稱為유리잔 〈瑠璃盞〉。
맥주잔 /맥쭈짠/ 〈麥酒盞〉	啤酒杯
커피 잔 /-짠/ 〈coffee 盞〉	咖啡杯
티세트 〈tea set〉	茶具、茶杯組
코스터 〈coaster〉	杯墊

식탁 〈食卓〉	餐桌
상 〈床〉	桌子、飯桌
쟁반 〈錚盤〉	托盤
테이블 매트 〈table mat〉	餐墊 ＊也稱為테이블보/-뽀/〈-褓〉、식탁보/-뽀/。

★廚房家電等

냉장고 〈冷藏庫〉	電冰箱、冰箱 ＊泡菜冰箱：김치냉장고 (為避免泡菜發酵，將泡菜保存在適當溫度之中的專用冰箱)
냉동실 〈冷凍室〉	冷凍室
식기 세척기 /식끼-끼/ 〈食器洗滌機〉	洗碗機
식기 건조기 /식끼-/ 〈食器乾燥機〉	烘碗機

제빵기 〈製-器〉	麵包機
푸드프로세서 〈food processor〉	食品處理機、食物調理機 ＊也稱為혼합기〈混合器〉，或是밀가루 반죽기。
주서 〈juicer〉	榨汁機 ＊也稱為녹즙기〈綠汁機〉。 ＊手擠式的榨汁器稱為원액기〈原液器〉。
믹서 〈mixer〉	攪拌機 ＊手提攪拌機：핸드믹서〈hand mixer〉

가스레인지 〈gas range〉	瓦斯爐
전기 곤로 /-골로/ 〈電氣焜爐〉	電爐
핫플레이트 〈hot plate〉	電磁爐 ＊也稱為전기프라이팬〈電氣 frying pan〉。
전자레인지 〈電子 range〉	微波爐
인덕션 조리 히터 〈induction 調理 heater〉	IH感應爐
그릴 〈grill〉	烤盤
오븐 〈oven〉	烤箱

토스터기 〈toaster 機〉	烤麵包機 ＊把麵包放到麵包機：토스터기에 빵을 넣다
커피 메이커 〈coffee maker〉	咖啡機
보온병 〈保溫瓶〉	保溫瓶

★廚房其他日用品

플라스틱통 〈plastic 桶〉	塑料桶 ＊也稱為밀폐 용기〈密閉用器〉、락앤락통〈Lock and lock 桶〉（商品名）、지퍼락〈Ziploc〉（商品名）。
빨대 /빨때/	吸管

호일 〈foil〉	鋁箔紙 ＊也稱為쿠킹호일〈cooking foil〉。
랩 〈wrap〉	保鮮膜
행주	洗碗布 ＊用廚房抹布擦碗：행주로 그릇을 닦다
앞치마 /압치마/	圍裙 ＊穿上圍裙：앞치마를 하다
머릿수건 /머릳쑤건/	包頭巾 ＊삼각건是指急救時用的繃帶。
고무장갑 〈-掌匣〉	橡皮手套
탈취제 〈脫臭劑〉	防臭劑
주방용 세제 〈廚房用洗劑〉	廚房洗滌劑 ＊商品名퐁퐁 세제更為人所知。
클린저 〈cleanser〉	清潔劑
수세미	菜瓜布
스펀지 〈sponge〉	海綿(菜瓜布)
걸레	抹布

12. 營養素 · 維生素等
★營養

영양소 〈營養素〉	營養素 ＊5大營養素：5대 영양소 〈五大-〉
영양가 /영양까/ 〈營養價〉	營養價值 ＊營養價值高：영양가가 높다
탄수화물 〈炭水化物〉	碳水化合物
단당류 /단당뉴/ 〈單糖類〉	單醣類
글루코스 〈glucose〉	葡萄糖 ＊葡萄糖：포도당 〈葡萄糖〉
프럭토스 〈fructose〉	果糖 ＊果糖：과당 〈果糖〉

다당류 /다당뉴/ 〈多糖類〉	多醣類
락토스 〈lactose〉	乳糖 ＊乳糖：유당〈乳糖〉、젖당
말토스 〈maltose〉	麥芽糖 ＊麥芽糖：맥아당〈麥芽糖〉；飴糖：엿당
올리고당 〈oligo 糖〉	寡糖、低聚醣
전분 〈澱粉〉	澱粉
아밀로스 〈amylose〉	澱粉糖
셀룰로스 〈cellulose〉	纖維素
자일리톨 〈xylitol〉	木糖醇

단백질 /단백찔/ 〈蛋白質〉	蛋白質 ＊動物性蛋白質：동물성 단백질〈動物性-〉 ＊植物性蛋白質：식물성 단백질〈植物性-〉
글루텐 〈Gluten〉	麩質
콜라젠 〈collagen〉	膠原蛋白
식이 섬유 〈食餌纖維〉	膳食纖維

지질 〈脂質〉	脂質、脂類
중성지방 〈中性脂肪〉	中性脂肪
콜레스테롤 〈cholesterol〉	膽固醇

지방산 〈脂肪酸〉	脂肪酸 ＊飽和脂肪酸：포화지방산〈飽和脂肪酸〉 ＊不飽和脂肪酸：불포화지방산〈不飽和脂肪酸〉 ＊Omega-3 脂肪酸：오메가-3
디에이치에이 〈DHA〉	二十二碳六烯酸 ＊二十二碳六烯酸：도코사헥사엔산 〈docosahexaen 酸〉
이피에이 〈EPA〉	二十碳五烯酸 ＊二十碳五烯酸：에이코사펜타엔산 〈eicosapentaen 酸〉

비타민 〈vitamin〉	維他命、維生素
수용성 비타민 /수용썽-/ 〈水溶性-〉	水溶性維他命 ＊維他命 B1：비타민 B1 /-비원/ ＊維他命 B2：비타민 B2 /-비투/ ＊維他命 B6：비타민 B6 /-비식스/ ＊維他命 B12：비타민 B12 /-비트웰브/ ＊維他命 C：비타민 C /-씨/ ＊維他命 B3（菸鹼酸）：나이아신 〈Niacin〉 ＊泛酸：판토텐산 〈pantothen 酸〉 ＊葉酸：엽산、폴산 〈folic 酸〉 ＊生物素：바이오틴 〈biotin〉
지용성 비타민 /지용썽-/ 〈脂溶性-〉	脂溶性維他命 ＊維他命 A：비타민 A /-에이/ ＊維他命 D：비타민 D /-디/ ＊維他命 E：비타민 E /-이/ ＊維他命 K：비타민 K /-케이/
미네랄 〈mineral〉	礦物質
나트륨 〈Natrium〉	鈉
칼륨 〈Kalium〉	鉀
염소 〈鹽素〉	氯
칼슘 〈calcium〉	鈣
마그네슘 〈magnesium〉	鎂
인 〈燐〉	磷
옥소 〈沃素〉	碘
아연 〈亞鉛〉	鋅
철 〈鐵〉	鐵
구리	銅
망간 〈Mangan〉	錳
아미노산 〈amino 酸〉	胺基酸

필수 아미노산 /필쑤-/ 〈必須 amino 酸〉	必需胺基酸 ＊苯丙胺酸羥化酶：페닐알라닌〈phenylalanine〉 ＊白胺酸：류신〈Leucin〉 ＊纈胺酸：발린〈valine〉 ＊異白胺酸：아이소류신/이소류신〈isoleucine〉 ＊息寧胺酸、蘇胺酸、羥丁胺酸：트레오닌 〈threonine〉 ＊組織胺酸、組胺酸：히스티딘〈histidine〉 ＊色胺酸：트립토판〈tryptophan〉 ＊離胺酸：리신〈lysine〉 ＊甲硫胺酸：메티오닌〈methionine〉
스태미나〈stamina〉	精力、耐力、體力 ＊有耐力：스태미나가 있다 ＊培養耐力：스태미나를 키우다
정력 /정녁/〈精力〉	精力 ＊培養精力：정력을 키우다
열량〈熱量〉	熱量
칼로리〈calorie〉	卡路里 ＊高卡路里：고칼로리〈高 calorie〉 ＊低卡路里：저칼로리〈低 calorie〉

영양제〈營養劑〉	營養劑 ＊綜合維他命：종합 비타민〈綜合-〉、멀티 비타 민〈multi-〉
서플리먼트〈supplement〉	營養補給物 ＊礦物質補給物：미네랄 서플리먼트〈mineral-〉
콘드로이틴〈chondroitin〉	軟骨素
글루코사민〈glucosamine〉	葡萄糖胺
프로테인〈protein〉	蛋白質
타우린〈taurine〉	牛磺酸
카페인〈Kaffein〉	咖啡因
캅사이신〈capsaicin〉	辣椒素、辣椒鹼
폴리페놀〈polyphenol〉	多酚
타닌〈tannin〉	單寧酸、鞣質
카테친〈catechin〉	兒茶素

카로틴 〈carotene〉	胡蘿蔔素
유기화합물 /-화함물/ 〈有機化合物〉	有機化合物
구연산 〈枸櫞酸〉	檸檬酸 ＊三羧酸循環：TCA회로 〈TCA 回路〉
젖산 /젇싼/ 〈-酸〉	乳酸
유산균 〈乳酸菌〉	乳酸菌
이노신산 〈inosin 酸〉	肌苷酸
효소 〈효소〉	酵素
아밀라아제 〈Amylase〉	澱粉酶、澱粉酵素
디아스타아제 〈Diastase〉	(澱粉)糖化酶、澱粉酶、澱粉水解酶
산성 〈酸性〉	酸性
중성 〈中性〉	中性
알칼리성 〈alkali 性〉	鹼性
염분 〈鹽分〉	鹽分
철분 〈鐵分〉	鐵分
당분 〈糖分〉	糖分

6.

交通

【6】交通

1. 交通
★交通相關

교통 〈交通〉	交通
교통망 〈交通網〉	交通網
교통편 〈交通便〉	交通情況 ＊交通情況差：교통편이 나쁘다
교통 수단 〈交通手段〉	交通工具
경로 /경노/ 〈經路〉	路線
루트 〈route〉	航線、路線 ＊輸送路線：수송 루트 〈輸送 route〉 ＊迂迴路線：우회 루트 〈迂回 route〉
노선 〈路線〉	路線

타다	乘坐、搭
승차하다 〈乘車-〉	乘車
태우다	載、使…乘坐 ＊車上載人：차에 사람을 태우다
내리다	下車 ＊在下一站下車：다음 역에서 내리다 ＊在車站前下車：한 정거장 앞에서 내리다 ★〔搭巴士等交通工具〕下車：내려요.
하차하다 〈下車-〉	下車
내리다	下車 ★〔搭計程車等〕請在車站前讓我下車：역 앞에 서 내려 주세요.
갈아타다	轉乘、換線 ★請在鐘路 3 街站轉乘 5 號線：종로 3가에서 5 호선으로 갈아타세요. ★〔地鐵車內廣播〕下一站是忠武路站，轉乘 4 號線的旅客請在本站下車：다음 정차할 곳은 충무로역입니다. 4호선으로 갈아타실 분은 이 번 역에서 내리시기 바랍니다.

갈아타는 곳 /-곧/ 환승〔역〕〈換乘〔驛〕〉	轉乘地點
놓치다	錯過 ★錯過飛機：비행기를 놓쳤어요.
잘못 타다 /잘몯-/	搭錯車
멀미하다	暈、犯暈 ＊也稱為멀미가 나다〔酒醉稱취하다〕。
차멀미	暈車 ＊易暈車的體質：차멀미를 하는 체질
비행기 멀미 〈飛行機-〉	暈機
뱃멀미 /밴멀미/	暈船
출발하다 〈出發-〉	出發 ＊延後出發：출발이 늦어지다 ＊提前出發：출발을 앞당기다 ＊延遲出發：출발을 보류하다
출발 시간 〈出發時間〉	出發時間
도착하다 〈到着-〉	到達 ★거의 다 왔어요.：就快到了。
연착이 되다 〈延着-〉	誤點
운행이 취소되다 〈運行-取消-〉	取消運行、終止運行 ＊也可說운행이 중단되다。
통과하다 〈通過-〉	通過
정차하다 〈停車-〉	停車
러시아워 〈rush hour〉	交通尖峰時段、交通尖峰期間 ＊避開交通尖峰時段：러시아워를 피하다 ＊塞車：러시아워에 걸리다或是러시아워를 만 나다
붐비다	擁擠 ＊也稱為복잡하다 〈複雜-〉。 ＊因返鄉客而擁擠：귀성객으로 붐비다
귀성하다 〈歸省-〉	返鄉 ＊返鄉尖峰期間、返鄉尖峰時段：귀성 러시 〈-rush〉
시간표 〈時間表〉	時間表

6
交
通

交
通

245

열차 운행표 〈列車運行表〉	列車時刻表 ★地鐵 2 號線因上往十里站發生交通事故而延遲 　運行：지하철 2호선이 상왕십리역에서 차량 　사고로 크게 지연되고 있습니다.
노선도 〈路線圖〉	路線圖
목적지 /목쩍찌/ 〈目的地〉	目的地 ＊往～：~행 〈~行〉／往首爾：서울행 〈-行〉
소요 시간 〈所要時間〉	所需時間
시간이 걸리다 〈時間-〉	花時間
편도 티켓 〈片道 ticket〉	單程票 ＊會話中大多稱為편도。
왕복 티켓 〈往復 ticket〉	來回票 ＊會話中大多稱為왕복。
우측 통행 〈右側通行〉	右側通行
좌측 통행 〈左側通行〉	左側通行
자리	座位 ＊座位擠著一起坐：자리를 좁혀 앉다 ＊讓座：자리를 양보하다 ＊插隊：새치기하다
빈자리	空位子 ＊沒有空位子：빈자리가 없다 ＊位子空著：자리가 비어 있다
만석 〈滿席〉	客滿 ★位子都坐滿了：자리가 꽉 찼어요.
지정석 〈指定席〉	對號座
자유석 〈自由席〉	自由座
노약자석 /노약짜석/ 〈老弱者席〉	博愛座
리클라이닝 시트 〈reclining seat〉	可躺式座位
안전 벨트 〈安全 belt〉	安全帶 ＊在汽車中稱為안전 벨트，飛機中稱為좌석 벨 　트 〈座席 belt〉。 ＊繫安全帶：안전 벨트를 매다 ＊解開安全帶：안전 벨트를 풀다

2. 鐵路
★鐵路

철도 /철또/ 〈鐵道〉	鐵路 ＊鐵路狂、鐵路迷：철도광〈鐵道狂〉
특급 /특끕/ 〈特急〉	特快
쾌속 〈快速〉	普快
급행 /그팽/ 〈急行〉	急行
완행 〈緩行〉	慢行
통과하다 〈通過-〉	通過、經過
정차하다 〈停車-〉	停車

韓國的高速鐵路 KTX

KTX：是取 Korea Train Express 的第一個英文字而成，於 2004 年 4 月通車的高速鐵路。使用法國的 TGV 車體，行駛於專用軌道上（部分使用原有軌道）。KTX 有好幾條路線。

임시 열차 〈臨時列車〉	加班列車
밤차 〈-車〉	夜車

기차 〈汽車〉	火車 ＊在韓國一般指長途列車。 ＊火車行駛發出的聲音「咻咻蹦蹦」是칙칙폭폭。
열차 〈列車〉	列車
전철 〈電鐵〉	電車 ＊指電車車體時是用전동차〈電動車〉。 ＊乘坐電車：전철을 타다 ＊搭電車來：전철을 타고 오다
지하철 〈地下鐵〉	捷運、地鐵 ＊一般전철與지하철的差異很曖昧，大多不分電車或地下鐵，都稱為지하철。

수도권 전철 /수도껀-/ 〈首都圈電鐵〉	**首都圈捷運** ＊運行於首爾特別市、仁川廣域市、京畿地區、部分忠清南道，由首爾地下鐵、仁川地下鐵、韓國鐵道公社經營的廣域鐵道，以及仁川國際機場鐵道的總稱。
내선순환 〈內線循環〉	**內線循環** ＊因為首爾地鐵 2 號線是環狀線沒有起訖站，所以這麼稱呼。相反方向的外環線稱為외선순환〈外線循環〉。
첫차 〈-車〉	**首班車**
막차 〈-車〉	**末班車** ＊錯過末班車：막차를 놓치다
직행 /지캥/ 〈直行〉	**直達車**
직통 〈直通〉	**區間車** ＊在首爾地鐵代表「快速」的意思。 ＊직통열차是指中途無須轉乘、換線，一路開往目的地的列車；직행열차是指中途不停靠任何站點，直達目的地的列車。
기관차 〈機關車〉	**火車頭**
증기기관차 〈蒸氣機關車〉	**蒸汽火車**
디젤차 〈diesel 車〉	**柴油車**
칸	**車廂** ＊前面車廂：앞 칸 ＊四個車廂的列車：네 칸짜리 열차 ＊칸是指分隔成相同面積的空間。
객차 〈客車〉	**客車、旅客列車**
식당차 /식땅차/ 〈食堂車〉	**餐車**
침대차 〈寢臺車〉	**臥鋪車**
특실 /특씰/ 〈特室〉	**頭等車廂**
일반석 〈一般席〉	**普通票** ＊KTX 的普通車，有些車廂是一半的位置朝前進方向（순방향），一半朝相反方向（역방향）的固定座位。

입석 /입썩/ 〈立席〉	站票
금연석 /그면석/ 〈禁煙席〉	禁煙座 ＊以 KTX 為首，韓國鐵道是全車禁菸，沒有吸菸 　車廂。
흡연석 /흐변석/ 〈吸煙席〉	吸菸座
여성 전용칸 〈女性專用-〉	女性專用車廂

화물 열차 〈貨物列車〉	貨物列車
화차 〈貨車〉	貨車
유조차 〈油槽車〉	油罐車
유개차 〈有蓋車〉	篷車、悶罐車
무개차 〈無蓋車〉	敞車
러셀차 〈Russel 車〉	鏟雪車、羅薩氏雪犁

전철 운전기사 〈電鐵運轉技士〉	電車駕駛員
기관사 〈機關士〉	駕駛員、火車駕駛員
차장 〈車掌〉	列車員、票務員、售票員
승무원 〈乘務員〉	乘務員
승객 〈乘客〉	乘客

손잡이	把手
그물 선반	行李架 ＊放到行李架上：선반에 올려놓다 ＊從行李架上拿下來：선반에서 내리다
역 〈驛〉	站 ＊位於都市的電車、地鐵車站稱為전철역 /전철 　력/〈電鐵驛〉。

韓國之最

• 極東的車站：울산항 〈蔚山港〉線的울산항 〈蔚山港〉站〔貨物站〕。另，客
　運車站中的最東端是동해남부선 〈東海南部線〉的포항 〈浦項〉站。

- 極西的車站：호남〈湖南〉線的목포〈木浦〉站。
- 極南的車站：전라〈全羅〉線的여수엑스포〈麗水 EXPO〉站。
- 極北的車站：경원〈京元〉線的백마고지〈白馬高地〉站。
- 站間距離最短的區間：首爾地鐵 1 號線的동대문〈東大門〉～동묘앞〈東廟-〉站間距離 368m。
- 站間距離最長的區間：KTX 的광명〈光明〉～천안아산〈天安牙山〉站間距離 74.0km。
- 一般鐵路則是경북〈慶北〉線的김천〈金泉〉～옥산〈玉山〉站間距 20.0km。廣域電鐵線則是인천국제공항철도〈仁川國際空港鐵道〉的검암〈黔岩〉～운서〈雲西〉站間距 18.6km

★在車站

시발역 /시발력/〈始發驛〉	起始站
종착역 /종창녁/〈終着驛〉	終點站
종점 /종쩜/〈終點〉	終點
무인역 /무인녁/〈無人驛〉	無人車站 ＊간이역〈簡易驛〉：簡易車站。因為乘客少，沒有配置站員的車站。
정거장〈停車場〉	車站
터미널〈terminal〉	客運總站
역사 /역싸/〈驛舍〉	驛舍、車站
역구내 /역꾸내/〈驛構內〉	站內
지하도〈地下道〉	地下道
과선교〈跨線橋〉	天橋
안내소〈案內所〉	服務台
유실물 센터〈遺失物 center〉	失物招領中心
보관함〈保管函〉	保管箱
대합실 /대합씰/〈待合室〉	候車室

승강장 〈乘降場〉	車站月台 ★下一班去釜山的列車在幾號月台發車呢？：다음 부산행 열차는 몇 번 홈에서 출발해요？ ★此站列車與月台間的間隙較寬，下車時請留意：이 역은 전동차와 승강장 사이가 넓습니다. 내리실 때 조심하시기 바랍니다.（列車長廣播）
플랫폼 / 풀랟폼 / 〈platform〉	平台、月台
상대식 승강장 〈相對式乘降場〉	側式月台、相對式月台
섬식 승강장 〈-式乘降場〉	島式月台
스크린도어 〈screen door〉	月台門
안전선 〈安全線〉	安全線 ★列車正在進站，請乘客退到安全線內：지금 열차가 들어오고 있습니다. 승객 여러분께서는 안전선 안쪽으로 한 걸음 물러서 주시기 바랍니다.（地鐵車站廣播）

역장 / 역짱 / 〈驛長〉	站長
부역장 / 부역짱 / 〈副驛長〉	副站長
역무원 / 영무원 / 〈驛務員〉	站務員

★購買車票

운임 / 우님 / 〈運賃〉	運費、車馬費 ＊運費上漲：운임 인상 〈-引上〉
무임승차하다 〈無賃乘車-〉	免費搭乘
교통비 〈交通費〉	交通費 ＊會話中也稱為차비 〈車費〉。
표 〈票〉	票
승차권 / 승차꿘 / 〈乘車券〉	車票
일일승차권 / 이릴승차꿘 / 〈一日乘車券〉	日票

표 사는 곳 /-곧/ 〈票-〉	售票處、售票口 ＊過去的說法有매표소〈賣票所〉、표 파는 곳（售票處）。
개찰구 〈改札口〉	檢票口 ＊最近標示為타는 곳（乘車處）。長途列車的起訖站沒有剪票口。
패스 〈pass〉	通過
회수권 /회수꿘/ 〈回數券〉	月票
교통카드 〈交通 card〉	交通儲值卡
충전하다 〈充填-〉	儲值
코레일 패스 〈Korail Pass〉	韓國高鐵觀光票 ＊外國觀光客專用的火車旅行票，可以自由乘車不限區間或次數，由韓國鐵道公社發行的通票。

상행 〈上行〉	上行(從地方到首爾)
하행 〈下行〉	下行(從首爾到地方)
도중하차 〈途中下車〉	中途下車
정산하다 〈精算-〉	報銷、核算
환불하다 〈還拂-〉	退款

★列車行駛

레일 〈rail〉	鐵軌
선로 /설로/ 〈線路〉	軌道、路線
단선 〈單線〉	單線鐵路
복선 /복썬/ 〈複線〉	複線鐵路、雙線鐵路
복복선 /복뽁썬/ 〈複複線〉	雙複線鐵路、四線鐵路
선로 전환기 /설로-/ 〈線路轉換器〉	轉轍器 ＊也稱為전철기〈轉轍機〉。

궤도 〈軌道〉	軌道 ＊寬軌：광궤〈廣軌〉 ＊窄軌：협궤〈狹軌〉
가선 〈架線〉	架線
팬터그래프 〈pantograph〉	集電弓、電弓架
침목 〈枕木〉	枕木、軌枕、路枕

통표 〈通票〉	鐵路通行票
신호기 〈信號機〉	鐵路號誌機
수신호 〈手信號〉	手勢 ＊手旗信號：수기 신호〈手旗信號〉 ＊手旗上下晃動：수기를 위아래로 흔들다
차량 입환 작업 〈車輛入換作業〉	車輛分離作業 ＊連接車輛：차량을 연결하다 ＊分離貨車：화차를 분리하다 ＊替換火車頭：기관차를 바꾸다

스위치백 〈switch back〉	折返式路線 ＊韓國在영동선〈嶺東線〉的흥전〈興田〉～나한정〈羅漢亭〉站間有之字形折返路線，但在 2012 年改線至新設的솔안터널後廢止。
터널 〈tunnel〉 수도 〈隧道〉	隧道 ＊地鐵的隧道除外，韓國最長的隧道是 KTX 的금정터널〈金井-〉，有 20.3km。其次是영동선的솔안터널（동백산〈東栢山〉～도계〈道溪〉站間），有 16.3 km。
교량 〈橋梁〉	橋樑
건널목	平交道

탈선하다 /탈썬-/ 〈脫線-〉	脫軌、出軌
전복되다 /전보뙤다/ 〈顛覆-〉	(車、船)翻覆

3. 汽車
★汽車

한국어	中文
태우다	使乘坐
싣다 /실따/	裝、載 ＊行李裝上車：차에 짐을 싣다
운송하다 〈運送-〉	運送
내리다	卸下 ＊從卡車上卸貨：트럭에서 짐을 내리다
차 〈車〉	車
자동차 〈自動車〉	汽車
대형차 〈大型車〉	大型車
중형차 〈中型車〉	中型車
소형차 〈小型車〉	小型車
경차 〈輕車〉	輕型車
디젤차 〈diesel 車〉	柴油車
전기 자동차 〈電氣自動車〉	電動汽車
하이브리드 차 〈hybrid 車〉	混合動力車
LPG차 /엘피지차/ 〈LPG 車〉	油氣雙燃料車
사륜구동차 〈四輪驅動車〉	四輪驅動車
지프차 〈Jeep 車〉	吉普車 ＊SUV：SUV /에스유브이/ （sport utility vehicle）
캠핑카 〈camping car〉	露營車 ＊RV 車：RV차 /아르브이차/ （recreational vehicle）
봉고차 〈Bongo 車〉	廂型車 ＊小型廂型車：소형 봉고차 〈小型-〉
스포츠카 〈sports car〉	跑車、賽車

오픈카 〈open car〉	敞篷車
세단 〈sedan〉	轎車
왜건 〈wagon〉	旅行車
쿠페 〈coupe〉	雙門轎跑車

화물차 〈貨物車〉	貨車
트럭 〈truck〉	卡車
덤프 트럭 〈dump truck〉 덤프카 〈dump car〉	傾卸卡車、砂石車、傾卸車
레미콘 트럭 〈remicon truck〉	混凝土攪拌車、預拌混凝土車、水泥車

지게차 〈-車〉 포크리프트 〈forklift〉	堆高機
크레인차 〈crane 車〉	起重機、吊車
포크레인 〈fork crain〉	挖土機 ＊也稱為굴착기〈掘鑿機〉、굴삭기〈掘削機〉， 但一般稱포크레인。

불도저 〈bulldozer〉	推土機
로드 롤러 〈road roller〉	壓路機
모터그레이더 〈motor grader〉	平路機
트레일러 〈trailer〉	聯結車 ＊駕駛座可以和拖車或客車分離的構造。
레커차 〈wrecker 車〉 견인차 〈牽引車〉	拖吊車、搶修車
분뇨 수거차 〈糞尿收去車〉	水肥車 ＊在會話中也稱為똥차。

스쿠터 〈scooter〉	摩托車、小型機車
오토바이	摩托車

255

사이드카 〈sidecar〉	側車、邊車、跨斗摩托車
자전거 〈自轉車〉	腳踏車 ＊電動腳踏車：전동 자전거〈電動自轉車〉
인력거 /일력꺼/〈人力車〉	人力車 ＊人力車，不是發音為차而是거。
손수레	手推車
리어카 〈rear car〉	黃包車
버스 〈bus〉	巴士 ＊在首爾市內，車體分為 4 色，不同的路線有不同的號碼。R（紅色）是連結首爾周邊都市與都心的廣域快速巴士，B（藍色）是遠距離運行的幹線巴士，G（綠色）是連結地下鐵車站與區域的巴士，Y（黃色）是近距離循環巴士。
노선 버스 〈路線 bus〉	路線巴士
고속 버스 〈高速 bus〉	高速巴士
직통 버스 〈直通 bus〉	直達巴士
셔틀 버스 〈shuttlebus〉	區間車、短程往返客車、接駁車
전세 버스 〈專貰 bus〉	包車
관광 버스 〈觀光 bus〉	觀光巴士
시내 버스 〈市內 bus〉	市內巴士
시외 버스 〈市外 bus〉	長途巴士 ＊由市中心到郊外的巴士。
마을버스 〈-bus〉	社區巴士

【巴士車體上的〔6-1〕怎麼讀？】

以首爾為首，大都市的巴士和台灣一樣，不同路線有不同的編號，如〔6〕或是〔141〕等，還有像〔6-1〕或〔141-2〕這樣有附線的路線。〔6-1〕讀為 /육 다시 일/，〔141-2〕則讀為 /백사십일 다시 이/，數字與數字之間的「－」（連字號）在韓語中讀為 /다시/〔依照국립국어연구원〈國立國語研究院〉發行的표준국어대사전〈標準國語大辭典〉，「－」讀為/다시/是源自於英語的 dash 之故〕。

고속 버스 터미널 〈bus terminal〉	高速巴士轉運站
정류장 /정뉴장/ 〈停留場〉	車站
휴게소 〈休憩所〉	休息站
주유소 〈注油所〉	加油站
휘발유 /휘발류/ 〈揮發油〉	汽油 ＊會話會說기름〔加油：기름을 넣다〕。 ＊充滿：만땅 〈滿-〉〔請加滿：가득이요.〕

★計程車

택시 〈taxi〉	計程車 ＊計程車分為개인（個人）、일반（一般）與收費較高但服務較好的모범（模範）。 ＊총알 택시 〈銃-〉：子彈計程車。以時速 100 公里以上的迅猛速度在首爾等大都市與近郊地區之間奔馳的計程車。
택시 타는 곳 〈taxi-〉	計程車搭乘處
빈 차 〈-車〉	空車
기사 〈技士〉	司機
택시 운전기사 〈taxi 運轉技士〉	計程車司機 ＊要呼喚「司機先生！」時用「기사님！」、「기사 아저씨！」。
기본요금 /기본뇨금/ 〈基本料金〉	起跳價
할증 요금 /할쯩뇨금/ 〈割增料〉	附加費用
미터기 〈meter 器〉	計費表
합승 /합씅/ 〈合乘〉	共乘 ＊最近因為交通狀況有所改善，已禁止共乘計程車。
승차 거부 〈乘車拒否〉	拒絕乘車
자가용 택시 〈自家用 taxi〉	自用計程車

【搭乘計程車用得到的 25 句會話】

① 計程車！：택시！

② 我要裝行李：짐 좀 실을게요.

③ 請把後車箱打開：트렁크 좀 열어 주세요.

④ 我要去這裡：여기까지 가려고 하는데요.

⑤ 要去市區：시내까지요. 或是시내까지 가 주세요.

　＊市區的鬧區或中心地帶稱為시내〈市內〉〔鄉下的中心街道也稱為「市
　內」〕。

⑥ 大概多少錢呢？：얼마 정도 나와요？

⑦ 要多久才能到呢？：얼마나 걸려요？

⑧ 請開快一點：빨리 가 주세요.

⑨ 我很急：좀 급한데요.

⑩ 請不要開得太快：너무 빨리 가지 마세요.

⑪ 請慢點開：천천히 가 주세요.

⑫ 請開計價器：미터기를 켜세요.

⑬ （收音機等）請把音樂聲音調小一點：음악 소리 좀 줄여 주세요.

⑭ 請直走：쭉 가세요.

⑮ 請走捷徑、請抄近路：지름길로 가 주세요.

⑯ 請走您熟的路吧：알아서 가 주세요.

　＊司機會問「要怎麼走」，不知道怎麼走時就這麼說。

⑰ 那條大路上請右轉：저 큰길에서 우회전해 주세요.

⑱ 下一個信號燈請左轉：다음 신호에서 좌회전해 주세요.

⑲ 請轉進右邊〔左邊〕的巷子裡：오른쪽〔왼쪽〕 골목으로 들어가 주세요.

⑳ 走的方向是錯誤的：가는 방향이 틀렸는데요.

㉑ 請在這裡停車：여기서 세워 주세요.

㉒ 請在人行道前面停車：횡단보도 앞에서 세워 주세요.

㉓ 車費好像有點貴：요금이 좀 비싼 것 같은데요.

㉔ 之前搭的時候是 7000 韓幣呢：전에 탔을 때는 7,000원이었는데요.

㉕ 零錢不用找了：잔돈은 됐어요.

　＊下車時，可以愉快地說「감사합니다.」、「수고하세요.」。

【計程車司機常說的話】

① 請問您要去哪裡？：어디로 모실까요？

② 請問您著急嗎？：급하세요？

③ 請問要怎麼走呢？：어디로 해서 갈까요？ 어떻게 갈까요？

④ 去機場的路很堵：공항까지는 꽤 막히네요.

⑤ 是國際線還是國內線呢？：국제선이에요, 국내선이에요？
⑥ 要在哪裡停車呢？：어디에 세워 드릴까요？
⑦ 客人，已經到了：손님, 도착했습니다.
⑧ 我往前停一些，請稍等一下：조금 앞에서 세울 테니까 기다려 주세요.
⑨ 請問您有零錢嗎？：잔돈 있으세요？
⑩不好意思，沒有零錢了：죄송한데 거스름돈이 없네요.

★ 搭車

자동차 사회 〈自動車社會〉	汽車社會
국산차 〈國産車〉	國産車
외제차 〈外製車〉	進口車
미제차 〈美製車〉	美國製汽車
새 차 〈-車〉	新車
자가용 〈自家用〉	自用車
애차 〈愛車〉	愛車
중고차 〈中古車〉	二手車、中古車
고물차 〈古物車〉	古董車、老爺車 *會話中會開玩笑稱為똥차（糞車）。
렌터카 〈rent-a-car〉	租賃車 *租車：렌터카를 빌리다、차를 렌트하다/렌탈 하다
자동차 학원 〈自動車學院〉	汽車駕訓班 *也稱為운전 학원〈運轉-〉、운전면허 학원〈運轉免許-〉。 *分成전문 학원〔畢業可以直接領到證書〕與일반학원〔畢業後去駕駛考場接受駕照考試〕。
주행 연습 〈走行練習〉	練習駕駛、練車
운전면허증 /운전면허쯩/ 〈運轉免許證〉	駕駛執照
연습 면허 〈練習免許〉	臨時駕照

259

초보 운전 〈初步運轉〉	新手駕駛
장롱 면허 〈欌籠免許〉 /장농-/	衣櫃證照 ＊正確的說法是장롱 면허 소지자〈-所持者〉。 ＊장롱是指衣櫃，也就是說「收藏在衣櫃裡的駕照」。
세차 〈洗車〉	洗車
광택 〈光澤〉	打蠟
차량검사 〈車輛檢查〉	車輛檢查 ＊接受車輛檢修：차량 검사를 받다

★ 開車

운전하다 〈運轉-〉	駕駛 ＊駕駛技術好〔不好〕：운전을 잘하다〔못하다〕
오토 (차) 〈auto 車〉	自動換檔車、自排車 ＊也稱為오토매틱차〈automatic 車〉。
스틱 (차) 〈stick 車〉	手動換檔車、手排車 ＊也稱為수동차〈手動車〉。
운전석 〈運轉席〉	駕駛座
조수석 〈助手席〉	副駕駛座
주차장 〈駐車場〉	停車場 ＊契約停車場：계약 주차장〈契約駐車場〉
카풀 제도 〈car pool 制度〉	共乘制度
교통 체증 〈交通滯症〉	交通堵塞 ＊發生交通堵塞：교통 체증에 걸리다
길이 막히다 /-마키다/	塞車、堵車 ＊也稱為차가 막히다。
거북이 운전 〈-運轉〉	慢速行駛、龜速駕駛
주행 〈走行〉	行駛
중앙선 〈中央線〉	雙黃線 ＊壓到雙黃線：중앙선을 침범하다〈-侵犯-〉 ＊在韓國，馬路的中央線以黃色來標示。

과속 〈過速〉	超速
제한 속도 /-속또/ 〈制限速度〉	限制速度、限速 ＊遵守限制速度：제한속도를 지키다 ＊時速為 40 公里：시속 40 킬로미터
차간 거리 〈車間距離〉	行車安全距離 ＊保持車距：차간 거리를 두다
신호등 〈信號燈〉	交通號誌、紅綠燈 ＊遵守交通號誌（紅綠燈）：신호를 지키다 ＊違反交通號誌（紅綠燈）：신호를 위반하다 ＊沒有箭頭標示的紅綠燈稱為비보호 신호등 〈非保護-〉。
빨간불	紅燈 ＊也稱為적신호 〈赤信號〉。
파란불	綠燈 ＊也稱為청신호 〈靑信號〉。
노란불	黃燈

고가 도로 〈高架道路〉	高架道路、高架橋
유료 도로 〈有料道路〉	收費公路
고속 도로 〈高速道路〉	高速公路
인터체인지 〈interchange〉	交流道
분기점 /분기쩜/ 〈分岐點〉	岔路
통행료 /통행뇨/ 〈通行料〉	通行費
요금소 〈料金所〉 톨게이트 〈tollgate〉	收費站

중앙 분리대 /-불리대/ 〈中央分離帶〉	中央分隔島 ＊開上中央分隔島：중앙 분리대를 들이박다
갓길 /갇낄/	路肩
안전지대 〈安全地帶〉	(交通)安全島
차선 〈車線〉	車道、車道線 ＊更換車道：차선을 바꾸다 ＊遵守車道：차선을 지키다

주행 차선 〈走行車線〉	慢車道
추월 차선 〈追越車線〉	超車道
반대 차선 〈反對車線-〉	對向車道 ＊越過對向車道：반대 차선을 침범하다
버스 전용 차선 〈bus 專用車線〉	巴士專用車道
하이패스 〈high pass〉	高速通行(收費站)

★交通事故

교통사고 〈交通事故〉	交通事故、車禍 ＊肇事：사고를 내다 ＊遭遇事故：사고를 당하다
자동차 사고 〈自動車事故〉	轎車事故
사고 현장 〈事故現場〉	事故現場、車禍現場
사람을 치다	撞到行人
차에 치이다 〈車-〉	被車輾壓
속도 위반 〈速度違反〉	超速
추월하다 〈追越-〉	超車
새치기하다	插車
접촉하다 /접초카다/ 〈接觸-〉	接觸、碰撞 ＊發生碰撞事故：접촉 사고를 내다
충돌하다 〈衝突-〉	衝撞
정면충돌 〈正面-〉	正面衝撞
연쇄 충돌 〈連鎖-〉	連環衝撞
추돌하다 〈追突-〉	追撞、追尾 ＊口語的「追撞」是들이받다，「被追撞（추돌 당하다）」是들이받히다。
추돌 사고 〈追突事故〉	追撞事故
경추염좌 〈頸椎捻挫〉	頸椎挫傷

크게 부서지다	破碎、撞裂 ＊대파하다〈大破-〉大多用在運動比賽時，表示 「大勝」的意思。
폐차〈廢車〉	廢車
뺑소니	逃逸、跑掉、肇事逃逸 ＊逃逸：뺑소니 치다
음주 운전〈飲酒運轉〉	酒後駕駛、酒醉駕駛、酒駕
음주 측정 /-측쩡/〈-測定〉	酒精濃度檢測、酒測
갈지자 운전 /갈지짜-/ 〈-之字運轉〉	蛇行駕駛
대리 운전〈代理運轉〉	代理駕駛、代駕 ＊委託代理駕駛：대리 운전을 맡기다
졸음운전 /조름-/〈-運轉〉	疲勞駕駛
교통 단속〈交通團束〉	交通管制
주차 단속〈駐車團束〉	停車管制
음주 단속〈飲酒團束〉	飲酒管制
주차 위반〈駐車違反〉	違規停車 ＊收到違規停車的罰單：주차 위반 딱지를 받 다/-떼다
개구리 주차	占用人行道停車 ＊在狹隘的道路上，停車時一側的車輪跨在人行 道上。
불법 주차〈不法駐車〉	違法停車

★車的配件

카 스테레오〈car stereo〉	汽車音響
카 라디오〈car radio〉	汽車收音機
카 네비게이션 〈car navigation〉	汽車導航 ＊路癡：길치〈-痴〉

엔진 ⟨engine⟩	發動機、引擎 ＊發動引擎：시동을 걸다 ⟨始動-⟩ ＊不能發動：시동이 걸리지 않다
엔진 정지 ⟨engine 停止⟩ 엔진 스톱 ⟨-stop⟩	引擎停止 ＊熄火：시동이 꺼지다
브레이크 ⟨brake⟩ 제동 ⟨制動⟩	煞車 ＊踩急煞車：급브레이크를 밟다 ＊拉手煞車：사이드 브레이크를 걸다 ＊煞車失靈：브레이크가 듣지 않다
액셀 ⟨accel⟩	油門、加速器 ＊踩油門：액셀을 밟다 ＊正確的拼法是액셀러레이터 ⟨accelerator⟩。
기어 ⟨gear⟩	排檔、打檔 ＊換排檔：기어를 넣다 ＊自動排檔：오토 기어 ⟨auto gear⟩ ＊手動排檔：매뉴얼 기어 ⟨manual gear⟩
클러치 ⟨clutch⟩	離合器 ＊踩離合器：클러치를 밟다
핸들 ⟨handle⟩	方向盤 ＊握方向盤：핸들을 잡다 ＊轉方向盤：핸들을 꺾다
사이드 미러 ⟨side mirror⟩	(兩側)後照鏡
룸미러 ⟨room mirror⟩	(汽車內)後照鏡
클랙슨 ⟨klaxon⟩	汽車喇叭 ＊按汽車喇叭：클랙슨을 울리다
와이퍼 ⟨wiper⟩	雨刷 ＊雨刷失靈：와이퍼가 작동되지 않다
배터리 ⟨battery⟩	電池 ＊電池沒電：배터리가 나가다
오버히트 ⟨overheat⟩	過熱 ＊汽車過熱：차가 과열되다
타이어 ⟨tire⟩	輪胎 ＊也稱為바퀴。 ＊輪胎打滑、輪胎空轉：바퀴가 헛돌다 ＊輪胎陷入坑裡：바퀴가 구덩이에 빠졌다 ＊換輪胎：타이어를 바꾸다 ＊輪胎充氣：타이어에 바람을 넣다

펑크	**爆胎** ＊發生爆胎：펑크가 나다 ＊也有人寫成빵꾸，但這是日式英語。
보닛 〈bonnet〉	**引擎蓋** ＊引擎蓋冒煙：보닛에서 김이 나다
라디에이터 〈radiato〉	**散熱器** ＊散熱器漏水：라디에이터에서 물이 새다
범퍼 〈bumper〉	**保險桿** ＊保險桿變形：범퍼가 찌그러지다
헤드라이트 〈headlight〉 전조등 〈前照燈〉	**車頭燈** ＊開車頭燈：헤드라이트를 켜다 ＊關車頭燈：헤드라이트를 끄다
테일라이트 〈taillight〉 미등 〈尾燈〉 꼬리등 〈-燈〉	**後車燈**
안개등 〈-燈〉	**霧燈**
비상등 〈非常燈〉	**雙黃燈**
발연통 /바련통/ 〈發煙筒〉	**發煙筒(軍事用語)** ＊點燃發煙筒：발연통을 때다
머플러 〈muffler〉	**排氣管** ＊排氣管冒白煙：머플러에서 흰 연기가 나다
팬벨트 〈fan belt〉	**風扇皮帶** ＊風扇皮帶斷了：펜벨트가 끊어지다
깜빡이 방향지시등 〈方向指示燈〉	**方向燈、方向指示燈** ＊打方向燈：깜빡이가 나가다
트렁크 〈trunk〉	**後車箱** ＊後車箱被鎖住打不開：트렁크가 잠겨 열리지 않다
자동차 번호판 〈自動車番號板〉 번호판 〈番號板〉	**汽車車牌** ＊為了避免發生光州的車一到釜山，因為一點小事就被開違規停車罰單等區域間對立之事，2004 年起實施全國統一，車牌不標示地域名稱。

교통표지판 〈交通標識板〉	交通號誌牌	
사고 잦은 곳 /-자즌-/ 〈事故-〉	事故多發路段	
정지 〈停止〉	停止	
일단정지 /일딴-/ 〈一旦停止〉	車輛暫停、(車輛看見紅燈)停止	
정지선 〈停止線〉	停車線	
서행 〈徐行〉	慢行	
학교 앞 서행하시오	學校前請慢行	

우회전 〈右回轉〉	右轉
우회전 금지 〈右回轉禁止〉	禁止右轉
좌회전 〈左回轉〉	左轉
비보호 좌회전 〈非保護左回轉〉	非保護左轉 ＊非保護左轉指的是看到綠燈燈上無箭頭方向指示，這種綠燈可直行也可左轉。
좌회전 금지 〈左回轉禁止〉	禁止左轉 ＊꼬리물기：指在交通量較多的十字路口，跟著前方的車硬要左轉〔在左側通行的國家則為右轉〕。燈號已變還硬要轉的車為取締對象。
유턴 금지 〈U turn 禁止〉	禁止迴轉
추월 차선 〈追越車線〉	超車線

앞지르기 금지 /압찌르기-/ 〈-禁止〉 추월 금지 〈追越-〉	禁止超車
진입 금지 /지닙끔지/ 〈進入禁止〉	禁止進入
통행 금지 〈通行禁止〉	禁止通行
모든 차량 통행 금지 〈-車輛通行禁止〉	所有車輛禁止通行
우회하시오 〈迂廻-〉	請繞道
미끄럼 주의 〈-注意〉	注意路滑
주차 금지 〈駐車禁止〉	禁止停車
일방통행 〈一方通行〉	單行道
전방 커브 〈前方 curve〉	前方彎道
조용히	安靜
경적을 울리시오 〈警笛-〉	請按喇叭
공사 중 〈工事中〉	施工中

4. 飛機
★飛機

도심공항 〈都心空港〉	**市區機場** ＊取 City Airpot, Logis & Travel 的第一個字母，也稱為 CALT。有開往金浦、仁川機場的直達高級機場巴士，位於강남구 삼성동（江南區三城洞）。
리무진버스 〈limousine bus〉	**機場巴士**
공항 〈空港〉	**機場**

국제공항 /국쩨-/ 〈國際空港〉	國際機場 ＊(ICN)仁川國際機場：인천국제공항〈仁川-〉 ＊(GMP)金浦國際機場：김포국제공항〈金浦-〉 ＊(PUS)金海國際機場：김해국제공항〈金海-〉 ＊(CJU)濟州國際機場：제주국제공항〈濟州-〉 ＊(TAE)清州國際機場：청주국제공항〈清州-〉 ＊(TAE)大邱國際機場：대구국제공항〈大邱-〉 ＊(MWX)務安國際機場：무안국제공항〈務安-〉 ＊(YNY)襄陽國際機場：양양국제공항〈襄陽-〉
허브 공항 〈hub 空港〉	樞紐機場

항공 회사 〈航空會社〉	航空公司
저가 항공사 /저까-/ 〈低價航空社〉	廉價航空公司 ＊LCC（Low-Cost Carrier）。
국내선 /궁내선/ 〈國內線〉	國內線
국제선 /국쩨선/ 〈國際線〉	國際線

날다	飛行 ＊飛機飛行：비행기가 날다 ＊飛上天空：하늘을 날다 ＊詢問「（因為擔心受到天候影響）今天下午的班機，會飛嗎？」的時候使用뜨다，說「오늘 오후 비행기 떠요？」。
이륙하다 /이류카다/ 〈離陸-〉	起飛
착륙하다 /창류카다/ 〈着陸-〉	降落、著陸
결항하다 〈缺航-〉	停飛 ＊停飛、停航：결항되다

항공기 〈航空機〉	飛機
비행기 〈飛行機〉	飛機
여객기 /여객끼/ 〈旅客機〉	客機
보잉 787 /-칠팔칠/ 〈Boeing-〉	波音 787

점보기 〈jumbo 機〉	A380巨無霸客機
에어버스 〈Airbus〉	空中巴士
봄바디어기 〈bombardier 機〉	加拿大龐巴迪客機
세스나기 〈Cessna 機〉	賽斯納輕航機
제트기 〈jet 機〉	噴射機
프로펠러기 〈propeller 機〉	螺旋槳飛機
수륙 양용기 〈水陸兩用機〉	水陸兩用機

헬리콥터 〈helicopter〉	直升機 ＊簡稱헬기。
헬리포트 〈heliport〉	直升機機場
글라이더	滑翔機
비행선 〈飛行船〉	飛船、飛艇
기구 〈氣球〉	熱氣球
낙하산 /나카산/ 〈落下傘〉	降落傘 ＊打開降落傘：낙하산을 펴다 ＊配戴降落傘降落：낙하산을 타고 내리다

편 〈便〉	航班
편명 〈便名〉	航班班次
직행 /지캥/ 〈直行〉	直航
전세기 〈傳貰機〉	包機

관제탑 〈管制塔〉	塔台、航空交通管制塔
활주로 /활쭈로/ 〈滑走路〉	(機場)跑道
진입로 /지님노/ 〈進入路〉	入口匝道
유도로 〈誘導路〉	滑行道
지상 주행 〈地上走行〉	滑行

★搭飛機

韓文	中文
비자 〈visa〉	簽證 ＊在書面語也寫為사증 /사쯩/〈查證〉。 ＊取得簽證：비자를 받다；取得發行簽證：비자를 발급받다
여권 /여꿘/〈旅券〉	護照 ＊也稱為패스포트。
도항목적 /-목쩍/〈渡航目的〉	搭乘目的
입국 목적 /입꿍목쩍/〈入國目的〉	入境目的
출입국카드 /추립꾹-/〈出入國 card〉	出入境卡
출국 수속 〈出國手續〉	出境手續
비행기표 〈飛行機票〉 비행기 티켓 /-티켇/〈-ticket〉	飛機票
저가 항공권 /저까항공꿘/〈低價航空券〉	廉價航空飛機票
이티켓 〈E-ticket〉	電子機票
탑승권 /탑씅꿘/〈搭乘券〉	登機證
유류세 /유류쎄/〈油類稅〉	燃料稅
공항 이용료 /-이용뇨/〈空港利用料〉	機場稅 ＊機場稅：공항세〈空港稅〉
마일리지 카드 〈mileage card〉	哩程數卡 ★ANA 的哩程數卡可以飛韓亞航空嗎？：ANA 마일리지로 아시아나를 탈 수 있어요？
적립되다 /정닙-/〈積立-〉	累積 ★累積哩程數了嗎？：마일리지는 적립됐습니까？
탑승 수속 /탑씅-/〈搭乘手續〉	登機手續
체크인 〈check-in〉	辦理登機手續、Check-In

정시 〈定時〉	**準時、準點** ★飛機會準時起飛嗎？：이 비행기는 정시에 출발합니까？
업그레이드 〈upgrade〉	**升等** ＊升等為商務艙：비즈니스 클래스로 업그레이드하다
웨이팅 〈waiting〉	**等候(登機)** ＊候機旅客：웨이팅 손님 〈waiting-〉
짐	**行李** ＊在會話中用수하물〈手荷物〉很奇怪〔수하물是用於標示等的書面語〕
짐표 〈-票〉 꼬리표 〈-票〉 태그 〈tag〉	**行李牌、行李標籤**
맡기다 /맡끼다/	**託運(行李)**
깨질 만한 물건 〈-物件〉	**易碎物品** ★（行李）裡面有酒：안에 술이 들어 있어요. ★（行李）裡面有泡菜：김치가 들어 있어요. ★（行李）裡面有收到的玩偶禮物：선물로 받은 인형이 들어 있어요.
우선 탑승 수속 〈優先搭乘手續〉	**優先搭乘手續** ★帶小孩的旅客請優先登機：어린아이를 데리고 타야 하니까 먼저 탑승하게 해 주세요.
탑승구 /탑쏭구/ 〈搭乘口〉 게이트 〈gate〉	**登機口** ★搭乘大韓航空前往桃園的旅客請在 7 號登機口登機：대한 항공 타오위안행은 7번 게이트에서 출발하겠습니다. ★搭乘長榮航空前往高雄的航班是這裡嗎？：에바 항공 가오슝행이 여기가 맞아요？
트랩 〈trap〉	**登機梯** ＊上登機梯：트랩에 오르다 ＊貼近登機梯：트랩을 붙이다
보딩 브리지 〈boarding bridge〉	**登機橋、空橋**

★在飛機內

창가 쪽 /창까-/ 〈窗-〉	窗邊 ★請給我窗邊的位置:창가 쪽으로 해 주세요.
통로 쪽 /통노-/ 〈通路側〉	走道
앞쪽 /압쪽/	內側 ★可以的話請給我裡面的座位:될 수 있으면 앞 쪽 좌석으로 해 주세요.
뒤쪽	後側
이코노미 클래스 〈economy class〉	經濟艙 *經濟艙症候群:이코노미 클래스 증후군 〈-症候 群〉
비즈니스 클래스 〈business class〉	商務艙
이그제큐티브 클래스 〈executive class〉	豪華商務艙
퍼스트 클래스 〈first class〉	頭等艙
출입문 /추림문/ 〈出入門〉	機艙門 ★機艙門即將關閉:출입문 닫겠습니다.
좌석 〈座席〉	座位 *請在座位上坐好:좌석에 앉다 〈座席-〉
좌석 번호 /-뻔호/ 〈座席番號〉	座位號碼
좌석 벨트 〈座席 belt〉	安全帶 *安全帶警示燈亮起:좌석 벨트 사인이 켜지다 *扣上安全帶扣:버클을 끼다
벨트를 매다 벨트를 하다	繫上安全帶
풀다	解開(安全帶)
좌석 등받이 /-등바지/ 〈座席-〉	座位靠背
뒤로 젖히다 /-저치다/	座椅後靠
선반	行李架 *把行李放到行李架上:짐을 선반 속에 넣다

화장실 〈化粧室〉	洗手間 ＊（洗手間）使用中：사용 중 〈使用中〉 ＊（洗手間）可使用：비어 있음
창문 덮개 /-덥깨/ 〈窓門-〉	窗戶隔板
기내식 〈機內食〉	飛機餐
갤리 〈galley〉	機艙廚房
식사 카트 〈食事 cart〉	餐車
음료 카트 〈飲料 cart〉	飲料車

交通

飛機

【 機內廣播 】

- 機艙門即將關閉： 출입문 닫겠습니다.
- 各位乘客，非常感謝您搭乘我們大韓航空，本次 692 航班目的地為韓國仁川國際機場：손님 여러분, 오늘도 저희 대한 항공을 이용해 주셔서 대단히 고맙습니다. 이 비행기는 한국 인천 국제 공항까지 가는 692편입니다.
- 為了旅行安全，請您將隨身攜帶的行李放到前方座位下方或行李架內： 안전한 여행을 위해, 갖고 계시는 짐은 앞 좌석 아래나 선반 속에 보관해 주시길 바랍니다.
- 現在為您介紹緊急出口的位置及緊急設備使用的方法：지금부터 비상구 위치와 비상 장비 사용법을 안내해 드리겠습니다.
- 本次航班一共有六個緊急出口，分別在機艙前端、末端以及中間兩側的位置：이 비행기의 비상구는 모두 여섯 개로, 앞과 뒤 그리고 중간 부분의 양쪽에 위치하고 있습니다.
- 每個緊急出口都設有逃生梯： 각 비상구에는 탈출용 슬라이드가 장착되어 있습니다.
- 如發生意外，請各位乘客迅速確認離自己座位最近的緊急出口：만일의 경우에 대비하여 여러분의 좌석에서 가장 가까운 비상구 위치를 확인하시기 바랍니다.
- 如座位安全帶警示燈亮起，請務必繫好安全帶。將安全帶扣上後，拉緊到腰部下方：좌석 벨트 사인이 켜지면, 반드시 좌석 벨트를 매 주십시오. 좌석 벨트는 버클을 끼워 허리 아래로 내려서 조여 주십시오.
- 下面將繼續為您介紹氧氣罩的使用方法：계속해서, 산소마스크의 사용법에 대해서 안내 말씀 드리겠습니다.
- 氧氣罩位於上方行李架，在需要提供氧氣時會自動落下：산소마스크는 선반 속에 있으며, 산소 공급이 필요한 비상시에 자동으로 내려옵니다.
- 氧氣面罩落下後，向前拉開罩住口鼻並將繩子固定於頭部：마스크가 내려오면 앞으로 잡아당겨 코와 입에 대시고 끈으로 머리에 고정하여 주십시오.

273

- 救生衣位於各位座位下方：구명복은 여러분의 좌석 밑에 있습니다.
- 穿戴救生衣時，從頭部上方套入並將雙臂伸出，再把繩子向下拉緊：착용하실 때는 머리 위에서부터 입으시고 양팔을 끼운 다음 끈을 아래로 당기십시오.
- 將黃色的把手向兩側拉緊，調整到合身的程度：노란색 손잡이를 양옆으로 잡아당겨 몸에 맞도록 조절해 주십시오.
- 請拉緊前面的手柄即可充氣：부풀릴 때는 앞의 손잡이를 당기시면 됩니다.
- 充氣不足時，請於兩側橡膠管內直接用嘴充氣：충분히 부풀지 않을 때는 양쪽의 고무관을 힘껏 입으로 불어 주십시오.
- 請注意不要在機艙內讓救生衣充氣：구명복은 기내에서 부풀지 않도록 유의해 주십시오.
- 詳細的內容請參閱各位座位前方置物袋裡的說明：자세한 내용은 여러분의 앞 좌석 주머니에 있는 안내문을 참고하시기 바랍니다.
- 在緊急情況時，位於緊急出口位置的旅客，請與我們空服員一起協助其他乘客逃生，謝謝合作：아울러 비상구 좌석에 앉으신 분께서는 비상시 저희 승무원과 함께 다른 승객의 탈출을 돕도록 되어 있습니다. 여러분의 적극적인 협조를 부탁드립니다.
- 各位旅客，請不要在包含廁所在內之所有區域內吸菸（本航班全面禁菸）：손님 여러분, 화장실을 비롯한 모든 곳에서 담배를 삼가시기 바랍니다.
- 飛機在起飛與降落時，請關閉所有會影響飛行安全的手機或電腦等所有電子設備：비행기가 뜨고 내릴 때는 안전 운항에 영향을 미치는 휴대용 전화기를 포함한 모든 전자 기기의 사용을 금지하고 있습니다.
- 飛行期間可以使用筆記本電腦、電腦遊戲機、照相機、CD 播放器及 MP3 播放器等，但請勿在飛機起飛或降落時使用：노트북, 컴퓨터 게임기, 비디오 카메라, CD플레이어 및 MP3 플레이어 등은 비행 중 사용 가능하나, 이착륙하는 동안에는 사용하실 수 없습니다.
- 飛機即將起飛，請豎直椅背，收好餐桌：곧 이륙하겠습니다. 좌석 등받이를 바로 세워 주시고, 테이블은 접어 제자리에 넣어 주십시오.
- 各位乘客，請再次確認是否已繫好安全帶：손님 여러분, 좌석 벨트를 매셨는지 다시 한 번 확인해 주십시오.
- 安全帶警示燈已熄滅，現在可以使用除手機之外的電子設備：방금 벨트 사인이 꺼졌습니다. 지금부터는 휴대 전화를 제외한 전자 기기의 사용이 가능합니다.
- 本航班飛行高度 15,000 公尺，飛行時速為 950 公里，抵達目的地首爾預計需要 2 小時 10 分：저희 비행기는 고도 15,000미터, 시속 950킬로미터로 비행하여 목적지인 서울까지 약 2시간 10분이 걸릴 것으로 예상합니다.
- 根據天氣預報顯示，飛行期間的天氣良好，但由於氣流變動飛機可能會突然晃動，坐在座位上時，請隨時繫好您的安全帶：일기 예보에 따르면, 비행 중 날씨는 대체로 양호할 것으로 보이나, 기류 변화로 비행기가 갑자기 흔

들릴 수 있으니 자리에 앉아 계실 때는 항상 좌석 벨트를 매 주시기 바랍니다.

- 各位旅客，我們現在正通過一段不穩定的氣流：손님 여러분, 지금 난기류를 통과하고 있습니다.
- 各位旅客，現在安全帶警示燈已經熄滅：손님 여러분, 지금 좌석 벨트 착용 사인이 켜졌습니다.
- 為了各位旅客的安全，請繫好安全帶：여러분의 안전을 위해 좌석 벨트를 몸에 맞도록 매 주시기 바랍니다.
- 本航班預計 15 分鐘後抵達首爾仁川國際機場：저희 비행기는 앞으로 약 15분 후에 서울 인천 국제공항에 도착할 예정입니다.
- 從現在起到安全帶警示燈熄滅為止，請勿使用洗手間：지금부터 화장실 사용은 삼가 주십시오.
- 請將拿出來的行李再次放於前方座位下方或行李架上：꺼내 놓은 짐들은 앞 좌석 아래나 선반 속에 다시 보관해 주십시오.
- 飛機降落時請打開窗戶隔板，現在起不可使用電子設備，請將電子設備電源關閉：착륙 중 창문 덮개는 열어 두시길 바라며, 지금부터 전자 기기를 사용할 수 없으니 전원을 꺼 주시길 바랍니다.
- 下面為您播放一則廣播，入境韓國的旅客，請準備好出入境卡及海關申報單：안내 말씀 드리겠습니다. 한국에 입국하시는 손님 여러분께서는 입국 카드와 세관 신고서를 준비해 주시길 바랍니다.
- 提醒各位旅客，嚴禁攜帶台灣生產的農畜水產品入境：대만에서 생산된 농축산물은 한국으로 반입이 엄격히 제한되어 있음을 알려 드립니다.
- 各位乘客，我們的航班剛剛抵達首爾仁川國際機場：여러분, 저희 비행기는 방금 서울 인천 국제공항에 도착했습니다.
- 首爾與台北的時差為一小時，現在是韓國時間 2 月 27 日上午 11 點 30 分，氣溫為攝氏 7 度：서울과 타이페이 사이에는 시차가 한 시간 있습니다. 지금 이곳은 2월 27일 오전 11시 30분, 기온은 섭씨 7도입니다.
- 在飛機完全停妥、安全帶警示燈熄滅前，請您坐在您的座位上：비행기가 완전이 멈춘 후 좌석 벨트 사인이 꺼질 때까지 잠시만 자리에서 기다려 주시기 바랍니다.
- 打開行李架時，請注意物品滑落，請再次確認是否有遺漏的物品：선반을 여실 때는 안에 있는 물건이 떨어지지 않도록 조심하시고, 잊으신 물건이 없는지 다시 한 번 확인해 주십시오.
- 各位乘客，非常感謝您乘坐天合聯盟大韓航空，我們期待與您的再次相見，謝謝！再見！：손님 여러분, 오늘도 스카이팀 회원사인 대한 항공과 함께 해 주셔서 대단히 감사합니다. 저희 승무원들은 앞으로도 여러분을 기내에서 뵙게 되기를 바랍니다. 감사합니다. 안녕히 가십시오.

★開飛機

조종석 〈操縱席〉	駕駛艙
기장 〈機長〉	機長
파일럿 /파일럳/ 〈pilot〉	飛行員
조종하다 〈操縱-〉	駕駛
조종사 〈操縱士〉	正駕駛員
부조종사 〈副操縱士〉	副駕駛員
조종간 〈操縱杆〉	操縱桿 ＊握住操縱桿：조종간을 잡다
항공 기관사 〈航空機關士〉	飛航工程師

객실 승무원 /객씰-/ 〈客室乘務員〉	機艙空服員 ＊空服員：플라이트 어텐던트 〈flight attendant〉 ＊機組人員：캐빈 크루 〈cabin crew〉
퍼서 〈purser〉	座艙長 ＊客艙經理：캐빈 매니저 〈 cabin manager〉
정비사 〈整備士〉	飛機維修員
항공 관제관 〈航空管制官〉	航空交通管制人員
우주 비행사 〈宇宙飛行士〉	太空飛行員 ＊也稱為우주인 〈宇宙人〉。

날개	機翼
주날개 〈主-〉	主機翼
수평 꼬리날개 〈水平-〉	水平尾翼
수직 꼬리날개 〈垂直-〉	垂直尾翼
연료 탱크 /열료-/ 〈燃料 tank〉	油箱

고도 〈高度〉	高度
편서풍 〈偏西風〉	西風(帶) ＊吹起西風(帶)：편서풍이 불다

순풍 〈順風〉	順風 ＊乘著順風：순풍을 타다
맞바람 /맏빠람/ 역풍 〈逆風〉	逆風 ＊頂著逆風：맞바람을 맞다
난기류 〈亂氣流〉	亂流 ＊捲入亂流：난기류에 휩쓸리다 ＊遭遇亂流：난기류를 만나다
에어포켓 〈air pocket〉	安全氣囊
흔들리다	晃動
급강하하다 /급깡하-/ 〈急降下-〉	急速下降、驟降
급상승하다 /급쌍승-/ 〈急上昇-〉	急速上升、驟升
나선형으로 돌다 〈螺旋形-〉	以螺旋式旋轉
산소 마스크 〈酸素 mask〉	氧氣罩
잡아당기다	拉、扯 ＊拉開面罩，置於口鼻處：마스크를 잡아당겨 코와 입에 대다
구명복 〈救命服〉	救生衣
위생 봉투 〈衛生封套〉	嘔吐袋
비상구 〈非常口〉	緊急出口
탈출용 슬라이드 /탈출롱-/ 〈脫出用 slide〉	飛機滑梯
불시착하다 /불씨차카다/ 〈不時着-〉	緊急降落、迫降
니어 미스 〈near miss〉	跡近錯失、千鈞一髮、未遂事件 ＊犯了跡近錯失：니어 미스를 범하다 〈-犯-〉
하이잭 〈hijack〉	劫機 ＊也稱為공중 납치 〈空中拉致〉。
추락 사고 〈墜落事故〉	墜機事故

시차 〈時差〉	時差
시차병 / 시차뼝 / 〈時差病〉	時差病 ＊不能適應時差：시차 적응을 못하다
날짜 변경선 〈-變更線〉	國際換日線

★入境

환승 〈換乘〉 트랜짓 / 트랜짇 / 〈transit〉	轉機 ＊轉乘飛機：비행기를 갈아타다
연결편 〈連結便〉	聯營航班
입국 수속 / 입꾹- / 〈入國手續〉	入境手續
입국 심사 / 입꾹- / 〈入國審査〉	入境審查
입국 카드 / 입꾹- / 〈入國 card〉	入境卡
세관 신고 〈稅關申告〉	海關申報
면세품 〈免稅品〉	免稅商品
과세품 〈課稅品〉	課稅商品
수하물 찾는 곳 / -찬는 곧 / 〈手荷物-〉	提取行李處
별송품 / 별쏭품 / 〈別送品〉	另運物品 ＊從出境國送達的郵寄包裹、宅配、EMS 等。
밀수품 / 밀쑤품 / 〈密輸品〉	走私物品
마약 〈痲藥〉	毒品
마약 탐지견 〈痲藥探知犬〉	緝毒犬
검역 / 거멱 / 〈檢疫〉	檢疫
동식물 검역 / 동싱물- / 〈動植物-〉	動植物檢疫
반입하다 / 바니파다 / 〈搬入-〉	攜帶入境

韓國與台灣的時差

韓國與台灣的時差相差一個小時整，即台灣比韓國慢一個小時。而說到韓國現今的時間，與日本有深厚的歷史淵源在，所以我們就簡單地談一下前因後果。

表示標準時間的「子午線」亦稱做經線，是以通過英國格林威治天文臺的本初 자오선（本初子午線）為基準，東西經各 180 度。在日本，因為東經 135 度經線通過兵庫縣的明石，便以此作為標準時間。經度每隔 15 度會產生一小時的時差，故日本與世界的標準時差為 GMT+9 小時。

韓國因國土正好介於東經 120 度至 135 度之間，成為日本殖民地之前，與日本時間相差大約 30 分鐘〔精確地說，是比日本時間慢 32 分〕，但到了日帝強佔期便開始使用日本時間。

戰後，大韓民國政府成立，將東經 127 度 30 分作為標準子午線，把韓國時間定回原本比日本延遲 32 分的時間，這似乎是一種對日本的對抗意識。後來 1950 年韓戰爆發，由於聯合國軍隊司令部設於東京，為了作戰的執行，再度調整為與日本相同的時間。於是至今，韓國時間基本上就與日本時間相同，都比台灣快一個小時。

然而，因正午 12 點太陽正南方的位置問題，韓國國內偶爾仍會出現「將通過本國領土的子午線定為標準時間」的意見。若韓國像以前一樣將東經 127 度 30 分子午線當作標準時間的話，會變成與台灣的時差只相差 30 分鐘。

5. 船
★港

항구〈港口〉	港口
선착장 /선착짱/〈船着場〉 선창〈船艙〉	渡口 ＊渡口也可以說是小型碼頭，是以渡船方式銜接兩岸交通的地點。
부두〈埠頭〉	碼頭、港埠、港口 ＊可供船隻停泊、裝載和卸下運輸貨物或是人的地方。
잔교〈棧橋〉	棧橋
접안하다〈接岸-〉	靠岸
방파제〈防波堤〉	防波堤
방조제〈防潮堤〉	防洪堤、海塘、海堤、大堤、大壩

방조벽 〈防潮壁〉	防洪牆
테트라포드 〈Tetrapod〉	消波塊、防護塊、菱形塊、肉粽角
나루터	渡口 ＊나루、나루터是선착장的醇化語。
안벽 〈岸壁〉	碼頭岸壁、岸壁 ＊用繩索將船靠在碼頭岸壁：(배를) 로프로 안벽에 매어두다
컨테이너 〈container〉	貨櫃、貨櫃船
배에 싣다 /-싣따/	裝運到船上
독 〈dock〉 선거 〈船渠〉	船塢、船渠 ＊指造船、修理船舶的地方，也可供船隻停泊。
조선소 〈造船所〉	造船廠
등대 〈燈臺〉	燈塔
부표 〈浮標〉	浮標
파도 〈波濤〉	波浪 ＊波浪大：파도가 높다 ＊浪花飛濺：파도가 부서지다 ＊湧進波浪：파도가 밀려오다 ＊掀起浪花：파도가 일다
물보라	浪花 ＊掀起浪花：물보라를 일으키다
너울 놀	巨浪 ＊掀起巨浪：너울이 치다
바다가 잔잔해지다	海象平靜
바다가 거세지다	海象惡化
바다	大海
앞바다 /압빠다/	近海岸
원양 /워냥/ 〈遠洋〉	遠洋

간조 〈干潮〉	退潮
만조 〈滿潮〉	漲潮

조수 간만의 차 〈潮水干滿-差〉	潮差 ＊潮差大：조수 간만의 차가 심하다
갑문 /감문/ 〈閘門〉	閘門

★乘船

배	船
선박 회사 /선바쾨사/ 〈船舶會社〉	船舶公司
해운 회사 〈海運會社〉	海運公司
선박 〈船舶〉	船舶
배표 〈-票〉	船票
승선하다 〈乘船-〉	搭船、上船 ＊會話中使用배에 올라타다。
기항하다 〈寄港-〉	靠港
하선하다 〈下船-〉	下船 ＊會話中使用배에서 내리다。
선실 〈船室〉	船艙
진수식 〈進水式〉	下水儀式
입항하다 /이팡-/ 〈入航-〉	進港、入港
출항하다 〈出航-〉	出航、啟航
출범하다 〈出帆-〉	揚帆啟航
정박하다 /정바카다/ 〈碇泊-〉	停泊
항해하다 〈航海-〉	航海 ＊出海：항해를 떠나다
처녀 항해 〈處女航海〉	處女航

★ 各種船隻

여객선 /여객썬/ 〈旅客船〉	客輪、郵輪 ＊豪華郵輪：호화 여객선 〈豪華旅客船〉

상선 〈商船〉	商船
화물선 /화물썬/ 〈貨物船〉	貨船
벌크선 〈bulk 船〉	散裝貨船
운반선 〈運搬船〉	運輸船
컨테이너선 〈container 船〉	貨櫃船
유조선 〈油槽船〉 탱커 〈tanker〉	油槽船、油輪 ＊原油泄漏：원유가 유출되다
어선 〈漁船〉	漁船
포경선 〈捕鯨船〉	捕鯨船
모선 〈母船〉	指揮艦、母船
캐처 보트 〈catcher boat〉	子船
연락선 /열락썬/ 〈連絡船〉	渡輪、班輪
페리 〈ferry〉	渡輪 ＊釜關渡輪：부관훼리 〈關釜-〉 〔這個公司名， 不是寫為페리而是훼리〕
수중익선 /수중익썬/ 〈水中翼船〉	水翼船
고속선 /고속썬/ 〈高速船〉	高速船
호버크라프트 〈hovercraft〉	氣墊飛船
요트 〈yacht〉	快艇、遊艇
보트 〈boat〉	小艇 ＊划槳：노를 젓다
모터보트 〈motorboat〉	汽艇、機動船
크루저 〈cruiser〉	巡洋艦 ＊郵輪：크루즈선 〈cruise 船〉
유람선 〈遊覽船〉	遊覽船、遊艇
통통배	蹦蹦船
바지선 〈barge 船〉	平底船、駁船
범선 〈帆船〉	帆船
돛단배 /돋딴배/	單帆船

나룻배 /나룯빼/	渡船
나루터	渡口
뗏목 /뗀목/ 〈-木〉	木筏
통나무배	獨木舟
괴선박 〈怪船舶〉	怪船、不明船
간첩선 /간첩썬/ 〈間諜船〉	偵查艦
해적선 /해적썬/ 〈海賊船〉	海盜船
난파선 〈難破船〉	遇難船、失事船

船

★開船

선장 〈船長〉	船長
선원 〈船員〉	船員
기관사 〈機關士〉	輪機員
항해사 〈航海士〉	航行員
승무원 〈乘務員〉	海員、海上服務人員
갑판원 〈甲板員〉	甲板工作人員、船員、水手 ＊甲板長、水手長：갑판장〈甲板長〉
사공 〈沙工〉 뱃사공 /밷싸공/	船夫、船家
도선사 〈導船士〉	領航員
인명 구조원 〈人命救助員〉	救生員、海難救生員 ＊也稱為해난 구조원〈海難救助員〉。
잠수사 〈潛水士〉	潛水員
항해지도 〈航海地圖〉	航海地圖
나침반 〈羅針盤〉	指南針
돛 /돋/	帆 ＊掛帆、揚帆：돛을 올리다/달다
닻 /닫/	錨 ＊拋錨〔起錨〕：닻을 내리다〔올리다〕

키 타기 〈舵機〉	船舵 ＊握住船舵：키를 잡다
우향타 〈右向舵〉	右舵
좌향타 〈左向舵〉	左舵
노 〈櫓〉	槳 ＊槳、划槳：오어 〈oar〉
난파하다 〈難破-〉	(船)失事、遇難
좌초되다 〈坐礁-〉	觸礁
전복되다 /전보카다/ 〈顚覆-〉	翻覆
가라앉다 /가라안따/	沉船
침몰되다 〈沈沒-〉	沉沒

7.

旅行・休閒娛樂

【7】旅行・休閒娛樂

1. 旅行・休閒娛樂
★觀光、旅行

여행하다 〈旅行-〉	旅行
여행자 〈旅行者〉	遊客、旅客
나그네	遊子、過客
여행지 〈旅行地〉	旅遊景點
관광하다 〈觀光-〉	觀光、旅遊 ＊묻지마 관광：直譯為「不要問觀光」。完全在不問名字、住址、職業等個人資訊的狀況下進行，給中年男女的所謂邂逅系旅行。
관광 여행 〈觀光旅行〉	觀光旅行
관광객 〈觀光客〉	遊客、旅客、觀光客
구경하다	觀賞、遊玩
단체 여행 〈團體旅行〉	團體旅行
패키지 투어 〈package tour〉	旅遊方案、套裝旅遊
개인 여행 /개인녀행/ 〈個人旅行〉	自助旅行
당일치기 여행 〈當日-旅行〉	一日遊
올빼미 여행 〈-旅行〉	週末旅行、夜遊 ＊趕景點式觀光：주마간산식 관광〈走馬看山式觀光〉
관광 유람 〈觀光遊覽〉	觀光遊覽 ＊去觀光遊覽：관광 유람하러 나가다
무전여행 /무전녀행/ 〈無錢旅行〉	窮遊
신혼여행 /신혼녀행/ 〈新婚旅行〉	蜜月旅行

배낭여행 /배낭녀행/ 〈背囊旅行〉	背包旅行
여행사 〈旅行社〉	旅行社
가이드 〈guide〉	導遊 ＊不太用투어 컨덕터、첨승원〈添乘員〉這些詞語。
자유 시간 〈自由時間〉	自由時間 ＊自由活動：자유 행동〈自由行動〉
가이드북 〈guidebook〉	觀光手冊、旅遊指南
팸플릿 〈pamphlet〉	小冊子
관광지 〈觀光地〉	觀光景點
피서지 〈避暑地〉	避暑勝地
행락지 /행낙찌/〈行樂地〉	遊樂區、度假區 ＊리조트 시설〈resort 施設〉這個詞語經常用到，但幾乎不用리조트지這個字。
경승지 〈景勝地〉	景點、風景區
명소 〈名所〉 명승지 〈名勝地〉	名勝景點 ＊櫻花名勝景點：벚꽃의 명소 ＊楓葉名勝地：단풍의 명승지
명승 고적 〈名勝古蹟〉	名勝古蹟
경치 〈景致〉	風景、景緻 ＊風景好：경치가 좋다
살풍경하다 〈殺風景-〉	煞風景、掃興、冷清、淒涼 ＊煞風景的海邊：살풍경한 해변〈-海邊〉
국립 공원 /궁닙꽁원/ 〈國立公園〉	國家公園
세계 유산 〈世界遺産〉	世界遺産
문화 유산 〈文化遺産〉	文化遺産
자연 유산 〈文化遺産〉	自然遺産

旅行・休閒娛樂

놀이공원 /노리공원/ 〈-公園〉	遊樂園 ＊韓語的유원지〈遊園地〉是指露營地等市民聚集的公共場所〔뚝섬유원지〕。
테마파크 〈theme park〉	主題樂園
놀이기구 /노리기구/ 〈-機具〉	遊樂設施
바이킹 〈viking〉	海盜船 ＊仿海盜船做成的遊樂設施。
청룡 열차 /청뇽녈차/ 〈青龍列車〉	過山車 ＊這是指老式的雲霄飛車。因初次出現在韓國時如此命名，而成為代名詞。最新型的美式雲霄飛車稱為제트 코스터〈jet coaster〉、롤러 코스터〈rollercoaster〉。
회전 목마 /-몽마/ 〈回轉木馬〉	旋轉木馬
번지 점프 〈bungy jumping〉	高空彈跳
관람차 /괄람차/ 〈觀覽車〉	遊覽車
도깨비집	鬼屋
퍼레이드 〈parade〉	遊行
이벤트 〈event〉	活動
전망대 〈展望臺〉	瞭望台
케이블카 〈cable car〉	纜車 ＊韓國並沒有纜索鐵路 cable car〔鋼索鐵道〕，被稱為남산 케이블카、통영 케이블카的是空中纜車 rope way。
로프웨이 〈rope way〉	空中纜車 ＊韓國人將空中纜車稱為케이블카〔最近因為許多人到國外旅行，稱之為로프웨이的人也變多了〕。
관광 시설 〈觀光施設〉	觀光設施

개장 시간 〈開場時間〉	開館時間
폐장 시간 〈閉場時間〉	閉館時間

입장료 /입짱뇨/ 〈入場料〉	入場費 ＊成人：어른 ＊兒童：어린이
단체 〈團體〉	團體
입장권 /입짱꿘/ 〈入場券〉	入場券
표 사는 곳 /-곧/	售票口 ＊過去主要都標示為매표소〈賣票所〉。
티켓 /티켇/ 〈ticket〉	票
자유 이용권 /-이용꿘/ 〈自由利用券〉	套票、自由券
할인권 /할인꿘/ 〈割引券〉	優惠券、折價券
쿠폰 〈coupon〉	禮券

旅行・休閒娛樂

안내 데스크 〈案內 desk〉	詢問台、服務台
만남의 장소 〈-場所〉	見面的場所
집합 시간 /지팝-/ 〈集合時間〉	集合時間
휠체어 대여소 〈wheelchair 貸與所〉	輪椅出租處
분실물 센터 〈紛失物 center〉	失物招領中心
안내 방송 〈案內放送〉	廣播通知
의무실 〈醫務室〉	醫務室
미아 보호소 〈迷兒保護所〉	迷路兒童保護所
유아 휴게실 〈乳兒休憩室〉	嬰幼兒休息室
놀이방 /노리방/ 〈-房〉	遊戲室
기저귀 교환소 〈-交換所〉	換尿布處 ＊台灣叫育嬰室，提供父母出門在外，幫孩子換 　尿布、哺乳的場所。
수유실 〈授乳室〉	哺乳室

고객 건의함 /고객꺼니함/ 〈顧客建議函〉	顧客意見箱 ＊顧客建議：고객의 소리
선물 〈膳物〉	禮物
기념품 숍 〈記念品 shop〉	紀念品店
전통 공예품 〈傳統工藝品〉	傳統工藝品
민예품 〈民藝品〉	民俗工藝品、民間藝術品
나전 칠기 〈螺鈿漆器〉	螺鈿漆器
도자기 〈陶磁器〉	陶瓷
특산품 〈特產品〉	特產
캐릭터 상품 〈character 商品〉	特色商品

【購物時的會話】

① 我想找特別一點的禮物：좀 색다른 선물을 찾고 있습니다.

② 請給我看一下那個：그것 좀 보여 주세요.

③ 這個是用什麼做的？：이건 뭘로 만든 거예요？

④ 最受歡迎的是哪一個呢？：제일 인기 많은 건 뭐예요？

⑤ 這個可以帶回台灣嗎？：이거 대만에 가져갈 수 있어요？

⑥ 這個在台灣也可以用嗎？：이건 대만에서도 쓸 수 있어요？

⑦ 先用韓幣結帳，剩下的給您美金：우선 원으로 지불하고 나머지를 달러로 내겠습니다.

⑧ 可以用美金嗎？：달러도 쓸 수 있어요？

⑨ 可以使用信用卡嗎？：신용 카드도 돼요？

⑩ 付現的話可以便宜一點嗎？：현금으로 사면 조금은 할인이 되나요？

⑪ 可以再便宜一點嗎？：좀 더 싸게 안 되나요？

⑫ 沒有比這個更便宜的嗎？：더 싼 건 없나요？

⑬ 借用一下計算器：계산기 좀 빌려 주세요.

⑭ 買兩個的話可以便宜一點嗎？：두 개 사면 싸게 해 주나요？

⑮ 3 個是多少錢呢？：세 개에 얼마예요？

⑯ 賣 2 萬韓幣的話我就買：2만원이면 살게요.

⑰ 我只有 10 萬韓幣：10만 원밖에 없어요.

⑱ 旅遊指南上面是寫 3 萬韓幣：가이드북에는 3만원이라 돼 있던데요.

⑲ 這個在其他店賣得更便宜：다른 가게에서는 더 싸던데요.

⑳ 我想一下再過來：생각해 보고 다시 올게요.

★拍照

카메라 〈camera〉	照相機
대형 카메라 〈大型-〉	大型照相機
소형 카메라 〈小型-〉	小型照相機
일안 반사식 카메라 /이란-/ 〈一眼反射式-〉	單眼相機
하이브리드 카메라 〈hybrid-〉	微單眼相機
디지털카메라 〈digital-〉	數位相機 ＊數位相機：디카〔附相機的手機稱為폰카〕
디에스엘아르 〈DSLR〉	數位單眼相機
폴라로이드 카메라 〈Polaroid-〉	拍立得相機、偏光照相機 ＊一般稱為拍立得相機。
비디오카메라 〈video-〉	攝影機 ＊經常使用캠코더〈camcorder〉這個說法。
일회용 카메라 〈一回用-〉	傻瓜相機
사진을 찍다 /-찍따/ 〈寫眞-〉	拍照片 ＊上傳相片：사진을 업로드하다〈-upload-〉、사 진을 올리다
촬영하다 〈撮影-〉	攝影 ＊禁止攝影：촬영 금지〈撮影禁止〉
포즈를 취하다 〈pause-取-〉	擺姿勢
동영상 〈動映像〉	影片 ＊上傳到網上：인터넷에 올리다
기념사진 〈記念-〉	紀念照 ＊單獨一人入鏡的照片稱為독사진 /독싸진/ 〈獨-〉。
스냅 사진 〈snap-〉	抓拍、快照 ＊通過推特或臉書等發布訊息，證明自己去過哪 裡、與誰在一起、吃了什麼的「證明照片」稱 為인증샷〈認證 shot〉。
셀카	自拍
셀카봉 〈-棒〉	自拍棒

피사체 〈被寫體〉	拍攝對象
사진발 /사진빨/ 〈寫眞-〉	拍攝效果 ＊很上鏡〔不上鏡〕、很上相〔不上相〕：사진 발을 잘 받다〔-잘 안 받다〕、사진발이 좋다 〔-나쁘다〕
핀트 〈pint〉 초점 /초쩜/ 〈焦點〉	焦點、焦距 ＊對不上焦：핀트가 맞지 않다 ＊對焦：핀트를 맞추다 ＊畫面模糊：화면이 흐리다
손떨림 방지 기능 〈-防止機能〉	防手震功能
오토포커스 〈autofocus〉	自動對焦
얼굴 인식 기능 〈-認識機能〉	臉部識別功能
셔터 〈shutter〉	快門 ＊按快門：셔터를 누르다
조리개	光圈 ＊關上光圈：조리개를 닫다；轉緊光圈：조리개 를 조이다
역광이 되다 /역꽝-/ 〈逆光-〉	背光
노출 〈露出〉	曝光 ＊曝光時間：노출 시간 〈露出時間〉 ＊曝光不足：노출 부족 〈露出不足〉 ＊曝光過多：노출 과다 〈露出過多〉
플래시 〈flash〉	閃光燈 ＊亮閃光燈：플래시가 터지다 ＊開閃光燈：플래시를 터뜨리다 ＊關閃光燈：플래시를 끄다
렌즈 〈lens〉	鏡頭 ＊廣角鏡頭：광각 렌즈 〈廣角-〉 ＊魚眼鏡頭：어안 렌즈 〈魚眼-〉 ＊望遠鏡頭：망원 렌즈 〈望遠-〉 ＊物鏡：대물 렌즈 〈對物-〉 ＊接目鏡：접안 렌즈 /저만-/ 〈接眼-〉 ＊凹透鏡：오목 렌즈 〈-lens〉 ＊凸透鏡：볼록 렌즈 〈-lens〉
삼각대 /삼각때/ 〈三脚臺〉	三腳架

필름 〈film〉	底片、膠卷 ＊高感度底片：고감도 필름〈高感度-〉 ＊彩色底片：컬러〈color〉 ＊黑白底片：흑백〈黑白〉
현상하다 〈現像-〉	顯影 ＊也稱為뽑다。
인화지 〈印畫紙〉	相片紙
화소 〈畫素〉	像素 ＊也稱為픽셀〈pixel〉。
메모리 카드 〈memory card〉	記憶卡
앨범 〈album〉	相冊

【拍照時的會話】

不好意思，能幫我們照相嗎？
미안합니다. 사진 좀 찍어 주시겠습니까？

按這個按鍵就可以了。
이 버튼만 누르시면 돼요.

這個是變焦鏡頭，請調整一下。
이게 줌 렌즈니까 잘 조절해 주세요.

對焦按右邊的按鈕來調整就可以了。
초점은 오른쪽 버튼을 누르면서 조절하시면 돼요.

焦距對準了的話，會發出「嗶」的聲音。
초점이 맞으면 삑 하고 소리가 나요.

請把後面的建築物也照進去。
뒤 건물이 나오도록 찍어 주세요.

您照相時能把那座山作為背景嗎？
저 산을 배경으로 해서 찍어 주시겠어요？

這裡可以拍照嗎？
여기서 사진 찍어도 괜찮아요？

使用閃光燈也沒關係嗎？
플래시를 사용해도 괜찮아요？

作為來韓國的紀念，可以跟我一起拍照嗎？
한국에 온 기념으로 같이 사진 찍어도 될까요？

我回台灣的話會把照片寄給您。
대만에 돌아가면 사진 보내 드릴게요.

我會用郵件發給您，請在這裡寫下您的郵件地址。
메일로 보낼 테니까 주소를 여기다 적어주세요.
焦距沒對好。
초점이 안 잡히네요.
這樣照不到所有的人，請再往中間靠攏一點。
사진 안에 다 안 들어가네요. 좀 더 바짝 다가서세요.
請再靠右邊一點。
좀 더 오른쪽으로 가세요.
來，要拍了，請站好。
자, 사진을 찍겠습니다. 나란히 서 주세요.
女生請往前，男生請往後站。
여자분은 앞으로, 남자분은 뒤로 서 주세요.
請看鏡頭微笑，一、二、三、泡菜！
카메라를 보고 웃으세요. 하나 둘 셋 김치！
★在韓國，照相時不是說 치즈（起司）而是說 김치（泡菜）。
頭請抬高一點。
좀 더 얼굴 들어 주세요.
閃光燈沒有亮，我再拍一次。
플래시가 안 터졌어요. 한 장 더 찍을게요.
原地不動再照一次。
그대로 한 장 더 찍겠어요.

★住宿

숙소 /숙쏘/ 〈宿所〉	下榻處、住處
호텔 〈hotel〉	酒店、飯店
모텔 〈motel〉	汽車旅館
여관 〈旅館〉	旅館 ＊장급 여관 /장금녀관/ 〈莊級旅館〉：規模比飯店小的中型旅館，主要位於市中心區，招牌大多寫成「××莊」。
비즈니스 호텔 〈business hotel〉	商務旅館、商務酒店
캡슐 호텔 〈capsule hotel〉	膠囊旅館

찜질방 〈-房〉	**汗蒸幕、桑拿房** ＊以 50 ～ 90℃ 程度的低溫三溫暖為主體，為健康中心的一種。幾乎都是 24 小時營業，附帶廉價住宿的機能。
스파 〈spa〉	水療
여인숙 〈旅人宿〉	韓國傳統旅館、小旅館
민박 〈民泊〉	民宿
산장 〈山莊〉	山莊
별장 / 별짱 / 〈別莊〉	別墅
휴양소 〈休養所〉	休憩所
콘도 〈condo〉 콘도미니엄 〈condominium〉	公寓式酒店
유스호스텔 〈youth hostel〉	青年旅舍、青年旅館
펜션 〈pension〉	家庭式旅館、膳宿公寓
예약하다 / 예야카다 / 〈豫約-〉	預定、預約
취소하다 〈取消-〉	取消
만실 〈滿室〉	客滿
빈방 〈-房〉	空房
숙박하다 / 숙빠카다 / 〈宿泊-〉	住宿、投宿
숙박료 / 숙빵뇨 / 〈宿泊料〉	住宿費

묵다 /묵따/	停留、住宿 ＊在固定的地方停留一晚、一週、一個月等一段時間。 ★今晚就住這裡：오늘 밤은 여기서 묵겠습니다. ★還可以再住一天嗎？：하루만 더 묵을 수 있습니까？ ＊也經常使用자다〔今天就睡我家吧：오늘 밤은 여기서 자고 가세요.〕
아침 식사 포함 /-식싸-/ 〈-食事包含〉	含早餐 ★早餐也包含在內嗎？：아침 식사는 포함되어 있어요？
체재 일수 /-일쑤/ 〈滯在日數〉	停留天數 ＊兩天一夜：일박 이 일 /일바기일/ ＊三天兩夜：이 박 삼 일 /이박싸밀/ ＊四天三夜：삼 박 사 일 /삼박싸일/ ＊五天四夜：사 박 오 일 /사바고일/ ＊六天五夜：오 박 육 일 /오방뉴길/

★在飯店

프런트 〈front〉	服務櫃台
숙박계 /숙빡께/ 〈宿泊屆〉	住宿登記卡
체크인 〈check-in〉	辦理入住手續
체크아웃 /체크아욷/ 〈checkout〉	辦理退房手續 ★可以延到 12 點再退房嗎？：12시까지 체크아웃을 연장할 수 있어요？
로비 〈lobby〉	大廳
라운지 〈lounge〉	休息室、交誼廳
도어 〈door〉	門 ＊門上標示的「推」是미시오，「拉」是당기시오。
자동문 〈自動門〉	自動門
회전문 〈回轉門〉	旋轉門

객실 /객씰/ 〈客室〉	客房
방 〈房〉	房間 ＊內含衛浴設備的房間：욕실 있는 방 ＊內含沐浴設施的房間：샤워 시설이 있는 방
온돌방 /-빵/ 〈-房〉	火炕房、韓式房
침대 방 /-빵/ 〈寢臺房〉	床鋪房
싱글 〈single〉	單人
트윈 〈twin〉	兩張單人床
더블 〈double〉	雙人
엑스트라 베드 /엑쓰트라-/ 〈extra bed〉	加床
스위트 룸 〈suite room〉	套房

모닝 콜 〈morning call〉	起床提醒服務
룸 서비스 〈room service〉	客房服務
미니바 이용요금 /-이용 뇨금/ 〈mini bar 利用料金〉	客房內迷你吧使用費 ＊「迷你吧（mini bar）」是指放在房間冰箱裡或 冰箱上方的各種備品。
룸 차지 〈room charge〉	房費
열쇠 /열쐬/	鑰匙
비상구 〈非常口〉	緊急逃生口
귀중품 〈貴重品〉	貴重物品 ＊我想寄放一下貴重物品：귀중품을 맡기고 싶 은데요.
금고 〈金庫〉	保險櫃、保險箱 ＊保險箱 세이프티 박스 〈safety box〉。
클리닝 〈cleaning〉	洗衣服務 ＊<u>這些</u>換洗衣物，明天出發前可以洗好給我 嗎？：이 세탁물, 내일 출발할 때까지 해 주시 겠습니까？
방 청소 〈房淸掃〉	客房打掃
팁 〈tip〉	小費

【 住宿中發生的問題・30 個投訴短句 】

① 這個房間太小了，請幫我換一個大房間。
　 이 방은 너무 좁네요. 좀 큰 방으로 바꿔 주세요.

② 我預定了雙人房。
　 트윈룸으로 예약했는데요.

③ 這個房間與宣傳手冊上的看起來不一樣。
　 이 방은 팸플릿에서 본 것과 달라요.

④ 我預定了海景房。
　 바다가 보이는 방으로 예약했는데요.

⑤ 房間裡太熱了〔太冷了〕。
　 방이 너무 더운데요〔추운데요〕.

⑥ 空調無法啟動。
　 에어컨이 작동하지 않아요.

⑦ 冷氣完全不能運轉。
　 냉방이 전혀 안 되는데요.

⑧ 暖氣開不了。
　 히터가 안 켜져요.

⑨ 廁所的水排不掉。。
　 화장실 물이 안 내려가요.

⑩ 廁所堵住了。
　 화장실이 막혔어요.

⑪ （浴室水龍頭）沒有熱水。
　 뜨거운 물이 안 나와요.

⑫ 浴缸裡沒有水塞。
　 욕조에 마개가 없어요.

⑬ 浴室的天花板漏水。
　 욕실의 천장에서 물이 새는데요.

⑭ 可以在房間裡抽菸嗎？
　 방에서는 담배를 피울 수 없습니까？

⑮ （房間裡）有奇怪的味道。
　 이상한 냄새가 나네요.

⑯ 連接不上網路。
　 인터넷 연결이 안 돼요.

⑰ 電視好像故障了。
　 텔레비전이 고장 난 것 같은데요.

⑱ 燈泡好像壞了。
　 전구가 나간 것 같아요.

⑲ 樓上的人太吵了，請處理一下吧。
　 위층 사람이 너무 시끄러운데, 어떻게 좀 해 주세요.

⑳ 隔壁房說話聲音太大了。
　　옆방 말소리가 너무 커요.
㉑ 因為走道的噪音太大，無法好好休息。
　　복도에서 떠드는 소리 때문에 편히 쉴 수가 없어요.
㉒ 那個...好像給錯鑰匙了。
　　저, 열쇠 잘못 주신 것 같아요.
㉓ 我把房卡弄丟了。
　　방의 카드 키를 잃어버렸어요.
㉔ 我把鑰匙放在房間裡反鎖了。
　　방에 열쇠를 놓아둔 채로 문을 잠가 버렸는데요.
㉕ 我出去的時候請房務來打掃，到現在還沒有弄好。
　　나갈 때 방 청소를 부탁했는데, 아직 안 돼 있네요.
㉖ 房間太亂了。
　　방이 너무 지저분하네요.
㉗ 我請你們幫我換一條乾淨的毛巾。
　　깨끗한 타월로 바꿔 달라고 부탁했는데요.
㉘ 床單上有汙垢，請換一下吧。
　　침대 시트에 얼룩이 묻어 있으니까 바꿔 주세요.
㉙ 請你們經理過來。
　　지배인을 불러 주세요.
㉚ 我要取消房間，換到別的酒店。
　　취소하고 다른 호텔로 옮기려고요.

2. 走在街上
★ 走在街上

걷다 /걷따/	走
가다	去 ＊為了做某些事而到別的地方去的時候，使用表示要外出去做某事的「名詞＋을/를 가다」。這種狀況不用「＋에 가다」。 ＊去旅行：여행을 가다 ＊去購物：쇼핑을 가다
오다	來
오가다	來來往往
왔다 갔다 하다	進進出出、走來走去

환락가 /활락까/ ⟨歡樂街⟩	娛樂區
유흥가 ⟨遊興街⟩	紅燈區
유흥업소 /-업쏘/ ⟨遊興業所⟩	娛樂區業者
보행자 ⟨步行者⟩	行人
차 없는 거리 /-엄는-/ ⟨車-⟩	禁止車輛進入路段
보도 ⟨步道⟩	人行道
차도 ⟨車道⟩	車道
가드레일 ⟨guardrail⟩	護欄
횡단보도 ⟨橫斷步道⟩	斑馬線、行人穿越道 ＊穿過斑馬線：횡단보도를 건너다
스크럼블 교차로 ⟨scramble 交叉路⟩	交叉路口
랜드마크 ⟨landmark⟩	地標
타워 ⟨tower⟩	塔樓
빌딩 ⟨building⟩	大廈、高樓 ＊高樓大廈：고층 빌딩 ⟨高層-⟩
엘리베이터 ⟨elevator⟩	電梯 ＊按按鈕：단추를 누르다 ★請幫我按三樓：삼층 눌러 주세요.
에스컬레이터 ⟨escalator⟩	手扶梯、電扶梯
계단 ⟨階段⟩	台階、樓梯 ＊如安全梯般從下往上可以透視的樓梯，或是貼在建築物外的樓梯，稱為층계 ⟨層階⟩。
손잡이 /손자비/	扶手 ＊捷運、區間車、公車的「吊環」、「扶手」等也稱為손잡이。像橋、山路欄杆那種長度較長的桿狀物或樓梯、陽台的扶手等稱為난간 ⟨欄干⟩。
휠체어 리프트 ⟨wheelchair lift⟩	輪椅升降機
자판기 ⟨自販機⟩	自動販賣機

네온 사인 〈neon sign〉	霓虹燈
광고탑 〈廣告塔〉	廣告塔
게시판 〈揭示板〉	布告欄
간판 〈看板〉	招牌
입간판 /입깐판/ 〈立看板〉	直立式招牌、門口看板
현수막 〈懸垂幕〉	橫布條、橫幅
대자보 〈大字報〉	大字報 ＊大學校園內等貼的壁報、大型海報。
가로등 〈街路燈〉	路燈
가로수 〈街路樹〉	行道樹
광장 〈廣場〉	廣場
공원 〈公園〉	公園
분수대 〈噴水臺〉	噴水池
벤치 〈bench〉	長椅
휴지통 〈休紙桶〉	垃圾桶 ＊也稱為쓰레기통。
다리	橋
육교 /육꾜/ 〈陸橋〉	天橋、陸橋
굴다리 /굴따리/ 〈窟-〉	地下道
전봇대 /전볻때/ 〈電-〉	電線桿 ＊也稱為전신주〈電信柱〉。
전선 〈電線〉	電線
안내하다 〈案內-〉	介紹、說明、引導、導覽
안내도 〈案內圖〉	說明圖、導覽圖
현 위치 /혀뉘치/ 〈現位置〉	現在位置
목표 〈目標〉	目標
점자 블록 /점짜-/ 〈點字 block〉	導盲磚

★各種店鋪

채소 가게 〈菜蔬-〉	蔬菜店
생선 가게 〈生鮮-〉	海鮮店
꽃집 /꼳찝/	花店
과일 가게	水果店
책방 /책빵/ 〈册房〉	書店
전파상 〈電波商〉	電器產品店
이발소 /이발쏘/ 〈理髮所〉	理髮店
약국 /약꾹/ 〈藥局〉	藥局
세탁소 /세탁쏘/ 〈洗濯所〉	洗衣店
안경점 〈眼鏡店〉	眼鏡店
옷 가게 /옫까게/	服飾店
화장품 가게 〈化粧品-〉	化妝品店、美妝店
술 가게 /술까게/	酒鋪
선술집 /선술찝/	立飲酒吧、立飲居酒屋
술집 /술찝/	酒吧、酒家
소바집	蕎麥麵店
우동집	烏龍麵店
문구점 〈文具店〉	文具店
잡화상 /자퐈상/ 〈雜貨商〉	雜貨店
초밥집 /초밥찝/	壽司店
전당포 〈典當舖〉	當鋪
케익점 /케익찜/	蛋糕店
중국집 /중국찝/ 〈中國-〉	中餐店
쌀가게	米店
복덕방 /복떡빵/ 〈福德房〉	房地產仲介
철물상 /철물쌍/ 〈鐵物商〉	五金行
장의사 〈葬儀社〉	葬儀社

고물상 /고물쌍/ ⟨古物商⟩	古董店
빵집 /빵찝/	麵包店

★ 各種道路

길	路 ＊迷路：길을 잃다 ＊問路：길을 묻다 ★我想問一下路：길 좀 묻겠습니다.
도로 ⟨道路⟩	道路
거리	距離
큰길	大馬路 ＊행길：한本來的意思是「大的」，加上길成為 한길，大多發音為행길。
주소 ⟨住所⟩	地址 ＊韓國從 2014 年 1 月開始，地址的標示方式改為 도로명주소 ⟨道路名住所⟩。如歐美般分為道路 的左側與右側，以奇數或偶數來標示。 ＊대로 ⟨大路⟩：大馬路。8 線道以上的寬廣道 路。 ＊로 ⟨路⟩：馬路。2～7 線道的道路。 ＊길：路。比로狹窄的路。
길거리 /길꺼리/	街道
길모퉁이	街角處、拐彎處 ＊角落、彎：모퉁이
길가 /길까/	路邊、路旁
교차로 ⟨交叉路⟩	叉路 ＊교차점 /교차쩜/ ⟨交叉點⟩就是數學上的「交 點」。 ＊로터리 ⟨rotary⟩：圓環，道路與道路交匯處的 圓形地帶。
회전 교차로 ⟨回轉交叉路⟩	圓環式叉路
삼거리 ⟨三-⟩	三岔路口
사거리 ⟨四-⟩	十字路口 ＊也稱為네거리，不過一般多稱為사거리。

십자로 /십짜로/ 〈十字路〉	十字路
갈림길 /갈림낄/	岔路、十字路口
골목	巷子、巷弄
뒷 골목 /뒫꼴목/	小巷
샛길 /샏낄/	小路、岔路、捷徑 ＊沒人經過的寂靜小路稱為오솔길 /오솔낄/〔不限於山路〕。
곁길 /곁낄/	岔路
좁은 길	窄路
우회하다 〈迂廻-〉	繞道、繞路
지름길 /지름낄/	捷徑、近路
막다른 길	死路、死巷
공터 〈空-〉	空地
비탈	斜坡
비탈길 /-낄/	斜坡路 ＊비탈지다（形容詞）：有坡道、有高度，坡度很大。 ＊가파르다（形容詞）：險峻、陡峭，（山路等）坡度大。
오르막길 /-낄/	上坡路
내리막길 /-낄/	下坡路
공도 〈公道〉	公路
국도 /국또/ 〈國道〉	國道
사도 〈私道〉	既成道路 ＊指供大眾通行的道路，但是是私人土地。
신도 〈新道〉	新路
옛 길 /옏낄/	古道
가도 〈街道〉	街道
하이웨이 〈highway〉	高速公路
스카이라인 〈skyline〉	地平線

우회 도로 〈迂回道路〉	迂迴道路 ＊指此路暫時封閉，請車輛改道繞路的那條路。
산길 /산낄/	山路
농로 /농노/ 〈農路〉	農路
논두렁길 /논뚜렁낄/	(水田)田埂路
밭두렁길 /받뚜렁낄/	田間小路
시골길 /시골낄/	鄉間小路、鄉村道路
짐승 길 /-낄/	野獸出沒的山野小道
갱도 〈坑道〉	坑道
포장도로 〈鋪裝道路〉	柏油路
비포장도로 〈非鋪裝道路〉	泥土路
자갈길 /자갈낄/	石子路、健康步道
수렁길 /수렁낄/ 진창길 /진창낄/	泥濘路
밤길 /밤낄/	夜路
미로 〈迷路〉	迷宮

★各種標誌

페인트 주의 〈paint 注意〉	油漆未乾
발밑조심 /발믿쪼심/ 〈-操心〉	注意腳下
머리조심	注意頭部
출입 금지 /-끔지/ 〈出入禁止〉	禁止出入
관계자 외 출입 금지 /-끔지/ 〈關係者外出入禁止〉	非工作人員禁止進入 ＊軍方的設施會標示為 통제구역 〈統制區域〉。
손대지 마시오	請勿碰觸
쓰레기를 버리지 마 시오	請勿亂丟垃圾

잔디에 들어가지 마시오	請勿踐踏草皮
개조심	內有惡犬
방문 사절 〈訪問辭絶〉	謝絶推銷
접근 금지 /접끈-/ 〈接近禁止〉	禁止靠近
신발을 벗고 들어가시오	入內請脫鞋
화기 엄금 〈火器嚴禁〉	嚴禁煙火
불조심	小心火燭
횡단 금지 〈橫斷禁止〉	禁止穿越
소변 금지 〈小便禁止〉	禁止小便
금일 휴진 〈今日-〉	本日休息
금연 구역 /그면-/ 〈禁煙區域〉	本場所禁止吸菸
입장 무료 /입짱-/ 〈入場無料〉	免費入場
이 물 마시지 못함 /-모탐/	非飲用水
촬영 금지 〈撮影禁止〉	禁止攝影
플래시 금지 〈flash 禁止〉	請勿使用閃光燈
광고지를 붙이지 마시오 /-부치지-/ 〈廣告紙-〉	禁止張貼廣告
간첩신고는 113 〈間諜-〉	間諜檢舉請撥 113

★ 位置、地點

위치 〈位置〉	位置、地點 ＊「位在～」是위치하고 있다。

장소 ⟨場所⟩	場所 ＊約會場所：약속 장소 ⟨約束場所⟩ ＊聚會場所：모이는 장소、집합 장소 ⟨集合場所⟩
데 곳 /곧/	地方
여기 이곳 /이곧/	這裡、這個地方
이쪽	這邊
이리	這裡、往這裡
이 근처 ⟨-近處⟩	附近
거기 그곳 /그곧/	那裡、那個地方 ＊指位於對方那邊的事物。
그쪽	那邊 ＊指位於對方那邊的事物。
그리	那裡 ＊指位於對方那邊的事物。
그 근처	那附近 ＊指位於對方那邊的事物。
저기 저곳 /저곧/	那裡、那個地方 ＊指距離「我」或「我們」遠的事物。
저쪽	那邊 ＊指距離「我」或「我們」遠的事物。
저리	那裡 ＊指距離「我」或「我們」遠的事物。
저 근처	那附近 ＊指距離「我」或「我們」遠的事物。
여기저기	到處
건너편 ⟨-便⟩ 맞은편 /마즌편/ ⟨-便⟩	對面 ＊例如在大馬路的對面是건너편，車站的對側月台是맞은편，以距離感來區分使用。
반대편 ⟨反對便⟩	對面
가까이 〔副詞〕	近、街近
멀리 〔副詞〕	遠、遠處

가깝다 /가깝따/ 〔形容詞〕	近的、不遠
멀다 〔形容詞〕	遠的
곁 /겯/	旁、左右、跟前
옆 /엽/	側、旁邊
이웃 /이욷/	鄰居 ＊鄰居家：이웃집 /이욷찝/ ＊鄰國：이웃 나라 /이운나라/
앞 /압/	前面 ＊前面鄰居：앞집 /압찝/ ＊前一頁：앞 페이지 ＊最前面：맨 앞 /매납/
뒤	後面 ＊後面鄰居：뒤집 ＊下一頁：뒤 페이지 ＊最後面：맨 뒤
앞뒤 /압뛰/ 전후 〈前後〉	前後
사이	之間、距離 ＊사이是指 1 個地方到另 1 個地方之間。 ＊首爾與仁川之間：서울과 인천 사이 ＊地球與月亮之間：지구와 달 사이
가운데	中間 ＊有一定的空間或是長度之物，不偏不倚位於兩端大約等距離的部分。正中央，2 個物品之間。 ＊河中間有一艘船：강 가운데에 배가 떠 있다 ＊兩個人中間：두 사람의 가운데 ＊三棟建築中位於中間的建築：세 건물 중 가운데 건물
한가운데	正中間 ＊與가운데相比，強調「正中央」這個位置。 ＊房間正中間：방 한가운데 ＊正值年輕時：청춘의 한가운데
중앙 〈中央〉	中央
밖 /박/	外面 ＊向外看：밖을 내다보다 ★請往這條線外面走：이 선 밖으로 나가시오.

바깥쪽 /바깓쪽/	外側，外邊
속	中間、裡面 ＊속是指有體積的物體，非外側部分的空間。以人來說就是心（마음）、思考（생각）、意思（뜻）等在中間之物。 ＊水裡面：물 속 ＊心中、心裡：마음 속 ＊口袋裡：주머니 속 ＊胃裡：위 속 ＊雨中：비 속 ＊深山裡：깊은 산 속
안	裡面 ＊안是指有空間之物，不是外側的部分。안也可以用在時間性的事物上。 ＊家裡面：집 안 ＊冰箱裡面：냉장고 안 ＊三天之內：사흘 안에 ＊一周之內：일 주일 안에 ＊五百元硬幣的反面：오백 원짜리 동전의 안쪽〔正面바깥쪽〕
안팎 /안팍/	裡外、內外
안쪽	裡面、內側
앞면 /암면/ 〈-面〉	前面、正面 ＊影本的正面：카피본/복사본의 앞면〈 copy 本/複寫本-〉 ＊建築物的「正面」用바깥쪽、집 앞、문밖。 ＊門外停著車：문밖에 차를 세우다 ＊在外面玩：바깥에서 놀다
겉 /걷/	外表、表面 ＊塑料袋外表：봉투의 겉 ＊一百元硬幣的外表：백 원짜리 동전의 겉
표면	表面 ＊月球表面：달의 표면 ＊水表面：물의 표면
뒷면 /뒨면/ 〈-面〉	後面、背面 ＊影印本後面：카피본/복사본의 뒷면
위	上

아래	下 ＊아래是指物體的下方部分。
밑 /믿/	底下 ＊밑是指接觸地面的部分。
위아래	上下 ＊也稱為상하〈上下〉。
왼쪽	左邊 ＊左手：왼손 ＊左撇子：왼손잡이 ＊左腳：왼발 ＊左眼：왼 눈
오른쪽	右邊 ＊右手：오른손 ＊右撇子：오른손잡이 ＊右腳：오른발 ＊右眼：오른 눈
좌우〈左右〉/좌:우/	左右
양쪽〈兩-〉	兩邊、兩旁 ＊雙手：양손〈兩-〉 ＊雙腳：양쪽 발〔발是指腳踝之前的部分，腳踝之上的部分稱為다리〕 ＊雙眼：양쪽 눈
한쪽	一側、一邊

주변〈周邊〉	周邊
언저리	周圍、邊緣(沿)
가장자리	邊緣、邊
사방〈四方〉	四方、四周
구석	角落 ＊每個角落：구석구석 ＊四個角落：네 귀퉁이
모서리	棱、角
가	側邊、旁邊
바닷가 /바닫까/	海邊、海岸
강가 /강까/	河邊、河畔

방향 〈方向〉	方向
방위 〈方位〉	方位 ＊西南方位：남서 방위 ＊方向感差：방향이 나쁘다
동서남북 〈東西南北〉	東西南北
동쪽 〈東-〉	東邊 ＊東部：동부 〈東部〉 ＊東南：동남 〈東南〉 ＊東北：동북 〈東北〉
서쪽 〈西-〉	西邊 ＊西部：서부 〈西部〉 ＊西南：서남 〈西南〉 ＊西北：서북 〈西北〉
남쪽 〈南-〉	南邊 ＊南部：남부 〈南部〉 ＊南南東：남남동 〈南南東〉
북쪽 〈北-〉	北邊 ＊北部：북부 〈北部〉 ＊北北西：북북서 〈北北西〉
시계 방향으로 〈時計方向-〉	順時針方向
반시계 방향으로 〈反時計方向-〉	逆時針方向
반대 방향으로 〈反對方向-〉	反方向
거꾸로	倒、反
비스듬히	傾斜 ＊對角線穿越：대각선으로 건너다 〈對角線-〉 ＊斜後方：비스듬히 뒤
똑바로 곧장 /곧짱/	筆直、直直地 ＊直直地往前走：똑바로 나아가다

8.

打扮

【8】打扮

1. 化妝
★化妝

화장하다 〈化粧-〉	**化妝** ＊補妝：화장을 고치다、화장을 수정하다 〈-修整-〉 ＊卸妝：화장을 지우다
화장발 /화장빨/ 〈化粧-〉	**化妝效果** ＊化妝效果很好：화장발을 잘 받다、화장이 잘 먹다 ＊化妝效果不好：화장발을 잘 안 받다、화장이 뜨다
화장이 진하다 〈-津-〉	**妝很濃** ＊化濃妝〔淡妝〕：화장을 진하게〔연하게〕하다 ＊非常濃的妝：몹시 진한 화장
진한 화장 〈津-化粧〉	**濃妝**
내추럴 메이크업 〈natural makeup〉	**自然妝感、裸妝**
생얼 /쌩얼/	**素顏** ＊素顏出門：생얼로 나가다
아이브로우 〈eyebrow〉 눈썹 펜슬 〈-pencil〉	**眉筆** ＊畫眉毛：눈썹을 그리다 ＊修眉毛：눈썹을 정리하다 〈-整理-〉
마스카라 〈mascara〉	**睫毛膏**
아이라이너 〈eye liner〉	**眼線筆、眼線液** ＊畫眼線：아이라인을 그리다
아이섀도 〈eye shadow〉	**眼影** ＊塗眼影：아이섀도를 바르다
속눈썹 /송눈썹/	**睫毛** ＊黏睫毛：속눈썹을 붙이다

립스틱 〈lipstick〉	口紅 ＊塗口紅：립스틱을 바르다
립 브러쉬 〈lip brush〉	唇刷、口紅筆
립글로스 〈lip gloss〉	唇蜜
립크림 〈lip cream〉	唇膏
립밤 〈lip balm〉	護唇膏
틴트 〈tint〉	唇彩 ＊嘴唇粗糙：입술이 거칠거칠하다
립라이너 〈lip liner〉	唇線筆
치크 〈cheek〉	腮紅 ＊塗腮紅：볼 터치를 하다、치크를 하다
블러셔 〈blusher〉 볼터치 〈-touch〉	腮紅

★ 保養

스킨케어 〈skin care〉	護膚
피부 〈皮膚〉	皮膚、肌膚 ＊肌膚紋路： 피부결
고운 피부 〈-皮膚〉	美麗肌膚 ＊維持美麗肌膚：고운 피부를 유지하다 〈-維持-〉
피부 관리를 하다	肌膚管理
건성 피부 〈乾性-〉	乾性肌膚
지성 피부 〈脂性-〉	油性肌膚
복합성 피부 /보캅썽-/ 〈複合性-〉	複合性肌膚
민감성 피부 〈敏感性-〉	敏感性肌膚

★化妝品

화장품 〈化粧品〉	化妝品 ＊分為건성용〈乾性用〉、지성용〈脂性用〉、복합성용〈複合性用〉、중건성용〈中乾性用〉。
기초 화장품 〈基礎-〉	基礎護膚化妝品
베이스 〈base〉	妝前乳
남성용 화장품 〈男性用-〉	男士化妝品
아스트린젠트 〈astringent〉	收斂化妝水
수렴수 〈收斂水〉	收斂水
로션 〈lotion〉	乳液
에센스 〈essence〉	精華液
세럼 〈sarum〉	精華露
화이트닝 로션 〈whitening lotion〉	美白乳液
마스크팩 〈mask pack〉	面膜 ＊也稱為시트팩〈sheet pack〉。
수면팩 〈睡眠 pack〉	睡眠面膜
워시오프팩 〈wash off pack〉	面膜(需沖洗)
필오프팩 〈peel off pack〉	撕除式面膜
겔마스크 〈gel mask〉	凝膠面膜
메이크업베이스 〈make-up base〉	隔離霜
파운데이션 〈foundation〉	粉底 ＊粉底不服貼：파운데이션이 잘 안 먹다、파운데이션이 뜨다 ＊卡粉：파운데이션이 뭉치다
컨실러 〈concealer〉	遮瑕膏 ＊用以隱藏眼下的眼袋或皺紋的粉底。

파우더 〈powder〉	蜜粉
크림 〈cream〉	面霜 ＊塗面霜：크림을 바르다
모이스처 크림 〈moisture-〉 수분 크림 〈水分-〉	保濕凝露、水凝露
보습 크림 〈保濕-〉	保濕面霜
아이크림 〈eye-〉	眼霜
핸드크림 〈hand cream〉	護手霜
화장을 지우다 〈化粧-〉	卸妝
클렌징 폼 〈cleansing foam〉	洗面乳 ＊也稱為폼 클렌저〈foam cleanser〉、폼 크렌징 　〈foamcleansing〉。
클린징 크림 〈-cream〉	卸妝乳
클린징 오일 〈-oil〉	卸妝油
클렌징 워터 〈-water〉	卸妝水
클린징 티슈 〈-tissue〉	卸妝棉
아이리무버 〈eye remover〉	眼部卸妝
아이-립 리무버 〈eye-lip remover〉	眼唇卸妝液
스크럽 〈Scrub〉	磨砂膏、去角質洗面乳 ＊含有大粒子的洗面乳。
오데코롱 〈eau de Cologne〉	古龍水
향수 〈香水〉	香水 ＊噴香水：향수를 뿌리다
선크림 〈sun cream〉	防曬乳 ＊也稱為 UV 컷〈UV cut〉、선블록〈sun 　block〉、자외선 차단제〈紫外線遮斷劑〉。

모공 〈毛孔〉	毛孔 ＊收斂毛孔：모공을 수축시키다、모공을 죄다
기름종이	吸油面紙 ＊去除皮脂：피지를 제거하다
잔털	細毛 ＊除毛：제모하다 〈-除毛-〉
솜털	汗毛 ＊剔除耳垂邊的汗毛：귓불 솜털을 깎다
족집게 /족찝께/	鑷子
제모하다 〈除毛-〉	除毛

면봉 〈綿棒〉	棉花棒
솜	化妝棉
손톱깎기	指甲刀、指甲剪
네일 버퍼 〈nail buffer〉	指甲拋光銼、指甲銼刀
휴지 〈休紙〉	衛生紙
티슈 〈tissue〉	面紙
물티슈 〈-tissue〉	濕紙巾

2. 服裝・流行
★服裝

옷 /옫/	衣服 ＊衣服：의복 〈衣服〉
의상 〈衣裳〉	服飾
복장 /복짱/ 〈服裝〉	服裝、衣著
옷을 입다 /-입따/	穿衣服 ＊幫某人穿衣服：옷을 입히다 /-이피따/
옷을 벗다 /-벋따/	脫衣服 ＊幫某人脫衣服：옷을 벗기다 /-벋끼다/
걸치다	搭上、披上
갈아입다 /-입따/	換穿

쓰다	穿、戴 ＊戴帽子：모자를 쓰다
얇다 /얄따/	薄 ＊衣服穿的薄：옷을 얇게 입다
두껍다 /두껍따/	厚
껴입다 /껴입따/	添衣 ＊添衣服：옷을 껴입다 ＊添外套：오버코트를 껴입다

입어 보다	試穿
탈의실 〈脫衣室〉	更衣室 ＊也稱為피팅룸〈fitting room〉。
페이스 커버 〈face cover〉	面罩
거울	鏡子
야하다 〈冶-〉	妖艷、性感 ＊야하다有妖豔的負面的印象，想表達好的意思 時用화려하다〈華麗-〉。
수수하다	平凡、樸素
잘 어울리다	很適合
잘 안 어울리다	不適合

在試衣間
〔顧客對店員說〕

- 可以試穿嗎？입어 봐도 돼요？
- 可以帶幾件進去？몇 벌까지 가지고 들어갈 수 있어요？
- 好像有點小，請給我大一號的。좀 작은 것 같아요. 한 사이즈 큰 걸로 갖다 주세요.
- 太大件了有點鬆，沒有小一號的嗎？너무 커서 헐렁헐렁해요. 좀 더 작은 사이즈 없나요？
- 我不知道我的尺寸，能幫我量一下嗎？제 사이즈를 모르겠습니다. 좀 재 주시겠어요？
- L不合身，有XL的嗎？라지는 안 맞는데 엑스라지는 있어요？
- 這個衣服有紅色的嗎？같은 걸로 빨강은 있나요？
- 這個顏色的有大一碼的嗎？이 색깔로 한 사이즈 큰 거 없어요？

- 這個有其他顏色嗎？이거 다른 색도 있나요？
- 這件衣服有別的顏色嗎？이 옷 다른 색상이 있는지 볼 수 있을까요？
- 這件衣服對我來說好像太華麗了。이거 저한테는 너무 화려한 것 같아요.
- 這件衣服似乎跟我身材不合。몸에 맞지 않는 것 같아요.
- 這件衣服不適合我。이건 제가 소화하기 힘드네요.
- 可以看一下其他款式的衣服嗎？다른 종류도 더 보여주시겠어요？

〔店員對顧客說〕
- 要試穿一下嗎？更衣室在那邊。입어 보시겠어요？ 탈의실은 저쪽입니다.
- 試穿衣服時，一次可以帶三件到更衣室。탈의실에 가지고 갈 수 있는 옷은 한 번에 세 벌까지입니다.
- 客人，您試穿後感覺怎麼樣？손님, 입어 보시니 어떠세요？
- 您可以再試一下更亮的顏色。좀 더 밝은 색깔을 입으셔도 좋을 것 같아요.
- 不好意思，這件商品是不能試穿的。죄송합니다만, 이 상품은 입어 보실 수 없습니다.
- 您滿意嗎？這件衣服很適合您。마음에 드셨습니까？ 아주 잘 어울리세요.
- 這件衣服怎麼樣呢？這件非常簡約，跟您很配。이건 어떻습니까？ 아주 심플하고 고객님께 딱 맞습니다.
- 如果您有帶發票，可以為您換貨。영수증을 가지고 오시면 교환해 드리겠습니다.
- 購買後1週之內的話可以為您退貨。1주일 이내라면 반품하실 수 있습니다.

★穿著

옷차림 /옫-/	衣著打扮
유행 〈流行〉	流行 ＊不流行的衣服：유행에 뒤떨어진 옷
멋 /먿/	魅力、風采
멋있다 /머딛따 · 머싣따/	帥氣
멋쟁이 /먿쨍이/	帥氣的人、愛打扮的人、時髦的人
패션 〈fashion〉	時尚、時裝、流行
패션쇼 〈-show〉	時裝表演、時裝秀

전시회 〈展示會〉	展示會、展覽會
패션 모델 〈fashion model〉	時裝模特兒
패션 디자이너 〈fashion designer〉	時裝設計師
코디네이터 〈coordinator〉	服裝搭配師
스타일리스트 〈stylist〉	形象設計師、造型師
패턴사 〈pattern 師〉	樣板師
마네킹 〈mannequin〉	(展示衣服的)人體模型

★ 各種服裝

전통 의상 〈傳統衣裳〉	傳統服飾
민족의상 /민조기상/ 〈民族衣裳〉	民族服飾
한복 〈韓服〉	韓服 ＊女性的韓服：치마저고리〔裙子：치마；上衣：저고리〕 ＊男性的韓服：바지저고리〔褲子：바지〕 ＊年輕人也可以輕鬆穿著，剪裁較簡單的韓服稱為생활 한복〈生活韓服〉。
예복 〈禮服〉	禮服
나들이옷 /나들이온/	外出服
캐주얼 웨어 〈casual wear〉	休閒服
평상복 〈平常服〉	便服
실내복 /실래복/ 〈室內服〉	家居服
작업복 /자겁뽁/ 〈作業服〉	工作服
제복 〈制服〉	制服 ＊指警官等穿著的制服。
교복 〈校服〉	校服 ＊學生的制服。

군복 〈軍服〉	軍服
사복 〈私服〉	便服、便衣
상복 〈喪服〉	喪服

신사복 〈紳士服〉	男裝
여성복 〈女性服〉	女裝
아동복 〈兒童服〉	童裝
기성복 〈旣成服〉	成衣
맞춤복 /맏춤복/ 〈-服〉	客製化服裝
빈티지 〈vintage〉	古典風、懷舊風
헌옷 /허놋/	舊衣服

봄옷 /보몯/	春季服裝、春裝
여름옷 /여르몯/	夏季服裝、夏裝 ＊夏裝：하복 〈夏服〉
가을옷 /가으롣/	秋季服裝、秋妝
겨울옷 /겨우롣/	冬季服裝、冬裝

아우터 〈outer〉	外衣、外套
이너 〈inner〉	內搭衣
윗도리 /윋또리/	上衣

★正裝

정장 〈正裝〉	正裝 ＊穿著西裝時這麼說。
양복 〈洋服〉	西裝
턱시도 〈tuxedo〉	無尾禮服、晚宴服、小晚禮服
연미복 〈燕尾服〉	燕尾服
드레스 〈dress〉	禮服

이브닝 드레스 〈evening-〉	晚禮服

★上衣

톱스 〈tops〉	上衣 ＊年紀較大的人，大多以過去的說法稱之為윗도리 /윋또리/。
셔츠 〈shirt〉	襯衫
와이셔츠 〈white-〉	白襯衫
남방 〈南方〉	短襯衫
민소매	無袖上衣
라운드 〈round〉	圓領衣
알로하 셔츠 〈aloha-〉	花襯衫

블라우스 〈blouse〉	女襯衫、女罩衫
커트소 〈cut and sewn〉	針織衫 ＊커트소跟니트都被翻成針織衫，但커트소是指先有布後有版型，拿織好的布照著後來設計的版型裁剪縫製的針織衫；니트則是指先有版型後有布，等版型確定後才選布進行裁剪縫製。
티셔츠 〈T-〉	T恤 ＊會話中也稱為티〈T〉。
폴로셔츠 〈polo shirt〉	POLO衫 ＊也稱為카라티〈collar T〉。
캐미솔 〈camisole〉	女背心

재킷 〈jacket〉	外套、夾克
불루종 〈blouson〉	束腰夾克
점퍼 〈jumper〉	厚外套、厚夾克
가죽 점퍼 〈-jumper〉	皮外套
풀오버 〈pullover〉	套頭衫、套頭毛衣

8
打扮

服裝・流行

후드티 〈hood T〉	帽 T
오리털 파카 〈-parka〉	羽絨外套
스웨터 〈sweater〉	毛衣、針織毛衣
카디건 〈cardigan〉	開襟毛衣 ＊也經常使用조끼這個字。
베스트 〈vest〉	馬甲
원피스 〈one-piece〉	連身裙
투피스 〈two-〉	兩件式套裝
스리피스 〈three-〉	三件式套裝
캐쉬쾨로 〈cache-coeur〉	凱莎爾 ＊法國孕婦哺乳內衣褲品牌。
외투 〈外套〉	外套
코트 〈coat〉	大衣 ＊粗呢大衣：더플코트 〈duffle-〉 ＊半身大衣：반코트 〈半-〉
트렌치코트 〈trench coat〉	風衣、雙排釦風衣 ＊過去以英國的服裝品牌 BURBERRY 代稱，稱 之바바리，最近的主流則稱為트렌치코트。
바람막이	防風外套、風衣 ＊也稱為윈드 브레이커 〈windbreaker〉。
윈드 재킷 〈wind jacket〉	防風夾克
레인코트 〈rain-〉	雨衣 ＊也稱為비옷 /비옫/。
가운 〈gown〉	工作服、學位服 ＊醫院的醫療人員穿的「白袍」也稱為가운。
임부복 〈妊婦服〉	孕婦裝

★ 下身

보톰스 〈bottoms〉	下半身服裝
바지	褲子 ＊開襠褲：풍차바지〈風遮-〉
긴바지	長褲
반바지 〈半-〉	短褲
슬랙스 〈slacks〉	便褲、寬鬆褲
청바지 〈青-〉	牛仔褲 ＊丹寧褲：데님〈denim〉
면바지 〈綿-〉	棉褲
카고바지 〈cargo-〉	工作褲
배기팬츠 〈baggy pants〉	垮褲 ＊哈倫褲、飛鼠褲：똥싼바지
나팔바지 〈喇叭-〉	喇叭褲
판탈롱 〈pantaloons〉	女式喇叭褲
승마 바지 〈乘馬-〉	馬褲
사브리나 팬츠 〈sabrina pants〉	卡普里褲、七分褲
니커 보커 〈Knickerbockers〉	燈籠褲
버뮤더 팬츠 〈Bermuda-〉	百慕達短褲
쇼트팬츠 〈short pants〉	短褲
스판바지 〈span-〉	彈力褲
핫팬츠 〈hot pants〉	熱褲
스키니 팬츠 〈skinny pants〉	緊身褲
치마	裙子 ＊又稱스커트〈skirt〉。
미니스커트 〈mini-〉	迷你裙
롱스커트 〈long-〉	長裙
타이트스커트 〈tigh-〉	緊身裙、窄裙

325

퀼로트 〈culotte〉	裙褲
플레어스커트 〈flared-〉	喇叭裙
주름 치마	百褶裙
속치마	襯裙
쫄바지	踩腳褲
레깅스 〈leggings〉	內搭褲

★運動服

운동복 〈運動服〉	運動服
유니폼 〈uniform〉	制服、隊服
웨트 셔츠 〈sweat shirt〉	圓領長袖棉 T
웨트 팬츠 〈sweat pants〉	運動長褲
스웨트 슈트 〈sweat suits〉	運動套裝
추리닝 〈training〉	運動服
블루머 〈bloomers〉	燈籠褲 ＊日本女學生體育課穿的藍色小短褲（改良式燈籠褲）
무용 타이츠 〈舞踊-〉	舞蹈緊身衣、舞衣
운동경기용 서포터 〈運動競技用 supporter〉	運動護具
수영복 〈水泳服〉	泳衣 ＊也稱為수영 팬츠。
비키니 〈bikini〉	比基尼

★內衣

속옷 /소곧/	內衣 ＊指팬티、브래지어等直接接觸肌膚的衣物，也稱為내의〈內衣〉。

내복 〈內服〉	衛生衣 ＊主要是天氣寒冷時穿在裡面的衣物。
잠옷 /자몯/	睡衣 ＊也稱為파자마〈pajamas〉。
남성 속옷 /-소곧/ 〈男性-〉	男士內衣
언더 셔츠 〈undershirts〉	汗衫、貼身內衣
런닝 셔츠 〈running shirts〉	運動上衣
탱크탑 〈tank-top〉	運動背心
팬티 〈panty〉	內褲 ＊男性用、女性用都稱為팬티。
브리프 〈briefs〉	男士三角褲 ＊也稱為삼각팬티〈三角 panty〉。
트렁크스 〈trunks〉	男士四角褲 ＊也稱為사각팬티〈四角 panty〉。
여성 속옷 /-소곧/ 〈女性-〉	女性內衣
란제리 〈lingerie〉	女性內衣
여성 잠옷 /-자몯/ 〈女性-〉	女性睡衣 ＊也稱為네글리제〈negligee〉。
속바지 /속빠지/	安全褲、底褲 ＊也稱為쇼츠〈shorts〉。
슬립 〈slip〉	肩帶式連身襯裙
브래지어 〈brassiere〉	胸罩 ＊穿胸罩：브래지어를 하다
거들 〈girdle〉	塑身衣
스타킹 〈stockings〉	長筒襪、長襪、絲襪 ＊絲襪破了：스타킹에 올이 나가다〔會話中也 會說「스타킹이 나갔다.」〕
타이츠 〈tights〉	緊身衣褲
양말 〈洋襪〉	襪子 ＊襪子破了：양말에 구멍이 나다
짧은 양말 〈-洋襪〉	短襪

발목양말 /발몽냥말/ 〈-洋襪〉	隱形襪、船型襪
팔토시	袖套 ＊帶袖套：팔토시를 끼다
발토시	襪套

★ 服裝的部位

깃 /긷/	衣領 ＊也稱為칼라〈collar〉。

주머니	口袋
가슴주머니	胸前口袋
안주머니 /안쭈머니/	暗袋、內口袋
바지 뒷주머니 /뒫쭈머니/	褲子後面的口袋

소매	袖子
긴팔	長袖
반팔 〈半-〉	短袖
소매단 /소맫딴/	袖口
민소매	無袖
소매 기장	袖子長度(袖長)

단추	鈕扣 ＊鈕扣掉了：단추가 떨어지다 ＊縫鈕扣：단추를 달다 ＊扣〔解／解開〕鈕扣：단추를 채우다〔풀다/끄르다〕
단춧구멍 /단춛꾸멍/	釦眼
똑딱이 단추 /-딴추/	按扣、四合扣、子母扣 ＊使用在衣服或裝飾品上，凹（암단추）、凸（수단추）二個一組的小型固定用具。

후크 〈hook〉	領鉤 ＊也稱為갈고리 단추。
지퍼 〈zipper〉	拉鍊
주름	褶皺

★尺寸等

옷사이즈 /온싸이즈/ 〈-size〉	衣服尺寸 ＊也稱為옷치수 〈-數〉。 ＊大號尺寸〔L〕：라지 〈large〉 ＊中號尺寸〔M〕：미디엄 〈medium〉 ＊小號尺寸〔S〕：스몰 〈small〉 ＊小一號尺寸：한 치수 작은 거、아래 사이즈 ＊大一號尺寸：한 치수 큰 거、위 사이즈
딱 맞다 /-맏따/	(尺寸)剛好
넉넉하다 /넝너카다/	寬鬆 ＊寬鬆的衣服：넉넉한 옷

크다	大
헐렁거리다	寬鬆 ＊寬鬆的衣服：헐렁한 옷
작다 /작따/	小
꼭 끼다	緊 ＊衣服緊貼身體：옷이 몸에 꼭 끼다 ＊皮鞋緊：구두가 꼭 끼다 ＊勒緊腰帶：벨트가 꽉 죄다
넓다 /널따/	寬 ＊褲管寬：통이 넓다 ＊袖寬：팔통이 넓다 ＊胸圍寬：품이 넓다
가늘다	細 ＊腿圍窄的褲子：다리통이 좁은 바지 ＊褲管變小了：바지통이 좁아졌다

길다	長
	＊衣長很長：기장이 길다
짧다 /짤따/	短
	＊褲子長度短：바지의 길이가 짧다
	＊褲子反摺處短：바지 단이 짧다〔단是指衣裾
	或袖口等反摺的部分〕

치수를 재다 〈-數〉	量尺寸
어깨너비	肩寬
가슴둘레	胸圍
허리둘레	腰圍
힙둘레 〈hip-〉	臀圍
기장	長度
	＊裙長：치마 기장

★ 服裝的手工

고치다	修改、修補
수선하다 〈修繕-〉	
옷수선 /옫쑤선/ 〈-修繕〉	修補衣服
기장〔소매 기장〕을 줄이다	裁短袖長
단을 줄이다	裁短褲腳
미싱으로 박다 /-박따/	用縫紉機縫上
재봉하다 〈裁縫-〉	裁縫、縫紉
	＊也稱為바느질하다。
꿰매다	縫補
시침질을 하다	假縫
맞춤집 /맏춤찝/	裁縫店、手工訂製店
재단하다 〈裁斷-〉	裁剪
재단 가위 〈裁斷-〉	縫紉剪刀
깁다 /깁따/	縫補

要求修改

- 請把夾克袖子裁剪 3 公分左右：재킷 소매를 3센티미터 정도 줄여 주세요.
- 請把腰身放寬一點：허리를 조금 늘려 주세요.
- 請把肩寬縮短一些：어깨 폭을 약간 줄여 주세요.
- 長度有點太長了，能裁剪一下嗎？：기장이 좀 긴 것 같은데, 고칠 수 있나요?
- 請根據高跟鞋的高度裁減褲長：이 신발 높이에 기장을 맞춰 주세요.
- 請裁短褲長：바지 기장을 좀 줄여 주세요.
- 請增加褲長、請把褲長放長：바지 기장은 더블로 해 주세요.

3. 素材・布料・顏色・花色
★素材

소재 〈素材〉	材質
섬유 〈纖維〉	纖維 ＊天然纖維：천연 섬유 〈天然纖維〉 ＊化學纖維：화학 섬유 〈化學纖維〉 ＊合成纖維：합성 섬유 〈合成纖維〉
천	布
옷감 /옫깜/	衣料、布料
겉감 /걷깜/	(紡織)面料、質料
안감 /안깜/	襯裡

순모 〈純毛〉	純羊毛
울 〈wool〉	羊毛、毛線
앙고라 〈angora〉	馬海毛
캐시미어 〈cashmere〉	喀什米爾羊毛
면 〈綿〉	棉
비단 〈緋緞〉	綢緞、絲綢 ＊也稱為실크 〈silk〉。
삼베	麻布
아크릴 〈acryl〉	聚丙烯晴纖維

아세테이트 〈acetate〉	醋酸纖維
레이온 〈rayon〉	人造絲、縲縈纖維
나일론 〈nylon〉	尼龍
비닐 〈vinyl〉	塑膠、乙烯基
폴리에스터 〈polyester〉	聚脂纖維
우레탄 〈urethane〉	聚氨酯纖維、聚氨基甲酸乙酯纖維
혼방 〈混紡〉	混紡

모피 〈毛皮〉	毛皮 ＊毛皮大衣：모피 코트〈毛皮 coat〉 ＊貂皮大衣：밍크 코트〈mink coat〉
양피 〈羊皮〉	羊皮
가죽	皮革 ＊皮革：也稱為피혁〈皮革〉。
소가죽	牛皮 ＊也稱為우피〈牛皮〉。
돼지가죽	豬皮 ＊也稱為돈피〈豚皮〉。
양가죽 〈羊-〉	羊皮
악어 가죽 〈鱷魚-〉	鱷魚皮
벅스킨 〈buckskin〉	鹿皮
합성 피혁 〈合成皮革〉	合成皮

오리털	鴨絨
솜	棉絮、棉花
누빔	絎縫 ＊民間傳統工藝品，源自美國，是一種傳統的縫 　紉方式〔來自누비다（絎）這個動詞〕。 ＊絎當作名詞時，表衣服的邊緣；當動詞時，是 　指用針粗縫，把布跟棉花縫在一起的動作。

★各種布料

벨벳 〈velvet〉	天鵝絨 ＊也稱為우단〈羽緞〉。
조젯 〈georgette〉	喬琪縐紗
옥스포드 〈Oxford〉	牛津布
깅검 〈gingham〉	格子布
보일 〈voile〉	巴厘紗、玻璃紗、巴里紗、巴里薄地紗
레노 〈leno〉	紗羅織物、羅紋布
데님 〈denim〉	單寧布、牛仔布
덩거리 〈dungaree〉	粗藍布
코듀로이 〈corduroy〉	燈芯絨
샘브레이 〈chambray〉	經緯異色布、水手布、香布雷布
쉬폰 〈chiffon〉	雪紡紗
파일 〈faille〉	花瑤布、羅緞
샌텅 〈shantung〉	山東綢
폰지 〈pongee〉	春亞紡、繭綢、府綢
개버딘 〈gabardine〉	軋別丁
커어시 〈kersey〉	克瑟手織粗呢、克瑟密絨厚呢
사지 〈serge〉	嗶嘰布
버즈아이 〈bird' seye〉	鳥眼花紋布
트위드 〈tweed〉	粗花呢、粗呢
도스킨 〈doeskin〉	仿麂皮
플란넬 〈flannel〉	法蘭絨布
멜톤 〈melton〉	墨爾登呢、美爾登呢、麥爾登布、厚重氈合毛織物
아스트라칸 〈astrakhan〉	羔皮、阿斯特拉罕羔皮
홈스펀 〈homespun〉	手工紡織呢
레이스 〈lace〉	蕾絲

素材・布料・顏色・花色

★花色、圖案

디자인 〈design〉	設計
의장 /의:장/ 〈意匠〉	裝潢
도안 〈圖案〉	圖案
패턴 〈pattern〉	圖案、花樣
모양 〈模樣〉	樣式
무지 〈無地〉	素色、素面
무늬 /무니/	花紋
줄무늬	條紋
세로 줄무늬 /세:로-/	直條紋 ＊大多稱為스트라이프。
가로 줄무늬	橫條紋
격자무늬 /격짜-/ 〈格子-〉	格子紋
체크무늬 〈check-〉	格紋、方格圖案 ＊黑白方格稱為흑백 바둑판 무늬 〈黑白-板〉。
타탄 체크 〈tartan-〉	蘇格蘭格
깅엄 체크 〈Gingham-〉	嘉頓格
아가일 체크 〈argyle-〉	菱形格

꽃무늬 /꼰무니/	花紋
별무늬	星紋
물방울무늬 /물빵울-/	水珠紋 ＊會話中使用땡땡。
물결무늬 /물껼-/	波狀紋、波紋
페이즐리 〈paisley〉	佩斯利花紋
당초문 〈唐草紋〉	唐草紋、卷草紋
기하학 모양 /기하항-/ 〈幾何學模樣〉	幾何形狀

애니멀 프린트 〈animal print〉	動物印花、動物紋、豹紋 ＊也稱為레오파드〈leopard〉。
호피 무늬 〈虎皮-〉	虎皮紋
얼룩 무늬 / 얼룽-/	斑馬紋、斑紋
군복 무늬 / 군봉-/ 〈軍服-〉	軍裝花紋

소용돌이 무늬	渦旋紋
삼파 무늬 〈三巴-〉	巴紋 ＊巴紋最早出現在中國商代青銅器上。譙周《三巴記》中提及：「閬苑白水東南流，曲折三回如巴字，故名三巴」。在日本，巴紋若用於神社稱為神紋；用在武將身上則為家紋。
거북등무늬 / 거북뜽-/	龜背紋
비백 무늬 / 비뱅-/ 〈飛白-〉	碎白花紋
희끗희끗한 무늬 / 히끄티끄탄-/	雪花紋

동그라미	圓形
세모	三角
네모	四角
하트 무늬 〈heart-〉	心形花紋
마름모	菱形

★顏色

색깔 〈色-〉	顏色
색채 〈色彩〉	色彩
색상 / 색쌍/ 〈色相〉	色相
색조 / 색쪼/ 〈色調〉	色調
배색 〈配色〉	配色
색소 / 색쏘/ 〈色素〉	色素

원색 〈原色〉	原色
삼원색 〈三原色〉	三原色 ＊물감의 삼원색（顏料的三原色）：자홍（正紅）、청록（青綠）、노랑（黃） ＊빛의 삼원색（光的三原色）：빨강（紅）、초록（綠）、파랑（藍）
자연색 〈自然色〉	自然色
보호색 〈保護色〉	保護色
미채색 〈迷彩色〉	迷彩色
형광색 〈螢光色〉	螢光色
난색 〈暖色/煖色〉	暖色
중간색 〈中間色〉	中間色
한색 〈寒色〉	冷色
보색 〈補色〉	互補色
단색 〈單色〉	單色
바탕색 〈-色〉	底色
변색되다 /변색뙤다/ 〈變色-〉	變色
바래다	掉色、褪色 ＊掉色：색이 바래다
퇴색되다 /퇴색뙤다/ 〈退色-〉	褪色、掉色
탈색하다 /탈쌔카다/ 〈脫色-〉	脫色、去色
표백하다 /표배카다/ 〈漂白-〉	漂白 ＊（服裝的）斑點、斑紋、髒痕：얼룩 ＊（服裝的）污漬：더러움
염색하다 /염새카다/ 〈染色-〉	染色 ＊染紅〔藍〕：붉게〔파랗게〕 물들이다 ＊染髮：머리를 염색했다
염료 /염뇨/〈染料〉	染料
안료 /알료/〈顏料〉	顏料

색칠하다 〈色漆-〉	塗色、上色 ＊在畫紙上用蠟筆塗色：도화지에 크레용으로 색칠하다
칠하다 〈漆-〉	(塗料等)塗、刷、抹 ＊刷墻：벽에 페인트를 칠하다
무색 〈無色〉	無色 ＊黑白：무채색〈無彩色〉
투명하다 〈透明-〉	透明
흑백 /흑빽/ 〈黑白〉	黑白
가지각색 /-각쌕/ 〈-各色〉	各色各樣、五花八門、形形色色 ＊也使用각양각색〈各樣各色〉、형형색색〈形形色色〉。 ＊오색찬란하다 /오색찰란하다/ 〈五色燦爛-〉：五彩繽紛、絢麗多彩。
선명하다 〈鮮明-〉	鮮明
엷다 /열따/	淺、淡
옅다 /옅따/	淺 ＊淺色：옅은 색
짙다 /짇따/	深 ＊也稱為진하다〈津-〉。 ＊深色：짙은 색、진한 색／深紅：진한 빨강
더럽다 /더럽따/	髒
탁하다 /타카다/ 〈濁-〉	混濁
칙칙하다 /칙치카다/	灰暗 ＊灰灰的顏色：칙칙한 색 ＊暗色：어두운 색
깨끗하다 /깨끄타다/	乾淨 ＊亮色：밝은 색
같은 색	相同的顏色
다른 색	不同的顏色

素材・布料・顏色・花色

★各種顏色

간색 〈-色〉	間色 ＊中國古代將顏色分為正色（青、黃、赤、白、黑）與間色（其他顏色）。
와인색 〈wine 色〉	酒紅色
진홍색 〈眞紅色〉	深紅色
선홍색 〈鮮紅色〉	鮮紅色
다홍색 〈-紅色〉	大紅色
주홍색 〈朱紅色〉	朱紅色、中國紅
주황색 〈朱黃色〉	橘色、朱黃色
오렌지색 〈orange 色〉	橙色
분홍색 〈粉紅色〉	粉紅色
핑크색 〈pink 色〉	粉色
고동색 〈古銅色〉	古銅色、紅褐色
적동색 /적똥색/ 〈赤銅色〉	赤銅色
암갈색 /암갈쌕/ 〈暗褐色〉	深褐色
갈색 /갈쌕/ 〈褐色〉	褐色
밤색 〈-色〉	栗色、褐色
국방색 /국빵색/ 〈國防色〉	國防色、卡其色 ＊也稱為카키색。
호박색 /호박쌕/ 〈琥珀色〉	琥珀色
노란색 〈-色〉	黃色
황토색 〈黃土色〉	土黃色
크림색 〈cream 色〉	奶油色
베이지색 〈beige 色〉	米黃色、米色
산호색 〈珊瑚色〉	珊瑚色
아이보리색 〈ivory 色〉	象牙色
초록색 /초록쌕/ 〈草綠色〉	翠綠色
녹색 /녹쌕/ 〈綠色〉	綠色

풀색 /풀쌕/ 〈-色〉	青綠色
쑥색 /쑥쌕/ 〈-色〉	葉綠色
연두색 〈軟豆色〉	草綠色、淡綠色
녹두색 /녹뚜쌕/ 〈綠豆色〉	豆綠色 ＊也稱為청녹색 /청녹쌕/ 〈青綠色〉。
파란색 〈-色〉	藍色
감색 〈紺色〉	藏藍色、海軍藍
하늘색 /하늘쌕/ 〈-色〉	天藍色
옥색 /옥쌕/ 〈玉色〉	玉色 ＊偏青綠的顏色。
군청색 〈群青色〉	群青色
남색 〈藍色〉	藍色
자주색 〈紫朱色〉	紫朱色、紫紅色
보라색 〈-色〉	紫色
무지개색 〈-色〉	彩虹色
금색 〈金色〉	金色
은색 〈銀色〉	銀色
검은색 〈-色〉	黑色 ＊黑色：까만색
흰색 〈-色〉	白色 ＊白色：하얀색
회색 〈灰色〉	灰色
쥐색 〈-色〉	鼠灰色

★表示顏色的形容詞

푸르다	綠、藍、青 ＊統稱的說法參照「基本 5 色表格」。 ＊湛藍的天空：푸른 하늘 ＊綠油油的麥苗：푸른 보리 ＊青背的鮮魚：등 푸른 생선

파랗다 /파라타/	藍、綠 ＊具體的說法參照「基本 5 色表格」。 ＊青鳥：파란 새 ＊樹葉綠油油的：나뭇잎이 파랗다
새파랗다 /새파라타/	湛藍、蔚藍、青澀的 ＊青澀的小夥子：새파랗게 젊은 녀석 ＊蔚藍的大海：새파란 바닷물
푸르스름하다	淡綠、淡藍、淡青 ＊淡藍的燈光：푸르스름한 불빛 ＊臉色一陣青一陣白：푸르스름한 얼굴
붉다 /북따/	鮮紅色 ＊統稱的說法。大多指未經人工「自然狀態的紅」，請參照「基本 5 色表格」。 ＊紅花：붉은 꽃 ＊鮮血：붉은 피
빨갛다 /빨가타/	紅色 ＊具體的說法。經常使用在人造物上。也用以表現人的感情或感受（參照「基本 5 色表格」）。 ＊(交通號誌的)紅燈：빨간 신호등 ＊紅色皮鞋：빨간 구두
새빨갛다 /새빨가타/	鮮紅、通紅 ＊接頭詞새-表現明亮的感覺。 ＊鮮紅的玫瑰：새빨간 장미 ＊完美無缺的謊言：새빨간 거짓말
불그스름하다	淡紅、淺紅 ＊臉頰泛紅：얼굴이 불그스름하다 ＊傷口周圍微微泛紅：상처 주위가 불그스름하다
검다 /검따/	黑 ＊總稱。 ＊黑衣服：검은 옷
까맣다 /까마타/	黑色 ＊具體的說法。 ＊烏黑的頭髮：까만 머리카락 ＊黝黑的臉龐：얼굴이 까맣다

새까맣다 /-마타/	烏黑、黑漆漆 ＊烏黑的瞳孔：새까만 눈동자 ＊曬得黝黑的臉龐：새까맣게 탄 얼굴
거무스름하다	微黑、黝黑 ＊黝黑的肌膚：거무스름한 살결
희다	白 ＊總稱。 ＊白紙：흰 종이 ＊白雲：흰 구름
하얗다 /하야타/	白色 ＊具體的說法。 ＊白色的襯衫：하얀 와이셔츠 ＊白色的眼睛：하얀 눈
희읍스름하다	灰白、微白 ＊灰白的臉龐：희읍스름한 얼굴 ＊柔白的月光，月光迷濛：희읍스름한 달빛
누르다	黃、金黃 ＊總稱。 ＊黃色的南瓜花：누른 호박 꽃
노랗다 /노라타/	黃色 ＊具體的說法。 ＊黃色小雞：노란 병아리 ＊黃色的手帕：노란 손수건
노르스름하다	淺黃、淡黃 ＊香瓜熟了泛淺黃：참외가 노르스름하게 익었다 ＊淡黃的楓葉：노르스름한 단풍

★色彩濃淡的表現方式

새파랗다 /새파라타/	蔚藍、青翠 ＊새是表示色彩非常的鮮豔濃烈的接頭語。
파랗다 /파라타/	藍、青
퍼렇다 /퍼러타/	深藍

새빨갛다 /새빨가타/	鮮紅、紅通通
빨갛다 /빨가타/	紅
뻘겋다 /뻘거타/	紅、通紅

새까맣다 /새까마타/	烏黑、黑漆漆
까맣다 /까마타/	黑
꺼멓다 /꺼:머타/	黝黑、暗黑

새하얗다 /새하야타/	雪白、白花花、潔白
하얗다 /하야타/	白
허옇다 /허여타/	瑩白、乳白、灰白

샛노랗다 /샌노라타/	金黃、黃澄澄
노랗다 /노라타/	黃
누렇다 /누러타/	枯黃、蠟黃、芥末黃

• 顏色的基本 5 色

韓國人生活上的基本色是청、백、홍、흑、황，也就是青、白、紅、黑、黃這 5 色。在農曆新年（설）或中秋（추석）、週歲宴（돌잔치）時，為了消災解厄、祈求長命百歲，讓孩子穿上的赤古里(韓式上衣)的顏色稱為색동，袖子上便有藍、白、紅、黑、黃的條紋。這 5 色也稱為五方色（오방색），各自代表的是青（東）、白（西）、赤（南）、黑（北）、黃（中央）。

基本 5 色	藍色	紅色	黑色	白色	黃色
漢字讀法	청〈青〉	홍〈紅〉	흑〈黑〉	백〈白〉	황〈黃〉
總稱・原形	푸르다	붉다	검다	희다	누르다
요形	푸르러요	붉어요	검어요	희어요	누르러요
冠形詞	푸른~	붉은~	검은~	흰~	누른~
～色	푸른색	붉은색	검은색	흰색	누른색
過去式	푸르렀다	붉었다	검었다	희었다	누르렀다
冠形詞	푸른~	붉은~	검은~	흰~	누른~

名詞	파랑	빨강	까망	하양	노랑
形容詞原形	파랗다	빨갛다	까맣다	하얗다	노랗다
요形	파래요	빨개요	까매요	하얘요	노래요
副詞	파랗게	빨갛게	까맣게	하얗게	노랗게
冠形詞	파란~	빨간~	까만~	하얀~	노란~
~色	파란색	빨간색	까만색	하얀색	노란색
過去式	파랬다	빨갰다	까맸다	하얬다	노랬다

• 表示「青色」的 파랗다 與 푸르다 相異之處

（1）파랗是指青色（청색）、綠色（녹색）、藍色（남색）等色彩。

青鳥　　　　　　　　（○）파란 새　　　　　　（×）푸른 새

蔚藍的天空　　　　　（○）파란 하늘　　　　　（○）푸른 하늘

樹葉綠油油的　　　　（○）나뭇잎이 파랗다　　（○）나뭇잎이 푸르다

（2）파랗다前面加個새，指水果或人尚未成熟的模樣。

青澀的果實　　　　　（○）새파란 과일　　　　（×）새푸른 과일

青澀少年　　　　　　（○）새파란 젊은이　　　（×）새푸른 젊은이

（3）푸르다是「青」的總稱，據說來自表示「草」的풀。

充滿希望的夢想　　　（×）파란 꿈　　　　　　（○）푸른 꿈

滿懷希望　　　　　　（×）파란 희망　　　　　（○）푸른 희망

青黴菌　　　　　　　（×）파란곰팡이　　　　（○）푸른곰팡이

綠蠵龜　　　　　　　（×）파란거북　　　　　（○）푸른거북

• 表示「赤色」的 빨갛다 與 붉다 相異之處

（1）빨갛다是表示赤色〈적색〉、紅色〈홍색〉、深紅色（진홍색〈眞紅色〉）等具體的色彩，因此使用範圍比붉다小。

紅燈　　　　　　　　（○）빨간 신호등　　　　（×）붉은 신호등

紅鞋　　　　　　　　（○）빨간 구두　　　　　（×）붉은 구두

紅色的血　　　　　　（○）빨간 피　　　　　　（○）붉은 피

赤裸裸的謊言　　　　（○）새빨간 거짓말　　　（×）새붉은 거짓말

紅色的晚霞　　　　　（○）빨간 저녁놀　　　　（○）붉은 저녁놀

（2）붉다是表示「赤色」的總稱，除了上面提到的之外，還包括橘色（주황색〈朱黃色〉）、紅褐色（고동색〈古銅色〉）、粉紅色（분홍색〈粉紅

色〉）等。並非形容具體的大紅色，而是表示「帶點紅色」的狀態。據說源自代表「火」的불。也是用來代表共產主義的顏色。

赤飯（紅豆糯米飯）	（×）빨간팥밥	（○）붉은팥밥
赤蠵龜	（×）빨간거북	（○）붉은거북
紅磚	（×）빨간 벽돌	（○）붉은 벽돌
紅鬍子、赤鬚	（×）빨간 수염	（○）붉은 수염
紅色思想	（×）빨간 사상	（○）붉은 사상
紅場	（×）빨간 광장	（○）붉은 광장

＊位於莫斯科的公眾廣場。

＊붉은 악마（紅惡魔）：指穿著與韓國足球隊選手制服相同的紅衣，為其加油的支持者。因為2002 年世界盃時的狂熱加油行動受到注目，也稱為Red Devil。

4. 鞋子・身上的配件
★鞋子

신다 /신따/	穿
신발	鞋子 ＊鞋子掉了：신발이 벗겨지다 /-벌껴지다/
실내화 /실래화/〈室內靴〉	室內鞋
슬리퍼 〈slippers〉	拖鞋
샌들 〈sandals〉	涼鞋
비치 샌들 〈beach sandals〉	沙灘涼鞋 ＊因為穿著沙灘拖鞋時發出的啪搭啪搭聲，也稱為플립플랍〈flip-flop〉。
구두	皮鞋
가죽신 /가죽씬/	皮鞋、皮靴
운동화 〈運動靴〉	運動鞋
스니커즈 〈sneakers〉	運動休閒鞋
스파이크 슈즈 〈spike shoes〉	釘鞋

등산화 〈登山靴〉	登山鞋
트래킹화 〈trekking 靴〉	徒步鞋

부츠 〈boots〉	靴子
장화 〈長靴〉	長靴
방한화 〈防寒靴〉	防寒鞋、防寒靴
군화 〈軍靴〉	軍靴 ＊搭配時裝的軍靴稱為워커〈walkers〉。

하이힐 〈high heels〉	高跟鞋
로우힐 〈low heels〉	低跟鞋

발사이즈 〈-size〉	鞋碼 ＊鞋子尺寸的說法是 24.5㎝→ 245（이백사십오）、25.0㎝→ 250（이백오십）、25.5㎝→ 255（이백오십오）。
구두끈	鞋帶 ＊繫鞋帶：구두끈을 매다 ＊解鞋帶：구두끈을 풀다 ＊鞋帶鬆了：구두끈이 플리다
구두 밑창 /-믿창/	鞋底
깔창	鞋墊 ＊為了讓人看起來身高較高的鞋子稱為키높이 깔창。
굽	鞋跟 ＊鞋跟磨破：굽이 다 닳았다 /-다랃따/ ＊鞋跟高：굽이 높다〔낮다〕
구둣주걱 /구둗쭈걱/	鞋拔子
구두약 〈-藥〉	鞋油
구둣솔 /구둗쏠/	皮鞋刷子
구두 닦기 /-닥끼/	擦皮鞋

★包包類

가방	皮包 ＊沒有所謂的書包。小學生使用的稱為책가방 / 책 까방 /〈冊 - 〉。另，女性用的包包稱為백 〈bag〉。
손가방 /손까방/	手提包、手拿包
핸드백〈handbag〉	手提包、手拿包
숄더백〈shoulder bag〉	肩背包、斜背包、側肩包
토트백〈tote bag〉	托特包
크로스백〈cross bag〉	斜挎包
배낭〈背囊〉	背包
웨스트 파우치〈waist pouch〉	腰包、胸前包 ＊也稱為허리 색〈-sack〉、힙 색〈hip sack〉。 ＊복대 /복때/〈腹帶〉可以將護照等貴重物品放在 看不到的地方，腰捲般的包包。
공공칠 가방〈空空七-〉	007 公事包 ＊因為是 007 詹姆士・龐德（제임스본드）電影 中經常使用的手提箱，所以這麼稱呼。
슈츠케이스〈suitcase〉	手提箱 ＊也稱為캐리어〈carrier〉。
보스턴 백〈Boston bag〉	波士頓包、波士頓提袋
트렁크〈trunk〉	皮箱、行李箱
냅색〈knapsack〉	後背包 ＊軍人行軍、軍隊或旅行用的專業背包。
백팩〈backpack〉	後背包 ＊一般的後背包。
배낭〈背囊〉	後背包 ＊背背包：배낭을 메다 ＊배낭可指knapsack、backpack或rucksack，而 rucksack是backpack的德語單字。

★身上的配件

안경 〈眼鏡〉	眼鏡 ＊眼鏡鏡片碎了：안경 렌즈가 깨지다 ＊配新眼鏡：새로 안경을 맞추다 /-맏추다/
안경테 〈眼鏡-〉	鏡框
안경다리 /안경따리/ 〈眼鏡-〉	鏡腳
안경집 /안경찝/ 〈眼鏡-〉	眼鏡盒 ＊也稱為안경 케이스 〈-case〉。
안경알 〈眼鏡-〉	鏡片
선글라스 〈sunglasses〉	太陽眼鏡、墨鏡 ＊戴墨鏡：선글라스를 끼다 ＊색안경 〈色眼鏡〉用在색안경 쓰고 보다（戴著 有色眼光）這樣的情況。
무도수 안경 /무도쑤-/ 〈無度數眼鏡〉	無度數眼鏡 ＊也稱為수 없는 안경、멋쟁이 안경或멋내기 안 경。
외알 안경 〈-眼鏡〉	單片眼鏡
칼라렌즈 〈color lens〉	彩色隱形眼鏡
서클렌즈 〈circle lens〉	瞳孔放大片
쌍안경 〈雙眼鏡〉	雙目望遠鏡
오페라글라스 〈opera glass〉	小型望遠鏡、觀劇鏡

모자 〈帽子〉	帽子
실크해트 〈silk hat〉	絲綢帽、大禮帽
중산모자 〈中山帽子〉	圓頂禮帽
중절모 〈中折帽〉	寬沿紳士帽
고깔 모자 〈-帽子〉	尖帽、生日派對帽
카우보이 해트 〈cowboy hat〉	牛仔帽
야구모자 〈野球帽子〉	棒球帽

캡모자 /캠모자/ 〈cap 帽子〉	鴨舌帽
베레모 〈beret 帽〉	貝雷帽
니트모자 〈knit 帽子〉	針織帽 ＊也稱為털모자、비니。頭頂有個毛線圓球的毛線帽稱為방울 모자。
밀짚모자 /밀찜-/ 〈-帽子〉	草帽
챙	遮陽帽、防曬帽
벨트 〈belt〉	腰帶 ＊也稱為허리띠、혁대 / 혁때/ 〈革帶〉。
버클 〈buckle〉	皮帶扣
서스펜더 〈suspender〉	吊帶
지갑 〈紙匣〉	錢包
동전 지갑 〈銅錢紙匣〉	零錢包
명함 케이스 〈名啣 case〉	名片夾
넥타이 〈necktie〉	領帶 ＊繫〔解〕領帶：넥타이를 매다〔풀다〕
애스코트타이 〈ascot tie〉	阿思科特式領帶
나비넥타이 보타이 〈bow tie〉	領結、蝴蝶領結
크로스오버타이 〈crossover tie〉	交叉領結 ＊也稱為스틱타이 〈stick tie〉。
넥타이 매듭	領帶結 ＊四手結：포인핸드 노트（four-in-hand knot） ＊半溫莎結：하프윈저 노트 〈half windsor-〉 ＊溫莎結：윈저 노트 〈windsor-〉 ＊小結：스몰노트 〈small-〉 ＊（領帶的）酒窩：딤플
장갑 〈掌匣〉	手套
가죽 장갑 〈-掌匣〉	皮革手套

벙어리장갑 ⟨-掌匣⟩	**連指手套**
스카프 ⟨scarf⟩	**圍巾、絲巾** ＊特指女性用的，用於保暖頸部、時尚、保持整潔、防曬或宗教因素。
머플러 ⟨muffler⟩	**圍巾** ＊목도리是防寒用的，也就是「脖圍」。 ＊在韓國，如果說머플러指的多半是스카프，但也包含防寒用的厚圍巾，是頭巾、圍巾、絲巾的總稱。
숄 ⟨shawl⟩	**披肩、披巾**
네커치프 ⟨neckerchief⟩	**圍巾、領巾**
손수건 ⟨-手巾⟩	**手帕**
수건 ⟨手巾⟩	**毛巾** ＊餐廳提供的「濕紙巾、濕毛巾」是물수건 ⟨-手巾⟩。
우산 ⟨雨傘⟩	**雨傘** ＊使用雨傘：우산을 쓰다 ＊撐開雨傘：우산을 펴다 ＊收起雨傘：우산을 접다
우산살 /-쌀/ ⟨雨傘-⟩	**傘架、傘骨**
우산대 /-때/ ⟨雨傘-⟩	**(雨傘)中棒**
우산 손잡이 ⟨雨傘-⟩	**傘柄**
접는 우산 /접는-/ ⟨-雨傘⟩	**折疊式雨傘**
장우산 ⟨長雨傘⟩	**長傘**
비닐우산 ⟨vinyl 雨傘⟩	**塑膠雨傘** ＊也稱為일회용 우산 ⟨一回用雨傘⟩。
양산 ⟨洋傘⟩	**陽傘**
골프 우산 ⟨golf 雨傘⟩	**高爾夫球傘**
파라솔 ⟨parasol⟩	**太陽傘**
지팡이	**拐杖** ＊拄拐杖：지팡이를 짚다 /-집따/

鞋子・身上的配件

★裝飾品、飾品

장신구 〈裝身具〉	裝飾品、首飾
액세서리 〈accessory〉	首飾、飾品、配件 ＊配戴首飾：액세서리를 하다
귀금속 〈貴金屬〉	貴重金屬 ＊街上的銀樓稱為금은방 /금은빵/〈金銀房〉。
손목 시계 〈-時計〉	手錶 ＊戴〔摘下〕手錶：시계를 차다〔풀다〕
반지 〈班指〉	戒指 ＊戴〔摘〕戒指：반지를 끼다〔빼다〕
암밴드 〈armband〉	臂套、臂帶 ＊配戴〔解開〕臂套：암밴드를 하다〔풀다〕
팔찌	手環、手鍊、手鐲 ＊配戴〔解開〕手環、手鍊、手鐲：팔찌를 하다〔풀다〕
넥타이핀 〈necktie pin〉	領帶夾、領針 ＊配戴〔鬆開〕領帶夾：넥타이핀을 하다〔빼다〕
커프스 단추 〈cuffs-〉	袖扣 ＊扣上〔解開〕袖扣：커프스 단추를 채우다〔풀다〕
목걸이 /목꺼리/	項鍊 ＊配戴〔解開〕項鍊：목걸이를 하다〔빼다〕
펜던트 〈pendant〉	墜子、墜飾 ＊戴〔摘〕墜子：펜던트를 하다〔빼다〕
귀고리 귀걸이	耳墜、耳環 ＊配戴〔摘下〕耳環：귀고리를 하다〔빼다〕 ＊귀고리的고리是指門的把手或鎖面上的環狀物。意為「耳環」的귀고리、「耳掛」的귀걸이都是標準語。
피어싱 〈piercing〉	耳環、鼻環、唇環、舌環 ＊配戴〔摘下〕耳環：피어싱을 꽂다〔빼다〕 ＊扎耳洞：귀에 피어싱을 하다/뚫다

옷핀 /옫핀/ ⟨-pin⟩	衣服別針 ＊配戴〔摘下〕別針：옷핀을 꽂다〔빼다〕
브로치 ⟨brooch⟩	胸針 ＊配戴〔摘下〕胸針：브로치를 달다〔빼다〕
배지 /배찌/ ⟨badge⟩	徽章、紀念章 ＊配戴〔摘下〕徽章：배지를 달다〔빼다〕

머리띠	髮圈、髮帶、髮箍
머리핀 ⟨-pin⟩	髮夾 ＊戴〔摘下〕髮夾：머리핀을 꽂다〔빼다〕
리본 ⟨ribbon⟩	緞帶 ＊綁〔鬆開〕緞帶：리본을 묶다〔풀다〕
비녀	髮簪 ＊插〔拿掉〕髮簪：비녀를 꽂다〔빼다〕
슈슈 ⟨chouchou⟩	大腸髮圈
티아라 ⟨tiara⟩	皇冠 ＊戴皇冠：티아라를 하다
관 ⟨冠⟩	冠 ＊戴王冠：왕관을 쓰다
월계관 ⟨月桂冠⟩	桂冠

포셰트 ⟨pochette⟩	(放在衣服口袋內的)口袋巾 ＊配戴口袋巾：포셰트를 꽂다
코사지 ⟨corsage⟩	胸花、裝飾花 ＊女性固定於胸、襟、肩等處，以鮮花、人造花 　做成的小花束或花飾。

★寶石

보석 ⟨寶石⟩	寶石
자수정 ⟨紫水晶⟩	紫水晶
다이아몬드 ⟨diamond⟩	鑽石
에메랄드 ⟨emerald⟩	祖母綠、綠寶石
비취옥 ⟨翡翠玉⟩	翡翠

鞋子・身上的配件

진주 〈眞珠〉	珍珠
루비 〈ruby〉	紅寶石
사파이어 〈sapphire〉	藍寶石
오팔 〈opal〉	蛋白石
마노 〈瑪瑙〉	瑪瑙
호박 〈琥珀〉	琥珀
수정 〈水晶〉	水晶
백금 /백끔/ 〈白金〉	白金
도금 〈鍍金〉	鍍金
탄생석 〈誕生石〉	誕生石、生日石

5. 整理儀容
★整理頭髮

이발소 /이발쏘/ 〈理髮所〉	理髮店 ＊去理髮店理髮：이발하러 가다
미용실 〈美容室〉	美容院 ＊最近會說헤어샵 〈hair shop〉。미장원 〈美粧院〉是很久以前的用法，現在鄉下地方還會這麼說。
이발사 /이발싸/ 〈理髮師〉	理髮師
미용사 〈美容師〉	美容師
머리	頭髮 ＊如머리가 자라다（頭髮長長），一般指頭髮。 ＊捲捲的頭髮：머리가 구불구불거리다 ＊頭髮油亮：머리가 반질반질하다 ＊髮質：머릿결 /머릳껼/ 　髮質受損：머릿결이 상하다 ＊髮量：머리숱 /머리숟/ 　髮量多〔少〕：머리숱이 많다〔-적다〕

머리카락	頭髮、髮絲 ＊髮絲粗〔細〕：머리카락이 굵다〔가늘다〕 ＊髮質硬〔軟〕：머리카락이 뻣뻣하다〔부드럽 다〕
앞머리 /암머리/	瀏海
옆머리 /염머리/	兩側的頭髮
뒷머리 /뒨머리/	後面的頭髮
곱슬머리 /곱쓸-/	捲髮
생머리	(無燙染的)頭髮
뻣뻣한 머리 /뻗뻐탄-/	硬邦邦的頭髮
흰머리 /힌머리/	白髮 ＊也稱為백발 /백빨/〈白髮〉。 ＊變成白髮：백발이 되다 ＊生白髮：흰머리가 생기다 ＊拔白髮：흰머리를 뽑다
새치	(夾雜在黑髮中的)白髮
머리가 빠지다	掉頭髮
대머리	禿頭、光頭 ＊頭髮變禿：대머리가 되다
원형 탈모 〈圓形脱毛〉	圓形禿、鬼剃頭
깎다 /깍따/	剃、刮 ＊剃掉後面的頭髮：뒷머리를 깎다
자르다	剪 ＊咔嚓剪掉：싹둑 자르다
머리를 커트하다 〈-cut-〉	剪頭髮
머리를 빗다 /-빋따/	梳頭髮
머리를 다듬다 /-다듬따/	理一理頭髮
숱을 치다	打薄 ＊打薄剪刀：숱치는 가위

8
打扮

整理儀容

머리를 묶다 /-묵따/	**綁頭髮** ＊扎辮子：머리를 땋다 /-따타/ ＊扎麻花辮：종종머리를 땋다
바리깡	**理髮推刀** ＊바리캉是標準語，但大多寫為바리깡。 ＊電推剪、理髮器：전기 이발기〈電氣理髮器〉
가위	**剪刀** ＊鼻毛剪：코털 가위
면도칼〈面刀-〉	**刮鬍刀** ＊刮鬍子：면도하다、수염을 깎다 ＊修眉：눈썹 손질을 하다
칼날 /칼랄/	**刮鬍刀片** ＊二刃刀片：이중날 ＊三刃刀片：삼중날

★髮型

헤어스타일〈hairstyle〉	**髮型**
장발〈長髮〉	**長髮**
버섯머리 /버선-/	**蘑菇頭** ＊단발머리〈斷髮-〉是指長度到肩膀左右的頭髮。
스포츠머리〈sports-〉	**運動員頭** ＊剃平頭：스포츠형으로 깎다
상고머리	**平頭** ＊前髮留得稍微長一點，側面與後面剃短，頭頂剃平的髮型。
빡빡머리 /빡빵-/	**剃光頭** ＊剃光頭：빡빡 밀다、삭발하다 /삭빨-/〈削髮-〉
군인머리〈軍人-〉	**軍人頭**
스킨 헤드〈skin head〉	**光頭仔**
올백〈all back〉	**油頭**
포니테일〈ponytail〉	**馬尾辮** ＊扎馬尾：포니테일을 하다
쇼트커트〈short cut〉	**短髮**

새기 커트 〈shaggy cut〉	蓬鬆剪髮
울프 커트 〈wolf cut〉	狼剪髮
모히칸 커트 〈Mahican cut〉	莫西干髮型、魔希根髮型
레이어드 커트 〈layer cut〉	層次剪髮 ＊打層次：레이어드커트를 하다
컬을 넣다 〈curl-〉	燙、捲 ＊有리를 말다、고데기로 말다、로트/로뜨로 말다、헤어롤을 말다等各種說法。
헤어그루프 〈hair croup〉	髮捲 ＊電捲棒、電棒捲：세팅기〈setting 器〉 ＊離子夾：헤어아이롱〈hair iron〉
파마	燙髮 ＊燙捲：파마하다 ＊捲髮散開：파마가 풀리다 ＊燙直：매직 ＊數位燙髮：디지털 파마〔形狀記憶燙髮：뽀글이 펌〕
염색하다 /염새카다/ 〈染色-〉	染髮 ＊染髮劑：염색약 /염생냑/〈染色藥〉 ＊白髮專用染髮劑：흰머리용 염색약 ＊請幫我染髮根：뿌리 염색해 주세요. ＊請幫我把髮色染亮：밝게 염색해 주세요. ＊請幫我挑染：브릿지 넣어 주세요.
가발 〈假髮〉	假髮 ＊戴假髮：가발을 쓰다 ＊摘假髮：가발을 벗다 /벋따/ ＊假髮掉了：가발이 벗겨지다 /벋껴지다/
위그 〈wig〉	假髮、法官帽 ＊也稱為붙인머리、부분 가발〈部分假髮〉。
식모하다 /싱모-/〈植毛-〉	植髮 ＊也稱為머리카락을 옮겨 심다。 ＊植髮手術：모발 이식 수술
이마선 〈-線〉	髮際線 ＊也稱為헤어 라인〈hair line〉。
구레나룻 /구레나룯/	鬢角
목덜미 /목떨미/	後頸部

가르마를 타다	**分髮線、分頭髮** ＊分髮線：가르마 (를)　타다 ＊頭髮向左分：가르마를 왼쪽에 타다
머리 끝이 갈라지다	**髮根分叉** ＊請把受損部位的頭髮剪掉：상한　부분만　잘라 　주세요.
머리를 세팅하다 〈-setting-〉	**做頭髮、弄頭髮**
왁스를 바르다 〈wax-〉	塗髮蠟
포마드 〈pomade〉	髮油
헤어 토닉 〈hair tonic〉	生髮液
헤어 무스 〈hair mousse〉	(定型)慕絲
헤어 젤 〈hair gel〉	髮膠
헤어 리퀴드 〈hair liquid〉	護髮液、養髮液
헤어스프레이 〈hair spray〉	定型噴霧
트리트먼트 〈treatment〉	護髮素

9.
住家

1. 住
★住

살다	活、居住
도시 〈都市〉	都市 ＊都市生活：도시 생활
서울	首爾
수도 〈首都〉	首都
주택지 /주택찌/ 〈住宅地〉	住宅用地
주택가 /주택까/ 〈住宅街〉	住宅區 ＊高級住宅區：고급 주택가 〈高級-〉、富人小 區：부자 동네 〈富者洞-〉
달동네 /달똥네/	貧民區
다운타운 〈downtown〉	市中心
교외 〈郊外〉	郊外
근교 〈近郊〉	近郊
신도시 〈新都市〉	新都市 ＊指首爾近郊的衛星都市。有일산 신도시 〈一山 新都市〉、판교 신도시 〈板橋新都市〉、분당 신 도시 〈盆唐新都市〉等。
시골	農村、鄉村
고향 〈故鄉〉	故鄉
벽지 /벽찌/	偏僻地区、僻壤
마을	社區、小鎮
집락 /짐낙/	殖民地、(具有共同愛好或工作的)群居人 群、群體
촌락 /촐락/	村莊、鄉村、村落
산촌 〈山村〉	山村

| 어촌 〈漁村〉 | 漁村 |
| 농촌 〈農村〉 | 農村 |

번화가 〈繁華街〉	大街、鬧區
상가 〈商街〉	商區、商業街
유흥가 〈遊興街〉	娛樂區
빈민가 〈貧民街〉	貧民街 ＊달동네：建在斜坡上的貧民區。

도회지 사람 〈都會地-〉	都市人
촌사람 /촌싸람/ 〈村-〉	鄉下人 ＊也稱為시골 사람。
노숙자 /노숙짜/ 〈露宿者〉	露宿者、流浪漢

★各種住宅

집	家
주거 〈住居〉	居住
주택 〈住宅〉	住宅

아파트 〈apart〉	公寓
아파트 단지 〈apart 團地〉	公寓住宅區
단독 주택 /단독쭈택/ 〈單獨住宅〉	獨棟住宅
이 세대 주택 〈二世代住宅〉	雙連屋 ＊也稱為땅콩 집、땅콩 주택、듀플렉스 하우스（duplex house）。
분양 주택 /부냥-/ 〈分讓住宅〉	分讓住宅 ＊一棟一棟長得一模一樣的獨棟住宅分開賣。
임대 주택 〈賃貸住宅〉	出租住宅
상가 주택 〈商街住宅〉	商業住宅、商用住宅 ＊住商混合住宅：주상복합 아파트 /-보캅-/ 〈住商複合 apart〉

359

사택 〈社宅〉	私宅、個人住宅
기숙사 /기숙싸/ 〈寄宿舍〉	宿舍 ＊宿舍的單人房稱為 1인실。
하숙집 /하숙찝/ 〈下宿-〉	寄宿房屋、下宿 ＊하숙집與자취방的差異在於有沒有供餐，하숙 　집有供餐。
원룸 /원눔/ 〈one room〉	單人套房 ＊자취방〈自炊房〉：附有瓦斯爐與小水槽可以自 　己煮飯，一人居住用的房間。 ＊飯店的單人房稱為싱글룸，監獄等的單人房稱 　為독방/독빵/〈獨房〉。
오피스텔 〈officetel〉	住商兩用房 ＊可做辦公室也可做住家的公寓。
한옥 /하녹/ 〈韓屋〉	韓屋(韓國傳統住宅) ＊提及기와집（瓦屋）、초가집（稻草屋），大 　多不是指居住的房子本身，而是用來指富裕或 　者貧窮的家庭。
양옥 〈洋屋〉	洋房
이층집 /이층찝/ 〈二層-〉	兩層樓住宅 ＊提及이층 건물〈二層建物〉，是指大的建築物。 ＊十層樓建築：십층 건물〈十層建物〉
단층집 /단층찝/ 〈單層-〉	平房
철근 건축 〈鐵筋建築〉	鋼筋建築
콘크리트 건축 〈concrete-〉	混凝土建築
목조 건축 /목쪼-/ 〈木造-〉	木造建築
모르타르 건축 〈mortar-〉	輕型木結構建築、半木構造建築
조립식 주택 /-쭈택/ 〈組立式住宅〉	組合屋
기와집	瓦房
초가집 〈草家-〉	草屋
판잣집 /판잗찝/ 〈板子-〉	間板房、板間房

적산가옥 /적싼-/ 〈敵産-〉	敵産房屋
	*日帝強佔期日本人在韓國興建居住的日式住宅，因為是「敵人的財産」，所以這麼稱呼。首爾當初有許多日本人聚集居住的龍山地區，現在的元曉路 1 ～ 4 街、漢江路 1 ～ 3 街等曾經是練兵場，還留有許多當時建造的「敵産房屋」。在仁川、木浦、浦項、群山等海港都市也留存很多，最近開始有保存的行動。

★自用住宅

집을 짓다 /-짇따/	蓋房子
	*짓다：有著自己親手打造一棟小房子的感覺。同是「建造」，세우다是建造規模相當大的大樓、水壩、橋梁等建築物的感覺。
	*精心打造的房子：정성껏（○지은・x세운）집
	*偷工減料蓋成的房子：날림으로（○지은・x세운）집
건축하다 /건추카다/ 〈建築-〉	建造、修建
건설하다 /건설-/ 〈建設-〉	建設、修建、興建
설계하다 /설계-/ 〈設計-〉	設計
	*畫設計圖：설계도를 그리다
	*製作圖紙：도면을 작성하다
	*勾畫藍圖：청사진을 그리다
신축하다 /신추카다/ 〈新築-〉	新建、新蓋
새집 증후군 /-쯩후군/ 〈-症候群〉	新屋症候群
증축하다 /증추카다/ 〈增築-〉	擴建
리모델링하다 〈remodeling-〉	重新裝潢
	*也稱為새단장하다 〈-丹粧-〉、집을 고치다。
	*幾乎不會使用리폼하다。
보수 공사 〈補修工事〉	房屋修繕工程
재건축하다 /재건추카다/ 〈再建築-〉	改建、重建
재개발하다 /재개발-/ 〈再開發-〉	再開發、重新開發

허물다	**拆毀** ＊허물다：有무너뜨리다的意思，拆除高聳的大樓或龐大的建築物。
헐다	**拆除** ＊헐다：拆除房子等較小的東西。
해체하다 /해체-/〈解體-〉	**解體、拆卸**

주택 대출 /-때출/ 〈住宅貸出〉	**房屋貸款** ＊也稱為주택 융자/주탱융자/〈-融資〉。 ＊長期住宅貸款（장기주택저당대출）稱為抵押貸款 Mortgage loan（모기지론）。
내 집 마련	**購置個人房屋** ＊自己家：자기 집〈自己-〉

전기세 /전기쎄/〈電氣稅〉	**電費** ＊雖然會使用광열비，但並不普及。
전기 요금 /전기-/ 〈電氣料金〉	**電費** ＊在會話中一般稱전기세/전기쎄/〈電氣稅〉。 ＊瓦斯費：가스세 /가스쎄/〈-稅〉 ＊水費：수도세 /수도쎄/〈水道稅〉
공공요금 /-뇨금/ 〈公共料金〉	**公共事業費** ＊也稱為공과금〈公課金〉。

★基本設備

전기 /전기/〈電氣〉	**電**
전원 /저눤/〈電源〉	**電源** ＊插上〔關上〕電源：전원을 넣다〔끄다〕 ＊電源打不開〔關閉〕：전원이 켜지지 않다〔꺼지다〕 ＊連接電源：전원을 연결하다
전압〈電壓〉/저납/	**電壓** ＊電壓低〔高〕：전압이 낮다〔높다〕 ＊降低〔升高〕電壓：전압을 내리다〔올리다〕 ＊電壓下降〔上升〕：전압이 내려가다〔올라가다〕

변압기 〈變壓器〉 / 벼납끼/	**變壓器** ＊韓國的電壓是 220 伏特，使用台灣電器需要變 　壓器。 ＊升壓器：승압기 /승압끼/ ＊降壓器：강압기 /강압끼/
전류 〈電流〉 / 절류/	**電流** ＊通電：전류가 흐르다 ＊直流電：직류 /징뉴/ ＊交流電：교류
스위치 〈switch〉	**開關** ＊打開〔關閉〕：켜다〔끄다〕 ＊「켜다、끄다」原指點火、熄火，如今亦指瓦 　斯的開關。
콘센트 〈concent〉	**插座** ＊雙孔插座：돼지코 콘센트 ＊多功能插座：멀티콘센트 〈multiconcent〉、멀 　티탭 〈 multi tap〉 ＊在插座上插上插頭：콘센트에 플러그를 꽂다/ 　꼳따/ ＊插座的總稱。
플러그 〈plug〉	**插頭**
소켓 〈socket〉	**插座** ＊指牆上的插座。
문어발식 배선 /-씩 배 선/ 〈文魚-式配線〉	**章魚式配線**
정전되다 〈停電-〉	**停電** ＊在會話中使用불이 나가다或전기가 나가다。
누전되다 /누전-/ 〈漏電-〉	**漏電**
배전반 /배전반/ 〈配電盤〉	**配電箱**
두꺼비집 차단기 /차단기/ 〈遮斷器〉	**斷路器**
퓨즈 〈fuse〉	**保險絲** ＊保險絲斷了：퓨즈가 나가다 ＊更換保險絲：퓨즈를 갈다
가스 〈gas〉	**瓦斯** ＊瓦斯洩露：가스가 새다

가스관 〈gas 管〉	瓦斯軟管
가스 밸브 〈gas bulb〉	瓦斯氣閥開關

수도 〈水道〉	水管 ＊停水：단수가 되다 ＊漏水：물이 새다
수도꼭지 /-꼭찌/ 〈水道-〉	水龍頭 ＊關〔開〕水龍頭：수도꼭지를 잠그다〔틀다〕
배수관 /배수관/ 〈配水管〉	排水管
하수 〈下水〉	污水、髒水 ＊污水溢出來：하수가 넘치다
하수도 〈下水道〉	下水道
배수구 〈排水口〉	排水口 ＊排水口阻塞：배수구가 막히다 /마키다/ ＊下水道〔下水道管線〕堵塞：하수구가〔하수 　관이〕막히다
정화조 〈淨化槽〉	淨化槽、化糞池
맨홀 〈manhole〉	人孔 ＊人孔蓋：맨홀뚜껑

냉방 /냉방/ 〈冷房〉	冷氣、空調 ＊開冷氣：냉방하다〔冷氣開放中：냉방 중〕 ＊開〔關〕空調：냉방을 켜다/-틀다〔끄다〕 ＊空調運轉正常：냉방이 잘 되다 ＊冷氣太強：냉방이 너무 세다
보일러 〈boiler〉	熱水器、鍋爐 ＊瓦斯鍋爐：가스 보일러 ＊燃油鍋爐：석유 보일러 ＊在「打開（電器）」的意思上，켜다與틀다都可以使用。켜다是來自성냥을 켜다（點火柴），등불을 켜다（點燈）、전등을 켜다（打開電燈），再發展為텔레비전을 켜다（打開電視）的意思。因此主要用在與「光」有關的電器。 ＊틀다是與「扭轉」相關的詞語，使用於수도꼭지를 틀다（轉水龍頭）。過去，許多電器是以扭轉的方式來開關，因此有냉방을 틀다（開冷氣）這樣的用法。

중앙 난방 〈中央煖房〉	中央暖氣供應 ＊也稱為센트럴 히팅〈central heating〉。
난방 〈煖房/ 暖房〉	暖氣
바닥 난방 /바당-/ 〈-煖房 /-暖房〉	地暖
온돌 〈溫突〉	火炕、暖炕 ＊有暖炕的房間稱為온돌방 /온돌빵/。 ＊灶爐：아궁이 ＊장판지 〈壯版紙〉：貼在暖炕地板上的厚油紙。 　最近因為已很少使用장판지，所以稱為장판或 　바닥장판。

★基礎工程

방음 〈防音〉	隔音 ＊設置隔音工程：방음 공사를 하다 ＊加裝隔音玻璃：방음 유리를 끼다 ＊設置隔音裝置：방음 장치가 돼 있다 ＊牆壁太薄：벽이 얇다 /얄따/ ＊聽到隔壁的聲音：옆방 소리가 들리다 ＊傳來樓上發出的聲響：위층에서 나는 소리가 　울리다 ＊樓上樓下房間之間產生的噪音稱為층간 소음 〈 　層間騷音〉。
단열 /다녈/ 〈斷熱〉	隔熱 ＊隔熱材質：단열재 /다녈째/ ＊外部隔熱：외단열 /외다녈/
골재 /골째/ 〈骨材〉	骨材、砂石
재목 〈材木〉	木材
판자 〈板子〉	木板 ＊也稱為널빤지。
타일 〈tile〉	磁磚 ＊貼瓷磚：타일을 붙이다 /-부치다/ ＊鋪瓷磚：타일을 깔다
블록 〈block〉	地磚、砌磚 ＊疊砌磚塊：블록을 쌓다 /-싸타/

벽돌 /벽똘/ 〈壁-〉	磚頭
시멘트 〈cement〉	水泥
콘크리트 〈concrete〉	混凝土 ＊灌漿：콘크리트를 치다
회반죽 〈灰-〉	灰漿 ＊調灰漿：회반죽을 개다 ＊塗抹灰漿：회반죽을 바르다
흙손 /흑쏜/	瓦刀、泥刀、抹泥刀 ＊用瓦刀塗抹牆壁：흙손으로 담장을 바르다 ＊擋泥板：흙받기 /흑빧끼/
도료 〈塗料〉	塗料 ＊塗抹塗料：도료를 칠하다 ＊塗料剝落：도료를 벗기다 /-뻗끼다/
벽지 /벽찌/ 〈壁紙〉	壁紙 ＊貼壁紙工程：도배하다 〈塗褙-〉
솔	刷子
니스	清漆 ＊塗抹清漆：니스를 바르다 ＊貼在暖炕地板上的油紙稱為장판지 〈壯版紙〉。
페인트 〈paint〉	油漆、塗料 ＊刷油漆：페인트칠을 하다

재료 〈材料〉	材料
원료 /월료/ 〈原料〉	原料
석회 /서쾨/ 〈石灰〉	石灰
돌	石頭
모래	沙子
자갈	小石子、砂礫

★房間與格局

방 〈房〉	房間
넓다 /널따/	寬闊 ＊寬敞的房間：넓은 방

좁다 /좁따/	狹窄 ＊狹窄的房間：좁은 방
양실 〈洋室〉	西式房間
거실 〈居室〉	客廳 ＊사랑방 〈舍廊房〉：舍廊房、客房、廂房。
서재 〈書齋〉	書房
안방 /안빵/ 〈-房〉	臥房 ＊韓國式的住宅會這樣稱呼主屋的起居室，尤其 　是與廚房相鄰的房間。最近在公寓裡，會用來 　稱呼부부가 자는 방（夫婦的寢室）。 ＊在韓國式的住宅裡，안방對面的房間稱為건넌 　방。
마루	木地板
응접실 /응접씰/ 〈應接室〉	待客室、客廳
침실 〈寢室〉	寢室
아이방 〈-房〉	兒童房
공부방 /-빵/ 〈工夫房〉	書房、自修室
다락방 /-빵/ 〈-房〉	閣樓 ＊所謂的옥탑방 /-빵/ 〈屋塔房〉，是加蓋在屋頂 　上可以住人的房間。
아트륨 〈atrium〉	中庭、天井
계단 〈階段〉	階梯、樓梯 ＊樓梯的踏階稱為디딤판，踏階與支撐踏階的裝 　飾板稱為챌판。
계단참 〈階段站〉	樓梯平台 ＊也稱為층계참 〈層階站〉。 ＊指的是連接兩段樓梯之間的水平部分。
손잡이	扶手、把手 ＊橋樑等的扶手、欄干稱為난간 〈欄干〉。
이층 〈二層〉	二樓 ＊上二樓：이층으로 올라가다
일층 〈一層〉	一樓 ＊下一樓：일층으로 내려가다

아래층 〈-層〉	樓下 ＊樓上稱為위층。
지하실 〈地下室〉	地下室 ＊半地下室：반지하방 /-빵/ 〈半地下-〉
보일러실 〈boiler 室〉	熱水器間、鍋爐室
입구 /입꾸/ 〈入口〉	入口 ＊입구是比較正式的用法，「房間的入口」等會 使用들어가는 데（進入的地方）〔請問入口在 哪裡？：들어가는 데가 어디예요？〕 ＊最近車站剪票口的標示會避免使用입구這樣的 漢字，改成들어가는 곳〔一般標示的話，比起 데更常使用곳〕這種較溫和的表現。
출구 〈出口〉	出口 ＊출구是比較正式的表現〔請問出口在哪裡？： 나가는 데가 어디예요？〕 ＊公共施設的出口標示為나가는 곳（出去的地 方）。
대문 /대:문/ 〈大門〉	大門
현관 〈玄關〉	玄關 ＊正面玄關：정면 현관 ＊從玄關進來：현관으로 들어오다 ＊仁川機場是「首爾」的入關口：인천공항은 '서 울'의 관문이다。
뒷문 /뒨문/ 〈-門〉	後門
문 〈門〉	門 ＊門開著：문이 열려 있다（狀態）。 ＊門關著：문이 닫혀 있다（狀態）。
문고리 /문꼬리/	門環
창문 〈窓門〉	窗戶 ＊窗戶模糊：창문이 뿌옇다 /뿌여타/、창문이 뿌 예지다 ＊也可以只說창〔버스 창으로 얼굴을 내밀다： 從巴士窗戶伸出頭〕。

창틀 〈窓-〉	窗框 ＊隔音窗：방음창 ＊雙層窗：이중창 ＊窗戶上冒水蒸汽：결로가 붙다
창유리 /창뉴리/ 〈窓琉璃〉	窗戶玻璃 ＊擦窗戶玻璃：창유리/유리창을 닦다 ＊換窗戶玻璃：창유리를 갈아 끼우다 ＊一大片的玻璃稱為통유리。
유리창 〈琉璃窓〉	玻璃窗
미닫이 /미다지/	滑門、推拉門
방충망 〈防蟲網〉	紗窗、防蟲網

열리다	打開 ＊往裡面推開：안으로 열리다 ＊門打不開：문이 열리지 않다
열다 /열다/	開 ＊開窗戶：창문을 열다
닫히다 /다치다/	被關上 ＊隱含有自己一個人去把它關上的意思。車站的廣播說「車門即將關閉」時是用「출입문 닫겠습니다.」。
닫다 /닫따/	關 ＊關門：문을 닫다 ＊如果說문 닫았다，是已經打烊的意思。

문패 〈門牌〉	門牌 ＊掛門牌：문패를 달다 ＊門牌掛著：문패가 걸려 있다
초인종 〈招人鐘〉	門鈴 ＊也稱為벨〈bell〉。 ＊按門鈴：초인종/벨을 누르다 ＊門鈴響：초인종/벨을 울리다
우편함 〈郵便函〉	信箱 ＊우체통〈郵遞筒〉是郵筒。
빈지문 〈-門〉	支摘窗 ＊支摘窗是明清時期普通人家家裡常使用的一種窗戶，上部可以支起，下部可以摘除，又稱為合窗。

물받이 /물바지/	檐溝 ＊屋檐下面承接雨水的橫槽。
바닥	地板
벽 〈壁〉	牆壁
천장 〈天障〉	天花板 ＊천정是錯誤的。
기둥	柱子 ＊橫樑、樑柱：대들보 /대들뽀/
복도 /복또/ 〈複道〉	走廊 ＊緣側、外廊：툇마루 /퇸마루/
붙박이장 /붇빠기장/ 〈-欌〉	壁櫃 ＊벽장 /벽짱/ 〈壁欌〉是壁櫥。

지붕	屋頂
기와	屋瓦
굴뚝	煙囪

부엌 /부억/	廚房
싱크대 〈sink 臺〉	水槽
세면장 〈洗面場〉	盥洗室
목욕탕 〈沐浴湯〉	澡堂、浴池
화장실 〈化粧室〉	廁所、洗手間
환풍기 〈換風機〉	排風扇、抽風機

장독대 /장똑때/ 〈醬-臺〉	醬缸台
셔터 〈shutter〉	百葉窗、捲簾 ＊放下百葉窗：셔터를 내리다
광 /광/	庫房、倉庫、地窖 ＊所謂的곳간 〈庫間〉 /곧깐/，是朝鮮時代住宅中保管穀物之處。沒有窗戶的房間稱為헛간 〈-間〉。
창고 〈倉庫〉	倉庫
차고 〈車庫〉	車庫 ＊把車停入車庫：차를 차고에 넣다

발코니 ⟨balcony⟩	露台 ＊無屋頂的露天平台。
베란다 ⟨veranda⟩	陽台 ＊上方有屋頂的半戶外空間。
선룸 /썬눔/ ⟨sun room⟩	日光浴室、日光室 ＊也稱為일광욕실 /일광녹씰/ ⟨日光浴室⟩。

정원 ⟨庭園⟩	庭院
마당	院子 ＊後院：뒷마당 /뒨마당/或뒤뜰
별채 ⟨別-⟩	別墅
담	牆 ＊砌牆：담을 치다 ＊砌牆：담을 쌓다 ＊牆倒塌：담이 무너지다 ＊翻牆：담을 넘다
흙담 /흑땀/	土牆 ＊也稱為토담。
돌담	石牆
벽돌 담 /벽똘담/ ⟨甓-⟩	磚牆
판자담 ⟨板子-⟩	木牆
울타리	籬笆、圍籬
개집	狗窩 ＊兔子窩：토끼집

★買賣、租賃房屋

| 부동산 ⟨不動産⟩ | 房産、不動産
＊房産中介：복덕방 /복떡빵/ ⟨福德房⟩〔房地産仲介所〕。
＊也稱為부동산 중개소 ⟨不動産仲介所⟩。
＊공인중개사 ⟨公認仲介士⟩：可代辦各種不動産相關手續的業者。
＊떴다방 /떧따방/：在熱賣的大樓銷售現場附近設置臨時小屋（也有撐起一把海灘傘就開始營業的簡陋攤位）做起仲介，移動式的不動産仲 |

371

	介業者。因為會做出各種不法行為，現在也成為社會問題。
계약서 /계약써/ 〈契約書〉	契約書、合約 ＊不動產中介費：부동산 중개비 〈不動產仲介費〉 〔俗稱복비 〈福費〉〕
방의 구조 〈房-構造〉	房屋構造
방 배치도 〈房-配置圖〉	房屋平面配置圖
택지조성 /택찌-/ 〈宅地造成〉	變更為住宅建地的行為
대지 면적 〈垈地面積〉	地坪面積、地坪 ＊韓國法律上已禁止使用평 〈坪〉，現在以제곱미터 /제곰-/（㎡）來標示。
연면적 〈延-〉	總面積 ＊占地面積：바닥 면적 /바당면적/
전용 면적 〈專用面積〉	專用面積
용적률 /용정뉼/ 〈容積率〉	容積率 ＊指基地內建築物總樓地板面積與基地面積的比率。
건폐율 /건폐율/ 〈建蔽率〉	建蔽率 ＊指房屋投影面積與基地面積的比率。
땅값 /땅깝/	地價 ＊地價下跌：땅값이 떨어지다 /땅깝씨-/ ＊市中心區昂貴難以取得的土地稱為금 싸라기 땅。
졸부 〈猝富〉	暴發戶 ＊也稱為벼락부자 /-뿌자/ 〈-富者〉。
집값 /집깝/	房價 ＊房價上漲：집값이 오르다 /집깝씨-/

집주인 /집쭈인/ 〈-主人〉	房東、屋主
임대 주택 〈賃貸住宅〉	出租住宅
분양권 /분양꿘/ 〈分讓權〉	讓售權 ＊轉賣讓售權：분양권을 전매하다
세든 사람 〈貰-〉	房客
셋집 /셑찝/ 〈貰-〉	租的房子、出租房

입주자 /입쭈자/ 〈入住者〉	入住者
셋방 /섿빵/ 〈貰房〉	租的房間
차지 〈借地〉	租地、租借土地 ＊租地權：차지권 /차지꿘/

집세 〈-貰〉	房租 ＊租一整間房子時的房租。
방값 /방깝/	房租 ＊也稱為방세/방쎄/〈房貰〉。 ＊月租：사글세 /사글쎄/〔由삭월세〈朔月貰〉而 　來〕、월세〈月貰〉 ＊飯店、旅館的住宿費，或是雅房、套房這種只 　租房間而非租賃整間、整棟房子的費用都稱방 　값。
입지 /입찌/ 〈立地〉	環境條件 ＊環境條件好：입지 조건이 좋다 /입찌 조껀-/
전망이 좋다 〈展望-〉	景觀佳 ＊保障瞭望權：조망권 보장
교통이 편하다 〈交 通-便-〉	交通便利 ＊也可說교통편이 좋다。
접근성 /접끈썽/ 〈接近性〉	交通便利性 ＊鄰近市中心的好地區：도심 접근성이 좋은 곳
햇볕이 잘 들다 /핻뼈 치-/	採光好 ＊採光好的房間：햇볕이 잘 드는 방 ＊墓、墓地（무덤，묘지）等「日照好」的情況 　稱為양지바르다。
남향 〈南向〉	坐北朝南、坐北向南
동향 〈東向〉	坐西朝東、坐西向東
옛 용지 /엔뇽지/ 〈-用地〉	老用地 ＊老工廠用地：옛 공장 용지 /엔-뇽지/

이사하다 〈移徙-〉	搬家
이삿짐 센터 /이삳찜/ 〈-center〉	搬家公司
이사 비용 〈-費用〉	搬家費用

373

| 용달차 〈用達車〉 | 送貨車
＊可以在需要搬運物品時叫來的小型貨車。在韓國除了搬家之外，經常有機會用到這種車。找용달차來搬家的服務稱為용달 이사，是學生等在搬運少量行李時的好幫手。 |

◆전세與월세

　　在韓國租房子，有전세與월세兩種。전세〈傳貰〉制度並非按月繳納房租，而是將 2 年的保證金先繳給房東，任由房東運用。房東可用這筆錢生息以充月租費，但在合約到期後，房東需將當初房客繳交的保證金整筆退還。像這種以전세方式租屋的費用稱為전셋값 /전섿깝/。如今因為利率低、退款時問題多等原因，與過去相比，使用전세制度租房子的人已少了許多。相對的，選擇월세制度，以每月付定額租金的方式租賃房子的人變多了。但即使是月租，簽約時，一般也要給房東一筆保證金。通常租屋資訊上會標示「500／25：오백에이십오（保證金 500만원／每月支付租金 25만원）」。保證金的金額越高，每月月租的金額就越少。월세的保證金與전세一樣，退租時會全額退還。但如果遲繳月租費，就會從保證金中扣除。

2. 家電・家具
★家電
〔廚房家電等請參照 65 頁〕

가전제품 〈家電製品〉	家電用品
텔레비전 〈television〉	電視 ＊也稱為티브이（TV）。稱之텔레비、테레비、티비的人也很多。 ＊液晶電視：액정 텔레비전（也稱為 LCD TV） ＊超薄電視：슬림 TV ＊懸掛式電視：벽걸이 텔레비전 ＊電視天線：텔레비전 안테나
화면 〈畫面〉	螢幕 ＊60 吋大螢幕：60〔육십〕인치 대화면
고화질 〈高畫質〉	高畫質

라디오 〈radio〉	收音機 ＊AM(廣播)收音機：에이엠 라디오 ＊FM(廣播)收音機：에프엠 라디오 ＊短波收音機：단파 라디오 ＊收音機隨身聽：트랜지스터 라디오 ＊可攜式收音機：포터블 라디오
리모컨	遙控器
CD플레이어 /씨디-/ 〈CD player〉	CD 播放器 ＊燒錄光碟：CD를 굽다 ＊手提 CD 收錄音機：CD 카세트 라디오 ＊CD 隨身聽：휴대용CD、CDP
DVD플레이어 /디브이디-/	DVD 播放器 ＊全區 DVD 播放器：코드프리 디브이디 〈cord free-〉
녹화하다 /노콰-/ 〈錄畫-〉	錄影 ＊預約錄影：예약 녹화 /예양노콰-/
정지 화면 〈靜止畫面〉	靜止畫面
꺼냄	取出
녹음하다 〈錄音-〉	錄音
재생하다 〈再生-〉	播放 ＊打開 DVD：DVD〔디브이디〕를 틀다
되감기 /되감끼/	倒帶 ＊倒帶：되감기(를) 하다
고속감기 /고속깜끼/ 〈高速-〉	快速倒帶 ＊也稱為빨리감기 /빨리감끼/。

오디오 〈audio〉	音響
앰프 〈amp〉	擴音器
튜너 〈tuner〉	調諧器
미니 컴포넌트 〈mini component〉	迷你微型組件
헤드폰 〈headphone〉	頭戴式耳機
엠피스리 〈MP3〉	MP3
아이 폰 〈iPhone〉	蘋果手機、iPhone

히터 〈heater〉	暖氣 ＊暖風器：팬 히터 〈fan heater〉
전기 장판 〈電氣壯版〉	電熱毯
난로 /날로/ 〈煖爐〉	暖爐
에어컨	空調
공기청소기 〈空氣清掃機〉	空氣清淨機
선풍기 〈扇風機〉	電風扇 ＊開電風扇：선풍기를 틀다 ＊電風扇的葉扇：선풍기의 날개
가습기 /가습끼/ 〈加濕器〉	加濕器
제습기 /제습끼/ 〈除濕機〉	除濕機
청소기 〈清掃機〉	吸塵器 ＊真空吸塵器：진공청소기 〈眞空-〉 〔一般會話 中會說청소기〕 ＊蒸汽清潔機：스팀청소기 ＊手持式吸塵器、直立式吸塵器：핸디형 청소기 ＊吸灰塵：먼지를 빨아들이다 ＊吸塵器發出的聲音是윙。
세탁기 /세탁끼/ 〈洗濯機〉	洗衣機
건조기 〈乾燥機〉	烘乾機
온수기 〈溫水器〉	熱水器
전기 포트 〈電氣 pot〉	電熱水壺

★照明器具

조명기구 〈照明器具〉	燈具 ＊照明：조명을 대다
전구 /전:구/ 〈電球〉	燈泡 ＊燈泡燒壞：전구가 나가다 ＊更換燈泡：전구를 바꾸다
LED /엘이디/ 전구 〈LED 電球〉	LED 燈泡

백열전구 /배결-/ 〈白熱電球〉	白熾燈泡、鎢絲燈泡
꼬마 전구 〈-電球〉	小燈泡
전등 /전:등/〈電燈〉	電燈 ＊開〔關〕電燈：전등을 켜다〔끄다〕 ＊燈罩：전등갓 /전:등간/
형광등 〈螢光燈〉	日光燈 ＊韓語中也這麼稱呼「反應遲鈍的人」。
백열등 /백열뜽/〈白熱燈〉	白熾燈、鎢絲燈
전기 스탠드 /전:기-/ 〈電氣 stand〉	臺燈
샹들리에 〈chandelier〉	水晶吊燈、大吊燈
정원등 〈庭園燈〉	庭院燈
유아등 〈誘蛾燈〉 나방꾐등	誘蛾燈
배터리 〈battery〉	電池 ＊電池耗盡：배터리가 나가다
건전지 〈乾電池〉	乾電池 ＊乾電池耗盡：건전지가/약이 다 되다 ＊1 號〔乾電池〕：D전지 ＊2 號：C전지 ＊3 號：더블에이 (AA) 전지 ＊4 號乾電池：스리에이 (AAA) 전지 　〔說제일 큰 거、좀더 큰 거、좀더 작은 거、 　제일 작은 거都可以聽得懂〕
충전하다 〈充電-〉	充電
설치 공사 〈設置工事〉	安裝工程
설명서 〈說明書〉	說明書 ＊操作說明書：취급 설명서
보증서 〈保證書〉	保證書
고장 나다 〈故障-〉	故障了 ＊壞了：망가지다
수리하다 〈修理-〉	修理 ＊會話中常使用고치다（修理）。
부품 〈部品〉	零件、配件

가구 〈家具〉	家具
생활용품 / 생활룡품/ 〈生活用品〉	生活用品
혼수 〈婚需〉	結婚用品、結婚費用、嫁妝
인테리어 〈interior〉	室內裝修
의자 〈椅子〉	椅子 ＊坐在椅子上：의자에 앉다 ＊安樂椅：안락 의자 /알라기자/ ＊扶手椅：팔걸이 의자 /-이자/ ＊無腿椅：좌식 의자 〈坐式-〉 ＊搖椅：흔들 의자 /흔드리자/
책상 / 책쌍/ 〈冊床〉	桌子 ＊電腦桌：PC용 책상 〈-用冊床〉
서랍	抽屜 ＊打開〔關上〕抽屜：서랍을 열다〔닫다 / 닫따/〕
책꽂이 〈冊-〉 책 버팀대 〈冊-〉	書架、L型書架
책장 / 책짱/ 〈冊欌〉	書櫃
찬장 / 찬짱/ 〈饌欌〉	櫥櫃
식탁 〈食卓〉	餐桌
테이블 〈table〉	桌子
소파 〈sofa〉	沙發
쿠션 〈cushion〉	靠墊、坐墊
벽장 / 벽짱/ 〈壁欌〉	壁櫥
옷장 / 옫짱/ 〈-欌〉	衣櫥、衣櫃
장롱 / 장농/ 〈欌籠〉	衣櫃、衣櫥 ＊螺鈿衣櫥：자개 장롱
옷걸이 / 옫꺼리/	衣架 ＊掛到衣架上：옷걸이에 걸다
거울	鏡子 ＊三面鏡：삼면경 〈三面鏡〉

경대 〈鏡臺〉	梳妝台
커튼 〈curtain〉	窗簾
블라인드 〈blind〉	百葉窗
발	簾子 ＊拉簾子〔把簾子放下來〕：발을 치다〔내리다〕
융단 〈絨緞〉	地毯 ＊鋪地毯：융단을 깔다
카펫 〈carpet〉	地毯
신발장 /신발짱/ 〈-欌〉	鞋櫃
우산꽂이 〈雨傘-〉	雨傘架
시계 /시게/ 〈時計〉	時鐘 ＊時鐘快了：시계가 빠르다 ＊時鐘慢了：시계가 늦다 ＊時鐘停了：시계가 멈추다、시계가 죽다 ＊給時鐘上發條：시계 밥주다
아날로그 시계 〈analog 時計〉	類比鐘
디지털 시계 〈digital 時計〉	數位時鐘
쿼츠 〈quartz〉	石英(鐘、錶)
탁상시계 /탁쌍-/ 〈卓上時計〉	座鐘
벽시계 /벽씨게/ 〈壁時計〉	掛鐘、壁鐘
뻐꾸기 시계 〈-時計〉	布穀鳥鐘、咕咕鐘
해시계 〈-時計〉	日晷

10.

購物

1. 逛街
★購物

쇼핑 〈shopping〉	**購物** ＊在韓語的固有語中並沒有意為「買東西」的詞語。 ＊去購物、去採購：쇼핑하러 가다、장 보러 가다
사다	**買** ＊사다除了付錢取得物品之外，在餐廳吃飯的時候也可以使用〔請你吃晚餐：저녁 사줄게.〕 ＊在自動販賣機等，許多種類之中選擇一個購買的時候用뽑다〔在自動販賣機買了 500 元韓幣的咖啡：자판기에서 500 원짜리 커피를 뽑아 마셨다.〕 ＊買車票的時候用끊다〔買了兩張明天上午去釜山的票：내일 오전 부산에 가는 표를 두장 끊었어요.〕
구입하다 /구이파다/ 〈購入-〉	**購入、購買、採購** ＊團購：공구하다
구매하다 〈購買-〉	**購買** ＊導致購買力下降：구매력 저하를 초래하다
사들이다	**買進、買入、購進** ＊在批發市場大量買入夏季服裝：도매상에서 대량의 여름옷을 사들이다. ＊衝動購物：충동 구매하다 〈衝動購買-〉 ＊起了衝動購物的慾望：지름신이 왔다/내렸다〔突然買了某物稱為지르다（俗語），意即不是自己想買，是被神（지름신）附身所以才衝動購物的〕。
매입하다 /매이파다/ 〈買入-〉	**買入、購入、買進** ＊以原價買入：원가로 매입하다
되사다	**買回** ＊被賣掉的書以高價買回：판 책을 비싼 가격으로 되사다

사 모으다	買齊 ＊買齊舊書：헌 책을 사 모으다
사재기하다	囤積、搶購 ＊囤積、搶購：사재기 ＊獨佔、獨呑：독차지하다〈獨-〉 ＊매점매석하다 /매점매서카다/〈買占賣惜-〉：囤積居奇。指因為預期會漲價而大量收購，在漲價後賣出的行為。
매수하다 /매수-/〈買收-〉	收買、收購、買通 ＊收購建築用地：건설 용지를 매수하다
팔다	賣、銷售 ＊賣東西的人對客人吆喝「快來買」的時候，不是用「사 주세요.」而是「팔아 주세요.」。
판매하다〈販賣-〉	販賣、銷售、經銷、出售 ＊在路邊販賣：길거리에서 팔다 /길꺼리-/ ＊促銷：판매를 촉진하다
발매하다〈發賣-〉	發售、出售、銷售 ＊發售新產品：신제품을 발매하다 ＊展示、亮相：선보이다
출시 /출씨/〈出市〉	上市、面市、問市 ＊출시하다〈出市-〉：上市 ＊韓語中幾乎不用신발매這個詞語，尤其不會用在食物上。 ＊試飲新推出的啤酒：새로 나온 맥주를 시음하다
팔아 치우다	賣光、廉價出售、拋售 ＊떨이로 팔다：清倉 ＊父親將保留的藏書廉價出售了：아버지가 남긴 장서를 헐값으로 팔아 치우다
매도하다〈賣渡-〉	出售 ＊出廠價：공장도 가격〈工場渡價格〉
강매하다〈强賣-〉	强制出售 ＊將英文教材强制出售給學生：학생에게 영어 교재를 비싸게 강매하다
팔아 버리다	脫手、變賣、賣掉、賣出 ＊變賣了祖先代代相傳下來的房子跟土地：조상 대대로 내려온 집과 대지를 팔아 버리다

매진되다 〈賣盡-〉	銷售一空、售罄 ＊特賣品已經銷售一空：특매품은 매진되었습니 다
대매출 〈大賣出〉	清倉大拍賣 ＊年末大清倉：연말 대매출 〈年末-〉 ＊暢銷熱賣：날개 돋친 듯 팔리다 ＊在傳單中可以看到대방출 〈大放出〉這樣的宣傳 文句。
매매하다 〈賣買-〉	買賣、交易 ＊買賣股票：주식을 매매하다 ＊性交易：성매매 〈性賣買〉 ＊秘密交易：밀매매 〈密賣買〉
거래하다 〈去來-〉	交易、買賣 ＊與外國公司交易：외국 상사와 거래하다 ＊私下交易、黑市交易：암거래 〈暗去來〉
견적서 /견적써/ 〈見積書〉	報價單、估價單
달아서 팔다	秤重賣 ＊秤重賣的果醬：달아서 파는 잼
썰어서 팔다	切片賣 ＊切片賣的火腿：햄을 썰어서 팔다
경매하다 〈競賣-〉	競賣、拍賣 ＊提交拍賣：경매에 부치다/-내놓다 ＊拍賣：경매에 부쳐지다 ＊拍賣：옥션 〈auction〉；競買：경매 〈競賣〉
전매하다 〈專賣-〉	轉賣、專賣 ＊轉賣：전매공사 〈專賣公社〉〔在韓國，KT&G 是專賣公社〕
박리다매 /방니다매/ 〈薄利多賣〉	薄利多銷

★店、商店

상가 〈商街〉	商店街
지하 상가 〈地下商街〉	地下街

가게	商店、店鋪 ＊大排長龍的人氣商店：줄서는 대박가게
단골집 /단골찝/	常去的商店、熟店
상점 〈商店〉	商店
점포 〈店鋪〉	店家、店鋪
매점 〈賣店〉	小賣部、小舖
체인점 〈chain 店〉	連鎖店 ＊以前使用연쇄점〈連鎖店〉，最近說체인점比較 多。
편의점 〈便宜店〉	便利商店 ＊7-11：세븐일레븐〈Seven-Eleven〉 ＊Buy The Way：바이더웨이〈Buy The Way〉 ＊C-space：씨스페이스〈C-space〉 ＊MINI STOP：미니스톱〈MINI STOP〉 ＊GS25〔以前的 LG25〕 ＊CU：CU /씨유/

프랜차이즈 〈franchise〉	特許加盟店
플래그십스토어 〈flagship store〉	旗艦店 ＊不使用기함점這個詞語。
직매소 /징매소/ 〈直賣所〉	直營店

◆품절與매진

　　품절的漢字寫為「品切」；매진的漢字則為「賣盡」。품절是用在當場雖然已經賣光沒有了，但在其他地方或是稍微再等一下，就「還有可能買到」的物品；매진是用在棒球賽的門票或某個時間的火車票、機票賣光「已經買不到」的情況。如果因為兩者都是漢字語而不欲使用時，可以使用다 팔렸다。另外，有名額限制的旅行團等也會使用마감（截止報名）來表示。

도매상 〈都賣商〉	批發商
소매점 〈小賣店〉	零售商

장 〈場〉	**市場、集市** ＊開市：장이 서다 ＊오일장 /오일짱/ 〈五日場〉：每五日開一次的市場 ＊칠일장 /칠일짱/ 〈七日場〉：每七日開一次的市場
시장 〈市場〉	**市場**
수산물 시장 〈水産物市場〉	**海鮮市場** ＊首爾的노량진 수산시장（鷺梁津水産市場）、釜山的자갈치 시장（札嘎其市場）都很有名。
어시장 〈魚市場〉	**漁獲市場**
재래시장 〈在來市場〉	**傳統市場**
도매 상가 〈都賣商街〉	**批發市場**
쇼핑센터 〈shopping center〉	**購物中心** ＊商場、賣場：쇼핑몰〈-mall〉
슈퍼마켓 〈supermarket〉	**超級市場** ＊也稱為슈퍼。
대형 마트 〈大型 mart〉	**大型賣場** ＊知名的有이마트〈E-Mart〉、롯데마트〈Lotte Mart〉、홈플러스〈Homeplus〉、농협 하나로마트〈農協-〉、GS슈퍼마켓、킴스클럽〈KIM'S CLUB〉、메가마트〈Mega Mart〉等。
아울렛 〈outlet〉	**暢貨中心**
창고형 마트 〈倉庫型 mart〉	**倉儲式賣場、倉儲式超市** ＊也稱為창고형 할인점〈倉儲式量販店〉。 ＊有코스트코〈costco〉、이트레이더스〈eTraders〉、빅마트〈Bigmart〉等。
백화점 /배콰점/ 〈百貨店〉	**百貨公司**
본관 〈本館〉	**本館**
신관 〈新館〉	**新館**
별관 〈別館〉	**分館**
전문점 〈專門店〉	**專賣店**

전자 상가 〈電子商街〉	電子商業街 ＊知名的有용산 전자 상가〈龍山-〉、강변 테크 노마트〈江邊-〉。
디스카운트 스토어 〈discount store〉	廉價商店 ＊折扣店：할인점〈割引店〉；二手商店：재활용 센터 /재화룡-/〈再活用 center〉
리사이클 숍 〈recycle shop〉	二手商店、可回收商店
퀵 서비스 〈quick service〉	快捷服務 ＊在韓國除了機車之外，還會使用다마스 〈Damas〉這種小型車來配送。
심부름 센터 〈-center〉	服務中心 ＊收取一筆費用幫人跑腿打雜的地方。
벼룩 시장 〈-市場〉	跳蚤市場
프리마켓 〈flea market〉	跳蚤市場
도떼기 시장 〈-市場〉	黑市 ＊也稱為도깨비 시장。
야시장 〈夜市場〉	夜市
노점상 〈露店商〉	地攤、攤販
행상 〈行商〉	流動攤販

★各種商店

정육점 /정육쩜/〈精肉店〉	肉店、肉品專賣店
생선 가게 〈生鮮-〉	海產商店
야채 가게 〈野菜-〉	蔬菜店
과일 가게	水果店
쌀가게 /쌀까게/	米店
담배 가게	香菸專賣店

주류점 〈酒類店〉	洋酒專賣店、酒莊 ＊也稱為주류 판매점〈酒類販賣店〉、술 파는 가게。
빵집 /빵찝/	麵包店 ＊在韓國，一般麵包店也賣蛋糕，沒有蛋糕專門店。
제과점 〈製菓店〉	糕點店、餅舖
서점 〈書店〉	書店
책방 /책빵/ 〈冊房〉	書坊
문구점 〈文具店〉	文具店 ＊也稱為문방구〈文房具〉。
휴대폰 가게 〈携帶 phone〉	手機店
시디 가게 〈CD-〉	唱片行
카메라 가게 〈camera-〉	攝影器材行
시계방 /-빵/ 〈時計房〉	鐘錶行 ＊也稱為시계점〈時計店〉。
안경 가게 〈眼鏡-〉	眼鏡行 ＊也稱為안경점〈眼鏡店〉。
전당포 〈典當鋪〉	當鋪
귀금속점 /귀금속쩜/ 〈貴金屬店〉	珠寶店 ＊街上的銀樓稱為금은방 /금은빵/ 〈金銀房〉。
약국 /약꾹/ 〈藥局〉	藥房、藥局 ＊可以配韓藥的韓藥行稱為한약방 /하냑빵/ 〈韓藥房〉。
드러그스토어 〈dragstore〉	藥妝店
화장품 가게 〈化粧品-〉	化妝品店
세탁소 /세탁쏘/ 〈洗濯所〉	洗衣店
가구점 〈家具店〉	家具店

388

전기 가게 〈電氣-〉	電器行 ＊過去以電視、收音機為中心的時代，稱為전파상〈電波商〉。
철물점 〈鐵物店〉	五金行

구두 가게	皮鞋店
옷가게 /옫까게/	服飾店
양품점 〈洋品店〉	舶來品店
양복점 /양복쩜/ 〈洋服店〉	西服店
부티크 〈boutique〉	精品店
한복집 /한복찝/ 〈韓服-〉	韓服店

10 購物　逛街

꽃집 /꼳찝/	花店
장신구 가게 〈裝身具-〉	首飾店、飾品店
완구점 〈玩具店〉	玩具店 ＊也稱為장난감 가게 /장난깜-/。
잡화상 /자퐈상/ 〈雜貨商〉	雜貨店 ＊小雜貨店稱為구멍가게，在都會區已經因為超商的普及幾乎絕跡。
골동품 가게 〈骨董品-〉	古董店、古玩店
기념품 가게 〈記念品-〉	紀念品店
명품점 〈名品店〉	名牌店
기프트숍 〈gift shop〉	禮品店

환전소 〈換錢所〉	換錢所
면세점 〈免稅店〉	免稅店 ＊免稅品：면세품 ＊保稅品：보세품
점집 /점찝/ 〈占-〉	算命館、命理館、命相館 ＊命相館大致分為兩種，基於주역（周易）來占卜的철학관 /철학꽌/ 〈哲學館〉，以及由神靈附身靈媒，在神的幫助下做的占卜。

2. 買東西
★在店裡工作的人

상인 〈商人〉	商人
파는 사람	賣方
사는 사람	買方
중개인 〈仲介人〉	仲介人
바이어 〈buyer〉	買家
사용자 〈使用者〉	使用者
점장 〈店長〉	店長
책임자 〈責任者〉	負責人
종업원 〈從業員〉	從業人員、員工
점원 〈店員〉	店員
판매원 〈販賣員〉	販賣員、銷售員
아르바이트생 〈-生〉	PT、兼職人員 ＊簡稱為 알바생。
손님	客人 ＊老客戶、老主顧：단골 손님
바람잡이	同夥、行騙幫腔、把關的人
호객꾼 〈呼客-〉	攬客人員

★關於營業

영업일 /영어빌/ 〈營業日〉	營業日
정기 휴일 〈定期休日〉	公休日
연중무휴 〈年中無休〉	全年無休
영업 시간 〈營業時間〉	營業時間
영업 중 /영업쭝/ 〈營業中〉	營業中 ＊寫在看板上的時候大多寫成 영업중，不會分開 　寫。

준비 중 〈準備中〉	準備中 ＊寫在看版上的時候大多寫成준비중，不會分開 　寫。
야간 영업 〈夜間營業〉	夜間營業
심야 영업 〈深夜營業〉	凌晨營業
이십사 시간 영업 〈二十四時間營業〉	二十四小時營業
개점 시간 〈開店時間〉	開店時間
폐점 시간 〈閉店時間〉	打烊時間
금일 개점 〈今日開店〉	今日營業
금일 휴업 〈今日休業〉	今日公休
임시 휴업 〈臨時休業〉	臨時公休

★清倉大拍賣、出清

세일 〈sale〉	打折 ＊中秋感恩特價促銷：추석 사은 특가 세일 ＊大特價：대박 세일 ＊清倉價、跳樓大拍賣：파격 세일 ＊半價折扣：반값 세일 /반깝-/
바겐세일 〈bargain sale〉	大減價、大酬賓、讓利銷售
특매품 /틍매품/ 〈特賣品〉	特賣商品 ＊也稱為특가 상품 /특까-/ 〈特賣品〉。
미끼 상품 〈-商品〉	帶路貨、犧牲品
인기 상품 /인끼-/ 〈人氣商品〉	熱銷商品、人氣商品 ＊효자 상품 〈孝子商品〉：暢銷商品。指賣得很 　好，對店家來說可以獲利的商品。熱賣商品、 　暢銷商品。
사은품 〈謝恩品〉	贈品 ＊送給消費金額高的客人的禮券或商品等。
한정품 〈限定品〉	限量商品
봉사품 〈奉仕品〉	愛心商品

반값 /반깝/ 〈半-〉	半價 ＊打折銷售：할인 판매 〈割引販賣〉
쿠폰 〈coupon〉	優惠券
덤	附贈物品 ＊商品附的試用品也稱為덤。
경품 〈景品〉	贈品
시제품 〈試製品〉	試製品
샘플 〈sample〉	樣品
서비스 〈service〉	服務
고객 서비스 〈顧客 service〉	顧客服務、售後服務 ＊也稱為애프터서비스。一般念為 AS（에이에스），寫為 A/S。
포장하다 〈包裝-〉	包裝 ★請分開包裝：따로따로 포장해 주세요.
선물 〈膳物〉	禮物 ★請包裝成送禮用包裝：선물용으로 포장해 주세요.
쇼핑 카트 〈shopping cart〉	購物車
쇼핑백 /-빽/ 〈shopping bag〉	購物袋
장바구니 /장빠구니/	購物籃
비닐 봉지 〈vinyl 封紙〉	塑膠袋
종이 봉투 〈-封套〉	紙袋 ＊請注意，在韓國如果需要塑膠袋或紙袋裝商品，會另外加 50 韓元左右。店員會詢問봉투 필요하세요？（需要袋子嗎？）、종이 봉투에 넣어 드려요？（要裝紙袋嗎？）。 ＊不需要袋子：봉투는 필요 없어요. ＊無手提繩。
종이 가방	紙袋 ＊有手提繩。

★各種賣場

매장 〈賣場〉	賣場 ＊也稱為판매장〈販賣場〉。
코너 〈corner〉	區、貨區 ＊寵物飼料在哪區呢？：애완 동물 사료는 어느 코너에 있어요？
진열장 /지녈짱/〈陳列檻〉	展示櫃
쇼윈도 〈show window〉	櫥窗 ＊櫥窗購物、只逛不買：윈도 쇼핑〈window shopping〉〔或稱為아이 쇼핑〕 ＊只是隨便逛一下：그냥 둘러보는 거예요.
디스플레이 〈display〉	展示、陳列
식품 매장 〈食品-〉	食品賣場
화장품 매장 〈化粧品-〉	化妝品賣場
신발 매장	鞋子賣場
신사복 매장 〈紳士服-〉	男裝賣場 ＊也稱為남성복 매장〈男性服-〉。
부인복 매장 〈婦人服-〉	女裝賣場 ＊也稱為숙녀복 매장 /숭녀복/〈淑女服-〉、여성복 매장〈女性服-〉。 ＊童裝賣場아동복 매장〈兒童服-〉
유아용품 매장 〈乳兒用品-〉	嬰幼兒用品賣場 ＊용품在表示「～用品」的時候，不會分開書寫。
캐주얼복 매장 〈casual 服-〉	休閒服賣場
스포츠용품 매장 〈sports 用品-〉	運動用品賣場
선물코너 〈-corner〉	禮品區
가구 매장 〈家具-〉	家具賣場
가정용품 매장 /가정농품-/〈家庭用品-〉	家庭用品賣場
침구 매장 〈寢具-〉	寢具賣場

귀금속 매장	珠寶賣場
주방용품 매장	廚房用品賣場
사무용품 매장	辦公用品賣場
장난감 매장 /장난깜-/	玩具賣場

★挑選商品

고르다	挑選 ＊價格相同時，當然要挑好的：같은 값이면 다 홍치마〔相同價格的時候，挑選賣相好的東西〕
상품〈商品〉	商品
명품〈名品〉	名品 ＊名牌：유명 브랜드〈有名 brand〉
무상표 상품〈無商票商品〉	無商標商品
수입품〈輸入品〉	進口商品、舶來品
수출품〈輸出品〉	出口商品
국산품 /국싼품/〈國產品〉	國產、本國製造 ＊韓語的국산 /국싼/就是指韓國製。
일제 /일쩨/〈日製〉	日本製
미제〈美製〉	美國製
대만제〈臺灣製〉	台灣製
중국제 /-쩨/〈中國製〉	大陸製、中國製
재고품〈在庫品〉	庫存商品
재고 조사〈在庫調査〉	存貨盤點
출하하다〈出荷-〉	出貨、(產品)上市
입하하다 /이파-/〈入荷-〉	進貨、到貨

배달하다 〈配達-〉	配送、投遞
배송하다 〈配送-〉	配送 ＊免費配送：무료배송
주문하다 〈注文-〉	訂購、預訂、下訂單
배송료 /배송뇨/ 〈配送料〉	運費

방문 판매 〈訪問販賣〉	上門推銷 ＊簡稱為방판。 ＊強迫推銷：강매
할부 판매 〈割賦販賣〉	分期付款銷售
통신 판매 〈通信販賣〉 홈쇼핑 〈home shopping〉	郵購、電視購物、電話購物
인터넷 쇼핑 〈Internet shopping〉	網絡購物

다단계 판매 〈多段階販賣〉	傳銷
카탈로그 〈catalog〉	目錄
샘플 〈sample〉	樣品
견본 〈見本〉 견본품 〈見本品〉	樣本、貨樣
비매품 〈非賣品〉	非賣品

진품 〈眞品〉	正品
가짜 물건 〈-物件〉	假貨、贋品 ＊俗語稱為짝퉁。
가짜 브랜드 〈-brand〉	假冒品牌、山寨品 ＊仿冒品：也稱為복제품 /복쩨-/ 〈複製品〉、카 피 상품 〈copy 商品〉。

싸구려	便宜貨 ＊便宜沒好貨：싼 게 비지떡（直譯為「便宜的 就是豆渣餅」）

품질 〈品質〉	品質 ＊標準品質：표준 규격 ＊KS 規格：KS규격 ＊KS 標誌：KS마크
중고품 〈中古品〉	二手貨

불량품 〈不良品〉	劣質品
결함상품 〈缺陷商品〉	瑕疵品
클레임 〈claim〉	索賠 ＊求償、控訴：클레임을 걸다、컴플레인을 하 　다 〈complaint-〉 ＊索賠、有控訴進來（收到客訴）：클레임이 걸 　리다, 컴플레인이 들어오다
리콜 〈recall〉	(產品)召回
회수하다 〈回收-〉	回收
반품하다 〈返品-〉	退貨
환불하다 〈還佛-〉	退款
교환하다 〈交換-〉	交換、更換 ＊漢字語。
바꾸다	調換、換 ＊固有語。

★價格

가격 〈價格〉	價格 ＊合理的價格：착한 가격
대금 〈代金〉	貨款
요금 〈料金〉	收費、費用
값 /갑/	價格 ＊砍價、殺價：값을 깎다 /갑쓸-/ ＊價格便宜：값이 싸다 /갑씨-/
정가 /정까/ 〈定價〉	定價、固定價格、不二價 ＊明碼標價制度：정찰제 /정찰쩨/ 〈正札制〉
가격표 〈價格票〉	價卡

할인 〈割引〉	折扣 ＊也稱為디시〈DC=discount〉。 ＊打九折：십 프로 할인〔디스카운트〕 ＊打五折：오십 프로 할인〔디스카운트〕 ★不打折嗎？：디시 안 돼요？
인상 〈引上〉	上漲 ＊（價格）上漲：（값을）올리다或是인상하다〔書面語〕
인하 〈引下〉	降價、下降 ＊（價格）下跌：（값을）내리다或是인하하다〔書面語〕
부르는 값 /-갑/	要價、索價、喊價、叫價
시가 /시까/	市價
바가지	被坑錢、被宰、被當冤大頭 ＊在居酒屋里被宰了：술집에서 바가지 (를) 썼다.
똥값 /똥깝/	廉價 ＊非常低的價格。

★付款

계산서 〈計算書〉	帳單
청구서 〈請求書〉	請款單、帳單
영수증 〈領收證〉	收據、發票

계산대 〈計算臺〉	結帳櫃檯
바코드 〈bar code〉	條碼 ＊掃描條碼：바코드를 찍다

계산하다 〈計算-〉	結帳、買單 ＊請幫我結帳：계산해 주세요.
지불하다 〈支拂-〉	支付、付款

내다	繳納 ＊내다是支付貨款。一般的購物、簡單的付款等使用내다〔到明天為止必須要繳房租：내일까지 아파트 집세를 내야 한다.〕。 ＊치르다是指在商業交易中，支付必須付出的金額。感覺上付出的金額較大。例如用在중도금을 치르다（支付中間款），잔금을 치르다（支付尾款）。 ＊押定金：계약금을 걸다
선불〈先拂〉	預付
착불 /착뿔/〈着拂〉	貨到付款 ＊國際電話等由對方付費〔collect call〕稱為착신자지불〈着信者支拂〉。
후불〈後拂〉	後付
일시불〈一時拂〉	一次付清
계약금 /계약끔/〈契約金〉	押金、訂金
할부〈割賦〉	分期付款
월부〈月賦〉	月付
현금 지불〈現金支拂〉	現金支付
카드 지불〈card 支拂〉	信用卡支付
소비세 /소비쎄/〈消費稅〉	消費稅 ＊在韓國稱為부가가치세〈附加價值稅〉、부가세〈附加稅〉，收據上會標記為 VAT（Value Added Tax）。
세금 포함〈稅金包含〉 VAT포함	含稅 ＊韓國已經修改法律為所有商品都「含稅」，所以沒有 VAT別途的標示。
상품권 /상품꿘/〈商品券〉	商品券
체크 카드〈check card〉	簽帳金融卡
현금 카드〈現金card〉	提款卡
신용 카드 /시뇽-/〈信用card〉	信用卡

비자 카드 〈Visa card〉	Visa 信用卡
마스터 카드 〈Master card〉	萬事達信用卡
아멕스 카드 〈Amex card〉	美國運通信用卡

사인하다 〈sign-〉	簽名
수표 〈手票〉	支票 ＊開支票：수표를 끊다 /끈따/
여행자 수표 〈旅行者手票〉	旅行支票
자기앞 수표 〈自己-手票〉	銀行本票、本行支票

잔돈	零錢
거스름돈 /거스름똔/	找零
수수료 〈手數料〉	手續費

11.

樂在運動

〔11〕樂在運動

1. 做運動
★做運動

스포츠 〈sports〉	運動
운동하다 〈運動-〉	運動 ＊運動選手：운동선수
연습하다 〈練習-〉	練習
트레이닝하다 〈training-〉	培訓、訓練、練習
훈련하다 /홀련-/ 〈訓練-〉	訓練、練習
단련하다 /달련-/ 〈鍛鍊-〉	鍛鍊 ＊鍛鍊身心：심신을 단련하다 ＊強健身體：몸을 튼튼하게 단련하다
체력 〈體力〉	體力 ＊體力鍛鍊：체력 단련 ＊對體力有自信：체력에 자신이 있다 ＊有體格：체격이 붙다
윗몸일으키기 /윈몸-/	仰臥起坐 ＊比복근 운동 /뿍끈-/ 〈腹筋運動〉更普及的說法。
배근 〈背筋〉	背肌 ＊背肌力：배근력 /배근녁/ 〈背筋力〉
악력 /앙녁/ 〈握力〉	握力 ＊握力大：악력이 세다

★體育課

체육 〈體育〉	體育
체조 〈體操〉	體操
맨손 체조 〈-體操〉	徒手體操

준비 운동 〈準備運動〉	熱身運動、暖身運動 ＊幾乎不會說준비 체조。
몸풀기 체조 〈-體操〉	暖身操
체육복 /체육뽁/ 〈體育服〉	運動服
운동복 〈運動服〉 트레이닝 복 〈training 服〉	運動服 ＊過去常說추리닝。
트레이닝 셔츠 〈training shirt〉	運動 T 恤
트레이닝 팬츠 〈training pants〉	運動褲

뜀틀	跳箱 ＊跳跳箱：뜀틀을 뛰어넘다 /-뛰어넘따/
구름판 〈-板〉	助跳板
팔굽혀펴기 /팔구펴-/	伏地挺身 ＊正式稱為엎드려팔굽혀펴기 /업뜨려-/ ，不分開 　寫也沒關係。
물구나무서기	倒立
제자리멀리뛰기	立定跳遠
제자리높이뛰기	立定跳高
반복옆뛰기 /반봉엽뛰기/ 〈反復-〉	反覆橫跳
토끼 뜀	青蛙跳
줄넘기 /줄럼끼/	跳繩

앞구르기 /압꾸르기/	前滾翻 ＊滾翻：구르기
뒤구르기	後滾翻

철봉 〈鐵棒〉	單槓
거꾸로오르기	向後迴環上槓
차오르기	蹬足上

턱걸이 /턱꺼리/	引體向上
	*靠手臂力量抬起身體的運動。
	*雙手抓住單槓身體下垂測試持久力稱為오래매
	달리기。

2. 運動會・體育運動會
★運動會

체육 대회 〈體育大會〉	運動會
	*也稱為운동회〈運動會〉。
운동장 〈運動場〉	運動場
홍군 〈紅軍〉	紅軍
	*在韓國稱청 팀〈青 team〉、청군〈青軍〉〔在
	韓國，曾因為紅色是共產主義的顏色而排斥
	之〕。
	*紅白對陣：홍백전 /홍백쩐/ 〈紅白戰〉，韓國是
	청백전 /청백쩐/ 〈青白戰〉
백 팀 〈白 team〉	白隊
	*也稱為백군 /백꾼/ 〈白軍〉。
	*白隊贏！白隊贏！：백 팀 이겨라！백군 이겨
	라！
응원하다 〈應援-〉	應援、助陣
	*啦啦隊隊長：응원 단장
파이팅！ 〈fighting〉	加油！
	*最近也有很多人說화이팅，正確的寫法是파이
	팅。
입장하다 /입짱-/ 〈入場-〉	入場
행진하다 〈行進-〉	行進、遊行
입장식 /입짱-/ 〈入場式〉	進場儀式
	*韓語沒有입장 행진這樣的說法。
퇴장하다 〈退場-〉	退場
만국기 /만국끼/ 〈萬國旗〉	萬國旗、世界各國國旗

본부 〈本部〉	本部、總部
내빈석 〈來賓席〉	來賓席
방송반 〈放送班〉	廣播團
구호반 〈救護班〉	救護隊
기록계 /기록게/ 〈記錄係〉	記錄員
총 〈銃〉	槍 ＊鳴槍：총을 쏘다
호루라기	哨子 ＊吹哨子：호루라기를 불다
스톱워치 〈stopwatch〉	碼表 ＊測定時間：시간을 측정하다/재다
스타트 라인 〈start line〉	起跑線 ＊站在起跑線上：스타트 라인에 서다
골 〈goal〉	球門 ＊進球：골인하다 〈goal in-〉
신호 〈信號〉	信號 ＊發送信號：신호를 보내다 ＊各就各位：차렷！(위치로！) ＊預備！：준비！ ＊開始！：출발！(땅！)
플라잉 〈flying〉	偷跑
구령 〈口令〉	口令 ＊喊口令：구령을 붙이다 /-부치다/ ＊各就各位！：차려！ ＊稍息！：열중쉬어！〈列中-〉 ＊立正！：제자리서！ ＊向左轉！：좌향좌！〈左向左〉 ＊向右轉！：우향우！〈右向右〉 ＊向後轉！：뒤로돌아！
인원 확인을 하다 〈人員確認-〉	人員確認 ＊점호하다 〈點呼-〉是軍隊用語。
달리기	跑步

릴레이 〈relay〉	接力賽 ＊也稱為계주〈繼走〉。 ＊班級對抗接力賽：반 대항 릴레이〈班對抗-〉
머리띠	髮帶、髮箍 ＊綁髮帶：머리띠를 두르다
어깨띠	肩帶 ＊綁肩帶：어깨띠를 두르다
배턴 〈baton〉	接力棒 ＊移交接力棒：배턴을 넘겨주다、배턴을 건네주다 ＊掉（接力）棒：배턴을 떨어뜨리다
이인삼각 〈二人三脚〉	二人三脚
단체 줄넘기 /-줄럼끼/ 〈團體-〉	團體跳繩
과자 따 먹기 경기 /-먹끼-/〈-競技〉	摘餅乾比賽
장애물 경주〈障碍物競走〉	跨欄
공 집어넣기 /-집어넣끼/ 공 던지기	投球
박 터트리기	韓式丟彩球遊戲
큰공굴리기	滾球
굴렁쇠 굴리기	滾鐵環
기마전 〈騎馬戰〉	騎馬打仗
줄다리기	拔河 ＊拔河時「嘿喲、嘿喲」的吆喝聲是영치기 영차！영차！영차！。
발씨름	比腳力遊戲
훌라후프 〈Hula-Hoop〉	呼啦圈 ＊比誰能夠轉得最久。
매스 게임 〈mass game〉	集體遊戲、團體賽
포크 댄스 〈folk dance〉	民族舞蹈

가장행렬 /가장행녈/ 〈假裝行列〉	化妝遊行
탈춤	假面舞
	*也稱為꼭두각시 놀이。男女 2 人一組戴上面具，以傀儡般動作跳舞的低年級唱遊。與부채춤（扇子舞）同為經常在運動會表演的節目。
쓰러지다	倒下
	*也稱為넘어지다、자빠지다。
	*猛地摔倒：냅다 넘어지다 /냅따-/ 〔냅다是激烈地做出某個動作的樣子。也表示非常迅速且猛烈的一個狀態。〕像骨牌一樣翻倒도미노처럼 쓰러지다
다리가 꼬이다	腳扭到、腳拐到

★比賽、競技會

경기 〈競技〉	競技、比賽
	*友誼賽：친선 경기 〔시합 〈試合〉 這個詞在韓語中幾乎不會使用〕
단체전 〈團體戰〉	團體賽
	*團體競賽：단체 경기
개인전 〈個人戰〉	個人賽
	*個人競賽：개인 경기
경기 〈競技〉	比賽、競賽
경쟁하다 〈競爭-〉	競爭、較量
	*進行較量：경쟁이 붙다
	*展開競爭：경쟁을 벌이다
올림픽 〈Olympics〉	奧林匹克運動會
	*冬季奧運會：동계 올림픽
	*國際奧林匹克委員會、國際奧委會：아이오시 / 아이오씨/ 〈IOC〉
	*申辦奧運會：올림픽을 유치하다 〈誘致-〉
	*奧林匹克吉祥物：올림픽 마스코트 〈-mascot〉

올림픽 헌장 〈-憲章〉	奧林匹克憲章 ＊皮埃爾·德·顧拜旦男爵（現代奧林匹克運動發起人）：쿠베르탱 남작 〈Coubertin 男爵〉 ＊奧運的意義在於參與：올림픽은 참가하는 것에 의의가 있다.
장애인 올림픽 〈障碍人-〉	殘障奧林匹克運動會、帕拉林匹克運動會 ＊也稱為페럴림픽 〈Paralympics〉。
스페셜 올림픽 〈Special Olympics〉	特殊奧林匹克運動會
세계 선수권 대회 /-선 수꿘-/ 〈世界選手權大會〉	世界選手權大會
월드컵 〈World Cup〉	世界盃
아시안게임 〈Asian Game〉	亞運會、亞洲運動會
유니버시아드 〈Universiade〉	世界大學運動會(世大運)
개최국 〈開催國〉	主辦國
전국 체전 〈全國體典〉	全國體育大會
경기장 〈競技場〉	競技場、體育場
스타디움 〈stadium〉	體育場、運動場
선수촌 〈選手村〉	選手村 ＊韓國國家代表選手的集訓地태릉 선수촌/태능-/〈泰陵-〉相當有名。
성화 〈聖火〉	聖火
성화 봉송 〈聖火奉送〉	聖火傳遞 ＊火炬手：성화 봉송 주자 〈-走者〉
성화대 〈聖火臺〉	聖火臺 ＊在聖火臺點火：성화대에 점화하다 〈-點火-〉
개막식 /개막씩/ 〈開幕式〉	開幕式 ＊運動比賽時通常不會使用개회식 〈開會式〉。

폐막식 /페막씩/ 〈閉幕式〉	閉幕式 ＊運動比賽時通常不會使用폐회식 〈閉會式〉。
아마추어 규정 〈amateur 規定〉	奧會章程 ＊아마추어 규정은 指奧委會制訂之參加奧運的資 　格規定。
도핑 검사 〈doping 檢查〉	藥檢

★選手

대표 선수 〈代表選手〉	代表選手 ＊種子選手：시드 선수 〈seed-〉 ＊替換選手：선수 교체 〈-交替〉
후보 선수 〈候補選手〉	候補選手 ＊後備選手：보결 선수 〈補缺-〉〔보궐 〈補闕〉 　是選舉用語〕
다크호스 〈dark horse〉	黑馬
선서하다 〈宣誓-〉	宣誓 ＊不會使用선수선서하다。 ＊宣誓堂堂正正的進行比賽：정정당당히 싸울 　것을 선서합니다。
팀 〈team〉	團隊
팀워크 〈team work〉	團隊合作 ＊團隊合作無間：팀워크가 좋다 /-좋따/
기량 〈技倆〉	技巧、技能 ＊琢磨技巧：기량을 연마하다 〈-研磨-〉
선제 공격 〈先制攻擊〉	先發制人 ＊先攻：선공 ＊後攻：후공
파인 플레이 〈fine play〉	精彩的比賽、精湛的技術
감독 〈監督〉	監督
코치 〈coach〉	教練

유니폼 〈uniform〉	運動服、制服、隊服
백넘버 /뱅넘버/ 〈back number〉	球衣號碼、背號 ＊背號 18 號的選手：백넘버 18번 선수

입단하다 /입딴-/ 〈入團-〉	入團
퇴단하다 〈退團-〉	退團
이적하다 /이저카-/ 〈移籍-〉	轉會
트레이드하다 〈trade-〉	(運動員的)轉會、轉籍 ＊포스팅 시스템 〈posting system〉：入札制度。 　是日韓棒球員進入美國職棒大聯盟的一個途 　徑。

★競爭

겨루다	較量、比試、競賽
대전하다 〈對戰-〉	對戰、交鋒 ＊對戰狀態：대전 상대 〈-相對〉 ＊對戰表：대전표 〈對戰表〉 ＊樂天對三星：롯데 대 삼성
출장하다 /출짱-/ 〈出場-〉	出場、參賽
기권하다 /기꿘-/ 〈棄權-〉	棄權
이기다	贏 ＊也稱為승리하다 /승니-/ 〈勝利-〉。 ＊韓國勝利：한국에 이기다
지다	輸 ＊也稱為패하다 〈敗-〉。
비기다	打成平手 ＊無勝負、平局：무승부 〈無勝負〉
승부 〈勝負〉	勝負 ＊勝負出曉：승부가 나다 ＊分出勝負：승부를 내다 ＊決一勝負：승부를 가리다
박빙의 승부 /박삥-/ 〈薄氷-勝負〉	勢均力敵 ＊也稱為막상막하의 승부 /막쌍마카-/ 〈莫上莫下- 　勝負〉。

승패 〈勝敗〉	成敗、勝負 ＊不計成敗：승패에 연연하지 않다
실격되다 /실껵-/ 〈失格-〉	失去資格、失格

예선 〈豫選〉	預選、預賽 ＊在預賽中淘汰：예선 탈락 ＊通過預選：예선 통과
토너먼트 〈tournament〉	淘汰賽
패자 부활전 〈敗者復活戰〉	敗部復活賽
연장전 〈延長戰〉	延長賽 ＊進入延長賽：연장전에 들어가다 ＊進入延長賽：연장전으로 이어지다 ＊在延長賽中取得勝利：연장전 끝에 이기다

4강 〈-强〉	四強 ＊8強為 8강/팔강/。
결승 /결쏭/ 〈決勝〉	決賽 ＊準決賽、半決賽：준결승 ＊半準決賽：준준결승 ＊進入決賽：결승에 진출하다 ＊進入冠軍爭奪賽：우승결정전에 진출하다
우승하다 〈優勝-〉	優勝、冠軍、第一名 ＊準優勝：준우승
꼴찌	倒數第一、吊車尾 ＊倒數第三：꼴찌에서 세 번째
부비상 〈booby 賞〉	安慰獎
플레이오프 〈playoff〉	延長賽 ＊也稱為포스트 시즌 〈post season〉。

시상식 〈施賞式〉	頒獎典禮
시상대 〈施賞臺〉	頒獎台
국기 게양 /국끼-/ 〈國旗揭揚〉	升國旗 ＊升國旗：국기를 게양하다 ＊國旗飄揚：국기가 펄럭이다

트로피 〈trophy〉	**獎盃、獎牌** ＊冠軍盃：우승배 ＊優勝獎盃：우승컵 ＊優勝錦旗：우승기
메달 〈medal〉	**獎牌、獎章** ＊金〔銀／銅〕牌：금〔은/동〕메달 ＊奪得金牌：금메달을 따다
월계관 〈月桂冠〉	**桂冠**
기록 〈記錄〉	**記錄** ＊打破記錄：기록을 깨다 ＊創新紀錄：신기록을 세우다
세계 기록 〈世界記錄〉	**世界紀錄**
대회 신기록 〈大會新記錄〉	**大會新記錄**
세계 랭킹 〈世界 ranking〉	**世界排名** ＊世界排名第一：세계 랭킹 1 위

★得分

득점 /득쩜/ 〈得點〉	**得分** ＊得分：득점을 올리다 〈得點-〉 ＊得分懸殊：득점 차가 나다 ＊8比3：8 대 3 /팔 대 삼/ ＊0比0：0 대 0 /영 대 영/
득점왕 /득쩜왕/ 〈得點王〉	**得分王**
선취점 /선취쩜/ 〈先取點〉	**首得分**
무득점 /무득쩜/ 〈無得點〉	**不得分** ＊沒有得分：점수가 나지 않다
동점 /동쩜/ 〈同點〉	**同分、平手** ＊雙方得分3比3：삼대삼 동점이 되다 ＊同分加賽：동점 결승 /동쩜결쏭/
실점 /실쩜/ 〈失點〉	**失分、丟分** ＊失分：실점을 하다 ＊再次失分：실점을 거듭하다
무실점 /무실쩜/ 〈無失點〉	**零失分**

실책 〈失策〉	失策 ＊失策：실책을 범하다 〈-犯-〉
역전 /역쩐/ 〈逆轉〉	逆轉
역전승 /역쩐승/ 〈逆轉勝〉	反敗為勝
역전패 /역쩐패/ 〈逆轉敗〉	轉勝為敗

찬스 〈chance〉	機會、時機 ＊挽救時機：찬스를 살리다
반칙을 하다 〈反則-〉	犯規
판정을 내리다 〈判定-〉	做出判決
항의하다 〈抗議-〉	抗議 ＊向裁判提出抗議：심판에게 항의하다
응원단 〈應援團〉	啦啦隊、應援團
팬 〈fan〉	粉絲

3. 田徑賽・體操
★田徑賽

경주 〈競走〉	賽跑
레이스 〈race〉	速度競賽 ＊賽狗：개경주 〈-競走〉 ＊賽車：자동차 레이스

육상 경기 /육쌍-/ 〈陸上競技〉	田徑比賽
필드 경기 〈field-〉	戶外運動、田賽

도약 경기 〈跳躍-〉	跳躍項目
도움닫기 /도움닫끼/	助跑
멀리뛰기	跳遠
세단뛰기 〈-段-〉	三級跳遠
높이뛰기	跳高

413

장대높이뛰기 /장때-/ 〈長-〉	撐竿跳高

투척 경기 〈投擲-〉	投擲項目
원반 던지기 〈圓盤-〉	擲鐵餅 ＊也稱為투원반〈投圓盤〉。
해머 던지기 〈hammer-〉	擲鏈球 ＊也稱為투해머〈投-〉。
포환 던지기 〈砲丸-〉	擲鉛球 ＊也稱為투포환〈投砲丸〉。
창 던지기 〈槍-〉	擲標槍 ＊也稱為투창〈投槍〉。

트랙 경기 〈track-〉	競賽項目
단거리 달리기 〈短距離-〉	短跑
백 미터 달리기 〈100m-〉	100 公尺賽跑、百米賽跑
허들 〈hurdle〉	跨欄
삼천 미터 허들 〈3000m-〉	3000 公尺跨欄
릴레이 〈relay〉	接力賽 ＊也稱為이어달리기、계주〈繼走〉。 ＊男子 400 公尺接力：남자 사백 미터 릴레이 ＊游泳的接力稱為계영〈繼泳〉。
장거리 달리기 〈長距離-〉	長跑
마라톤 〈marathon〉	馬拉松
역전 경주 /역쩐-/ 〈驛傳競走〉	馬拉松接力賽

★體操比賽

체조 경기 〈體操競技〉	體操比賽
기계 체조 〈器械體操〉	器械體操
철봉 〈鐵棒〉	單槓 ＊男子六項之一。

414

안마 〈鞍馬〉	鞍馬 ＊男子六項之一。
도마 〈跳馬〉	跳馬 ＊也稱為뜀틀，為男子六項之一。
평행봉 〈平行棒〉	雙槓 ＊男子六項之一，女子四項之一。
이단 평행봉 〈二段平行棒〉	高低槓 ＊女子四項之一。
링 〈ring〉	(體操)吊環
평균대 〈平均臺〉	平衡木 ＊女子四項之一。
마루 운동 〈-運動〉	自由體操、體操地板項目
신체조 〈新體操〉	藝術體操、韻律體操
트램폴린 〈trampoline〉	彈翻體操

점프 〈jump〉	跳躍
공중 회전 〈空中回轉〉	空翻
물구나무서기	倒立

4. 球賽
★足球

축구 /축꾸/ 〈蹴球〉	足球
주전 선수 〈主戰選手〉	主力選手 ＊主力選手稱為 주전 선수，是比주력 선수 更適 　當的用法。
팀	隊伍 ＊韓國隊：우리나라 팀〔說話的人是韓國人的 　話，會連在一起寫成우리나라，是外國人的 　話，則分開寫成우리 　나라〕
서포터즈 〈supporters〉	支持者 ＊也稱為응원단 〈應援團〉。 ＊紅色惡魔：붉은 악마 /불근앙마/ 〈-惡魔〉〔韓 　國隊支持者的暱稱〕

훌리건 〈hooligan〉	足球流氓

원정 경기 〈遠征競技〉	客場比賽
홈 경기 〈home 競技〉	主場比賽

킥오프 〈kick off〉	開球
휴식 시간 〈休息時間〉	休息時間
추가 시간 〈追加時間〉	傷停時間 ＊也稱為하프 타임〈half time〉。
전반 〈前半〉	上半場
후반 〈後半〉	下半場

골키퍼 /꼴키퍼/ 〈goal keeper〉	守門員
골문 /꼴문/〈goal 門〉	球門
골대 /꼴때/〈goal 臺〉	球門柱 ＊골대是指足球球門本身。 ＊球門柱：골포스트 /꼴포스트/〈goal post〉〔球門框左右的支柱〕 ＊球門門楣：크로스바〈cross bar〉〔球門框上面的部份〕
골인 /꼴인/〈goal-in〉	進球
해트트릭 〈hat trick〉	帽子戲法、連中三元
자살골 〈自殺 goal〉	烏龍球、踢入本方球門(對方得分) ＊最近稱為자책골〈自責 goal〉。

골킥 /꼴킥/〈goal kick〉	球門球
프리킥 〈free kick〉	自由球
코너킥 〈corner kick〉	角球
페널티킥 〈penalty kick〉	點球、十二碼罰球

슬라이딩 〈sliding〉	鏟球 ＊足球的슬라이딩指的是슬라이딩 태클 (sliding tackle)，是一個側身滑壘，試圖讓球遠離對手的腳的技巧。

헤딩 〈heading〉	頭球
패스 〈pass〉	傳球 ＊傳球：패스를 하다 ＊接到傳球：패스를 받다/받따/ ＊未接到傳球：패스 연결이 안 되다 ＊被搶球：볼을 빼앗기다/-빼알끼다/
롱 패스 〈long pass〉	長傳
인터셉트 〈intercept〉	截球

페인트 〈feint〉	假動作
스로인 〈throw-in〉	擲界外球
센터링 〈centering〉	傳中 ＊最近稱為크로스〈 cross〉。
커버링 〈covering〉	察覺危險並快速應對
태클 〈tackle〉	搶截
드리블 〈dribble〉	帶球、運球、盤球
핸들링 〈handling〉	用手觸球(足球比賽一種犯規)
오프사이드 〈offside〉	越位 ＊越位犯規：오프사이드 반칙을 범하다
옐로카드 〈 yellow card〉	黃牌 ＊也稱為경고 카드〈警告-〉。 ＊得黃牌：옐로카드를 받다 /-받따/
경고하다 〈警告-〉	警告
레드 카드 〈red card〉	紅牌 ＊也稱為퇴장 카드〈退場-〉。 ＊得紅牌：레드카드를 받다 ＊被退場：퇴장시키다

승부차기 〈勝負-〉	罰點球決勝負
숫 /슏/ 〈shoot〉	射門 ＊射門成功：숫이 성공하다/숫을 성공시키다 ＊射門偏了：숫이 빗나가다 ＊射門次數：슈팅 수 〈shooting 數〉

Ⅱ 樂在運動

球賽

417

무승부 〈無勝負〉	和局、平局
수비수 〈守備手〉	後衛 ＊也稱為디펜스〈defense〉。 ＊強化防守：수비를 강화하다 ＊防守薄弱：수비가 약하다 /-야카다/
센터백 〈center back〉	中後衛
스위퍼 〈sweeper〉	清道夫、拖後中尉
풀백 〈fullback〉	後衛
윙백 〈wingback〉	翼衛、邊中場、邊前衛
미드필더 〈midfielder〉	前衛
공격수 /공격쑤/ 〈攻擊手〉	進攻組、攻擊手 ＊也稱為오펜스〈offense〉。
스트라이커 〈striker〉	前鋒
윙어 〈winger〉	鋒線隊員
사령탑 〈司令塔〉	主教練

★棒球

야구 〈野球〉	棒球
동네 야구 〈-野球〉	社區棒球
고교 야구 〈高校野球〉	高中棒球 ＊韓國高中棒球的出賽學校，全國共 60 所〔2013 年至今〕。 ＊全國大賽有동아일보〈東亞日報〉主辦的황금사자기 전국고교야구대회〈黃金獅子旗-〉、중앙일보〈中央日報〉主辦的대통령배 전국고교야구대회〈大統領杯-〉、조선일보〈朝鮮日報〉主辦的청룡기 전국고교야구 선수권대회〈靑龍旗-〉、한국일보〈韓國日報〉主辦的황대기 전국고교야구대회〈鳳凰大旗-〉等。
사회인 야구 〈社會人野球〉	日本社會人棒球、業餘棒球

프로야구 〈pro 野球〉	**職業棒球** ＊韓國的職業棒球（KBO 聯盟）在 1982 年開始時有 6 隊，2017 年現在有 1 聯盟 10 隊。球隊與其加盟者如下〔⑩是新設球隊屬 2 軍〕。 ①LG 〈Twins〉〔首爾〕1982：LG 트윈스 〈LG Twins〉〔서울〕1982 ②Doosan Bears〔首爾〕1982：두산 베어스 〈Doosan Bears〉〔서울〕1982 ③KIA Tigers〔光州〕1982：KIA 타이거즈 〈KIA Tigers〉〔광주〕1982 ④Samsung Lions〔大邱〕1982：삼성 라이온즈 〈samsung Lions〉〔대구〕1982 ⑤Lotte Giants〔釜山〕1982：롯데 자이언츠 〈Lotte Giants〉〔부산〕1982 ⑥Hanwha Eagles〔大田〕1986：한화 이글스 〈Hanwha Eagles〉〔대전〕1986 ⑦SK Wyverns〔仁川〕2000：SK 와이번스 〈SK Wyverns〉〔인천〕2000 ⑧Nexen Heroes〔首爾〕2008：넥센 히어로즈 〈Nexen Heroes〉〔서울〕2008 ⑨NC Dinos〔昌原〕2013：NC 다이노스 〈NC Dinos〉〔창원〕2013 ⑩KT Wiz〔水原〕2015：KT 위즈 〈KT Wiz〉〔수원〕2015
메이저리그 〈major league〉	美國職棒大聯盟
센트럴 리그 〈Central League〉	中央聯盟
퍼시픽 리그 〈Pacific League〉	太平洋聯盟
한국 시리즈 〈韓國 series〉	韓國大賽
구장 〈球場〉	球場
돔 〈dome〉	巨蛋
나이트 게임 〈night game〉	夜賽
낮경기 /낟껑기/ 〈-競技〉	日間賽
더블헤더 〈doubleheader〉	雙重賽

천연 잔디 〈天然-〉	天然草皮
인공 잔디 〈人工-〉	人工草皮

글러브 〈glove〉	手套 ＊拳擊、棒球、曲棍球等運動使用的手套。
미트 〈mitt〉	球棒手套
배트 〈bat〉	球棒 ＊握棒：배트를 쥐다 ＊揮棒：배트를 휘두르다 ＊打擊姿勢：타격 자세를 취하다
공	球

헬멧 〈helmet〉	打擊頭盔 ＊戴打擊頭盔：헬멧을 쓰다
프로텍터 〈protector〉	護具
마스크 〈mask〉	面罩

세이프 〈safe〉	安全上壘 ＊安全上壘：슬라이딩 세이프
아웃 /아욷/ 〈out〉	出局 ＊出局了：아웃이 되다 ＊以些微差距出局：간발의 차로 아웃이 되다
원 아웃 〈one out〉	一人出局
투 아웃 〈two out〉	兩人出局
스리 아웃 /쓰리-/ 〈three out〉	三人出局
더블 플레이 /떠블플레이/ 〈double play〉	雙殺 ＊雙殺出局、雙殺：병살 〈併殺〉 ＊雙殺打：병살타 ＊三殺：트리플 플레이 〈triple-〉、삼중살 〈三併殺〉 ＊精彩防守：파인 플레이 〈fine-〉、호수비 〈好守備〉
협살 /협쌀/ 〈挾殺〉	夾殺 ＊也稱為 런다운 〈run down〉。 ＊跑壘員被夾殺：주자가 런다운에 걸리다

견제구 〈牽制球〉	牽制球 ＊投牽制球：견제구를 던지다
폭투하다 〈暴投-〉	暴投
악송구하다 /악쏭구-/ 〈惡 送球-〉	暴傳、傳球失誤

체인지 〈change〉	換場 ＊三人出局攻守互換：스리 아웃 체인지
칠회초 〈7 回初〉	七局上半
구회말 〈9 回末〉	九局下半

투수 〈投手〉 피처 〈pitcher〉	投手
마운드에 서다 〈mound-〉	站在投手丘上
등판하다 〈登板-〉	登板、上場
로진 백 〈rosin bag〉	滑石粉 ＊棒球投手專用止滑粉。
선발 투수 〈先發-〉	先發投手
중계 투수 〈中繼-〉	中繼投手 ＊也稱為셋업 〈setup〉。
마무리 투수	關門投手、終結者 ＊指把守一場比賽最後幾局（通常以一局為主） 　的投手。
좌완 투수 〈左腕-〉	左投手 ＊也稱為사우스포 〈southpaw〉。
구원 투수 〈救援-〉	救援投手
승리 투수 /승니-/ 〈勝利-〉	勝利投手
패전 투수 〈敗戰-〉	敗戰投手

포수 〈捕手〉	捕手 ＊也稱為캐처 〈catcher〉。
배터리 〈batteries〉	投捕搭檔(投手和捕手) ＊組成投捕組合：배터리를 짜다

사인 /싸인/ 〈sign〉	暗號 ＊給暗號：사인을 내다 ＊盜取暗號：사인을 훔치다 ＊識破暗號：사인을 간파하다 〈-看破-〉 ＊錯過暗號：사인을 놓치다
주자 〈走者〉	跑壘員
대주자 〈代走者〉	代跑
공을 던지다	投球 ＊放鬆肩膀：어깨를 풀다
스트라이크 〈strike〉	好球 ＊好球帶：스트라이크 존 〈-zone〉 ＊投好球：스트라이크가 들어가다 ＊一好球無壞球：원 낫싱、원 스트라이크 노 볼 ＊處於兩好球無壞球：투 스트라이크 노 볼로 몰 　리다 ＊兩好球三壞球：투 스리 ＊滿球數：풀카운트
볼 〈ball〉	壞球 ＊一好球兩壞球：원 스트라이크 투 볼
유인구 〈誘因球〉	引誘球 ＊投引誘球：유인구를 던지다 ＊上引誘球的當：유인구에 속다
포볼 〈four ball〉	四壞球 ＊也稱為볼넷 〈ball-〉、사구 〈四球〉。 ＊保送：포볼/볼넷을 내주다 ＊滿壘擠回一分：밀어내기〔滿壘：주자 만루 /- 　만루/〕 ＊避開對決：승부를 피하다 ＊故意四壞：고의 사구를 던지다 /고이-/ 〈故意四 　球〉
데드볼 〈dead ball〉	死球、比賽停止球 ＊也稱為사구 〈死球〉、히트 바이 피치드 〈hit by 　pitched〉。 ＊觸身球：데드볼을 맞다
구종 〈球種〉	球種

속구 /속꾸/ 〈速球〉	**快速球** ＊球的速度很快：공의 스피드가 빠르다
직구 /직꾸/ 〈直球〉	**直球、平直球** ＊돌직구：力道強、球速快的直球〔引申為不拐 彎抹角，直言不諱。不顧旁人，把想說的話直 接說出來，便是돌직구를 던지다〕
안쪽 볼 〈-ball〉	**內角球** ＊也稱為몸 쪽 볼 〈-ball〉。 ＊投內角高滑球：몸 쪽 높은 슬라이더를 던지다 ＊將球投向內角：몸 쪽을 찌르다
바깥쪽 볼 /바깥쪽-/ 〈-ball〉	**外角球** ＊打外角低球：바깥쪽 낮은 볼을 때리다 ＊攻擊外角低球：바깥쪽 낮은 볼을 공략하다 ＊朝外角低投變化球：바깥쪽 낮은 코스에 변화 구를 던지다
변화구 〈變化球〉	**變化球**
커브 〈curve〉	**曲球**
슬라이더 〈slider〉	**滑球** ＊也稱為뱀직구。
체인지업 〈changeup〉	**變速球** ＊圈指變速球：서클 체인지업 〈circle-〉 ＊指叉球：포크볼 〈forkball〉 ＊掌心球：팜볼 〈palmball〉
슈토 〈shoot〉	**噴射球、內飄球**
너클볼 〈knuckleball〉	**蝴蝶球、彈指球**
컨트롤 〈control〉	**控球** ＊控球不佳：컨트롤 난조 〈-亂調〉
노히트노런 〈no-hit，no-run〉	**無安打無失分比賽**
퍼펙트 게임 〈perfect game〉	**完全比賽**
타석 〈打席〉	**打擊區** ＊進入打擊區：타석에 들어서다 ＊站在打擊區：타석에 서다

타순 〈打順〉	**打擊順序** ＊制定打擊順序 : 타순을 짜다 ＊輪一圈打擊順序 : 타순이 일순하다 ＊本次打擊順序從第三號打擊者開始 : 이번 타순 은 3번 타자부터다
타자 〈打者〉	**打擊者** ＊第一棒 : 선두 타자 ＊第四棒 : 사번 타자 ＊力量型打擊者 : 강타자 ＊中心打者 : 클린업 트리오 〈clean-up trio〉 ＊最後一棒 : 마지막 타자
대타 〈代打〉	**代打** ＊指定打擊 : 지명 타자 ＊代打者 : 대타자 〈代打者〉 ＊代打 : 대타로 뛰다
타법 〈打法〉	**打法、技巧** ＊拉打 : 당겨치기 ＊推打 : 밀어치기 ／打擊 : 몰아치기
선구안 〈選球眼〉	**選球眼**
헛스윙 〈-swing〉	**揮棒落空**
파울 〈foul〉	**界外**
플라이 〈fly〉	**高飛球** ＊也稱為뜬공。 ＊打高飛球 : 플라이볼을 날리다 ＊界外高飛球 : 파울 플라이 〈foul-〉 ＊內野高飛球 : 내야 플라이、내야뜬공 ＊左外野高飛球 : 좌익수 플라이 〈左翼手-〉 ＊右外野高飛球 : 우익수 플라이 〈右翼手-〉 ＊中外野高飛球 : 중견수 플라이 〈中堅手-〉 ＊打成界外球 : 빗맞은 타구／高飛犧牲打 : 희생 플라이 / 히생-/〈犧牲-〉
태그업 〈tag up〉	**返壘**
땅볼 〈-ball〉	**滾地球** ＊也稱為그라운드 볼 〈ground ball〉。 ＊打滾地球 : 땅볼을 치다 ＊錯過滾地球 : 땅볼을 놓치다

불규칙 바운드 〈不規則 bound〉	**不規則彈跳(球)** ＊彈跳球：바운드 볼 〈bound ball〉
번트 〈bunt〉	**觸擊短打** ＊打觸擊短打：번트를 대다，번트를 치다 ＊指示犧牲觸擊：보내기 번트를 지시하다 ＊犧牲觸擊失敗：보내기 번트를 실패하다 ＊犧牲觸擊：희생 번트 ＊觸擊成功：세이프티 번트를 성공하다
안타 〈安打〉	**安打** ＊也稱為히트 〈hit〉。 ＊擊出安打：안타/히트를 치다 ＊擊出安打：안타/히트를 날리다 ＊穿過左中外野的安打：좌중간을 가르는 안타 ＊打到三不管地帶的德州安打：삼유간을 빠지는 　안타를 치다
사이클링 히트 〈cycling hit〉	**完全打擊**
투수 앞 강습 안타 〈投手-强襲安打〉	**投手前强襲安打**
이루타 〈二壘打〉	**二壘打** ＊內野安打：내야 안타를 치다
삼루타 /삼누타/ 〈三壘打〉	**三壘打** ＊三壘安打：삼루타를 터뜨리다
장타 〈長打〉	**長打**
적시타 /적씨타/ 〈適時打〉	**適時安打** ＊擊出適時安打：동점 적시타를 치다
치고 달리기	**打帶跑、擊跑配合戰術** ＊也稱為히트 앤드 런 〈hit and run〉。
스퀴즈 〈squeeze〉	**强迫取分** ＊强迫取分成功：스퀴즈 플레이가 성공하다
텍사스 안타 〈Texas 安打〉	**德州安打**
라이너 〈liner〉	**平飛球**
역전하다 /역쩐-/	**逆轉**

홈런 ⟨home run⟩	全壘打
	*也稱為본루타 / 볼루타/ ⟨本壘打⟩。
	*擊出全壘打：홈런을 치다
	*擊出全壘打：홈런을 맞다
	*逆轉全壘打：역전 홈런 / 역쩐-/
	*滿壘全壘打：만루 홈런 / 말루-/ ⟨滿壘-⟩
	*場內全壘打：러닝 홈런
	*三分全壘打：삼점 홈런 ⟨三點-⟩
	*兩分全壘打：이점 홈런 ⟨二點-⟩
	*再見全壘打：끝내기 홈런〔結束的機會：끝내기 찬스다.〕
삼진 ⟨三振⟩	三振
	*也稱為스트라이크 아웃 ⟨strike out⟩。
	*連3K：삼자 삼진으로 물리치다
	*奪三振：삼진을 빼앗다/- 빼앋따/
	*被三擊出局：삼진당하다
	*拿香三振：루킹 삼진
	*揮空三振：헛스윙 삼진
	*三好球三振：삼구 삼진
낫아웃 /나다웉/ ⟨not out⟩	未出局
삼자 범퇴 ⟨三者凡退⟩	三上三下
	*以三上三下結束：삼자 범퇴로 끝나 버리다
태그 업 ⟨tag up⟩	返壘
도루 ⟨盜壘⟩	盜壘
더블 스틸 ⟨double steal⟩	雙盜壘
홈스틸 ⟨home steal⟩	盜本壘
헤드 슬라이딩 ⟨head sliding⟩	撲壘
에러 ⟨error⟩	失誤
	*掉球：볼을 떨어뜨리다
게임세트 ⟨game-set⟩	比賽結束
콜드 게임 ⟨called game⟩	提前結束比賽、有效比賽
	*宣布提前結束比賽：콜드 게임이 선언되다 ⟨-宣言-⟩
노게임 ⟨no game⟩	保留比賽

게임차 〈game 差〉	勝差
승률 /승뉼/ 〈勝率〉	勝率
방어율 〈防禦率〉	防禦率
타율 〈打率〉	打擊率
출루율 〈出壘率〉	上壘率

베이스 〈base〉	壘 ＊踩壘：베이스를 밟다 ＊上壘：출루하다 〈出壘-〉 ＊滑壘（名詞）：슬라이딩 ＊滑壘（動詞）：슬라이딩하다
수비 〈守備〉	防守 ＊趨前防守：전진 수비를 펼치다 ＊防守範圍廣：수비 범위가 넓다
내야수 〈內野手〉	內野手
일루수 〈一壘手〉	一壘手
이루수 〈二壘手〉	二壘手
삼루수 /삼누수/ 〈三壘手〉	三壘手
쇼트스톱 〈short stop〉	游擊手 ＊也稱為유격수 /유격쑤/ 〈遊擊手〉。 ＊游擊內野安打：유격수 앞 내야 안타
외야수 〈外野手〉	外野手
라이트 〈right〉	右外野手 ＊也稱為우익수 /우익쑤/ 〈右翼手〉。 ＊右外野安打：우익수 앞 안타 ＊越過右外野手頭頂的安打：우익수를 넘기는 안타
레프트 〈left〉	左外野手 ＊也稱為좌익수 /좌익쑤/ 〈左翼手〉。
센터 〈center〉	中外野手 ＊也稱為중견수 〈中堅手〉。
심판 〈審判〉	助理裁判、邊審 ＊也稱為엄파이어 〈umpire〉。
치프 엄파이어 〈chief umpire〉	主審、主裁判 ＊也稱為주심 〈主審〉。

구심 〈球審〉	主審
누심 〈壘審〉	壘審 ＊包含一壘審、二壘審、三壘審。
엄파이어 〈umpire〉	助理裁判、邊審 ＊包含一壘側裁判、二壘側裁判。
더그아웃 〈dugout〉	打者準備區 ＊也稱為벤치〈bench〉。 ＊主戰選手：주전 선수〈主戰選手〉
불펜 〈bull pen〉	牛棚 ＊牛棚投手：대기 투수〈待機投手〉
베이스 코치 〈base coach〉	壘指導員
기록원 〈記錄員〉	記錄員 ＊計分：스코어를 적다
야구 커미셔너 〈野球 commissioner〉	美國職棒大聯盟主席、美國職棒大聯盟執行長
최우수 선수 〈最優秀選手〉	最有價值選手 ＊也稱為엠브이피〈MVP〉。 ＊安打王：타율왕 ＊得點王：타점왕 ＊全壘打王：홈런왕 ＊三冠王：트리플 크라운〈triple crown〉

★高爾夫球

골프 〈golf〉	高爾夫 ＊高爾夫打得好：골프를 잘 치다
골프장 〈golf 場〉	高爾夫球場
골프 연습장 /-연습짱/ 〈golf練習場〉	高爾夫練習場 ＊室內練習場稱為스크린 골프 연습장。
골프를 치다	打高爾夫 ＊盡情打擊：힘껏 치다
스윙 연습을 하다 〈swing 練習-〉	練習揮桿
스윙을 하다 〈swing-〉	揮桿 ＊擊出良好揮桿：좋은 스윙을 하다

골퍼 〈golfer〉	高爾夫球手、高爾夫球運動員
캐디 〈caddie〉	桿弟

골프 웨어 〈golf wear〉	高爾夫球裝
골프 클럽 〈golf club〉	高爾夫俱樂部 ＊也稱為골프채。
우드 〈wood〉	木桿 ＊1 號木桿：드라이버 〈driver〉 ＊2 號木桿：브라시 〈brassie〉 ＊3 號木桿：스푼 〈spoon〉 ＊4 號木桿：버피 〈baffy〉 ＊5 號木桿：크리크 〈cleek〉
아이언 〈iron〉	鐵桿 ＊短鐵桿（8～9 號桿）：쇼트 아이언 〈short iron〉 ＊長鐵桿（2～4 號桿）：롱 아이언 〈long iron〉 ＊用 7 號鐵桿攻上果嶺：7번 아이언으로 그린을 공략하다
웨지 〈wedge〉	挖起桿 ＊PW 挖起桿、PW 鐵桿：피칭웨지 〈pitching wedge〉 ＊沙坑挖起桿、SW 鐵桿：샌드웨지 〈sand wedge〉
퍼터 〈putter〉	推桿
골프 공 〈golf-〉	高爾夫球
티 〈tee〉	球座 ＊開球：티샷을 치다

필드 〈field〉	高爾夫球場 ＊打一場高爾夫球：필드에 나가다
그린 〈green〉	果嶺
잔디결 /잔디껼/	草紋 ＊判讀草紋：잔디결을 읽다
페어웨이 〈fairway〉	球道 ＊掉在球道：페어웨이에 떨어뜨리다 ＊飛到球道正中央：페어웨이 정중앙까지 날리다

에이프런 〈apron〉	球洞四周草坡、草地四周下垂斜面 ＊也稱為果嶺邊緣프린지〈fringe〉
러프 〈rough〉	亂草區、粗草區、長草區 ＊球掉進亂草區：러프에 공을 떨어뜨리다
벙커 〈bunker〉	沙坑 ＊果嶺旁沙坑、果嶺周邊沙坑：그린 사이드 뱅 커〈greenside-〉 ＊橫跨的沙坑：크로스 벙커〈cross-〉 ＊球掉進沙坑：공이 벙커에 빠지다 ＊避開右側沙坑：오른쪽 벙커를 피하다
워터 하자드 〈water hazard-〉	水障礙 ＊黃色界樁：황색 말뚝〈黃色〉
래터럴 워터 하자드 〈lateral-〉	側面水障礙 ＊紅色界樁：적색 말뚝〈赤色-〉
오비 〈OB〉	OB出界 ＊界外球 OB：아웃 오브 바운즈〈out of bounds〉 ＊OB 樁：OB 말뚝
핀 〈pin〉	旗桿 ＊靠近旗桿附近：핀 가까이에 붙이다
어프로치샷 〈approach shot〉	上果嶺之擊球 ＊起撲球擊：칩샷〈chip-〉 ＊劈起球擊：피치샷〈pitch-〉
홀 〈hole〉	球洞 ＊前九洞：전반 9홀〈前半-〉 ＊後九洞：후반 9홀〈後半-〉 ＊3 號洞：3번 홀 ＊12 號洞：12번홀 ＊長洞：롱 홀 ＊中洞：미들 홀 ＊短洞：숏 홀
홀 인 원 〈hole in one〉	一桿進洞
퍼트 〈putt〉	推球入洞 ＊推桿：퍼트가 들어가다
파 〈par〉	平準標桿

보기 〈bogey〉	柏忌 ＊高於標準桿 1 桿。
이븐 〈even〉	總杆數平標準桿
버디 〈birdie〉	小鳥球、博蒂 ＊低於標準桿 1 桿。 ＊這次推桿如果進洞就是博蒂：이 퍼트가 들어 　가면 버디야
이글 〈eagle〉	老鷹球 ＊低於標準桿 2 桿。
알바트로스 〈albatross〉	信天翁 ＊低於標準桿 3 桿。 ＊美國稱為雙鷹（Double Eagle）。
접대 골프 /접때-/ 〈接待 golf〉	接待高爾夫
나이스 샷！/-샫/ 〈nice shot〉	好球
그랜드 슬램 〈Grand Slam〉	大滿貫 ＊指 1 位選手贏得所有男子高球界的「四大滿貫賽」〔美國名人賽 마스터스 대회，美國公開賽 US 오픈，英國公開賽 영국 오픈，美國職業高爾夫協會（PGA）錦標賽 PGA 챔피언십〕。

5. 其他的球類競技
★網球

테니스 〈tennis〉	網球
정구 〈庭球〉	網球
연식 〈軟式〉	軟式網球
경식 〈硬式〉	硬式網球
싱글스 〈singles〉	單打 ＊也稱為단식 경기〈單式競技〉。
더블즈 〈doubles〉	雙打 ＊也稱為복식 경기〈複式競技〉。

혼합 복식 /혼합뽁씩/ 〈混合複式〉	混合雙打
그랜드 슬램 〈Grand Slam〉	大滿貫 ＊指一位網球選手能在同一個賽季之內奪得所有大滿貫賽事的冠軍〔澳洲公開賽 오스트레일리아 오픈（Australian Open）、法國公開賽프랑스 오픈（French Open）、溫布頓網球錦標賽 윔블던 테니스대회（Wimbledon／Championship）、美國公開賽 US 오픈 테니스대회（US Open）〕

테니스장 〈tennis 場〉	網球場
테니스 코트 〈tennis court〉	網球場 ＊紅土網球場：앙투카 코트〈en-tout-cas court〉
네트 〈net〉	球網

라켓 〈racket〉	網球拍
앨리 〈alley〉	網球場上，介於單打邊線和雙打邊線之間的長條狀區域
스트링스 〈strings〉	網球線、拍線
샷 〈shot〉	擊球
서브 〈serve〉	發球
서비스 에이스 〈service ace〉	發球得分
스트로크 〈stroke〉	抽球
스매시 〈smash〉	高壓扣殺
폴트 〈fault〉	發球失誤

백핸드 〈backhand〉	反手拍
랠리 〈rally〉	回合球
발리 〈volley〉	截擊
포인트 〈point〉	得分
세트 포인트 〈set point〉	盤點、盤末點

러브 〈love〉	零分
듀스 〈deuce〉	平分
어드밴티지 〈advantage〉	佔先

★排球

배구 〈排球〉	排球
육인제 〈六人制〉	六人制排球
구인제 〈九人制〉	九人制排球
전위 〈前衛〉	前排球員
후위 〈後衛〉	後排球員
리베로 〈Libero〉	自由人、自由球員
로테이션 〈rotation〉	輪轉換位

공격하다 /공겨카다/ 〈攻擊-〉	攻擊
어택하다 /어태카다/ 〈attack-〉	攻擊
세터 〈setter〉	舉球員
찬스볼 〈chance ball〉	機會球
오픈 공격 〈open 攻擊〉	強攻
크로스 공격 〈cross 攻擊〉	斜線扣擊
시간차 공격 〈時間差攻擊〉	時間差攻擊

토스를 올리다 〈toss-〉	發球拋球
패스하다 〈pass-〉	傳球 ＊上手托球傳球：오버핸드 패스 ＊下手墊球：언더핸드 패스
스파이크하다 〈spike-〉	扣球

페인트하다 〈feint-〉	假動作、佯攻 ＊扣球時：스파이크를 하는 체하다가
서브하다 〈serve-〉	開球 ＊獲得開球權：서브권을 얻다 〈serve 權〉
서비스 에이스 〈service ace〉	發球得分
리시브를 받다 〈receive-〉	接球
블로킹하다 〈blocking-〉	攔網 ＊攔網得分：블록 포인트 〈block point〉

네트 〈net〉	球網
네트 인 〈net in〉	(球)擦網而過
네트 오버 〈net over〉	越網擊球、過網擊球
네트 터치 〈net touch〉	觸網

듀스 〈deuce〉	局末平分
라인즈 맨 〈lines man〉	司線員
드리블 〈dribble〉	連擊
홀딩 〈holding〉	持球
인터피어 〈interfere〉	妨礙動作
오버 타임 〈over time〉	四次擊球
더블 폴트 〈double fault〉	雙方犯規

★籃球

농구 〈籠球〉	籃球
드리블 〈dribble〉	運球
슛 〈shoot〉	投籃 ＊立定投籃：스탠딩 슛 〈standing shoot〉
점프 〈jump〉	跳躍
드로인 〈throw in〉	擲界外球

패스 〈pass〉	傳球 ＊上手傳球：오버핸드 패스〈over hand pass〉 ＊膝下傳球：언더핸드 패스〈under hand pass〉 ＊胸前傳球：체스트 패스〈chest pass〉 ＊反彈傳球：바운드 패스〈bound pass〉 ＊跳起傳球：점프 패스〈jump pass〉 ＊彎鉤傳球：훅 패스〈hook pass〉 ＊過頂傳球：오버헤드 패스〈over head pass〉
아웃 오브 바운드 〈out of bound〉	出界
백 코트 〈back court〉	後場
프론트 코트 〈front court〉	前場
턴 오버 〈turn over〉	失誤
속공 /속꽁/ 〈速攻〉	快攻
지공 〈遲攻〉	放慢攻擊節奏
인터셉트 〈intercept〉	截球、搶球
프리 스로 〈free throw〉	罰球
차지드 타임아웃 〈charged time out〉	暫停
맨투맨 〈man-to-man〉	人盯人防
홀딩 〈holding〉	拉人犯規
푸싱 〈pushing〉	推人犯規
블로킹 〈blocking〉	阻擋犯規

★橄欖球

럭비 〈rugby〉	橄欖球
포워드 〈foward〉	前鋒
백스 〈backs〉	後鋒
스크럼 〈scrum〉	正集團 ＊因為某一隊犯規，裁判可以判定以鬥牛的方式 　重新開始比賽，由沒有犯規的那一隊放球，稱 　為正集團。 ＊正集團爭球：스크럼을 짜다

435

태클하다 〈tackle-〉	擒抱
트라이하다 〈try-〉	達陣
골을 넣다 /-너타/ 〈goal-〉	射門

★保齡球

볼링 〈bowling〉	保齡球
스코어를 적다 〈score-〉	記錄成績
하우스 볼 〈house ball〉	公用球
공을 던지다	投球 ＊仔細町著球瓶投球：핀을 똑바로 보고 던지다 ＊從右側投對角線球：오른쪽에서 공을 대각선 으로 던지다
핀 〈pin〉	球瓶 ＊瞄準 1 號球瓶：1번 핀을 노리다 ＊球瓶倒落：핀이 쓰러지다
스폿 〈spot〉	球瓶位置
헤드핀 〈head pin〉	1 號瓶
스플릿이 되다 〈split-〉	分瓶 ＊指投第一球後，餘瓶之間有多空一個保齡球位。 ＊7 號瓶與 10 號瓶的分瓶：7번 10번 핀의 스플 릿
스페어를 처리하다 〈spare-〉	補中 ＊在第二投中擊倒全部餘瓶。
스트라이크를 날리다 〈strike-〉	全中 ＊投第一球就將 10 個球瓶擊倒。 ＊投出全中：스트라이크를 치다 ＊連續 2 次得到全中（連續 2 次全倒）：더블〈 double〉 ＊火雞（連續 3 次全倒）：터키〈turkey〉 ＊完全比賽（一局中得 300 分）：퍼펙트게임〈 perfect game〉
거터 볼이 되다 〈gutter ball〉	洗溝 ＊球滾向奇怪的方向：공이 이상한 쪽으로 가버 리다

체리가 되다 〈cherry-〉	櫻桃 ＊前面球瓶沒打好所引發的失誤。指球投出去後只打倒中間那排，卻未擊倒左右的球瓶。
어프로치 〈approach〉	助走區
컨트롤이 어렵다 〈control-〉	控球困難

6. 游泳
★游泳

헤엄치다	游泳 ＊也稱為수영하다〈水泳-〉。헤엄치다是包含人的陸上動物〔烏龜或青蛙等〕或是魚，在水中擺動手足前進。수영하다是指人游泳做運動。 ＊在游泳池游泳是 수영하다，在海水浴場游泳是 헤엄치다。 ＊擅長游泳：수영을 잘하다
맥주병 / 맥쭈뼝/ 〈麥酒瓶〉	啤酒瓶 ＊游泳游得好的人是물개。
수영 교실 〈水泳教室〉	游泳教室
수영장 〈水泳場〉	游泳池 ＊也稱為풀장 〈pool 場〉。
풀 사이드 〈poolside〉	泳池邊
실내 수영장 / 실래-/ 〈室內水泳場〉	室內游泳池
온수 수영장 〈溫水水泳場〉	溫水游泳池
워터슬라이드 〈water slider〉	滑水道
탈의실 / 탈이실/ 〈脫衣室〉	更衣室
샤워실 〈shower 室〉	淋浴間
로커 열쇠 〈locker-〉	置物櫃鑰匙

다이빙 금지 〈diving 禁止〉	禁止跳水
구조원 〈救助員〉	救生員
물에 빠지다	溺水
입술이 새파래지다 /입쑬-/	嘴唇發青
유행성 결막염 /유행썽결망념/〈流行性結膜炎〉	流行性結膜炎 ＊罹患流行性結膜炎：유행성 결막염에 걸리다 ＊因為病毒造成的急性出血性結膜炎稱為아폴로눈병。

수영복 〈水泳服〉	泳衣
수영모 〈水泳帽〉	泳帽
물안경 〈-眼鏡〉	泳鏡
귀마개	耳塞
오리발	蛙鞋
튜브 〈tube〉	救生圈

영법 /영뻡/〈泳法〉	游泳方法
횡영 〈橫泳〉	側泳
평영 〈平泳〉	蛙式 ＊也稱為개구리헤엄。
배영 〈背泳〉	仰式
접영 〈蝶泳〉	蝶式
크롤 〈crawl〉	爬泳、自由式 ＊也稱為자유형〈自由形〉。
물장구	打水 ＊也稱為발차기。 ＊打水：물장구 치다
개헤엄	狗爬式 ＊游狗爬式：개헤엄 치다
경영 〈競泳〉	游泳比賽
수구 〈水球〉	水球 ＊也稱為워터 폴로〈water polo〉。

싱크로나이즈드 스위밍 〈synchronized swimming〉	水上芭蕾
스프링보드 다이빙 〈springboard diving〉	跳板跳水
플랫폼 다이빙 〈platform-〉	跳台跳水 ＊也稱為하이 다이빙 〈high-〉。
장거리 수영 〈長距離水泳〉	長距離游泳
한중 수영 〈寒中水泳〉	冬泳
핀수영 〈fin 水泳〉	蹼泳

★「海水浴」請參照 628 頁，「海上體育運動」請參照 629 頁。

7. 冬季運動
★滑雪

스키 〈ski〉	滑雪、雪板 ＊滑雪：스키를 타다 ＊去滑雪：스키 타러 가다 ＊穿〔脫〕雪板：스키를 신다〔벗다〕
스키복 〈ski 服〉	滑雪服 ＊穿滑雪服：스키복을 입다
부츠 〈boots〉	滑雪靴 ＊穿滑雪靴：부츠를 신다
스키 모자 〈ski 帽子〉	滑雪帽 ＊戴滑雪帽：스키 모자를 쓰다
고글 〈goggles〉	護目鏡 ＊戴護目鏡：고글을 쓰다
폴대 /폴때/ 〈pole-〉	雪杖 ＊拄雪杖：폴대를 짚다 /-집따/

스키장 〈ski 場〉	滑雪場
겔렌데 〈Gelände〉	滑雪場 ＊去滑雪場：겔렌데에 나가다

리프트 〈lift〉	纜車
눈썰매	雪橇
초보자 〈初步者〉	初學者
스키 스쿨 〈ski school〉	滑雪學校
보겐 〈bogen〉	犁式制動 ＊全制動四迴轉：플루크 보겐 ＊以 A 字形滑行下來：스키를 A자 모양으로하고 　내려가다
노르딕 경기 〈Nordic 競技〉	北歐混合式滑雪 ＊指越野滑雪（거리 경주）、跳台滑雪（점 　프）、北歐全能／北歐兩項（복합경기）這 3 　種項目。
알파인 경기 〈Alpen 競技〉	阿爾卑斯式滑雪、高山滑雪 ＊分為滑降賽（활강）、曲道（회전）、大曲道 　（대회전）、超大曲道（슈퍼 대회전）、混合 　式滑雪（슈퍼 복합 경기）這 5 種項目。
활강 〈滑降〉	滑降賽 (Downhill)
대회전 〈大回轉〉	大曲道 (Giant Slalom)
점프 〈jump〉	跳台滑雪
모굴 〈mogul〉	雪上技巧
크로스컨트리 〈cross-country〉	越野滑雪
바이애슬론 〈biathlon〉	冬季兩項 ＊結合越野滑雪和步槍射擊，分為 10 個分項。
체어 스키 〈chair ski〉	坐滑雪 ＊帕拉克林運動會中殘障人士使用的一種傳統滑 　雪技巧，可用雪橇也可加裝輪子。
직활강 /지콸강/ 〈直滑降〉	直滑降
사활강 〈斜滑降〉	斜滑降
파라렐 턴 〈parallel turn〉	併腿轉向

급사면을 활강하다 /급 싸면-/ 〈急斜面-滑降-〉	急陡坡滑降 ＊滑降路線下滑：활강 코스로 내려가다
방향을 바꾸다 〈方向-〉	改變方向 ＊轉向：턴하다
점프하다 〈jump-〉	跳躍滑雪
폴을 피하다 〈pole-避-〉	躲避障礙
눈 상태 〈-狀態〉	雪況 ＊泥濘（雪泥：春天典型的雪質）：질척거리다 ＊緊貼滑雪板：스키에 달라붙다 /달라붇따/

★滑冰

스케이트 〈skate〉	滑冰 ＊滑冰、溜冰：스케이트를 타다 ＊作為競技的滑冰稱為스케이팅。
스케이트장 〈skate 場〉	滑冰場 ＊溜冰場：스케이트 링크
키스 앤 크라이 〈kiss and cry〉	Kiss and Cry Area、吻與淚 ＊設置在花式滑冰賽場旁邊的小空間。比賽結束後選手與教練等待結果發表的地方。因看得分與教練親吻或哭泣而來。
피겨 스케이트 〈figure skate〉	花式滑冰 ＊比賽的花式滑冰是피겨 스케이팅。
스피드스케이트 〈speed skate〉	競速滑冰 ＊比賽的競速滑冰稱為스피드 스케이팅。
쇼트트랙 〈short track〉	短道競速滑冰

★其他的冬季運動

겨울 스포츠 〈-sports〉	冬季運動
봅슬레이 〈bobsleigh〉	雪車
루지 〈luge〉	雪橇

아이스 하키 ⟨ice hockey⟩	冰球
컬링 ⟨curling⟩	冰壺
스노보드 ⟨snowboard⟩	雪板

넘어지다	摔倒
다른 사람하고 부딪치다 /-부딪치다/	與其他人碰撞 ＊부딪치다是自己「撞到」人，부딪히다是 　「被」對方「撞到」。也就是自己被對方拿東 　西撞到、打到〔부딪다〕的被動形。
엉덩방아를 찧다 /-찌타/	摔屁股 ＊半蹲姿勢：엉거주춤한 자세 ⟨-姿勢⟩

8. 格鬥技

★拳擊

복싱 ⟨boxing⟩	拳擊
복서 ⟨boxer⟩	拳擊手
사우스포 ⟨southpaw⟩	左撇子拳擊手 ＊指왼손잡이 복서。
감량하다 /감냥-/ ⟨減量-⟩	減量 ＊因為減量，辛苦了：감량하느라 고생하다
계량하다 ⟨計量-⟩	測量
헤드기어 ⟨headgear⟩	拳擊頭盔 ＊防身器具：방신구 ⟨防身具⟩
트렁크스 ⟨trunks⟩	拳擊褲
글러브 ⟨glove⟩	拳擊手套
마우스피스 ⟨mouthpiece⟩	護齒套 ＊戴護齒套：마우스피스를 물다（ㄹ語幹）

밴디지 ⟨bandage⟩	拳擊繃帶、紮手帶 ＊纏手的一條布：손을 감는 천
샌드백 ⟨sandbag⟩	沙袋、拳擊沙包 ＊打沙袋：샌드백을 치다

섀도우 복싱 〈shadow boxing〉	空拳訓練、影擊
펀칭 볼 〈punching ball〉	擊拳練習球
스파링 〈sparring〉	對打練習

링 〈ring〉	拳擊台
코너 〈corner〉	場角 ＊〔衛冕者角落〕紅角：홍코너 〈紅 corner〉 ＊〔挑戰者角落〕藍角：청코너 〈青 corner〉
코너패드 〈cornerpad〉	角墊
세컨드 〈second〉	助手 ＊比賽時臨場指導的教練。

챔피언 〈champion〉	拳擊冠軍
도전자 〈挑戰者〉	挑戰者
저지 〈judge〉	台下裁判 ＊比賽過程中，在擂台邊透過計分系統對每一回合比賽結果進行評分的裁判。
레퍼리 〈referee〉	台上裁判 ＊比賽過程中，在擂台上主導比賽程序並判斷犯規與勝負的裁判。
판정하다 〈判定-〉	判定、裁定
판정승 〈判定勝〉	判定為勝
판정패 〈判定敗〉	判定為敗

공 〈gong〉	比賽用鐘
가드 〈guard〉	防禦姿勢、拳擊架式 ＊擺防禦姿勢：가드를 올리다
펀치 〈punch〉	拳擊式、攻擊 ＊連擊：더블 펀치 〈double-〉 ＊予以猛擊：펀치를 가하다 ＊受到攻擊：펀치를 맞다
오프닝 블로우 〈opening blow〉	開掌打擊 ＊比賽開始後擊出的第一拳，可作為左右整場比賽的參考指標。

보디 블로우 〈body blow〉	重擊
스트레이트 〈straight〉	直拳
훅 〈hook〉	勾拳 ＊長勾拳：롱 훅 〈long hook〉 ＊短勾拳：쇼트 훅 〈short hook〉
어퍼컷 〈upper cut〉	上勾拳 ＊也稱為올려치기。
스윙 〈swing〉	擺擊拳
풋워크 〈footwork〉	拳擊步法 ＊也稱為복싱 스텝 〈boxing step〉。
반칙 〈反則〉	違規、犯規
급소 /급쏘/ 〈急所〉	要害、致命處 ＊打擊要害：급소를 치다 ＊打擊致命處：급소를 가격하다 ＊拳擊中禁止攻擊벨트 라인 아래의 복부（腰帶線以下的腹部）、국부（陰部）、후경부（後頸）、신장（腎臟）等處。
접근전 /접끈전/ 〈接近戰〉	近戰
클린치 〈clinch〉	扭抱
브레이크 〈brake〉	(台上裁判下令抱在一起的拳擊手)分開
녹다운 〈knockdown〉	擊倒
카운트 〈count〉	數秒、呼數
녹아웃 〈knockout〉	擊倒、K.O. ＊也稱為케오 〈KO〉。 ＊技術得勝：테크니컬 녹아웃〔TKO〕 ＊被擊倒：녹다운되다
닥터스톱 〈doctor stop〉	醫生叫停
레퍼리스톱 〈referee stop〉	裁判員叫停
플라이급 〈fly 級〉	蠅量級 ＊男子為 48~62kg，女子為 48~50kg。
밴텀급 〈bantam 級〉	雛量級 ＊男子為 51~54kg，女子為 52~54kg。
페더급 〈feather 級〉	羽量級 ＊男子、女子均為 54~57kg。

라이트급 〈light 級〉	輕量級 ＊男子、女子均為 57~60kg。
웰터급 〈welter 級〉	沉量級 ＊男子為 64~69kg，女子為 63~66kg。
미들급 〈middle 級〉	中量級 ＊男子為 69~75kg，女子為 70~75kg。
헤비급 〈heavy 級〉	重量級 ＊男子為 81~91kg，女子為 80~86kg。
타이틀 매치 〈title match〉	錦標賽

★柔道

유도 〈柔道〉	柔道
유도장 〈柔道場〉	柔道場
유도복 〈柔道服〉	柔道服 ＊在日本或國外的武術商店，柔道服和合氣道服 是不一樣的，但日本將태권도복、합기도복一 併稱為「道服」，韓語也稱為도복〈道服〉。

예 〈禮〉	禮
정좌 〈正坐〉	正坐
연습 〈練習·鍊習〉	練習
기합 〈氣合〉	運氣 ＊發力、運氣：기합을 넣다

매트 〈mat〉	柔道蓆
잡기 /잡끼/	取者
받기 /받끼/	受者
유효 〈有效〉	有效
효과 〈效果〉	效果
한판	一本、一分
지도 〈指導〉	指導

주의 〈注意〉	注意
경고 〈警告〉	警告

유단자 〈有段者〉	有段位者
검은 띠	黑段 ＊初段到五段。

메치기기술 〈-技術〉	投技 ＊提到各種的「技」時，可以不用分開書寫。
손기술 〈-技術〉	手技
허리기술 〈-技術〉	腰技
발기술 〈-技術〉	足技
바로누우며메치기	直捨身技
모로누우며메치기	橫捨身技
굳히기기술 /구치기-/ 〈-技術〉	固技
누르기기술 〈-技術〉	壓制技
꺾기기술 /꺽끼-/ 〈-技術〉	關節技
조르기기술 〈-技術〉	絞技
금지 기술 〈禁止技術〉	禁止技術

★劍道

검도 〈劍道〉	劍道
호구 〈護具〉	劍道護具
면 〈護面〉	面具
갑 〈甲〉	胴部 ＊胸腹部護具。
호완 〈護腕〉	小手 ＊手部護具。
갑상 /갑쌍/ 〈甲裳〉	垂部 ＊下腹部似裙狀的護具。

죽도 /죽또/ 〈竹刀〉	竹劍

치고 들어가는 연습 〈-練習/鍊習〉	打擊練習
적극 연습 /적끙년습/ 〈積極練習 / -鍊習〉	衝擊練習
실지 연습 〈實地-〉	比賽練習
부추기 연습 〈-練習·鍊習〉	引導練習

지도자 〈指導者〉	指導者
기부림 〈氣-〉	劍道發聲
본 〈本〉	劍道形
대세 〈對勢〉	身形架構 ＊中段架勢：중단세 〈中段勢〉 ＊採取中段架勢：중단세를 취하다 〈-取-〉 ＊上段架勢：상단세 〈上段勢〉 ＊下段架勢：하단세 〈下段勢〉 ＊八相架勢：양세 〈陽勢〉 ＊脇構架勢：음세 〈陰勢〉
공세 〈攻勢〉	攻勢
공방 일치 〈攻防一致〉	攻防一致

★其他格鬥技

역도 /역또/ 〈力道〉	舉重
레슬링 〈wrestling〉	美式摔角、角力
무술 〈武術〉	武術
공수도 〈空手道〉	空手道
궁도 〈弓道〉	弓道 ＊日本傳統的競技運動。
씨름	韓式摔跤、角力
합기도 /합끼도/ 〈合氣道〉	合氣道

태권도 /태꿘도/ 〈跆拳道〉	跆拳道 ＊跆意為「踏」、「踢」、「跳」，拳是握拳擊 　出的意思。
태극권 /태극꿘/ 〈太極拳〉	太極拳

9. 其他運動
★其他運動

탁구 〈卓球〉	桌球、乒乓球 ＊桌球場：탁구장 〈卓球場〉
배드민턴 〈badminton〉	羽球
핸드볼 〈handball〉	手球
소프트볼 〈softball〉	壘球
피구 〈避球〉	躲避球
비치발리볼 〈beach volleyball〉	沙灘排球
카바디 〈kabaddi〉	卡巴迪
스쿼시 〈squash〉	壁球
세팍타크로 〈sepaktakraw〉	藤球
하키 〈hockey〉	曲棍球
폴로 〈polo〉	馬球
크리켓 〈cricket〉	板球
당구 〈撞球〉	撞球 ＊撞球：당구장 〈撞球場〉
양궁 〈洋弓〉	射箭
펜싱 〈fencing〉	擊劍(西洋劍)
경보 〈競步〉	競走
자전거 경기 〈自轉車競技〉	單車賽、自行車賽

승마 〈乘馬〉	騎馬、馬術運動
트라이애슬론 〈triathlon〉	鐵人三項 ＊也稱為철인 삼종경기〈鐵人三種競技〉。 ＊連續進行수영（游泳）1.5km、사이클（自行車）40km、마라톤（馬拉松）10km 的競技。
근대 5종 〈近代五種〉	現代五項 ＊同 1 位選手在第一天進行마술（馬術）400~450m、第 2 天進行펜싱 에페 경기（擊劍）、第 3 天進行피스톨사격（空氣槍射擊 20發）、第 4 天進行수영 자유형（游泳自由式200m）、第 5 天進行크로스컨트리（越野賽跑3km）挑戰完全不同的 5 種運動項目的競技。
사격 〈射擊〉	射擊

12.

教・學

1. 讀書
★教、學

가르치다	教、告訴 ＊請告訴我你的電話號碼：전화번호를 가르쳐 주다 ＊告知情報資訊時使用알리다。
교육하다 /교유카다/ 〈教育-〉	教育 ＊接受教育：교육을 받다
의무교육 〈義務教育〉	義務教育 ＊韓國自 2007 年起，將초등 교육（初等教育）6 年、중등 교육（中等教育）3 年列為義務教育。

학문 /항문/ 〈學問〉	學問
배우다	學
학습하다 /학쓰파다/ 〈學習-〉	學習
공부하다 〈工夫-〉	讀書、學習、念書 ＊書呆子：공부 벌레
예습하다 /예쓰파다/ 〈豫習-〉	預習
복습하다 /복쓰파다/ 〈復習-〉	複習
연습하다 /연쓰파다/ 〈練習・鍊習-〉	練習
익히다 /이키다/	使…熟練、熟練
본 받다 /-받따/	效仿、模仿
독학하다 /도카카다/ 〈獨學-〉	自學
유학하다 /유하카다/ 〈留學-〉	留學

지식 〈知識〉	知識 ＊冷門小妙方：깨알 지식

만물박사 〈萬物博士〉	博學多聞、萬事通
알다	知道 ＊我很清楚：잘 알아요. ＊了解、理解時也使用알다。
모르다	不明白、不懂

이해하다 〈理解-〉	理解 ＊理解：이해가 가다
납득하다 /납뜨카다/ 〈納得-〉	接受、理解 ＊理解：납득이 가다
습득하다 /습뜨카다/ 〈習得-〉	學會、掌握
깨치다 깨닫다 /깨닫따/	領悟、醒悟

★讀

책 〈冊〉	書籍 ＊讀書：책을 읽다 /-익따/、책을 보다 ＊並沒有區分發出聲音的讀或默讀。
독서하다 /독써-/ 〈讀書-〉	讀書
음독하다 /일도카다/ 〈音讀-〉	朗讀 ＊也稱為소리 내서 읽다 /-익따/。
낭독하다 /낭도카다/ 〈朗讀-〉	朗讀
묵독하다 /묵또카다/ 〈默讀-〉	默讀
해독하다 /해도카다/ 〈解讀-〉	解讀
판독하다 /판도카다/ 〈判讀-〉	判讀

★寫

글씨	字跡、字體 ＊字寫得好：글씨를 잘 쓰다
문자 /문짜/ 〈文字〉	文字、字

글	文章 ＊文章寫得很好：글을 잘 쓰다
문장 〈文章〉	句子
활자 /활짜/〈活字〉	活字
활자 기피 /활짜-/ 〈活字忌避〉	低閱讀、不愛閱讀
(글을) 쓰다	寫字 ＊쓰다是寫文字或文章。그리다是畫圖形、繪畫 等畫出有形之物。
적다 /적따/	書寫、記 ＊적다是記個備忘錄等，隨手寫下東西。
집필하다 〈執筆-〉	執筆、寫
기고하다 〈起稿-〉	起稿、投稿、撰稿
기입하다 /기이파다/ 〈記入-〉	填、寫、記 ＊寫下、寫入、寫進：써 넣다 /-너타/、적어넣다 /-너타/
기재하다 〈記載-〉	記載、紀錄
필기하다 〈筆記-〉	作筆記、寫筆記 ＊最近也經常使用노트하다〈note-〉。
베기다	抄寫、謄寫
메모하다 〈memo-〉	記錄、摘錄
뽑아 쓰다	摘錄
발췌하다 〈拔萃-〉	摘錄、摘要、精選
써 놓다 /-노타/	寫下來
갈겨쓰다	潦草地寫 ＊寫字寫得很潦草：글씨를 갈겨쓰다 ＊拙字：난필 〈亂筆〉 ＊字跡寫得很潦草、亂七八糟：괴발개발、개발 새발로 써 놓는 글씨
문장체 〈文章體〉	書面語
문어체 〈文語體〉	書面語

가로쓰기	橫寫 ＊只要記住가로쓰기的가，起筆（ㄱ）是從「橫寫」開始就可以了。
세로쓰기	豎寫、直寫 ＊指要記住세로쓰기的세，起筆（ㅅ）是從「直寫」開始就可以了。
머리말 서론〈序論〉	序論、緒論、前言
뒷말 /뒨말/	後記 ＊也稱為후기〈後記〉。
단서〈但書〉	附記、但書、附言 ＊加註附記：단서를 달다；附加但書：단서를 붙이다
물품 목록 /-몽녹/ 〈物品目錄〉	物品目錄、物品清單
효능서〈效能書〉	功能說明書、療效說明書

◆千字文

　　千字文是為了教導兒童漢字而使用的漢文長詩。中國梁武帝〔502～557〕命令文章家周興嗣（주흥사）從王羲之（왕희지）書寫的文字中選出 1,000 字，組成 4 字 1 句完全不重複的 125 首對句文章。內容有宇宙、政治、忠孝、人的行動規範等，都是 4 字一句〔天地玄黃、宇宙洪荒…〕，各個漢字的下方都註明字的讀法與意思。如하늘 천、따(땅) 지、검을 현、누를 황…。可是，有些千字文裡的漢字，在我們現在身處的時代使用頻率已經很低了。

・석봉 천자문〈石峰千字文〉
　　朝鮮宣祖時，在王的命令下，由書法家韓石峯（한석봉）以楷體書寫的千字文。

・天字庫（천자고）
　　來到首爾市內的景福宮（경복궁），勤政殿（근정전）後方有一座思政殿（사정전），位於思政殿西側的偏殿千秋殿（천추전），其周圍廊廡的字庫便是按照天字庫、地字庫、玄字庫、黃字庫、宇字庫等順序排列，也就是依照千字文漢字「天地玄黃」的字序來標示順序。

★各種文書

문서 〈文書〉	文書
서간 〈書簡〉	書簡、書信
서류 〈書類〉	文件、檔案

친서 〈親書〉	親筆信 ＊轉達總統的親筆信：대통령의 친서를 전달하다
유서 〈遺書〉	遺書 ＊寫遺書：유서를 쓰다 ＊留下遺書：유서를 남기다
유언장 /유언짱/ 〈遺言狀〉	遺囑、遺書
계약서 /게약써/ 〈契約書〉	契約書、合約 ＊買賣契約：매매 계약서 ＊租屋契約：전세 계약서
서약서 /서약써/ 〈誓約書〉	誓約書
승낙서 /승낙써/ 〈承諾書〉	承諾書 ＊獲得承諾書：승낙서를 받다
각서 /각써/ 〈覺書〉	備忘錄
보고서 〈報告書〉	報告 ＊寫報告：보고서를 작성하다
탄원서 /타눤서/ 〈歎願書〉	請願書 ＊提交請願書：탄원서를 제출하다
의견서 〈意見書〉	意見卡 ＊附加意見卡：의견서를 첨부하다
상신서 〈上申書〉	匯報資料、申報資料、報告
품의서 /푸미서/ 〈稟議書〉	稟議書 ＊向長輩或上司請教、商議某事時的文書。
진정서 〈陳情書〉	陳情書
요청서 〈要請書〉	邀請書
신청서 〈申請書〉	申請書 ＊收受申請書：신청서를 접수하다
이력서 /이력써/ 〈履歷書〉	履歷表、履歷 ＊寫履歷：이력서를 쓰다 ＊交履歷：이력서를 내다

신분증 /신분쯩/ 〈身分證〉 신분증명서 〈身分證明書〉	身分證、身分證明文件 ＊出示身分證：신분증을 제시하다
증서 〈證書〉	證書 ＊保險證書：보험 증서 ＊畢業證書：졸업 증서
차용증 /차용쯩/ 〈借用證〉	借條、借據
영수증 〈領收證〉	收據、收條、發票 ＊開收據：영수증을 끊다 ＊收收據：영수증을 받다 ＊寫收據：영수증을 써 주다
공문서 〈公文書〉	公文、公函 ＊也稱為공문〈公文〉、공서〈公書〉、공용문서 〈公用文書〉。
사문서 〈私文書〉	私人文件

★書法

서화 〈書畫〉	書法畫、書法字畫、書法筆墨
서도 〈書道〉	書法 ＊也稱為서예〈書藝〉。
해서 〈楷書〉	楷書
전서 〈篆書〉	篆書
예서 〈隸書〉	隸書
행서 〈行書〉	行書
초서 〈草書〉	草書
붓 /붇/	毛筆 ＊종이（紙）、붓（毛筆）、벼루（硯）、먹 （墨）〔지필연묵〈紙筆硯墨〉〕稱為문방 사우 〈文房四友〉。
벼루	硯台
먹	墨
문진 〈文鎭〉	紙鎭、文鎭

연적 〈硯滴〉	硯滴、水滴、書滴

★說話

말하다	說話 ＊말하다是說話。「說韓語」大都不會用말하다，而是像한국말을 하다只使用하다。
구어체 〈口語體〉	口語體、白話文體、講演體
회화체 〈會話體〉	會話體
말씨 말투	口氣、語氣
말솜씨 /말쏨씨/	口才
말버릇 /말뻐른/	口頭禪、語言習慣
표준어 〈標準語〉	官方語言、標準語言 ＊在韓國，訂定中產階級使用的서울말（首爾話）為標準語。
사투리	方言 ＊慶尚道方言：경상도 사투리 〈慶尚道-〉 ＊大阪方言：오사카 사투리
방언 〈方言〉	方言 ＊也稱為사투리。 ＊最近為避免歧視，也有人改說지역어 〈地域語〉。

★語言學習

어학원 /어하권/ 〈語學院〉	語言學校
어학당 /어학땅/ 〈語學堂〉	語學堂、語言中心 ＊附設於大學〔以外國人為對象的〕韓國語學校。
어학 교실 /어학꾜실/ 〈語學教室〉	語言補習班
입문 /임문/ 〈入門〉	入門

초급 〈初級〉	初級
중급 〈中級〉	中級
고급 〈高級〉	高級
원어민 〈原語民〉	母語人士
영어 회화 〈英語會話〉	英語會話 ＊過去聘請美國人任教的美語會話學校，招牌上會標明미인회화 〈美人會話〉〔미인是指美國人〕。現在由韓國人老師任教的班級稱為한인회화반 〈韓人會話班〉；母語老師教授的班級則稱為원어민 회화반〈原語民-〉。
보디랭귀지 〈body language〉	肢體語言
몸짓 /몸찓/	身體動作
제스처 〈gesture〉	手勢
손짓 /손찓/	手勢
말하기	口說 ＊也稱為스피킹 〈speaking〉。
읽기 /일끼/	閱讀 ＊也稱為리딩 〈reading〉。
쓰기	寫作 ＊也稱為라이팅 〈writing〉、받아쓰기。 ＊聽寫：딕테이션 〈dictation〉
작문 /장문/ 〈作文〉	作文 ＊也稱為글짓기 /글짇끼/。
듣기 /듣끼/	聽力 ＊也稱為리스닝 〈listening〉。
발음 〈發音〉	發音
모음 〈母音〉	母音 ＊也稱為홀소리 /홀쏘리/。
자음 〈子音〉	子音 ＊也稱為닿소리 /다쏘리/。

평음 〈平音〉	**平音** ＊也稱為예사소리〈例事-〉。
거센소리격음 〈激音〉	**送氣音** ＊也稱為격음〈激音〉。 ＊ㅊ、ㅋ、ㅌ、ㅍ等的音。
된소리	**硬音、緊音** ＊也稱為경음〈硬音〉。 ＊ㅉ、ㄲ、ㄸ、ㅃ、ㅆ等的音。

음운 〈音韻〉	**音韻**
악센트 〈accent〉	**口音、腔調**
리듬 〈rhythm〉	**節奏、韻律**
알파벳 〈alphabet〉	**字母表、字母系統** ＊A（에이）、B（비）、C（시）、D（디）、E（이）、F（에프）、G（지）、H（에이치）、I（아이）、J（제이）、K（케이）、L（엘）、M（엠）、N（엔）、O（오）、P（피）、Q（큐）、R（아르）、S（에스）、T（티）、U（유）、V（브이）、W（더블유）、X（엑스）、Y（와이）、Z（제트）
철자 /철짜/ 〈綴字〉	**拼字**
대문자 /대문짜/ 〈大文字〉	**大寫字母**
소문자 /소문짜/ 〈小文字〉	**小寫字母**
서양글 〈西洋-〉	**西方文字** ＊俗稱꼬부랑글자。
아라비아 숫자 /-숟짜/ 〈Arabia 數字〉	**阿拉伯數字**
한글	**韓文、諺文、韓字** ＊韓字指的是韓語使用的文字，並不是指「韓語」、「朝鮮語」。 ＊韓字的讀法：ㄱ（기역*）、ㄴ（니은）、ㄷ（디귿*）、ㄹ（리을）、ㅁ（미음）、ㅂ（비읍）、ㅅ（시옷*）、ㅇ（이응）、ㅈ（지읒）、ㅊ（치읓）、ㅋ（키읔）、ㅌ（티읕）、ㅍ（피읖）、ㅎ（히읗）〔＊是不規則的讀法〕

한자 /한짜/ 〈漢字〉	漢字 ＊也有人稱之為한문〈漢文〉。
한자어 /한짜어/ 〈漢字語〉	漢字詞 ＊相對的，只能以韓文標示的韓國固有語稱為고 유어〈固有語〉。
음독 〈音讀〉	音讀 ＊朗讀漢字的音。
훈독 〈訓讀〉	訓讀 ＊詮釋漢字字義後的讀法。

★記號

기호 〈記號〉	記號、符號
구두점 /구두쩜/ 〈句讀點〉	標點符號
마침표 〈-標〉	句號 ＊「。」稱為고리점〈-點〉，用於直式書寫時； 「．」稱為온점〈-點〉，用於橫式書寫時。寫 英文時使用的句點也稱為마침표。
쉼표 〈-標〉	逗號 ＊「、」稱為모점〈-點〉，用於直式書寫時； 「，」稱為반점〈半點〉，用於橫式書寫時。寫 英文時使用的逗號稱為콤마〈comma〉。
가운뎃점 /가운뎃쩜/ 〈-點〉	間隔號 ＊兩個單字並列時用來區分的記號。
쌍점 〈雙點〉	冒號 ＊西方文字的標點符號之一。用於說明、引用之 前的兩點。也稱為콜론〈colon〉。
쌍반점 〈雙半點〉	分號 ＊西方文字的標點符號之一。擁有逗號與句號之 間的功能，用於說明、引用之前，也稱為세미 콜론〈semicolon〉。
빗금 /빋끔/	斜線 ＊http://www 的「/」是슬래시〈slash〉。

따옴표 〈-標〉	**引號** ＊用於引用文章或人說的話時的符號。 ＊也稱為쿼테이션 마크〈quotation mark〉（引號）。 ＊「"」、「"」是큰따옴표，「'」、「'」是작은따옴표。
괄호 〈括弧〉	**括號，夾注號** ＊也稱為묶음표〈-標〉。 ＊韓文裡（ ）是소괄호〈小-〉，｛ ｝是중괄호〈中-〉，〔 〕是대괄호〈大-〉。其中中括號與大括號和中文正好相反，請特別留意；而『 』是겹낫표/겸낟표/，「 」是낫표/낟표/。

동그라미	**圓形**
삼각형 /삼가켱/ 〈三角形〉	**三角形**
사각형 /사가켱/ 〈四角形〉	**四角形**
엑스표 〈X 標〉	**叉形記號** ＊也稱為가위표〈-標〉。
숨김표 〈-標〉	**隱字符號** ＊在公開文章中，代替不雅字眼的符號，通常為「○」或「x」。
빠짐표 〈-標〉	**虛缺號** ＊古文或文獻中，代替不明確文字的符號，通常為「□」。

줄임표 〈-標〉	**省略號、刪節號** ＊也稱為말줄임표〈-標〉。
방점 /방쩜/ 〈傍点〉	**著重號** ＊也稱為드러냄표〈-標〉。

선 〈線〉	**線條** ＊畫線條：선을 긋다 /귿따/
밑줄 /믿쭐/	**底線**
화살표 〈-標〉	**箭頭符號**

우물정 〈-井〉	**井字號(#)** ＊우물是指「水井」。也稱為크로스해치 〈crosshatch〉、샤프표시〈sharp 表示〉。 ＊星號：별표〈-標〉 ＊별是「星」，也稱為아스테리스크〈asterisk〉。
당구장표 〈撞球場標〉	**參考標記(※)** ＊당구장〈撞球場〉是「撞球場」。
느낌표 〈-標〉	**驚嘆號** ＊느낌是「感覺」。也稱為익스클레메이션 포인 트〈exclamation point〉。
물음표 〈-標〉	**問號**
달러사인 〈dollar sign〉	**美元符號**
퍼센트사인 〈percent sign〉	**百分號**
앰퍼센드 〈ampersand〉	**和號(&)**
하이픈 〈hyphen〉	**連字號(-)** ＊在韓語的詞典裡，겨울-나그네、불-조심等，標 示合成語時使用的「-」稱為붙임표。
어퍼스트로피 〈apostrophe〉	**撇號(')** ＊也稱為어깻점 /어깯쩜/〈-點〉。
물결표 〈-標〉	**波浪號(~)** ＊물결是指「波」。

★部首

부수 〈部首〉	**部首**
변 〈邊〉	**字邊、字旁、部** ＊삼수변〈三水邊〉：水部、水字旁、三點水 〔海、湖、汽等〕 ＊사람인변〈-人邊〉：人部、人字旁〔仁、信、佛 等〕 ＊재방변〈才傍邊〉：手部、提手旁〔持、打、技 等〕 ＊말씀언변〈-言邊〉：言部、言字旁〔語、話、計 等〕 ＊나무목변 /-목뼌/〈-木邊〉：木部、木字旁 〔松、村、樓等〕

＊실사〈-絲〉：糸部、糸字旁〔組、紙、級等〕

＊심방변〈心傍邊〉：心部、豎心旁〔性、情、快等〕

＊육달월 /육따뤌/ 〈肉-月〉：肉部、提肉旁〔腸、肝、腦等〕

＊쇠금변〈-金邊〉：金部、金字旁〔銀、鐵、銅等〕

＊좌부변〈左阜邊〉：阜部、阜字旁、左阜〔陸、防、陽等〕

＊흙토 /혹토-/ 〈-土〉：土部、土字旁、提土旁〔地、城、域等〕

＊계집녀〈-女〉：女部、女字旁〔姬、姊、好等〕

＊입구 /입꾸/ 〈-口〉：口部、口字旁〔呼、吸、吐等〕

＊벼화변〈-禾邊〉：禾部、禾字旁〔秋、種、稻等〕

＊두인변〈-人邊〉：彳部、彳字旁〔行、往、後等〕

＊날일〈-日〉：日部、日字旁、日字頭、日字底〔明、時、晴等〕

＊돌석〈-石〉：石部、石字旁、石字頭、石字底〔砂、研、確等〕

＊개사슴록변〈-鹿邊〉/개사슴녹뼌/：犬部、犬字旁、犬字底〔獵、狼、狙等〕

＊이수변〈二水邊〉：冫部、冫字旁、兩點水〔冷、凝、凍等〕

방〈旁〉

字旁、部(漢字的右偏旁)

＊칼도〈-刀〉：刀部、刀字旁、刀字頭、刀字底〔利、割、刑等〕

＊머리혈〈-頁〉：頁部、頁字旁〔顏、頭、頂等〕

＊등글월문〈-文〉：攴部、攵部、攵字旁：〔放、改、救等〕

＊힘력 /힘녁/ 〈-力〉：力部、力字旁、力字底〔功、動、勤等〕

＊우부방〈右阜旁〉：邑部、邑字旁、右邑〔部、都、邦等〕

＊하품흠방〈-欠旁〉：欠部、欠字旁〔歌、欲、次等〕

＊새조〈-鳥〉：鳥部、鳥字旁、鳥字底〔鳴、雞、鶴等〕

| | *갖은등글월문 〈-文〉：殳部、殳字旁〔殺、段、
殷等〕 |
| | *새추 〈-隹〉：隹部、隹字旁〔雄、雅、雜等〕 |

머리	**字旁、部(漢字的上偏旁)**
	*초두머리 〈草頭-〉：艸部、草字頭〔草、花、茂 等〕
	*갓머리 /간머리/：宀部、寶蓋頭〔安、家、寶 等〕
	*대죽머리 /대중-/：竹部、竹字頭 〈-竹-〉〔答、 等、算等〕
	*비우 〈-雨〉：雨部、雨字頭〔雲、霧、電等〕
	*사람인 〈-人〉：人部、人字頭〔今、企、傘等〕
	*구멍혈 〈-穴〉：穴部、穴字頭〔空、窗、究等〕
	*돼지해머리 〈-亥-〉：亠部、亠字頭〔京、交、 亡等〕
	*민갓머리 /민간-/：冖部、冖字頭〔冠、冥、寫 等〕
	*큰대 〈-大〉：大部、大字旁、大字頭、大字底 〔奮、奇、奈等〕

발	**字旁、部(漢字的底部偏旁)**
	*마음심 〈-心〉：心部、心字底〔戀、忠、思等〕
	*불화받침 〈-火-〉：火部、火字旁、火字底 〔點、無、熱等〕
	*그릇명/그른명/：皿部、皿字底 〈-皿〉〔盛、 盆、益等〕
	*어진사람인발 〈-人-〉：儿部、儿字旁、儿字底 〔兄、元、兒等〕

엄 〈广〉	**字旁、部(偏旁部首)**
	*병질엄 〈病疾广〉：疒部、疒字旁〔病、疾、痛 等〕
	*민엄호 〈-广厂〉：厂部、厂字旁〔原、厚、厄 等〕
	*엄호 〈广厂〉：广部、广字旁〔廣、店、府等〕
	*주검시엄 〈-尸广〉：尸部、尸字旁〔屋、居、尾 等〕
	*지게호 〈-戶〉：戶部、戶字旁〔扇、房、扉等〕

받침	字旁、部(漢字的底部偏旁)
	*책받침 / 책빧침/ 〈辶-〉：辶部、辶字旁〔道、遠、迷等〕
	*민책받침 / 민책빧침/：廴部、建字旁〈-廴-〉〔建、延、廷等〕
	*달릴주〈-走〉：走部、走字旁〔起、越、趣等〕

몸	字旁、部(漢字的四邊偏旁)
	*문문〈門門〉：門部、門字旁〔間、開、關等〕
	*큰입구몸 / 큰닙꾸몸/：囗部、口字旁〈-入口-〉〔國、困、圍等〕
	*감출혜몸 / 감출혜몸/：匚部、匚字旁〈-匸-〉〔醫、區、匠等〕

★各種語言

외국어 /외구거/ 〈外國語〉	外語
모국어 /모구거/ 〈母國語〉	母語
공용어 〈公用語〉	官方語言

한국어 /한구거/ 〈韓國語〉	韓語
	*也稱為한국말 / 한궁말/ 。韓國人稱自己國家的語言為국어 〈國語〉、우리말。
일본어 〈日本語〉	日語
	*也稱為일본말、일어 〈日語〉。
중국어 〈中國語〉	中國語
	*也稱為중국말、중어 〈中語〉。
영어 〈英語〉	英語
	*美式英語：미국 영어 〈美國英語〉
독일어 〈獨逸語〉	德語
	*也稱為독어 〈獨語〉。
프랑스어 〈France 語〉	法語
	*也稱為불어 〈佛語〉。
스페인어 〈Spain 語〉	西班牙語
	*也稱為서반아어 〈西班牙語〉。
포르투갈어 〈Portugal 語〉	葡萄牙語

이태리어 〈Italy 語〉	意大利語 ＊也稱為이탈리아 어。
그리스어 〈Greece 語〉	希臘語
네덜란드어 〈Netherlands 語〉	荷蘭語
아랍어 〈Arab 語〉	阿拉伯語
러시아어 〈Russia 語〉	俄語 ＊也稱為노어〈露語〉。
터키어 〈Turkey 語〉	土耳其語
힌디어 〈Hindi 語〉	印度語
벵골어 〈Bangla 語〉	孟加拉語
우르두어 〈Urdu 語〉	烏爾都語
인도네시아어 〈Indonesia 語〉	印尼語
타갈로그어 〈Tagalog 語〉	他加祿語、他加洛語
태국어 〈泰國語〉	泰語
베트남어 〈Vietnam 語〉	越南語
캄보디아어 〈Cambodia 語〉	柬埔寨語
라오어 〈Lao 語〉	寮語
몽골어 〈Mongol 語〉	蒙古語
에스페란토어 〈Esperanto 語〉	世界語
라틴어 〈Latin 語〉	拉丁語
우랄 알타이어족 〈Ural-Altai 語族〉	烏拉爾-阿爾泰語系
인도 유럽어족 〈India-Europe 語族〉	印歐語系

★單字

단어 〈單語〉	單字
숙어 〈熟語〉	慣用語
어휘 〈語彙〉	詞彙
의미 〈意味〉	意思 ＊也稱為뜻。
유의어 〈類義語〉	近義詞
동의어 /동이어/ 〈同義語〉	同義詞
반의어 /바니어/ 〈反義語〉	反義詞
동음이의어 /-이이어/ 〈同音異義語〉	同音異義詞
파생어 〈派生語〉	派生詞、衍生詞

의성어 〈擬聲語〉	擬聲詞、象聲詞、摹聲詞、狀聲詞
의태어 〈擬態語〉	擬態詞
외래어 〈外來語〉	外來語

격언 〈格言〉	格言
명언 〈名言〉	名言
속담 /속땀/ 〈俗談〉	諺語
사자성어 〈四字成語〉	四字成語
관용구 /관용꾸/ 〈慣用句〉	慣用語 ＊也稱為관용어 〈慣用語〉、성어 〈成語〉。

유행어 〈流行語〉	流行語
속어 〈俗語〉	俗語、俗諺 ＊淫言穢語：음담패설 〈淫談廢說〉
농담 〈弄談〉	玩笑
은어 〈隱語〉	隱喻詞
비속어 /비소거/ 〈卑俗語〉	粗俗語、俚語

★文法

문법 /문뻡/ 〈文法〉	**文法** ＊英語文法：영문법 /영문뻡/ ＊國文文法：국문법 /궁문뻡/ ＊學校文法：학교 문법 /학꾜문뻡/
띄어쓰기	**(韓文)分寫法**
맞춤법 /맏춤뻡/	**(韓文)拼寫法**
품사 〈品詞〉	**詞類** ＊韓國的學校文法，共分為명사（名詞）、대명사（代名詞）、수사（數詞）、동사（動詞）、형용사（形容詞）、관형사（冠形詞）、부사（副詞）、감탄사（感嘆詞）、조사（助詞）這9種。
체언 〈體言〉	**主語、主詞** ＊也稱為임자말。
명사 〈名詞〉	**名詞** ＊也稱為이름씨。 ＊固有名詞：고유 명사
대명사 〈代名詞〉	**代名詞** ＊關係代名詞：관계 대명사 ＊疑問代名詞：의문 대명사 ＊人稱代名詞：인칭 대명사 ＊指示代名詞：지시 대명사
수사 〈數詞〉	**數詞** ＊基數詞：기수사〔一個、二個、三片、五支等類型〕 ＊序數詞：서수사〔第一、第三次、第四等表示順序的類型〕 ＊韓文的數詞分為漢字數字與固有數字 2 種。不過，固有數字可以一直數到 99 。
용언 〈用言〉	**謂詞、謂語** ＊也稱為풀이씨。
활용하다 〈活用-〉	**活用**
동사 /동:사/ 〈動詞〉	**動詞** ＊也稱為움직씨。 ＊不及物動詞：자동사、제움직씨 ＊及物動詞：타동사、남움직씨

12
教・學

讀書

469

형용사 〈形容詞〉	形容詞 ＊也稱為그림씨。
수식언 〈修飾言〉	修飾語 ＊也稱為꾸밈말、꾸밈씨。 ＊功能僅能修飾後面那些形態不會改變的詞語， 　如순 우리말的순、저 어린이的저等。
부사 〈副詞〉	副詞 ＊也稱為어찌씨。
관형사 〈冠形詞〉	冠形詞
독립언 /동니번/〈獨立言〉	獨立語
탄사 〈感歎詞〉	感歎詞 ＊也稱為느낌씨。
관계언 /관게언/〈關係言〉	關係語
조사 〈助詞〉	助詞 ＊也稱為토씨。
인칭 〈人稱〉	人稱
일인칭 〈一人稱〉	第一人稱
이인칭 〈二人稱〉	第二人稱
삼인칭 〈三人稱〉	第三人稱
접속사 /접쏙싸/〈接續詞〉	連接詞
의문사 〈疑問詞〉	疑問詞
어간 〈語幹〉	語幹
어미 〈語尾〉	語尾
접두사 /접뚜사/〈接頭辭〉	前綴詞
접미사 /점미사/〈接尾辭〉	後綴詞

주어 〈主語〉	主詞
술어 〈述語〉	謂語、敘述語
목적어 /목쩌거/ 〈目的語〉	受詞
직접 화법 /직쩌퐈뻡/ 〈直接話法〉	直接引用、直接談話法
간접 화법 /간저퐈뻡/ 〈間接話法〉	間接引用、間接談話法
시제 〈時制〉	時態、時制
현재형 〈現在形〉	現在式、現在時制 ＊現在完成式：현재 완료 /현재왈료/
과거형 〈過去形〉	過去式、過去時制 ＊過去完成式：과거 완료，未來式： 미래형 〈未來形〉
태 〈態〉	語態
능동태 〈能動態〉	主動語態
피동태 〈被動態〉	被動語態
사역 〈使役〉	使役語態 ＊也稱為사동 〈使動〉。
단수형 〈單數形〉	單數形式
복수형 /복쑤형/ 〈複數形〉	複數形式
존경어 〈尊敬語〉	尊稱、敬稱、敬語 ＊也稱為높임말。
경어 〈敬語〉	敬語
겸양어 〈謙讓語〉	謙讓語
반말 〈半-〉	非敬語、半語 ＊例如이 책 재미있어？（這本書好看嗎？）、밥 먹었지？（吃過飯了吧？），是與對話對象非常親密時使用的表現。

★翻譯、口譯等

원서〈原書〉	原書
번역하다 /버녀카다/〈飜譯-〉	翻譯
통역하다 /통여카다/〈通譯-〉	口譯
동시통역〈同時通譯〉	同步翻譯 ＊同步翻譯人士：동시통역사 /-싸/〈同時通譯士〉
오역〈誤譯-〉	錯誤翻譯、誤譯
수화〈手話〉	手語 ＊手語翻譯：수화 통역
점자 /점짜/〈點字〉	點字、盲文 ＊寫點字、盲文：점자를 쓰다

2. 學校生活
★入學考試與測驗

입학 원서 /이파권서/ 〈入學願書〉	入學申請書 ＊韓國大學的入學申請書是到網頁下載表格後填寫。 ＊繳交志願申請表：원서를 내다
지원하다〈志願-〉	志願、報名 ＊하향 지원〈下向-〉：高分低就。報考自己實力以下的學校〔「考保證可上的大學」稱為대학을 하향 지원하다〕。 ＊상향 지원〈上向-〉：低分高就。報考超過自己實力的學校。 ＊소신 지원〈所信-〉：報考學校時，不被分數或周遭的氣氛影響。
시험을 보다〈試驗-〉	考試 ＊也稱為시험을 치르다。
수험하다〈受驗-〉	應試、應考 ＊入學考試戰爭：입시 전쟁 /입씨-/〈入試戰爭〉 ＊備考：수험 공부〈受驗工夫〉 ＊考試學習要領：수험 공부 요령〈-要領〉 ＊考試秘訣：시험 비법 /-비뻡/〈-祕法〉

수험생 〈受驗生〉	考生 ＊准考證：수험표 〈受驗票〉 ＊准考證號碼：수험 번호 〈受驗番號〉
대리 시험 〈代理試驗〉	代考
편차값 /편차깝/ 〈偏差-〉	學力偏差值 ＊是日本用來判定學生水準高低的數值，類似台灣補教業的落點分析，在韓國並不使用。
내신서 〈內申書〉	在學成績單 ＊在韓國以내신 등급 〈內信等級〉來評定成績。
수능 〈修能〉	(韓國)大學入學能力考試 ＊대학 수학 능력 시험 〈大學修學能力試驗〉的簡稱。是韓國大學考生必須統一參加的考試。考試在入學前一年 11 月初的週四舉辦，1 天考完所有的科目。
입시 /입씨/ 〈入試〉	入學考試 ＊入學考試：입학 시험 /이팍씨험/ 〈入學試驗〉，也稱為입학 전형 /이팍쩐형/ 〈入學銓衡〉。 ＊入學考試有以高中在學成績單或其他活動為基準進行審查的수시 〈隨試〉，以及反映 11 月舉辦之大學入學能力考試結果的정시 〈定試〉。 ＊面試 면접시험 /면접씨험/ 〈面接試驗〉，複試 이차 시험 〈-試驗〉
구술시험 〈口述試驗〉	口語考試 ＊也稱為구두시험。
실기 시험 〈實技試驗〉	技術考試
필기시험 〈筆記試驗〉	筆試
아이큐 테스트 〈IQ test〉	智力測驗
국가 고시 /국까-/ 〈國家考試〉	國家考試
검정고시 〈檢定考試〉	檢定考試
경쟁률 /경쟁뉼/ 〈競爭率〉	競爭率 ＊競爭率高〔低〕：경쟁률이 높다〔낮다〕

입학 정원 /이팍-/ 〈入學定員〉	入學名額 ＊超過名額：정원이 초과되다 〈-超過-〉 ＊未超過名額：정원 미달이 되다 〈-未達-〉
합격하다 /합�껴카다/ 〈合格-〉	合格 ＊候補合格：보결 합격 〈補缺-〉 ＊以遞補合格：보결로 합격하다；以候補合格：턱걸이로 합격하다（俗語） ＊運氣好的合格了：운이 좋게 합격하다 〈運-合格-〉
불합격되다 /불합껵-/ 〈不合格-〉	不合格 ＊낙방 〈落榜〉：沒有通過入學考試〔原本是沒有通過科舉考試的意思〕。 ＊考試落榜、比賽落敗稱為고배를 마시다、물 먹다（俗語）。
시험에 떨어지다 〈試驗-〉	考試不合格 ＊考試落榜：시험에 미끄러지다、미역국 먹다〔直譯為「喝了海帶芽湯」。因為海帶芽很滑溜的緣故〕。 ＊「考試失敗」、「考砸了」在學生之間稱為죽 쑤다（俗語）。「이번 입학 시험 완전히 죽썼어！」是「這次的考試完全考砸了！」的意思〔原本죽을 쑤다是「煮粥」的意思，想要煮飯卻失敗煮成了粥〕。
재수하다 〈再修-〉	重修、重讀 ＊重考生、高四生：재수생 〈再修生〉 ＊重考兩次：삼수하다 〈三修-〉 ＊高五生：삼수생 ＊重考三次：사수하다 〈四修-〉 ＊高六生：사수생 ＊重考好幾年稱為장수 〈長修〉。

★從入學到畢業

입학하다 /이파카다/ 〈入學-〉	入學 ＊推薦入學：추천 입학 /-이팍/ ＊非法入學：부정 입학 /-이팍/ 〈不正入學〉 ＊現役入學：현역 입학 /혀녀기팍·현녕니팍/
입학식 /이팍씩/ 〈入學式〉	入學典禮
학생증 /학쌩쯩/ 〈學生證〉	學生證

학번 /학뻔/ 〈學番〉	學號 ＊2017 年度入學稱為 17〔일칠〕학번、2018 年度入學稱為 18〔일팔〕학번等，以入學年度來決定。
진학하다 /진하카다/ 〈進學-〉	升學、求學
진급하다 /진그파다/ 〈進級-〉	升級、晉級
월반 〈越班〉	跳級

낙제하다 /낙째-/ 〈落第-〉	落榜
유급하다 /유그파다/ 〈留級-〉	留級 ＊韓國大學沒有留級，會自動升級直到 4 年級。
정학 처분을 받다 〈停學處分-〉	受到停學處分
퇴학하다 /퇴하카다/ 〈退學-〉	退學 ＊也稱為 학교를 그만두다。 ＊遭到退學處理：퇴학 당하다 〈退學當-〉、퇴학을 맞다 ＊退學申請：퇴학계 /퇴하께/ 〈退學屆〉 ＊輟學、中輟：중퇴하다 〈中退-〉
휴학하다 /휴하카다/ 〈休學-〉	休學 ＊提交休學申請：휴학계를 내다 /휴하께-/ 〈休學屆-〉
복학하다 /보카카다/ 〈復學-〉	復學 ＊在就學中途去當兵，或因其他因素辦理休學之後又復學的學生稱為 복학생 /보칵쌩/ 〈復學生〉。

전학하다 /전하카다/ 〈轉學-〉	轉學 ＊一般以 전학 가다、전학 오다的形式使用。 ＊轉學生：전학생 /전학쌩/
편입하다 /펴니파다/ 〈編入-〉	插班 ＊插班生：편입생 /편입쌩/

수료하다 〈修了-〉	結業
졸업하다 /조러파다/ 〈卒業-〉	畢業 ＊畢業考試：졸업 시험 /조럽씨험/ ＊畢業生：졸업생 /조럽쌩/ ＊即將畢業的最高年級稱為 졸업반 〈卒業班〉。

12 教 · 學

學校生活

졸업 논문 /조럽논문/ 〈卒業論文〉	畢業論文
졸업생 대표 /조럽쌩-/ 〈卒業生代表〉	畢業生代表
졸업식 /조럽씩/ 〈卒業式〉	畢業典禮
졸업장 /조럽짱/ 〈卒業狀〉	畢業證書
학위 〈學位〉	學位 ＊獲取學位：학위를 따다 ＊獲得學位：학위를 받다 ＊授予學位：학위를 수여하다 ＊取得學位：학위를 취득하다
학사 학위 /학싸-/ 〈學士學位〉	學士學位
석사 학위 /석싸-/ 〈碩士學位〉	碩士學位
박사 학위 /박싸-/ 〈博士學位〉	博士學位

★學校生活

학교에 다니다 /학꾜-/ 〈學校-〉	去學校、就學、念書
등교하다 〈登校-〉	上學 ＊集體上學：집단 등교
하교하다 〈下校-〉	放學
쉬는 시간 〈-時間〉	休息時間
점심 시간 〈點心時間〉	點心時間
급식 /급씩/ 〈給食〉	伙食、供餐
방과 후 〈放課後〉	放學後

학년 /항년/ 〈學年〉	**年級** ＊幾年級：몇 학년 /며탕년/ ＊一年級：일 학년、二年級：이 학년、三年級：삼 학년、四年級：사 학년、五年級：오 학년、六年級：육 학년 /유캉년/
반 〈班〉	**班級** ＊一年一班：일 학년 일 반、二年四班：이 학년 사 반
클래스 〈class〉	**班**
반장 〈班長〉	**班長** ＊副班長：부반장 〈副班長〉
학생회 /학쌩회/ 〈學生會〉	**學生會** ＊學生會長：학생회장 〈學生會長〉
학기 /학끼/ 〈學期〉	**學期** ＊韓國是일학기 /일학끼/〔1 學期：3 月～7 月中旬〕、이학기〔2 學期：8 月中旬～2 月中旬〕的 2 學期制（두학기제）。大學生畢業需要就讀 8 學期。因為在學中可能會去當兵，所以會說「我已經讀完 6 學期」、「我還剩 2 學期」等。
신학기 /신학끼/ 〈新學期〉	**新學期** ＊初、中、高新學期的開始稱為개학 〈開學〉，開學典禮稱為개학식 /개학씩/ 。 ＊大學新學期開始上課稱為개강 〈開講〉。新學期開始的聯誼活動稱為개강 파티。
수업 받다 〈授業-〉	**聽課**
자습하다 〈自習-〉	**自習、自修**
방학하다 /방하카다/ 〈放學-〉	**放假** ＊방학只用在學校的放假。社會人士的休假稱為휴가 〈休暇〉。 ＊暑假：여름 방학 ＊寒假：겨울 방학 ＊春假：봄 방학
종강 파티 〈終講 party〉	**期末派對** ＊學期末的慶祝活動。學期結束稱為종강 〈終講〉。 ＊在團體學習等學完 1 本書的時候，為了慶祝，宴請同僚或恩師稱為책씻이、책거리 /책꺼리/ 。

477

입학금 /이팍끔/ 〈入學金〉	入學費用
학비 /학삐/ 〈學費〉	學費
등록금 /등녹끔/ 〈登錄金〉	註冊費 ＊語言學校等的「學費」稱為수업료 /수엄뇨/ 〈授業料〉。
교재비 〈敎材費〉	教材費、書本費
장학금 /장학끔/ 〈獎學金〉	獎學金 ＊獲得獎學金：장학금을 타다
키다리 아저씨	電影《長腿叔叔》

제복 〈制服〉	制服
교복 〈校服〉	校服

축제 /축쩨/ 〈祝祭〉	學校慶典
대자보 〈大字報〉	大字報 ＊대자보가 나붙다：張貼大字報
게시판 〈揭示板〉	公佈欄、留言板

수학여행 /수항녀행/ 〈修學旅行〉	見習旅行 ＊林間學校、臨海學校之類的稱為여름 수련회 〈-修練會〉。수련회不論在什麼季節都可以進行，小學是 2 天 1 夜，中學是 3 天 2 夜，住在青少年活動中心或 YMCA 等地。
현장 학습 /현장학씁/ 〈現場學習〉	實地學習 ＊工廠觀摩：공장 견학 〈工場見學〉 ＊大學生們在出社會前所做的稱為산업 시찰 /사넙씨찰/ 〈產業視察〉。
운동회 〈運動會〉	運動會 ＊春季運動會：봄 운동회 ＊秋季運動會：가을 운동회 ＊大學或企業的運動會稱為체육 대회 〈體育大會〉。

동아리 활동 〈-活動〉	社團活動
동아리	社團 ＊也稱為동호회 〈同好會〉、애호회 〈愛好會〉、서클 〈circle〉。

동아리방 〈-房〉	社團教室
오티 〈OT〉	新生訓練、新生培訓、新生講座
엠티 〈MT〉	聯誼活動 ＊指 membership training。最近的年輕人也把這樣的活動稱為모꼬지。 ＊聯誼미팅〈meeting〉
훈련 /훌련/〈訓練〉	軍訓 ＊指在學中進行的군사 훈련〈軍事訓練〉。韓國是徵兵制，男子滿 19 歲進行身體檢查，符合條件者須當兵。

★學校與學生

국공립 /국꽁닙/〈國公立〉	國立、公立 ＊也稱為공립 학교 /공니팍꾜/〈公立學校〉。
사립 〈私立〉	私立 ＊也稱為사립 학교 /사리팍꾜/〈私立學校〉。
남녀 공학 〈男女共學〉	男女同校

공교육 〈公教育〉	公共教育
사교육 〈私教育〉	私人教育

어린이집	托兒所、幼兒園 ＊韓語裡的보육원 /보유권/〈保育園〉，是指照顧因為家庭環境而無法養育小孩之家庭裡的小孩或孤兒的地方〔보육원 出身和고아원출신是相同的意思〕。 ＊탁아소這個詞語最近已很少使用。
유치원 〈幼稚園〉	幼稚園
유치원생 〈幼稚園生〉	幼稚園生

학교 /학꾜/〈學校〉	學校
학생 /학쌩/〈學生〉	學生 ＊小學的兒童、學生也稱為학생。 ＊男學生：남학생 /남학쌩/〈男學生〉 ＊女學生：여학생 /여학쌩/〈女學生〉

초등학교 /-학교/ 〈初等學校〉	小學
초등학생 /-학생/ 〈初等學生〉	小學生 ＊隱晦的說法為초딩〈初-〉。
중학교 /중학교/ 〈中學校〉	中學
중학생 /중학생/ 〈中學生〉	國中生 ＊隱晦的說法為중딩〈中-〉。
고등학교 /-학쌩/ 〈高等學校〉	高中
고등학생 /-학교/ 〈高等學生〉	高中生 ＊隱晦的說法為고딩〈高-〉。 ＊女高中生：여고생〈女高生〉
대학교 /대학교/ 〈大學校〉	大學 ＊SKY：取首爾的名校首爾大學（서울대학 교）、高麗大學（고려대학교）、延世大學 （연세대학교）英語的第一個字母。
대학생 /대학쌩/ 〈大學生〉	大學生 ＊隱晦的說法為대딩〈大-〉。 ＊女大學生：여대생〈女大生〉
대학원 〈大學院〉	研究所
대학원생 〈大學院生〉	研究生
연구생 〈研究生〉	研究生
청강생 〈聽講生〉	旁聽生
신입생 /신입쌩/ 〈新入生〉	新生
동급생 /동급쌩/ 〈同級生〉	同年級、同班
동창생 〈同窓生〉	同學 ＊有동기동창〈同期同窓〉的說法。 ＊동문〈同門〉：同一所大學的畢業生。

과외 〈課外〉	課後輔導、家教 ＊家庭教師、個人教師的老師稱為과외 선생님。也稱為가정 교사〈家庭教師〉。 ＊과외是指補習班、家教等，所有在學校以外付錢接受的教育。 ＊請家教：가정교사를 부르다 ＊聘僱家教：가정교사를 구하다 ＊上補習班：과외를 하다
재수 학원 〈再修學院〉	重考補習班 ＊也可以單稱為학원。 ＊高考補習班：대입 학원 /대이파원/〈大入學院〉
전문학교 /-학꾜/ 〈專門學校〉	專科學校
요리 학원 〈料理學院〉	料理補習班
자동차 학원 〈自動車學院〉	駕訓班
일어 학원 〈日語學院〉	日語補習班
영어 학원 〈英語學院〉	英語補習班
유학원 〈留學院〉	留學補習班 ＊留學生：유학생〈留學生〉

★科目

초등 교육 〈初等教育〉	初等教育
고등 교육 〈高等教育〉	高等教育
교과 〈教科〉	科目 ＊不過大多數人發音為 /교꽈/。 ＊小學 6 年的科目有국어（韓語）、도덕（道德）、사회（社會）、수학（數學）、과학（科學）、실과〔기술（技術）、가정（家庭）、가사（家事）、정보 통신（資訊）〕、체육（體育）、미술（美術）、음악（音樂）、영어（英語）。

국어 〈國語〉	國語 ＊화법 /화뻡/（語法）、독서 /독써/（閱讀）、 작문 /장문/（作文）、문법 /문뻡/（文法）、 문학（文學），국어 생활（國語生活）
한문 〈漢文〉	漢字、漢文 ＊在小學或中學等低學年的한문是學習「漢字」 本身，高中後則是學習由漢字寫成的「漢文」。
수학 〈數學〉	數學 ＊小學的「算數」在韓國也稱為수학。
사회 〈社會〉	社會 ＊정치（政治）、경제（經濟）、사회·문화（社 會文化）、국사 /국싸/（韓國史）、세계사 （世界史）、한국 지리（韓國地理）、세계 지리（世界地理）、윤리 /율리/（倫理）
과학 〈科學〉	科學 ＊小學的理科稱為자연〈自然〉。 ＊생물（生物）、지구과학（地球科學）、화학 （化學）、물리（物理）
체육 〈體育〉	體育
교련 〈教鍊〉	軍訓
음악 〈音樂〉	音樂
미술 〈美術〉	美術
외국어 /외구거/ 〈外國語〉	外語 ＊第二外語：제이 외국어
보충 수업 〈補充授業〉	補課 ＊야간 자율 학습 /-학씁/〈夜間自律學習〉〔簡稱 야자〕：韓國大多數的高中都有舉辦，為了升 大學，在正規教學之外的自習。예체능계〈藝體 能系〉以外的學生都會參加。 ＊人文高中在升上 2 年級之後會分成문과 /문꽈/ （文組）與이과 /이꽈/（理組），即我們所說 的分類組〔분반〈分班〉〕。

★大學

대학 〈大學〉	大學 ＊也稱為학부 / 학뿌/〈學部〉。
커리큘럼 〈curriculum〉	課程、教程
필수 과목 /필쑤-/ 〈必修科目〉	必修科目
선택 과목 /선택꽈목/ 〈選擇科目〉	選修科目
교양 과목 〈敎養科目〉	通識科目
전공 〈專攻〉	主修、專攻、攻讀
자연계 〈自然系〉	理工科系
인문계 〈人文系〉	人文學系

★各個學院

의과대학 /의꽈-/〈醫科-〉	醫學院 ＊簡稱為의대〈醫大〉。
치과대학 /치꽈-/〈齒科-〉	牙醫學院 ＊簡稱為치대〈齒大〉。
한의대학 /하니-/〈韓醫-〉	韓醫學院
약과대학 /약꽈-/〈藥科-〉	藥學院 ＊簡稱為약대 /약때/〈藥大〉。
간호대학 〈看護-〉	護理學院
수의과대학 /수이꽈-/ 〈獸醫科-〉	獸醫學院 ＊簡稱為수의대 /수이대/〈獸醫大〉。
축산대학 /축싼-/〈畜產-〉	畜產學院 ＊簡稱為축대/축때/〈畜大〉。
공과대학 /공꽈-/〈工科-〉	工學院 ＊簡稱為공대〈工大〉。
농과대학 /농꽈-/〈農科-〉	農學院 ＊簡稱為농대〈農大〉。

상과대학 /상꽈-/ 〈商科-〉	商學院 ＊簡稱為상대〈商大〉。
경제대학 〈經濟-〉	經濟學院
경영대학 〈經營-〉	經營學院 ＊在韓國，경상대학〈經商-〉中大多有경제학과、경영학과。
사회과학대학 〈社會科學-〉	社會科學學院 ＊簡稱為사회대〈社會大〉。 ＊在韓國，사회과학대학中大多有정치학과〈政治學科〉。
법과대학 /법꽈-/ 〈法科-〉	法學院 ＊簡稱為법대 /법때/〈法大〉。
문과대학 /문꽈-/ 〈文科-〉	文學院
인문대학 〈人文-〉	人文學院
사범대학 〈師範-〉	師範學院
외국어대학 /외구거-/ 〈外國語大學〉	外語學院 ＊簡稱為외대〈外大〉。
체육대학 〈體育-〉	體育學院 ＊簡稱為체대〈體大〉。
미술대학 〈美術-〉	美術學院 ＊簡稱為미대〈美大〉。
음악대학 〈音樂-〉	音樂學院 ＊簡稱為음대〈音大〉。

★教育設施

교실 〈教室〉	教室
교장실 〈教長室〉	校長室
교무실 〈教務室〉	教職員辦公室
보건실 〈保健室〉	保健室 ＊過去稱為양호실〈養護室〉。
체육관 /체육꽌/ 〈體育館〉	體育館

강당 〈講堂〉	講堂、禮堂
복도 /복또/ 〈複道〉	走廊

도서관 〈圖書館〉	圖書館
도서실 〈圖書室〉	圖書室
대출대 〈貸出臺〉	借還櫃台 ＊借書：책을 빌리다
대출 중 〈貸出中〉	外借中
반납하다 /반나파다/ 〈返納-〉	返還

교정 〈校庭〉	校園
운동장 〈運動場〉	運動場

★期中考試、測驗

중간고사 〈中間考查〉	期中考試
기말고사 〈期末考查〉	期末考試
재시험 〈再試驗〉	重考、補考
추가 시험 〈追加試驗〉	追加考試
모의고사 /모이-/ 〈模擬考查〉	模擬考試
쪽지 시험 /쪽찌-/ 〈-紙試驗〉	隨堂測驗、小考
레벨 테스트 〈level test〉	等級考試

족보 /족뽀/ 〈族譜〉	考古題
문제 〈問題〉	試題、題目
시험지 〈試驗紙〉	題目卷
답안지 〈答案紙〉	答案卷
오엑스 문제 〈-問題〉	是非題

마크 시트 〈mark sheet〉	電腦閱卷答案卡 ＊也稱為 OMR카드 /오엠알-/ 〔Optical Mark Reader 的略稱〕。
다지 선택식 문제 /-선택씩-/ 〈多肢選擇式問題〉	多選題 ＊三擇〔四擇／五擇〕問題：삼지〔사지/오지〕선다형 〈-選多型〉
주관식 〈主觀式〉	作答題 ＊分為단답형 /단다평/ 〈短答型〉與서술형 〈敍述型〉。
객관식 /객꽌식/ 〈主觀式〉	選擇題
물음	詢問、問題
질문 〈質問〉	提問、疑問
질문하다 〈質問-〉	提問、發問 ＊如果說설문，是指問卷。
대답하다 /대다파다/ 〈對答-〉	回答 ＊「解答」不會說成해답하다。
답 〈答〉	答案 ＊（將問題）解開：（문제를）풀다
정답 〈正答〉	正確答案 ＊在數學的話是해답。
채점하다 /채쩜-/ 〈採點-〉	評分、改考卷、打分
점수를 매기다 /점쑤-/ 〈點數-〉	評分 ＊過去小學的成績單，由上往下的順序是수 〈秀〉、우 〈優〉、미 〈美〉、양 〈良〉、가 〈可〉，後來改成매우잘함（很好）、잘함（好）、보통（普通）、노력요함（需要努力），而現在則改成各個科目詳細記述的方式〔例如，國語會以「국어의 기본적인 문장성분을 이해하고 성분 사이의 호응 관계가 올바른 문장을 구성할 수 있음」這樣的方式記述〕

영점 /영쩜/ 〈零點〉	零分 ＊在學生之間俗稱為빵점 /빵쩜/ 〈-點〉〔因為 0 　像圓形的麵包之故〕。
불합격점 /불합껵쩜/ 〈不合格點〉	不及格分數 ＊也稱為 F학점 /에프학쩜/
에이 플러스	A+ ＊也稱為에이 쁠〔쁠是由플러스以濃音發音而造 　成的變化〕。
비 마이너스	B-
올 에이	ALL A
재수강 〈再受講〉	重修
성적표 〈成績表〉	成績表
예상 〈豫想〉	預想 ＊跟預想的一樣【不一樣】：예상이 맞다〔빗나 　가다〕 ＊（考試時）答案亂猜：통밥으로 찍다
실전에 강하다 /실쩐-/ 〈實戰-强-〉	善於實戰
벼락치기 공부 〈-工夫〉	臨時抱佛腳 ＊「以打雷般迅速的速度學習」的意思。 ＊也稱為벼락 공부、벼락치기。
밤을 새우다	熬夜 ＊在口語中是밤을 새다。 ＊在年輕人之間會用날밤 까다（剝生栗）這個隱 　晦的說法。
외우다	背誦
암기하다 〈暗記-〉	背誦、默記 ＊熟練地背誦：달달 외우다
컨닝하다 〈cunning-〉	做小抄、作弊 ＊做不正當行為：부정행위를 하다
컨닝 페이퍼 〈cunning paper〉	小抄

학점 /학쩜/ 〈學點〉	學分 ＊修學分：학점을 따다 ＊得 F（不及格）：F 학점을 받다〔F 是指 failure。也稱為학점이 빵꾸났다〕
학점이 짜다 /학쩜-/ 〈學點-〉	學分給得很嚴格、學分給得很吝嗇 ＊學分給得很寬鬆：학점이 후하다 〈-厚-〉
호랑이 선생 〈虎狼-先生〉	老虎先生 ＊韓國學生會把可怕的老師稱為「老虎先生」。

★上課

수업 〈授業〉	課程 ＊聽課：수업을 듣다 ＊翹課：땡땡이치다
수강 신청 〈受講申請〉	選課、申請聽課 ＊選課變更時間：수강 신청 변경 기간 〈-變更期間〉
시간표 〈時間表〉	時間表
교시 〈敎時〉	節課 ＊第一節課：일 교시、第二節課：이 교시、第三節課：삼 교시
강의 /강이/ 〈講義〉	講義 ＊記筆記：필기하다 〈筆記-〉
강좌 〈講座〉	講座、(大學的)課
휴강 〈休講〉	停課
명단 〈名單〉	名單 ＊韓國一直到高中為止的名單，一般都是가나다순 〈-順〉。 ＊進入大學之後，首先是학번순 /학뻔순/ 〈學番順〉按照學號順序的가나다순 〈-順〉。
출석부 /출썩뿌/ 〈出席簿〉	出席表
출석 /출썩/ 〈出席〉	出席、到課 ＊點名：출석을 부르다
결석 /결썩/ 〈缺席〉	缺課、缺席

상고 〈喪故〉	喪事 ＊因喪事缺席：상을 당해서 결석하다〔상고雖 然在字典裡有，但幾乎不使用〕
지각 〈遲刻〉	遲到
조퇴 〈早退〉	早退
대출 〈代出〉	代替出席 ＊是대리 출석〈代理出席〉的縮寫。

예습 〈豫習〉	預習
복습 /복씁/ 〈復習〉	複習
학습 /학씁/ 〈學習〉	學習

숙제 /숙쩨/ 〈宿題〉	作業
과제 〈課題〉	課題
리포트 〈report〉	報告 ＊也稱為보고서〈報告書〉。
초안 〈草案〉	草案
제목 〈題目〉	題目
결론 〈結論〉	結論
참고 문헌 〈參考文獻〉	參考文獻

교과서 〈敎科書〉	教科書
교재 〈敎材〉	教材
참고서 〈參考書〉	參考書
문제집 〈問題集〉	題本
학습서 /학씁써/ 〈學習書〉	學習書籍
전문서 〈專門書〉	專業書籍 ＊也稱為전문 서적〈專門書籍〉、전공 서적〈專 攻書籍〉。
학술서 /학쑬써/ 〈學術書〉	學術書籍
백과사전 /백꽈-/ 〈百科事典〉	百科辭典

사전 〈辭典〉	辭典 ＊查辭典：사전을 찾다 ＊編纂辭典：사전을 편찬하다
전자 사전 〈電子辭典〉	電子辭典

★學校問題

등교 거부 〈登校拒否〉	拒絕上學
은둔형 외톨이 〈隱遁型-〉	宅男宅女 ＊也稱為히키코모리（來自日語 hikikomori）。
학교 공포증 / 학꾜공포쯩 / 〈學校恐怖症〉	學校恐懼症
비행 문제 〈非行問題〉	不良問題
낙오자 〈落伍者〉	落伍的人
카운슬링 〈counseling〉	諮商輔導
학급 붕괴 / 학끕뿡괴 / 〈學級崩壞〉	失去秩序的班級
마마보이 〈mamaboy〉	媽寶男
과보호 〈過保護〉	過度保護
치맛바람 / 치맏빠람 /	過度熱心教育自己孩子的媽媽 ＊「裙風」的意思。來自母親奔走，裙裾飛揚的 　模樣。
학부모회 / 학뿌모회 / 〈學父母會〉	家長會
왕따 〈王-〉	排擠、孤立 ＊왕따並不是指 1 對 1 的「霸凌」，而是指集體 　的行為。 ＊왕따的왕是「非常」、「大」的意思，따是由 　「孤立某人」、「排斥」之意的따돌리다名詞 　形 따돌림 而來。 ＊最近則是直接沿用日語稱之이지메。
왕따시키다 〈王-〉	排擠別人

괴롭힘	折磨、刁難
편애하다 〈偏愛-〉	偏愛

3. 文具・辦公事務用品
★文具與辦公事務用品

문구 〈文具〉	文具 ＊也稱為문방구〈文房具〉。
사무 용품 〈事務用品〉	辦公用品
장부 〈帳簿〉	帳簿 ＊記帳：장부에 기입하다 /-기이파다/〈記入-〉
전표 〈傳票〉	傳票 ＊開傳票：전표를 끊다 /-끈타/
주소록 〈住所錄〉	通訊錄
노트 〈note〉	筆記本 ＊也稱為공책〈空冊〉。 ＊大學筆記：대학 노트
단어장 /단어짱/ 〈單語帳〉	單字本、單字卡
수첩 〈手帖〉	手冊
메모지 〈memo 紙〉	便條紙
견출지 /견출찌/ 〈見出紙〉	分類標籤
포스트잇 〈post-it〉	便利貼

도장 〈圖章〉	印章 ＊蓋印章：도장을 찍다
목도장 /목또장/ 〈木圖章〉	木章
인감도장 〈印鑑圖章〉	印鑒、圖章
인주 〈印朱〉	印泥 ＊也稱為도장밥 /도장빱/〈圖章-〉。
일부인 〈日附印〉	有日期的章
스탬프 〈stamp〉	郵票 ＊印台：스탬프대〈stamp 臺〉

필기구 〈筆記具〉	書寫工具、筆、紙筆
필통 〈筆筒〉	筆袋、鉛筆盒
연필꽂이 〈鉛筆-〉	筆筒
만년필 〈萬年筆〉	鋼筆 ＊鋼筆的筆蓋：뚜껑
펜 〈pen〉	筆
볼펜 〈ball pen〉	原子筆 ＊原子筆筆芯：볼펜용 리필심 〈-用 refill 芯〉
잉크 〈ink〉	墨水
연필 〈鉛筆〉	鉛筆 ＊鉛筆的筆蓋：캡 〈cap〉
캡 〈cap〉	筆帽、筆套
연필 홀더 〈-holder〉	鉛筆套夾
색연필 /생년필/ 〈色鉛筆〉	彩色鉛筆
빨간 색연필 /-생년필/ 〈-色鉛筆〉	紅色彩色鉛筆
연필깎이 〈鉛筆-〉	削鉛筆機 ＊削鉛筆：연필을 깎다
샤프펜 〈sharp pen〉	自動鉛筆 ＊自動鉛筆筆芯：샤프심 〈sharp 芯〉
매직 〈magic〉	萬能筆
사인펜 〈sign pen〉	簽字筆
수성펜 〈水性 pen〉	水性筆
유성펜 〈油性 pen〉	油性筆
형광펜 〈螢光 pen〉	螢光筆
붓펜	毛筆
화이트보드 〈white board〉	白板
보드마커 〈board marker〉	白板筆

칠판 〈漆板〉	黑板
분필 〈粉筆〉	粉筆
칠판 지우개 〈漆板-〉	板擦
지우개	橡皮擦
수정 테이프 〈修正 tape〉	修正帶
수정액 〈修正液〉	修正液 ＊也稱因商品名而來的화이트〈white〉。

책받침 / 책빧침/ 〈册-〉	墊板
자	尺 ＊用尺量長度：자로 길이를 재다
삼각자 /삼각짜/ 〈三角-〉	三角尺
줄자	捲尺
곱자 /곱짜/	曲尺
각도기 /각또기/ 〈角度器〉	量角器
컴퍼스 〈compass〉	圓規
디바이더 〈divider〉	兩腳規、圓規 ＊也稱為양각기 /양각끼/ 〈兩腳器〉。
노기스	卡尺 ＊也稱為버니어 캘리퍼스 〈vernier calipers〉，只稱캘리퍼스也行。

접착제 /접착쩨/ 〈接着劑〉	黏著劑
본드 〈Bond〉	黏著劑、強力膠
풀	膠水、糨糊 ＊膠水：물풀 ＊口紅膠：딱풀〔雖然是商品名，但這種說法更為人所知〕
접착테이프 〈接着 tape〉	膠帶 ＊也因商品名稱為스카치테이프〈Scotch tape〉。
양면 테이프 〈兩面 tape〉	雙面膠
마스킹 테이프 〈masking tape〉	封口膠帶

박스 테이프 〈box tape〉	封箱膠帶 ＊也稱為청테이프〈青 tape〉。
상자 〈箱子〉	箱子 ＊也稱為박스〈box〉。 ＊正式稱為골판지 상자〈骨板紙-〉
스테이플러 〈stapler〉	訂書機 ＊也稱為호치키스〈Hotchkiss〉。 ＊訂書針：스테이플러 심、호치키스 심〔原本침才是正確的表現，但一般稱為심。也有스테이플러 알、호치키스 알的說法〕
펀치 〈punch〉	打孔機 ＊一孔〔兩孔〕式打孔機：일공〔이공〕 펀치〈一孔〔二孔〕-〉
돋보기 /돋뽀기/	放大鏡
가위	剪刀
칼	刀子
커터칼 〈cutter-〉	美工刀
복사기 /복싸기/ 〈複寫機〉	影印機 ＊影印：복사하다〈複寫-〉 ＊單面影印：단면 복사〈單面-〉 ＊雙面影印：양면 복사〈兩面-〉 ＊黑白影印：흑백 인쇄 /흑빽-/〈黑白-〉
복사 용지 /복싸-/ 〈複寫用紙〉	影印紙 ＊放入紙張：용지 /종이를 넣다 ＊抽出紙張：용지 /종이를 빼내다 ＊紙張被卡住：종이가 걸리다 ＊에이스리（A3）、에이포（A4）、비포（B4）、비파이브（B5）
프린터 〈printer〉	印表機 ＊雷射印表機：레이저 프린터 ＊噴墨影印機：잉크젯 프린터
토너 〈toner〉	碳粉
카트리지 〈cartridge〉	墨水匣
복합기 /보캅끼/ 〈複合機〉	複合式影印機、複合式印表機

스캐너 〈scanner〉	掃描機
해상도 〈解像度〉	解析度

종이	紙張
이면지 〈裏面紙〉	回收紙
백지 /백찌/ 〈白紙〉	白紙
도화지 〈圖畫紙〉	圖畫紙
색종이 / 색쫑이/ 〈色-〉	彩色紙
색지 / 색찌/ 〈色紙〉	色紙
갱지 〈更紙〉	低質紙、粗紙 ＊紙漿比例未達40%的紙。
모조지 〈模造紙〉	道林紙
마분지 〈馬糞紙〉	黃板紙
보드지 〈board 紙〉	厚紙板
셀로판 종이 〈cellophane-〉	玻璃紙
화선지 〈畫宣紙〉	宣紙
카본지 〈carbon 紙〉	複寫紙

파쇄기 〈破碎機〉	碎紙機
바인더 〈binder〉	(書報)裝訂機
파일 〈file〉	文件夾
집게 /집께/	夾子
클립 〈clip〉	迴紋針、夾子 ＊鬥牛犬金屬夾：불독 클립 〈bulldog clip〉

안전핀 〈安全 pin〉	安全夾
압정핀 〈押釘 pin〉	圖釘
고무줄 〈gum-〉	橡皮筋 ＊也稱為고무 밴드 〈-band〉。

골무	頂針 ＊是一種縫紉時戴在指頭上，用來保護手指的防護指套。
계산기 〈計算機〉	計算機
주판 〈珠板〉	算盤
달력 〈-曆〉	月曆、日曆、掛曆 ＊桌曆：탁상용 달력 〈卓上用-〉 ＊逐頁撕日曆：일일달력 〈日日-〉
지구본 〈地球本〉	地球儀

13.

親近動植物

1. 動物
★動物與各種分類

동물 〈動物〉	動物
짐승	牲畜、獸類
초식 동물 〈草食動物〉	草食動物
육식 동물 /육씩-/ 〈肉食動物〉	肉食動物
항온 동물 〈恆溫動物〉	恆溫動物 ＊哺乳類：포유류〈哺乳類〉；鳥類：조류〈鳥類〉
변온 동물 /버논-/〈變溫-〉	變溫動物、冷血動物
무척추 동물 〈無脊椎-〉	無脊椎動物
척추 동물 〈脊椎-〉	脊椎動物
어류 〈魚類〉	魚類
조류 〈鳥類〉	鳥類
포유류 〈哺乳類〉	哺乳類
해면동물 〈海綿-〉	海綿動物、多孔動物
자포동물 〈刺胞-〉	刺絲胞動物、刺胞動物 ＊水母、珊瑚、海葵等。
유즐동물 〈有櫛-〉	櫛板動物 ＊櫛水母、蛾水母、風船水母等。
연체동물 〈軟體-〉	軟體動物 ＊除了貝類之外，還有無貝殼的海蛞蝓、裸海蝶、蛞蝓、花枝、章魚等。
절지동물 /절찌-/〈節肢-〉	節肢動物 ＊昆虫類、甲殼類、蜘蛛類、蜈蚣類等。

극피동물 〈棘皮-〉	棘皮動物 ＊海膽、海星、陽隧足、海參等。
피낭동물 〈被囊-〉	被囊動物、尾索動物 ＊海鞘類。也稱為尾索動物（미삭동물）。
환형동물 〈環形-〉	環節動物 ＊蚯蚓、沙蠶、螞蟥等。
편형동물 〈扁形-〉	扁形動物 ＊ 渦蟲、扁蟲、廣頭地渦蟲、條蟲等。

★兩棲類

양서류 〈兩棲類〉	兩棲類
개구리	青蛙、蛤蟆 ＊呱呱（叫聲）：개굴개굴
참개구리	黑斑蛙
청개구리 〈靑-〉	青蛙
두꺼비	蟾蜍、癩蛤蟆
올챙이	蝌蚪
도롱뇽	東北小鯢 ＊也稱為산초어〈山椒魚〉。
영원 〈蠑螈〉	蠑螈

★爬蟲類

파충류 〈爬蟲類〉	爬蟲類
뱀	蛇 ＊蛇盤起來：뱀이 따리를 틀다
방울뱀	東部菱背響尾蛇
살무사	短尾蝮 ＊由살모사〈殺母蛇〉這個漢字語變化而來。 ＊被短尾蝮咬到腿：살무사에게 다리를 물리다 ＊抗蝮蛇毒血清：살모사독 항혈청 ＊毒蛇：독사 /독싸/ 〈毒蛇〉

하브	波布蛇、哈布蝮蛇 ＊Habu 原是日語。因其頭型也稱為반시뱀〈飯匙-〉。
구렁이	棕黑錦蛇
비단구렁이 〈緋緞-〉	蟒蛇、大蟒蛇
코브라 〈cobra〉	中華眼鏡蛇、飯匙倩
악어 〈鰐魚〉	鱷魚
이구아나 〈iguana〉	美洲鬣蜥
카멜레온 〈chameleon〉	變色龍
도마뱀	蜥蜴
거북	烏龜 ＊在會話中用거북이。 ＊海龜：바다거북 ＊陸龜：땅거북
등껍질 /등껍찔/	龜殼

★動物園的動物

동물원 〈動物園〉	動物園
소	牛 ＊小牛：송아지 ＊哞（叫聲）：음매
말	馬 ＊幼馬：망아지 ＊嘶（叫聲）：히이잉 ＊噠噠（腳步聲）：따가닥따가닥
포니	小馬 ＊韓國濟州島特有的小型馬稱為조랑말。
얼룩말 /얼룽말/	斑馬
당나귀	驢
물소 /물쏘/	水牛
낙타 〈駱駝〉	駱駝 ＊單峰駱駝：단봉 낙타〈單峰-〉 ＊雙峰駱駝：쌍봉 낙타〈雙峰-〉

하마 〈河馬〉	河馬
코뿔소	犀牛
코끼리	大象
기린 〈麒麟〉	長頸鹿
사슴	梅花鹿、鹿
순록 /술록/ 〈馴鹿〉	馴鹿
야크 〈yak〉	犛牛
맥 〈貊〉	貘
아르마딜로 〈armadillo〉	犰狳
개미핥기	食蟻獸
토끼	兔子 ＊蹦蹦跳跳：깡충깡충 뛰다
족제비 /족쩨비/	黃鼬、黃鼠狼
밍크 〈mink〉	水貂、鼬鼠
산달 〈山獺〉 담비	黃喉貂
여우	狐狸 ＊嗷嗷（叫聲）：컹컹
너구리	貉、貉子
수달 〈水獺〉	水獺
스컹크 〈skunk〉	臭鼬
몽구스 〈mongoose〉	獴、貓鼬
하이에나 〈hyena〉	鬣狗、土狼 ＊咯咯（叫聲）：으르렁
늑대 /늑때/	狼
살쾡이	石虎、山貓、錢貓、豹貓 ＊西表山貓：이리오모테살쾡이 ＊歐亞猞猁：스라소니〔在北韓稱為시라소니〕

사향고양이 〈麝香-〉	椰子貓、椰子狸
흰코사향고양이 〈-麝香-〉 백비심 /백삐심/ 〈白鼻心〉	果子狸、白鼻心
치타 〈cheetah〉	獵豹、印度豹
표범 〈豹-〉	豹
사자 〈獅子〉	獅子
레오폰 〈leopon〉	豹獅
호랑이 〈虎狼-〉	老虎 ＊也稱為범。 ＊吼吼（叫聲）：어흥
곰	熊 ＊北極熊：북극곰 /북끅꼼/ 〈北極-〉、백곰 /백꼼/ 　〈白-〉 ＊黑熊：흑곰 /흑꼼/ 〈黑-〉、반달가슴곰 〈半-〉 ＊浣熊：미국너구리 /미궁-/ 〈美國-〉
원숭이	猴子
고릴라 〈gorilla〉	大猩猩
침팬지 〈chimpanzee〉	黑猩猩、倭黑猩猩
오랑우탄 〈orangutan〉	人猿、紅猩猩、紅毛猩猩
긴팔원숭이	長臂猿
망토개코원숭이	阿拉伯狒狒、埃及狒狒
나무늘보	樹懶
캥거루 〈kangaroo〉	袋鼠
코알라 〈koala〉	無尾熊
판다 〈panda〉	熊貓 ＊판다是標準語，但在會話中大多稱之為팬더。 ＊大熊貓：왕팬더 〈王-〉 ＊小熊貓：애기팬더
박쥐	蝙蝠

오리너구리	鴨嘴獸
비버 〈beaver〉	河狸
기니피그 〈guinea pig〉	豚鼠、天竺鼠、葵鼠、荷蘭豬、幾內亞豬
두더지	鼴鼠、田鼠
고슴도치	西歐刺蝟、歐洲刺蝟
쥐	老鼠 ＊吱吱（叫聲）：찍찍
햄스터 〈hamster〉	倉鼠、地鼠
다람쥐	西伯利亞花栗鼠
바늘두더지<Echidna>	針鼴、刺食蟻獸
호저<豪豬>	非洲冕豪豬
청설모 〈靑-毛〉	歐亞紅松鼠

★飼養家畜、家禽

가축 〈家畜〉	家禽
치다	飼養 ＊為了得到利益以飼料飼養動物。 ＊飼養羊：양을 치다 ＊사육하다 /사유카다/〈飼育-〉是比較正式的用法。
방목하다 /방모카다/ 〈放牧-〉	放牧
훈련하다 /훌련-/ 〈訓練-〉	訓練 ＊不會用조교하다〈調敎-〉。在馬戲團裡會用조 련하다〈調練-〉。
목장 /목짱/ 〈牧場〉	牧場
사일로 〈silo〉	圓筒倉
건초 〈乾草〉	乾草
사료 〈飼料〉	飼料
목초지 〈牧草地〉	牧草地 ＊也稱為풀밭 /풀받/。

육우 〈肉牛〉	肉牛
젖소 /젇쏘/	乳牛 ＊也稱為유우〈乳牛〉。
외양간 /외양깐/ 〈-間〉	牛馬棚、牲口棚
젖짜기 /젇짜기/	擠奶 ＊也稱為착유〈搾乳〉。

경주마 〈競走馬〉	賽馬 ＊母馬：암말 ＊公馬：수말
종마 〈種馬〉	種馬
마구간 /마구깐/ 〈馬廐間〉	馬廐、馬棚

돼지	豬 ＊哼哼（叫聲）：꿀꿀
멧돼지 /멛때지/	野豬、山豬
염소	山羊 ＊咩咩（叫聲）：매애애
양 〈羊〉	羊

가금류 /-뉴/ 〈家禽類〉	家禽類
닭 /닥/	雞 ＊咯咯（叫聲）：꼬끼오。也會꼬꼬댁、꼬꼬꼬 　叫。 ＊公雞：수탉 ＊母雞：암탉〔注意不是寫成닭而是탉〕。
병아리	小雞 ＊啾啾（叫聲）：삐약삐약
싸움닭 /싸움닥/	鬥雞 ＊也稱為투계〈鬪鷄〉。
당닭 /당닥/ 〈唐-〉	雞
메추라기	日本鵪鶉 ＊也稱為메추리。鵪鶉蛋：메추리 알
비둘기	鴿子 ＊咕咕（叫聲）：구구 ＊信鴿：전서구〈傳書鳩〉

504

오리	鴨子
집오리	家鴨 ＊呱呱（叫聲）：꽥꽥
꿩	環頸雉、野雞、華蟲、雉雞
거위	鵝
칠면조 〈七面鳥〉	火雞

양돈업 /양도넙/ 〈養豚業〉	養豬業
양계업 〈養鷄業〉	養雞業
양봉업 〈養蜂業〉	養蜂業
양잠업 /양자멉/ 〈養蠶業〉	養蠶業

★動物的身體

털	毛
털가죽	皮毛 ＊可以做為服裝材料的毛皮稱為모피〈毛皮〉。
가죽	皮、皮革
껍데기 /껍떼기/	殼、外皮 ＊水果表面柔軟的皮是껍질。

뿔	角
엄니	犬牙 ＊露出犬牙：엄니를 드러내다 ＊象牙：상아
발굽 /발꿉/	蹄 ＊馬蹄：말발굽 /말발꿉/
발톱	腳指甲 ＊伸指甲抓：발톱을 세우다 ＊抓、撓：할퀴다
갈기	鬃、鬃毛 ＊馬鬃：말갈기
꼬리	尾巴

보조 〈步調〉	步伐 ＊配合步伐：보조를 맞추다 ＊一般的步伐：보통 발걸음 /-발껄음/〈普通-〉 ＊快速的步伐：빠른 발걸음 /-발껄음/
앞다리 /압따리/	前腳 ＊也稱為앞발 /압빨/。 ＊抬起前腳：앞발을 들다
뒷다리 /뒫따리/	後腳 ＊也稱為뒷발 /뒫빨/。 ＊用後腳踢：뒷발로 차다

2. 飼養寵物
★狗與貓

개	狗 ＊汪汪（叫聲）：멍멍 ＊狗聞氣味的聲音是킁킁（鼻子吭吭）。
강아지	小狗
집개 /집깨/	家犬
들개	野狗 ＊也稱為집 없는 개 /지범는-/、길거리 개 /길꺼리-/。
버려진 개	流浪狗、遺棄犬 ＊也稱為유기견〈遺棄犬〉。
경비견 〈警備犬〉	看門犬 ＊也稱為파수견〈把守犬〉。
맹도견 〈盲導犬〉	導盲犬 ＊也稱為맹인견〈盲人犬〉、안내견〈案內犬〉、맹인 안내견〈盲人案內犬〉等。
경찰견 〈警察犬〉	警犬
군견 〈軍犬〉	軍犬
쉽독 〈sheepdog〉	牧羊犬 ＊也稱為목양견〈牧羊犬〉、양치기 개。
사냥개 /사냥깨/	獵犬

잡종 〈雜種〉	雜種 ＊也稱為똥개 /똥깨/。
순종 〈純種〉	純種
교배종 〈交配種〉	雜交品種
혈통서 〈血統書〉	血統證明書 ＊也俗稱為족보 /족뽀/〈族譜〉。
고양이	貓 ＊喵喵（叫聲）：야옹
고양이 새끼	小貓 ＊老鼠藥：쥐약〈 -藥〉
집고양이 /집꼬양이/	家貓 ＊也有집괭이 /집꽹이/ 這樣的詞語，但不會在會 話時使用。
길 고양이	野貓 ＊也稱為도둑고양이 /도둑꼬양이/。

★各品種的狗與貓
· 珍島犬：진돗개 /진돋깨/〈珍島-〉＊全羅南道珍島產的名犬。
· 豐山犬：풍산개〈豊山-〉＊咸鏡南道豐山產的名犬。
· 秋田犬：아키타견〈-犬〉
· 土佐鬥犬、土佐犬：도사견〈-犬〉
· 柴犬：시바견〈-犬〉
· 大丹犬：그레이트 데인〈Great Dane〉
· 靈緹、格雷伊獵犬、格力犬：그레이하운드〈greyhound〉
· 可卡犬：코카스파니엘〈cocker spaniel〉
· 可麗牧羊犬、柯利犬：콜리〈collie〉
· 德國牧羊犬、德國狼犬、德國狼狗：셰퍼드〈shepherd〉
· 西施犬：시쮸〈shih tzu〉＊犬名來自「獅子」的中文發音。
· 蘇格蘭㹴犬：스카치 테리어〈Scotch terrier〉
· 聖伯納犬：세인트버나드〈Saint Bernard〉
· 鬆獅犬：차우차우〈chow-chow〉
· 馬爾濟斯：말티즈〈Maltese〉
· 臘腸犬、達克斯獵犬：닥스훈트〈Dachshund〉
· 日本狆：친
· 吉娃娃：치와와〈chihuahua〉

- 貴賓犬：푸들〈poodle〉
- 鬥牛犬：불독〈bulldog〉
- 北京狗、獅子狗：페키니즈〈Pekingese〉
- 指示犬：포인터〈pointer〉
- 拳獅犬：복서〈boxer〉
- 博美犬：포메라니안〈Pomeranian〉
- 約克夏狸：요크셔 테리어〈Yorkshire Terrier〉
- 拉布拉多犬：래브라도 레트리버〈labrador retriever〉

- 美國短毛貓：아메리칸 쇼트헤어〈Americanshorthair〉
- 波斯貓：페르시안 고양이〈Persian-〉
- 暹羅貓：샴 고양이〈Siamese-〉

★與動物一起生活

애완동물〈愛玩動物〉	寵物 ＊最近也使用반려 동물 /발려-/〈伴侶動物〉這樣的字詞。
애완 동물을 기르다 〈愛玩動物-〉	飼養寵物 ＊也稱為애완 동물을 키우다。키우다帶有養育的意思〔養一隻狗作為家庭成員：가족의 일원으로 개를 키우다〕
펫 숍 /펟쏩/〈pet shop〉	寵物店
브리더〈breeder〉	飼養者
먹이	飼料、食物
사료〈飼料〉	飼料
독 푸드〈dog food〉	狗糧 ＊也稱為애견 사료〈愛犬飼料〉。
캣 푸드〈cat food〉	貓糧 ＊也稱為고양이 사료〈-飼料〉。
애견 호텔〈愛犬 hotel〉	寵物旅館
동물 묘지〈動物墓地〉	寵物墓地

수의사 /수이사/ 〈獸醫師〉	獸醫
동물 병원 〈動物病院〉	動物醫院
애견인 〈愛犬人〉	愛狗人士 ＊也稱為애견가〈愛犬家〉。
애묘인 〈愛猫人〉	愛貓人士 ＊也稱為애묘가〈愛猫家〉。
예방 주사 〈豫防注射〉	預防針、疫苗 ＊接種疫苗：예방주사를 맞다 ＊在韓國，小狗出生後 6 週要接種 DHPPL 혼합 예방 주사預防針。所謂的 DHPPL 就是개 홍역（D：犬瘟熱）、전염성 간염（H：犬傳染性肝炎）、파보 바이러스 장염（P：犬小病毒、犬小病毒腸炎）、파라인플루엔자（P：犬副流行性感冒）、렙토스피라증（L：犬鉤端螺旋體混合疫苗）的混合疫苗。除此之外的預防接種還有코로나 장염（犬冠狀病毒性腸炎）、전염성기관지염（犬舍咳、犬傳染性呼吸道疾病、傳染性氣管支氣管炎）、광견병（狂犬病）等疫苗。
중성화 수술 〈中性化手術〉	結紮手術 ＊接受結紮手術：중성화 수술을 받다 ＊做結紮手術：중성화 수술을 시키다
산책 〈散策〉	散步 ＊帶狗散步：개를 산책시키다
훈련시키다 /훌련-/ 〈訓練-〉	訓練 ＊自主大小便：대소변 가리기 ＊坐下：앉아 ＊不要吃：먹지마 ＊握手：손 ＊來這裡：이리 와 ＊不可以：안돼 ＊好：좋아 ＊叫、吠：짖어

★其他

새끼	(動物小時候)小崽子 ＊用來表示動物年齡的用法〔1 歲：하릅 或 한습、2 歲：두릅、3 歲：세릅〕
어미	母親
암컷 /암컫/	母的 ＊母狗：암캐〔(x) 암개〕 ＊小母狗：암캉아지〔(x) 암강아지〕 ＊母雞：암탉〔(x) 암닭〕 ＊小母雞：암평아리〔(x) 암병아리〕 ＊母豬：암퇘지〔(x) 암돼지〕 ＊母驢：암탕나귀〔(x) 암당나귀〕 ※除了上面提到的之外，母的動物名稱前面都必須加암。 ＊母羊：암양 /암냥/ ＊母山羊：암염소 /암념소/ ＊母鼠：암쥐 /암쮜/
수컷 /수컫/	公的 ＊公狗：수캐〔(x) 수개〕 ＊小公狗：수캉아지〔(x) 수강아지〕 ＊公雞：수탉〔(x) 수닭〕 ＊小公雞：수평아리〔(x) 수병아리〕 ＊公豬：수퇘지〔(x) 수돼지〕 ＊公驢：수탕나귀〔(x) 수당나귀〕 ＊公羊：숫양 /순냥/〔(x) 수양〕 ＊公山羊：숫염소 /순념소/〔(x) 수염소〕 ＊公鼠：숫쥐 /순쮜/〔(x) 수쥐〕 ※除了上面提到的之外，公的動物名稱前面都必須加수。
교미하다 〈交尾-〉	交配
새끼를 배다	懷胎
새끼를 낳다 /-나타/	生產
산란하다 /살란-/ 〈產卵-〉	產卵 ＊也稱為알을 낳다 /-나타/。
산란기 /살란기/ 〈產卵期〉	產卵期

부화하다 〈孵化-〉	孵化 ＊孵小雞：병아리를 부화시키다
동면하다 〈冬眠-〉	冬眠 ＊也稱為겨울잠을 자다。 ＊從冬眠中醒來：겨울잠에서 깨어나다
월동하다 /월똥-/ 〈越冬-〉	過冬
짖다 /짇따/	吠、叫 ＊狗吠：개가 짖다 ＊老虎之類的猛獸吼叫稱為으르렁거리다。
울다	鳴、啼 ＊蟲、鳥、動物在鳴叫。
으르렁거리다	吼叫、咆哮
지저귀다	鳴叫、嘰嘰喳喳、啾啾
날다	飛揚 ＊蟲子飛：벌레가 날다 ＊鳥飛：새가 날다
기다	爬行 ＊經常以기어가다（爬過去）這樣的形式來使用 〔蟲子爬：벌레가 기어가다〕
고삐	韁繩 ＊勒緊韁繩：고삐를 죄다
안장 〈鞍裝〉	馬鞍 ＊攀鞍上馬：안장에 올라 타다
쇠코뚜레	牛鼻環 ＊穿鼻：코뚜레를 꿰다

3. 鳥類
★鳥

새	鳥
작은 새	小鳥

511

병아리	小雞 ＊韓語中並沒有特別指「雛鳥」的單字，一般使用與「小雞、小雛鳥」相同的單字병아리，或是說成새끼 새（鳥的小孩）。
물새	水禽、水鳥
야조	野禽 ＊也稱為들새 /들쌔/。
철새 /철쌔/	候鳥 ＊철새的철是季節的意思。 ＊留鳥是텃새 /턷쌔/〔터是指地點的意思〕。

청딱따구리 〈靑-〉	綠啄木、山啄木
솔부엉이	褐鷹鴞
오색따구리 〈五色-〉	大斑啄木鳥、花啄木
신천옹 /신처농/ 〈信天翁〉	信天翁
미국홍머리오리 〈美國紅-〉	赤頸鴨
잉꼬	虎皮鸚鵡、嬌鳳、彩鳳 ＊愛情鳥：사랑새 ＊鸚鵡夫妻：잉꼬부부
휘파람새	日本樹鶯、短翅樹鶯 ＊黑枕黃鸝、黃鸝、黃鶯、：꾀꼬리
멋쟁이새 /먿쨍이새/	紅腹灰雀
괭이갈매기	黑尾鷗 ＊也稱為해묘〈海猫〉。
앵무새 〈鸚鵡-〉	鸚鵡
큰유리새 /큰뉴리새/ 〈-琉璃-〉	白腹琉璃、白腹鶲
원앙새 〈鴛鴦-〉	鴛鴦
어치	松鴉、樫鳥、橿鳥
까치	喜鵲 ＊叫聲是까치까치。
뻐꾸기	布穀鳥、大杜鵑 ＊也稱為뻐꾹새 /뻐꾹쌔/。 ＊叫聲是뻐꾹뻐꾹。

카나리아 〈canaria〉	金絲雀
갈매기	海鷗
까마귀	烏鴉 ＊嘎嘎（叫聲）：까악까악
물총새 〈-銃-〉	翠鳥
기러기	大雁 ＊기러기 아빠：母親帶著小孩一起去國外留學， 為了賺取小孩的學費自己留在韓國賺錢把錢匯 到國外去的父親。
딱따구리	啄木鳥
구관조 〈九官鳥〉	鷯哥、九官鳥
흰눈썹뜸부기 / 흰눈썹-/	秧雞 ＊沖繩秧雞：얀바루 흰눈썹뜸부기
공작 〈孔雀〉	孔雀 ＊孔雀開屏：공작이 날개를 펴다
황새	東方白鸛
소쩍새 / 소쩍쌔/	普通鴞、紅角鴞、歐亞角鴞、聒聒鳥子
울새 / 울쌔/	紅尾歌鴝
콘도르 〈condor〉	神鷲、神鵰、大禿鷲
백로 / 뱅노/ 〈白鷺〉	白鷺
도요새	鷸
박새 / 박쌔/	大山雀
십자매 / 십짜매/ 〈十姉妹〉	十姉妹
참새	麻雀 ＊喳喳、啾啾（叫聲）：짹짹
할미새	鶺鴒
매	游隼、花梨鷹、鴨虎 ＊蒼鷹：송골매 〈松鶻-〉 ＊夜鷹：쏙독새
타조 〈駝鳥〉	鴕鳥
물떼새	鴴
지빠귀	斑點鶇 ＊也稱為개똥지빠귀。

제비	家燕
학〈鶴〉	丹頂鶴、仙鶴、白鶴 ＊也稱為두루미。 ＊丹頂鶴：단정학〈丹頂鶴〉
따오기	朱鷺、紅鶴 ＊叫聲是따옥따옥。
솔개	黑鳶、老鷹
백조 /백쪼/〈白鳥〉	天鵝 ＊也稱為고니。
벌새	蜂鳥
화식조 /화식쪼/〈火食鳥〉	鶴鴕、食火雞
종달새 /종달쌔/	歐亞雲雀
직박구리 /직빡꾸리/	栗耳短腳鵯
올빼미	灰林鴞 ＊嗡嗡（叫聲）：부엉부엉
플라밍고〈flamingo〉	紅鶴、火鶴、火烈鳥
문조〈文鳥〉	禾雀、文鳥
펠리컨〈pelican〉	卷羽鵜鶘
멧새 /멛쌔/	三道眉草鵐、山麻雀、草鵐
두견〈杜鵑〉	杜鵑鳥、小杜鵑 ＊也稱為두견새、두견이。
부엉이	貓頭鷹
찌르레기	灰椋鳥、杜麗雀、竹雀
독수리 /독쑤리/〈禿-〉	禿鷲

★鳥的身體

날개	翅膀 ＊禿鷲翅膀：독수리 날개 ＊昆蟲身上的翅膀也稱為날개〔蜻蜓翅膀：잠자리 날개〕。
날개가 돋다 /-돋따/	展開翅膀

514

날개를 접다 /-접따/	收起翅膀
새가 날개치다	鳥兒拍打翅膀
깃털 /긷털/	羽毛 ＊覆蓋在鳥類身體表面的羽毛。
볏 /볃/	雞冠
대가리	(動物的)頭部 ＊닭대가리 /닥때가리/：用以諷刺頭腦不好的人。
물갈퀴	腳蹼
부리	(鳥獸的)嘴部、喙 ＊也稱為주둥이。 ＊鳥兒啄果實：새가 열매를 쪼아 먹다
며느리발톱	距 ＊公雞、雄雉等在跗蹠後下部突出像腳趾的部分。
꽁지	(鳥的)尾巴
보금자리	巢，窩，巢穴 ＊也稱為둥지。
알	卵 ＊孵蛋：알을 까다 ＊雞孵蛋：닭이 알을 품다

4. 海中生物
★水族館

수족관 /수족꽌/ 〈水族館〉	水族館
담수어 〈淡水魚〉	淡水魚 ＊會話中較常使用민물고기。
함수어 〈鹹水魚〉	鹹水魚、海水魚 ＊會話中較常使用바닷물고기、짠물고기。
심해어 〈深海魚〉	深海魚

★魚的身體

대가리	(動物的)頭部
지느러미	魚鰭 ＊胸鰭：가슴지느러미 ＊腹鰭：배지느러미 ＊背鰭：등지느러미
비늘	魚鱗
아가미	魚鰓
부레	魚鰾

★觀賞魚

금붕어 〈金-〉	金魚 ＊金魚是大約 1200 年前在中國從紅色鯽魚培養出來的品種，原本寫為금부어〈 △金鮒魚〉，後來以訛傳訛才變成金魚。
화금붕어 〈和金-〉	日本和金金魚
유금붕어 〈琉金-〉	琉金金魚
툭눈붕어	水泡眼金魚
난주 〈蘭鑄〉	藍壽金魚

★海中生物

（可供食用的「海鮮類」請參照 222 頁）

열대어 〈熱帶魚〉	熱帶魚
구피 〈guppy〉	孔雀魚
소드테일 〈swordtail〉	劍尾魚
블랙몰리 〈black molly〉	黑花鱂、摩麗魚
엔젤피시 〈angelfish〉	神仙魚
디스커스 〈discus〉	七彩神仙魚

라미 〈gourami〉	絲足魚
키싱구라미 〈kissing gourami〉	接吻魚、吻鱸
네온테트라 〈neon tetra〉	霓虹脂鯉、日光燈魚
피라니아 〈piranha〉	食人魚

★住在海中的哺乳類

돌고래	海豚
바다표범 〈-豹-〉	海豹
바다사자 〈-獅子〉	北海獅
달 〈海獺〉	海獺
물개 /물깨/	海狗
범고래	虎鯨、殺人鯨

고래	鯨魚
흰긴수염고래 /힌-/ 〈- 鬚髥-〉	藍鯨
긴수염고래	長須鯨
큰고래	長須鯨
향유고래 〈香油-〉	抹香鯨
정어리고래	塞鯨、北鬚鯨

★海邊的生物

삿갓조개 /삳깐-/	帽貝、笠貝
갯강구 /갣깡구/	海蟑螂、奇異海蟑螂
소라게	寄居蟹
말미잘	海葵
불가사리	海星

517

해파리	水母
산호 〈珊瑚〉	珊瑚
해마 〈海馬〉	海馬

★甲殼類

（其他的「蟹蝦類」請參照 226 頁「其他的海產」）

갑각류 /갑깡뉴/ 〈甲殼類〉	甲殼類
미국가재 〈美國-〉	克氏原螯蝦

5. 昆蟲類
★蟲

벌레	蟲子
곤충 〈昆蟲〉	昆蟲
유충 〈幼蟲〉	幼蟲 ＊也稱為애벌레。
성충 〈成蟲〉	成蟲

벌	蜂族 ＊被蜂族螫：벌에 쏘이다 ＊蜂群嗡嗡叫：벌떼가 윙윙거리다
벌집 /벌찝/	蜂巢、蜂窩
꿀벌	蜜蜂
일벌	工蜂
말벌	胡蜂、黃蜂
여왕벌 〈女王-〉	女王蜂、蜂后

개미	螞蟻
일개미	工蟻

병정개미 〈兵丁-〉	兵蟻
여왕개미 〈女王-〉	雌蟻 ＊交配後稱蟻后。
흰개미 /흰개미/	白蟻
개미귀신 〈-鬼神〉	蟻蛉
나비	蝴蝶 ＊蝴蝶飛：나비가 훨훨날다
호랑나비 〈虎狼-〉	柑橘鳳蝶、花椒鳳蝶
청띠제비나비 〈青-〉	青鳳蝶
배추흰나비 /-흰나비/	白粉蝶、紋白蝶
노랑나비	斑緣點粉蝶
왕오색나비 /왕오샌-/ 〈王五色-〉	大紫蛺蝶
부전나비	灰蝶 ＊부전：蜆或蛤蠣等的殼對合起來，貼上染色的 布塊，穿帶子掛在衣帶上，是女性的飾品之 一。也稱為조개부전。
가랑잎나비 /가랑닙-/	枯葉蝶
나방	蛾
독나방 /동나방/ 〈毒-〉	毒蛾
누에	蠶
번데기	蠶蛹
모충 〈毛蟲〉	毛毛蟲
도롱이벌레	蓑蛾、避債蛾
잠자리	蜻蜓
고추잠자리	猩紅蜻蜓
밀잠자리	白尾灰蜻
왕잠자리 〈王-〉	綠胸晏蜓

장수잠자리 〈將帥-〉	無霸勾蜓

매미	蟬 ＊唧唧（叫聲）：맴맴
유지매미 〈油脂-〉	日本油蟬
참매미	斑透翅蟬
애매미	寒蟬

벼룩	跳蚤 ＊被跳蚤咬：벼룩에 물리다
이	蝨子
진드기	蜱、血蜱、壁蝨
파리	蒼蠅 ＊蒼蠅拍：파리채 ＊蒼蠅貼紙：(파리잡이) 끈끈이
구더기	蛆
모기	蚊子 ＊淡色庫蚊、尖家音蚊：빨간집모기 /-짐모기/ ＊被蚊子咬：모기에 물리다 ＊點蚊香：모기향을 피우다 〈香-〉 ＊電蚊香：전자 모기향
장구벌레	孑孓 ＊滋生孑孓：장구벌레가 꾀다

소금쟁이	水黽、水馬、水蜘蛛
물맴이	豉蟲
달팽이	琉球球蝸牛
민달팽이	蛞蝓

지네	蜈蚣
하루살이	蜉蝣
거미	蜘蛛 ＊蜘蛛拉網：거미줄이 치다

바퀴벌레	蟑螂 ＊蟑螂貼（商品名）：바퀴 오라오라、바퀴 끈끈이 ＊蟑螂藥（商品名）：컴배트
사마귀	螳螂 ＊也以漢字語稱為당랑 /당낭/〈螳螂〉。
귀뚜라미	蟋蟀 ＊唧唧（叫聲）：귀뚤귀꿀
여치	暗褐蟈螽
메뚜기	蚱蜢
방울벌레	鈴蟲

딱정벌레 /딱쩡-/	甲蟲 ＊也有투구벌레、장수풍뎅이〈將帥-〉的用法。
사슴벌레	高砂深山鍬形蟲
하늘소 /하늘쏘/	天牛
물방개	日本大龍蝨、松寄生
개똥벌레	螢火蟲 ＊也稱為반딧불이 /반딛뿌리/。
무당벌레	異色瓢蟲
풍뎅이	艷金龜
비단벌레 〈緋緞-〉	彩虹吉丁蟲、彩艷吉丁蟲

★蚯蚓等

지렁이	蚯蚓
거머리	螞蟥
갯지렁이 /갣찌렁이/	海蚯蚓

★昆蟲採集

| 곤충 채집 〈昆蟲採集〉 | 昆蟲採集 |

잠자리채	捕蟲網
채집통 〈採集桶〉	採集桶
곤충핀 〈昆蟲 pin〉	昆蟲針
표본 〈標本〉	標本
살충제 〈殺蟲劑〉	殺蟲劑 ＊家庭中使用的，有噴霧式的에프킬러或沾黏式 　的홈매트等。
아세트산에틸 〈acet 酸 ethyl〉	乙酸乙酯
파라핀지 〈paraffin 紙〉	石蠟紙

6. 植物
★植物相關

식물 /싱물/ 〈植物〉	植物
재배하다 〈栽培-〉	栽培、種植 ＊水耕栽培、水培：수경 재배 〈水耕栽培〉
나무	樹木
나무를 심다 /-심따/	植樹、種樹 ＊移植樹木：나무를 옮겨 심다
나무가 자라다	樹木生長
나무가 우거지다	樹木茂盛、樹木茂密
울창하다 〈鬱蒼-〉	鬱鬱蔥蔥、欣欣向榮、離離蔚蔚 ＊鬱鬱蔥蔥的森林：나무가 울창한 숲 ＊欣欣向榮的森林：울창한 숲
잡목림 /잠몽님/ 〈雜木林〉	雜木林
나무를 베다	砍伐
나무가 죽다 /-죽따/	樹木死亡 ＊植物或蔬菜因為缺水而「枯萎」、「凋零」稱 　為시들다。
고목 〈枯木〉	枯木、枯樹

나무타기	爬樹
줄기	樹幹、莖 ＊줄기是指連結在一起的筋狀物，尤其想要指「樹幹」的時候稱為나무줄기。
가지	樹枝、樹條 ＊修剪樹枝：가지를 치다
덩굴	藤、蔓
그루터기 밑동 /믿똥/	橛、樹椿
나이테	年輪
수령 〈樹齡〉	樹齡
뿌리	樹根 ＊扎根：뿌리를 내리다
구근 〈球根〉	球根、球莖 ＊也稱為알뿌리。

잎 /입/	葉 ＊葉片掉落：잎이 떨어지다 ＊落葉：낙엽 〈落葉〉
풀	草 ＊長草：풀이 나다 ＊割草：풀을 베다 ＊野草中可以食用的野菜稱為나물、산나물 〈山-〉。
목초 〈牧草〉	牧草 ＊給牛或馬吃的草稱為꼴。
잡초 〈雜草〉	雜草 ＊在秋夕（中秋）掃墓時，割除墳墓周圍的雜草並打掃乾淨稱為벌초 〈伐草〉。
떨기나무	灌木 ＊也稱為관목 〈灌木〉。

씨	種子 ＊播種：씨를 뿌리다

523

모종 〈-種〉	秧苗 ＊插秧：모종을 심다
모판 〈-板〉	苗床
묘목 〈苗木〉	苗木
싹	幼苗、萌芽 ＊發芽：싹이 나다、싹이 트다
움	新芽、嫩芽 ＊抽出綠芽：움이 파릇하게 트다
열매	果實 ＊結果：열매가 열다

★花

꽃 /꼳/	花 ＊養花：꽃을 가꾸다
꽃봉오리 /꼳뽕오리/	花芽、花蕾 ＊花蕾開苞：봉오리가 부풀어 오르다
꽃잎 /꼳닙/	花瓣
꽃가루 /꼳까루/	花粉
수술	雄蕊
암술	雌蕊
꽃받침 /꼳빧침/	花萼 ＊也稱為악〈萼〉〔會話中幾乎不會使用〕。

꽃 향기 /꼬탕기/	花香 ＊花香四溢：꽃 향기가 물씬 풍기다
꽃이 피다 /꼬치-/	開花 ＊花朵綻放：꽃이 활짝 피다
꽃이 지다 /꼬치-/	花凋謝
꽃보라 /꼳뽀라/	落花 ＊落英繽紛：꽃보라가 날리다
꽃이 시들다 /꼬치-/	花凋零、花枯萎
꽃을 따다 /꼬츨-/	摘花

꽃을 꺾다 /꼬츨 꺾따/	折花
생화 〈生花〉	鮮花
꽃다발 /꼳따발/	花束
화초 〈花草〉	花草、花卉 ＊花卉園藝：화훼 원예
꽃꽂이 /꼳꼬지/	插花 ＊插花：꽃을 꽂다 /꼬츨 꼳따/
플라워 어레인지먼트 〈flower arrangement〉	插花、花卉佈置、花藝設計
화관 〈花冠〉	花冠
화환 〈花環〉	花環、花圈 ＊弔唁花籃：조화 〈弔花〉；弔唁花圈：근조 화 　환 〈謹弔-〉 ＊送弔唁花藍給喪家：초상집에 근조 화환을 보 　내다 〈初喪-〉
화기 〈花器〉	插花花藝用品 ＊也稱為꽃을 꽂는 그릇 /꼬츨 꼳는 그륻/、꽃바 　구니 /꼳빠구니/。
꽃병 /꼳뼝/ 〈瓶〉	花瓶 ＊也稱為화병 〈花瓶〉。
수반 〈水盤〉	水盤、花皿
침봉 〈針峰〉	插花棒
꽃가위 /꼳까위/	花藝剪刀 ＊也稱為원예 가위 〈園藝-〉。
오아시스 〈Oasis〉	插花海綿 ＊오아시스是生產此商品的公司名字。 ＊也稱為플로럴 폼 〈floral foam〉。
압화 /아퐈/ 〈押花〉	押花
드라이플라워 〈dry flower〉	乾燥花 ＊也稱為말린 꽃 /-꼳/。
조화 〈造花〉	假花

| 포푸리 〈pot-pourri〉 | 百花香
＊可當作房間薰香的乾花瓣和葉子。 |

★各種植物

여러해살이	多年生植物 ＊也稱為다년생 식물 /-싱물/〈多年生植物〉。而 「多年生植物」的簡稱也稱為다년초〈多年草〉。
두해살이식물	二年生植物
한해살이	一年生植物 ＊「一年生植物」的簡稱也稱為일년초 /일련초/ 〈一年草〉。

종자식물 /-싱물/ 〈種子植物〉	種子植物 ＊開花植物：현화식물〔種子植物過去的區分名〕
피자식물 〈被子植物〉	被子植物 ＊也稱為속씨식물。 ＊梅、櫻、山茶、牡丹、杜鵑等。
나자식물 〈裸子植物〉	裸子植物 ＊也稱為겉씨식물 /걷씨-/。 ＊松、銀杏、蘇鐵等。
포자식물 /-싱물/ 〈胞子植物〉	孢子植物 ＊隱花植物：은화식물〔胞子植物過去的區分 名〕

선태류 〈蘚苔類〉	蘚苔類 ＊也稱為이끼류。 ＊長苔蘚：이끼가 끼다
지의류 〈地衣類〉	地衣類
양치류 〈羊齒類〉	蕨類
조류 〈藻類〉	藻類
균류 /귤류/ 〈菌類〉	菌類 ＊균류的發音，以國立國語院所頒示的/귤류/ 為 正確，但發音為/귤류/恐與「柑橘類」混淆，有 許多人為了避免誤解將「菌」＋「類」分別發 音，說成/균뉴/。

한대 (성) 식물 /-싱물/ 〈寒帶（性）植物〉	寒帶(性)植物 ＊在亞寒帶有稱為타이가的北方針葉林。
온대 (성) 식물 /-싱물/ 〈溫帶（性）植物〉	溫帶(性)植物 ＊主要有欅樹、櫟樹、山毛欅等的夏綠樹。
아열대 (성) 식물 /아열 때싱물/ 〈亞熱帶（性）植物〉	亞熱帶(性)植物 ＊蒲葵、蘇鐵、細葉榕、杪欏等。
열대 (성) 식물 /열때싱 물/ 〈熱帶（性）植物〉	熱帶(性)植物 ＊椰子、鳳梨等。

식충 식물 /-싱물/ 〈食蟲植物〉	食蟲植物
끈끈이주걱	圓葉茅膏菜
벌레잡이제비꽃	捕蟲菫
네펜테스 〈nepenthes〉	豬籠草 ＊也稱為벌레잡이통풀。
파리지옥	捕蠅草

해빈 식물 /해빈싱물/ 〈海濱植物〉	海濱植物
갯방풍 /갠빵풍/	珊瑚菜 ＊接頭詞的갯是「海岸、水岸」的意思。
갯메꽃 /갠메꽃/	腎葉打碗花、濱旋花
해당화 〈海棠花〉	玫瑰

수생 식물 /-싱물/	水生植物
나사말 〈螺絲-〉	苦草
개구리밥	水萍 ＊也稱為부평초 〈浮萍草〉。

고산 식물 /-싱물/ 〈高山植物〉	高山植物
돌이끼	苔蘚、青苔

고산성 금낭화 〈高山性錦囊花〉	荷包牡丹
담자리꽃 /-꼳/	東亞仙女木
월귤 〈越橘-〉	越橘
고산성 뱀무	高山水楊梅
한라솜다리 〈漢拏-〉	漢拏山雪絨花、漢拏山薄雪草 ＊僅生長於漢拏山山頂，韓國特有的薄雪草品種，因面臨絕種危機，已列為韓國一級保護植物。
에델바이스 〈edelweiss〉	玉山薄雪草
만병초 〈萬病草〉	短果杜鵑
초롱꽃 /-꼳/	紫斑風鈴草
누운잣나무 /누운잔-/	偃松
시로미 암고란 〈巖高蘭〉	東北岩高蘭
유전자 변형 식물 〈遺傳子變形植物〉	基因改造植物、基因轉殖植物
약용 식물 /-싱물/ 〈藥用植物〉	藥用植物、草藥

★觀葉植物

관엽 식물 /-싱물/ 〈觀葉植物〉	觀葉植物 ＊觀葉樹：관엽수 /관엽쑤/ 〈觀葉樹〉 ＊光觸媒人造觀葉植物：광촉매 관엽수 /광총매-/ 〈光觸媒觀葉樹〉
아이비 〈ivy〉	常春藤
아디안툼 〈adiantum〉	鐵線蕨
아레카야자 〈areca 椰子〉	散尾葵、黃椰子
인도 고무 나무 〈印度 gum-〉	印度榕、印度橡膠樹

절학란 /절항난/ 〈折鶴蘭〉	白紋草、白紋蘭 ＊也稱為접난 /점난/ 〈折蘭〉。
쉐프렐라 〈schefflera〉	鴨腳木、輻葉鵝掌柴、傘樹 ＊也稱為홍콩야자〈 -椰子〉。
스파티필럼 〈spathiphyllum〉	白鶴芋
드라세나 〈dracaena〉	龍血樹 ＊香龍血樹：행운목 〈幸運木〉
개운죽 〈開運竹〉	富貴竹、萬年青
네오레겔리아 〈neoregelia〉	五彩鳳梨
파키라 〈pachira〉	馬拉巴栗、發財樹
풍지초 〈風知草〉	金知風草
벤자민고무나무 〈benjamin gum-〉	垂榕、白榕
몬스테라 〈monstera〉	龜背竹、龜背芋 ＊也稱為蓬萊蕉。
용설란 /용설란/ 〈龍舌蘭〉	龍舌蘭
렉스베고니아 〈rex begonia〉	尖蕊秋海棠

★樹木

상록수 /상녹쑤/ 〈常綠樹〉	常綠樹
침엽수 /침엽쑤/ 〈針葉樹〉	針葉樹
활엽수 〈闊葉樹〉	闊葉樹
낙엽수 /낙엽쑤/ 〈落葉樹〉	落葉樹

과목	果樹 ＊也稱為과실나무。
감나무	柿子樹
밤나무	栗子樹

호두나무	核桃樹
배나무	梨樹
포도나무 〈葡萄-〉	葡萄樹
굴나무 / 굴라무/ 〈橘-〉	橘子樹
사과나무 〈沙果-〉	蘋果樹

★各種樹木

은행나무 〈銀杏-〉	銀杏樹、公孫樹
향나무 〈香-〉	圓柏、檜柏
매화나무 〈梅花-〉	梅樹 ＊櫻桃樹：앵두나무 〈櫻桃-〉
옻나무 /온나무/	漆樹 ＊漆樹過敏：옻을 타다
팽나무	朴樹
단풍나무 〈丹楓-〉	楓樹、日本槭樹 ＊丹楓：단풍 〈丹楓〉
떡갈나무 /떡깔라무/	槲樹
탱자나무	枸橘樹、枳
오동나무 〈梧桐-〉	梧桐樹
녹나무 /농나무/	樟樹
참나무	櫟樹、柞樹 ＊也稱為상수리나무。
뽕나무	白桑
월계수 〈月桂樹〉	月桂樹
느티나무	欅樹
닥나무 /당나무/	楮樹、構樹
애기동백 〈-冬柏〉	茶梅
선인장 〈仙人掌〉	仙人掌
모밀잣밤나무 /-잗빰-/	長尾栲

붓순나무 /붇쑨-/	日本蟒草、白花八角
자작나무 /자장나무/	白樺、樺木
삼나무 〈杉-〉	日本柳杉 ＊柏樹：사이프러스 〈cypress〉、측백나무 /측뺑나무/ 〈側柏-〉 ＊雪松：히말라야 삼나무 〈Himalaya 杉-〉
자두나무	李子樹、中國李、毛梗李
대나무	竹子 ＊竹林：대숲 /대숩/
졸참나무	枹櫟
느릅나무 /느름-/	榆樹、春榆
노송나무 〈老松-〉	日本扁柏、雲片柏 ＊也稱為편백나무 /편뱅-/ 〈扁柏-〉。 ＊也可單稱노송、편백。
너도밤나무	米心水青岡
플라타너스 〈platanus〉	法國梧桐、懸鈴木
보리수 〈菩提樹〉	菩提樹、天竺菩提樹、菩提榕
포플러 〈poplar〉	白楊 ＊也稱為미루나무。 ＊白楊行道樹：포플러 가로수 〈-街路樹〉
사철나무 〈四-〉	日本衛矛、冬青衛矛
소나무	日本赤松、赤松 ＊紅松、海松、朝鮮松：잣나무 /찬나무/ ＊日本落葉松：낙엽송 /낙엽쏭/ 〈落葉松〉
조록나무 /조롱나무/	蚊母樹 ＊也稱為풍년화 〈豐年花〉。
메타세쿼이아 〈metasequoia〉	水杉 ＊在「冬季戀歌」的舞台남이섬 〈南怡-〉生長著許多水杉。
전나무	杉松、沙松、東北杉松、遼東冷杉
버드나무	朝鮮柳、柳樹 ＊垂柳、水柳：수양버들 〈垂楊-〉 ＊腺柳：왕버들 〈王-〉 ＊細柱柳：갯버들 /갣뻐들/
머루나무	山葡萄

소철 〈蘇鐵〉	蘇鐵、鐵樹、避火樹
비로야자 〈-椰子〉	蒲葵、扇葉葵
용수 〈榕樹〉	榕樹
헤고	桫欏、台灣桫欏
야자수 〈椰子樹〉	椰子樹
파인애플 〈pineapple〉	鳳梨

★園藝

가드닝 〈gardening〉	園藝
원예 〈園藝〉	園藝
무늬 식물 /무니싱물/ 〈-植物〉	斑紋植物
분재 〈盆栽〉	盆栽 ＊整理盆栽：분재를 손질하다 ＊喜歡盆栽：분재를 즐기다
화단 〈花壇〉	花圃
화분 〈花盆〉	花盆
플랜터 〈planter〉	培植器皿、花架 ＊一般大多稱為사각 대형 화분〈四角大型花盆〉、플라스틱 사각 대형 화분〈plastic-〉。

전정가위 〈剪定-〉	修枝剪、整枝剪
삽	鐵鍬
꽃삽 /꼳쌉/	園藝鏟
물뿌리개	澆花器

비료 〈肥料〉	肥料 ＊施肥：비료를 주다
거름	肥料、堆肥、農家肥 ＊施肥：거름을 뿌리다 ＊澆水：물을 주다

농원 〈農園〉	農園
과수원 〈果樹園〉	果園
텃밭 /턷빧/	家庭菜園 ＊耕種家庭菜園當興趣：취미로 텃밭을 가꾸고 있다. ＊也有稱為주말농장 /주말롱장/〈週末農場〉的形式。
채소밭 〈菜蔬-〉	菜田、菜圃
온실 〈溫室〉	溫室
수확하다 /수화카다/ 〈收穫-〉	收貨
따다	採摘 ＊採摘草莓：딸를 따다

★初春的草木、花草

마취목 〈馬醉木〉	馬醉木 ＊馬吃了葉子會中毒，好像喝醉一樣而得名。
으름덩굴	木通 ＊木通果：으름
살구꽃 /-꼳/	杏花 ＊杏樹：살구나무
아네모네 〈anemone〉	銀蓮花
매화 〈梅花〉	梅花 ＊梅花樹：매화나무 〈梅花-〉 ＊迎春花：영춘화 〈迎春花〉
칼랑코에 〈kalanchoe〉	伽藍菜
군자란 〈君子蘭〉	君子蘭
백목련 /뱅몽년/ 〈白木蓮〉	白木蘭、玉蘭 ＊也稱為신이 〈辛夷〉。
산사나무 〈山査-〉	山楂樹
시클라멘 〈cyclamen〉	仙客來
시네라리아 〈cineraria〉	瓜葉菊

서향 〈瑞香〉	瑞香
진달래	迎紅杜鵑 ＊花為淡粉紅色。早花品種，從 3 月開始開花。 ＊先開花後長葉。可食用〔화전〈花煎〉〕。在韓國很常見。
철쭉	大字杜鵑 ＊晚花品種，從 5 月左右開始開花，先長葉。不能食用。
삼지닥나무 /삼지당-/ 〈三枝-〉	結香、黃瑞香、滇瑞香、黃花結香
복숭아꽃 /-꼳/	桃花 ＊桃樹：복숭아나무
유칼리	桉樹 ＊也稱為유칼립투스〈eucalyptus〉。
조팝나무 /조팜-/	李葉繡線菊單瓣變種 ＊也稱為笑靨花、雪柳。
난 〈蘭〉	蘭花 ＊是난초〈蘭草〉的簡稱。 ＊洋蘭：양란〈洋蘭〉 ＊文心蘭、國蘭：온시디움〈oncidium〉 ＊嘉德麗亞蘭：카틀레아〈cattleya〉 ＊蝴蝶蘭：팔레노프시스〈phalaenopsis〉

★春季的花草

아이비 제라늄 〈ivy geranium〉	天竺葵
식나무 /싱나무/	桃葉珊瑚、青木
로도히폭시스 〈rhodohypoxis〉	櫻茅 ＊也稱為설난〈舌蘭〉。
유채꽃 /-꼳/ 〈油菜-〉	油菜花 ＊油菜花是在春天開黃花的油菜的總稱。
겨울수선 〈-水仙〉	百合水仙 ＊也稱為알스트로이메리아〈alstroemeria〉。
할미꽃 /-꼳/	高麗白頭翁

만년청 〈萬年靑〉	萬年靑
얼레지	豬牙花、山芋頭
괭이밥	酢漿草
크로커스 〈crocus〉	荷蘭番紅花
토끼풀	白花三葉草
떡쑥	鼠麴草
벚꽃 /벋꼳/	櫻花 ＊山櫻花：벚나무 /번나무/ ＊垂柳、水柳：사앵〈絲櫻〉、수양벚나무、처진 개벚나무 ＊染井吉野櫻、東京櫻花、日本櫻花：왕벚나무〈王-〉、소메이요시노 ＊毛山櫻：천엽벚나무 /-쩐나무/〈千葉-〉、겹벚나무 /-쩐나무/
앵초 〈櫻草〉	櫻草
산수유 〈山茱萸〉	山茱萸
꽃잔디 /꼳잔디/	針葉天藍繡球
석남 /성남/ 〈石南/石楠〉	石楠花
병아리꽃나무 /-꼰나무/	雞麻
스위트피 〈sweet pea〉	香豌豆
순무	蕪菁
무	蘿蔔
은방울꽃 /-꼳/ 〈銀-〉	鈴蘭
스노우드롭 〈snowdrop〉	雪花蓮 ＊也稱為갈란투스〈galanthus〉、설강화〈雪降花〉。
제비꽃 /제비꼳/	紫花地丁、東北菫菜
미나리	水芹菜
죽순 〈竹筍〉	竹筍
민들레	蒲公英
튤립 〈tulip〉	關東蒲公英

뱀밥	問荊、杉菜
냉이	薺菜
방가지똥	苦滇菜
별꽃 /별꼳/	繁縷
향기부추 〈香氣-〉	藍花韭 ＊也稱為자화부추〈紫花-〉。
팬지 〈pansy〉	三色菫
히아신스 〈hyacinth〉	風信子
산당화 〈山棠花〉	貼梗海棠、皺皮木瓜 ＊也稱為명자꽃 /명자꼳/〈榠樝-〉。
광대나물	寶蓋草
매리골드 〈marigold〉	萬壽菊 ＊也稱為금잔화〈金盞花〉。
물파초 〈-芭蕉〉	水芭蕉
목련 /몽년/〈木蓮〉	日本辛夷 ＊在北韓稱為목란 /몽난/〈木蘭〉，是國花。
황매화 〈黃梅花〉	棣棠花
쑥	魁蒿
라일락 〈lilac〉	紫丁香 ＊也稱為자정향〈紫丁香〉。
개나리	朝鮮連翹
자운영 〈紫雲英〉	紫雲英
물망초 〈勿忘草〉	歐洲勿忘草

★初夏的花草

아카시아 〈acacia〉	相思樹屬
엉겅퀴	大薊
자양화 〈紫陽花〉	紫陽花、繡球 ＊也稱為수국〈水菊〉。
붓꽃 /붇꼳/	溪蓀

카네이션 〈carnation〉	康乃馨
양귀비 〈楊貴妃〉	罌粟
창포 〈菖蒲〉	菖蒲
영산홍 〈映山紅〉	皐月杜鵑
잔디	結縷草、野芝草 ＊草坪：잔디밭 /잔디받/
작약 〈芍藥〉	芍藥
미국산딸나무 〈美國山-〉	大花四照花、大花杉茱萸
개양귀비	虞美人、麗春花、虞美人草 ＊虞美人草：우미인초 〈虞美人草〉，也稱為포피〈poppy〉。
등나무 〈藤-〉	多花紫藤
왁스 플라워 〈wax flower〉	球蘭

★夏季的花草

나팔꽃 /-꼳/ 〈喇叭-〉	牽牛花、喇叭花
아마릴리스 〈amaryllis〉	朱頂紅、孤挺花、百枝蓮
협죽도 /협쭉또/ 〈夾竹桃〉	夾竹桃
치자꽃 /치자꼳/ 〈梔子-〉	梔子花 ＊梔子花樹：치자나무
백일홍 〈百日紅〉	百日菊、百日草
수련 〈睡蓮〉	睡蓮
제라늄 〈geranium〉	天竺葵
합환목 /하퐌목/ 〈合歡木〉	合歡樹 ＊也稱為자귀나무。
잘맞이꽃 /-꼳/	月見草 ＊美麗月見草：낮달맞이꽃 /낟딸맞이꼳/
히비스커스 〈hibiscus〉	木槿
연꽃 /연꼳/ 〈蓮-〉	蓮花

장미 〈薔薇〉	薔薇、玫瑰 ＊玫瑰刺：장미 가시 ＊野玫瑰、野薔薇：들장미
해바라기	向日葵
옥천앵두 〈玉釧櫻桃〉	玉珊瑚、珊瑚櫻
베고니아 〈begonia〉	秋海棠
꽈리	酸漿、燈籠草
초롱꽃 /-꼳/ 〈-籠-〉	紫斑風玲草 ＊초롱是指「燈籠」。
모란 〈牡丹〉	牡丹 ＊原本的發音是모단。
마거리트 〈marguerite〉	蓬蒿菊、瑪格麗特、木春菊、蓬盪菊
개다래나무	葛棗獼猴桃
채송화 〈菜松花〉	大花馬齒莧、半枝蓮
무궁화 〈無窮花〉	木槿花 ＊韓國的國花。
산나리 〈山-〉	天香百合、山百合
백합 〈百合〉	百合、麝香百合

★秋季的花草

갈대	蘆葦
마타리	黃花龍芽草 ＊也稱為여랑화〈女郎花〉。
안개꽃 /-꼳/	滿天星、縷絲花
도라지	桔梗
국화 /구콰/ 〈菊花〉	杭白菊 ＊野菊花：들국화 /들구콰/
금목서 /금목써/ 〈金木犀〉	金桂、丹桂、月桂
칡	台灣葛藤、大葛藤、山葛
맨드라미	雞冠花

코스모스 〈cosmos〉	大波斯菊
석류 / 성뉴/ 〈石榴〉	石榴
참억새	芒草、芒
달리아 〈dahlia〉	大麗花、天竺牡丹
담쟁이덩굴	爬牆虎、地錦
달개비	鴨跖草
도토리	麻櫟
패랭이꽃 /-꼳/	石竹
강아지풀	狗尾巴草、狗尾草 ＊也稱為구미초〈狗尾草〉。
싸리	山胡枝子
석산 /석싼/ 〈石蒜〉	石蒜 ＊曼珠沙華：만주사화〈曼珠沙華〉
조롱박	葫蘆、瓠瓜 ＊也稱為호리병박〈-瓶-〉。
등골나물	塔山澤蘭、白婆頭
부용 〈芙蓉〉	木芙蓉
수세미외	絲瓜
봉선화 〈鳳仙花〉	鳳仙花
용담 〈龍膽〉	龍膽

★冬季的花草

알로에 〈aloe〉	蘆薈
산다화 〈山茶花〉	茶梅、油茶 ＊也稱為애기동백〈-冬柏〉。
가재발 선인장 〈-仙人掌〉	蟹爪蘭、聖誕仙人掌
심비디엄 〈cymbidium〉	建蘭
수선화 〈水仙花〉	水仙花
동백꽃 /-꼳/ 〈冬柏-〉	山茶花 ＊山茶樹：동백나무/동뱅나무/

남천 〈南天〉	南天竺、南天竹
호랑가시나무 〈虎狼-〉	枸骨
비파나무 〈枇杷-〉	枇杷
복수초 /복쑤초/ 〈福寿草〉	側金盞花、福壽草
포인세티아 〈poinsettia〉	一品紅、耶誕紅、猩猩木
팔손이나무 〈八-〉	八角金盤
납매 /남매/ 〈蠟梅〉	臘梅

14.

工作

1. 產業・職業

★各種產業

산업 /사넙/ 〈產業〉	產業
기간산업 /-싸넙/ 〈基幹產業〉	基礎產業 ＊書寫時不分開。
틈새 산업 /-사넙/ 〈-產業〉	夾縫產業、小眾市場、利基市場
지역 산업 /-싸넙/ 〈地域-〉	地方產業
의류 산업 /-사넙/ 〈衣類-〉	成衣業
외식 산업 /-싸넙/ 〈外食-〉	餐飲業、食品服務業
교육산업 /-싸넙/ 〈敎育-〉	教育產業 ＊書寫時不分開。
복지 산업 /복찌싸넙/ 〈福祉-〉	福利產業
레저 산업 /-사넙/ 〈leisure-〉	休閒產業
실버 산업 /-사넙/ 〈silver-〉	銀髮產業
첨단 산업 /-사넙/ 〈尖端-〉	尖端產業
우주 산업 /-사넙/ 〈宇宙-〉	太空產業
군수 산업 /-사넙/ 〈軍需-〉	軍需產業
중후 장대 산업 /-사넙/ 〈重厚長大產業〉	重工業 ＊鋼鐵業（철강업）、水泥（시멘트）、非鐵金屬（비철금속）、造船（조선）、化學工業（화학 공업）等。
경박 단소 산업 /-사넙/ 〈輕薄短小產業〉	精密工業 ＊汽車（자동차）、電子產品（전자 제품）、電腦（컴퓨터）等。
제일 차 산업 /-사넙/ 〈第一次產業〉	一級產業、初級產業 ＊正確的書寫原則應該是分開寫為제일 차，但通常書寫時會相連在一起寫成제일차。

농업 〈農業〉	農業
낙농업 /낭농업/ 〈酪農業〉	乳品加工業、酪農業
축산업 /축싸넙/ 〈畜產業〉	畜產業
임업 /이멉/ 〈林業〉	林業
수산업 /수사넙/ 〈水產業〉	水產業
어업 〈漁業〉	漁業、漁撈業

제이 차 산업 /-사넙/ 〈第二次產業〉	次級產業、二級產業 ＊正確的書寫原則應該是分開寫為제이 차，但通常書寫時會連在一起，寫成제이차。
공업 〈工業〉	工業
제조업 〈製造業〉	製造業
건축업 /건추겁/ 〈建築業〉	建築業
광공업 〈鑛工業〉	礦工業

제삼 차 산업 /-사넙/ 〈第三次產業〉	三級產業 ＊正確的書寫原則應該是分開寫為제삼 차，但通常書寫時會連在一起，寫成제삼차。
상업 〈商業〉	商業
운수업 〈運輸業〉	運輸業
유통 판매업 〈流通販賣業〉	零售流通業
서비스업 〈service 業〉	服務業
금융업 /금늉엄 · 그뮹엄/ 〈金融業〉	金融業

★各種職業

기업가 /기업까/ 〈起業家〉	企業家
실업가 /시럽까/ 〈實業家〉	實業家
자영업자 /자영업짜/ 〈自營業者〉	自營商、自營業者

자유업 〈自由業〉	自由業
공무원 〈公務員〉	公務員 ＊公僕：공복 ＊公職人員：공직자 /공직짜/
국가 공무원 /국까-/ 〈國家公務員〉	國家公務員
지방 공무원 〈地方公務員〉	地方公務員 ＊地方政府稱為지자체〔지방 자치 단체〈地方自 治團體〉的簡稱〕。
단체 직원 〈團體職員〉	團體職員
사무관 〈事務官〉	事務官 ＊韓國5級公務員（1級最高，9級最低）。
일반직 〈一般職〉	普通公務員
기관 〈技官〉	技術官僚
정치가 〈政治家〉	政治家 ＊也稱為정치인〈政治人〉。
관료 /괄료/ 〈官僚〉	官僚
행정관 〈行政官〉	行政官
경찰관 〈警察官〉	警官 ＊警察：경찰 〈警察〉 ＊巡警：순경 〈巡警〉
형사 〈刑事〉	刑警 ＊巡警：순경 〈巡警〉 ＊便衣警察：사복 경찰 〈私服警察〉
경비원 〈警備員〉	警衛 ＊夜班：불침번 〈不寢番〉 ＊夜班警衛：야경 〈夜警〉 ＊門口警衛：문지기 〈門-〉
수위 〈守衛〉	守衛
교도관 〈矯導官〉	獄警
간수 〈看守〉	看守

소방관 〈消防官〉	消防官
구급대원 /구급때원/ 〈救急隊員〉	救難隊員
응급 구조사 〈應急救助士〉	救護員

금융 검사관 /금늉-·그 뮹-/〈金融檢查官〉	金融檢查官
밀수 단속관 /밀쑤단속꽌/ 〈密輸團束官〉	海關緝私員
마약 G 멘 〈痲藥 G men〉	緝毒員 ＊毒品查緝員：마약 수사관

총장 〈總長〉	校長 ＊綜合大學的校長如此稱呼。
교수 〈敎授〉	教授
부교수 〈副敎授〉	副教授 ＊在副教授之下還有조교수〈助敎授〉之職位。
강사 〈講師〉	講師
전임 강사 〈專任講師〉	專任講師
시간 강사 〈時間講師〉	兼任講師
조교 〈助敎〉	助教
교직원 〈敎職員〉	教職員

교장 〈校長〉	校長
교감 〈校監〉	副校長
교사 〈敎師〉	教師 ＊小學教師：초등학교 교사 ＊中學教師：중학교 교사 ＊高中教師：고등학교 교사
선생님 〈先生-〉	老師 ＊「英語老師」是영어 선생（님）、「數學老師」是수학 선생（님）。 ＊學生對老師的暱稱是샘〔先=先生〕。新來的國文老師：새로 온 국어샘

교원 〈敎員〉	教職員
수위 아저씨 〈守衛-〉	警衛大叔 ＊不使用사환〈使喚〉。
보모 〈保姆〉	保姆 ＊男女都這麼稱呼。
보육사 /보육싸/ 〈保育士〉	幼教老師 ＊在托兒所（어린이집）工作的人稱為어린이집 　보육 교사。 ＊幼兒園的老師稱為유치원 선생님。
회사원 〈會社員〉	公司職員
샐러리맨 〈salaryman〉	上班族 ＊月薪族：월급쟁이 /-쟁이/ 〈月給-〉；年薪族： 　봉급쟁이 /-쟁이/ 〈俸給-〉
비지니스맨 〈businessman〉	生意人、商人
세일즈맨 〈salesman〉	業務員、推銷員
영업 사원 〈營業社員〉	營業員
판매원 〈販賣員〉	銷售員
비서 〈祕書〉	秘書
접수 /접쑤/ 〈接受〉	窗口、櫃台
조수 〈助手〉	助手
사무원 〈事務員〉	職員
조사원 〈調査員〉	調查員
연구원 〈研究員〉	研究員 ＊主任研究員：주임 연구원 ＊資深研究員：선임 연구원
경영 컨설턴트 〈經營 consultant〉	經營輔導顧問團、管理諮詢顧問
슈퍼바이저 〈supervisor〉	管理階層

딜러 〈dealer〉	自營商
증권 애널리스트 /증꿘-/ 〈證券 analyst〉	證券分析師、證券投資分析人員
펀드 매니저 〈fund manager〉	基金經理人

무역상 /무역쌍/ 〈貿易商〉	貿易商
바이어 〈buyer〉	買家、買方

개발자 /개발짜/ 〈開發者〉	開發人員
프로그래머 〈programmer〉	程式設計員
엔지니어 〈engineer〉	工程師
시스템 엔지니어 〈systems engineer〉	系統工程師
기술자 /기술짜/ 〈技術者〉	技術員

세무사 〈稅務士〉	稅務師
회계사 〈會計士〉	會計師 ＊註冊會計師：공인회계사
행정서사 〈行政書士〉	行政書士 ＊類似台灣的代書、地政士。

디자이너 〈designer〉	設計師
인테리어 디자이너 〈interior-〉	室內設計師
그래픽 디자이너 〈graphic-〉	平面設計師、圖像設計師
디스플레이 디자이너 〈display-〉	陳列設計師
스타일리스트 〈stylist〉	設計師
코디네이터 〈coordinator〉	協調人員 ＊時裝搭配師：패션 코디네이터 〈fashion-〉

컬러리스트 〈colorist〉	色彩畫家、染色師、配色師
아로마테라피스트 〈aromatherapist〉	芳療師

소설가 〈小說家〉	小說家
작가 /작까/ 〈作家〉	作家、作者 ＊推理作家：추리 작가 /-작까/ ＊幽默作家：유머 작가 /-작까/ 〈humor-〉
저술가 〈著述家〉	作家、作者
문필가 〈文筆家〉	作家、寫作家、專欄作家
시인 〈詩人〉	詩人

극작가 /극짝까/ 〈劇作家〉	劇作家
각본가 /각뽄가/ 〈脚本家〉	編劇、腳本家、編劇家
시나리오 작가 /-작까/ 〈scenario 作家〉	電影編劇
익명 작가 /잉명작까/ 〈匿名作家〉	匿名作家
유령 작가 /-작까/ 〈幽靈作家〉	幽靈作家

예술가 〈藝術家〉	藝術家
화가 〈畫家〉	畫家
사진가 〈寫眞家〉	攝影家
만화가 〈漫畫家〉	漫畫家
일러스트레이터 〈illustrator〉	插畫家

음악가 /음악까/ 〈音樂家〉	音樂家
작곡가 /작꼭까/ 〈作曲家〉	作曲家
작사가 /작싸가/ 〈作詞家〉	作詞家

싱어송라이터 〈singer-songwriter〉	創作歌手
카피라이터 〈copywriter〉	文案人員

영화감독 〈映畫監督〉	電影監製
영상 작가 /-작까/ 〈映像作家〉	攝影師
연출가 〈演出家〉	導演
영화배우 〈映畫俳優〉	電影演員 ＊男演員：남자 배우 〈男子俳優〉 ＊女演員：여배우 〈女俳優〉
탤런트 〈talent〉	電視劇演員、演員
연예인 /여네인/ 〈演藝人〉	演藝人員
스턴트맨 〈stunt man〉	替身演員

공예가 〈工藝家〉	工藝師、工藝家
도예가 〈陶藝家〉	陶藝師、陶藝家
조각가 /조각까/ 〈彫刻家〉	雕塑師、雕塑家
무대 예술가 〈舞臺藝術家〉	舞台藝術家

건축가 /건축까/ 〈建築家〉	建築家、建築師 ＊建築師：건축사 /건축싸/ 〈建築士〉
설계사 〈設計士〉	設計師
기능공 〈技能工〉	技工
공장 노동자 〈工場勞動者〉	工廠工人
수리공 〈修理工〉	修理工、檢修工
작업원 /자거뤈/ 〈作業員〉	作業員
목수 /목쑤/ 〈木手〉	木匠、木工
미장이	水泥工
배관공 〈配管工〉	配管工人
보일러공 〈boiler 工〉	熱水器工人、鍋爐工

대장장이	鐵匠
건설 근로자 /-글로자/ 〈建設勤勞者〉	建築工人 ＊也稱為토목 노무자 /토몽-/〈土木勞務者〉。
농민 〈農民〉	農民 ＊農業從業人員：농업 종사자 ＊農夫：농부〈農夫〉 ＊土財主、田僑仔：부농〈富農〉 ＊大地主：대지주 ＊佃農：소작농
어민 〈漁民〉	漁民 ＊漁業從業人員：어업 종사자〈漁業從事者〉 ＊漁夫：어부〈漁夫〉
정원사 〈庭園師〉	園藝師、園丁
막노동 /망노동/〈-勞動〉	臨時工
접객업 /접깨겁/〈接客業〉	服務業
웨이터 〈waiter〉	男服務生
웨이트리스 〈waitress〉	女服務生
요리사 〈料理師〉	廚師、料理師
주방장 〈廚房長〉	主廚
조리사 〈調理士〉	調理師
파티쉐 〈pâtissier〉	糕點師 ＊也稱為제과사〈製菓士〉。
물장사	賣水生意
호스티스 〈hostess〉	女服務生、(夜總會)女招待、酒店小姐
호스트 〈host〉	男服務生、男公關
마담 〈madam〉	媽媽桑、酒店女老闆
바텐더 〈bartender〉	調酒師、酒保
소믈리에 〈sommelier〉	品酒師
호텔리어 〈hotelier〉	飯店老闆

| 컨시어지 〈concierge〉 | 禮賓接待 |

★「交通相關的職業」請參照 249、251、257、276、283 頁。

발명가 〈發明家〉	發明家
심부름 센터 〈-center〉	服務中心 ＊심부름是「跑腿」的意思。 ＊收錢幫人跑腿、打雜的地方。
흥신소 〈興信所〉	徵信社
장의사 〈葬儀社〉	葬儀社
승려 /승녀/ 〈僧侶〉	僧侶

귀금속상 /귀금속쌍/ 〈貴金屬商〉	珠寶商 ＊也稱為금은방〈金銀房〉。
보석상 /보석쌍/ 〈寶石商〉	寶石商
보석 감정사 〈寶石鑑定士〉	寶石鑑定師、珠寶鑑定師

| 통역사 〈通譯士〉 /통역싸/ | 口譯師、口譯員
＊手語口譯師：수화 통역사 /-통역싸/ 〈手話通譯士〉 |
| 번역가 /번역까/ 〈飜譯家〉 | 翻譯員 |

| 의료 종사자
〈醫療從事者〉 | 醫療從業人員 |

★詳細內容請參照「醫療相關人員（710頁）」項目。

| 게임 테스터 〈game tester〉 | 遊戲測試員 |
| 프로 게이머 〈pro gamer〉 | 職業玩家 |

| 점쟁이 〈占-〉 | 算命師、命理師 |
| 점성술사 /점성술싸/
〈占星術師〉 | 占星師
＊也稱為점성가〈占星家〉。 |

타로 점술가 〈tarot 占術師〉	塔羅牌占卜師
주술사 /주술싸/ 〈呪術師〉	巫師

개 조련사 〈-調鍊師〉	訓犬師
경주마 조련사 〈競走馬調鍊師〉	賽馬訓練師
병아리 감별사 /-감별싸/ 〈-鑑別師〉	小雞性別鑑定師
브리더 〈breeder〉	飼育員、飼養員

주부 〈主婦〉	家庭主婦 ＊家庭主婦：가정 주부 〈家庭主婦〉；專業主婦： 　전업 주부 〈專業主婦〉
가사 도우미 〈家事-〉	保姆 ＊식모 〈食母〉、가정부 〈家政婦〉、파출부 〈派 　出婦〉這些說法，近年已不再使用。
주부 〈主夫〉	家庭主夫

2. 工作
★工作

일하다	工作
일	工作 ＊開始工作：일을 시작하다 ＊結束工作：일을 끝내다
취직하다 /취지카다/ 〈就職-〉	就職、找工作
취업하다 /취어파다/ 〈就業-〉	就業
직장 생활 /직짱-/ 〈職場生活〉	職場生活
근무하다 〈勤務-〉	工作、上班

출퇴근하다 〈出退勤-〉	上下班 ＊雖然有출근〈出勤〉這個名詞，但출근하다這個動詞很少使用。
종사하다 〈從事-〉	從事

퇴근하다 〈退勤-〉	下班
결근하다 〈缺勤-〉	缺勤
야근하다 〈夜勤-〉	上夜班
조퇴하다 〈早退-〉	早退
휴직하다 /휴지카다/ 〈休職-〉	停職

승진하다 〈昇進-〉	升職、升遷
부임하다 〈赴任-〉	赴任、上任、到職 ＊隻身赴任：단신 부임
출장 가다 /출짱-/ 〈出張-〉	出差、公出
전근하다 〈轉勤-〉	調動、調任 ＊換工作：직장을 옮기다

★找工作

구인 〈求人〉	徵才、招聘
구직 〈求職〉	求職、找工作
취직 활동을 하다 /취 지콸똥-/ 〈就職活動-〉	找工作
재취업하다 /재취어파다/ 〈再就業-〉	再就業

취업 설명회 〈就業說明會〉	就業說明會

이력서 /이력써/ 〈履歷書〉	履歷表 ＊寄送履歷表：이력서를 보내다 ★提交的資料無論合格與否都不會退還：한 번 　　제출하신 서류는 합격 여부와 관계없이 돌려 　　드리지 않습니다.
응시 자격 〈應試資格〉	應試資格
연령 제한 /열령-/ 〈年齡制限〉	年齡限制
서류 전형 〈書類銓衡〉	書面審查、資料審核 ＊不合格：불합격되다
면접 〈面接〉	面試 ＊參加面試：면접을 보다
고용하다 〈雇傭-〉	聘雇
채용하다 /채용-/ 〈採用-〉	錄用、採用
수습 기간 〈修習期間〉	實習期間
인턴 〈intern〉	實習生
연수하다 〈研修-〉	研修

★職業

직업 /지겁/ 〈職業〉	職業 ＊職業無貴賤：직업에는 귀천이 없다.
직종 /직쫑/ 〈職種〉	職務
블루칼라 〈blue collar〉	藍領
화이트칼라 〈white collar〉	白領
육체 노동자 〈肉體勞動者〉	體力勞動者
지식 근로자 /-글로자/ 〈知識勤勞者〉	知識型勞動者
사무 업무 〈事務業務〉	事務工作、坐辦公桌

텔레워크 〈telework〉	遠程辦公、遠程工作
재택 근무 〈在宅勤務〉	居家辦公
소호 〈SoHo〉	在家工作、SOHO ＊也稱為소규모 창업〈小規模創業〉。
부업 〈副業〉	副業
생산직 〈生産職〉	生產工作
기능직 〈技能職〉	技術工作、技術職務
숙련공 /숭년공/ 〈熟鍊工〉	技工

★各種職場

직장 /직짱/ 〈職場〉	職場
일터	工作崗位
근무 장소 〈勤務場所〉	工作場所
근무처 〈勤務處〉	工作單位、工作部門
일자리 /일짜리/	工作、職業、工作崗位

회사 〈會社〉	公司
주식 회사 〈株式會社〉	股份有限公司
유한 회사 〈有限會社〉	有限公司
모회사 〈母會社〉	母公司
자회사 〈子會社〉	子公司
관련 회사 〈關聯會社〉	相關企業
합작 회사 /합짜쾨사/ 〈關聯會社〉	合作企業
외국계 회사 /외구께-/ 〈外國系會社〉	外資企業
본사 〈本社〉	總公司 ＊總公司在首爾：서울에 본사를 두다

지사 〈支社〉	分公司 ＊在全國各地設有分公司：전국에 지사를 여러 곳 설치하다
본점 〈本店〉	總店
지점 〈支店〉	分店
영업소 /영업쏘/ 〈營業所〉	營業場所
대리점 〈代理店〉	代理店
기업 〈企業〉	企業
대기업 〈大企業〉	大企業
중소기업 〈中小企業〉	中小企業 ＊不會分開書寫。
영세 기업 〈零細企業〉	小企業
독점 기업 /독쩜-/ 〈獨占企業〉	壟斷企業
다국적 기업 /다국쩍-/ 〈多國籍企業〉	跨國企業
업체 〈業體〉	業者
상사 〈商社〉	商業公司 ＊綜合商社：종합 상사 〈綜合商社〉
법인 〈法人〉	法人 ＊財團法人：재단 법인 〈財團法人〉
협회 /혀풰/ 〈協會〉	協會
상공 회의소 〈商工會議 所〉	工商會議所
재벌 〈財閥〉	財團
관공서 〈官公署〉	公共行政機關、公司機關
사무실 〈事務室〉	辦公室 ＊會話中常會將公司稱為사무실 〈事務室〉。

★職位

직위 〈職位〉	職位
지위 〈地位〉	地位
직함 /지캄/ 〈職銜〉	職銜、職稱
자격 〈資格〉	資格、資歷

관리직 /괄리직/ 〈管理職〉	管理職 ＊以管理職的身分工作：관리직으로 일하다 ＊有名無實的主管也稱為이름뿐인 관리직、허울 　뿐인 관리직〔허울：外表〕、허수아비 관리 　직〔허수아비：稻草人〕。
경영진 〈經營陣〉	經營團隊
주주 〈株主〉	股東 ＊大股東：대주주 〈大株主〉
관리 직원 /괄리-/ 〈管理職員〉	管理階層職員
회사 간부 〈會社幹部〉	公司幹部
회사 임원 /-이원/ 〈任員〉	董事會成員
최고 경영 책임자 〈最高經營責任者〉	執行長
낙하산 인사 /나카산-/ 〈落下傘人事〉	空降部隊、公司高層安排下來的人員
중간 관리자 /-괄리자/ 〈中間管理者〉	中階管理者

회장 〈會長〉	會長
사장 〈社長〉	老闆、社長 ＊代表董事長：대표 이사장 〈代表理事長〉 ＊一般公司老闆：오너 사장 〈owner-〉 ＊月薪老闆：월급 사장 〈月給-〉
부사장 〈副社長〉	副社長
이사 〈理事〉	董事、理事 ＊代表理事、代表董事：대표 이사 〈代表理事〉

전무 〈專務〉	專務 ＊專務理事、專務董事：전무 이사 〈專務理事〉
상무 〈常務〉	常務 ＊常務理事、常務董事：상무 이사 〈常務理事〉
부장 〈部長〉	部長
차장 〈次長〉	次長
과장 〈課長〉	課長
계장 〈係長〉	股長
주임 〈主任〉	主任
실장 / 실쨩/ 〈室長〉	室長
대리 〈代理〉	代理
평사원 〈平社員〉	普通職員

지배인 〈支配人〉	經理、廠長
책임자 〈責任者〉	負責人
매니저 〈manager〉	經理、經營者、管理人、經紀人
편집 데스크 〈編輯 desk〉	總編輯 ＊指雜誌跟新聞的總編輯。
공장장 〈工場長〉	廠長

상사 〈上司〉	上司
부하 〈部下〉	下屬 ＊直屬下屬：직속 부하 〈直屬部下〉

★在公司工作

외국 기업 〈外國企業〉	外國企業
영업직 〈營業職〉	業務員 ＊外勤：외근 〈外勤〉
사무직 〈事務職〉	辦公室職員、白領
판매직 〈販賣職〉	銷售職員

개발직 〈開發職〉	開發職員
총무 〈總務〉	總務
경리 〈經理〉	會計、財會
재무 〈財務〉	財務
회계 〈會計〉	會計
서무 〈庶務〉	庶務
인사 〈人事〉	人事
노무 〈勞務〉	勞務
법무 /범무/ 〈法務〉	法務
홍보 〈弘報〉	廣告、宣傳
선전 〈宣傳〉	宣傳
경영 기획 〈經營企劃〉	經營企劃、銷售企劃、企業管理計畫
상품 개발 〈商品開發〉	商品開發
판매 촉진 /-촉찐/ 〈販賣促進〉	促銷
유통 〈流通〉	通路

★在工廠工作

공장 〈工場〉	工廠 ＊工會：공단 〈工團〉
작업장 /작업짱/ 〈作業場〉	作業現場
공방 〈工房〉	工坊
공사장 〈工事場〉	工地
현장 〈現場〉	現場 ＊工地現場：공사 현장 ＊建設現場：건설 현장 ＊生產現場：생산 현장
작업하다 /자거파다/ 〈作業-〉	作業 ＊輸送系統：컨베이어 시스템 〈conveyor system〉 ＊手工作業：수작업 /수자겁/

559

만들다	製作
제조하다 〈製造-〉	製造
순서를 밟다 /-밥따/ 〈順序-〉	按順序
공정 〈工程-〉	流程
프로세스를 거치다	按程序進行
조립하다 /조리파다/ 〈組立-〉	組裝 ＊汽車組裝：자동차 조립 〈自動車組立〉 ＊機械組裝：기계 조립 〈機械組立〉
시작하다 /시자카다/ 〈試作-〉	試作 ＊製作與實際大小相同的產品：실물 크기의 시 제품을 만들다
개발하다 〈開發-〉	開發 ＊開發獨創性產品：오리지널 제품을 개발하다
가공하다 〈加工-〉	加工 ＊加工金屬：금속 가공 〈金屬加工〉
생산하다 〈生産-〉	生産 ＊生産過剩：과잉 생산 〈過剩生産〉 ＊大量生産：대량 생산 〈大量生産〉
양산하다 〈量産-〉	量産 ＊組建量産體系：양산 체제를 구축하다 〈量産體 制-構築-〉
조업하다 /조어파다/ 〈操業-〉	工作、作業 ＊縮短工時：조업 단축 〈操業短縮〉 ＊運轉率：가동률 /가동뉼/ 〈稼動率〉
조작하다 /조자카다/ 〈操作-〉	操作 ＊操作電腦：컴퓨터를 조작하다 ＊（證券市場）操縱、操作：오퍼레이션
관리하다 /괄리하다/ 〈管理-〉	管理 ＊調整庫存：재고 조정 〈在庫調整〉 ＊品質管理：품질 관리 〈品質管理〉
운영하다 /우녕-/ 〈運營-〉	運營、運作
불합격품 /불합껵품/ 〈不合格品〉	次品

불량품 〈不良品〉	不良品、劣質品
메이드 인 코리아 〈Made In Korea〉	韓國製造 ＊也稱為국산 / 국싼/〈國產〉、한국산 / 한국싼/〈韓國產〉。
메이드 인 유에스에이 〈Made In USA〉	美國製造 ＊也稱為미제〈美製〉、미국산 / 미국싼/〈美國產〉。
메이드 인 타이완 〈Made In Taiwan〉	台灣製造
메이드 인 재팬 〈Made In Japan〉	日本製造 ＊也稱為일제 / 일쩨/〈日製〉、일본산〈日本產〉。
최첨단 기술 〈最尖端技術〉	尖端技術
기술 제휴 〈技術提携〉	技術合作

★經營公司

경영하다 〈經營-〉	經營
진두에 서다 〈陣頭-〉	打頭陣 ＊位居人上：사람 위에 서다
지휘하다 〈指揮-〉	指揮
통솔하다 〈統率-〉	統率
지도하다 〈指導-〉	指導
지시하다 〈指示-〉	指示
책임을 지다 〈責任-〉	負責任
매니지먼트하다 〈management-〉	管理、經營
컨트롤하다 〈control-〉	控制、管理、調節
자본 〈資本〉	資本

업적 /업쩍/ 〈業績〉	業績 ＊留下業績：업적을 남기다 ＊累積業績：업적을 쌓다 /싸타/
사업 〈事業〉	事業
공익 사업 〈公益事業〉	公益事業
비즈니스 〈business〉	商務、生意、業務 ＊風險企業：벤처 비즈니스 〈venture business〉
고객 〈顧客〉	顧客
거래처 〈去來處〉	交易處
귀사 〈貴社〉	貴公司

입찰하다 〈入札-〉	投標
도급하다 /도그파다/ 〈都給-〉	承包、包辦 ＊承包商：도급업자 /도그법짜/ 〈都給業者〉
하청 〈下請〉	分包、外包 ＊外包商：하청업자 /-업짜/ 〈下請業者〉
설비 투자 〈設備投資〉	設備投資
합리화 /함니화/ 〈合理化〉	合理化
경쟁력 /경쟁녁/ 〈競爭力〉	競爭力
특허 /트커/ 〈特許〉	特許、專利 ＊獲得專利：특허를 획득하다 /-훽뜨카다/ 〈-獲得-〉
등록 상표 /등녹-/ 〈登錄商標〉	註冊商標
신용 등급 /시뇽-/ 〈信用等級〉	信用等級

합병하다 /합뼝-/ 〈合併-〉	合併、併購 ＊大型合併：대형 합병 /-합뼝/ ＊併購、吸收合併：흡수 합병 /흡쑤합뼝/
합작 사업 /합짝-/ 〈合作事業〉	合作企業
매수하다 〈買收-〉	收買、收購
기업 매수 〈企業買收〉	收購企業

★雇用型態

사원 〈社員〉	公司職員、員工
종업원 〈從業員〉	從業人員、營業員
정사원 〈正社員〉	正式員工
정규직 〈正規職〉	正職
인턴 사원 〈intern 社員〉	實習員工
임시 직원 〈臨時職員〉	臨時員工
비정규직 〈非正規職〉	非正職
파견직 〈派遣職〉	派遣職 ＊파견 근무的說法，用於在公司內被派遣到其他地方去的時候。
계약직 /게약찍/ 〈契約職〉	契約職
일용직 〈日傭職〉	約聘職位 ＊約聘人員：일용 노동자〈日傭勞動者〉
시간제 근무 〈時間制勤務〉	計時人員、鐘點工 ＊也稱為파트타이머〈part-timer〉。 ★在超市做計時人員：슈퍼마켓에서 시간제로 근무하고 있어요.
아르바이트 〈Albeit〉	打工 ＊年輕人之間稱為알바。 ★打工擦洗盤子：아르바이트로 접시 닦이를 하고 있어요.
시간 강사 〈時間講師〉	鐘點講師 ★在高中裡任職鐘點講師，一週教兩堂英文會話：고등학교에서 시간 강사로 1주일에 두 번 영어 회화를 가르치고 있어요.
프리터 〈freeter〉	飛特族 ＊意指以固定性全職工作以外，即兼職工作的身份來維持生計的人。
프리 아르바이터 〈free albeiter〉	飛特族

프리랜서 〈freelance〉	自由工作者
맞벌이 /맏뻐리/	雙薪夫婦 ＊雙薪夫婦：맞벌이 부부 〈-夫婦〉

★薪水

급료 /금뇨/ 〈給料〉	薪水 ＊一般的說法是월급 〈月給〉。 ＊也稱為급여 〈給與〉。 ＊月薪提高：월급이 오르다 ＊月薪減去百分之十：월급이 10퍼센트 삭감되 　다 /-삭깜-/ 〈-削減-〉
월급날 /월금날/ 〈月給-〉	發薪日 ＊也稱為봉급날 /봉금날/ 〈奉給-〉。
임금 〈賃金〉	工資、薪水

월급 〈月給〉	月薪
일급 〈日給〉	日薪
시급 〈時給〉	時薪
연봉 〈年俸〉	年薪
성과급 /성꽈급/ 〈成果給〉	論件計酬、提成獎金

수당 〈手當〉	津貼
보너스 〈bonus〉	獎金、紅利
일시금 /일씨금/ 〈一時金〉	一次性付款

★工作時間

노동 시간 〈勞動時間〉	勞務時間 ＊工作時間：근무 시간
주 오일 근무제 〈週五日勤務制〉	週休二日制度

자유 출근제 〈自由出勤制〉	彈性工時制度 ＊因公司而異，有근무 시간 선택제〈勤務時間選擇制〉、선택적 근로 시간제〈選擇的勤勞時間制〉、자유 근무 시간제〈自由勤務時間制〉、변동 근무 시간제〈變動勤務時間制〉等。
출근 카드 〈出勤 card〉	考勤卡 ＊打考勤卡：출근 카드를 찍다
대체 휴무 〈代替休務〉	補休 ＊以休假代替支付加班薪資。
휴가 〈休暇〉	休假 ＊夏季休假：여름 휴가 ＊特休：리프레시 휴가〈refresh-〉
유급 휴가 /유그퓨가/ 〈有給休暇〉	帶薪休假 ＊獲得年假/月假：연차/월차를 받다〈年次/月次-〉 ＊연차是연차 휴가〈年次休暇〉，월차是월차 휴가〈月次休暇〉的簡稱。
사원 여행 /사원녀행/ 〈社員旅行〉	員工旅遊

★會議等

회의 〈會議〉	會議 ＊召開會議：회의를 열다 ＊參加會議：회의에 참석하다 /-참서카다/〈-參席-〉 ＊突然召開會議：갑자기 회의가 잡히다 /갑짜기-자피다/
회의실 〈會議室〉	會議室 ＊約會議室、預定會議室：회의실을 잡다
회의 중 〈會議中〉	開會中
프레젠테이션 〈presentation〉	報告、做簡報
자료 〈資料〉	資料 ＊準備資料：자료를 준비하다〈-準備-〉

안건 /안껀/ 〈案件〉	案件 ＊處理案件：안건을 처리하다
프로젝트 〈project〉	案子 ＊開始新案子：새로운 프로젝트를 시작하다
기획서 /기획써/ 〈企劃書〉	企劃書 ＊完成企劃書：기획서를 완성하다 〈-完成-〉
보고서 〈報告書〉	報告 ＊寫報告：보고서를 작성하다 /-작성-/
결산서 /결싼서/ 〈決算書〉	資產負債表
회의록 〈會議錄〉	會議紀錄
주주 총회 〈株主總會〉	股東大會

★勞動爭議

노동자 〈勞動者〉	勞工
경영자 〈經營者〉	經營者 ＊經營團隊：경영진 〈經營陣〉
고용주 〈雇用主〉	雇主
조합 〈組合〉	工會
노동 쟁의 〈勞動爭議〉	勞資爭議
노사 협상 /-협쌍/ 〈勞使協商〉	勞資協商 ＊也稱為노사 교섭 〈勞使交涉〉。 ＊參照下方「協商」。
파업 〈罷業〉	罷工
태업 〈怠業〉	怠工
농성 〈籠城〉	靜坐示威

협상하다 /-협쌍/ 〈協商-〉	協商 ＊也稱為교섭하다 /교서파다/ 〈交涉-〉。 ＊一直到數年前，「交涉」隱含有「水面下的交涉」，秘密進行「討價還價」的意思，現在大多使用協商 〈協商〉這個詞。最近在外交等新聞中，使用교섭 〈交涉〉的情況也增加了。

중재하다 〈仲裁-〉	仲裁、調停
타결하다 〈妥結-〉	達成協議

★辭去工作

한직 〈閑職〉	閒職
사직하다 /사지카다/ 〈辭職-〉	辭職
사임하다 〈辭任-〉	辭任、卸任
사표를 내다 〈辭表-〉	遞交辭呈 ＊受理辭呈：사표를 수리하다 〈-受理-〉
부서를 이동하다 〈部署-異動-〉	部門轉調
인수인계 /-인계/ 〈引受引繼〉	交接
이직하다 /이지카다/ 〈移職-〉	離職 ＊換工作：직장을 옮기다 〈職場-〉 ＊전직하다 〈轉職-〉是轉換職業跑道。
회사를 그만두다 〈會社-〉	辭職
일을 그만두다	辭職
퇴직하다 /퇴지카다/ 〈退職-〉	退休 ＊退休金：퇴직금 /퇴지끔/ 〈退職金〉 ＊自願退休：의원 퇴직 〈依願退職〉；勸退：권고 사직 〈勸告辭職〉。 ＊不待屆齡退休而自願離職者稱為名譽退休명예 퇴직 〈名譽退職〉。
조기 퇴직하다 〈早期退職-〉	提前退休 ＊簡稱為조퇴하다 〈早退-〉。
자진 퇴사하다 〈自進退社-〉	自願退休
결혼 후 퇴사하다 〈結婚後退社-〉	婚後離職

퇴직하다 〈退職-〉	離職、退休 ＊也稱為은퇴하다〈隱退-〉。
정년이 되다 〈停年-〉	到了退休的年齡 ＊到了退休的年齡：정년을 맞다 ＊屆齡退休：정년 퇴직하다〈停年退職-〉
정리 해고 〈整理解雇〉	裁員 ＊遭到裁員：정리 해고당하다
해고하다 〈解雇-〉	解雇 ＊遭到解僱：해고당하다
모가지가 잘리다	丟了飯碗
실직하다 / 실지카다 / 〈失職-〉	失業 ＊失業：실직당하다或是실직되다
실직자 / 실찍짜 / 〈失職者〉	失業者
실업하다 / 시러파다 / 〈失業-〉	失業
실업자 / 실업짜 / 〈失業者〉	失業者 ＊會話中經常稱為백수 / 백쑤 / 〈白手〉（俗語）。
실업률 / 시럼뉼 / 〈失業率〉	失業率
실업 수당 〈失業手當〉	失業補助
면직하다 / 면지카다 / 〈免職-〉	革職、卸職 ＊遭到革職：면직당하다、면직되다
징계 면직되다 〈懲戒免 職-〉	遭到革職處分
파면하다 〈罷免-〉	罷免
무직 〈無職〉	待業、沒工作
백수 / 백쑤 / 〈白手〉	無業遊民
니트족 〈NEET 族〉	尼特族
노숙자 / 노숙짜 / 〈露宿者〉	露宿者、無家可歸的人、流浪漢

15.

取得資訊

〔15〕取得資訊

1. 媒體
★媒體相關

언론 /얼론/ 〈言論〉	言論、輿論 ＊言論自由：언론의 자유 ＊言論管制：언론 통제 ＊言論鎮壓：언론 탄압
미디어 〈media〉	媒體 ＊大眾傳播媒體：매스미디어 〈mass media〉 ＊多媒體：멀티미디어 〈multimedia〉
보도 기관 〈報道機關〉	報導機關
매체 〈媒體〉	媒體 ＊印刷媒體：인쇄 매체
매스컴 〈mass communication〉	大眾傳播 ＊一般大多稱為언론 /얼론/ 〈言論〉，也稱為언론 매체 〈-媒體〉。 ＊攻擊言論：언론을 공격하다 /-공겨카다/ ＊受到輿論批評：언론으로부터 혹평 받다 〈-酷評-〉
커뮤니케이션 〈communication〉	溝通、通訊、聯絡 ＊試圖聯繫：커뮤니케이션을 꾀하다
정보 〈情報〉	情報、資訊 ＊分析情報：정보를 분석하다 /-분서카다/ ＊搜集情報：정보를 수집하다
취재하다 〈取材-〉	取材、採訪 ＊獨家採訪：독점 취재 /독쩜-/ ＊現場取材：현장 취재 ＊新聞來源：취재원
편집하다 /편지파다/ 〈編輯-〉	編輯
검열하다 〈檢閱-〉	檢閱、審查
보도하다 〈報道-〉	報導 ＊報導的客觀性：보도의 객관성 ＊有偏見的報導：편파적 보도 〈偏頗的-〉

	＊公正的報導：공정한 보도 ＊報導的自由：보도의 자유 ＊根據可信的報導：믿을 만한 보도에 의하면 ＊正如已報導過的：이미 보도된 바와 같이
실명 보도 〈實名報道〉	**實名報道** ＊匿名報導：익명 보도 /잉명-/
오보 〈誤報〉	**誤報** ＊錯誤報導：잘못된 보도
게재하다 〈揭載-〉	**刊登、刊載** ＊在雜誌上刊登：잡지에 게재하다〔게재되다〕

★報章雜誌

저널리즘 〈journalism〉	新聞業、新聞報導、新聞工作
저널리스트 〈journalist〉	新聞工作者、記者
신문사 〈新聞社〉	報社
잡지사 /잡찌사/ 〈雜誌社〉	雜誌社
편집장 /편집짱/ 〈編輯長〉	總編輯
데스크 〈desk〉	編輯部
기자 〈記者〉	記者 ＊新聞記者：신문기자 ＊記者席：기자석 ＊記者座談會：기자 간담회
특파원 〈特派員〉	特派員、特派記者
주재원 〈駐在員〉	派駐記者
프리랜서 작가 〈freelan 作家〉	自由作家 ＊也稱為프리랜서 기자 〈-記者〉。
카메라맨 〈cameraman〉	攝影師、攝影記者
인터뷰하다 〈interview-〉	採訪 ＊單獨採訪：단독 인터뷰 〈單獨-〉 ＊獨家採訪：독점 인터뷰 〈獨占-〉
브리핑 〈briefing〉	新聞發佈會 ＊也稱為기자 회견 〈記者會見〉。 ＊舉行記者招待會：브리핑/기자 회견을 가지다 ＊回應記者招待會：브리핑/기자 회견에 응하다

공동 성명 〈共同聲明〉	共同聲明 ＊發表共同聲明：공동 성명을 발표하다
공식 발표 〈公式發表〉	正式發表 ＊非正式：비공식 〈非公式〉
홍보 〈弘報〉	宣傳 ＊宣傳活動：홍보 활동 〈弘報-〉 ＊宣傳負責人：홍보 담당 〈-擔當〉
대변인 〈代辯人〉	發言人 ＊也稱為스포크스맨〈spokesman〉。

★報紙、雜誌

신문 〈新聞〉	報紙 ＊翻開報紙：신문을 펴다
일반 종합지 /-종합찌/ 〈一般綜合誌〉	一般綜合雜誌
전문지 〈專門誌〉	專刊
정당지 〈政黨誌〉	政治學刊、黨報
기관지 〈機關誌〉	機關雜誌
업계지 /업께지/ 〈業界紙〉	業內雜誌、專業報刊
일간지 〈日刊紙〉	日報
스포츠 신문 〈sport 新聞〉	體育報紙
중앙지 〈中央紙〉	中央報紙 ＊동아일보 〈東亞日報〉、조선일보 〈朝鮮日報〉、 　중앙일보 〈中央日報〉、한국일보 〈韓國日報〉、 　경향신문 〈京鄉新聞〉、한겨레신문 〈-新聞〉、 　국민일보 〈國民日報〉、문화일보 〈文化日報〉、 　세계일보 〈世界日報〉、서울신문 〈-新聞〉等。
지방지 〈地方紙〉	地方報紙 ＊也稱為지역지 /지역찌/ 〈地域紙〉。 ＊부산일보 〈釜山日報〉、광주매일 〈光州每日〉、 　경기일보 〈京畿日報〉、대구일보 〈大邱日報〉、 　강원일보 〈江原日報〉等。
조간 〈朝刊〉	早報
석간 /석깐/ 〈夕刊〉	晚報

타블로이드지 〈tabloid 紙〉	小報
무가지 〈無價紙〉	免費報紙
학생 신문 /학쌩-/ 〈學生新聞〉	學生報紙
영자 신문 /영짜-/ 〈英字新聞〉	英文報紙
잡지 /잡찌/ 〈雜誌〉	雜誌
월간지 〈月刊誌〉	月刊
주간지 〈週刊誌〉	周刊、週報
계간지 〈季刊誌〉	季刊
정기 간행물 〈定期刊行物〉	定期刊物
발행하다 〈發行-〉	發行
부수 /부쑤/ 〈部數〉	份數 ＊發行量：발행 부수 ＊公開發行量：공칭 부수
독자 /독짜/ 〈讀者〉	讀者
구독하다 /구도카다/ 〈購讀-〉	訂閱 ＊申請訂閱：구독 신청 〈購讀申請〉 ＊訂閱費：구독료 /구동뇨/
신문 배달원 〈新聞配達員〉	送報員 ＊兼職送報紙：신문 배달 아르바이트

사설 〈社說〉	社論
논설 〈論說〉	評論、言論 ＊評論委員：논설 위원
주필 〈主筆〉	主筆、新聞主編

기사 〈記事〉	報導 ＊剪下來：오려내다 ＊剪報：스크랩하다 〈scrap-〉
육하원칙 /유카-/ 〈六何原則〉	六何法、6W分析法、5W1H ＊언제（When/何時），어디서（Where/何地）， 누가（Who/何人），무엇을（What/何事），왜 （Why/為何），어떻게（How/如何）

머리기사 〈-記事〉	報紙頭條 ＊也稱為톱기사 〈top 記事〉。 ＊頭版頭條新聞：1 면 머리기사
삼면 기사 〈三面記事〉	三面報紙 ＊日帝強佔期，報紙發行時共有四面，第一面是 　廣告，第二面是政治、經濟，第三面是社會新 　聞。「三面報紙」這個說法由此衍生而來。
칼럼 기사 〈column 記事〉	專欄報導
아부성 기사 〈阿附性記事〉	阿諛奉承的報導
가십 기사 〈gossip 記事〉	花邊新聞、八卦新聞
위조 〈僞造〉	僞造
조작 의혹 〈造作疑惑〉	造假嫌疑
유언비어 〈流言蜚語〉	流言蜚語、謠言 ＊散佈謠言：유언비어를 퍼뜨리다
네 칸 만화 〈-漫畫〉	四格漫畫

속보 /속뽀/ 〈速報〉	速報
특집 /특찜/ 〈特輯〉	特輯、專題
특종 /특쫑/ 〈特種〉	獨家
호외 〈號外〉	號外 ＊發送號外：호외를 돌리다 ＊因紙張媒體急速衰退，現在韓國發送號外的習 　慣已逐漸消失。

헤드라인 〈headline〉	頭條新聞、新聞標題
부제 〈副題〉	副標題
사회면 〈社會面〉	社會版
정치면 〈政治面〉	政治版
경제면 〈經濟面〉	經濟版
국제면 /국쩨면/ 〈國際面〉	國際版
문화면 〈文化面〉	文化版
스포츠면 〈sports 面〉	體育版

연예란 /여녜란/ 〈演藝欄〉	演藝版
투고란 〈投稿欄〉	投稿欄 ＊刊登：게재되다 〈揭載-〉
부고란 〈訃告欄〉	訃告欄 ＊訃告：부보 〈訃報〉
서평란 /서평난/ 〈書評欄〉	書評欄
회고록 〈回顧錄〉	回憶錄
연재소설 〈連載小說〉	連載小說
삽화 /사퐈/ 〈揷畫〉	揷圖

광고 〈廣告〉	廣告
구인 광고 〈求人廣告〉	徵才廣告
전단 〈傳單〉	傳單
광고주 〈廣告主〉	廣告主

★通訊

통신 〈通信〉	通訊、通信 ＊通訊祕密：통신의 비밀
정보통신기술 〈情報通信技術〉	情報通訊技術
디지털 회선 〈digital 回線〉	數位線
아날로그 회선 〈analog 回線〉	類比線
실시간 /실씨간/ 〈實時間〉	即時、同步 ＊同步翻譯：실시간 번역
네트워크 〈network〉	網路

★廣播與節目

방송하다 〈放送-〉	廣播、播放、播送 ＊종방되다 〈終放-〉：節目播放結束，最後一集 的節目。

575

방송국 〈放送局〉	廣播電台、電視台 ＊電視台也稱為방송국。
국영 방송 〈國營放送〉	國營廣播電台、國營電視台
민영 방송 〈民營放送〉	民營廣播電台、商業廣播電台、民營電視台、商業電視台 ＊簡稱為민방〈民放〉。
위성 방송 〈衛星放送〉	衛星廣播、衛星電視
음성 다중 방송 〈音聲多重放送〉	多工器廣播 ＊雙語播放：이개국어방송
유선 방송 〈有線放送〉	有線廣播、有線電視

★韓國的主要廣播公司
- 한국방송공사〔KBS〕：韓國廣播公社
- 문화방송국〔MBC〕：文化廣播局
- SBS〔Seoul Broadcasting System〕
- KNN〔KOREA NEW NETWORK〕
- 교육방송〔EBS〕：教育廣播電台
- 교통방송〔TBS〕：交通廣播電台
- 기독교방송〔CBS〕：基督教廣播電台
- 미군방송〔AFKN〕：美軍廣播電台
- 불교방송〔BBS〕：佛教廣播電台

除了以上的地上波廣播公司之外，最近有 MBN、JTBC、채널 A、조선 TV 這 4 個綜合編成 채널（綜合頻道）登場〔簡稱종편〕。除此之外還出現不少케이블 방송국（有線電視台），也是很受歡迎。

시청자 〈視聽者〉	聽眾、觀眾
시청률 /시청뉼/ 〈視聽率〉	收視率 ＊收視率：시청률이 좋다
생방송 〈生放送〉	現場直播
중계하다 〈中繼-〉	轉播 ＊舞台轉播：무대 중계 ＊實況轉播：실황 중계 ＊衛星轉播：위성 중계

576

녹화 방송 /노콰-/ 〈錄畫放送〉	錄製播放 ＊一般電視節目都是事先錄好，到播放時間才開 　始播放。녹화 방송指的便是這類型的節目。
재방송 〈再放送〉	重播

★電視

텔레비전	電視 ＊也稱為티브이〈TV〉、티비。 ＊有線電視：케이블 티비〈cable TV〉
흑백 티비 /흑빽-/ 〈黑白TV〉	黑白電視
칼라 티비 〈colorTV〉	彩色電視
하이비전 〈Hi-Vision〉	高清電視
지상파 디지털 방송 〈地上波 digital 放送〉	數位衛星廣播
채널 〈channel〉	頻道
채널 싸움 〈channel-〉	頻道競爭
텔롭 〈telop〉	電視用放映機

★廣播

라디오 〈radio〉	收音機、無線電 ＊網路收音機：인터넷 라디오
에프엠 방송 〈FM 放送〉	FM 廣播
에이엠 방송 〈AM 放送〉	AM 廣播
단파 방송 〈短波放送〉	短波廣播
심야 방송 /시먀방송/ 〈深夜放送〉	深夜廣播
청취자 〈聽取者〉	聽眾

베리카드 〈verification card〉	驗證卡
수신 확인증 /-화긴쯩/ 〈受信確認證〉	訊號確認中 ＊填寫範例：귀방송을 2014년 7월30일 08:00-08:30 UTC 11700kHz로 수신했음을 보고합니다
국제반신권 /국쩨반신꿘/ 〈國際返信券〉	國際回信郵票券、國際回郵券
SINPO 코드	SINPO 碼 ＊SINPO 分別指信号 강도（信號強度/S）、혼신（從其他電台傳來的干擾/I）、잡음（噪音/N）、전파 장애（無線電干擾/P）、종합 평가/-평까/（總體評價/O）。
아마추어 무선국 〈amateur 無線局〉	業餘無線電台

★傳媒工作者

아나운서 〈announcer〉	播報員、主播 ＊在韓國說到아나운서是指「主播」。 ＊女主播：여자 아나운서 ＊自由播報員：프리랜서 아나운서
엠시 〈master of ceremonies, MC〉	節目主持人 ＊不只是新聞，也可以是歌唱節目或談話節目、綜藝節目等的主持人。
앵커맨 〈anchorman〉	男主播、男播報員 ＊與新聞主播不同，展現更專業、更鮮明個性的主持人。 ＊엠시 〈master of ceremonies, MC〉
앵커 〈anchor〉	女主播、女播報員 ＊新聞節目的當家主播。
캐스터	主持人、主播 ＊常態的新聞節目主持人。有뉴스 캐스터（新聞主播）、기상 캐스터（氣象主播）、스포츠 캐스터（運動主播）等。
리포터 〈reporter〉	記者

사회자 〈司會者〉	主持人 ＊擔任主持：사회를 맡다、사회를 보다
디스크자키 〈disk jockey〉	音樂節目主持人 ＊也稱為디제이〈DJ〉。
프로듀서 〈producer〉	編導、製片人、監製
디렉터 〈director〉	導演

연예계 /여녜게/ 〈演藝界〉	演藝圈
연예인 /여녜인/ 〈演藝人〉	藝人 ＊가수（歌手）、탤런트（藝人）、개그맨（搞笑藝人）等，指在節目中演出的所有藝人。 ＊藝名：예명；假名：가명〈假名〉
탤런트 〈talent〉	電視演員、演員 ＊在韓語中，탤런트僅指電視劇的演員。
아이돌 〈idol〉	偶像
가수 〈歌手〉	歌手 ＊出道：데뷔하다〈debut-〉
배우 〈俳優〉	演員
개그맨 〈gagman〉	諧星、喜劇演員 ＊搞笑：개그를 날리다 ＊很冷的搞笑：썰렁한 개그 ＊題材：소재〈素材〉
화면발 /화면빨/ 〈畫面-〉	上鏡 ＊非常上鏡：화면발이 잘 받다
분장실 〈扮裝室〉	化妝室
리허설 〈rehearsal〉	彩排、排演、預演

★節目

프로그램 〈program〉	節目 ＊簡稱為프로〈pro〉。 ＊電視節目：티브이 프로
편성표 〈編成表〉	編制表

(방송) 시간대 〈(放送) 時間帶〉	(廣播)時段
제작하다 /제자카다/ 〈制作-〉	製作 ＊合作：합작 /합짝/〈合作〉；共同製作：공동 　　제작〈公同制作〉
황금 시간대〈黃金時間帶〉	黃金時段
정규 프로그램 〈正規 program〉	正規節目
스페셜 프로그램 〈special program〉	特別節目
뉴스〈news〉	新聞 ＊簡要新聞：간추린 뉴스 ＊新聞摘要：뉴스 다이제스트 ＊新聞快報：뉴스 속보 /-속뽀/ ＊臨時新聞：임시 뉴스
예보〈日氣豫報〉	天氣預報
스포츠 프로〈sports pro〉	體育節目
정보 프로〈情報 pro〉 연예 정보 프로 〈演藝情報-〉	資訊節目、演藝資訊節目 ＊在韓國也有「早上的」八卦節目，如아침 정보 　　프로、모닝 와이드等。
예능 프로〈藝能 pro〉	綜藝節目
버라이어티 프로 〈variety pro〉	綜藝節目
시청자 참여 프로 〈視聽者參與 pro〉	觀眾參與節目
다큐멘터리 프로 〈documentary pro〉	紀錄片節目 ＊簡稱為다큐。
퀴즈쇼〈quiz show〉	益智節目 ＊正確解答：정답입니다.〈正答-〉 ＊答案錯誤：틀렸습니다. ＊○（打圈）：오或是동그라미 ＊X（打叉）：엑스
토크쇼〈talk show〉	脫口秀 ＊嘉賓、客串：게스트

가요 프로 〈歌謠 pro〉	歌謠節目
노래자랑	歌唱比賽
요리 프로 〈料理 pro〉	料理節目
심야프로 〈深夜 pro〉	深夜節目
코미디 프로 〈comedy-〉	搞笑節目、喜劇節目
몰래 카메라 〈-camera〉	隱藏攝影機
장기 자랑 /장끼-/ 〈長技-〉	才藝表演
성대 모사 〈聲帶模寫〉	聲帶模仿
복화술 /보콰술/ 〈腹話術〉	腹語術
드라마 〈drama〉	電視劇 ＊連續劇：연속극 /연속끅/ 〈連續劇〉 ＊愛情劇：멜로드라마 ＊劇情劇：휴먼 드라마 ＊長篇電視劇：대하 드라마 ＊電視劇的季稱為분기 〈分期〉。
사극 〈史劇〉	歷史劇
립싱크 /립씽크/ 〈lip sync〉	對口型、假唱 ＊以自己的聲音唱歌稱為라이브。
엔지 장면 〈NG 場面〉	NG 場面 ＊出現 NG：엔지를 내다
해프닝 〈happening〉	即興演出 ＊展開即興演出：해프닝을 벌이다 ＊發生即興演出：해프닝이 일어나다
대본 〈臺本〉	劇本、腳本
대사 〈臺詞〉	臺詞 ＊背臺詞：대사를 외우다
애드립 〈ad lib〉	即興表演 ＊애드리브是正確寫法，但大多使用애드립。
방송 금지 용어 〈放送禁止用語〉	廣播、電視節目禁止用語

출연료 /출연뇨/ 〈出演料〉	演出費、通告費
표절 〈剽竊〉	抄襲
광고 〈廣告〉	廣告 ＊也稱為 CF〔取 commercial film 的第 1 個字母〕。 ★방송 도중에 광고가 나오면 짜증이 나요. : 節目進行中出現廣告的話，會令人火大。
시엠송 〈CM song〉	廣告宣傳歌曲
제공하다 〈提供-〉	提供

2. 通訊
★電話

전화 〈電話-〉	電話 ＊打電話：전화하다 ＊電話來了：전화 왔어요
집 전화 〈-電話〉	住家電話 ＊網路電話：인터넷 전화
공중전화 〈公衆電話〉	公用電話 ＊公用電話亭：공중전화박스 〈公衆電話 box〉
전해 주다 〈傳-〉	轉達 ＊不會說전언하다〔會使用전언 〈傳言〉 這個名詞〕
전화를 걸다 〈電話-〉	打電話 ＊掛斷後重新打電話：끊고 다시 걸다 /끈코-/ ＊不好意思，你能等一下再打嗎？ : 미안한데 좀 이따 다시 할래？
전화를 연결하다 〈電話-連結-〉	電話連接
전화를 받다 〈電話-〉	接電話
전화를 바꾸다 〈電話-〉	換人接聽電話 ＊喂？是爸爸嗎？請換媽媽聽：여보세요, 아빠？ 엄마 좀 바꿔 주세요.

전화를 끊다 / -끈타/ 〈電話-〉	**掛斷電話** ＊請稍等一下不要掛斷：끊지 말고 기다리세요.
전화가 끊어지다	**電話斷了**
여보세요	**喂** ＊喂？請問是哪位？：여보세요？누구세요？ ＊喂？請問是鄭浩的家嗎？：여보세요？거기 정호네 집이죠？
통화 〈通話〉	**通話** ＊「在電話裡說」是통화하다。
잘 안 들리다	**聽不清楚** ＊訊號不佳：안테나가 안 뜨다
수화기 〈受話器〉	**話筒**
내선 〈內線〉	**內線**

전화번호부 〈電話番號簿〉	**電話號碼簿**
전화번호 〈電話番號〉	**電話號碼** ＊快捷鍵號碼：단축 번호 ＊韓國的電話號碼統一為市外區域號碼〔3 位數〕＋市內區域號碼〔3 位數〕＋電話號碼〔4 位數〕共 10 位數字〔首爾區域除外〕。 ＊以 1588-，1644- 等起始的전국 대표 번호在韓國國內各地都可以打，但是是付費電話。
번호 안내 〈番號案內〉	**查號台** ＊在韓國查號台是 114 號，須付費。
국번 /국뻔/ 〈局番〉	**局碼** ＊區域碼：지역 번호 /지역뻔호/ 〈地域番號〉 ★韓國國內的市外區域碼〔以大都市為中心分為 16 個地區〕 ・首爾〔02〕、京畿道〔031〕、仁川〔032〕、江原道〔033〕、忠清南道〔041〕、大田〔042〕、忠清北道〔043〕、釜山〔051〕、蔚山〔052〕、大邱〔053〕、慶尚南道〔054〕、慶尚北道〔055〕、全羅南道〔061〕、光州〔062〕、全羅北道〔063〕、濟州道〔064〕
단축 번호 /단축뻔호/ 〈短縮番號〉	**快捷鍵號碼**

우물 정 자 /-짜/ ⟨-井字⟩	井字鍵 ＊也稱為샵버튼 /샵뻐튼/ ⟨sharp button⟩。 ＊星號：별표 ⟨-標⟩ ＊「星號」在會話中有時會為了方便而說成「米字號」。
전화 요금 ⟨電話料金⟩	電話費
무제한 통화 ⟨無制限通話⟩	通話吃到飽
전화 카드 ⟨電話 card⟩	電話卡
콜렉트콜 ⟨collect call⟩	受話人付費電話 ＊也稱為수신자 부담 ⟨受信者負擔⟩對方付費。
무료 전화 ⟨無料電話⟩	免費電話 ＊也稱為무료 고객 센터 ⟨無料顧客 center⟩、무료 콜센터。 ＊在韓國以 080 開始的電話號碼就是免付費電話。
국제 전화 /국쩨-/ ⟨國際電話⟩	國際電話
로밍 서비스 ⟨roaming service⟩	漫遊服務
전송하다 ⟨傳送-⟩	傳送 ＊一般稱為돌려 주다。
통화를 대기시키다 ⟨通話-待機-⟩	通話待機 ＊「保留」是通話 中 大기 ⟨通話中待機⟩。 ＊請不要掛斷，稍等一會：끊지 말고 잠시만 기다려 주세요.
통화중 ⟨通話中⟩	通話中
장난 전화 ⟨-電話⟩	惡作劇電話 ＊又是惡作劇電話：또 장난 전화야. ＊打錯電話時說「我打錯了」是잘못 걸었어요.
휴대전화 ⟨携帶電話⟩	手機 ＊也稱為휴대폰 ⟨携帶 phone⟩、핸드폰 ⟨hand phone⟩。

휴대전화 단말기 〈携帶電話端末機〉	手機終端機
통신 회사 〈通信會社〉	電信公司 ＊也稱為이동 통신사 〈移動通信〉。
기기변경 하다 〈機器變更-〉	換手機 ＊替換別家電信公司：다른 통신사로 갈아타다
보상 판매 〈補償販賣〉	舊機換新機
계약을 해지하다 〈契約-解止-〉	終止契約、解約
번호 이동 제도 〈番號移動制度〉	門號可攜服務 ＊在韓國已推動行動電話號碼可攜化，即使換電信公司，手機號碼也不會更改。
벨 소리 〈bell-〉	電話鈴聲 ＊也稱為착신음 /착씬음/ 〈着信音〉。
컬러링 〈coloring〉	來電答鈴
자동 응답 전화 〈自動應答電話〉	自動答錄機 ＊有留言：메시지가 나오다 〈message-〉 ＊留言：메시지를 남기다
소리샘	語音信箱 ＊手機的留言服務。也稱為음성 사서함 〈音聲私書函〉。 ＊電話留言（例子）：연결되지 않아 소리샘으로 연결되며 '삐'소리 후 통화료가 부가됩니다. （您撥的電話無法接通，將轉接到語音信箱。「嗶」聲後，將開始計費）。
소리 〈bell-〉	鈴聲
진동 〈振動〉	震動
발신 번호 표시 〈發信者番號表示〉	顯示發話號碼 ＊不顯示號碼：발신 번호가 표시되지 않다 ＊發話號碼顯示受限：발신 번호 표시 제한
착신 거부 /착씬-/ 〈着信拒否〉	拒接來電

문자 메시지 〈文字 message〉	文字簡訊 *韓國的手機 MAIL 如同日本的 SMS 。即使分屬不同電信公司，只要有手機號碼，就可以發送簡訊，沒有手機專用的電子郵件地址。
엄지족 〈-族〉	低頭族
터치펜 〈touch pen〉	觸控筆
손글씨 입력 〈-入力〉	手寫輸入
충전기 〈充電器〉	充電器
충전하다 〈充電-〉	充電
배터리 〈battery〉	電池 *電池沒電：배터리가 다 되다 〈battery-〉、배터리가 나가다 *在智慧型手機使用時間很長的韓國，大多使用稱為탈착형 / 탈차켱/〈脫着型〉、탈착식 / 탈착씩/〈脫着式〉的외장형（可攜式鋰電池）〔現在的智慧型手機幾乎都是내장형 / 내:장형/〈內藏型〉（內建式不可拆鋰電池）了〕。
배경 화면 〈背景畫面〉	待機畫面 *也稱為대기 화면 〈待機畫面〉。
스마트폰 〈smart phone〉	智慧型手機
아이폰	IPHONE
안드로이드 폰 〈Android phone〉	安卓手機
피처폰 〈feature phone〉	功能型手機
쓰리 지 〈3G〉	3G
포 지 〈4G〉	4G
폴더형 〈folder 型〉	折疊式手機
슬라이드형 〈slide 型〉	滑動式手機

모바일 지갑 〈mobile 紙匣〉	電子錢包、行動支付 ＊也有稱為모바일 티머니 〈mobile T-money〉、모바일 캐시비 〈mobileCashBee〉的。
전자 화폐 〈電子貨幣〉	電子貨幣
스마트뱅킹 〈smart banking〉	智慧銀行
모바일뱅킹 〈mobile banking〉	手機銀行
지피에스 〈GPS〉	GPS
위치 정보 〈位置情報〉	位置資訊
디엠비 〈DMB〉	DMB(多媒體數位廣播) ＊是 Digital Multimedia Broadcasting 的簡稱，也稱為디지털 멀티미디어 방송。
엘티이 〈LTE〉	LTE(長期演進技術)
와이파이 〈Wi-Fi〉	Wi-Fi
테더링 〈tethering〉	網路共享
블루투스 〈Bluetooth〉	藍芽
비행기 탑승 모드 〈飛行機搭乘 mode〉	飛航模式 ＊簡稱為비행 모드。
백라이트 〈back-light〉	背光

★郵寄

우편번호 〈郵便番號〉	郵遞區號 ＊韓國郵遞區號的符號是우〔郵的韓字寫法〕，以 5 位數字來表示。 ＊郵遞區號簿：우편번호부 〈郵便番號簿〉
우체통 〈郵遞筒〉	郵筒 ＊放到郵筒裡：우체통에 넣다
우편함 〈郵便函〉	信箱

사서함 〈私書函〉	私人信箱

편지 〈便紙〉	書信
편지를 부치다 〈便紙-〉	寄信 ＊也稱為편지를 띄우다、편지를 보내다、편지하다。
우송하다 〈郵送-〉	郵寄 ＊文件寄到家裡：서류가 집으로 우송되어 오다
소식 〈消息〉	消息
답장 /답짱/ 〈答狀〉	回信 ＊回信，回覆：답장을 보내다，답장하다

엽서 /엽써/ 〈葉書〉	明信片 ＊官方明信片：관제 엽서 ＊往返明信片：왕복 엽서
그림엽서 /그림녑써/	圖畫明信片
연하장 /연하짱/	賀年卡
크리스마스 카드 〈Christmas card〉	聖誕卡片
생일 카드 〈生日 card〉	生日卡片
팝업 카드 〈pop-up card〉	立體卡片
우표 〈郵票〉	郵票 ＊貼郵票：우표를 붙이다 ＊五百韓幣的郵票：오백원짜리 우표 ＊82 日元的郵票：82엔짜리 우표
봉투 〈封套〉	信封 ＊規格外信封：규격 외 봉투 /규겨괴-/ 〈規格外-〉 ＊規格信封：규격 봉투 /규격뽕투/ ＊回信用信封：회신용 봉투 〈回信用-〉〔必須附上回郵信封：회신용 봉투를 동봉하여야 함〕
봉함엽서 /봉함녑써/ 〈封緘葉書〉	封口明信片 ＊國際信封：국제봉투
편지지 〈便紙紙〉	信紙
소포 〈小包〉	包裹

속달 우편 /속딸-/ 〈速達-〉	**快捷郵件** ＊빠른 등기 서비스：以掛號為前提的快遞。有地區限定可以當天送達的당일특급 〈當日特急〉〔서울、대전、천안、청주、고양、성남、부천〕與次日中午前到達的익일오전특급 /-특꿉/ 〈翌日午前特急〉〔서울、부산、인천、대구、광주、전주、마산、울산、포항、원주、청주、천안、충주、수원、대전、고양、성남、부천〕。
등기 〈登記〉	**掛號信** ＊인터넷 통화등기 〈Internet 通貨登記〉：經由인터넷우체국（網路郵局）將現金以掛號方式送達的系統〔從 10 韓元到 100 萬韓元都能送達〕。
항공편 〈航空便〉	**航空郵件**
이엠에스 〈EMS〉	**EMS** ＊指 express mail service，也稱為국제특급우편 〈國際特急郵便〉。
배편 〈-便〉	**海運郵件**
우편대체 〈郵便代替〉	**郵政匯款**
우편환 〈郵便換〉	**郵政匯票**
수입인지 〈收入印紙〉	**進口印花**
러브레터 〈love letter〉	**情書** ＊也稱為연애편지 〈戀愛便紙〉。
펜팔 〈penpal〉	**筆友**
발신인 /발씨닌/ 〈發信人〉	**寄件人** ＊也稱為보내는 사람。
수신인 〈受信人〉	**收件人** ＊也稱為수취인 〈受取人〉、받는 사람。 ＊寫姓名與地址：이름과 주소를 쓰다
주소 〈住所〉	**地址** ＊韓國從 2014 年 1 月起，地址的標示方式改為서대문구 연세로 50 這樣的도로명주소 〈 道路名住所〉。

귀하 〈貴下〉	敬啟 ＊如○○○ 귀하，寫在姓名之後。關係親近的人大多會省略귀하。
귀중 〈貴中〉	公啓、公鑒 ＊如주식회사 일본 생활 가이드 귀중，寫在團體名、組織名之後。
씨 댁 〈-氏宅〉	氏/宅 ＊如果是寫對方的住址，寫為이중희 씨 댁。自己的住址寫為강정용 씨 방。
앞 /압/	先生、小姐的代稱 ＊請寄給이마이：이마이 앞으로 보내 주세요.
추신 〈追伸〉	(信件等的後面)附言、又啟

★信件的寫法

＊過去在寫信時，開頭會寫上아버님 보시 옵소서（謹呈父親）、○○○ 선생님께 올립니다（致○○○先生）、□□□님께 드립니다（致□□□），最近因為電子郵件的發達，幾乎已經沒有人會再這麼寫信寄出。

＊님原本在書寫時並不會直接接在固有名詞後面，最近則是成為比씨更尊敬的用法，在邀請函上也廣泛使用□□□ 님께這樣的用法〔在網際網路郵件中，也使用홍길동 님、길동 님、홍 님這樣的用法〕。寫給團體或機關的信件，也容許대한물산 주식회사 님께這樣的寫法。

【信封上收信人的寫法】

＊寄給長輩或上司時，姓名＋頭銜＋님（홍길동 부장님），或是如홍길동 귀하，姓名之後直接寫귀하〔也有比귀하〈貴下〉更抬舉對方的좌하〈座下〉，但一般귀하就很足夠〕。

＊不會寫成홍길동 님 귀하〔（×）姓名＋님＋귀하〕。

＊也不會寫成홍길동 과장님 귀하〔（×）姓名＋頭銜＋님＋귀하〕。

＊寄給同輩的時候寫為홍길동 귀하，或是홍길동 님、홍길동에게〔親近的人經常會省略귀하、님，只寫姓名〕。

＊寄給年紀比自己小的人時寫홍길동 앞。

＊寄給公司或團體時，如대한물산 주식회사 귀중般使用귀중〈貴中〉。

＊寄給公司的老闆時寫為대한물산 주식회사 홍길동 사장님，或是대한물산 주식회사 홍길동 귀하。

＊信封上的寄件人，如信件本文中所寫的一般，寫上박혜근 올림或是박혜근 드림。

3. 電腦
★電腦

컴퓨터 ⟨computer⟩	電腦 ＊主機：본체 ＊電腦設備：주변기기 ＊超級電腦：슈퍼컴퓨터
프로그래밍 언어 ⟨programming 言語⟩	程式語言、C 語言 ＊Java 語言：자바 ⟨Java⟩ ＊C 語言：C언어
피시 ⟨PC⟩	電腦 ＊插上電源：전원을 넣다 ＊開電腦：컴퓨터〔PC〕를 켜다 ＊關電腦：컴퓨터〔PC〕를 끄다
부팅하다 ⟨booting-⟩	啟動 ＊啟動電腦：컴퓨터/PC를 부팅시키다
데스크톱 ⟨desktop⟩	桌上型電腦
노트북 ⟨notebook⟩	筆記型電腦
랩톱 ⟨laptop⟩	膝上型電腦
태블릿 ⟨tablet⟩	平板電腦
오에스 ⟨OS⟩	作業系統
윈도우 ⟨Windows⟩	微軟
매킨토시 ⟨Macintosh⟩	麥金塔電腦 ＊簡稱為맥 ⟨Mac⟩。 ＊蘋果：애플 ⟨Apple⟩
매뉴얼 ⟨manual⟩	說明書、指南、操作手冊 ＊閱讀指南：매뉴얼을 보다
컴맹 ⟨com 盲⟩	電腦白痴
가상 현실 ⟨假想現實⟩	虛擬現實 ＊電腦空間：사이버 공간 ＊虛擬空間：가상 공간
초기 설정 /-썰쩡/ ⟨初期設定⟩	初始設定

초기화하다 〈初期化-〉	初始化、格式化 ＊也稱為포멧하다/-포멛타다/〈format-〉。
컴퓨터가 다운되다 〈-down-〉	電腦當機 ＊使用中的軟體，長時間無法轉為運作中的狀態，稱為렉 걸렸다〈-lag-〉。
화면이 정지되다 〈畫面-停止-〉	畫面定格
컴퓨터가 꺼지다	電腦關機 ＊伺服器當機：서버가 다운되다、서버가 마비되다〈-痲痺-〉
트러블 슈팅 〈troubleshooting〉	故障診斷與維修、排錯
재부팅하다 〈再 booting-〉	重新啟動 ＊重設：리셋하다 /리세타다/〈reset-〉
오류 〈誤謬〉	錯誤 ＊錯誤信息：오류 메시지
메모리 〈memory〉	記憶體 ＊記憶體容量增加：메모리 용량을 늘리다
디스크 〈disc〉	磁碟 ＊磁碟驅動器：디스크 드라이브
플로피 디스크 〈floppy disc〉	軟碟片、軟磁碟
하드 디스크 〈hard disc〉	硬碟 ＊內接硬碟：내장 하드 (디스크) ＊外接硬碟：외장 하드 (디스크) ＊硬碟存儲空間不足：하드 디스크 공간이 부족하다〈 -空間-〉
플래시 메모리 〈flash memory〉	快閃記憶體
USB메모리 /유에스비-/ 〈USB memory〉	USB、隨身碟 ＊存到 USB 裡面：USB 메모리에 저장하다 ＊外部儲存裝置：외부 기억 매체
키보드 〈keyboard〉	鍵盤 ＊打鍵盤：키보드를 치다 ＊按 Ctrl 鍵：컨트롤 키를 누르다

마우스 〈mouse〉	滑鼠 ＊滑鼠墊：마우스 패드 ＊無線滑鼠：무선 마우스 ＊光學滑鼠：광학 마우스 〈光學-〉
클릭하다 〈click-〉	點擊 ＊點擊：클릭 ＊雙擊：더블 클릭 ＊點擊右鍵：오른 쪽 클릭
커서 〈cursor〉	游標 ＊移動游標：커서를 옮기다
잘라서 붙여 넣기 하 다	剪下貼上 ＊在會話中使用컨트롤 시브이 하다 〈control CV-〉。

화면 〈畫面〉	螢幕
화면보호기 〈畫面保護器〉 스크린세이버 〈screensaver〉	螢幕保護程式
바탕 화면 〈-畫面〉	桌面
터치 패널 〈touch panel〉	觸控螢幕
아이콘 〈icon〉	圖示 ＊點擊圖示：아이콘을 클릭하다
바로가기 아이콘 〈-icon〉	快捷鍵圖示
툴 바 〈tool bar〉	工具列
툴 박스 〈tool box〉	工具箱 ＊工具箱：도구 상자 〈道具箱子〉
스크롤 바 〈scroll bar〉	滾動條、捲軸 ＊水平滾動條：수평 스크롤 바 ＊垂直滾動條：수직 스크롤 바
휴지통 〈休紙桶〉	垃圾桶 ＊清空垃圾桶：휴지통을 비우다

서버 〈server〉	伺服器
라우터 〈router〉	路由器

허브 〈hub〉	集線器
무선 랜 〈無線 LAN〉	無線區域網路 ＊連接無線區域網路：무선랜에 연결시키다
랜선 〈LAN 線〉	區域網路 ＊連接區域網路：랜선을 연결하다 〈-連結-〉
소프트웨어 〈software〉	軟體
하드웨어 〈hardware〉	硬體
애플리케이션 〈application〉	應用程式 ＊也稱為어플、앱。
탑재하다 /탑째-/	搭載、裝載 ＊搭載保全功能的新機型：보안 기능을 탑재한 　새로운 기종
인스톨하다 〈install-〉	安裝 ＊也稱為설치하다 〈設置-〉、깔다。 ＊安裝列印驅動程式：프린터 드라이버를 설치 　하다
마이크로소프트 〈Microsoft〉	微軟
오피스 〈Office〉	文書處理軟體 ＊在韓國為了與한글과 컴퓨터사的한글 오피스 　做區分，稱為 MS Office /엠에스 오피스/〉。
엑셀 〈Excel〉	Excel
워드 〈Word〉	Word
파워포인트 〈PowerPoint〉	PPT ＊會話中簡稱 PPT /피피티/。
아웃룩 /아울룩/ 〈Outlook〉	Outlook ＊Outlook express：아웃룩 익스프레스
어도비 시스템즈 〈Adobe systems〉	Adobe
아크로뱃 /아크로뱉/ 〈Acrobat〉	Acrobat

PDF파일 /피디에프-/ 〈PDF file〉	PDF 文件

맞춤법 검사기 /맏춤뻡-/	拼字檢查程式
백업 〈backup〉	備份 ＊備份數據：데이터를 백업하다 /-배거파다/ ＊備份文件：백업 파일
버전업 〈version up〉	版本升級
업그레이드 〈upgrade〉	升級

★網際網路

인터넷 〈internet〉	網路 ＊加入網路：인터넷에 가입하다 ＊連接網路：인터넷에 접속하다 /-접쏘카다/
인터넷 사회 〈internet 社會〉	網路社會
인터넷 동호회 〈internet 同好會〉	網聚
네티즌 〈netizen〉	網民 ＊也稱為누리꾼。
네티켓 〈netiquette〉	網路禮節 ＊遵守禮節：매너를 지키다
인터넷 서핑 〈internet surfing〉	網路漫遊
인터넷 중독 〈internet 中毒〉	網路中毒
인터넷 의존증 /-의존쯩/ 〈internet 依存症〉	網路依賴症

로그 인 〈login〉	登入
로그 아웃 〈logout〉	退出、登出

패스워드 〈password〉	密碼 ＊也稱為비밀번호〈秘密番號〉。 ＊輸入密碼：비밀번호를 입력하다 ＊更換密碼：비밀번호를 바꾸다
제공자 〈提供者〉	提供者 ＊也稱為제공 기업〈提供企業〉。
검색 엔진 〈檢索 engine〉	搜尋引擎
검색창 〈檢索窓〉	搜尋欄、搜尋列 ＊輸入關鍵字：검색어를 넣다
키워드 〈keyword〉	關鍵字 ＊輸入關鍵字：키워드를 치다
포털 사이트 〈portalsite〉	入口網站 ＊指可以與 WWW（World Wide Web）連線的入口網站。
구글 〈Google〉	谷歌
야후 〈Yahoo！〉	雅虎 ＊韓國版的 Yahoo！KOREA 已於 2012 年退出韓國。
네이버 〈NAVER〉	NAVER ＊韓國入口網站。
다음 〈DAUM〉	DAUM ＊韓國入口網站。
웹 사이트 〈web sight〉	網站
웹 광고 〈web 廣告〉	網站廣告
배너 광고 〈banner 廣告〉	橫幅廣告
웹진 〈webzine〉	網路雜誌、線上雜誌
웹툰 〈webtoon〉	網路漫畫 ＊指刊載在入口網站上的漫畫。為了看웹툰，網路使用者連結到網站，廣告便能被人們看到。這是一種根據點擊數，漫畫家可以從廣告主處得到廣告費的運作模式。

메뉴 〈menu〉	目錄
콘텐츠 〈contents〉	內容 ＊內容提供者：콘텐츠 제공자 〈-提供者〉
폴더 〈folder〉	資料夾
업데이트 〈update〉	更新
위키피디아 〈Wikipedia〉	維基百科
유튜브 〈YouTube〉	YouTube
동영상 〈動映像〉	影片 ＊黃色影片：야동 〈野動〉〔야한 동영상的簡 稱〕
스트리밍 〈streaming〉	串流
라이브러리 〈library〉	圖書館
즐겨찾기 /-찾끼/	收藏夾 ＊加到收藏夾：즐겨찾기에 추가하다 〈-追加-〉
묻고 답하기 /묻꼬다파기/ 〈-答-〉	問答
자주 하는 질문 〈-質問〉	常見問題
접속하다 /-접쏘카다/ 〈接續-〉	連線 ＊存取時間：액세스 타임 ＊遠端存取：원격 접속 〈遠隔接續〉
다운로드하다 〈download-〉	下載 ＊也稱為다운받다 〈down-〉。
캐시 〈cache〉	快取 ＊快取伺服器：캐시 서버
홈페이지 〈home page〉	首頁 ＊開設首頁：홈페이지를 개설하다 ＊在會話中使用홈피。
블로그 〈blog〉	部落格 ＊在部落格上留言：블로그에 글을 올리다 ＊發文：포스팅하다 〈posting-〉 ＊部落格一團亂：블로그가 난리 나다 〈-亂離-〉

인터넷 뱅킹 〈internet banking〉	網路銀行 ＊家庭銀行：홈 뱅킹〈home banking〉
온라인 쇼핑 〈on-line shopping〉	網路購物
인터넷 옥션 〈internet auction〉	網路拍賣

아바타〈avatar〉	頭像
이모티콘〈emoticon〉	表情符號
캐릭터〈character〉	卡通貼圖

채팅〈chatting〉	聊天
닉네임〈nickname〉	暱稱

★檔案

파일〈file〉	文件 ＊打開文件：파일을 열다 ＊關閉文件：파일을 닫다 ＊解壓縮文件：파일 압축을 풀다 ＊刪除文件：파일을 삭제하다 ＊複製文件：파일을 복사하다〈-複寫-〉 ＊傳送文件：파일을 전송하다〈-轉送-〉 ＊文件名：파일명〈file 名〉
압축 파일〈壓縮 file〉	壓縮文件 ＊將文件壓縮：파일을 압축하다
첨부 파일〈添附 file〉	附件 ＊添加文件：파일을 첨부하다
파일 교환 소프트웨 어〈file 交換 software〉	文件交換軟體 ＊在韓國，有使用者之間可以直接交換檔案的피 투피 프로그램〈p to p program〉。
파일 공유 소프트웨 어〈file 共有 software〉	文件共享軟體

저장하다 〈貯藏-〉	儲存 ＊儲存檔案：파일을 저장하다
덮어 쓰다	覆蓋

들여 쓰기	縮排
탭 〈tab〉	Tab鍵
가운데 맞춤 /-맏춤/	置中
왼쪽 들여 쓰기	靠左對齊
오른쪽 들여 쓰기	靠右對齊
양쪽 맞춤 /-맏춤/ 〈兩-〉	分散對齊

전각 문자 /전강문짜/ 〈全角文字〉	全形文字
반각 문자 /반강문짜/ 〈半角文字〉	半形文字
폰트 〈font〉	字型
템플릿 〈template〉	版面配置

15
取得資訊

電腦

★電腦犯罪

보안 대책 〈保安對策〉	保全政策、安全策略 ＊防護軟體：보안 소프트 ＊防火牆：방화벽 〈防火壁〉
백신 프로그램 〈vaccine program〉	防毒軟體
불법 접속 /-접쏙/ 〈不法接續〉	非法存取
아이디 도용 〈ID 盜用〉	ID 盜用
해커 〈hacker〉	駭客 ＊「駭客」是全能、精通各種電腦技術之人的總 　稱。最近將使用電腦做壞事的人稱為「潰客 　（크래커 〈cracker〉）」以示區別。 ＊駭客入侵：해킹

피싱 〈fishing〉	詐騙
스파이웨어 〈spyware〉	間諜軟體
사이버 테러 〈cyber terror〉	網路恐怖攻擊
정보 유출 〈情報流出〉	情報流出、資訊外洩
사이버 경찰대 〈cyber 警察隊〉	網路警察

익명 게시판 /잉명-/ 〈匿 名揭示板〉	匿名留言板
실명제 〈實名制〉	實名制
위장 사이트 〈僞裝 site〉	假網站 ＊製作假網站：위장 사이트를 만들다 ＊竊取信息：정보를 몰래 빼내다
바이러스에 감염되다 〈virus-感染-〉	感染病毒

해적판 〈海賊版〉	盜版
불법 복사 /-복싸/ 〈不法複寫〉	非法複製
유해 사이트 〈有害 site〉	惡意網站
성인 사이트 〈成人 site〉	成人網站
만남 사이트 〈-site〉	相親網站 ＊也稱為소개팅 사이트 〈紹介-〉。

★電子郵件

이메일 〈e-mail〉	電子信箱 ＊電子信箱地址：이메일 주소 〈-住所〉
스팸 메일 〈spam mail〉	垃圾郵件 ＊清空垃圾郵件：스팸 메일을 지우다 ＊垃圾郵件過濾器：스팸 필터 ＊逃脫垃圾郵件過濾器：스팸 필터를 빠져나가 다

골뱅이	小老鼠（@） ＊也稱為앳 /앧/。
닷 /닫/	點、dot（.） ＊也稱為점 /쩜/〈點〉。 ＊.com：닷컴
도메인〈domain〉	域名
글자가 깨지다 /글짜-/ 〈-字-〉	文字亂碼

★臉書、LINE

소셜 네트워크 서비 스〈social network service〉	社群網路服務、SNS
라인〈LINE〉	LINE
페이스북〈facebook〉	facebook、臉書 ＊年輕人之間簡稱페북。
카카오톡〈Cacao Talk〉	Kakao Talk ＊年輕人之間簡稱카톡。 ＊韓國通訊聊天軟體，就像 LINE 一樣。
댓글 /댇끌/	留言 ＊留言：댓글을 달다 ＊發文：댓글을 올리다 ＊댓글是대〈對〉＋ㅅ＋글，指對於某個人所寫的 留言，給予回覆。
덧글 /덛끌/	留言 ＊덧글是더（하다）＋ㅅ＋글，在某個人的留言 後，再追加上自己的內容。
좋아요！	讚 ＊按「讚」：'좋아요'버튼을 누르다 ＊點「讚」：'좋아요'를 클릭하다
친구 요청〈親舊要請〉	加朋友 ＊接受：수락하다 /수라카다/〈受諾-〉

16.

休閒娛樂

1. 興趣
★興趣

취미 〈趣味〉	**興趣** ＊你的興趣是什麼：취미가 뭐예요？ ＊沒有特別的興趣：특별히 취향이 없다〔不用 　무취미하다〕
흥미 〈興味〉	**興致、興趣** ＊有興趣：관심을 갖다〈關心-〉、관심이 있다 　〔很少使用흥미가 있다這樣的說法〕 ＊產生興致：관심이 생기다、관심을 갖게 되다 ＊不覺得有趣：흥미를 못 느끼다；不感興趣： 　관심이 없다
감상하다 〈鑑賞-〉	**鑑賞、觀賞**
여가 〈餘暇〉	**閒暇** ＊享受閒暇：여가를 즐기다
레저 〈leisure〉	**休閒** ＊休閒用品：레저 용품 ＊休閒樂園：레저 랜드 ＊休閒運動：레포츠〔可以一邊休閒一邊鍛鍊身 　體的運動〕
심심풀이	**消遣** ＊把讀書當作消遣：심심풀이로 책을 읽다 /익따/ ＊打發時間順手拿來吃的花生稱為심심풀이 땅콩。
동호회 〈同好會〉	**俱樂部、同好會** ＊애호회〈愛好會〉這個詞並不普及。
동아리 서클 〈circle〉	**社團、團體小組**
모임	**聚會** ＊參加聚會：모임에 나가다 ＊舉行聚會：모임을 가지다 ＊收集、收藏：수집하다 /수지파다/ 〈蒐集-〉 ＊收藏陶瓷器：도자기를 수집하다 ＊會話中使用모으다〔興趣是收藏古董：골동품 　을 모으는 취미〕。

수집가 /수집까/ 〈蒐集家〉	收藏家

★各種遊戲

놀다	玩
놀이	遊戲、玩耍 ＊玩沙子：모래장난 ＊玩泥巴：흙장난 ＊玩水：물장난，물놀이 ＊玩火：불장난
놀이터	遊樂場 ＊公園：공원 〈公園〉
모래밭 /모래받/	沙灘、沙地

놀이 기구 〈-器具〉	遊樂器材
그네	鞦韆
시소 〈seesaw〉	蹺蹺板
미끄럼틀	溜滑梯
정글짐 〈jungle gym〉	(兒童遊戲用的)立體方格鐵架
철봉 〈鐵棒〉	單槓 ＊單槓的「懸垂」是턱걸이 /턱꺼리/〔來自下巴 掛在單槓上〕，翻轉上槓是거꾸로 오르기。

숨바꼭질 /숨바꼭찔/	捉迷藏、躲貓貓 ＊捉迷藏遊戲裡的抓人角色，俗稱「鬼」：술래
술래잡기 /-잡끼/	捉迷藏、躲貓貓
깡통차기	踢罐子
가위바위보 〈-褓〉	剪刀石頭布、猜拳 ＊也稱為묵찌빠。 ＊玩法和台灣一樣。가위是「剪刀」，바위是 「石頭」，보是「布」。묵是「石頭」，찌是 「剪刀」，빠是「布」。 ＊「平手」是「보，보，보.」。 ＊用猜拳來分組：가위바위보로 편을 가르다

보물찾기 /-찯끼/ ⟨寶物-⟩	尋寶遊戲
땅따먹기 /-먹끼/	占地盤遊戲
전쟁놀이 ⟨戰爭-⟩	打仗遊戲、戰爭遊戲
말타기	騎馬背 ＊騎馬遊戲的總稱。
말뚝박기 /말뚝빠끼/	騎馬背 ＊韓國兒童常玩的一種體能遊戲，韓綜裡也常常看見。
팔씨름	比腕力 ＊扳手指：손가락 씨름 /손까락-/
눈싸움 /눈:싸움/	打雪仗 ＊눈:發長音。 ＊「做鬼臉」是눈싸움〔눈發短音，音不會拉長〕。
눈사람 /눈싸람/	雪人
썰매타기	搭雪橇
스케이트 ⟨skate⟩	溜冰 ＊溜冰：스케이트를 타다
공던지기	拋球 ＊玩拋接球：캐치볼을 하다 ⟨catch ball-⟩

고무줄놀이	橡皮筋遊戲
사방치기 ⟨四方-⟩	跳房子遊戲
고리던지기	套圈圈遊戲
실뜨기	翻花繩遊戲
소꿉장난 /-짱난/	扮家家酒 ＊玩扮家家酒：소꿉놀이하다、소꿉장난하다
퍼즐 ⟨puzzle⟩	拼圖、猜謎
지그소 퍼즐 ⟨jigsaw puzzle⟩	拼圖、拼圖遊戲 ＊在會話中用직소 퍼즐。
마방진 ⟨魔方陣⟩	魔方陣

★遊戲器具

장난감 /장난깜/	玩具
완구 〈玩具〉	玩具
색종이 /색쫑이/ 〈色-〉	色紙 ＊用色紙摺鶴：색종이로 학을 접다；摺紙鶴： 　종이학을 접다 ＊遊戲用的摺紙稱為종이접기 /-접끼/。
종이비행기 〈-飛行機〉	紙飛機
풍선 〈風船〉	氣球 ＊紙球：종이 풍선 ＊氣球：고무 풍선 ＊吹氣球：풍선을 불다 ＊使氣球飄起：풍선을 띄우다 ＊把氣球打爆：풍선을 터뜨리다
바람개비	風車
비눗방울 /비눈빵울/	肥皂泡泡
구슬치기	打彈珠
팽이치기	打陀螺 ＊玩打陀螺：팽이를 치다
딱지치기 /딱찌치기/ 〈-紙-〉	甩板 ＊韓國傳統遊戲。
물총 〈-銃〉	水槍
집짓기 놀이 /집찓끼-/	積木遊戲、堆積木
찰흙 /찰흑/	黏土 ＊紙黏土：지점토 〈紙粘土〉
공기놀이	石子遊戲、抓石子
알까기	彈棋 ＊알까기는 在棋盤上排好幾個棋子，以手指頭彈 　棋子將對方棋石推落棋盤之外的遊戲〔男女共 　通的遊戲〕。
릴리얀 〈lily yarn〉	編織
요요 〈yo-yo〉	溜溜球

인형 〈人形〉	洋娃娃 ＊手指玩偶：손가락 인형 /손까락-/ ＊因為有很多做成熊（곰）外形的填充娃娃，所以也稱為곰인형〈-人形〉。
가면 〈假面〉	面具 ＊傳統的面具稱為탈。 ＊戴面具：가면〔탈〕을 쓰다
꼭두각시 /꼭뚜각씨/	木偶、傀儡 ＊在舞台後方操縱人偶的韓國民族人偶劇。
오뚝이	不倒翁
세발자전거 〈-自轉車〉	三輪車
외발자전거 /웨발-/ 〈-自轉車〉	單輪車
죽마 /중마/ 〈竹馬〉	踩高蹺
훌라후프 〈Hula-Hoop〉	呼拉圈
프리스비 〈Frisbee〉	飛盤
다트 〈dart〉	射飛鏢
루빅스 큐브 〈Rubik's Cube〉	魔術方塊
프라모델	玩具模型
레고 〈LEGO〉	樂高
다마고치	電子寵物

2. 室內的娛樂
★室內遊戲

오목 〈五目〉	五子棋
오셀로 게임 〈othello game〉	黑白棋 ＊翻棋：패그를 뒤집다 /-뒤집따/
체스 〈chess〉	西洋棋

카드놀이 〈card-〉	紙牌遊戲
포커 〈poker〉	撲克牌
블랙잭 〈black jack〉	二十一點
우노 〈Uno〉	UNO
PC방 〈-房〉	網咖 ＊說是網咖，其實是玩電腦遊戲的地方。最近會 　稱為게임방、겜방。
게임 〈game〉	遊戲 ＊暢玩遊戲：게임을 즐기다 ＊遊戲機：게임기
게임 소프트 〈game soft〉	遊戲軟體
피시 게임 〈PC game〉	電腦遊戲、電腦單機遊戲 ＊俄羅斯方塊：테트리스 〈Tetris〉 ＊太空入侵者：스페이스 인베이더 〈Space Invader〉
온라인 게임 〈on-line game〉	線上遊戲
롤 플레잉 게임 〈rollplaying game〉	角色扮演遊戲、ＲＰＧ遊戲
시뮬레이션 게임 〈simulation game〉	模擬遊戲
대전 게임 〈對戰 game〉	對戰遊戲
플레이스테이션 〈Play Station〉	PS 遊戲 ＊也稱為플스（PS2：플스 투）。
전자 오락실 /-오락씰/ 〈電子娛樂室〉	電子遊樂場 ＊最近稱為게임 랜드、게임방等。
두더지 잡기 /-잡끼/	打地鼠遊戲
디디알 〈DDR〉	《勁爆熱舞》
인형 뽑기 /-뽑끼/ 〈人形-〉	抓娃娃機
해적잡기 /해적짭끼/ 〈海 賊-〉	海盜桶
스티커 사진 〈sticker 寫眞〉	大頭貼

★韓國的傳統遊戲

- 전통 놀이 〈傳統-〉：傳統遊戲
- 그네뛰기：盪鞦韆
  - ＊端午節少女們玩的遊戲。
- 널뛰기：蹺蹺板
  - ＊農曆新年少女們玩的遊戲。
- 연날리기 〈鳶-〉：放風箏
  - ＊風箏：연／放風箏：연을 날리다
- 윷놀이／윤놀이／：擲柶戲
  - ＊流傳於朝鮮半島類似雙陸的遊戲。投擲 4 隻稱為 윷 /윤/ 的木棒，以掉落時哪一面朝上來決定棋子前進幾步。有刻花的面為背面，平面為正面。

    윷為正面×1，背面×3〔도（豬）前進 1 步〕
    윷為正面×2，背面×2〔개（狗）前進 2 步〕
    윷為正面×3，背面×1〔걸（羊）前進 3 步〕
    윷為正面×4，背面×0〔윷（牛）前進 4 步〕
    윷為正面×0，背面×4〔모（馬）前進 5 步〕
- 제기차기：踢毽子。以薄紙包起中央有孔的銅幣做成毽子，用腳踢著玩的童玩。
- 칠교놀이 〈七巧-〉：七巧板
  - ＊稱為七巧板、益智圖，是「數理益智遊戲」的一種。名為칠교도〈七巧圖〉的玩具〔直角三角形大 2 個、中 1 個、小 2 個與正四角形、以及平行四邊形各 1 個〕以自由組合的方式做出動物、植物、建築物、字等各種圖案的遊戲。據說發祥於中國 18 世紀末，在中國稱為「七巧圖」，後流傳至韓國。
- 닭싸움：鬥雞
  - ＊手抓一腳，以單腳跳著推倒對方的遊戲。

★將棋

장기 〈將棋〉	象棋 ＊下象棋：장기를 두다 ＊象棋殘局：박보 장기 /박뽀-/ 〈博譜-〉 ・是象棋高手所研發，一種利用象棋，讓愛下棋的人測試並提升下棋實力，就算沒人一起下，自己也能解棋的殘局棋譜。 ＊象棋骨牌：장기 도미노 〈-Domino〉

기원 〈棋院〉	棋會、棋院
장기판 〈將棋板〉	象棋棋盤
대국하다 /대구카다/ 〈對局-〉	對弈
프로 기사 〈pro 棋士〉	職業棋士
명인 〈名人〉	名人、名家

말	棋 ＊走棋：행마 〈行馬〉 ＊棄子：버리는 말
수 〈手〉	(棋類的)招數 ＊讀招：수를 읽다 /-익따/ ＊最強招數：최강의 한 수 ＊高招：매우 뛰어난 수 ＊爛招：악수 ＊高出一籌：한 수 위
선수 〈先手〉	(棋類的)先手
후수 〈後手〉	(棋類的)後手
공격하다 /공겨카다/ 〈攻擊-〉	攻擊 ＊用卒（兵）來攻擊：졸로 공격하다 〈卒-〉
수비하다 〈守備-〉	防守
공방의 한 수 〈攻防-手〉	防守招數
도망가는 길 〈逃亡-〉	逃亡之路 ＊阻擋皇帝逃亡之路：왕이 도망가는 길을 막다
제한 시간 〈制限時間〉	時間限制
장고 〈長考〉	長考 ＊圍棋或將棋這類思考型的對戰遊戲中，對於下一步的長時間思考。
초읽기 /초일끼/ 〈秒〉	讀秒 ＊讀秒開始：초읽기에 들어가다
장군 〈將軍〉	將軍 ＊將軍：장군을 부르다 〔將軍前要說「장군!」〕 ＊要被將軍的時候，相應的說法是「멍군!」 〔장군멍군：用以比喻互不相讓的精彩比賽。 激烈攻防☞樂天 vs 三星 激戰五小時 平手：롯데 vs 삼성 "장군멍군" 다섯 시간 무승부〕

★棋、圍棋

바둑	圍棋 ＊下圍棋：바둑을 두다 ＊落子的「啪」為탁、將棋子「推移」時的聲音 是스윽，抓起整把棋子「沙啦沙啦」的聲音為 좌륵。
바둑판 〈-板〉	圍棋棋盤
돌	棋子 ＊黑色的棋子稱為흑돌、검은돌，白色的棋子稱 為백돌、흰돌。
바둑통 〈-桶〉	圍棋桶
기원 〈碁院〉	棋院、棋會、圍棋協會

★朝鮮將棋

朝鮮將棋是創始於印度的將棋，與佛教一起傳到中國，之後再傳到朝鮮半島，棋子的名稱與數量、棋盤的形狀與中國象棋類似。等同於將帥的棋子，一邊為〈漢〉，另一邊為楚〈초〉，將棋是項羽（항우）與劉邦（유방）的戰爭。棋子形狀是正 8 角柱，兩方各 16 個，合計 32 個來決出勝負。「漢」、「楚」之外，等同於步兵的병〈兵〉、졸〈卒〉也是雙方名稱不同。不過只是名稱不同，功用完全一樣。除此之外，棋子的種類還有사〈士〉、차〈車〉、상〈象〉、마〈馬〉、포〈包〉。棋子上的字在「漢」方是以紅色的楷書書寫，「楚」方是以藍色的草書書寫。棋子在進入敵陣之後並不會「升級」，而是保持原來的行動方式。將棋棋盤的格子有正方形的，但大多是使用長方形的棋盤。棋子並不是放在格子的中間而是放在格線的交叉點〔似乎是因為將棋棋盤與圍棋棋盤代表城市，線是城中的道路，與中國象棋或圍棋相同〕。對弈時棋力高者或長者為「漢」方，由「楚」方先攻。

★集郵

우표 수집 〈郵票蒐輯〉	蒐集郵票 ＊蒐集郵票：우표를 수집하다
우표 카탈로그 〈-catalogue〉	郵票目錄

우 표 철 〈郵票綴〉	集郵冊 ＊也稱為우표첩〈郵票帖〉。 ＊數種普通郵票、特殊郵票，為了方便攜帶，以 　 小全張〔含有所有郵票未裁切〕的方式發行。
스톡북 〈stock book〉	集郵冊
리프 〈leaf〉	貼頁
핀셋 〈pincet〉	郵票鑷子
힌지 〈hinge〉	貼票膠紙
마운트 〈mount〉	護郵套

보통우표 〈普通-〉	普通郵票
기념우표 〈紀念-〉	紀念郵票
부가금 우표 〈付加金-〉	附捐郵票
항공 우표 〈航空-〉	航空郵票
코일 우표 〈coil-〉	捲筒郵票 ＊也稱為두루마리 우표。
오리지널 우표 〈original-〉	郵票寶藏
시트 〈sheet〉	全張
소형 시트 〈小型 sheet〉	小全張
미사용 우표 〈未使用-〉	未使用郵票
사용제 우표 〈使用濟-〉	已使用郵票 ＊也稱為사용한 우표、소인된 우표。

단편 〈單片〉	枚
페어 〈pair〉	雙連 ＊橫雙連稱為가로 페어、直雙連是세로 페어。
스트립 〈strip〉	連、條連 ＊直條 3 連是세장 스트립，直條 4 連是네장 스 　 트립。 ＊指三枚以上相連在一起，沒有撕開的郵票。
전형 블록 〈田型 block〉	方連 ＊指四枚或四枚以上相連在一起，呈現四方型的 　 郵票。

연쇄 〈連刷〉	連刷郵票 ＊兩種連刷郵票：2종 연쇄 우표
소인 〈消印〉	郵戳 ＊蓋郵戳：소인을 찍다 ＊日戳：일부인 〈日附印〉 ＊觀光郵政日戳：관광 통신 일부인 〈觀光通信-〉 ＊郵票：스템프 〈stamp〉
초일 봉피 〈初日封皮〉	首日封 ＊指的是貼了一枚或多枚新郵票，並在上面加蓋 開始發售日的郵戳或特種郵戳的信封。
엔타이어 〈entire〉	實寄封 ＊貼有郵票且使用過的明信片或信封。
천공 〈穿孔〉	齒孔 ＊指郵票尚未撕開前，枚與枚之間的鋸齒狀孔 洞。
마진 〈margin〉	邊紙 ＊也稱為변지〈邊紙〉。 ＊指的是郵票邊邊用齒孔隔開的紙，通常是白 色。
명판 〈銘版〉	版銘 ＊記載在邊紙上，印有郵票印版情況的字與符 號。
투문 〈透紋〉	水印 ＊為了防偽而壓在郵票紙上的圖紋。
우표 뒷면 풀 /-뒨면-/	背膠
가쇄 〈加刷〉	翻印
거꾸로 된 제니 〈-Jenny〉	倒置的珍妮、顛倒珍妮 ＊美國郵局在1918年，因印刷失誤印製的錯版郵 票。數量稀少，被集郵家視為珍品。

★魔術、馬戲團

마술 〈魔術〉	魔術 ＊也稱為매직〈magic〉。

마술 트릭 공개 〈魔術 trick 公開〉	魔術技巧公開
구경거리 /-꺼리/	可逛的、值得逛的事物
볼거리 /볼꺼리/	看頭、可看的、值得看的事物
주문 〈呪文〉	咒語 ＊念咒：주문을 외다 〈呪文-〉 ＊施咒：주문을 걸다 ＊韓語的咒語稱為수리수리 마수리 얍
마법 〈魔法〉	魔法 ＊施展魔法：마법을 부리다 〔마법에 걸리다〕
최면술 〈催眠術〉	催眠術 ＊施展催眠術〔陷入催眠術〕：최면술을 쓰다 〔최면술에 걸리다〕
속이다	欺騙
속다 /속따/	被欺騙
착각하다 /착까카다/ 〈錯覺-〉	錯覺 ＊陷入錯覺：착각에 빠지다 ＊引起錯覺：착각을 일으키다
서커스 〈circus〉	馬戲團、雜技團 ＊馬戲團：곡마단 /공마단/ 〈曲馬團〉
곡예 〈曲藝〉	雜技、特技
아크로바트 〈acrobat〉	特技演員 ＊特技飛行：곡예 비행 〈曲藝飛行〉
곡마 /공마/ 〈曲馬〉	馬戲(雜耍)
재주넘기 /-넘끼/	翻跟斗、空翻(雜耍)
줄타기	走鋼絲(雜耍)
공중그네 〈空中-〉	高空鞦韆(雜耍)、空中飛人(特技)
공 타기	走大球(雜耍)
접시돌리기 /접씨-/	轉碟(雜耍)
광대 〈廣大〉	(韓國古代的)民間藝人、戲子、民俗演員 ＊也稱為피에로 〈Pierrot〉。

3. 賭博
★賭博

주사위	骰子 ＊擲骰子：주사위를 던지다
제비	籤 ＊抽籤：제비를 뽑다 ＊抽籤：제비뽑기 ＊抽籤決定順序：순서를 제비뽑기로 정하다
사다리 타기	鬼腳圖 ＊사다리는「梯子」 ＊畫鬼腳：사다리를 타다
내기	賭博、打賭 ＊打賭：내기를 걸다 ＊賭錢：돈을 걸다 ＊打賭、賭博：내기하다 ＊賭贏了〔輸了〕：내기에 이기다〔지다〕
죽이 되든 밥이 되든	無論如何、不論事情成敗與否 ＊無論如何試一試：죽이 되든 밥이 되든 해보다 ＊也有모 아니면 도다的說法。모 아니면 도다意 　指本人的決定有可能會是最好或最差的選擇， 　但不管怎樣結果就是這兩者其中之一，有「無 　論如何，最多就是這兩種結果」的意思。
밑져야 본전 /믿쩌야-/ 〈-本錢〉	辦不成也沒損失
노름 도박 〈賭博〉	賭博、賭錢 ＊賭博、賭錢：노름을 하다，도박을 하다 ＊賭贏〔輸〕：따다〔잃다〕
화투 〈花鬪〉	韓國花牌、韓國花鬪 ＊打韓國花牌：화투 치다 ＊「輸贏」無效稱為나가리。 ★這局白打了：이판도 또 나가리야.

616

★花鬪고스톱〈Go-Stop〉

韓國相當普及的花牌玩法之一。點數計算方式如下。

· 오광：五張光牌〔光牌 5 張得 15 分〕
· 사광：四張光牌〔光牌 4 張（包含雨也可以）得 4 分〕
· 삼광：三張光牌〔光牌中除了雨之外的 3 張得 3 分〕
· 비삼광：雨三光牌〔光牌中包含雨 3 張得 2 分〕
· 고도리：高多利〔2 月的梅與鶯·4 月的藤與杜鵑·8 月的芒草與雁這 3 張共
  得 5 分。有 2 月的鶯 1 隻，4 月的杜鵑 1 隻，8 月的雁 3 隻合計共有 5 隻鳥，
  所以稱為「五鳥」，也有各自合起來的分數共 5 分所以稱為「五鳥」這兩種
  說法〕
· 홍단：紅緞牌〔松、梅、櫻的短冊 3 張得 3 分〕
· 청단：青緞牌〔牡丹、菊、紅葉的短冊 3 張得 3 分〕
· 초단：草緞牌〔藤、菖蒲、萩的短冊 3 張得 3 分〕
· 열끗：十張動物牌〔畫有動物的 10 分牌〕
· 다섯끗：五張動物牌〔沒寫字的〕
· 띠：緞牌〔短冊 10 張中任 5 張得 1 分〕
· 피：皮牌〔皮任 10 張得 1 分、11 張得 2 分、12 張得 3 分。오동（11 月）、
  비（11 月）的紅牌稱為쌍피（雙皮）。還有국준（9 月）畫有酒杯的牌可以
  做為열끗使用，也可以作為쌍피之一使用〕

마작〈麻雀〉	麻將 ＊在韓國並不普及。
카지노〈casino〉	賭場
룰렛〈roulette〉	輪盤
슬롯 머신〈slot machine〉	吃角子老虎機

경륜 /경뉸/〈競輪〉	競輪賽
경마〈競馬〉	賽馬
경정〈競艇〉	競艇比賽、賽艇

복권 /복꿘/〈福券〉	彩券 ＊彩券中獎：복권이 당첨되다〈-當籤-〉 ＊中高額獎金的頭獎或貳獎時，要到韓國國民銀行總行領獎。在韓國，彩券中獎的獎金要課稅〔約 22%的所得稅〕。 ＊刮刮樂等的彩券稱為즉석식 /즉썩씩/〈卽席式〉。

복권 매장 /복꿘-/ 〈福券賣場〉	彩券行
로또 복권 〈LOTO 福券〉	樂透彩、大樂透 ＊正式名為나눔로또645 /육사오/。從 45 個數字 中選出 6 個〔因此取名為樂透 6/45〕。
축구토토 〈蹴球 toto〉	足球彩券
누적 당첨금 〈累積當籤金〉	累積獎金
확률 /황뉼/ 〈確率〉	概率、機率
운 〈運〉	運 ＊走運、幸運：운이 트이다 ＊沒運氣：운이 없다 ＊運氣好〔壞〕：운이 좋다〔나쁘다〕

4. 語文遊戲
★語文遊戲

말놀이 /말로리/	語言遊戲 ＊也稱為말장난（말장난類似「雙關語」）。 · 막걸리 먹고 운전하면 음주 측정기에 막 걸리네. 喝了馬格里開車，會被酒測機逮到。 · 고아라는 얼굴도 고아라. 高雅羅的臉很標誌。 · 사우나 가면 모두 사우나? 去桑拿房的人都是去吵架的嗎？（사우나 가면모두 싸우나？） · 티파니는 가게에서 티 파니? 蒂芬妮在賣場裡賣 T 恤嗎？（티파니는 가게에서 티셔츠 파니？） · 아빠 우리집 자가용이 왜 이렇게 자가용? 爸爸為什麼我們家的家用車這麼小呢？（아빠우리집 자가용이 왜 이렇게 작아요？） · 오렌지를 먹어 본 지 얼마나 오렌지. 我們有多久沒有吃橘子了。（오렌지를 먹어본 지 얼마나 오랜지） · 우린 사이다 먹은 사이다. 我們倆之間是喝雪碧的關係。

- 우리 과자 먹으러 과자.
  我們去吃餅乾吧。（우리 과자 먹으러 가자）
- 고로케가 고로케 맛있니？
  可樂餅這麼好吃嗎？（고로케가 그렇게 맛있
  니）
- 시드니에 가면 꽃이 시드니？
  去雪梨的話花會凋謝嗎？
- 아주머니네 집은 아주 머니？
  阿姨家很遠嗎？
- 단무지는 얼마나 단 무지？
  醃蘿蔔很甜嗎？
- 가야대 가려면 버스 타고 가야대.
  聽說要去伽倻大學的話必須要搭巴士。（가야
  대 가려면 버스 타고 가야 돼）
- 안주는 더 안주나？
  下酒菜不能再給多一點嗎？

빨리 말하기

繞口令

- 간장 공장 공장장은 강 공장장이고, 된장 공
  장 공장장은 공 공장장이다.
  醬油工廠的工廠廠長是江廠長；大醬工廠的工
  廠廠長是孔廠長。
- 저기 계신 저 분이 박 법학박사이시고, 여기
  계신 이분이 백법학박사이시다.
  那裡的那位是朴法學博士；而這邊的這位是白
  法學博士。
- 이 콩깍지가 깐 콩깍지냐？ 안 깐 콩깍지냐？
  這個豆莢是已經剝完的豆莢？還是還沒剝完的
  豆莢？
- 내가 그린 구름 그림은 새털 구름 그린 구름
  그림이고, 네가 그린 구름 그림은 깃털 구름
  그린 구름 그림이다.
  我畫的雲彩是描繪捲狀雲的雲彩圖；你畫的雲
  彩是描繪羽狀雲的雲彩圖。
- 들의 콩깍지는 깐 콩깍지냐 안 깐 콩깍지냐？
  田地裡的豆莢是已經剝完的豆莢，還是還沒剝
  完的豆莢？
- 옆집 팥죽은 붉은 팥죽이고, 뒷집 콩죽은 검은
  콩죽이다.
  隔壁的紅豆粥是紅的紅豆粥，後面的豆漿粥是
  黑的豆漿粥。

끝말잇기 /끈마린끼/

字尾接龍遊戲

＊韓語中是한국 → 국수 → 수박 → 박물관…這樣，以接續最後的字〔將韓文的組合當作一塊〕來接龍，沒辦法接上下一個字就算輸了。找到起頭沒有的字來做收尾的詞，在對方面前說出來，就能贏。韓語中以ㄹ開始的字幾乎都是漢語或外来語，以라、랴、러、려、로、료、루、류、르、리、리結束的字作為殺手鐗使用，贏的機率就高了。還可以出「秘密武器」，用기름（油）、흐름（流向）、필름（膠捲）、주름（皺紋）、거름（肥料）等以름結束的字。另外，마그네슘（鎂）、나트륨（鈉）、이리듐（銥）、칼슘（鈣）等化學用語也很難接下一個字。除此之外還有살갗（肌膚）、기쁨（喜悅）、부엌（廚房）等，也找不到可以接的字，可以說是致勝的一擊。

＊因為韓語有頭音法則，如이름（名字）→ 늠균〈廩困〉（米倉）／지뢰〈地雷〉→ 뇌관〈雷管〉，初聲的ㄹ可以變成ㄴ。

크로스워드 퍼즐
〈crossword puzzle〉

填字遊戲

＊낱말 퍼즐又可稱為가로세로 낱말 맞추기 /-난말-/ 。

수수께끼

謎語

①말은 말인데 타지 못하는 말은？
②병균들 가운데 최고 우두머리 병균은？
③날만 더우면 순식간에 다이어트에 성공하는 것은？
④라면은 라면인데 달콤한 라면은？
⑤이상한 사람들이 모이는 곳은？
⑥거꾸로 서면 3 분의 1 을 손해 보는 숫자는？
⑦절대로 울면 안 되는 날은？
⑧동양을 영어로 하면 오리엔트, 그럼 서양은？
⑨세상에서 가장 뜨거운 바다는 어디일까요？
⑩세상에서 가장 추운 바다는 어디일까요？

■提示與答案
①雖然是馬，但卻是不能騎的馬？　→　거짓말（謊言）
＊拿말（馬）與말（話）同音的腦筋急轉彎。

620

②病菌中最厲害的病菌頭目是？ → 대장균（大腸菌）
＊因為大將和大腸的發音相同。

③只要天氣一熱頃刻間就瘦身成功的是？ → 얼음（冰）

④是拉麵沒錯，卻是甜的拉麵？ → 그대와 함께라면（只要和你在一起）

⑤怪人聚集的地方是？ → 치과（牙醫）
＊利用이상하다（怪異）與이 상하다（牙齒痛）的同音。

⑥倒過來就會損失 3 分之 1 的數字是？ → 9
＊因為倒過來就變成 6。

⑦絕對不能哭的日子是？ → 중국집 쉬는 날（中餐館休息日）
＊與울면 안 되는 날（絕對不能哭的日子）發音相同的「不能吃溫滷麵的日子」，也就是中餐館休息日。

⑧東洋在英語叫 orient，那麼西洋是？ → 미쓰서
＊由西洋與徐小姐（서양<孃>）的發音相同而來。「徐小姐」在英語是 Miss 서。

⑨全世界最熱的海在哪裡。 → 열바다
＊利用與열받아（憤怒）同音的열바다（熱的海）的腦筋急轉彎。

⑩全世界最冷的海在哪裡。 → 썰렁해！
＊썰렁해是使用在冷場的時候說「好冷～」的流行語，和海的해扯上關係的腦筋急轉彎。

5. 假日 DIY
★假日木工

디 아이 와이 〈DIY〉	DIY、假日木工 ＊也稱為생활 목공 /-목꽁/ 〈生活木工〉。
목공일 /-목꽁닐/ 〈木工-〉	木工工程

기계 〈機械〉	機械、器械
공구 〈工具〉	工具

연장	器具、工具 ＊연장：做手工用的工具。 ＊工具箱：연장통〈-桶〉
모터〈motor〉	馬達
망치	鐵鎚 ＊釘釘子的小鐵鎚稱為마치，但現在已經幾乎不 　用這個字了。 ＊打地鼠遊戲用的塑膠槌稱為뿅망치。 ＊用鐵鎚打釘子：망치로 못을 박다 /-박따/
못 /몯/	釘子 ＊釘子 1 根、2 根以한 개、두 개來數。 ＊釘帽：못 머리 /몬머리/
못뽑기 /몯뽑끼/	拔釘器 ＊兼可拔釘的羊角鎚稱為장도리、노루발장도 　리。
대패	刨刀 ＊用刨刀刨（某物）：대패질하다
톱	鋸子 ＊用鋸子鋸樹：톱으로 나무를 자르다
실톱	鏤鋸、鋼絲鋸
전기톱〈電氣-〉	電鋸
체인 소〈chain saw〉	鏈鋸
송곳 /송곧/	錐子 ＊用錐子鑽洞：송곳으로 구멍을 뚫다 /-뚤타/
드릴〈drill〉	鑽孔機 ＊電動鑽孔機：전동 드릴〈電動 drill〉
드라이버〈driver〉	螺絲起子 ＊〔＋〕十字螺絲起子：십자 드라이버 /십짜-/ 　〈十字-〉 ＊〔－〕一字螺絲起子：일자 드라이버 /일짜-/ 　〈一字-〉
나사돌리개	螺絲起子

나사 〈螺絲〉	**螺絲** ＊栓緊螺絲：나사를 죄다 ＊栓開螺絲：나사를 풀다
수나사	**陽螺紋、外螺紋** ＊指機件外表面，也就是軸上的螺紋。
암나사	**陰螺紋、內螺紋** ＊指機件內表面，也就是內孔裡的螺紋。
나무 나사 〈-螺絲〉	**木螺絲**
볼트 〈bolt〉	**螺栓**
너트 〈nut〉	**螺帽**
경첩	**鉸鏈**
스패너 〈spanner〉	**扳手**
몽키 스패너 〈monkey spanner〉	**活動扳手**
펜치 〈pinchers〉	**鉗子** ＊用鉗子把鐵絲剪斷〔弄彎〕：펜치로 철사를 자르다〔구부리다〕
줄	**銼刀** ＊用銼刀銼（某物）：줄질을 하다
사포 〈砂布·沙布〉	**砂紙**
샌드페이퍼 〈sandpaper〉	**砂紙**
녹 〈綠〉	**鏽** ＊生鏽：녹슬다 /녹쓸다/
끌	**鑿子** ＊用鑿子鑿（某物）：끌로 파다 ＊用鑿子鑿樹：끌로 나무를 뚫다
정	**鑿子** ＊모 난 돌이 정 맞는다：有稜有角的石頭挨鑿子 （比喻:樹大招風，槍打出頭鳥）
곡괭이 /곡꽹이/	**十字鎬** ＊用十字鎬挖地：곡괭이로 땅을 파다

비계 〈飛階〉	鷹架 ＊也稱為발판。 ＊搭設鷹架：비계를 짜다；鷹架踏腳板：발판을 짜다
사다리	梯子 ＊把梯子靠在牆上：사다리를 벽에 대다
틀	框、架
관 〈管〉	管
파이프 〈pipe〉	管線、導管
호스 〈hose〉	軟管、橡膠管
끈	繩子 ＊一根繩子：끈 한 가닥
밧줄 /받쭐/	粗繩、繩索 ＊用粗繩綑綁物品：밧줄로 물건을 묶다 /묵따/
막대기 /막때기/	棍子、竿子、桿子 ＊為了打某物特別做的圓棒稱為방망이。
목도 /목또/	木刀
생철 〈-鐵〉	白鐵
철사 /철싸/ 〈鐵絲〉	鐵絲
철조망 /철쪼망/ 〈鐵條網〉	鐵絲網 ＊拉鐵絲網、圍鐵絲網：철조망을 치다
납땜 〈鑞-〉	軟焊、錫焊 ＊軟焊、錫焊（動詞）：납땜하다
납땜인두 〈鑞-〉	烙鐵
방청 페인트 〈防銹 paint〉	防鏽漆
래커 〈lacquer〉	快乾漆
페인트 럴러 〈paint roller〉	油漆滾筒

바구니	籃子
상자 〈箱子〉	箱子
선반	架子
뚜껑	蓋子
바퀴	輪子
개집	狗窩
새집	鳥巢

6. 戶外運動
★露營

캠핑하다 〈camping-〉	露營 ＊也稱為야영하다 〈野營-〉。
캠핑장 〈-場〉	露營場 ＊也稱為야영장 〈野營場〉。 ＊露營區：캠프촌
방갈로 〈bungalow〉	別墅小木屋、度假小屋
도끼	斧頭 ＊用斧頭劈柴：도끼로 장작을 패다 ＊小斧、手斧：손도끼
장작	劈柴、木柴 ＊장작是木頭以斧頭劈成的「柴木」，掉落在森林裡的「柴薪」是땔감。 ＊收集柴火：땔감을 모으다 ＊燃燒柴火：장작을 지피다
바비큐 〈barbecue〉	烤肉、燒烤 ＊請注意，바베큐是錯誤的拼法。 ＊烤肉、燒烤（動詞）：바비큐를 하다
캠프 파이어 〈campfire〉	營火
불을 피우다	生火
모닥불 /모닥뿔/	篝火 ＊生篝火：모닥불을 피우다

물을 긷다 /-긷따/	打水、挑水、汲水
반합 〈飯盒〉	飯盒，餐盒 ＊在飯盒裡炊飯：반합에 밥을 짓다
버너 〈burner〉	爐子、火爐
휴대용 가스렌지 〈携帶用 gas range〉	卡式爐 ＊也稱為휴대용 가스 버너、부탄가스 버너。說 　商品名부르스타也聽得懂。
부탄가스 〈butane gas〉	瓦斯罐、丁烷瓦斯罐
고형 연료 〈固形燃料〉	固態燃料、固體燃料
코펠 〈Kocher〉	登山炊具 ＊燒水、煮水：물을 끓이다

텐트 〈tent〉	帳篷 ＊搭帳棚：텐트를 치다 ＊收帳篷：텐트를 접다 ＊帳篷塌陷：텐트가 넘어지다
로프 〈rope〉 줄	繩索、繩子 ＊把繩子拉緊：줄을 팽팽하게 치다
페그 〈peg〉	椿釘、固定椿 ＊也稱為말뚝。
폴 〈pole〉	竿、長桿 ＊也稱為장대 〈長-〉。 ＊立長竿、立長桿：장대를 세우다
스콥 〈schop〉	鐵鍬

해먹 〈hammock〉	吊床
에어매트 〈air mattress〉	空氣墊、橡膠氣墊
슬리핑 백 〈sleeping bag〉	睡袋 ＊也稱為침낭 〈寢囊〉。
랜턴 〈lantern〉	燈籠、提燈
모기향 〈-香〉	蚊香 ＊蚊帳：모기장 〈-帳〉
방충제 〈防蟲劑〉	防蟲噴霧

가려움 약 〈-藥〉	止癢劑、止癢藥 ＊也稱為가려운 데 바르는 약。 ＊塗抹在蚊蟲叮咬處的藥：벌레 물린 데 바르는 약〔벌물린、물파스（商品名）〕
물놀이 /물로이/	玩水、戲水
수박깨기	打西瓜 ＊在韓國，會在河邊的露營場玩打西瓜的遊戲， 但並不常見。

★退潮趕海

조개캐기	採蛤蠣 ＊菲律賓簾蛤：바지락 ＊文蛤：대합 ＊中華馬珂蛤：개량조개 ＊竹蟶：맛조개 /맏쪼개/ ＊蜆：재첩 ＊絲綢殼菜蛤：홍합
바위	岩石
모래밭 /모래받/	沙灘、沙地 ＊也稱為모래사장 〈-沙場〉。
캐다	挖、掘 ＊把埋著的東西「挖出來」。「挖洞」是 파다。
해감하다 〈海-〉	使吐沙 ＊嘴裡感覺沙沙的：입 안이 으직거리다
갈퀴	鐵耙
낫 /낟/	鐮刀
바구니	籃子 ＊也稱為소쿠리。
목장갑 /목짱갑/ 〈木掌匣〉	棉手套 ＊也稱為면장갑 〈綿掌匣〉。
장화 〈長靴〉	長靴

★海水浴

해수욕 〈海水浴〉	海水浴 ＊洗海水浴：해수욕을 가다
해수욕장 / 해수욕짱 / 〈海水浴場〉	海水浴場
휴게소 〈休憩所〉	休息站
비치 하우스 〈beach house〉	海灘別墅、海灘屋

파도 〈波濤〉	波浪 ＊被捲進大浪裡：높은 파도에 휩쓸리다
수영 금지 〈水泳禁止〉	禁止游泳
해상 구조대 〈海上救助隊〉	海上救難隊 ＊여름 경찰서 〈-警察署〉：夏季為了防止發生水上意外，在海水浴場等地設置的臨時派出所。
경비정 〈警備艇〉	巡邏艇
구조선 〈救助船〉	救生船
구명조끼 〈救命-〉	救生衣
해파리	水母、海蜇 ＊被水母螫到：해파리에게 쏘이다 ＊腳像被針刺似的：발이 따끔따끔하다

모래 사장 〈-沙場〉	沙灘 ＊堆沙堡：모래성 쌓기〔以沙子蓋城堡來遊玩〕 ＊모래 찜질：沙浴。在海水浴場以沙子覆蓋身體遊玩。
비치파라솔 〈beach parasol〉	大型遮陽傘、海灘傘
비치볼 〈beach ball〉	沙灘球、海灘球

햇볕에 타다 / 해뻗- /	曬黑 ＊햇볕是太陽的熱。 ＊去日曬沙龍等，故意「曬黑」稱為태닝하다。 ＊皮膚變紅：피부가 빨개지다 ＊皮膚脫皮：피부가 벗겨지다 /-벌꺼지다/

선블럭을 바르다 〈sun block-〉	塗抹防曬 ＊防曬乳也稱為선크림〈sun cream〉、자외선 차 단제〈紫外線遮斷劑〉。
얼굴이 화끈거리다	臉紅耳赤 ＊臉變紅了：얼굴이 빨개지다 ＊臉變黑了：얼굴이 까매지다
일광욕을 하다 /일광뇩-/ 〈日光浴-〉	做日光浴
그늘	陰影 ＊在陰影下乘涼：그늘에서 쉬다

★海上體育運動

수상 스포츠〈水上 sports〉	水上運動
스쿠버 다이빙 〈scuba diving〉	水肺潛水 ＊在深海潛水：바닷속 깊이 잠수하다 /바닫쏙-/ 〈-潛水-〉
스킨 다이빙〈skin diving〉	浮潛
다이버〈diver〉	潛水員
잠수복〈潛水服〉	潛水衣
다이버 슈트〈diver suit〉	潛水衣 ＊潛水頭套：후드〈hood〉 ＊潛水頭套背心：후드 조끼 ＊潛水鞋：부츠〈boots〉
고글〈goggle〉	面鏡、護目鏡 ＊也稱為수경〈水鏡〉。
스노클링〈snorkel〉	呼吸管 ＊戴呼吸管：스노클을 착용하다 ＊戴呼吸管潛水稱為스노클링或스노클링을 하 다。
애퀄렁〈aqualung〉	水中呼吸器、水肺 ＊也稱為수중폐〈水中肺〉、수중호흡기〈水中呼 吸器〉。
에어 탱크〈air tank〉	氣瓶
공기통〈空氣桶〉	氣瓶 ＊壓縮空氣：압축 공기

잔압계 /자납께/ 〈殘壓計〉	潛水壓力錶、殘壓錶
수심계 〈水壓計〉	潛水深度錶
부력 조절기 〈浮力調節器〉	浮力調整裝置(BCD)
오리발	蛙鞋 ＊也稱為핀〈fin〉。
작살 /작쌀/	魚叉 ＊用魚叉刺鯊魚：작살로 상어를 찌르다
잠수병 /잠쑤뼝/ 〈潛水病〉	潛水夫病、減壓病
서핑 〈surfing〉	衝浪 ＊衝浪：파도를 타다 ＊衝浪板：서프보드〈surfboard〉
윈드서핑 〈windsurfing〉	滑浪風帆 ＊立桅杆：돛대를 세우다 ＊在水上滑翼：물 위를 미끄러지듯 활주하다 /-활쭈-/ 〈-滑走-〉
보드 세일링 〈board sailing〉	滑浪風帆
보트 〈boat〉	小船、小艇 ＊划船、划艇：보트를 젓다 ＊運動用的小船稱為조정〈漕艇〉。
요트 〈yacht〉	快艇、遊艇 ＊迎風晃動：바람에 흔들리다
래프팅 〈rafting〉	泛舟 ＊也稱為급류타기 /금뉴-/ 〈急流-〉。 ＊橡皮艇：고무보트 ＊在溪谷或江的湍流泛舟：계곡이나 강의 급류를 타다
카누 〈canoe〉	獨木舟
카약 〈kayak〉	皮艇、小輕艇

★釣魚

낚다 /낙따/	釣 ＊釣魚：고기를 낚다

낚시 /낙씨/	釣魚 ＊也稱為낚시질 /낙씨질/。 ＊去釣魚：낚시를 가다 ＊享受釣魚樂趣：낚시를 즐기다
금지되었던 낚시를 허용하다 〈禁止-許容-〉	禁止釣魚禁令已解除 ＊禁止釣香魚禁令已解除：금지되었던 은어 낚 시를 허용하다
바다낚시 /-낙씨/	海釣 ＊日本花鱸：농어 ＊石狗公、褐菖鮋：쏨뱅이 ＊絲背冠鱗單棘魨：쥐치 ＊水針魚、沙氏下鱵：학꽁치、침어 ＊黑鱸鮋、無備平鮋：볼락 ＊大瀧六線魚：쥐노래미 ＊日本沙鮻：보리멸 ＊石首魚、黃花魚：조기 ＊竹筴魚：전갱이 ＊彈塗魚：망둥이
갯바위낚시 /갣빠위낙씨/	海釣、磯釣 ＊石鯛：돌돔 ＊真鯛：참돔 ＊黑鯛：감성돔 ＊瓜子鱲：벵에돔 ＊三線雞魚、三線磯鯛、三線磯鱸：벤자리
민물낚시 /-낙씨/	淡水垂釣 ＊花羔紅點鮭：곤들매기，홍송어 〈紅松魚〉 ＊梨山鮭魚、櫻花鉤吻鮭：산천어 〈山川魚〉 ＊公魚、池沼公魚：빙어 〈氷魚〉 ＊虹鱒：무지개송어 〈-松魚〉 ＊香魚：은어 〈銀魚〉
밤낚시 /-낙씨/	夜釣
낚시터 /낙씨터/	釣魚場、釣魚區、釣魚台
낚싯배 /낙씯빼/	釣漁船、垂釣船

낚싯바늘 /낙씯빠늘/	釣鉤，魚鉤 ＊也可以單稱낚시。 ＊把魚餌放在魚鉤上：낚시에 미끼를 끼우다
낚싯대 /낙씯때/	釣竿
낚싯줄 /낙씯쭐/	釣魚線 ＊投下釣魚線：낚싯줄을 드리우다
입질 /입찔/	上鉤 ＊釣魚時，魚碰觸到魚餌。 ＊通過釣竿感受到魚已上鉤稱為손맛 /손맏/ 〔손 　맛을 느끼다〕。
릴 ⟨reel⟩	捲線軸 ＊纏繞捲線軸：릴을 감다 /-감따/
낚싯봉 /낙씯뽕/	釣魚鉛錘 ＊也稱為봉。 ＊把釣魚線繫在鉛錘上：낚싯줄에 봉을 달다

미끼	魚餌
개불	單環刺蟲、海腸
갯지렁이 /갣찌렁이/	海蚯蚓、沙蠶
플라이 ⟨fly⟩	(釣魚用)假蚊鉤、假蠅
루어 ⟨lure⟩	(釣魚用)假餌
낚시찌 /낙씨찌/	魚漂、浮標

그물	網子 ＊捕魚或鳥的網子。 ＊撒網：그물을 치다 ＊魚被困在網子裡：고기가 그물에 걸리다 ＊漁網：어망
아이스 박스 ⟨ice box⟩	冰桶、釣魚冰箱
어탁 ⟨魚拓⟩	魚拓 ＊魚拓是一種利用墨汁、顏料將魚的形貌拓印到 　紙上的日本傳統技法。這種技法可以將魚鱗和 　魚鰭的紋路以及魚隻大小完整地記錄下來。最 　初魚拓是用來紀錄魚的種類大小，後來發展成 　一種藝術型式。 ＊拓印魚拓：어탁을 뜨다 ＊釣上超過一尺的大魚稱為월척 ⟨越尺⟩。

낚시꾼 /낙씨꾼/	釣客
강태공 〈姜太公〉	姜太公 ＊比喻釣魚的人。

★其他的休閒運動

불꽃놀이 /불꼰-/	放煙火
벚꽃놀이 /벋꼰-/	賞櫻花
달맞이	賞月
단풍놀이 〈丹楓-〉	賞楓葉
일광욕 /일광뇩/ 〈日光浴〉	日光浴
삼림욕 /삼님뇩/ 〈森林浴〉	森林浴
소풍 〈逍風〉	兜風、散步郊遊 ＊去兜風：소풍을 가다
피크닉 〈picnic〉	野餐
하이킹 〈hiking〉	健走、遠足

사이클링 〈cycling〉	騎腳踏車
투어링 〈touring〉	旅行、觀光
드라이브 〈drive〉	兜風
히치하이크 〈hitchhike〉	搭便車、搭便車旅行
배낭여행 /배낭녀행/ 〈背囊旅行〉	背包旅行
버드 워칭 〈bird watching〉	賞鳥 ＊也稱為탐조 〈探鳥〉、새 관찰하기 〈-觀察-〉。
쌍안경 〈雙眼鏡〉	雙筒望遠鏡

오리엔테어링 〈orienteering〉	定向越野
나침반 〈羅針盤〉	指南針
트레킹 〈trekking〉	徒步旅行、健行

워킹 〈walking〉	散步 ＊올레：濟州方言。意為「回家小路」，指步道路線。

★登山

산 〈山〉	山 ＊上山：산에 오르다 ＊下山：산에서 내려오다
산맥 〈山脈〉	山脈 ＊脊梁山脉：척량 산맥 /청냥-/ 〈脊梁-〉
산꼭대기 /산꼭때기/ 〈山-〉	山頂 ＊站在山頂：산꼭대기에 서다
고개	山崗 ＊越過山崗：고개를 넘다
분수령 〈分水嶺〉	分水嶺
산등성이 /산뜽성이/ 〈山-〉	山脊 ＊山脊向下延伸：산등성이가 뻗어 내리고 있다
능선 〈稜線〉	稜線
산허리 〈山-〉	半山腰 ＊也稱為산비탈 /산삐탈/ 〈山-〉。
산 중턱 〈山中-〉	半山腰
산기슭 /산끼슥/ 〈山-〉	山腳、山麓

등산하다 〈登山-〉	登山 ＊登北漢山：북한산을 등산하다
종주하다 〈縱走-〉	縱走
등산철 〈登山-〉	登山季節
등산가 〈登山家〉	登山運動員、登山客 ＊登山運動員：알피니스트 〈alpinist〉
등산대 〈登山隊〉	登山隊
등산로 /등산노/ 〈登山路〉	登山路

등산복 〈登山服〉	登山服 ＊也稱為아웃도어 웨어 〈outdoor wear〉。
등산화 〈登山靴〉	登山鞋
스틱 〈stick〉	登山棍、登山杖
바위	岩石
암면 〈巖面〉	岩石表面 ＊也稱為돌바닥 / 돌빠닥 /。 ＊凹凸不平的岩石表面：울퉁불퉁한 돌바닥
암벽 〈巖壁〉	岩壁
암산 〈巖山〉	岩石山
등반하다 〈登攀-〉	攀登、登山
록 클라이밍 〈rock-climbing〉	攀岩 ＊也稱為암벽 등반 〈岩壁登攀〉。
키슬링 〈Kissling〉	基斯林包 ＊登山用大背包。
지게	登山背架 ＊背登山背架：지게를 지다
물통	水壺、水桶 ＊也稱為수통 〈水筒〉。
스노우 고글 〈snow goggle〉	防雪盲護目鏡
티롤모 〈Tirole 帽〉	蒂羅爾帽子 ＊也稱為티롤 모자 〈Tyrol-〉。 ＊登山帽的一種。
등산모 〈登山帽〉	登山帽
스키모자 〈ski-〉	滑雪帽
안전모 〈安全帽〉	安全帽
헬멧 램프 〈helmet lamp〉	頭盔燈
아노락 〈anorak〉	連帽登山外套
야케 〈Jacke〉	夾克

파카 〈parka〉	派克連帽登山外套 ＊風衣：윈드 점퍼 〈wind jumper〉
바람막이	擋風夾克 ＊也稱為윈드 브레이커 〈windbreaker〉。
판초 〈poncho〉	登山斗篷

스터럽 〈stirrup〉	馬鐙
아이스 해머 〈ice hammer〉	冰錘
피켈 〈pickel〉	冰斧
아이젠 〈Eisen〉	冰爪
슬링 〈sling〉	吊繩
자일 〈Seil〉	爬山繩索
캐러비너 〈carabiner〉	鉤環

산장 〈山莊〉	山莊 ＊像燒炭小屋般臨時使用的小房子稱為산막 〈山幕〉。
휘테 〈Hütte〉	山間小屋
메아리	回音 ＊發出回音：메아리가 울리다 ＊唷呵（登山者相互間的呼叫聲）：야호
고산 식물 /-싱물/ 〈高山植物〉	高山植物 ★「高山植物」請參照 526 頁。
설계 〈雪溪〉	雪谷
만년설 〈萬年雪〉	終年積雪
겨울산 /겨울싼/ 〈-山〉	冬季雪山 ＊登冬季雪山：겨울산을 등산하다 〈-登山-〉
조난하다 〈遭難-〉	遇難

7. 減肥瘦身
★減肥瘦身

다이어트하다 〈diet-〉	減肥 ＊減肥過度：무리한 다이어트 ＊無法抗拒甜食：단 음식의 유혹을 이길 수 없다
몸무게가 걱정되다	擔心體重 ＊超重：체중과다、과체중〈過體重〉〔體重超重：과체중이다〕 ＊體重超重太多：몸무게가 많이 나가다 ＊變瘦很多：살이 많이 빠지다
살을 빼다	減肥、瘦身 ＊靠著自己的意志節食瘦身。
운동 부족 〈運動不足〉	缺乏運動
군살	贅肉 ＊長贅肉：군살이 붙다 ＊減贅肉：군살을 빼다 ＊肚子馬上縮回：배가 쑥 들어가다
비만 〈肥滿〉	肥胖 ＊內臟肥胖：내장 비만
똥배 /똥빼/	啤酒肚 ＊也稱為올챙이배（蝌蚪肚）。
체형이 망가지다 〈體型-〉	身材走樣
가슴이 처지다	胸部下垂
엉덩이가 축 처지다	屁股鬆垮
피부가 처지다 〈皮膚-〉	皮膚鬆弛
근육이 쇠퇴하다 〈筋肉- 衰退-〉	肌肉衰退
아랫배가 나오다 /아랟빼-/	有小腹
뱃살 /밷쌀/	腹部贅肉

허리가 굽다	駝背 ＊허리가 휘다是指像脊椎側彎症般腰彎曲不直。
셰이프업하다 〈shape-up-〉	塑型
몸매를 가꾸다	雕塑身材
칼로리 계산 〈calorie 計算〉	計算卡路里、計算熱量 ＊紀錄吃了什麼：먹은 것을 기록하다 ＊減少食量：식사량을 줄이다 ＊減少碳水化合物：탄수화물을 줄이다 ＊均衡飲食：균형 잡힌 식사를 하다
식사를 거르다 〈食事-〉	少吃一頓、跳餐
요요 현상 〈yo-yo 現像〉	溜溜球現象 ＊也稱為리바운드〈rebound〉。 ＊復胖：요요가 오다，리바운드되다

★美容沙龍、按摩

웰빙 열풍 〈well-being 熱風〉	樂活風 ＊웰빙是英語的 well-being ，指與精神‧健康有關的各種事物。在韓國，以年輕人為中心，「心靈與身體合而為一，過美麗豐富的人生」發展出嶄新的生活型態。這樣實踐著對身體有益之事的人們，稱為웰빙족〈well-being 族〉。
태닝샵 〈tanning shop〉	日曬房 ＊也稱為선텐 관리실〈suntanning shop 管理室〉。
아로마테라피 〈aromatherapy〉	芳香療法、芳療
에스테틱 〈esthétique〉	美容中心、沙龍中心 ＊美容沙龍也稱為에스테틱 하우스、피부 관리실〈皮膚管理室〉、살롱。 ★因為眼尾皺紋增多，所以開始去美容院：눈가에 주름이 심해져서 살롱에 다니기 시작했어요. ＊한방 에스테：中醫美容中心
안티 에이징 〈anti aging〉	抗老化化妝品

팩 〈pack〉	**面膜** ＊泥漿面膜：진흙팩 /진흑-/ ＊石膏面膜：석고팩 /석꼬-/ ＊橡膠面膜：고무팩

네일숍 〈nail shop〉	**美甲店** ＊進出美甲店：네일숍에 다니다
네일아트 〈nail art〉	**指甲彩繪** ＊指甲彩繪：네일아트을 받다
손톱〔발톱〕정리 /-정 니/ 〈-整理-〉	**手指甲〔腳指甲〕保養** ＊修剪手指甲〔腳指甲〕，整理手指甲/腳指甲： 손톱〔발톱〕을 다듬다 /-다듬따/、손톱〔발 톱〕을 정리하다
매니큐어 〈manicure〉	**指甲油** ＊擦〔卸〕指甲油：매니큐어를 바르다〔지우다〕 ＊指甲油剝落：매니큐어가 벗겨지다
페디큐어 〈pedicure〉	**腳趾甲油**
리무버 〈remover〉	**去光水** ＊也稱為아세톤〈acetone〉。

★運動健身房

피트니스 클럽 〈fitness club〉	**健身俱樂部、健身房** ＊之前稱為헬스장〈health 場〉、헬스클럽 〈-club〉，最近稱之為피트니스 클럽〈fitness club〉的人也很多。不過稱為피트니스 클럽的 話，帶有綜合健身房的高級感。 ＊進出健身俱樂部：헬스장에 다니다 ＊在健身房揮灑汗水：헬스장에서 땀을 흘리다
트레이너 〈trainer〉	**教練**
스포츠 지도원 〈sports 指導員〉	**運動指導員**
운동 〈運動〉	**運動**
유산소 운동 〈有酸素運動〉	**有氧運動**

체지방 〈體脂肪〉	體脂肪 ＊堆積體脂肪：체지방이 쌓이다 /-싸아다/ ＊減體脂肪：체지방을 빼다
체지방률 /-뉼/ 〈體脂肪率〉	體脂肪率 ＊減少體脂肪率：체지방률을 줄이다 ＊增加體脂肪率：체지방률이 증가하다
기초 대사량 〈基礎代謝量〉	基礎代謝率 ＊提升基礎代謝率：기초 대사량을 높이다 ＊基礎代謝率下降：기초 대사량이 떨어지다
계단 오르내리기	上下樓運動 ＊每隔兩個階梯跑上樓：계단을 두 칸씩 뛰어오르다
스트레칭 〈stretching〉	伸展運動、緩和運動 ＊放鬆肌肉：몸을 풀다
웨이트 트레이닝 〈weight training〉	重量訓練
덤벨 운동 〈dumbbell 運動〉	啞鈴運動 ＊舉啞鈴：덤벨을 쥐다
트레드밀 〈treadmill〉	跑步機
에어로바이크 〈aero bike〉	飛輪健身車
에어로빅 〈aerobic〉	有氧運動
걷기 운동 /걷끼-/ 〈-運動〉	步行運動、健走運動 ＊培養健走習慣：걷는 습관을 기르다
조깅 〈jogging〉	慢跑
하프 마라톤 〈half marathon〉	半程馬拉松
풀 마라톤 〈full marathon〉	全程馬拉松
만보계 〈萬步計〉	計步器 ＊配戴計步器：만보계를 차다 ＊至少要走一萬步：적어도 만보는 걷다 / -걷따/
보충제 〈補充劑〉	營養品

★健身房的課程

헬스 교습 〈-教習〉	健身教學 ＊由個人教練（개인 강사）一對一指導稱為피티〔PT：personal trainer〕。
숨을 쉬다	呼吸、喘氣
숨을 뱉다 /밷따/	吐氣
리듬을 타다 〈rhythm-〉	跟著韻律走
반복하다 /반보카다/ 〈反復-〉	反覆 ＊動作反覆三次：동작을 세 번 반복하다
움직이다	動 ＊按自己的節奏動：자기 페이스로 움직이다 ＊再動快一點：좀 더 빠르게 움직이다
동작 〈動作〉	動作 ＊動作再大一點：동작을 좀 더 크게하다
구부리다	彎、曲、折 ＊彎腿：다리를 구부리다
뻗다 /뻗따/	延伸、伸出、伸展 ＊뻗다是伸展手或腳。 ＊伸腿：다리를 뻗다
펴다	打開、撐開、展開、舒展 ＊將彎曲之物拉直。 ＊把腰挺起來：허리를 펴다 ＊背打直：똑바로 등을 펴다
힘주다	用力、使勁 ＊腹部用力：배에 힘주다
돌리다	轉、轉動、轉圈、繞圈 ＊把手臂像這樣轉動：팔을 이런 식으로 돌리다

17.

與自然共生

〔17〕與自然共生

1. 地理・地形
★地理

자연 〈自然〉	**自然** ＊享受自然 : 자연을 즐기다
대자연 〈大自然〉	**大自然** ＊大自然的法則 : 대자연의 섭리 /-섬니/ ＊擁在大自然的懷抱裡 : 대자연의 품에 안기다
지리 〈地理〉	**地理** ＊對地形熟悉〔不熟悉〕 : 지리에 밝다 /박따/ 〔어둡다〕 ＊地理條件 : 지리적 조건 /-조껀/ ＊地理特徵 : 지리적인 특성 ＊地理位置上來說很近 : 지리적으로 가깝다
지세 〈地勢〉	**地勢** ＊地勢險峻 : 지세가 험하다
지형 〈地形〉	**地形** ＊觀察/審查地形 : 지형을 살피다
지도 〈地圖〉	**地圖** ＊地圖集 : 지도첩 〈地圖帖〉 ＊空白地圖 : 백지도 /백찌도/ 〈白地圖〉 ＊地圖 : 맵 〈map〉
지구본 〈地球本〉	**地球儀**
지형도 〈地形圖〉	**地形圖**
해도 〈海圖〉	**航海圖、海圖**
성도 〈星圖〉	**星圖、天體圖**
등고선 〈等高線〉	**等高線**
해발 〈海拔〉	**海拔** ★白頭山的海拔是 2750 公尺 : 백두산은 해발 2,750 〔이천칠백오십〕 미터예요.

표고 〈標高〉	海拔、海拔高度 ★漢拿山的海拔是 1950 公尺：한라산은 표고가 1,950〔천구백오십〕미터예요.
수심 〈水深〉	水深
위도 〈緯度〉	緯度
북위 〈北緯〉	北緯 ＊三八線：삼팔선〈三八線〉
남위 〈南緯〉	南緯
북극 /북끅/〈北極〉	北極 ＊北極圈：북극권 /북끅꿘/〈北極圈〉
남극 〈南極〉	南極 ＊南極圈：남극권 /남극꿘/〈南極圈〉
북회귀선 /부퀘귀선/ 〈北回歸線〉	北回歸線
남회귀선 〈南回歸線〉	南回歸線
북반구 /북빤구/〈北半球〉	北半球
적도 /적또/〈赤道〉	赤道
커피 벨트 〈coffee belt〉	咖啡帶 ＊指介於南北回歸線之間，適合種咖啡樹的地 區。
남반구 〈南半球〉	南半球
경도 〈經度〉	經度
동경 〈東經〉	東經
서경 〈西經〉	西經
그리니치 천문대 〈Greenwich 天文臺〉	格林威治天文臺
자오선 〈子午線〉	子午線、經線、本初經線、本初子午線
수평선 〈水平線〉	水平線

지평선 〈地平線〉	地平線
대륙 〈大陸〉	大陸
육지 /육찌/ 〈陸地〉	陸地

★海

바다	海
해양 〈海洋〉	海洋

해류 〈海流〉	海流、洋流
난류 /날류/ 〈暖流·煖流〉	暖流
쿠로시오 해류 〈-海流〉	黑潮、日本暖流 ＊也稱為흑조 /흑쪼/ 〈黑潮〉。
한류 /할류/ 〈寒流〉	寒流
오야시오 해류 〈-海流〉	親潮、千島群島洋流
조류 〈潮流〉	潮流
소용돌이	渦流、漩渦

해안 〈海岸〉	海岸
리아스식 해안 〈rias 式海岸〉	沉降海岸、里亞式海岸 ＊韓國的서해안〈西海岸〉、남해안〈南海岸〉都 是沉降海岸。
연안 〈沿岸〉	沿岸、沿海
해변 〈海邊〉	海邊
물가 /물까/	水邊、岸邊
앞바다 /압빠다/	近海、沿近海 ＊也稱為연근해，指經濟海域200海浬內。
먼바다	遠洋 ＊韓國氣象預報提到的遠洋，是指동해〈東海〉 側距離陸地 20km，서해〈西海〉、남해〈南海〉側 距離陸地 40km 以外的海域。台灣對遠洋的定 義，則是指經濟海域200海浬以外的海洋或是公 海。

물결 /물껼/	水波、波浪、潮流、浪潮 ＊也稱為파도〈波濤〉。 ＊물결是發生在水面上、不規則的水的動搖，파도是周期性往復的大型波浪。 ＊激起水波：물결이 일다 ＊波浪湧來：파도가 밀려오다

큰 파도 〈-波濤〉	大浪
높은 파도 〈-波濤〉	巨浪
거센 파도 〈-波濤〉	波濤洶湧、駭浪
잔물결 /잔물껼/	小波紋、漣漪

썰물	退潮
밀물	漲潮

간조 〈干潮〉	退潮
만조 〈滿潮〉	漲潮

물때	潮汐
정조 〈停潮〉	停潮、平潮
한사리	大潮
소조 〈小潮〉	小潮 ＊也稱為소조기〈小潮期〉、조금。
갯벌 /갣뻘/	潮埔、海埔 ＊也稱為간석지 /간석찌/ 〈干潟地〉。

간척지 /간척찌/ 〈干拓地〉	填海造地、海埔新生地
사취 〈沙嘴・砂嘴〉	沙嘴
사주 〈沙洲・砂洲〉	沙洲
삼각주 /삼각쭈/ 〈三角洲〉	三角洲
퇴적지 /퇴적찌/ 〈堆積地〉	堆積區
선상지 〈扇狀地〉	沖積扇

대륙붕 /대륙뿡/ 〈大陸棚〉	大陸棚、陸棚、陸架、陸裙
해구 〈海溝〉	海溝
주상 해분 〈舟狀海盆〉	海槽 ＊也稱為트로프〈trough〉。

해저 〈海底〉	海底
산호초 〈珊瑚礁〉	珊瑚礁
암초 〈暗礁〉	暗礁 ＊船觸礁了 : 배가 암초에 걸리다

해협 〈海峽〉	海峽
만 〈灣〉	灣、海灣 ＊峽灣 : 피오르드 〈fjord〉、협만 /혐만/ 〈峽灣〉
운하 〈運河〉	運河

★川、湖

강 〈江〉	江
하천 〈河川〉	河川
대하 〈大河〉	大河、大江

하구 〈河口〉	河口
강가 /강까/ 〈江-〉	江邊、河邊 ＊河床 : 하천 부지 〈河川敷地〉
지류 〈支流〉	支流
상류 /상뉴/ 〈上流〉	上游
하류 〈下流〉	下游

급류 /금뉴/ 〈急流〉	急流、湍流 ＊捲進急流裡 : 급류에 휩쓸리다
탁류 /탕뉴/ 〈濁流〉	濁流 ＊捲入濁流中 : 탁류에 휩쓸리다

발원지 〈發源地〉	發源地、水源地 ＊也稱為수원지〈水源地〉。

계곡 /게곡/ 〈溪谷〉	溪谷
협곡 /협꼭/ 〈峽谷〉	峽谷
골짜기	山谷、峽谷、山溝
계류 〈溪流〉	溪流、溪水
개울	小溪、山澗 ＊舉例來說就是山或溪谷等大自然中的水流。
시내	小溪、小河 ＊舉例來說，如청계천〈淸溪川〉這樣在都市中的水流。 ＊내：小川、小河。 ＊개천〈-川〉：水渠、河溝、溝渠。
시냇물 /시낸물/	溪水、溪流
도랑	水溝、水渠、溝渠
여울	淺灘、河灘 ＊淺灘：얕은 여울 /야튼녀울/
폭포 〈瀑布〉	瀑布
용소 〈龍沼〉	瀑布潭

호수 〈湖水〉	湖
호숫가 /호숟까/ 〈湖水-〉	湖畔、湖邊
연못 /연몯/ 〈蓮-〉	池塘、水塘
늪 /늡/	泥沼、沼澤
습원 〈濕原〉	沼澤地
습지대 /습찌대/ 〈濕地帶〉	濕地
샘	泉 ＊也稱為샘터、약수터 /약쑤터/ 〈藥水-〉。

★半島、島

반도〈半島〉	半島
갑〈岬〉	岬角 ＊韓國的地名中，〇〇岬大多使用곶 / 곧 / 〔호미곶〕。
섬	島嶼 ＊島嶼國家：섬나라
제도〈諸島〉	諸島、群島 ＊韓語中，定義是距離陸地較遠的幾個島嶼。如夏威夷群島：하와이 제도等。
군도〈群島〉	群島 ＊在韓語的定義是，距離陸地較近的幾個島嶼。가사군도〈加沙群島〉（전남）、조도군도〈鳥島群島〉（전남）等。南海上的南沙群島是난사군도。
열도 /열또/〈列島〉	列島
작은 섬	小島
외딴 섬	孤島 ＊偏僻地區：벽지 /벽찌/〈僻地〉
무인도〈無人島〉	無人島

★與「山」相關者請參照 634、983 頁。

★平野、其他

평야〈平野〉	平原
평지〈平地〉	平地
평원〈平原〉	平原
고원〈高原〉	高原
초원〈草原〉	草原
들	田野、原野
분지〈盆地〉	盆地

650

구덩이	礦坑、坑道、礦井
논	水田、稻田 ＊耕水田：논을 갈다 ＊插秧：모내기를 하다 ＊澆灌水田：논에 물을 대다
밭 /받/	旱田 ＊隨著助詞不同，發音分別是밭이 /바치/ 和밭을 / 　바틀/ ＊人蔘田：인삼 밭
논밭 /논받/	田地、水田和旱田

전원 〈田園〉	田園
언덕	山丘
구릉 〈丘陵〉	丘陵
사구 〈沙丘·砂丘〉	沙丘
사막 〈沙漠·砂漠〉	沙漠

숲 /숩/	森林、樹林
정글 〈jungle〉	叢林
밀림 〈密林〉	密林
미개척지 /미개척찌/ 〈未開拓地〉	未開發地、未開墾的土地
동굴 〈洞窟〉	洞窟、洞穴
종유동 〈鐘乳洞〉	鐘乳洞 ＊也稱為석회 동굴 /서쿼-/ 〈石灰洞窟〉。

녹지 /녹찌/ 〈綠地〉	綠地
옥토 〈沃土〉	沃土、沃壤 ＊也稱為기름진 땅。 ＊豐腴之地：비옥한 땅 〈肥沃-〉
메마른 땅	荒地、瘠地 ＊不毛之地：불모지 〈不毛地〉
황야 〈荒野〉	荒野、荒原 ＊沉寂的荒野：적막한 황야 /정마칸-/ ＊冷清的荒野：쓸쓸한 황야

★火山

화산 〈火山〉	火山 ＊指由地殼內部噴發出來的岩漿堆積而成的山體形態，由火山口、火山錐還有火山喉管組成。
활화산 〈活火山〉	活火山
화산대 〈火山帶〉	火山帶

분화하다 〈噴火-〉	噴發
분화구 〈噴火口〉	火山口
연기 〈煙氣〉	濃煙 ＊湧出黑色濃煙：검은 연기가 치솟다 /-치솟따/
폭발하다 / 폭빨-/ 〈爆發-〉	爆發

외륜산 〈外輪山〉	外輪山 ＊當火山口、破火山口產生新的火山噴發，原本平坦的火山口會因為岩漿噴發生成新的火山錐。此時舊火山口的邊緣會因新火山錐的形成變成環繞新火山錐的山脊，這些山脊便稱為外輪山。
칼데라 〈caldera〉	破火山口、火山臼 ＊破火山口湖、破火口湖：칼데라호、화산호 〈火山湖〉 ＊在中國與北韓國界的백두산 〈白頭山〉山頂上，有周長 18.7Km、水深 384m，名為천지 〈天池〉的巨大破火口湖。

화산암 〈火山巖〉	火山岩
용암 〈鎔巖〉	熔岩、岩漿 ＊岩漿溢流、熔岩溢流：용암이 흐르다 ＊岩漿噴發、熔岩噴發：용암이 분출되다 ＊熔岩凝固：용암이 굳어지다
용암대지	熔岩高原
용암 돔	熔岩穹丘
마그마 〈magma〉	岩漿、熔岩 ＊岩漿庫：마그마 챔버 〈-chamber〉

화산재 〈火山-〉	火山灰 ＊火山灰：화산재지
화쇄류 〈火碎流〉	火山碎屑流 ＊也稱為화산 쇄설류 〈-瑣屑流〉。

온천 〈溫泉〉	溫泉
간헐천 〈間歇泉〉	間歇泉
원천 〈源泉〉	水源、泉源

★礦物

광산 〈鑛山〉	礦山
금산 〈金山〉	金礦山
은산 〈銀山〉	銀礦山
동산 〈銅山〉	銅礦山
탄산 〈炭山〉	煤礦山

광물 〈鑛物〉	鑛物
금속 〈金屬〉	金屬 ＊金屬的總稱為쇠。
강철 〈鋼鐵〉	鋼鐵
무쇠	生鐵
주철 〈鑄鐵〉	鑄鐵
원석 〈原石〉	原石
백금 /백끔/ 〈白金〉	白金、鉑 ＊也稱為플래티나 〈platina〉。
금 〈金〉	金 ＊純金：순금 ＊24K 金：이십사금 /이십싸금/ ＊18k 金：십팔금
은 〈銀〉	銀
구리	銅

철 〈鐵〉	鐵
주석 〈朱錫〉	錫
납	鉛
놋쇠 /녿쐬/	黃銅
알루미늄 〈aluminum〉	鋁
보크사이트 〈bauxite〉	鋁土礦、鋁礬土
아연 〈亞鉛〉	鋅
수은 〈水銀〉	水銀、汞
크로뮴 〈chromium〉	鉻
망간 〈manganese〉	錳
코발트 〈cobalt〉	鈷
니켈 〈nickel〉	鎳
텅스텐 〈tungsten〉	鎢
석영 〈石英〉	石英
운모 〈雲母〉	雲母

2. 氣象・天氣
★氣象

기상청 〈氣象廳〉	氣象局
기상대 〈氣象臺〉	氣象臺
기상 예보사 〈氣象豫報士〉	氣象預報員
기상 위성 〈氣象衛星〉	氣象衛星 ＊韓國的氣象衛星稱為천리안 /철리안/〈千里眼〉 　或 COMS-1。
기상 관측소 〈氣象觀測所〉	氣象觀測所

일기도 〈日氣圖〉	天氣圖
일기예보 〈日氣豫報〉	天氣預報 ＊天氣預報準確〔不準確〕：일기 예보가 맞다 　〔틀리다〕

고기압 〈高氣壓〉	高氣壓 ＊移動性高氣壓：이동성 고기압 ＊高氣壓向外延展：고기압이 뻗어나가고 있다 ＊被高氣壓籠罩：고기압이 덮고 있다
저기압 〈低氣壓〉	低氣壓 ＊增強的低氣壓：발달한 저기압
기압골 /기압꼴/〈氣壓-〉	低壓槽 ＊低壓槽經過：기압골이 지나가다
전선 〈前線〉	鋒面 ＊冷鋒面：한랭 전선 /할랭-/ ＊暖鋒：온난 전선
주의보 /주이보/〈注意報〉	警報、特報 ＊乾旱警報：건조 주의보 ＊霧霾警報、濃霧特報：안개 주의보 ＊海浪警報：파랑 주의보

★天候

기후 〈氣候〉	氣候 ＊氣候溫和：온화한 기후 〈穩和-〉
천후 〈天候〉	天候 ＊惡劣天候：악천후 〈惡天候〉 ＊冒著惡劣的天候爬山：악천후를 무릅쓰고 등산하다 ＊天氣不穩定：날씨가 오락가락하다、날씨가 고르지 못하다
날씨	天氣 ＊天氣變壞：날씨가 나빠지다 ＊好天氣：좋은 날씨 ＊壞天氣：궂은 날씨 ＊春暖花開的天氣：봄다운 날씨、화창한 봄 날 〈和暢-〉 ＊旅遊季：행락철 /행낙-/ 〈行樂-〉；適合踏春的好天氣：나들이 가기 좋은 날씨 ＊鹹魚翻身（直譯：老鼠洞裡也有照進陽光的一天）：쥐구멍에도 볕들 날이 있다

★晴朗

개다	轉晴、放晴 ＊晴空萬里、萬里無雲：한 점의 구름도 없이 쾌청하다〈-快晴-〉 ＊雨過天晴：비 개인 후
맑다 /막따/	明朗、晴朗 ＊晴天朗日：맑게 갠 푸른 하늘
맑음 /말금/	晴 ＊晴轉陰：맑은 후 흐림
청천〈晴天〉	晴天 ＊持續晴朗穩定的天氣：맑은 날이 계속되다 ＊飛來橫禍、晴天霹靂：마른 하늘에 날벼락、청천벽력 /청천벽녁/〈晴天霹靂〉

★多雲

흐리다	昏暗、陰暗
흐림	昏暗、陰暗 ＊陰轉晴：흐린 후 맑음 ＊陰時多雲短暫陣雨：흐리고 가끔 비
구름	雲彩，雲 ＊萬里無雲晴朗的好天氣：구름 한 점 없는 파란 하늘 ＊多雲：구름이 끼다 ＊天空上飄著朵朵雲彩：하늘에 구름이 두둥실 떠있다
먹구름 /먹꾸름/	烏雲
비구름	雨層雲、雨雲
눈구름	雪雲
적란운 /정나눈/〈積亂雲〉	積雨雲 ＊也稱為뭉게구름（積雲）、소나기구름（陣雨雲）。
고적운〈高積雲〉	高積雲 ＊也稱為양떼구름（積卷雲）、높쌘구름 /놉-/。

층적운 〈層積雲〉	層積雲 ＊也稱為두루마리구름（滾軸積雲）。
권운 〈卷雲〉	卷雲 ＊也稱為새털구름。
권적운 〈卷積雲〉	卷積雲 ＊也稱為비늘구름。
비행기구름 〈飛行機-〉	凝結尾、飛機雲、航跡雲
구름바다	雲海 ＊也稱為운해〈雲海〉。

★雨

비	雨 ＊局部陣雨：곳에 따라 비
비가 오다	下雨 ＊也可以說비가 내리다。 ＊開始下起滴答滴答的雨：비가 뚝뚝 떨어지기 시작하다 ＊開始下起嘩啦嘩啦的雨：비가 주룩주룩 내리기 시작하다
비가 그치다	雨停
비를 긋다 /-귿따/	躲雨、避雨
빗발 /빋빨/	雨勢、雨腳 ＊指像線一般密集落下的雨點。 ＊雨勢變強〔變弱〕：빗발이 거세다〔약해지다〕
빗방울 /빋빵울/	雨滴、雨珠
낙숫물 /낙쑨물/ 〈落水-〉	屋簷滴水

큰비	大雨 ＊豪雨特報：호우 주의보 〈豪雨-〉
가랑비	毛毛雨、細雨

봄비 /봄삐/	春雨

이슬비	毛毛雨 ＊比가랑비更細，不知不覺就沾濕全身的雨。
보슬비	濛濛細雨 ＊在無風的日子，無聲安靜地下的雨。
여우비	太陽雨 ＊明明出太陽卻下起小雨在韓國也稱為여우가 시 집가는 날〔狐狸出嫁的日子〕或호랑이가 장 가 가는 날〔老虎娶新娘的日子〕。
시우 〈時雨〉	及時雨

소나기	陣雨、驟雨 ＊下了一陣大雨：비가 한바탕 쏟아지다 ＊소나기 삼 형제：驟雨三兄弟、陣雨三兄弟。 用來形容夏天天氣變化多端的說法。
폭풍우 〈暴風雨〉	暴風雨
폭우 〈暴雨〉	暴雨 ＊호우〈豪雨〉這種說法，只會用在豪雨特報（호 우 주의보）或集中豪雨（집중 호우 /집쭝-/） 這樣的複合語裡。
억수 /억쑤/	傾盆大雨 ＊滂沱大雨、傾盆大雨：비가 억수같이 쏟아지 다
뇌우 〈雷雨〉	雷雨
게릴라성 호우 〈guerrilla 性豪雨〉	大豪雨
스콜 〈squall〉	颮
지나가는 비	陣雨
비에 젖다 /-젇따/	被雨淋濕
흠뻑 젖다 /-젇따/	被雨淋成落湯雞

장마 〈長-〉	梅雨 ＊韓國的梅雨季大約在每年 6 月下旬到 7 月下旬 之間。特徵為雨不是靜靜的下，而是嘩啦嘩啦 一口氣下下來。 ＊梅雨季開始了、進入梅雨季：장마가 시작되 다，장마철에 접어들다 ＊梅雨季結束了：장마가 끝나다

장마 전선 〈長-前線〉	梅雨鋒面 ＊梅雨鋒面北上：장마 전선이 북상하다
마른장마 〈-長-〉	少雨的梅雨季
가뭄	乾旱 ＊受旱：가뭄이 들다 ; 乾旱 : 가물다
저수지 〈貯水池〉	水庫、蓄水池 ＊水庫乾涸：저수지의 물이 마르다
관개 용수 〈灌溉-〉	灌溉用水
기근 〈飢饉〉	飢荒、匱乏、不足 ＊水荒：물기근
물 부족 〈-不足〉	缺水 ＊解渴、乾旱緩解、旱情緩解：해갈이 되다 〈解渴-〉
갈수기 /갈쑤기/ 〈渴水期〉	枯水季、乾季
기우 〈祈雨〉	祈雨
단비	甘霖、及時雨
물웅덩이	水坑
갑자기 불어난 물	突然暴漲的水 ＊釣魚客被突然暴漲的水沖走：낚시 객이 갑자기 불어난 물에 떠내려가다
강수 확률 /강수황뉼/ 〈降水確率〉	降雨機率
강우량 〈降雨量〉	降雨量
우량계 〈雨量計〉	雨量計 ＊氣象學家用來測量降雨量的儀器。
이슬	露珠、露水
안개	霧氣、霧 ＊夜霧：밤안개 ＊晨霧：새벽안개 ＊起霧：안개가 끼다 ＊濃霧、大霧：안개가 짙다

천둥	雷 ＊천둥是「雷鳴」，落在地上的「雷」稱為벼락，兩者有所區分。 ＊打雷：천둥이 치다；雷鳴：천둥이 울리다 ＊打雷：벼락이 치다
번개	閃電 ＊閃電：번개가 치다
피뢰침 〈避雷針〉	避雷針

★風

바람	風 ＊作為表示風向的固有語，東西南北等接頭語使用새、하늬、마、높。「東風」是샛바람 /샏빠람/；「西風」是하늬바람/하니바람/；「南風」是마파람〔注意不是寫成바람，而是寫成파람〕；「北風」是높바람/놉빠람/〔북풍〈北風〉、된바람〕；「東北風」稱為높새바람。
바람이 불다	起風、颳風
산들바람	微風、輕風
실바람	軟風(一級風)、輕風(二級風)
봄바람 /봄빠람/	春風 ＊春風微微地吹著：봄바람이 산들산들 불다
가을바람 /가을빠람/	秋風 ＊秋風蕭瑟地吹著：가을바람이 살랑살랑 불다
겨울바람 /겨울빠람/	冬風 ＊冬風冷冽地吹著：겨울바람이 쌩쌩 불다
회오리바람	旋風、羊角風、龍捲風
돌풍 〈突風〉	陣風
계절풍 〈季節風〉	季風
무역풍 〈貿易風〉	信風、貿易風
몬순 〈monsoon〉	季風
편서풍 〈偏西風〉	西風帶

풍력 /풍녁/ 〈風力〉	風力
풍속 〈風速〉	風速 ＊風速計：풍속계 〈風速計〉
풍압 〈風壓〉	風壓
풍향 〈風向〉	風向
기류 〈氣流〉	氣流 ＊噴流：제트기류 〈jet 氣流〉
푄현상 〈foehn 現象〉	焚風現象 ＊7、8 月，영동지방（嶺東地方）的高氣壓與서해지방（西海地方）的低氣壓相撞之後產生焚風現象，乾燥高溫的높새바람（東北風）從山上往下吹。
아지랑이	水氣、地氣 ＊地氣為古時候人們指的「地表蒸發的水氣」。 ＊地氣升騰：아지랑이가 피어오르다
신기루 〈蜃氣樓〉	海市蜃樓

★寒流、雪

한파 〈寒波〉	寒流、寒潮、冷空氣 ＊寒流來襲：한파 엄습 〈寒波掩襲〉 ＊霸王寒流：매서운 한파 ＊刺骨寒風：칼바람
삼한사온 〈三寒四溫〉	三寒四暖 ＊這是包含韓國在內，東亞、東北亞特有的冬天氣溫變化現象。以 7 天為一個週期，冷三天，四天回暖，如此循環。
동장군 〈冬將軍〉	嚴寒、寒潮
얼다	結冰、凍結 ＊凍僵：꽁꽁 얼어붙다 /얼어붇따/
빙판길 /빙판낄/ 〈氷板-〉	結冰的路

눈	雪
	＊白雪紛紛：눈이 펑펑 내리다
	＊積雪：눈이 쌓이다
	＊融雪：눈이 녹다
	＊被雪覆蓋、埋在雪裡：눈에 묻히다
	＊飄雪：눈발이 날리다
가루눈	粉雪、細雪
	＊흩날리는 눈：漫天飛雪，似飛舞般既細又輕的雪。
함박눈 /함방눈/	鵝毛大雪
첫눈 /천눈/	初雪
만년설 〈萬年雪〉	萬年雪
	＊終年堆積的雪。
	＊被雪覆蓋：눈에 덮이다
폭설 /폭썰/ 〈暴雪〉	暴雪
	＊不合時宜的暴雪：때 아닌 폭설
대설 주의보 〈大雪注意報〉	大雪特報
	＊發布大雪特報：대설 주의보가 내리다
눈보라	暴風雪
	＊風雪交加：눈보라가 치다
	＊來襲、肆虐：몰아치다

눈밭 /눈받/	雪地、雪原
은세계 /은세게/ 〈銀世界〉	銀白世界
제설 작업 〈除雪作業〉	除雪作業
	＊除雪：눈을 치우다
눈석임물	雪水

강설량 〈降雪量〉	降雪量
적설량 /적썰량/ 〈積雪量〉	積雪量

싸락눈 /싸랑눈/	霰、冰霰、軟雹
	＊也稱為싸라기눈。
	＊冰霰連綿不絕地下：싸라기눈이 후드득후드득 쏟아지다

진눈깨비	雨雪
우박 〈雨雹〉	冰雹、雹 ＊下冰雹：우박이 쏟아지다
서리	霜 ＊下霜：서리가 내리다
서릿발 /서린빨/	冰霜、冰針 ＊結冰霜、結冰針：서릿발이 서다
고드름	垂冰柱 ＊結冰柱、掛著冰柱：고드름이 달리다
얼음	冰 ＊結冰：얼음이 얼다

★氣溫與濕度

온도 〈溫度〉	溫度
온도계 〈溫度計〉	溫度計 ＊水銀柱：수은주 〈水銀柱〉
기온 〈氣溫〉	氣溫 ＊氣溫高〔低〕：기온이 높다〔낮다〕 ＊最高〔低〕氣溫：최고〔최저〕 기온 ＊年平均溫、年均溫：연 평균 기온 ＊夜間氣溫：낮 기온 /낟끼온/ ＊平年均溫：평년 기온
일교차 〈日較差〉	日較差、日溫差 ＊日溫差大〔小〕：일교차가 크다〔작다〕 ＊產生日溫差：일교차가 벌어지다
영도 〈零度〉	零度 ＊恢復至零度以上：영상권을 회복하다 〈零上圈-回復-〉 ＊氣溫驟降：기온이 뚝 떨어지다
영하 〈零下〉	零下 ＊相對的，攝氏零度以上的氣溫稱為 영상 〈零上〉。
습기 /습끼/ 〈濕氣〉	濕氣 ＊濕氣重〔輕〕：습기가 많다〔적다〕 ＊充滿濕氣：습기가 차다

습도 /습또/ 〈濕度〉	濕度 ＊濕度高〔低〕：습도가 높다〔낮다〕
습도계 /습또계/ 〈濕度計〉	濕度計
백엽상 /백엽쌍/ 〈百葉箱〉	百葉箱
구중중하다	混濁、陰沉沉的 ＊陰沉沉的天氣：구중중한 날씨
구질구질하다	陰雨綿綿 ＊陰雨綿綿的天氣：구질구질한 날씨
우중충하다	陰暗、陰沉沉的
눅눅하다 /눙누카다/	潮濕、溼答答的
포근하다	溫暖、暖和 ＊心情上感到變得暖和、溫暖。雖然寒冷，卻感 覺到相對的暖意〔用在春天乍暖還寒時〕。
따뜻하다 /따뜨타다/	暖和、溫暖 ＊氣溫變暖〔在早春、春季都可以使用〕。 ＊指穿戴東西的暖和，也可指人的感情、氛圍、 言行舉止令人感到窩心、溫暖。
시원하다	清涼、清爽
덥다	熱 ＊熱：더위
늦더위 /늗떠위/	秋老虎
무덥다 /무덥따/	悶熱、酷熱、炎熱 ＊酷暑、酷熱、炎熱：무더위
열대야 /열때야/ 〈熱帶夜〉	熱帶夜 ＊指夜間的最低氣溫在攝氏 25 度以上。
춥다	冷 ＊寒冷：추위〔嚴寒：강추위 〈强-〉〕 ＊冷天氣緩解：추위가 꺾이다、날이 누그러지 다（已經經過最寒冷的時候） ＊天氣回暖：날이 풀리다
쌀쌀하다	冷颼颼

반짝 추위	短時間的寒冷
고온다습 〈高溫多濕〉	高溫潮濕
불쾌지수 〈不快指數〉	不舒適指數
체감온도 〈體感溫度〉	體感溫度

★季節

계절 〈季節〉	季節 ＊換季期：환절기 〈換節期〉
해	日晝、白天 ＊白天變長：해가 길어지다 ＊白天變短：해가 짧아지다
사계절 〈四季節〉	四季
춘하추동 〈春夏秋冬〉	春夏秋冬
봄	春
여름	夏
한여름 /한녀름/	仲夏、盛夏
가을	秋 ＊秋天是食慾的季節〔食慾的季節，秋天〕： 　가을은 식욕의 계절〔식욕의 계절，가을〕 ＊秋天是藝術的季節〔藝術的季節，秋天〕： 　가을은 예술의 계절〔예술의 계절，가을〕 ＊秋天是讀書的季節〔讀書的季節，秋天〕： 　가을은 독서의 계절〔독서의 계절，가을〕 ＊秋天是運動的季節〔運動的季節，秋天〕： 　가을은 운동의 계절〔운동의 계절，가을〕 ＊秋高氣爽的季節，秋天：천고마비의 계절 가 　을
겨울	冬
한겨울	嚴冬
이십사절기 〈二十四節氣〉	二十四節氣

입춘 〈立春〉	立春 ＊現在的 2 月 4 日左右。
춘분 〈春分〉	春分 ＊現在的 3 月 21 日左右。
입하 /이파/ 〈立夏〉	立夏 ＊現在的 5 月 6 日左右。
하지 〈夏至〉	夏至 ＊現在的 6 月 21 日左右。
입추 〈立秋〉	立秋 ＊現在的 8 月 8 日左右。
추분 〈秋分〉	秋分 ＊現在的 9 月 23 日左右。
입동 /입똥/ 〈立冬〉	立冬 ＊現在的 11 月 8 日左右。
동지 〈冬至〉	冬至 ＊現在的 12 月 22 日左右。

★其他的自然現象

햇살 /해쌀/	陽光 ＊陽光炙熱：햇살이 따갑다 ＊指看得到又感受得到的陽光。
햇빛 /해삗/	陽光 ＊耀眼的陽光：햇빛이 눈부시다 ＊指看到的陽光。
햇볕 /해뼏/	陽光 ＊溫暖的陽光：따사로운 햇볕 ＊被陽光曬黑：햇볕에 그을리다 ＊陽光強烈照射：햇볕이 쨍쨍 내리쬔다 ＊指感受得到的陽光。
땡볕 /땡볃/	烈日、豔陽 ＊在豔陽下工作：땡볕에서 일하다
비치다	照射、照耀、映照 ＊月光映照：달빛이 비치다 ＊비치다是指散發出光芒而顯得耀眼明亮。

비추다	照射、照亮、照耀
	*月光照亮夜間的道路：달이 밤길을 비추다 /-밤낄-/
	*비추다是指散發出光芒，或是 A 將光芒投射、照射到 B 身上，讓 B 變亮。
아침 해	朝陽
	*日出：해가 뜨다
석양 〈夕陽〉	夕陽
	*也稱為낙조 /낙쪼/ 〈落照〉。
	*日落：해가 지다
저녁 노을	晚霞
	*也稱為저녁놀。
	*노을是「朝霞、晚霞」的總稱。
	*出現晚霞：노을이 지다
황혼 〈黃昏〉	黃昏
무지개	彩虹
	*出現彩虹：무지개가 나타나다、무지개가 뜨다
	*（天空）掛著彩虹：무지개가 걸리다
	*彩虹的顏色在韓國是 7 色。以빨、주、노、초、파、남、보來記憶。
	*빨（빨간색：紅）、주（주황색：橙）、노（노란색：黃）、초（초록색：綠）、파（파란색：藍）、남（남색：靛）、보（보라색：紫）〕
오로라 〈aurora〉	極光
백야 〈白夜〉	白夜
꽃샘추위 /꼳쌤-/	春寒
	*春天櫻花開時暫時回來的倒春寒。
벚꽃 전선 /벋꼳-/ 〈-前線〉	櫻花前線
	*꽃소식：開花狀況的情報。
황사 〈黃沙·黃砂〉	沙塵暴
	*天空被沙塵暴壟罩：황사가 하늘을 메우다
	*황사비：泥漿雨
미세 먼지 〈微細-〉	粉塵

3. 災害
★災害

재해 〈災害〉	災害
자연 재해 〈自然災害〉	自然災害
천재 〈天災〉	天災 ＊遇上天災、遭受天災：천재를 입다
인재 〈人災〉	人禍
피해 〈被害〉	損失、傷亡 ＊發生傷亡、造成損失：피해가 나다 ＊傷亡慘重、損失慘重：피해가 크다 ＊遇害、遭受損失：피해를 입다 ＊調查傷亡情況、調查損失狀況：피해 상황을 조사하다
재난 〈災難〉	災難 ＊也稱為재앙〈災殃〉。 ＊遭遇災難：재앙을 당하다 ＊導致災難：재앙을 초래하다 〈-招來-〉
예지하다 〈豫知-〉	預知
경보 〈警報〉	警報 ＊發布警報：경보가 발령되다 ＊解除警報：경보가 해제되다
피하다 〈避-〉	避、避開、避免 ＊閃避不及：빨리 피하지 못하다
피난하다 〈避難-〉	避難、逃難
피난 권고 〈避難勸告〉	避難勸告 ＊發布避難勸告：피난 권고가 발령되다
재해지 〈災害地〉	災區 ＊也稱為피해지 〈被害地〉。 ＊冒出焰火：불길이 솟다 /불낄-솓따/ ＊建築物倒塌：건물이 무너지다
이재민 〈罹災民〉	災民 ＊聯絡中斷、失去聯繫：연락이 두절되다

라이프라인 〈lifeline〉	生命線、命脈 ＊切斷了電、瓦斯、水等的命脈：전기, 가스, 　수도 등의 라이프라인이 끊기다
가설 주택 〈假設住宅〉	臨時住宅 ＊入住臨時住宅：가설 주택에 들어가다

★災害對策

생매장 〈生埋葬〉	活埋、活葬
에스오에스 〈SOS〉	求救信號
구출 활동 /구출활똥/ 〈救出活動〉	救援行動、搜救行動 ＊營救：구출하다 ＊被救出：구출되다
인명 구조 〈人命救助〉	搶救生命
레스큐 부대 〈rescue 部隊〉	緊急救難隊
재해 구조견 〈災害救助犬〉	災害搜救犬

소생술 〈蘇生術·甦生術〉	心肺復甦術
인공호흡 〈人工呼吸〉	人工呼吸
심장 마사지 〈心臟 massage〉	心臟按摩

신원 확인 〈身元確認〉	身分確認
치형 감정 〈齒型鑑定〉	齒型鑑定
디엔에이 감정 〈DNA 鑑定〉	DNA 鑑定

생존자 〈生存者〉	生還者
부상자 /부:상자/ 〈負傷者〉	負傷的人、傷患
희생자 /히생자/ 〈犧牲者〉	犧牲者、罹難者
행방불명 〈行方不明〉	下落不明 ＊要求搜索失蹤者，稱為행불신고 〈行不申告〉。

669

구호 물자 /구호물짜/ 〈救護物資〉	救災物資、救援物資
비상식 〈非常食〉	緊急防災食品、應急儲備糧食
의연금 〈義捐金〉	救濟金、慈善捐款 ＊募集慈善捐款：의연금을 모으다
성금 〈誠金〉	捐款、善款 ＊捐款、捐助：성금을 지급하다

위기 관리 〈危機管理〉	危機管理
자원봉사 활동 /-활똥/ 〈自願奉事活動〉	做義工
자선사업 〈慈善事業〉	慈善事業
봉사하다 〈奉仕-〉	服務、奉獻
활동하다 /활똥-/ 〈活動-〉	活動、工作
참가하다 〈參加-〉	參加
돕다 /돕따/	幫助 ＊在身邊施予各種援手的人稱為도움이。
불우 이웃 돕기 /-이운 똡끼/ 〈不遇-〉	幫助生活困難的鄰居

★颱風

태풍 〈颱風〉	颱風 ＊韓國的報紙等媒體，不會稱颱風為「第幾號颱風」，而是稱日本、柬埔寨、中國、北韓、香港、寮國、澳門、馬來西亞、密克羅尼西亞、菲律賓、韓國、泰國、美國、越南等 14 個國家參與的颱風委員會制定的亞洲名。
태풍의 눈 〈颱風-〉	颱風眼 ＊進入颱風眼：태풍의 눈으로 들어가다 ＊風雨突然停了：비바람이 뚝 그치다
세력 〈勢力〉	威力 ＊威力強：세력이 강하다 ＊威力變小：세력이 약해지다 /-야캐지다/

덮치다 /덥치다/	突襲、襲擊 ＊颱風來襲：태풍이 덮치다
다가오다	接近、靠近 ＊颱風往九州的方向靠近：태풍이 규슈로 다가 오다
상륙하다 /상뉴카다/ 〈上陸-〉	登陸
빠져나가다	脫離、離開 ＊颱風往濟州島的方向離開：태풍이 제주도 쪽 으로 빠져나가다
강타하다 〈强打-〉	摧殘、席捲 ＊颱風席捲南海岸：태풍이 남해안을 강타하다
영향을 미치다 〈影響-〉	受影響 ＊受到颱風的影響：태풍의 영향을 미치다
피해 〈被害〉	損失、損害、受災 ＊颱風吹殘後的痕跡：태풍이 할퀴고 간 자국이 남다
소강상태 〈小康狀態〉	緩和、減弱 ＊進入緩和狀態：소강상태에 들다、소강상태로 들어가다

수해 〈水害〉	水災 ＊發生水災：수해가 나다
홍수 〈洪水〉	洪水
큰물	洪水、大水
침수하다 〈侵水-〉	浸水、淹水 ＊也稱為물에 잠기다。

산사태 〈山沙汰〉	山崩、土石流 ＊發生山崩、發生土石流：산사태가 일어나다
떠내려가다	沖走、漂走 ＊橋被沖走：다리가 떠내려가다
유실되다 〈流失-〉	流失、沖走
범람하다 /범남-/ 〈氾濫-〉	氾濫 ＊大雨使河川氾濫：큰비로 하천이 범람하다

제방 〈堤防〉	堤防 ＊也稱為둑 /뚝/ 。 ＊堤防倒塌：제방이 무너지다；堤防破裂：둑이 터지다
방파제 〈防波堤〉	防波堤
방조제 〈防潮堤〉	海塘、海堤
파도가 높다 /-놉따/ 〈波濤-〉	海浪高、瘋狗浪、巨浪 ＊因為颱風造成的大浪會稱為태풍 해일 〈颱風海溢〉。
바다가 물결치다 /-물껼-/	大海波濤起伏
파랑 주의보 〈波浪注意報〉	風浪警報
열대 저기압 /열때-/ 〈熱帶低氣壓〉	熱帶低氣壓
온대 저기압 〈溫帶低氣壓〉	溫帶低氣壓
사이클론 〈cyclone〉	氣旋
허리케인 〈hurricane〉	颶風

★地震、海嘯

지진 〈地震〉	地震 ＊發生地震：지진이 일어나다、지진이 발생하다 /-발쌩-/ ＊被地震摧毀：지진에 휩쓸리다 ＊有感〔無感〕地震：유감〔무감〕 지진 ＊淺層〔深層〕地震：얕은〔깊은〕 지진 ＊垂直型地震：직하형 지진
지진 피해 〈地震被害〉	地震損失
진도 〈震度〉	震度 ＊震度 4 級的中震：진도 4도의 다소 강한 지진

매그니튜드 〈magnitude〉	規模 ＊規模 7.2 的大地震：매그니튜드 7.2의 강한 지진 ＊在韓國，一般不會使用規模這個說法。
강진 〈地震〉	強震
여진 〈餘震〉	餘震
진원지 /지원지/ 〈震源地〉	震源 ＊震央：진앙 /지낭/
흔들리다	被搖動、被搖晃 ＊大力搖晃：크게 흔들리다 ＊劇烈搖晃：심하게 흔들리다 ＊反覆搖晃：반복해서 흔들리다
좌우 흔들림 〈左右-〉	左右搖晃 ＊也稱為롤링 〈rolling〉。 ＊側向搖晃：옆으로 흔들리다；左右搖晃：좌우로 흔들리다
상하 흔들림 〈上下-〉	上下搖晃 ＊也稱為피칭 〈pitching〉。 ＊上下搖晃：위아래로 흔들리다
무너지다	倒塌、坍塌、坍方 ＊建築物倒塌：건물이 무너지다
붕괴되다 〈崩壞-〉	崩潰、崩塌 ＊建築物崩塌：건물이 붕괴되다
산사태 〈山沙汰〉	山崩 ＊發生山崩：산사태가 일어나다 ＊地面裂開：땅이 갈라지다
사태 〈沙汰〉	崩塌、坍方
토사류 〈土沙流〉	土石流 ＊發生土石流：토석류가 발생하다
활단층 〈活斷層〉	活斷層 ＊正斷層：정단층 ＊逆斷層：역단층 /역딴층/
플레이트 〈plate〉	板塊 ＊也稱為판 〈板〉。 ＊太平洋板塊：태평양 플레이트、태평양판

지반 침하 〈地盤沈下〉	地層下陷 ＊地基沉陷：지반이 내려앉다 /-내려안따/ ＊海床隆起：해저가 융기하다
액상화 현상 /액쌍화-/ 〈液狀化現象〉	土壤液化現象
쓰나미	海嘯 ＊被捲進海嘯裡：쓰나미에 휩쓸려 나가다 ＊發布〔解除〕海嘯警報：쓰나미 경보가 발령 되다〔해제되다〕

4. 宇宙
★宇宙

우주 〈宇宙〉	宇宙 ＊宇宙誕生：우주 탄생〈宇宙誕生〉
빅뱅 〈big bang〉	大爆炸、大霹靂
블랙홀 〈black hole〉	黑洞
미국항공우주국 〈美國航空宇宙局〉	美國國家航空暨太空總署
로켓 〈rocket〉	火箭
인공위성 〈人工衛星〉	人造衛星、衛星
우주 비행사 〈宇宙飛行士〉	太空飛行員、宇航員
우주인 〈宇宙人〉	太空人
외계인 〈外界人〉	外星人、太空人

★天體

천체 〈天體〉	天體
천문학 〈天文學〉	天文學
천문대 〈天文臺〉	天文臺、觀象臺
망원경 〈望遠鏡〉	望遠鏡

관측하다 /관츠카다/ 〈觀測-〉	觀測 ＊天體觀測：천체 관측 〈天體觀測〉
하늘	天空
땅	地
달	月亮 ＊月亮升起：달이 뜨다 ＊月亮落下：달이 지다
달님 /달림/	月神
보름달 /보름딸/	滿月、望月
초승달 /초승딸/	朔月、新月 ＊由초생달〈初生-〉訛轉而來。（在北半球的中 緯度地區）月的缺口在左側。 ＊그믐달：殘月、下弦月、晦日之月〔二十七日 月〕。月缺口在右側。
반달	半月、弦月
상현달 /상현딸/ 〈上弦-〉	上弦月
하현달 /하현딸/ 〈下弦-〉	下弦月
태양계 /태양게/ 〈太陽系〉	太陽系
태양 〈太陽〉	太陽 ＊태양是科學用語的正式說法。在會話中會用해 〔意思為日〕。 ＊艷陽高照：햇볕이 쨍쨍 내리쬐다
해님	太陽神
일식 /일씩/ 〈日蝕〉	日蝕 ＊日全蝕、天狗食日：개기 일식 ＊日偏蝕：부분 일식
월식 /월씩/ 〈月蝕〉	月蝕
자전 〈自轉〉	自轉
공전 〈公轉〉	公轉
수성 〈水星〉	水星

금성 〈金星〉	金星 ＊金星：개밥바라기 / 개밥빠라기 〔黃昏天色變暗，狗肚子餓了便會「嗚喔喔」地遠吠。因為是在這個時候浮現西方天空的星星，而取개밥바라기這個名字。分解開來就是개＋밥＋바라기〕 ＊金星、太白星：샛별 / 샏뼐/
지구 〈地球〉	地球
화성 〈火星〉	火星
목성 / 목썽/ 〈木星〉	木星
토성 〈土星〉	土星
천왕성 〈天王星〉	天王星
해왕성 〈海王星〉	海王星

별	星星 ＊星星一閃一閃：별이 반짝반짝 빛나다
항성 〈恒星〉	恒星
행성 〈行星〉	行星 ＊小行星：소행성
위성 〈衛星〉	衛星
혜성 〈彗星〉	彗星
유성 〈流星〉	流星 ＊會話中會用별똥별。
운석 〈隕石〉	隕石 ＊隕石掉落：운석이 떨어지다

은하계 / 은하게/ 〈銀河系〉	銀河系
별자리	星座
산개성단 〈散開星團〉	疏散星團
성운 〈星雲〉	星雲
은하수 〈銀河水〉	銀河
견우성 〈牽牛星〉	牽牛星、牛郎星
직녀성 / 징녀성/ 〈織女星〉	織女星

북극성 /북끅썽/ 〈北極星〉	北極星
북두칠성 /북뚜칠썽/ 〈北斗七星〉	北斗七星
남십자성 /남십짜성/ 〈南十字星〉	南十字座
묘성 〈昴星〉	昴宿星團
코로나 〈corona〉	日冕 *指日全蝕時，月球運行到太陽和地球之間遮住太陽的色球層與光球層，人類肉眼可見，圍繞在太陽周圍的淡白色光暈。
일등성 /일뜽성/ 〈一等星〉	一等星

겨울의 대삼각형 /대삼가켱/ 〈-大三角形〉	冬季大三角 *南河三：프로키온 〈Procyon〉〔小犬座 α〕 *天狼星：시리우스 〈Sirius〉〔大犬座〕 *參宿四：베텔게우스 〈Betelgeuse〉〔獵戶座 α〕
겨울의 대육각형 /대육까켱/ 〈大六角形-〉	冬季六邊形 *天狼星：시리우스 〈Sirius〉〔大犬座〕 *南河三：프로키온 〈Procyon〉〔小犬座 α〕 *北河三：폴룩스 〈Pollux-〉〔雙子座 β 星〕 *五車二：카펠라 〈Capella〉〔御夫座 α〕 *畢宿五：알데바란 〈Aldebaran〉〔金牛座 α〕 *參宿七：리겔 〈Rigel〉〔獵戶座 β〕

★各季節主要的星座
【春季星座】
· 獅子座：사자자리 〈獅子-〉
· 大熊座：큰곰자리
· 處女座：처녀자리 〈處女-〉
· 牧夫座：목동자리 /목똥자리/ 〈牧童-〉
· 天秤座：천칭자리 〈天秤-〉
· 小熊座：작은곰자리
· 巨爵座：컵자리 /컵짜리/ 〈cup-〉
· 天貓座：살쾡이자리

【夏季星座】
· 天琴座：거문고자리
· 天鷹座：독수리자리 /독쑤리자리/〈禿-〉
· 天鵝座：백조자리 /백쪼자리/〈白鳥-〉
· 蛇夫座：뱀주인자리〈-主人-〉
· 天蠍座：전갈자리〈全蝎-〉
· 人馬座：궁수자리〈弓手-〉
· 海豚座：돌고래자리
· 武仙座：헤라클레스자리〈Hercules-〉

【秋季星座】
· 魔羯座：염소자리
· 小馬座：조랑말자리
· 寶瓶座：물병자리 /물뼝-/〈-瓶-〉
· 蝎虎座：도마뱀자리
· 雙魚座：물고기자리 /물꼬기-/
· 飛馬座：페가수스자리〈Pegasus-〉
· 仙王座：케페우스자리〈Cepheus-〉
· 仙后座：카시오페이아자리〈Cassiopeia-〉
· 仙女座：안드로메다자리〈Andromeda-〉

【冬季星座】
· 獵戶座：오리온자리〈Orion-〉
· 大犬座：큰개자리
· 小犬座：작은개자리
· 金牛座：황소자리〈黃-〉
· 雙子座：쌍둥이자리〈雙-〉
· 御夫座：마차부자리〈馬車夫-〉
· 白羊座：양자리〈羊-〉
· 鯨魚座：고래자리
· 波江座：에리다누스자리〈Eridanus-〉
· 英仙座：페르세우스자리〈Perseus-〉

18.

人的身體

〔18〕人的身體

1. 人體
★全身

몸	身體 ＊身體結實〔虛弱〕：몸이 튼튼하다〔약하다〕
몸매	身材 ＊結實的身材：다부진 몸매 ＊苗條的身材：날씬한 몸매
체격 〈體格〉	體格 ＊體格好：체격이 좋다
체형 〈體型〉	體型
신체 〈身體〉	身體
인체 〈人體〉	人體
육체 〈肉體〉	肉體
온몸	全身 ＊全身痠痛：온몸이 쑤시다 ＊全身發癢：온몸이 가렵다 ＊遍體鱗傷：온몸이 상처투성이다
상반신 〈上半身〉	上半身 ＊撐起上半身：상반신을 일으키다
하반신 〈下半身〉	下半身 ＊下半身癱瘓：하반신이 마비되다 ＊鍛鍊下半身：하반신을 단련하다
사지 〈四肢〉	四肢 ＊也稱為수족〈手足〉、손발。 ＊伸展四肢：사지를 뻗다 /-뻗따/ ＊手腳不能動：수족을 못 쓰다 ＊手腳冰冷：손발이 차다
몸통	身軀、軀幹 ＊身軀高大：몸통이 굵다 /-국따/
지체 〈肢體〉	肢體

보디 〈body〉	身體
골격 〈骨格〉	骨骼、骨架
살집 /살찝/	肌肉 ＊有肌肉：살집이 있다

2. 外表
★外表

모습	相貌、容貌
외모 〈外貌〉	外貌
겉모습 /건모습/	外表
용모 〈容貌〉	容貌、長相
몸매	身材 ＊身材好：몸매가 좋다
프로포션 〈proportion〉	比例 ＊身材比例好：프로포션이 좋다；身材勻稱：균형이 잘 잡혀 있다
잘생기다	長得帥
육체미 〈肉體美〉	體型美 ＊炫耀體型美：육체미를 과시하다 〈-誇示-〉
각선미 /각썬미/ 〈脚線美〉	腿型美
나체 〈裸體〉	裸體 ＊變得光禿禿的、變成窮光蛋：벌거숭이가 되다
맨발	赤腳、光腳 ＊赤著腳：맨발이 되다
몸집 /몸찝/	身軀、身材
몸집이 크다 /몸찝-/	人高馬大
단단하다	強壯、結實、堅硬
씩씩하다 /씩씨카다/	堅強、勇敢、朝氣蓬勃

681

늠름하다 /늠늠-/ 〈凜凜-〉	威風凜凜、儀表堂堂
몸무게	體重 ＊也稱為체중〈體重〉，但這種說法太正式。
몸무게를 달다	量體重 ＊也稱為몸무게를 재다。
몸무게가 늘다	體重增加
몸무게가 줄다	體重減輕
살찌다	長胖、胖了 ＊胖了三公斤：3킬로 살쪘다〔也稱為 3킬로 쪘다〕
뚱뚱하다	肥胖
통통하다	豐腴
살이 빠지다	瘦了 ＊〔體重〕瘦了五公斤：〔살이〕5킬로 빠졌다
말랐다	瘦、消瘦
날씬하다	苗條
호리호리하다	苗條、高挑
허약하다 /허야카다/ 〈虛弱-〉	虛弱
키	身高 ＊也稱為신장〈身長〉，是較正式的說法。
키가 크다	個子高
키가 작다 /-작따/	個子矮

3. 身體各部分
★頭部

머리	頭

두부 〈頭部〉	頭部
정수리 〈頂-〉	頭頂
앞머리 /암머리/	前腦、額頭 ＊也稱為전두부〈前頭部〉。
뒤통수 뒷머리 /뒨머리/	後腦勺 ＊也稱為후두부〈後頭部〉。
옆머리 /염머리/	頭部兩側 ＊也稱為측두부/측뚜부/〈側頭部〉。
이마	前額、額頭

뇌 〈腦〉	腦 ＊也稱為골。
대뇌 〈大腦〉	大腦 ＊也稱為큰골。
소뇌 〈小腦〉	小腦 ＊也稱為작은골。
연수 〈延髓〉	延髓、延腦 ＊也稱為숨뇌〈-腦〉。
전두엽 〈前頭葉〉	前額葉 ＊也稱為이마엽〈-葉〉。
후두엽 〈後頭葉〉	後額葉 ＊也稱為뒤통수엽〈-葉〉。
측두엽 /측뚜엽/ 〈側頭葉〉	顳葉 ＊也稱為관자엽〈貫子葉〉。
뇌하수체 〈腦下垂體〉	腦下垂體、腦下腺 ＊也稱為골밑샘/골믿쌤/。
두뇌 〈頭腦〉	頭腦

신경 〈神經〉	神經
중추 신경 〈中樞神經〉	中樞神經
말초 신경 〈末梢神經〉	末梢神經
교감 신경 〈交感神經〉	交感神經
부교감 신경 〈副交感神經〉	副交感神經

뇌신경 〈腦神經〉	腦神經
후신경 〈嗅神經〉	嗅神經、嗅覺神經 ＊也稱為후각 신경 〈嗅覺神經〉。
시신경 〈視神經〉	視神經 ＊也稱為시각 신경 〈視覺神經〉。
동안신경 〈動眼神經〉	動眼神經 ＊也稱為눈놀림 신경 〈-神經〉。
활차 신경 〈滑車神經〉	滑車神經 ＊也稱為도르래 신경 〈-神經〉。
삼차 신경 〈三叉神經〉	三叉神經
외전 신경 〈外轉神經〉	外展神經 ＊也稱為갓돌림 신경 /갇똘림-/ 〈-神經〉。
안면 신경 〈顏面神經〉	顏面神經 ＊也稱為얼굴 신경 〈-神經〉。
내이 신경 〈內耳神經〉	聽神經 ＊也稱為속귀 신경 /속뀌-/ 〈-神經〉。
설인 신경 〈舌咽神經〉	舌咽神經 ＊也稱為혀 인두 신경 〈-咽頭神經〉。
미주 신경 〈迷走神經〉	迷走神經
부신경 〈副神經〉	副神經 ＊也稱為더부신경 〈-神經〉。
설하 신경 〈舌下神經〉	舌下神經 ＊也稱為혀밑 신경 /혀믿-/ 〈-神經〉。

머리카락 머리	頭髮
가마	頭旋
대머리	禿頭 ＊變成禿頭：대머리가 되다
숱이 많다 /수치만타/	頭髮多、髮量濃密
숱이 적다 /수치적따/	頭髮少、髮量稀疏
흰머리 /힌머리/	白頭髮 ＊也稱為백발 /백빨/ 〈白髮〉。 ＊少年白：새치

희끗희끗한 머리 /히끄티끄탄-/	花白的頭髮、華髮
노랑머리	黃頭髮
갈색 머리 /갈쌕-/ 〈褐色-〉	棕色頭髮
곱슬머리 /곱쓸머리/	捲髮 ＊也稱為고수머리。

얼굴	臉
안색 〈顔色〉	臉色、氣色 ＊也稱為얼굴빛 /얼굴삗/。 ＊臉色〔氣色〕不佳：안색〔얼굴빛〕이 좋지 않다 /-조치안타/ ＊臉色〔氣色〕差：안색〔얼굴빛〕이 나쁘다
피부가 희다 /-히다/ 〈皮膚-〉	皮膚白皙
피부가 검다 /-검따/ 〈皮膚-〉	皮膚黝黑 ＊臉色灰敗：거무스름한 얼굴；黝黑的臉：까무잡잡한 얼굴 /까무잡짜판-/
이목구비 /이목꾸비/ 〈耳目口鼻〉	五官、眼耳口鼻 ＊五官分明、眉清目秀：이목구비가 뚜렷하다 /-뚜려타다/
표정 〈表情〉	表情
맨얼굴	素顏

이마	額頭
미간 〈眉間〉	眉間
관자놀이 〈貫子-〉	太陽穴、額角

볼	臉頰 ＊臉頰凹陷：볼이 홀쭉하다 /-홀쭈카다/ ＊臉頰豐腴：볼이 통통하다
보조개	酒窩
광대뼈	顴骨

수염 〈鬚髯〉	鬍子 ＊留鬍子、蓄鬍：수염을 기르다
콧수염 /코쑤염/	髭鬚、小鬍子
턱수염 /턱쑤염/	鬍鬚、鬚髯、下巴的鬍子
구레나룻 /구레나룯/	落腮鬍
귀밑머리 /귀민머리/	鬢髮、鬢角

턱	下巴、下顎 ＊下顎脫落、下巴脫臼：턱이 빠지다
위턱	上顎
아래턱	下顎

고개	後頸、頸部、脖子
목	脖子、頸部
목덜미 /목떨미/	後頸、頸窩

★眼睛與其周邊

눈	眼睛 ＊眼睛裡進了灰塵：눈에 먼지가 들어가다 ＊眼睛不好：눈이 나쁘다；視力不好：시력이 　나쁘다 ＊睜眼睛：눈을 뜨다 ＊閉眼睛：눈을 감다 /-감따/
눈부시다	耀眼、刺眼
눈이 따갑다 /-따갑따/	眼睛刺痛 ＊也稱為눈이 아프다。

보다	看、看到
보이다	看得見
눈매	眼神、目光

눈시울	眼眶
눈꼬리	外眼角
처진 눈	下垂眼
째진 눈	丹鳳眼
갈고리눈	細長眼、眼眥勾曲的眼形
툭 튀어나온 눈	凸眼
푹 꺼진 눈	深陷的眼睛、凹陷的眼睛 ＊也稱為쑥 들어간 눈。

안구 〈眼球〉	眼球
흰자위 /힌자위/	白眼珠、白眼球
검은자위	黑眼珠、黑眼球
눈동자 /눈똥자/ 〈-瞳子〉	瞳孔
눈가 /눈까/	眼角
눈시울 /눈씨울/	眼眶、眼圈
눈물샘 /눈물쌤/	淚腺
눈물	眼淚 ＊流淚：눈물이 나다 ＊流眼淚：눈물을 흘리다
울다	哭、哭泣

눈썹	眉毛
속눈썹 /송눈썹/	睫毛
눈꺼풀	眼皮 ＊雙眼皮：쌍꺼풀 〈雙-〉 ＊內雙眼皮：속쌍꺼풀 ＊單眼皮：외꺼풀、홑꺼풀
눈을 깜빡이다	眨眼、目光閃爍

시신경 〈視神經〉	視神經
망막 〈網膜〉	視網膜

각막 /강막/ 〈角膜〉	角膜
결막 〈結膜〉	結膜
홍채 〈虹彩〉	虹膜 ＊也稱為눈조리개。
모양체 〈毛樣體〉	睫狀體、織毛體、睫體 ＊也稱為섬모체〈纖毛體〉。
수정체 〈水晶體〉	水晶體、晶體
유리체 〈-體〉	玻璃體

★耳朵與其周邊

듣다 /듣따/	聽
들리다	聽到、聽見 ＊聽到音樂聲：음악 소리가 들리다
귀	耳
외이 〈外耳〉	外耳 ＊也稱為바깥귀 /바깓뀌/。
외이도 〈外耳道〉	外耳道 ＊也稱為바깥귀길 /-깓뀌-/。
중이 〈中耳〉	中耳 ＊也稱為가운데귀。
내이	內耳 ＊也稱為속귀 /-뀌/。

귀관 〈-管〉	耳咽管 ＊也稱為유스타키오관〈Eustachio 管〉。
고막 〈鼓膜〉	鼓膜 ＊鼓膜破裂：고막이 터지다；鼓膜裂開：고막이 찢어지다
이소골 〈耳小骨〉	聽小骨 ＊也稱為귀속뼈。
추골 〈鎚骨〉	錘骨 ＊也稱為망치뼈。

침골 〈砧骨〉	砧骨 ＊也稱為모루뼈。
등골 〈鐙骨〉	鐙骨 ＊也稱為등자뼈〈鐙子-〉。
반고리관 〈半-管〉	半規管 ＊也稱為삼반규관〈三半規管〉。
와우관 〈蝸牛管〉	耳蝸 ＊也稱為달팽이관〈-管〉。
전정기관 〈前庭器官〉	前庭

청신경 〈聽神經〉	聽神經
귓바퀴 /귀빠-·귇빠-/	耳廓
귓불 /귀뿔·귇뿔/	耳垂 ＊耳垂厚：귓불이 두껍다
귓구멍 /귀꾸-·귇꾸-/	外耳道
귀지	耳屎、耳垢 ＊挖耳垢、耳屎：귀지를 파내다

★鼻子與其周邊

코	鼻
코가 나오다	流鼻涕 ＊也稱為콧물이 나오다。
코를 풀다	擤鼻涕
콧물 /콘물/	鼻涕

코끝 /코끋/	鼻尖
콧날 /콘날/	鼻樑
콧방울 /코빵-·콘빵-/	鼻翼

콧구멍 /코꾸멍/	鼻孔
비강 〈鼻腔〉	鼻腔

부비강 〈副鼻腔〉	副鼻竇

코딱지 /코딱찌/	鼻屎、鼻垢 ＊摳鼻子：코를 후비다；挖鼻子：코를 파다
코털	鼻毛 ＊拔鼻毛：코털을 뽑다 /-뽑따/ ＊鼻毛剪刀：코털 가위

냄새	氣味、味道 ＊與香臭無關都可以使用。 ＊氣味好聞〔難聞〕：냄새가 좋다〔나쁘다〕 ＊嗅到、聞到：냄새를 맡다 ＊廁所味：화장실 냄새 ＊魷魚味：오징어 냄새 ＊飯燒焦的味道：밥 타는 냄새 ＊大海的味道：바다냄새
냄새(가) 나다	有味道 ＊有霉味：곰팡내가 나다 ＊有燒焦味、有燒東西的煙味：냇내가 나다 ＊有泥土味：흙냄새가 나다 ＊有酒味：술냄새가 나다 ＊有菸味：담배 냄새가 나다 ＊有尼古丁的味道：담배 댓진 냄새가 나다 ＊有男人味：사내 냄새가 나다 ＊有西洋味：서양 냄새가 나다 ＊乳臭未乾：젖내가 나다 ＊有體味：체취가 나다
냄새가 풍기다	散發出味道 ＊散發出酒味：술냄새가 풍기다 ＊散發出政治氣味：정치적인 냄새를 풍기다

향기가 나다 〈香氣-〉	散發出香氣
향기 〈香氣〉	香氣 ＊香、芳香：향기롭다 ＊咖啡的香味、香氣：커피 향기 ＊花香：꽃향기 /꼬탕기/
고소하다	香噴噴、香 ＊香噴噴的味道、氣味：고소한 냄새

비리다	腥 ＊各種氣味 　・풋내：草味 　・향내：香味、焚香的氣味 　・젖내、젖비린대：乳臭味、奶味 　・새물내：（剛曬乾的衣物）清新氣味 　・자릿내：（髒衣服）酸臭味、汗臭味 　・물비린내：水腥味 　・비린내：魚腥味 　・피비린내：血腥味 　・누린내：羶腥味 　・기름내：油味 　・썩은 내：腐臭味 　・구린내：惡臭 　・곰팡내：霉味 　・고린내：腳臭味、如腐爛的草或爛掉的雞蛋 　　散發的難聞氣味 　・지린내：尿騷味 　・암내、겨드랑내：狐臭味 　・땀내：汗臭味 　・흙내：土臭味 　・쇳내：金屬味
구리다	臭、惡臭 ＊令人厭惡的臭味〔惡臭〕：구린내 　・누린내：羶腥味、動物毛燃燒的臭味 　・고린내：腳臭、如腐爛的草或爛掉的雞蛋散 　　發的難聞氣味 　・지린내：尿騷味 　・암내：狐臭 　・땀내：汗臭

★口、喉嚨與其周邊

입	嘴 ＊張開嘴：입을 벌리다 ＊閉嘴：입을 다물다 ＊抿嘴：입을 오므리다 ＊嘟嘴：입을 삐죽거리다 /-삐죽꺼리다/
말하다	說話

이야기하다	說話、講故事、談話
속삭이다	竊竊私語
더듬다 /더듬따/	結巴、吞吞吐吐 ＊結巴、口吃：더듬거리다

입안 /이반/	口中、嘴裡
목	咽喉
구개 〈口蓋〉	顎 ＊也稱為입천장 〈-天障〉。 ＊腭垂、小舌：也稱為목젖 /목쩓/、현옹수 /혀농수/ 〈懸雍垂〉。 ＊喉結：울대뼈 /울때뼈/

입술 /입쑬/	嘴脣 ＊上嘴脣：윗입술 /윈닙쑬/ ＊下嘴脣：아랫입술 /아랜닙쑬/

혀	舌頭 ＊舌頭打結：혀가 꼬부라지다
혀끝 /혀끋/	舌尖
미뢰 〈味蕾〉	味蕾

이	牙齒
이가 나다	長牙 ＊換牙結束：이갈이가 끝나다 /-끈나다/
씹다 /씹따/	嚼、咀嚼

윗니 /윈니/	上排牙齒
아랫니 /아랜니/	下排牙齒

유치 〈乳齒〉	乳牙、乳齒 ＊也稱為젖니 /전니/、배냇니/-낸니/。
영구치 〈永久齒〉	恆齒 ＊也稱為간니。

사랑니	智齒 ＊長智齒：사랑니가 나다 ＊智齒痛：사랑니가 욱신거리다 /-욱씬-/
어금니	臼齒 ＊小臼齒〔작은어금니〕、大臼齒〔큰어금니〕 　的總稱。
덧니 /던니/	虎牙
견치 〈犬齒〉	犬齒 ＊也稱為송곳니 /송곤니/。
문치 〈門齒〉	門牙 ＊也稱為앞니 /암니/。
뻐드렁니	暴牙
치경 〈齒莖〉	牙齦 ＊也稱為잇몸 /인몸/。
치열 〈齒列〉	齒列 ＊齒列矯正：치열이 고르다
침	唾液、口水 ＊吐口水：침을 뱉다 /-밷따/ ＊咽口水：침을 삼키다 ＊噴口水：침을 튀기다
가래	痰 ＊吐痰：가래를 뱉다 /-밷따/ ＊有〔卡〕痰：가래가 끼다〔걸리다〕
하품	哈欠 ＊打哈欠：하품을 하다 ＊打哈欠：하품이 나다 ＊忍著哈欠：하품을 참다
목소리 /목쏘리/	聲音、嗓音 ＊聲音大、嗓門大：목소리가 크다 ＊聲音小、嗓門小：목소리가 작다 ＊高〔低〕音：높은〔낮은〕목소리
가성 〈假聲〉	假音、偽裝的聲音 ＊用假音、偽裝的聲音說話：가성으로 이야기하 　다

성대 〈聲帶〉	聲帶
변성기 〈變聲期〉	變聲期 ＊處於變聲期：변성기가 오다
인두 〈咽頭〉	咽 ＊喉嚨的部分。
후두 〈喉頭〉	喉 ＊喉嚨深處氣管的入口部分，内部有聲帶。
편도샘 〈扁桃-〉	扁桃腺
갑상샘 /-쌍-/ 〈甲狀-〉	甲狀腺

★肩膀、手臂、手掌與其周邊

어깨	肩膀 ＊肩膀痠痛：어깨가 결리다（病態的）
겨드랑이	腋下、腋窩
겨드랑이 털	腋毛
팔	手臂 ＊挽袖子：소매를 걷다 /걷따/
팔꿈치	手肘 ＊彎曲手肘：팔꿈치를 구부리다 ＊打直手肘：팔꿈치를 펴다
손	手 ＊用手撑著：손을 짚다 /집따/ ＊鼓掌：손뼉을 치다 ＊揮手：손을 흔들다 ＊手凍僵：손이 곱다 /곱따/
만지다	摸
누르다	壓、按
받치다 지탱하다 〈支撐-〉	墊、支撐

들다	舉起、抬、拿
묶다 /묵따/	捆綁
잡다 /잡따/	抓住
집다 /집따/	夾
쥐다	握、抓

손목	手腕
왼손잡이	左撇子
오른손잡이	右撇子

손등 /손뜽/	手背
손바닥 /손빠닥/	手掌

주먹	拳頭 ＊握拳：주먹을 쥐다 ＊拳頭打開：주먹을 펴다
손가락 /손까락/	手指 ＊拇指：엄지〈-指〉、엄지손가락 ＊食指：검지〈-指〉、인지〈人指〉、집게손가락 /집께-/ ＊中指：중지〈中指〉、가운뎃손가락 /가운뎃쏜까락/ ＊無名指：넷째 손가락 /넫째-/ ＊小指：소지〈小指〉、새끼손가락

지문〈指紋〉	指紋 ＊按指紋：지문을 찍다 /-찍따/ ＊采集指紋：지문을 채취하다〈-採取-〉
손금 /-끔/	掌紋、手相 ＊看手相：손금을 보다 ＊生命線：생명선〈生命線〉 ＊智慧線：두뇌선〈頭腦線〉 ＊感情線：감정선〈感情線〉
손도장 /-또-/〈-圖章〉	手印

손톱	手指甲
	*長指甲：손톱이 자라다
	*留指甲：손톱을 기르다
	*剪指甲：손톱을 깎다 /-깍따/
	*指甲掉了：손톱이 빠지다
발톱	脚趾甲

★胸部與其周邊

내장 〈內臟〉	內臟
오장육부 /오장육뿌/ 〈五臟六腑〉	五臟六腑
	*中醫分為肺臟、心臟、脾臟、肝臟、腎臟這五臟與大腸、小腸、膽、胃、三焦、膀胱這六腑。
가슴	胸部、胸口
흉부 〈胸部〉	胸部
등	背部、後背
유방 〈乳房〉	乳房
젖꼭지 /젇꼭찌/	乳頭
	*也稱為유두〈乳頭〉。
명치	胸口

★呼吸系統

호흡기 /호흡끼/ 〈呼吸器〉	呼吸系統、呼吸器官
폐 〈肺〉	肺
허파	
호흡하다 /호흐파다/ 〈呼吸-〉	呼吸
	*深呼吸：심호흡하다 〈深呼吸-〉

숨	氣息、呼吸 ＊呼吸：숨을 쉬다 ＊吸氣：숨을 들이쉬다 ＊呼氣：숨을 내쉬다
폐활량 〈肺活量〉	肺活量 ＊測量肺活量：폐활량을 재다 ＊肺活量大：폐활량이 크다
기관 〈氣管〉	氣管
기관지 〈氣管支〉	支气管
가로막	橫膈膜
딸꾹질 /딸꾹찔/	打嗝 ＊打嗝：딸꾹질이 나다 ＊打嗝不止：딸꾹질이 멎지 않다

★循環系統與血液

순환기 〈循環器〉	循環器官、循環系統
심장 〈心臟〉	心臟
우심방 〈右心房〉	右心房
좌심방 〈左心房〉	左心房
우심실 〈右心室〉	右心室
좌심실 〈左心室〉	左心室
대동맥판 〈大動脈瓣〉	主大動脈
폐동맥판 〈肺動脈瓣〉	肺動脈瓣
승모판 〈僧帽瓣〉	僧帽瓣、二尖瓣
삼첨판 〈三尖瓣〉	三尖瓣

혈관 〈血管〉	血管
동맥 〈動脈〉	動脈
정맥 〈靜脈〉	靜脈
모세혈관 〈毛細血管〉	毛細管、微血管

피	血
혈액 〈血液〉	血液
혈액형 /혀래켱/ 〈血液型〉	血型
적혈구 /저결구/ 〈赤血球〉	紅細胞
백혈구 /배결구/ 〈白血球〉	白血球
혈소판 /혈쏘판/ 〈血小板〉	血小板
헤모글로빈 〈hemoglobin〉	血紅素
글로불린 〈globulin〉	球蛋白
알부민 〈albumin〉	白蛋白
임파선 〈淋巴腺〉	淋巴結 ＊也稱為림프샘〈lymph-〉。

★消化系統

소화기 〈消化器〉	消化系統、消化器官
배	腹部
식도 /식또/ 〈食道〉	食道
위 〈胃〉	胃
위액 〈胃液〉	胃液 ＊從胃逆流的酸液稱為신물。
트림	飽嗝 ＊打飽嗝：트림이 나다
간장 〈肝臟〉	肝臟 ＊也稱為간〈肝〉。
췌장 〈膵臟〉	胰臟 ＊也稱為이자〈胰子〉。
비장 〈脾臟〉	脾臟 ＊也稱為지라。

담낭 〈膽囊〉	膽囊 ＊也稱為쓸개。
담즙 〈膽汁〉	膽汁 ＊也稱為쓸개즙〈-汁〉。

장 〈腸〉	腸
십이지장 〈十二指腸〉	十二指腸
소장 〈小腸〉	小腸
맹장 〈盲腸〉	盲腸 ＊也稱為막창자。
충수 〈蟲垂〉	闌尾 ＊也稱為막창자 꼬리。
대장 〈大腸〉	大腸
상행 결장 /-결짱/ 〈上行結腸〉	升結腸 ＊也稱為오름잘록창자。
횡행 결장 /-결짱/ 〈橫行結腸〉	橫結腸 ＊也稱為가로잘록창자。
하행 결장 /-결짱/ 〈下行結腸〉	降結腸 ＊也稱為내림잘록창자。
에스상 결장 /-결짱/ 〈S 狀結腸〉	乙狀結腸 ＊也稱為구불잘록창자。
직장 /직짱/ 〈直腸〉	直腸 ＊也稱為곧창자。

항문 〈肛門〉	肛門
항문 괄약근 /-괄약끈/	肛門括約肌

옆구리 /옆꾸리/	脅、側腹
아랫배 /아랟빼/	下腹

배꼽	肚臍、臍 ＊肚臍眼：배꼽 때
탯줄 /탣쭐/	臍帶 ＊臍帶血：제대혈 〈臍帶血〉

★泌尿、生殖器官

비뇨기 〈泌尿器〉	泌尿系統、泌尿器官
신장 〈腎臟〉	腎臟 ＊也稱為콩팥 /-팓/。
방광 〈膀胱〉	膀胱
요도 〈尿道〉	尿道

생식기 /생식끼/ 〈生殖器〉	生殖器官
성기 〈性器〉	性器官、生殖器
음부 〈陰部〉	陰部、陰門
음모 〈陰毛〉	陰毛
음경 〈陰莖〉	陰莖 ＊陰莖：페니스 〈penis〉
음낭 〈陰囊〉	陰囊
고환 〈睾丸〉	睪丸
정소 〈精巢〉	精囊
정액 〈精液〉	精液 ＊射精：사정하다 〈射精-〉 ＊夢遺：몽정하다 〈夢精-〉
정자 〈精子〉	精子
자위 〈自慰〉	自慰、手淫 ＊自慰、手淫：마스터베이션 〈masturbation〉 ＊手淫、自淫：오나니를 하다 〈Onanie-〉
전립선 /절-썬/ 〈前立腺〉	前列腺、攝護腺 ＊也稱為전립샘 /절립쌤/ 〈前立-〉。

자궁 〈子宮〉	子宮
난소 〈卵巢〉	卵巢
난자 〈卵子〉	卵子 ＊排卵：배란하다 〈排卵-〉
질 〈膣〉	陰道 ＊大陰唇：대음순 〈大陰脣〉 ＊小陰唇：소음순 〈小陰脣〉

내분비계 〈內分泌系〉	內分泌系統
호르몬 〈hormone〉	荷爾蒙、激素
남성 호르몬 〈男性 hormone〉	雄性激素、雄性賀爾蒙
여성 호르몬 〈女性 hormone〉	雌性激素、雌性賀爾蒙

갑상선 /갑쌍선/ 〈甲狀腺〉	甲狀腺 ＊也稱為갑상샘 /갑쌍샘/ 〈甲狀-〉。
부갑상선 /부갑쌍선/ 〈副甲狀腺〉	副甲狀腺 ＊也稱為부갑상샘 /부갑쌍샘/ 〈副甲狀-〉。

분비물 〈分泌物〉	分泌物
노폐물 〈老廢物〉	老舊廢物
배설물 〈排泄物〉	排泄物
대변 〈大便〉	大便、大號 ＊也稱為변〈便〉、똥。
소변 〈小便〉	小便、小號 ＊也稱為오줌。 ＊上大號，小號：대변〔소변〕을 보다
방귀	屁 ＊放屁：방귀를 뀌다 ＊屁放出來：방귀가 나오다

★足、臀與其周邊

다리	腿
발	腳
넓적다리 /넙쩍따리/	大腿
허벅지 /허벅찌/	大腿
종아리	腓腸、小腿肚 ＊包含小腿肚的小腿後方的膕〔《ㄨㄜˊ＝膝部後面，腿彎曲時形成窩的地方‧오금〕到腳踝這大範圍的部分稱為종아리。脛骨後側鼓起的部分稱為장딴지。

701

무릎 /무릅/	膝蓋
정강이	脛骨
발목	腳踝、踝部、踝
발꿈치	腳跟 ＊也稱為발뒤꿈치 /발뛰꿈치/。
아킬레스건 〈Achilles 腱〉	阿基里斯腱、跟腱 ＊也稱為발꿈치 힘줄。 ＊阿基里斯腱斷了：아킬레스건이 끊어지다
발끝 /발끋/	腳尖
복사뼈 /복싸뼈/	踝
발가락 /발까락/	腳趾 ＊由拇指起，按照順序為엄지、검지、중지、약 지 /약찌/、새끼발가락/-발까락/。
발톱	腳趾甲
발등 /발뜽/	腳背
발바닥 /발빠닥/	腳底、腳底板
발허리	足弓
허리	腰 ＊駝背：허리가 굽다 /굽따/
엉덩이	臀部 ＊從腿上到腰的部分。尤其，其左右肉厚而凸出 的部分稱為볼기，坐下時接觸地板的部分稱為 궁둥이。
몽고반점 〈蒙古斑點〉	蒙古斑
가랑이	胯 ＊劈腿、跨開雙腳：가랑이를 벌리다
사타구니	腹股溝區 ＊也稱為샅 /샅/。

★皮膚、肌肉、骨骼與其周邊

피부 〈皮膚〉	皮膚
소름	雞皮疙瘩 ＊起雞皮疙瘩：소름이 끼치다〔돋다〕
까칠한 피부 〈-皮膚〉	乾燥的肌膚
매끈한 피부 〈-皮膚〉	光滑的肌膚
털	毛
솜털	汗毛
모공 〈毛孔〉	毛孔 ＊也稱為털구멍 /털꾸멍/。
때	污垢 ＊沾到污垢：때가 끼다 ＊搓癬：때를 밀다
땀	汗 ＊出汗：땀이 나다
근육 〈筋肉〉	肌肉 ＊隨意肌：수의근 〈隨意筋〉 ＊非隨意肌：불수의근 /불쑤이근/〈不隨意筋〉
횡문근 〈橫紋筋〉	橫紋肌 ＊也稱為가로무늬근 /가로무니근/〈-筋〉。
평활근 〈平滑筋〉	平滑肌 ＊也稱為민무늬근 /민무니근/〈-筋〉。
이두박근 /이두박끈/ 〈二頭膊筋〉	肱二頭肌 ＊也稱為상완이두근 〈上腕二頭筋〉、위팔 두 갈래근 〈-筋〉。
가자미근 〈-筋〉	比目魚肌
근육질 /근육찔/〈筋肉質〉	(發達的、結實的)肌肉 ＊胸肌結實：가슴 근육이 탄탄하다
알통	(發達的)肌肉 ＊練肌肉：알통을 만들다
복근 /복끈/〈腹筋〉	腹肌

배근 〈背筋〉	背肌
살	肉 ＊指形塑身體的肉。
군살	贅肉 ＊長贅肉：군살이 붙다 ＊減肥：군살을 빼다
뼈	骨骼
뼈대	骨架 ＊骨架粗大：뼈대가 굵다 /-국따/
골수 /골쑤/ 〈骨髓〉	骨髓
연골 〈軟骨〉	軟骨 ＊也稱為물렁뼈。
머리뼈	顱骨、頭蓋骨 ＊也稱為두개골 〈頭蓋骨〉。
어깨뼈	肩胛骨、肩胛 ＊也稱為견갑골 /견갑꼴/ 〈肩甲骨〉。
쇄골 〈鎖骨〉	鎖骨
상완골 〈上腕骨〉	肱骨、上臂骨
전완골 〈前腕骨〉	尺骨＆橈骨
요골 〈橈骨〉	橈骨 ＊也稱為노뼈 〈櫓-〉。
척골 /-꼴/ 〈尺骨〉	尺骨 ＊也稱為자뼈。
늑골 /-꼴/ 〈肋骨〉	肋骨、肋 ＊也稱為갈비뼈。
등뼈	脊椎 ＊척추뼈是以前的說法。
척추 〈脊椎〉	脊椎 ＊也稱為척추뼈 〈脊椎-〉。
경추 〈頸椎〉	頸椎 ＊也稱為목뼈。

흉추 〈胸椎〉	胸椎 ＊也稱為등뼈。
요추 〈腰椎〉	腰椎 ＊也稱為허리뼈。
대퇴골 〈大腿骨〉	股骨
꼬리뼈	尾骨
골반 〈骨盤〉	骨盤、骨盆

관절 〈關節〉	關節 ＊也稱為뼈마디。
악관절 /악꽌절/〈顎關節〉	顎顎關節 ＊也稱為턱관절 〈-關節〉。
견관절 〈肩關節〉	肩關節 ＊肩關節：어깨 관절 〈-關節〉
슬관절 〈膝關節〉	膝關節 ＊也稱為무릎 관절 /무릅관절/〈-關節〉。
고관절 〈股關節〉	髖關節 ＊也稱為엉덩 관절 〈-關節〉。

인대 〈韌帶〉	韌帶
힘줄	腱

19.

生病的時候

【19】生病的時候

1. 醫療
★醫療機構

의료 기관 〈醫療機關〉	醫療機構
병원 〈病院〉	醫院 ＊公立醫院：국공립 병원 /국꽁닙/ 〈國公立-〉 ＊大學醫院：대학 병원 〈大學-〉 ＊綜合醫院：종합 병원 〈綜合-〉 ＊附屬醫院：부속 병원 〈附屬-〉 ＊專科醫院：전문 병원 〈專門-〉 ＊緊急醫療應變中心：응급의료센터 〈應急醫療 center〉、急診室 응급실 /응급씰/ 〈應急室〉 ＊요양 병원 〈療養-〉：療養院，能夠長期住院的護理醫療機構。
진료소 /질료소/ 〈診療所〉	診所
산과 병원 /산꽈-/ 〈產科病院〉	婦產科醫院 ＊산후조리원 〈產後調理院〉：產後護理中心、月子中心，讓產後的身體得以恢復的機構。
조산원 〈助產院〉	待產醫院、生產醫院
한의원 〈韓醫院〉	韓醫院 ＊한방 병원 〈韓方病院〉：韓方醫院
보건소 〈保健所〉	保健所、衛生保健及醫療中心、衛生所
호스피스 〈hospice〉	安寧療護 ＊臨終醫療：종말기 의료
적십자 /적씹짜/ 〈赤十字〉	紅十字會 ＊大韓紅十字會：대한적십자사

★各種診療科別

내과 /내꽈/ 〈內科〉	內科 ＊感染科：감염내과<感染 - > ＊內分泌科：내분비내과<內分泌 - > ＊風濕科：류마티스내과〈rheumatis-〉 ＊過敏科：알레르기내과〈allergy-〉 ＊消化內科（腸胃肝膽科）：소화기내과〈消化 器-〉 ＊循環器官內科：순환기내과〈循環器-〉 ＊腎臟科：신장내과〈腎臟-〉 ＊心臟內科：심장내과〈心臟-〉 ＊腫瘤內科：종양내과〈腫瘍-〉 ＊血液內科：혈액내과/혀랭-/〈血液-〉 ＊呼吸內科：호흡기내과/호흡끼-/〈呼吸器-〉 ＊結核科：결핵과〈結核科〉
외과 /외꽈/ 〈外科〉	外科 ＊普通外科：일반외과〈一般-〉 ＊消化系外科：소화기외과〈消化器-〉〔也有分 為위장관외과〈胃腸管-〉、간담췌외과〈肝膽 膵-〉的狀況〕 ＊神經外科：신경외과〈神經-〉〔一般會話中會 說뇌신경외과，但正式科別中並不存在〕。 ＊心臟外科：심장외과〈心臟-〉 ＊血管外科：혈관외과〈血管-〉 ＊胸腔外科：흉부외과〈胸部-〉 ＊乳房內分泌外科：유방내분비외과〈乳房內分 泌-〉〔並沒有유선외과這個正式科別〕。
소아과 /-꽈/ 〈小兒科〉	小兒科 ＊過去的소아과，已改名為소아청소년과〈小兒青 少年科〉。
피부과 /-꽈/ 〈皮膚科〉	皮膚科
정신과 /-꽈/ 〈精神科〉	精神科 ＊也稱為신경정신과〈神經精神科〉。
방사선과 /-꽈/ 〈放射線科〉	放射線科 ＊過去的방사선과名稱變更為영상 의학과〈影像 醫學科〉。有진단 방사선과〈診斷-〉、치료 방 사선과〈治療-〉、핵의학과〈核醫學科〉。

19
生病的時候

醫療

안과 /-꽈/ 〈眼科〉	眼科
이비인후과 /-꽈/ 〈耳鼻咽喉科〉	耳鼻喉科
비뇨기과 /-꽈/ 〈泌尿器科〉	泌尿科
항문과 /항문꽈/ 〈肛門科〉	肛門科、大腸直腸肛門科 ＊一般稱為대장항문과〈大腸肛門科〉。
산부인과 /-꽈/ 〈產婦人科〉	婦產科 ＊在韓國分為산과〈產科〉與부인과〈婦科〉。
성형외과 /-꽈/ 〈成形外科〉	整形外科 ＊在韓國並沒有미용외과〈美容外科〉這個正式科別。
정형외과 /-꽈/ 〈整形外科〉	骨外科、矯形外科 ＊麻醉科：마취통증의학과〈痲醉痛症-〉 ＊急診醫學部：응급의학과〈應急醫學科〉 ＊重症醫學部：집중치료과〈集中治療科〉
재활의학과 /-꽈/ 〈再活-〉	復健醫學科
임상병리과 /-병니꽈/ 〈臨床病理科〉	臨床病理科 ＊解剖病理科：해부병리과〈解剖-〉
가정의학과 /-꽈/ 〈家庭-〉	家庭醫學科
예방의학과 /-꽈/ 〈豫防-〉	預防醫學科 ＊保健科：공중보건과〈公眾保健科〉 ＊職業醫學科：산업의학과〈產業-〉
구강외과 /-꽈/ 〈口腔外科〉	口腔外科
치과 /치꽈/ 〈齒科〉	牙科

★醫療相關人員

의료인 〈醫療人〉	醫療人員
의사 〈醫師〉	醫師 ＊닥터〈doctor〉：醫生，主要是其他的醫療人員在稱呼醫師時使用。
전문의 〈專門醫〉	專科醫師

주치의 〈主治醫〉	主治醫師(attending physician)
담당의 〈擔當醫〉	主治醫師(attending physician) ＊주치의跟담당의都是指主治醫師，差別在於주치의指的是治療某位患者的醫療小組中，負責醫療主要行為並對醫療小組下達指令的醫師；而담당의則是指主要治療某位特定患者的醫師。
봉직의 〈奉職醫〉	受僱醫師 ＊也稱為페이닥터〈pay doctor〉。
촉탁의 /촉타긔/ 〈囑託醫〉	約聘醫師、兼任醫師、特約醫師
개인 병원 〈個人病院〉	私立醫院、私人診所 ＊在韓國，診所（진료소）、專科醫院（클리닉）於會話中都稱為개인 병원。
단골 의사 〈-醫師〉	家庭醫師 ＊也稱為홈닥터〈home doctor〉。

여의사 〈女醫師〉	女醫師
교의 〈校醫〉	校醫
임상병리의 〈臨床病理醫〉	臨床病理專科醫師
검시의 〈檢屍醫〉	法醫 ＊警醫：경찰의〈警察醫〉
인턴 〈intern〉	實習醫師
레지던트 〈resident〉	住院醫師 ＊進行專科醫師培訓的住院醫師，也稱為전공의〈專攻醫〉。

한의사 〈韓醫師〉	韓醫師 ＊也稱為한방의〈韓方醫〉。在韓國，韓藥只能由韓醫來開立處方。
치과 의사 /치꽈-/ 〈齒科醫師〉	牙醫
수의사 〈獸醫師〉	獸醫

명의 〈名醫〉	名醫
돌팔이 의사 〈-醫師〉	庸醫、蒙古大夫

가짜 의사 〈假-醫師〉	假醫師
간호사 〈看護師〉	護理師 ＊護理長：수간호사 〈首看護師〉
보건사 〈保健師〉	衛生學家、衛生師
조산사 〈助産師〉	助産士
임상병리사 /-병니사/ 〈臨床病理士〉	醫事檢驗師
방사선사 〈放射線師〉	放射科醫師
약사 /약싸/ 〈藥師〉	藥劑師
영양사 〈營養士〉	營養師
접골사 /접꼴싸/ 〈接骨師〉	接骨師
침구사 〈鍼灸師〉	針灸醫師、針灸師 ＊針師：침사 〈鍼師〉 ＊灸師：구사 〈灸師〉 ＊韓國將針灸師分為「針師」、「灸師」源自於日帝強佔期。光復後，韓國政府僅認可於日帝強佔期作為「針灸師」執業者的資格，並禁止頒發新的「針師」、「灸師」資格証。
안마사 〈按摩師〉	按摩師
작업 치료사 〈作業治療士〉	職能治療師
물리 치료사 〈物理治療士〉	物理治療師
언어 청각사 /-청각싸/ 〈言語聽覺士〉	語言治療師
치위생사 〈齒衛生士〉	口腔衛生師
카운슬러 〈counselor〉	顧問、諮詢師
의료 케이스워커 〈醫療 caseworker〉	醫療社會工作人員、醫療社工

★就診

병원에 다니다 〈病院-〉	去醫院
통원하다 〈通院-〉	(經常或定期) 到醫院
치료하다 〈治療-〉	治療
치료를 받다 〈治療-〉	接受治療

환자 〈患者〉	患者 ＊門診患者：외래 환자 ＊住院患者：입원 환자
부상자 〈負傷者〉	傷患
응급 환자 /응그판자/ 〈應急患者〉	急診患者
초진 〈初診〉	初診
재진 〈再診〉	複診
왕진 〈往診〉	出診、外診 ＊請求外診：왕진을 부탁하다

창구 〈窓口〉	窗口 ＊預約窗口：예약 창구 〈豫約窓口〉 ＊繳費窗口：수납 창구 〈收納窓口〉
접수 /-접쑤/ 〈接受〉	掛號 ＊初診掛號：초진 접수 〈初診接受〉 ＊複診掛號：재진 접수 〈再診接受〉

대기실 〈待機室〉	候診室 ＊在車站等待列車的房間稱為 대합실 〈待合室〉。
외래 〈外來〉	門診 ＊普通門診：일반 외래 〈一般外來〉 ＊專科門診：전문 외래 〈專門外來〉

진찰하다 〈診察-〉	診察、診斷 ＊接受醫師診斷： (의사에게) 진찰을 받다
진찰실 〈診察室〉	診療室
문진하다 〈問診-〉	問診

713

★入院

입원하다 〈入院-〉	住院 ＊住院手續：입원 수속 〈入院手續〉 ＊住院申請書：입원신청서 〈入院申請書〉
외박하다 〈外泊-〉	外宿
퇴원하다 〈退院-〉	出院 ＊出院許可、允許出院：퇴원 허가 〈退院許可〉
문병 〈問病〉	探病 ＊探病者：문병객
간병인 〈看病人〉	看護人員 ＊指除了家人來照顧之外，另外付錢請來照顧病 　人的人。
면회하다 〈面會-〉	探訪 ＊探病時間：면회 시간 ＊謝絕探訪：면회 사절
치료식 〈治療食〉	治療飲食
회진하다 〈回診-〉	病房巡診、查房
병동 〈病棟〉	醫療大樓
병실 〈病室〉	病房
수술실 〈手術室〉	手術室
회복실 /회복씰/ 〈回復室〉	恢復室
중환자실 〈重患者室〉	加護病房
심혈관계 중환자실 〈心血管系重患者室〉	心臟內科加護病房
신생아실 〈新生兒室〉	嬰兒室
간호사실 〈看護師室〉	護理站

★醫療服務

의료 서비스 〈醫療 service〉	醫療服務
의료 설비 〈醫療設備〉	醫療設備
진찰권 /진찰꿘/ 〈診察券〉	掛號證
건강보험증 /-보험쯩/ 〈健康保險證〉	健康保險卡、健保卡 ＊也稱為의료보험증/-쯩/〈醫療保險證〉。
의료 보험 〈醫療保險〉	醫療保險
차트 〈chart〉 진료 기록부 /질료기록뿌/ 〈診療記錄簿〉	病歷、診療記錄簿 ＊電子病歷：전자 차트〈電子 chart〉
병력 /병녁/ 〈病歷〉	病歷、病史 ＊詢問病史：병력을 묻다 /-묻따/
진단서 〈診斷書〉	診斷書、診斷證明 ＊申請診斷書：진단서를 끊다 /-끈타/
인폼드 컨센트 〈informed consent〉	告知後同意書
이차 소견 〈二次所見〉	二次診斷
의료비 〈醫療費〉	醫療費 ＊住院費：입원비〈入院費〉 ＊診療費：진찰비〈診察費〉
의료 수가 /-수까/ 〈醫療酬價〉	醫療費用

★急救醫學

구급 의료 〈救急醫療〉	緊急醫療、急救醫學
구급차 〈救急車〉	救護車 ＊也稱為앰뷸런스〈ambulance〉。
구급대원 /-때원/ 〈救急隊員〉	救護員、救護技術員

구급 환자 /구그빤자/ 〈救急患者〉	急救患者
응급 처치 〈應急處置〉	急救
응급실 /응급씰/ 〈應急室〉	急診室

중태 〈重態〉	重病、病危 ＊病入膏肓：중태에 빠지다
중증 /중쯩/ 〈重症〉	重症 ＊重症患者：중환자 〈重患者〉
중상 〈重傷〉	重傷 ＊受重傷：중상을 입다
경증 /경쯩/ 〈輕症〉	輕症
경상 〈輕傷〉	輕傷
의식 불명 〈意識不明〉	昏迷、意識喪失
혼수상태 〈昏睡狀態〉	昏迷狀態
위독한 상태 〈危篤-狀態〉	病危狀態 ＊處於病危狀態：위독한 상태에 빠지다
식물인간 /싱물-/ 〈植物人間〉	植物人 ＊成為植物人：식물인간이 되다
뇌사 상태 〈腦死狀態〉	腦死狀態
후유증 /후유쯩/ 〈後遺症〉	後遺症 ＊出現後遺症：후유증이 나타나다 ＊為後遺症所苦：후유증으로 고생하다

의료 사고 〈醫療事故〉	醫療事故 ＊發生醫療事故：의료 사고가 발생하다
오진하디 〈誤診-〉	誤診
의료 분쟁 〈醫療紛爭〉	醫療糾紛

2. 症狀・疾病
★一般症狀

증상 〈症狀〉	症狀 ＊出現症狀：증상이 나타나다 ＊感冒等症狀：감기 같은 증상
자각 증상 /-쯩상/ 〈自覺症狀〉	自覺症狀 ＊沒有自覺症狀：자각 증상이 없다
염증 /-쯩/〈炎症〉	炎症 ＊引發炎症：염증을 일으키다 ＊發炎：염증이 생기다
아프다	疼、痛 ＊可以用在머리가 아프다（頭痛）、허리가 아프다（腰痛）。身體的一部分感到疼痛時，或〔即使沒有感到疼痛〕身體的狀況不佳時也稱為몸이 아프다。
통증 /통쯩/〈痛症〉	疼痛 ＊疼痛緩解：통증이 누그러지다 ＊疼痛消失：통증이 가시다
몸이 나른하다	身體無力、慵懶 ＊찌뿌듯하다、찌뿌드드하다、찌뿌둥하다也帶有相同的意思。 ＊몸이 찌뿌드드하다也可以作為「臉色不好」的意思來使用。 ＊不知為何全身無力：온몸이 왠지 나른하다 ＊感冒的初期症狀「身體感到疲倦」是몸살 나다。
몸이 무겁다	身體沉重
몸이 상하다 〈-傷-〉	傷身體
몸상태 〈-狀態〉	身體狀況 ＊身體狀況不好：몸상태가 나쁘다；身體不適：몸이 불편하다

탈진하다 /탈찐-/ 〈脫盡-〉	精疲力竭、虛脫 ＊突然手腳無力：갑자기 손발에 힘이 안 들어가다 ＊身體一側不能動：몸 한쪽이 움직이지 않다
기운이 없다	無力
입맛이 없다	沒胃口
야위다	消瘦
열 〈熱〉	熱 ＊發燒：열이 있다 ＊發燒：열이 나다 ＊退燒：열이 내리다 ＊三十八點五度：삼십팔 점/쩜/ 오 도
열을 재다	量體溫
정상 체온 〈正常體溫〉	正常體溫 ＊降為正常體溫：열이 정상으로 내리다/내려가다
미열 〈微熱〉	低燒
고열 〈高熱〉	高燒 ＊高燒：열이 높다
오한이 나다 〈惡寒-〉	發冷
한기가 들다 〈寒氣-〉	受寒 ＊剛得到感冒，受寒身體感到疲倦是몸살。
으슬으슬하다	發冷、畏寒 ＊〔發燒等〕身體發抖：몸이 으슬으슬하다 ＊〔因為恐懼或寒冷〕身體發抖：오싹오싹하다
떨리다	發抖、打顫 ＊手腳發抖：손발이 덜덜 떨리다
떨다	發抖、顫抖、哆嗦 ＊身體發抖：몸을 떨다

★疾病

병 〈病〉	病 ＊得病、生病：병에 걸리다、병이 들다 ＊걸리다要配병에，들다要配병이，請注意助詞。這些用法主要是用在被細菌、病毒感染而生病的狀況。也有병이 나다的說法，但這是用在帶狀疱疹、蕁麻疹等因內部原因而發病的狀況。 ＊得病、不舒服：앓다 /알타/ ＊躺下、臥病（在床）：눕다 /눕따/ ＊久病不癒：병이 오래 가다 ＊病癒：병이 낫다 /-낟따/ ＊治病：병을 고치다；治療疾病：병을 치료하다 ＊染病：병이 옮다 /-옴따/ ＊把疾病傳染：병을 옮기다 /-옴기다/
질병 〈疾病〉	疾病
지병 〈持病〉	老毛病、痼疾 ＊也稱為숙환 /수콴/ 〈宿患〉。
합병증 /합뼝쯩/ 〈合併症〉	併發症
후유증 /후유쯩/ 〈後遺症〉	後遺症
꾀병 〈-病〉	裝病 ＊裝病：꾀병을 부리다

★全身性的疾病

암 〈癌〉	癌症 ＊惡性腫瘤：악성 종양 /악썽-/ 〈惡性腫瘍〉 ＊良性腫瘤：양성 종양 〈良性-〉 ＊癌症初期：조기암 〈早期-〉 ＊癌症中期：진행암 〈進行-〉 ＊癌症末期：말기암 〈末期-〉
패혈증 /패혈쯩/ 〈敗血症〉	敗血症

★病原體

병원균 〈病原菌〉	致病性真菌
세균 〈細菌〉	細菌
바이러스 〈virus〉	病毒 ＊病毒感染：바이러스에 감염되다 〈-感染-〉

★頭的症狀

두통이 있다 〈頭痛-〉	有頭痛 ＊在會話中一般使用머리가 아프다（頭痛）。 ＊擔心或有煩惱時也用머리가 아프다。
띵하다	頭暈 ＊頭昏腦脹：머리가 띵하다
어지럽다 /어지럽따/	頭暈、暈眩 ＊因為頭暈站不起來：머리가 어지러워서 자리에서 일어나지 못하다 ＊因為頭暈站不穩：머리가 어지러워서 몸을 가눌 수가 없다
멍하다	發呆、發楞
혀가 꼬이다	舌頭打結 ＊說不出話：말이 잘 안 나오다 ＊一時說不出話來：순간적으로 말이 안 나오다
경련이 일어나다 /경년-/ 〈痙攣-〉	發生痙攣 ＊引起痙攣：경련을 일으키다 ＊手腳發抖：손발이 떨리다
마비되다 〈麻痺-〉	麻痺、癱瘓 ＊四肢癱瘓：팔다리가 마비되다 ＊神經麻痺：신경이 마비되다
반신불수가 되다 /-불쑤-/ 〈半身不隨-〉	半身不遂 ＊身體一側不能動：몸 한쪽이 움직이지 않다
머리를 부딪치다 /-부딛치다/	撞到頭部

혹이 생기다 혹이 나다	長瘤、長腫瘤
물건에 머리를 부딪 히다 /-부딛치다/	頭撞到東西
머리를 다치다	頭部受傷

건망증 /-쯩/ 〈健忘症〉	健忘症 ＊健忘症變嚴重：건망증이 심해지다 ＊重複好幾遍同樣的話：몇 번이나 같은 이야기 　를 되풀이하다
노망 〈老妄〉	老年癡呆症 ＊也稱為치매〈癡呆〉。
치매에 걸리다 〈癡呆-〉	罹患癡呆症

★頭的疾病

뇌종양 〈腦腫瘍〉	腦腫瘤、腦瘤 ＊頭疼得快要裂開了：머리가 깨질 듯이 아프다
뇌출혈 〈腦出血〉	腦出血、大腦出血
뇌졸중 /-쯩/ 〈腦卒中〉	腦中風、中風 ＊腦梗塞或腦出血等，因為腦的血管障礙而引起 　的腦部疾病。也稱為중풍〈中風〉。
지주막하 출혈 /지주마카-/ 〈蜘蛛膜下出血〉	蜘蛛膜下腔出血
뇌경색 〈腦硬塞〉	腦梗塞
뇌혈전 /-쩐/ 〈腦軟化症〉	腦血栓
치매 〈癡呆〉	癡呆症、失智症 ＊一般不會說치매증，而是說치매。在韓國，인 　지증〈認知症〉這個詞語並不普及。 ＊有癡呆症狀：치매기가 좀 있다 ＊有癡呆症的徵兆：치매 징조가 있다
알츠하이머병 /-뼝/ 〈Alzheimer 病〉	阿茲海默症 ＊在會話中用알츠하이머。

파킨슨병 /-뼝/ 〈Parkinson 病〉	帕金森氏病
간질 〈癎疾〉	癲癇 ＊最近，名稱已改為뇌전증 /-쯩/〈腦電症〉。

★眼睛的症狀

눈이 가렵다 /-가렵따/	眼睛發癢 ＊眼角發癢：눈가가 가렵다
눈곱 /눈꼽/	眼屎 ＊有眼屎：눈곱이 끼다
눈을 비비다	揉眼睛
눈에 먼지가 들어가다	眼睛進了灰塵
눈이 충혈되다	眼睛充血
눈의 흰자가 노래지다	眼白發黃

눈이 안 떠지다	眼睛睜不開
눈을 깜빡일 수 없다	不能眨眼睛

눈이 흐리게 보이다	眼睛模糊 ＊看起來模糊不清：희미하게 보이다
눈이 따끔따끔하다	眼睛痛 ＊耀眼奪目：눈이 부시다
사물이 겹쳐 보이다	看到物體重疊
모양이 찌그러져 보 이다	看到物體變形

시야 〈視野〉	視野 ＊視野遼闊〔狹窄〕：시야가 넓다 /널따/〔좁다 /좁따/〕 ＊視野模糊：시야가 흐려지다

시력 〈視力〉	視力 ＊視力檢查：시력 검사 /-껌사/ 〈-檢查〉 ＊眼睛不好：눈이 나쁘다；視力不好：시력이 　나쁘다 ＊視力下降：시력이 떨어지다
색각 검사 /색깍껌사/ 〈色覺檢查〉	色覺檢查 ＊色覺異常：색각 이상；色弱：색약 〈色弱〉
콘택트렌즈 〈contact lens〉 렌즈 〈lens-〉	隱形眼鏡 ＊韓語中，提及隱形眼鏡時經常會省略成렌즈 　（鏡片）。 ＊硬式：하드 〈hard〉 ＊軟式：소프트 〈soft〉 ＊戴隱形眼鏡：렌즈를 끼다 ＊鏡片裂開：렌즈가 찢어지다
안경 〈眼鏡〉	眼鏡 ＊度數高的眼鏡：도수가 높은 안경 〈度數-〉 ＊度數低的眼鏡：도수가 낮은 안경 ＊眼鏡度數不合適：안경 도수가 맞지 않다
노안경 〈老眼鏡〉	老花眼鏡 ＊也稱為돋보기/돋뽀기/，但돋보기也有「放大 　鏡」的意思。

★眼睛的疾病

눈병 /-뼝/ 〈-病〉	眼病、眼疾 ＊有眼病、眼疾：눈병이 나다 ＊得了眼病、眼疾：눈병에 걸리다
드라이아이 〈dry eye〉	乾眼症 ＊乾眼症：안구건조증 /-쯩/ 〈眼球乾燥症〉
각막염 /강망념/ 〈角膜炎〉	角膜炎
결막염 /결망념/ 〈結膜炎〉	結膜炎 ＊麥粒腫：也稱為다래끼〔長了麥粒腫다래끼가 　나다〕。
안검염 /안검념/ 〈眼瞼炎〉	眼瞼炎 ＊眼角發癢：눈가가 가렵다 ＊眼角潰爛：눈가가 헐다

설맹증 /-쯩/ 〈雪盲症〉	雪盲症
안검하수 〈眼瞼下垂〉 눈꺼풀 처짐	眼瞼下垂(Blepharoptosis) 眼皮下垂(Achalasia) ＊眼皮下：눈꺼풀이 처지다
속눈썹 찔림증 /송눈썹-쯩/	倒插睫毛
근시 〈近視〉	近視 ＊假性近視：가성근시 〈假性近視〉 ＊遠處看不清楚：먼 곳이 잘 안 보이다
원시 〈遠視〉	遠視
난시 〈亂視〉	散光
노안 〈老眼〉	老花眼 ＊近的地方看不清楚：가까운 곳이 잘 안 보이다
사시 〈斜視〉	斜視 ＊俗稱사팔뜨기（斜視）。
백내장 /뱅-/ 〈白內障〉	白內障
녹내장 /농-/ 〈綠內障〉	青光眼
시신경염 /-념/ 〈視神經炎〉	視神經炎
망막 박리 /-방니/ 〈망막剝離〉	視網膜剝離
비문증 /-쯩/ 〈飛蚊症〉	飛蚊症 ＊也稱為날파리증 /-쯩/ 〈-症〉。
야맹증 /-쯩/ 〈夜盲症〉	夜盲症

★口、齒的症狀與疾病

입 냄새 /임-/	口臭 ＊出現口臭、有口臭：입 냄새가 나다或입에서 　냄새가 나다 ＊漱口：입을 헹구다

구내염 〈口內炎〉	口腔炎 ＊口腔潰瘍 : 입안이 헐다
치통 〈齒痛〉	牙痛 ＊牙齒刺痛 : 이가 욱신거리다 ; 牙齒痠痛 : 이가 쑤시다 ＊觸動神經 : 신경을 건드리다 ＊感到疼痛 : 통증을 느끼다
충치 〈蟲齒〉	蛀牙 ＊長蛀牙 : 충치가 생기다 ; 牙齒腐爛 : 이가 썩다 ＊補蛀牙 : 충치를 때우다 ; 補牙 : 보철하다 〈補綴-〉 ＊除膿 : 고름을 빼다
이가 시리다	牙齒咀嚼時感到不舒服
이가 부러지다	牙齒斷掉
이가 빠지다	掉牙齒
이가 흔들흔들하다	牙齒鬆動
이를 빼다	拔牙
마취하다 〈痲醉-〉	麻醉
신경을 제거하다 〈神經-除去-〉	抽神經
치조 농루 /-농누/ 〈齒槽膿漏〉	齒槽膿漏 ＊牙醫師向患者說明時雖然會使用到這個單詞，但在一般會話中會說잇몸에서 피가 나요. (牙齦流血)、잇몸이 헐었어요. (牙齦潰爛)。
치주병 /치주뼝/ 〈齒周病〉	牙周病
치주염 〈齒周炎〉	牙周炎
치은염 /치은념/ 〈齒齦炎〉	牙齦炎
칫솔 /칟쏠/	牙刷 ＊牙間刷 : 치간 칫솔 〈齒間齒-〉 ＊電動牙刷 : 전동 칫솔

치약 〈齒藥〉	牙膏
치실 〈齒-〉	牙線
치아의 본을 뜨다 〈齒牙-本-〉	做齒模
교합 〈咬合〉	咬合 ＊調整牙齒咬合狀態：치아의 교합 상태를 조절하다 ＊咬合不正：교합이 잘 안 맞다
치열 교정 〈齒列矯正〉	牙齒矯正 ＊牙齒不整齊：치열이 고르지 못하다 ＊矯正牙齒：치열을 교정하다
치석 제거 〈齒石除去〉	清除牙結石、洗牙 ＊也稱為스케일링 〈scaling〉。
미백 치료 〈美白治療〉	美白治療
틀니 /틀리/	假牙 ＊也稱為의치 〈義齒〉。 ＊裝〔金牙〕假牙：틀니〔금니〕를 해 넣다 ＊裝〔拔〕假牙：틀니를 끼우다〔빼다〕 ＊假牙不合適：틀니가 맞지 않다
임플란트 〈implant〉	植牙 ＊임플란트也做「假牙」的意思使用。
아말감 〈amalgam〉	汞齊、補牙銀粉
브릿지 〈bridge〉	(假牙上的)牙橋
크라운 〈crown〉	牙套 ＊戴牙套：크라운을 씌우다
양악 수술 〈兩顎手術〉	正顎手術 ＊在韓國以藝人為中心流行著，是為了矯正顏面輪廓而做的整形手術。主要是矯正戽斗等，對形成臉部輪廓的上顎、下顎骨、頰骨等做的削骨手術。
연하 장해 〈嚥下障害〉	吞嚥障礙、吞嚥困難
악관절증 /-쯩/ 〈顎關節症〉	顳顎關節障礙

아구창 〈鵝口瘡〉	鵝口瘡
설암 〈舌癌〉	舌癌
지도상설 〈地圖狀舌〉 지도모양혀 〈地圖某樣-〉	地圖舌、地圖樣舌

★耳朵的症狀與疾病

귓병 /귀뼝·귇뼝/	耳疾
귀가 먹다 /-먹따/	耳聾 ＊指因為生病而耳朵聽不到。沒有生病但聽不清 楚時稱為귀가 들리지 않다。
귀가 멀다	耳背 ＊멀다並不是「遠」的意思，是「視力或聽力變 差」的意思。
난청 〈難聽〉	聽力受損、聽力障礙 ＊耳朵聽不清楚：귀가 잘 안 들리다
보청기	助聽器 ＊戴〔摘〕助聽器：보청기를 끼다〔빼다〕
이명증 /-쯩/ 〈耳鳴症〉	耳鳴 ＊耳朵裡有聲音：귀에서 소리가 나다；耳鳴： 귀가 울리다
현기증 /-쯩/ 〈眩氣症〉	眩暈、頭暈 ＊頭暈：현기증이 나다 ＊天旋地轉：천장이 빙빙 돌다
멀미 차멀미 〈車-〉	頭暈、暈車 ＊暈車：차멀미가 나다 ＊暈船：뱃멀미 ＊暈機：비행기 멀미
중이염 〈中耳炎〉	中耳炎 ＊耳朵進水：귀에 물이 들어가다 ＊外耳炎：외이염 〈外耳炎〉 ＊內耳炎：내이염 〈內耳炎〉
메니엘병 /-뼝/ 〈Meniere 病〉	梅尼爾氏症

이관협착증 /-쯩/	耳咽管狹窄症 ＊耳塞：귀가 막히다
귀지	耳屎、耳垢 ＊耳垢堆積：귀지가 쌓이다 ＊掏耳垢（耳屎）：귀지를 파내다 ＊耳勺：귀이개
귀고름	耳膿 ＊耳朵流膿：귀에서 고름이 나오다

★鼻子、喉嚨的症狀與疾病

감기 〈感氣〉	感冒 ＊得感冒：감기가 들다 ＊感冒：감기에 걸리다 ＊如感冒初期症狀般身體倦怠的症狀稱為몸살。
코감기 〈-感氣〉	(鼻症狀的)感冒
코가 막히다 /-마키다/	鼻塞 ＊鼻音：콧소리/콘쏘리/
콧물 /콘물/	鼻涕 ＊流鼻涕：콧물을 흘리다
기침하다	咳嗽 ＊咳咳地咳嗽：콜록콜록하다、콜록 기침하다 ＊咳嗽：콜록거리다
가래가 끓다 /-끌타/	積痰
재채기가 나다	打噴嚏 ＊不停地打噴嚏：재채기가 멈추지 않다 ＊哈啾：에취
목이 아프다	喉嚨痛
목이 붓다 /-붇따/	喉嚨腫 ＊喉嚨痛：목이 따끔따끔하다 ＊喉嚨乾澀：목이 칼칼하다
코피	鼻血 ＊流鼻血：코피가 나다 ＊鼻血流不停：코피가 멎지 않다

부비강염 /-념/ 〈副鼻腔炎〉	鼻竇炎 ＊流黃色黏稠的鼻涕：누렇고 끈적끈적한 코가 나오다
비중격 만곡증 /-쯩/ 〈鼻中隔彎曲症〉	鼻中膈彎曲
꽃가루 알레르기 /꼳까루-/ 〈-allergy〉	花粉過敏、花粉症 ＊也稱為꽃가룻병/꼳까룯뼝/。화분증〈花粉症〉的說法並不普及。 ＊花粉紛飛：꽃가루가 날리다 ＊柳杉花粉：삼나무 꽃가루〈杉-〉 ＊扁柏花粉：노송나무 꽃가루〈老松-〉
알레르기성 비염 /알레 르기썽-/ 〈allergy 性鼻炎〉	過敏性鼻炎 ＊流鼻水（清水）：맑은 콧물이 나오다
편도선염 /-념/ 〈扁桃腺炎〉	扁桃腺炎 ＊扁桃腺腫大：편도선이 붓다 ＊扁桃體化膿：편도선이 곪다
인후두염 〈咽喉頭炎〉	咽喉炎
코 고는 소리	鼾聲 ＊打鼾：코를 골다 ＊鼾聲如雷：코 고는 소리가 심하다

★呼吸系統的症狀與疾病

기침하다	咳嗽 ＊咳嗽：기침이 나다 ＊咳嗽咳不停：기침이 멈추지 않다
가래가 끓다 /-끌타/	積痰 ＊吐痰：가래를 뱉다
각혈하다 /가켤-/ 〈喀血-〉	咳血
숨이 차다	呼吸急促、喘
숨이 가쁘다	呼吸困難、喘不過氣 ＊呼吸急促：호흡이 거칠다
숨이 막히다 /-마키다/.	窒息、呼吸不順 ＊喘不過氣來：숨을 제대로 쉴 수가 없다
숨이 멎다 /-먿따/	斷氣

호흡 곤란에 빠지다 /-골란-/ 〈呼吸困難-〉	呼吸困難
인공호흡기 /-끼/ 〈人工呼吸器〉	人工呼吸器 ＊戴上人工呼吸器：인공호흡기를 달다 ＊摘除人工呼吸器：인공호흡기를 떼다 ＊做人工呼吸：인공호흡을 하다
심폐소생술 〈心肺蘇生術〉	心肺復甦術
심장 제세동기 〈心臟除細動器〉	自動體外心臟去顫器(AED)
심폐정지 〈心肺停止〉	心肺停止
폐렴 〈肺炎〉	肺炎
기관지염 〈氣管支炎〉	支氣管炎
폐결핵 〈肺結核〉	肺結核 ＊過去稱為폐병/-뼝/〈肺病〉。
흉막염 /흉망념/ 〈胸膜炎〉	胸膜炎 ＊肋膜炎：늑막염 /능망념/ ＊肺積水、肋膜積水：폐에 물이 고이다/차다
기흉 〈氣胸〉	氣胸 ＊肺部壓力傷、爆肺、肺部穿孔：폐에 구멍이 뚫리다
폐기종 〈肺氣腫〉	肺氣腫
천식 〈喘息〉	氣喘 ＊急促地喘息：숨을 가쁘게 몰아쉬다 ＊氣喘吁吁：식식거리다。較大的聲音是색색거 리다，更嚴重是쌕쌕거리다。
독감 /-깜/ 〈毒感〉	流行性感冒 ＊H1N1 流感：신종 플루 〈新種 flue〉
사스 /싸쓰/ 〈SARS〉	嚴重急性呼吸道症候群(SARS) ＊也稱為조류 독감 〈鳥類毒感〉、신형 폐렴 〈新 型肺炎〉。
폐암 〈肺癌〉	肺癌
규폐증 /-쯩/ 〈硅肺症〉	矽肺病、矽土沉著病
진폐증 /-쯩/ 〈塵肺症〉	肺塵症、肺塵埃沉著病

★循環系統的症狀與疾病

심장이 두근거리다 〈心臟-〉	心臟怦怦跳、心悸
가슴을 옹크리다	胸口因疼痛而蜷曲的動作 ＊옹크리다：胸口緊縮的感覺。
가슴이 압박당하다 /-압빡땅하다/〈壓迫當-〉	胸口受到壓迫
가슴이 답답하다 /-답따파다/	胸悶
가슴이 후련하다	胸口舒暢
맥박 /맥빡/〈脈搏〉	脈搏 ＊脈搏加速：맥박이 빨라지다 ＊脈搏不規律：맥박이 불규칙적이다〈-不規則的-〉
부정맥〈不整脈〉	心律不整
심방세동〈心房細動〉	心房顫動、心房震顫
심실세동〈心室細動〉	心室顫動、心室心律不整
심혈관계 질환 〈心血管系疾患〉	心血管疾病
협심증 /협씸쯩/〈狹心症〉	心絞痛、狹心症
심근경색〈心筋梗塞〉	心肌梗塞
페이스메이커 〈pacemaker〉	心律調節器
심장 카테터 〈心臟 catheter〉	心導管
심장판막증 /-쯩/ 〈心臟瓣膜症〉	心臟瓣膜疾病 ＊主動脈瓣：대동맥판〈大動脈瓣〉 ＊肺動脈瓣：폐동맥판〈肺動脈瓣〉 ＊僧帽瓣、二尖瓣：승모판〈僧帽瓣〉 ＊三尖瓣：삼첨판〈三尖瓣〉 ＊瓣膜閉鎖不全：폐쇄부전증 /-쯩/ ＊瓣膜狹窄：협착증 /-쯩/

19
生病的時候

症狀・疾病

731

심장비대 〈心臟肥大〉	心臟肥大
심막염 /심망념/ 〈心膜炎〉	心包炎、心包膜炎

탈수 증상 /탈쑤-/ 〈脫水症狀〉	脫水症狀
일사병 /-싸뼝/ 〈日射病〉	熱衰竭 ＊也稱為열사병 /-싸뼝/ 〈熱射病〉。
패혈증 /-쯩/ 〈敗血症〉	敗血症

★消化系統的症狀

식욕 감퇴 〈食欲減退〉	食慾減退
식중독 /식쭝독/ 〈食中毒〉	食物中毒
배탈 〈-頉〉	鬧肚子、腹痛 ＊腹瀉：배탈이 나다
메슥거리다 /메슥꺼리다/	噁心、想吐
구역질이 나다 /구역찔-/ 〈嘔逆-〉	反胃、嘔吐 ＊噁心、反胃：울렁거리다、울렁울렁하다
구토하다 〈嘔吐-〉	嘔吐
토하다 〈吐-〉	嘔吐 ＊也稱為구토하다 〈嘔吐-〉、오바이트하다 〈overeat-〉。
피를 토하다 〈-吐-〉	吐血

설사하다 /설싸-/ 〈泄瀉-〉	腹瀉
하혈하다 〈下血-〉	便血 ＊也稱為혈변을 보다 〈血便-〉。

속이 쓰리다	火燒心、胃灼熱 ＊신물：胃酸。
트림	打嗝 ＊打嗝：트림이 나오다
체증 /-쯩/ 〈滯症〉	積食、消化不良、不消化

위가 거북하다 /-거부카다/ 〈胃-〉	胃部不適
위산 과다 〈胃散過多〉	胃酸過多
소화 불량 〈消化不良〉	消化不良 ＊消化不好：소화가 안 되다
복통 〈腹痛〉	腹痛 ＊肚子痛：배가 아프다 ＊空腹時腹部疼痛劇烈：공복 시에 통증이 심하다
살살 아프다	隱隱作痛 ＊肚臍周圍隱隱作痛：배꼽 주변이 살살 아프다
콕콕 쑤시다	陣陣作痛 ＊小腹陣陣作痛：아랫배가 콕콕 쑤시다 /아랟 빼-/
결리다	酸痛、脹痛
헛배가 부르다 /헏빼-/	腹脹 ＊感覺腹脹：복부 팽만감을 느끼다 〈膨滿感-〉
가스가 차다	脹氣
위확장 /-짱/ 〈胃擴張〉	胃擴張
위하수 〈胃下垂〉	胃下垂
변비 〈便秘〉	便祕 ＊便祕嚴重：변비가 심하다 ＊大便硬：변이 딱딱하다

19 生病的時候

症狀・疾病

★消化系統的疾病

식도염 /식또염/ 〈食道炎〉	食道炎 ＊逆流性食道炎：역류성 식도염 /영뉴썽-/
위염 〈胃炎〉	胃炎 ＊急性胃炎：급성 위염 ＊慢性胃炎：만성 위염
위궤양 〈胃潰瘍〉	胃潰瘍

위암 〈胃癌〉	胃癌
용종 〈茸腫〉	息肉 ＊胃息肉：위폴립 〈胃 polyp〉 ＊大腸息肉：장폴립 〈腸 polyp〉
십이지장 궤양 〈十二指腸潰瘍〉	十二指腸潰瘍
충수염 〈蟲垂炎〉	闌尾炎 ＊年長者多稱之為맹장염 〈盲腸炎〉。
대장염 /-념/ 〈大腸炎〉	結腸炎、大腸炎
복막염 /봉망념/ 〈腹膜炎〉	腹膜炎
장폐색 〈腸閉塞〉	腸阻塞
장염전증 /장념전쯩/ 〈腸捻轉症〉	腸扭結 ＊腸子打結：장이 꼬였다
대장암 〈大腸癌〉	大腸直腸癌、結腸直腸癌 ＊直腸癌：직장암 /직짱-/ ＊結腸癌：결장암 /결짱-/
서혜부 헤르니아 〈鼠蹊部-〉	鼠蹊部疝氣、腹股溝疝氣 ＊一般稱為탈장 /탈짱/ 〈脫腸〉。
직장 탈출증 /직짱탈출쯩/ 〈直腸脫出症〉	直腸脫垂、脫肛 ＊脫肛：탈항 〈脫肛〉
항문 주위 농양 〈肛門周圍膿瘍〉	肛門周膿瘍 ＊也稱為항문 주위 고름집 〈肛門周圍-〉。
치질 〈痔疾〉	痔瘡 ＊外痔：수치질或是외치 〈外痔〉，수치질的수是 　　　指雄性 （♂）；相對的「內痔」稱為암치질或 　　　내치 〈內痔〉，암치질的암是指雌性 （♀）。
치루 〈痔瘻〉	肛門瘻管、肛瘻
이질 〈痢疾〉	痢疾
콜레라 〈cholera〉	霍亂
장티푸스 〈腸 typhus〉	傷寒、腸熱病

파라티푸스 〈paratyphus〉	副傷寒

기생충병 /-뼝/ 〈寄生蟲病〉	寄生蟲病 ＊蛔蟲、線蟲：회충 〈蛔蟲〉 ＊蟯蟲：요충 〈蟯蟲〉 ＊條蟲：조충 〈條蟲〉〔以前叫촌충 〈寸蟲〉（寸白蟲）〕 ＊日本血吸蟲：일본주혈흡충 〈日本住血吸蟲〉 ＊中華肝吸蟲：간디스토마 〈肝 distome〉、간흡충 〈肝吸蟲〉 ＊衛氏肺吸蟲：폐디스토마 〈肺 distome〉、폐흡충 〈肺吸蟲〉 ＊鉤蟲：구충 〈鉤蟲〉；美洲鉤蟲：아메리카구충；十二指腸鉤蟲십이지장충 〈十二指腸蟲〉 ＊阿米巴痢疾變形蟲：이질아메바 〈痢疾 amoeba〉

★肝、膽、胰系統症狀與疾病

황달 〈黃疸〉	黃疸 ＊得了黃疸：황달이 오다；患了黃疸：황달에 걸리다；出現疸黃疸症狀：황달 증상이 나타나다 ＊眼睛發黃：눈이 노래지다
복수 /복쑤/ 〈腹水〉	腹水 ＊充滿腹水：복수가 차다
간염 /가념/ 〈肝炎〉	肝炎 ＊病毒性肝炎：바이러스성 간염 ＊A型肝炎：A형 간염；B型肝炎：B형 간염；C型肝炎：C형 간염 ＊急性（慢性）肝炎：급성〔만성〕간염 ＊酒精性肝炎：알코올성 간염 ＊猛爆性肝炎：전격간염 〈電擊肝炎〉
보균자 〈保菌者〉 캐리어 〈carrier〉	帶菌者、帶病毒者、帶病原者

生病的時候

症狀・疾病

735

지방간 〈脂肪肝〉	脂肪肝 ＊非酒精性脂肪肝：비알코올성 지방간〈非 alcohol-〉
간경변증 /-쯩/ 〈肝硬化症〉	肝硬化
간암 /가남/ 〈肝癌〉	肝癌
담낭염 /담낭념/ 〈膽囊炎〉	膽囊炎
담석증 /담석쯩/ 〈膽石症〉	膽石病、膽結石
췌장염 /췌장념/ 〈膵臟炎〉	胰臟炎
췌장암 /췌장암/ 〈膵臟癌〉	胰腺癌

★生活習慣病的症狀與疾病

생활 습관병 〈生活習慣病〉	生活習慣病 ＊最近在韓國也開始稱為생활습관병，但幾乎所有的人還是稱之為성인병 /-뼝/〈成人病〉。 ＊吸菸：흡연 ＊缺乏運動：운동 부족 ＊暴食：과식〈過食〉 ＊暴飲：과음〈過飲〉
대사증후군 〈代謝症候群〉	代謝症候群 ＊也稱為메타볼릭 신드롬〈metabolic syndrome〉。 ＊限制熱量：칼로리 제한을 하다
당뇨병 /-뼝/ 〈糖尿病〉	糖尿病
혈당이 높다 /혈땅-놉따/ 〈血糖-〉	血糖高
인슐린 〈insulin〉	胰島素 ＊注射胰島素：인슐린 주사를 놓다〔醫生〕/-맞다〔病患〕
고혈압증 /고혀랍쯩/ 〈高血壓症〉	高血壓 ＊在會話中一般會稱為고혈압이다、고혈압이 있다、혈압이 높다等。

저혈압증 /저혀랍쯩/ 〈低血壓症〉	低血壓 ＊低血壓：저혈압이다，主要指血壓低。

고지혈증 /-쯩/ 〈高脂血症〉	高脂血症
콜레스테롤 〈cholesterol〉	膽固醇 ＊膽固醇高：콜레스테롤이 높다 〈cholesterol〉 ＊高密度脂蛋白(HDL)：양성 콜레스테롤〈良性-〉；好的膽固醇(俗稱)：좋은 콜레스테롤 ＊低密度脂蛋白(LDL)：악성 콜레스테롤〈惡性-〉；壞的膽固醇(俗稱)：나쁜 콜레스테롤 ＊三酸甘油脂(TG)：중성 지방

고요산혈증 /-쯩/ 〈高尿酸血症〉	高尿酸血症
통풍 〈痛風〉	痛風 ＊痛風發作：통풍 발작 ＊拇趾腫脹：엄지 발가락이 퉁퉁 부어오르다

동맥경화증 /-꼉화쯩/ 〈動脈硬化症〉	動脈硬化

19
生病的時候

症狀・疾病

★精神、神經系統的症狀與疾病

스트레스 〈stress〉	壓力 ＊堆積壓力：스트레스가 쌓이다
욕구 불만 /욕꾸-/ 〈欲求不滿〉	慾求不滿 ＊累積不滿：욕구 불만이 쌓이다
불만 〈不滿〉	不滿 ＊不滿情緒爆發：불만이 폭발하다
부담 〈負擔〉	負擔 ＊成為負擔：부담이 되다；施加心理壓力：심적 압박이 가해지다

의심이 많다 /-만타/	疑心病重 ＊의처증 /-쯩/ 〈疑妻症〉：經常懷疑妻子行動有異常的病症。也有의부증 /-쯩/ 〈疑夫症〉。

스토커 〈stalker〉	跟蹤者 ＊被跟蹤：스토킹을 당하다；被騷擾：스토커에게 쫓기다 ＊被跟蹤狂殺害：스토커에게 살해되다
우울해지다 〈憂鬱-〉	憂鬱、發悶
미치다	瘋、發狂 ＊미치다是「發神經」、「發瘋」的動詞。 ＊親近朋友之間的會話中，要表達對方「太瘋狂了」、「到底在說什麼啊？」的時候，經常會使用「미쳤어？」這樣的表現。 ＊精神失常：머리가 돌다
초조해지다 〈焦燥-〉	感到焦慮、焦躁 ＊궁금하다：在意、好奇；想要知道某事又一直不能如願而感到焦躁。 ＊궁금증이 풀렸다：在意的事情得到解決。
발작을 일으키다 /발짝-/ 〈發作-〉	引起發作
알코올 의존증 /-쯩/ 〈alcohol 依存症〉	酒精依賴 ＊飲酒過量：과음하다 /과음-/ 〈過飲-〉 ＊掉進酒缸裡、酗酒：술독에 빠지다〔술독是酒甕〕
금단 증상 〈禁斷症狀〉	戒斷症狀
손이 떨리다	手發抖
자율신경 실조증 /-실쪼 쯩/ 〈自律神經失調症〉	自律神經失調、自主神經功能失調
과호흡 증후군 /-쯩후군/ 〈過呼吸症候群〉	過度換氣症候群 ＊也稱為과환기 증후군 〈過換氣-〉。
공황 장애 〈恐慌障礙〉	恐慌症
연소 증후군 /-쯩후군/ 〈燃燒症候群〉	身心俱疲症候群、枯竭症候群 ＊也稱為탈진 증후군 /탈찐-/ 〈脫盡-〉、번아웃 증후군 〈burnout-〉。使盡全力燃燒殆盡之後，陷入虛脫狀態的精神疾病。得到目標的地位之後，雖然有達成感卻也同時造成心裡空虛的狀態。

비만증 /-쯩/〈肥滿症〉	肥胖症
과식증 /-쯩/〈過食症〉	多食症、嗜食症 ＊也稱為폭식증 /폭씩쯩/〈暴食症〉。 ＊暴食：과식하다〈過食-〉 ＊暴飲暴食：폭음 폭식〈暴飲暴食〉
거식증 /-쯩/〈拒食症〉	神經性厭食症、神經性食欲缺乏、心因性厭食症 ＊食慾不振：식욕 부진에 빠지다〈食慾不振-〉 ＊야위다、수척하다 /수처카다/〈瘦瘠-〉：消瘦
불면증 /-쯩/〈不眠症〉	失眠症
수면무호흡 증후군 /-쯩후군/〈睡眠無呼吸症候群〉	睡眠呼吸中止症、睡眠呼吸暫停症候群
적면 공포증 /정면-/ 〈赤面恐怖症〉	懼紅症、害怕臉紅(erythrophobia) ＊社交恐懼症的一種。 ＊臉部潮紅：안면 홍조〈顏面紅潮〉
고소 공포증〈高所恐怖症〉	懼高症
대인 공포증〈對人恐怖症〉	社會畏懼症
폐쇄 공포증〈閉鎖恐怖症〉	幽閉恐懼症、幽閉畏懼症
조울증 /-쯩/〈躁鬱症〉	躁鬱症、雙極性障礙、雙極性情感疾患
우울증 /-쯩/〈憂鬱症〉	憂鬱症
조현병 /-뼝/〈調絃病〉	精神分裂症、思覺失調症 ＊過去稱為정신분열증 /-부녈쯩/〈精神分裂症〉。 　這個名稱在韓國仍未普及。
망상〈妄想〉	妄想 ＊活在自己妄想的世界裡：과대망상에 사로잡히다 ＊陷入被害妄想：피해망상에 빠지다
섬망〈譫妄〉	譫妄
의식 혼탁〈意識混濁〉	意識不清、昏迷
환각〈幻覺〉	幻覺

환청 〈幻聽〉	幻聽、聽幻覺
환시 〈幻視〉	幻視、視幻覺

몽유병 /-뼝/〈夢遊病〉	夢遊症
화병 /-뼝/〈火病〉	火病、鬱火病、文化圈限症候群(culture-bound syndrome) ＊因為不斷抑制憤怒，造成抑鬱的精神疾病。也稱為울화병〈鬱火病〉。
공주병 /-뼝/〈公主病〉	公主病 ＊形容年輕女性自認有如「公主」般美麗又高貴，太過自我中心主義，已到病態的程度的俗語說法。
향수병 /-뼝/〈鄉愁病〉	思鄉病、鄉愁 ＊得了思鄉病：향수병에 걸리다
성적 지향 /성쩍-/ 〈性的指向〉	性取向
밝힘증 /-쯩/〈-症〉	癖、癮
성도착 〈性倒錯〉	性倒錯、性偏差

★內分泌疾病

갑상샘 질환 /갑쌍선-/ 〈甲狀-疾患〉	甲狀腺疾病 ＊甲狀腺機能亢進：갑상샘 기능 항진증 ＊Basedow 氏病、巴塞多氏病、凸眼性甲狀腺腫：바제도병 /-뼝/〈Basedow 病〉 ＊甲狀腺機能低下症：갑상샘 기능 저하증 /갑쌍-저하쯩/ ＊橋本氏甲狀腺炎、Hashimoto 氏甲狀腺炎：하시모토 갑상선염
갑상샘종 /갑쌍샘-/ 〈甲狀-腫〉	甲狀腺腫 ＊甲狀腺癌：갑상샘암〈甲狀-癌〉
부갑상샘 질환 /부갑쌍-/ 〈副甲狀-疾患〉	副甲狀腺疾病 ＊副甲狀腺機能亢進：부갑상샘 기능 항진증 /-쯩/ ＊副甲狀腺低能症、副甲狀腺機能低下症：부갑상샘 기능 저하증 /-쯩/

★自體免疫疾病

자가 면역 질환 〈自家免疫疾患〉	自體免疫疾病
교원병 /-뼝/ 〈膠原病〉	膠原病、膠原組織病、結締組織病
류마티스 관절염 /-관절렴/ 〈rheumatis 關節炎〉	類風濕性關節炎(rheumatoid arthritis，RA)
전신 홍반성 루푸스 〈全身紅斑性 Lupus〉	全身性紅斑狼瘡(s y s t e m i c l u p u s erythematosus) ＊也稱為전신성 홍반성 낭창 /-낭창/ 〈全身性紅斑性狼瘡〉。 ＊蝶形紅斑：접형홍반 /저펴-/ 〈蝶形紅斑〉
혈관염 /-념/ 〈血管炎〉	血管炎
베체트병 /-뼝/ 〈Behçet 病〉	貝賽特氏症(behcet's disease)

★血液疾病

백혈병 /배켤뼝/ 〈白血病〉	白血病 ＊急性〔慢性〕白血病：급성〔만성〕 백혈병 ＊骨髓性〔淋巴球性〕白血病：골수성〔림프성〕 백혈병
혈액 응고 이상 〈血液凝固異常〉	血液凝固異常、凝血異常 ＊血液不凝固：혈액이 응고되지 않다 ＊血流不止：피가 멈추지 않다
빈혈 〈貧血〉	貧血 ＊引起貧血：빈혈을 일으키다
철결핍성 빈혈 /철껼핍썽-/ 〈鐵缺乏性-〉	缺鐵性貧血

★兒童疾病

선천성 심장병 /-썽-뼝/ 〈先天性心臟病〉	先天性心臟病
청색성 심장병 /-썽-뼝/ 〈青色性心臟疾患〉	發紺性心臟病(cyanotic heart disease)
심장판막증 /-판막쯩/ 〈心臟瓣膜症〉	心臟瓣膜疾病、瓣膜性心臟病
혈우병 /-뼝/ 〈血友病〉	血友病
미숙아 망막증 /-쯩/ 〈未熟兒網膜症〉	早產兒視網膜病(retinopathy of prematurity，ROP)
신생아 황달 〈新生兒黃疸〉	新生兒黃疸(neonatal jaundice)
장중첩증 /-쯩/ 〈腸重疊症〉	腸套疊(intussusceptions)
선천 이상 〈先天異常〉	先天性異常
염색체 〈染色體〉	染色體 ＊常染色體、體染色體：상염색체 /상념색체/ 〈常染色體〉 ＊性染色體：성염색체 /성념색체/ 〈性染色體〉 ＊突變：돌연변이 〈突然變異〉 ＊染色體畸變：염색체 이상 〈染色體異常〉
유전병 /-뼝/ 〈遺傳病〉	遺傳性疾病 ＊優勢遺傳：우세 유전 〈優勢遺傳〉 ＊劣勢遺傳：열세 유전 /열쎄-/ 〈劣勢遺傳〉 ＊性聯遺傳：반성 유전 〈伴性遺傳〉
다운 증후군 〈Down 症候群〉	唐氏綜合症(down syndrome)
소아마비 〈小兒麻痺〉	小兒麻痺症、脊髓灰質炎 ＊急性脊髓前灰白質炎：급성 회백수염 /급성회백쑤염/(acute anterior poliomyelitis) ＊小兒麻痺症：폴리오 〈polio〉
홍역 〈紅疫〉	麻疹
풍진 〈風疹〉	風疹、德國麻疹
수두 〈水痘〉	水痘

유행성 이하선염 /-썽-선념/〈流行性耳下腺炎〉	流行性腮腺炎 ＊會話中使用볼거리。最近也使用유행성 귀밑샘염 /-썽-믿쌤념/〈流行性-炎〉這樣的用語。
성홍열 /-녈/〈猩紅熱〉	猩紅熱(scarlet fever)
백일해〈百日咳〉	百日咳(pertussis)
미코플라스마 폐렴 /-폐렴/〈Mycoplasma 肺炎〉	肺炎黴漿菌(mycoplasma pneumoniae)
수족구병 /-뼝/〈-病〉	手足口病(hand foot and mouth disease，HFMD)
감염성 위장염 /가염썽위장념/〈感染性胃腸炎〉	病毒性腸胃炎(viral gastroenteritis)
가와사키병 /-뼝/〈-病〉	黏膜皮膚淋巴節症候群、川崎病、kawasaki氏病(kawasaki disease)
열성 경련 /열썽경년/〈熱性痙攣〉	熱痙攣(febrile seizure)
등교 거부증 /-쯩/〈登校拒否症〉	學校恐懼症 ＊也稱為학교 기피 /학꾜-/〈學校忌避〉。
은둔형 외톨이〈隱遁型-〉히키코모리	宅男宅女、繭居族
자폐증 /-쯩/〈自閉症〉	自閉症
야뇨증 /-쯩/〈夜尿症〉	夜尿症、遺尿症、尿床

★傳染病

전염병 /-뼝/〈傳染病〉	傳染病 ＊自 2011 年起，醫學上不再使用전염병這個詞，改為감염병。 ＊韓國將傳染病分為第 1 群～第 5 群(2013 年)：①有集體發病憂慮之傳染病，如 A 型肝炎。②可透過預防接種預防及控管之傳染病，如德國麻疹。③有間歇性爆發可能之傳染病，如肺結核。④韓國國內新爆發或有爆發憂慮之傳染病，如中東呼吸症候群冠狀病毒感染症狀(MERS)。⑤寄生蟲傳染病，如蟯蟲。

감염증 /-쯩/ 〈感染症〉	感染性疾病、傳染病
성병 /성뼝/ 〈性病〉	性病
기회감염 〈機會感染〉	伺機性感染
인수 공통 전염병 /가 멷뼝/ 〈人獸共通傳染病〉	人畜共通傳染病
풍토병 〈風土病〉 /-뼝/	地方病

유행하다 〈流行-〉	流行
감염되다 /가멷-/ 〈感染-〉	被感染 ＊被傳染：전염되다 /저념-/ 〈傳染-〉 ＊被傳染：옮다 /옴따/ ＊傳染：옮기다 /옴기다/

★外科的症狀與疾病

부딪치다 /부딛치다/	撞擊
다치다 상처를 입다 /-입따/	受傷、負傷
베다	割傷
출혈하다 〈出血-〉	出血 ＊流血：피가 나다 ＊引起內出血：내출혈을 일으키다
세게 부딪치다	強力撞擊 ＊跌了一屁股：엉덩방아를 찧다
붓다 /붇따/	腫脹
멍이 들다	瘀血

상처가 곪다 /-곰따/	傷口化膿 ＊化膿：고름이 나다
상처가 낫다 /낟따/	傷口癒合

개가 물다 개한테 물리다	被狗咬

고양이가 할퀴다	被貓抓
가시에 찔리다 가시가 박히다 /-바키다/	被刺到、刺扎進去
발톱이 빠지다	腳指甲脫落 ＊手指甲脫落：손톱이 빠지다 ＊嵌甲：내향성 발톱〈內向性-〉
물집 /물찝/ 수포〈水疱〉	水泡 ＊起了血泡：피가 섞인 물집이 생기다 ＊腳後跟起水泡：발뒤꿈치에 물집이 생기다
굳은살이 생기다 굳은살이 박이다	長繭、生繭、起繭 ＊腳上長繭：발에 굳은살이 박이다 ＊鞋子不合腳：신발이 발에 맞지 않다/-맏찌안타/ ＊中指起繭：가운뎃손가락에 굳은살이 박이다
상처〈傷處〉	傷口 ＊有傷口：상처가 생기다
베인 상처〈-傷處〉	被割傷的傷口
찰과상〈擦過傷〉	擦傷 ＊擦傷膝蓋：무릎이 까지다 ＊手臂擦破皮：팔에 찰과상을 입다

★運動造成的傷害

뼈가 부러지다	骨折
금이 가다	出現裂痕
어깨가 빠지다	肩膀脫臼
손가락을 삐다	扭傷手指
손목을 삐다	扭傷手腕
발목을 삐다	扭傷腳踝
염좌하다〈捻挫-〉	挫閃

다리에 쥐가 나다	腿抽筋了
근육이 파열되다 〈筋肉-破裂-〉	肌肉斷裂
아킬레스건이 끊어지 다 〈Achilles 腱-〉	阿基里斯腱斷了

타박상 /-쌍/ 〈打撲傷〉	跌打損傷
근육통 〈筋肉痛〉	肌肉痛
저리다	發麻、刺痛
야구 엘보 〈野球 elbow〉	棒球肘 ＊網球肘：테니스 엘보 ＊高爾夫球肘：골프 엘보
건초염 〈腱鞘炎〉	腱鞘炎

★整形外科的症狀與疾病

허리를 삐끗하다 /-삐끄타다/	腰扭傷
추간판 헤르니아 〈椎間板 hernia〉	尖錐盤突出症 ＊也稱為추간판 탈출증 /-쯩/ 〈椎間板脫出症〉。 ＊會話中會用디스크 〈disc〉。
관절염 /관절렴/ 〈關節炎〉	關節炎 ＊關節痛：관절이 쑤시다（쑤시다是抽痛）
경추 염좌 〈頸椎捻挫〉	揮鞭式創傷症候群 ＊俗稱的頸部揮鞭症候群。
오십견 /-껸/ 〈五十肩〉	五十肩、冰凍肩 ＊正式的名稱是노인성 견관절 주위염〈老人性肩 　關節周圍炎〉。 ＊肩膀痠痛：어깨가 걸리다
신경통 〈神經痛〉	神經痛
요통 〈腰痛〉	腰痛 ＊受腰痛折磨：요통에 시달리다
좌골신경통 〈坐骨神經痛〉	坐骨神經痛

골다공증 /골다공쯩/ 〈骨多孔症〉	骨質疏鬆症 ＊檢查骨質密度：골밀도를 측정하다 /골밀또-측 쩡-/
척주관 협착증 /척쭈 관-쯩/〈脊柱管狹窄症〉	腰椎管狹窄症
내반족 〈內反足〉	馬蹄內翻足、杵狀足 ＊俗稱오다리（O 型腿）。
외반족 〈外反足〉	外翻足 ＊俗稱엑스다리（X 型腿）。
무지 외반증 〈拇趾外反症〉	拇趾外翻
평발 〈平-〉	扁平足
안짱다리	內八腳 ＊內八走路：안짱걸음 ＊腳尖朝外側行走的狀況稱為팔자걸음 /팔짜-/ 〈八字-〉。
운동기 증후군 〈運動器症候群〉	運動障礙症候群 ＊隨著人的年齡增長，人體運動機能變差造成移 動能力下滑，需要醫療照顧的高危險狀態。

★泌尿、生殖器的症狀與疾病

빈뇨 〈頻尿〉	頻尿
혈뇨 /혈료/ 〈血尿〉	血尿 ＊排尿出血：소변에 피가 섞여 나오다
배뇨통 〈排尿痛〉	排尿困難 ＊排尿時有疼痛：소변을 다 볼 때쯤에 통증이 있다 ＊「小便」（動詞）使用보다 這個動詞。
단백뇨 /단뱅뇨/ 〈蛋白尿〉	蛋白尿 ＊小便有很多泡沫：소변에 거품이 많이 나다
요실금 〈尿失禁〉	尿失禁 ＊小便失禁：소변을 지리다 ＊忍不住小便：소변을 참을 수 없다
부종 〈浮腫〉	水腫 ＊身體水腫：몸이 붓다 /-붇따/

잔뇨감 〈殘尿感〉	殘尿感 ＊有殘尿感：잔뇨감이 있다 ＊解尿困難：소변이 잘 안 나오다 ＊尿流變細：소변 줄기가 약하다
방광염 /-념/ 〈膀胱炎〉	膀胱炎
과민성 방광 /과민썽-/ 〈過敏性膀胱〉	膀胱過動症(overactive bladder，OAB)
방광암 〈膀胱癌〉	膀胱癌
요도염 〈尿道炎〉	尿道炎 ＊尿道發癢：요도가 간지럽다 /-간지럽따/
신우신염 /시누신념/ 〈腎盂腎炎〉	腎盂腎炎(pyelonephritis)
신장 결석 /신장결썩/ 〈腎臟結石〉	腎結石(kidney stone)
신부전 /신부전/ 〈腎不全〉	腎衰竭(renal failure)
전립샘 비대증 /절립-쯩/ 〈前立腺肥大症〉	良性前列腺增生、良性攝護腺肥大(benign prostate hyperplasia, BPH) ＊鋸棕櫚：톱야자 〈-椰子〉/톰냐자/
전립선암 /절립써남/ 〈前立腺癌〉	前列腺癌、攝護腺癌(prostate cancer)
발기 부전 〈勃起不全〉	勃起功能障礙(erectile dysfunction，ED) ＊俗稱陽痿。
완선 〈頑癬〉 샅백선 /삳빽썬/ 〈-白癬〉	股癬(tinea cruris) ＊胯下發癢：사타구니가 가렵다
성병 /-뼝/ 〈性病〉	性病 ＊小便流膿：소변에 고름이 섞여 나오다 ＊陰莖底部發癢：페니스 끝이 가렵다 ＊長了跟小米一樣的東西：좁쌀 같은 게 생겼다
매독 〈梅毒〉	梅毒

임질 〈淋疾〉	淋病 ＊淋球菌、淋病雙球菌：임균〈淋菌〉、임질균〈淋疾菌〉 ＊流出濃稠黃色膿液：진하고 누런 고름이 나오다
질트리코모나스증 /-쯩/ 〈膣 trichomonas 症〉	滴蟲陰道炎(trichomoniasis)
질칸디다증 /-쯩/ 〈膣 candida 症〉	念珠菌陰道炎(vulvovaginal candidiasis)
외음염 /-념/ 〈外陰炎〉	外陰炎、陰門炎
에이즈 〈AIDS〉	愛滋病 ＊以前稱為後天免疫不全症候群후천성 면역결핍증〈後天性免疫缺乏症〉。 ＊愛滋病毒抗體檢查：에이즈 항체 검사 ＊HIV 感染者：HIV 감염자〈-感染者〉；HIV 帶原者：HIV 보균자〈-保菌者〉 ＊世界愛滋病日（12 月 1 日）：세계 에이즈의 날〔12 月 1 日〕
옴	疥瘡、疥癬(scabies) ＊感染疥瘡：옴이 오르다、옴이 옮다 /-옴따/
사면발니 /사면발리/	陰蝨 ＊俗稱사면발이。
포경 〈包莖〉	包莖
고환염 /-념/ 〈睪丸炎〉	睪丸炎 ＊睪丸腫起：고환이 부었다

★皮膚的症狀與疾病

화상을 입다 /-입따/ 〈火傷-〉	灼傷、燒燙傷 ＊小的燙傷使用데다。 ＊開水燙到手：뜨거운 물에（손을）데었다.
물집 /물찝/	水泡 ＊起水泡：물집이 생기다
가렵다 /가렵따/	發癢 ＊胯下發癢：사타구니가 가렵다

염증이 생기다 /염쯩-/ 〈炎症-〉	發炎 ＊被漆樹咬(因觸摸漆樹而引發過敏反應)：옻을 타다
땀띠	痱子、汗疹(sudamina)
종기 〈腫氣〉 부스럼	癤(furuncle)
지방종 〈脂肪腫〉	脂肪瘤
여드름	青春痘、粉刺、痤瘡 ＊長青春痘：여드름이 생기다或是여드름이 나다 ＊擠青春痘：여드름을 짜다 ＊痘印還未消除：여드름 자국이 없어지지 않다
곰보 자국	痘疤
가벼운 동상 〈-凍傷〉	輕微凍傷 ＊被凍傷：동상을 입다 ＊凍傷：동상에 걸리다
부스럼 딱지 /-딱찌/	痂皮(crust)
고름	膿 ＊擠膿水：고름을 짜다
멍울	腫塊、硬塊
사마귀 /사마귀/	疣 ＊傳染性軟疣(molluscum contagiosum)：물사마귀
점 〈點〉	痣
기미	黑斑、肝斑(melasma) ＊長黑斑、起黑斑：기미가 끼다、기미가 생기다 ＊老人性的皺紋是검버섯 /검버섣/。在這種情況下「長皺紋」是검버섯이 피다。
주근깨	雀斑
버짐	癬
주름	皺紋 ＊細紋：잔주름 ＊八字紋：팔자 주름 /팔짜-/

멍	瘀青 ＊跌倒、撞到造成的瘀青。 ＊內出血造成的紫色瘀青是피멍，出生就有的胎記是붉은 점。 ＊起瘀青：멍이 들다
흉터	傷疤、疤痕

습진 /습찐/ 〈濕疹〉	濕疹
발진 /발찐/ 〈發疹〉	皮疹 ＊長出小米粒一樣的東西：좁쌀 같은 것이 생기다
두드러기	蕁麻疹(hives) ＊起蕁麻疹：두드러기가 나다
알레르기 〈allergy〉	過敏 ＊食物過敏：식품 알레르기 ＊特殊體質：특이체질 ＊過敏體質：알레르기 체질 ＊國立國語院頒布的正式寫法是按照德語讀音拼寫的알레르기，但近年來按照英語讀音寫成알러지的例子也不斷增加。
아토피성 피부염 〈atopy 性皮膚炎〉	異位性皮膚炎(atopic dermatitis)
접촉 피부염 〈接觸皮膚炎〉	接觸性皮膚炎(contact dermatitis)
면도 피부염 〈面刀皮膚炎〉	刮鬍疹

대상 포진 〈帶狀疱疹〉	帶狀皰疹(herpes zoster)
암내 액취 〈腋臭〉	狐臭、腋臭 ＊有狐臭：암내가 나다
티눈	雞眼
무좀	足癬(tinea pedis)

원형 탈모증 /-쯩/ 〈圓形脫毛症〉	圓禿、鬼剃頭 ＊掉髮：머리가 빠지다
비듬	頭皮屑 ＊長頭皮屑：비듬이 생기다 ＊抖頭皮屑：비듬을 털다 ＊頭皮發癢：머리가 근질근질하다

★其他的皮膚問題

햇볕에 타다 /햍벼테-/	曬黑了 ＊在日曬沙龍等「人工日曬」稱為 선 탠 하 다〈suntan-〉。 ＊很快曬黑：햇볕에 빨리 타게 하다 ＊受紫外線影響：자외선의 영향을 받다 ＊擦防曬霜：자외선 차단제를 바르다
피부가 까지다〈皮膚-〉	皮膚擦傷 ＊刺痛：따끔따끔하다
색소가 침착되다〈色素-沈着-〉	色素沉澱 ＊皮膚暗沉：피부가 검어지다
피부가 거칠어지다	皮膚粗糙 ＊皮膚粗糙：피부가 꺼칠꺼칠하다 ＊沒有水分的狀態為 푸석푸석하다。
피부가 칙칙하다	皮膚暗沉
얼굴에 기름기가 많다 /-기름끼-/	油光滿面

★女性的症狀與疾病

기초 체온〈基礎體溫〉	基礎體溫 ＊基礎體溫高：기초 체온이 높다 /-놉따/
생리 /-니/〈生理〉	生理期、月經 ＊來月經：생리를 하다〔年輕人也會稱之為 마술에 걸리다（含蓄的說法）。來自衛生棉的商品名・매직〕 ＊月經遲到：생리가 늦어지고 있다 ＊月經量多：생리량이 많다 ＊正常經期時間來月經：어중간한 시기에 생리를 하다 ＊月經不停止：생리가 멈추지 않다 ＊非經期出血：생리가 아닌데도 출혈이 있다
생리통〈生理痛〉	生理痛 ＊嚴重的生理痛：생리통이 심하다
생리 불순〈生理不順〉	月經失調

월경 〈月經〉	月經 ＊有些年紀的人會稱之為달거리。
월경 과다 〈月經過多〉	月經過多
월경 곤란증 /-골란쯩/ 〈月經困難症〉	月經困難
부정 출혈 〈不正出血〉	不正常出血
성교 후 출혈 〈性交後出血〉	性交後出血
냉 〈冷〉	白帶(leukorrhea) ＊黃色白帶增多：누런 냉이 늘었다 ＊白帶有異味：냉에서 냄새가 나다 ＊白帶：대하 〈帶下〉〔醫學用語〕 ＊이슬：月經前分泌的少量黃色液體。
외음부 소양증 /-쯩/ 〈外陰部搔痒症〉	外陰搔癢症 ＊陰部發癢：음부가 가렵다 ＊經常性上廁所：화장실을 자주 가다 ＊陰部發炎：음부에 염증이 나다
갱년기 장애 〈更年期障礙〉	更年期症候群、停經症候群

★懷孕與生產

입덧 /입떧/	姙娠劇吐症、害喜 ＊害喜得厲害：입덧이 심하다 ＊孕吐嚴重：심한 구역질이 나다 ＊헛구역질 /헏꾸역찔/ 〈-嘔逆-〉：乾嘔，指想吐但並沒有吐出東西來。
임신 〈姙娠〉	懷孕、姙娠
임신 검사 〈姙娠檢查〉	懷孕檢查 ＊呈陽性：양성으로 나오다 ＊呈陽性：양성으로 나오다 ＊呈陽性：양성으로 나오다 ＊懷孕檢驗器：임신 검사기 〈姙娠檢查器〉；驗孕棒：임신 테스트기 〈-test 器〉

출산 /출싼/ 〈出産〉	分娩、生産
초음파 검사 〈超音波檢查〉	超音波檢查
쌍둥이 〈雙-〉	雙胞胎 ＊同卵雙胞胎：일란성 쌍둥이 〈一卵性-〉 ＊異卵雙胞胎：이란성 쌍둥이 〈二卵性-〉 ＊三胞胎：세쌍둥이
오로 〈惡露〉	惡露、產後排出物 ＊生產後的恢復期間性器的排出物。
젖 /젇/	乳汁 ＊初乳：초유
임신 중독〔증〕 /-쯩/ 〈姙娠中毒〔症〕〉	妊娠毒血症、子癲前症(preeclampsia)
산후 우울증 /-쯩/ 〈產後憂鬱症〉	產後憂鬱症
불임증 /-쯩/ 〈不姙症〉	不孕
인공수정 〈人工受精〉	人工受孕(intrauterine insemination，IUI)
임신 중절 〈姙娠中絶〉	人工流產 ＊會話中大多使用낙태 수술 〈落胎手術〉、소파 수술 〈搔爬手術〉這些用語。
제왕 절개 〈帝王切開〉	剖腹產
조산 〈早產〉	早產
유산 〈流產〉	流產 ＊流產：유산되다
포상기태 〈胞狀奇胎〉	葡萄胎、水囊狀胎塊 ＊過去稱為개구리알 임신。
자궁 외 임신 〈子宮外姙娠〉	子宮外孕
전치태반 〈前置胎盤〉	前置胎盤
태반 조기 박리 〈胎盤早期剝離〉	胎盤破裂、胎盤剝落過早

★其他的女性疾病

멍울	腫塊 ＊멍울為部分淋巴腺腫大造成，是淋巴結腫。因 　為乳汁分泌不順而生成的乳房內硬塊稱為젖멍 　울。
유방 습진 /-습찐/ 〈乳房濕疹〉	乳房濕疹
유선증 /-쯩/ 〈乳腺症〉	乳腺病 ＊也稱為젖샘증/젙쌤쯩/〈-症〉。
유방암 〈乳房癌〉	乳癌
자궁 내막증 /-쯩/ 〈子宮內膜症〉	子宮內膜異位症
자궁 근종 〈子宮筋腫〉	子宮肌瘤
자궁암 〈子宮癌〉	子宮癌
난소암 〈卵巢癌〉	卵巢癌

★整形手術等

성형 수술 〈成形手術〉	整形手術
쁘띠 성형 〈petit 成形〉	微整形
페이스 리프트 〈face lift〉	臉部拉皮手術
해피 리프트 〈happy lift〉	happy lift 拉皮手術
쌍꺼풀 수술 〈-手術〉	雙眼皮手術
문신 〈文身〉	紋身、刺青 ＊刺青：문신을 새기다；紋身：문신하다 ＊去除紋身：문신을 제거하다 ＊美容紋身：미용 문신；半永久化妝：반영구 　화장 〈半永久化粧〉
콜라겐 〈collagen〉	膠原蛋白
보톡스 〈Botox〉	肉毒桿菌 ＊使用肉毒桿菌製劑，消除皺紋〔보톡스是商品 　名〕。

필링 〈peeling〉	換膚、去角質

3. 檢查與診察
★檢查與診察

진찰하다 〈診察-〉	診察 ＊接受診察：진찰을 받다
혈압을 재다 /혀랍-/ 〈血壓-〉	量血壓 ＊血壓高〔低〕：혈압이 높다〔낮다〕 ＊高血壓：고혈압 ＊低血壓：저혈압 ＊血壓計：혈압계
맥박 〈脈搏〉	脈搏 ＊脈搏快〔慢〕：맥박이 빠르다〔느리다〕 ＊脈搏弱：맥박이 약하다
건강 진단 〈健康診斷〉	健康檢查
종합 검진 〈綜合檢診〉	綜合體檢
신체 검사 〈身體檢查〉	身體檢查
검사하다 〈檢查-〉	檢查 ＊接受檢查：검사를 받다
혈액 검사 〈血液檢查〉	血液檢查、驗血
항원 〈抗原〉	抗原
항체 〈抗體〉	抗體
간기능 검사 〈肝機能檢查〉	肝功能檢測(liver function test)
소변 검사 〈小便檢查〉	尿液檢查
대변 검사 〈大便檢查〉	糞便檢查 ＊糞便潛血檢查：대변 잠혈 검사 〈-潛血-〉 ＊糞便寄生蟲卵檢查：기생충알 검사 〈寄生蟲-〉

심전도 검사 〈心電圖檢查〉	心電圖檢查
엑스레이 검사 〈X-ray 檢查〉	X 光檢查 ＊拍 X 光片：엑스레이 사진을 찍다
위 조영 검사 〈胃造影檢查〉	上腸胃道攝影檢查(upper gastrointestinal series)
초음파 검사 〈超音波檢查〉	超音波掃描檢查(ultrasonography)
시티 검사 /씨티-/ 〈CT 檢查〉	電腦斷層掃描(computed tomography) ＊拍電腦斷層掃描：CT를 찍다
엠아르아이 검사 〈MRI 檢查〉	磁振造影、核磁共振掃描(MRI) ＊拍核磁共振：MRI를 찍다
페트 검사 〈PET 檢查〉	正子斷層掃描(PEI)
내시경 검사 〈內視鏡檢查〉	上消化道內視鏡檢查、胃鏡檢查 ＊檢查之前，投予鎮靜劑後進行的檢查方法稱為 수면 내시경 검사 〈睡眠-〉。
조직 검사 〈組織檢查〉	切片檢查
청력 검사 /청녁-/ 〈聽力檢查〉	聽力檢查
시력 검사 〈視力檢查〉	視力檢查
안저 검사 〈眼底檢查〉	眼底鏡檢查(fundus examination)
안압 검사 〈眼壓檢查〉	眼壓檢查
뇌파 검사 〈腦波檢查〉	腦波檢查(electroephalography)

★治療

| 고치다 | 治療 |
| 치료하다 〈治療-〉 | 治療
＊接受治療：치료를 받다 |

화학 요법 /화항뇨뻡/ 〈化學療法〉	化學治療 ＊抗癌劑治療：항암제 치료

물리 치료 〈物理治療〉	物理治療
전기 치료 〈電氣治療〉	電痙攣治療、電療(electro - convulsive therapy，ECT)
저주파 치료 〈低周波治療〉	低頻療法(low frequency therapy)
온열 치료 〈溫熱治療〉	熱治療(thermal therapy)
광선 치료 〈光線治療〉	光照治療、光療法(light therapy)
견인 치료 〈牽引治療〉	牽引治療

고압 산소 요법 /-싼소 요뻡/ 〈高壓酸素療法〉	高壓氧治療(hyperbaric oxygen therapy，HBO)
방사선 치료 〈放射線治療〉	放射線療法(radiation therapy)
레이저 요법 /-요뻡/ 〈laser 療法〉	雷射治療

식이 요법 /-요뻡/ 〈食餌療法〉	飲食療法

심리 요법 /심니요뻡/ 〈心理療法〉	心理治療
카운슬링 〈counseling〉 상담 〈相談〉	心理諮詢、諮詢、諮商
작업 요법 /자검뇨뻡/ 〈作業療法〉	職能治療(occupational therapy)
운동 요법 /-뇨뻡/ 〈運動療法〉	運動療法

안마 〈按摩〉	推拿
마사지 〈massage〉	按摩
지압 〈指壓〉	指壓

침 〈鍼〉	針 ＊扎針：침을 놓다
뜸질	灸 ＊施灸：뜸을 뜨다
부항 〈附缸〉	拔罐 ＊拔罐：부항을 뜨다
재활 요법 /재활료뻡/ 〈再活療法〉	復健治療 ＊復健醫學：재활 의학 〈再活醫學〉
인공 투석 〈人工透析〉 신장 투석 〈腎臟透析〉	血液透析、洗腎
장기 이식 〈臟器移植〉	器官移植 ＊心臟移植：심장 이식 ＊腎臟移植：신장 이식 ＊角膜移植：각막 이식 /강막-/ ＊骨髓移植：골수 이식
생체 장기 이식 〈生體臟器移植〉	人體器官移植、活體移植
뇌사 장기 이식 〈腦死臟器移植〉	腦死移植
안구 은행 〈眼球銀行〉	眼球銀行、眼庫
골수 은행 /골쑤-/ 〈骨髓銀行〉	骨髓銀行、骨髓幹細胞中心
장기 기증자 〈臟器寄贈者〉	器官捐贈者 ＊器官捐贈卡：장기 기증자 카드 〈-card〉
장기 수혜자 〈臟器受惠者〉	器官捐贈受惠者
수술하다 〈手術-〉	手術 ＊接受手術：수술을 받다 /-받따/
성공률 /-뉼/ 〈成功率〉	成功率 ＊成功率高：성공률이 높다
수술대 〈手術臺〉	手術台 ＊上手術台：수술대에 오르다 ＊躺在手術台上：수술대에 눕다

마취 〈痲醉〉	痲醉 ＊施痲醉：마취를 시키다 ＊痲醉了：마취가 되다 ＊從痲醉中淸醒過來：마취에서 깨어나다
전신 마취	全身痲醉
국부 마취 /국뿌-/	局部痲醉 ＊局部痲醉：부분 마취
혈액형 /혀래켱/ 〈血液型〉	血型 ＊血型不合：혈액형이 맞지 않다 ＊血型一致：혈액형이 일치하다
수혈하다 〈輸血〉	輸血 ＊接受輸血：수혈을 받다
헌혈하다 〈獻血-〉	獻血 ＊捐血卡：헌혈증 /-쯩/ 〈獻血證〉
살균하다 〈殺菌-〉	殺菌
소독하다 /소도카다/ 〈消毒-〉	消毒 ＊酒精消毒：알코올 소독 ＊氯消毒：염소 소독
알코올솜 〈alcohol-〉	酒精棉 ＊也稱為소독솜。
주사 〈注射〉	注射 ＊打針(給予注射這個動作)：주사를 놓다 ＊打針(接受注射)：주사를 맞다 ＊打一針：주사 한 대
주사기 〈注射器〉	注射器 ＊注射針頭：주사 바늘
예방 주사 〈豫防注射〉	預防針
투베르쿨린 주사 〈tuberculin 注射〉	結核菌素試驗、結核菌素皮膚試驗 (tuberculin skin test，TST) ＊結核菌素反應：투베르쿨린 반응 〈-反應〉
정맥 주사 /-쭈사/ 〈靜脈注射〉	靜脈注射(intravenous injection) ＊也稱為혈관 주사 〈血管注射〉，大部分的患者都 是這麼說。

근육 주사 /-쭈사/ 〈筋肉注射〉	肌肉注射(intramuscular injection)
링거 주사 〈ringer 注射〉	打點滴
앰플 〈ampoule〉	安瓿
포도당 〈葡萄糖〉	葡萄糖
생리 식염수 /-니/ 〈生理食鹽水〉	生理食鹽水

4. 藥品・醫療器具
★藥品等

의약품 〈醫藥品〉	藥品
약 〈藥〉	藥 ＊吃藥：약을 먹다 ＊服藥：약을 복용하다
복용법 /-뻡/ 〈服用法〉	服用方法 ＊一天〔三次/兩次/一次〕：하루에〔세 번/-두 번/-한 번〕 ＊一包：한 포씩 ＊飯前〔飯後〕：식전 /식쩐/〔식후〕 ＊飯間：식간 /식깐/〔會話中稱為식사와 식사 사이〕 ＊睡前：자기 전 〈-前〉
투여하다 〈投與-〉	投藥
약국 /약꾹/ 〈藥局〉	藥局
약사 /약싸/ 〈藥師〉	藥師、藥劑師
처방전 〈處方箋〉	處方箋、藥單
조제 〈調劑〉	調劑、配藥 ＊配藥：약을 짓다
효과 〈效果〉	效果 ＊雖然 /효꽈/ 這樣的發音並未得到標準語的承認，但很多人這麼唸。

약효 /야쿄/ 〈藥效〉	藥效 ＊藥效佳：약이 잘 듣다 /-듣따/
부작용 〈副作用〉	副作用 ＊引起副作用：부작용을 일으키다 ＊產生副作用：부작용이 생기다

내복약 /내봉냑/ 〈內服藥〉	口服藥物
가루약 〈-藥〉	藥粉
과립 〈顆粒〉	顆粒狀(藥物)、顆粒劑
알약 /알략/ 〈-藥〉	藥丸
캡슐 〈capsule〉	膠囊
당의정 〈糖衣錠〉	糖衣錠
설하정 〈舌下錠〉	舌下錠 ＊因為是專業用語並不普及，會稱為혀 밑에서 녹여 먹는 약。
물약 /물략/ 〈-藥〉	藥水、水藥
제네릭 약 /제네링냑/ 〈generic 藥〉	學名藥 ＊在韓語中，제네릭 의약품 這樣的用語還不普及，但藥劑師都聽得懂。也稱為복제약〈複製藥〉、카피약〈copy 藥〉。

감기약 〈感氣藥〉	感冒藥 ＊綜合感冒藥：종합 감기약〈綜合感氣藥〉。商品名화이투벤很有名。
소염 진통제 〈消炎鎮痛劑〉	消炎止痛藥 ＊非類固醇消炎止痛藥：비스테로이드성 소염 진통제(Nonsteroidal anti-inflammatory drugs，NSAIDs)
해열 진통제 〈解熱鎮痛劑〉	解熱鎮痛劑、解熱鎮痛藥 ＊作為頭痛藥，商品名게보린很有名。
기침약 /기침냑/ 〈-藥〉	止咳藥、鎮咳藥 ＊也稱為진해제〈鎮咳劑〉。
가글액 /가글랙/ 〈gargle 液〉	漱口水 ＊以商品名가그린為人所熟知。也稱為양치액〈-液〉、구강청결제〈口腔清潔劑〉。
신경 안정제 〈神經安定劑〉	鎮定劑(tranquilizer)、鎮靜劑(sedatives)

수면제 〈睡眠劑〉	安眠藥
해독제 〈解毒劑〉	解毒劑(antidotes)
위장약 /위장냑/ 〈胃腸藥〉	胃腸藥 ＊有商品名겔포스엠、까스활명수（液體消化 劑）等。
구충제 〈驅蟲劑〉	驅蟲劑、驅蟯蟲劑(anthelmintics)
변비약 〈便秘藥〉	便秘藥
지사제 〈止瀉劑〉	止瀉劑(antidiarrheals) ＊會話中也會稱為설사약 〈泄瀉藥〉，但這麼說也 可能會被誤以為是「引起腹瀉的藥」，要特別 注意。
항생제 〈抗生劑〉	抗生素(antibiotics) ＊年紀較長的人會說마이신，這是來自過去治療 結核病常用的抗生素鏈黴素的名字。
항암제 〈抗癌劑〉	抗癌藥(anticancer drug)
항히스타민제 〈抗 histamine 劑〉	抗組織胺(antihistamines)
스테로이드제 〈steroid 劑〉	類固醇
이뇨제 〈利尿劑〉	利尿劑(diuretics)
강압제 /-쩨/ 〈降壓劑〉	抗高血壓藥(antihypertensive drug) ＊一般稱為고혈압약 /고혀람냑/ 〈高血壓藥〉。
승압제 /-쩨/ 〈昇壓劑〉	升壓藥(vasopressor) ＊一般稱為저혈압약 /저혀람냑/ 〈低血壓藥〉。
강심제 〈强心劑〉	強心劑(cardiotonics)
보약 〈補藥〉	補藥

정력제 /정녁쩨/ 〈精力劑〉	壯陽藥
영양제 〈營養劑〉	營養劑
비타민제 〈vitamin 劑〉	維生素製劑(vitamin preparation)
멀미약 〈-藥〉	止暈藥、暈車藥 ＊貼在耳後，商品名키미테的藥很有名。
피임약 /피임냑/ 〈避姙藥〉	避孕藥 ＊口服避孕藥(oral contraceptive pills)：경구 피임 약 〈經口避姙藥〉、필 〈pill〉。

763

발모제 〈發毛劑〉	生髮劑
발기 부전 치료제 〈勃起不全治療劑〉	勃起功能障礙治療劑 ＊威而鋼：비아그라 〈Viagra〉 ＊犀利士：시알리스 〈Cialis〉 ＊樂威壯：레비트라 〈Levitra〉
한약 /하낙/〈韓藥〉	韓藥 ＊原本寫為漢藥（한약），後改寫為讀音相同的韓國的韓，也稱為한방약 〈韓方藥〉；相對的西洋的藥稱為양약 〈洋藥〉。
한약을 달이다 〈韓藥-〉	煎韓藥 ＊也稱為보약을 달이다 〈補藥-〉。所謂補藥，並不是給生病的人服用，而是給虛弱體質的老人或小孩使用的藥〔高中生考大學時也會為了增強體力而服用〕。搭配녹용 〈鹿茸〉等。 ＊보약을 한 제씩 달여 먹다：補藥 20 包，煎後飲用〔한 제 〈-劑〉是指中藥的藥包 20 包。藥包 1 包稱為한 첩 〈-貼〉。〕 ＊煎藥時使用的工具稱為약탕기 〈藥湯器〉。
탕약 〈湯藥〉	湯藥
약초 〈藥草〉	草藥、藥草、藥材

◆藥草與韓藥（生藥）
· 麻黃：마황 〈麻黃〉
· 生薑：생강 〈生薑〉
· 紅棗：대추 〈大棗〉
· 甘草：감초 〈甘草〉
· 肉桂：계지 /계:지/〈桂枝〉
· 人參：인삼 〈人蔘〉

· 葛根湯：갈근탕 〈葛根湯〉
· 八味地黃丸：팔미지황환 〈八味地黃丸〉
· 小柴胡湯：소시호탕 〈小柴胡湯〉
· 小青龍湯：소청룡탕 /소청뇽탕/ 〈小青龍湯〉
· 麥門冬湯：맥문동탕 /맹문동탕/ 〈麥門冬湯〉
· 六君子湯：육군자탕 /유꾼자-/ 〈六君子湯〉
· 十全大補湯：십전대보탕 /십쩐-/ 〈十全大補湯〉

- 半夏瀉心湯：반하사심탕〈半夏瀉心湯〉
- 半夏厚朴湯：반하후박탕〈半夏厚朴湯〉
- 補中益氣湯：보중익기탕〈補中益氣湯〉
- 牛黃清心丸：우황청심환〈牛黃清心丸〉
- 雙和湯：쌍화탕〈雙和湯〉

오블라투〈oblato〉	糯米紙

외용약 /-냑/〈外用藥〉	外用藥
연고〈軟膏〉	軟膏
바르는 약 /-냑/〈-藥〉	塗抹的藥
요오드팅크〈Jodtinktur〉	碘酒、碘酊
포비돈아이오딘〈povidone iodine〉	必達定消毒軟膏
머큐로크롬〈Mercurochrome〉	紅汞、紅藥水

파스	貼布 ＊也稱為붙이는 약 /부치는냑/ ＊貼貼布：파스를 붙이다 ＊冷感〔溫感〕貼布：냉〔온〕파스〔在韓國一般沒有分冷貼布或熱貼布，都稱為파스〕 ＊安摩樂之類的水溶性鎮痛劑稱為물파스。 ＊減輕關節痛的貼藥有商品名케토톱很有名。
안약 /아냑/〈眼藥〉	眼藥水、點眼劑 ＊滴眼藥：안약을 넣다
점비약〈点鼻藥〉 코에 쓰는 약	點鼻藥、鼻子上使用的藥
좌약〈坐藥〉	栓劑(suppository)
관장〈灌腸〉	灌腸劑(enema) ＊灌腸：관장을 하다
생리대 /생니대/〈生理帶〉	衛生棉

19
生病的時候

藥品・醫療器具

★醫療器具

청진기 〈聽診器〉	聽診器
체온계 〈體溫計〉	體溫計 ＊量體溫：체온을 재다
설압자 /서랍짜/ 〈舌壓子〉	壓舌板 ＊壓舌頭：혀를 누르다
메스 〈mes〉	手術刀 ＊手術：수술하다 〈手術-〉
겸자 〈鉗子〉	鉗子 ＊止血鉗：지혈 겸자 〈止血鉗子〉；止血器：지혈 기 〈止血器〉 ＊止血：지혈하다 〈止血-〉
핀셋 〈pincet〉	鑷子 ＊用鑷子夾：핀셋으로 집다
거즈 〈gauze〉	紗布 ＊也會循德語發音，稱為가제 〈Gaze〉。 ＊綁紗布：거즈를 대다
마스크 〈mask〉	口罩 ＊使用口罩：마스크를 쓰다 ＊戴口罩：마스크를 하다
붕대 〈繃帶〉	繃帶 ＊纏繃帶：붕대를 감다
삼각건 /-껀/ 〈三角巾〉	三角巾
면봉 〈綿棒〉	棉花棒、棉棒
반창고 〈絆創膏〉	OK 繃 ＊一次性 OK 繃：일회용 반창고 〈一回用絆創 膏〉。一般說商品名대일밴드也會通。 ＊貼 OK 繃：반창고를 붙이다/-부치다/ ＊撕掉 OK 繃：반창고를 떼다
구급 상자 〈救急箱子〉	急救箱
물베개	水枕 ＊躺水枕：물베개를 베다 ＊冰袋：얼음주머니
침대 〈寢臺〉	床

들것 /들껃/	擔架 ＊放在擔架上：들것에 싣다
깁스 〈gips〉	石膏
목발 /목빨/ 〈木-〉	拐杖 ＊拄拐杖：목발을 짚다 ＊一般的拐杖稱為지팡이。
휠체어 〈wheelchair〉	輪椅

의료 보조기 〈醫療補助器〉	醫療輔助器材
의수 〈義手〉	義手
의족 〈義足〉	義腳
의안 〈義眼〉	義眼

★照護問題

간호하다 〈看護-〉	看護 ＊在家看護父母：집에서 부모님을 간호하다 ＊看護公公：시아버지를 간호하다
돌보다	照顧、照料 ＊照顧媽媽：어머니를 돌보다 ＊照料患者：환자를 돌보다
시중들다	伺候、服侍、照料
음식을 떠먹이다	餵食
데려가고 데려오다	(把人)帶走帶來
폐를 끼치다 〈弊-〉	打擾 ＊폐를 끼치다主要用於身分比自己高的人，對親 人（小孩等）則使用신세를 지다。

간병 문제 〈看病問題〉	看護問題
노노케어 〈老老 care〉	老人互助會
간병 휴가 〈看病休暇〉	家庭照顧假
간병 시설 〈看病施設〉	看護設施

양로원 /양노원/ 〈養老院〉	養老院 ＊住進養老院：양로원에 들어가다
간호 도우미 〈看護-〉	看護人員 ＊請看護：간호 도우미를 부탁하다
움직이시지 못하게 되다	動彈不得
투병 생활 〈鬪病生活〉	與病魔抗戰的生活 ＊長期與病魔抗戰：투병 생활을 오래 하다
신체 부자유자 〈身體不 自由者〉	身心障礙者 ＊輪椅生活：휠체어 생활을 하다 〈wheel chair 生 活-〉
노망이 나다 〈老妄-〉 치매에 걸리다 〈癡呆-〉	老糊塗、患有癡呆症
배회 증상이 있다 〈徘 徊症狀-〉	有徘徊現象 ＊一轉眼就不見了：잠시 한눈판 사이에 없어지 다
배설 〈排泄〉	排泄 ＊告知有尿意：요의가 있다는 것을 알리다 ＊用簡易馬桶〔移動式馬桶〕大便：간이 변기 〔이동식 변기〕로 대변을 보다 ＊墊尿布：소변 패드를 대다 ＊墊紙尿布：종이 기저귀를 대다 ＊尿失禁：요실금하다

◆老人的各種症狀

· 一直重複說一樣的話：몇 번이나 같은 이야기를 되풀이하다
· 眼睛看不清楚：눈이 잘 안 보이다
· 耳背：귀가 어둡다
· 手腳不動：손발이 움직이지 않다
· 腰痛/彎腰不便：허리가 아프다/허리를 움직이기 불편하다
· 噎到：음식이 목에 걸리다
· 誤食：음식을 잘못 삼키다
　＊음식을 잘못 삼키다 與 음식을 잘∨못 삼키다 的意思不一樣。前者是「誤
　　吞」，分開書寫的後者是「無法順利吞嚥」。

★臨終

상태가 갑자기 악화 되다 /-아콰-/ 〈狀態-惡化-〉	病情突然急遽惡化
고비	關頭、節骨眼
말을 걸다	搭話、攀話
뇌사 〈腦死〉	腦死 ＊診斷為腦死亡：뇌사 판정을 받다
임종 〈臨終〉	臨終 ＊在家臨終：집에서 임종을 맞이하다
호흡이 멈추다 〈呼吸-〉	呼吸停止
숨을 거두다	斷氣
목숨이 다하다	生命終止
죽음	死亡
죽다 /-따/	死去
시신 〈屍身〉	屍身、屍體、遺體
영안실 〈靈安室〉	太平間、停屍房、往生室

19
生病的時候

藥品・醫療器具

20.

親近藝術

1. 文學
★書籍

책 〈冊〉	書 ＊給書包書皮：책에 커버를 씌우다 ＊借書給某人〔借書〕：책을 빌려 주다〔빌리다〕 ＊枯燥無味的書：딱딱한 책 ＊有幫助的書：도움이 되는 책 ＊厚厚的書：두툼한 책
서적 〈書籍〉	書籍 ＊電子書籍：전자서적 ; 電子書：전자책、E-book
서점 〈書店〉	書店
헌책방 / 헌책빵 / 〈冊房〉	二手書店、舊書店、舊書攤
고서 〈古書〉	古書、舊書
총서 〈叢書〉	叢書
도서 〈圖書〉	圖書
장서 〈藏書〉	藏書 ＊個人藏書：개인 장서
양서 〈洋書〉	洋書、西洋圖書
필독서 / 필독써 / 〈必讀書〉	必讀書籍
입문서 / 임문서 / 〈入門書〉	入門書 ＊學問領域的入門書如언어학 개론서〈言語學-〉、경제학 개론서〈經濟學-〉稱為개론서〈概論書〉。
설명서 〈說明書〉	說明書
지도서 〈指導書〉	指導手冊
실용서 〈實用書〉	實用書

안내서 〈案內書〉	①指南、介紹手冊 ②新手指南

★讀書

책을 읽다 /-익따/ 〈冊-〉	看書 ＊也可稱為책을 보다。 ＊並沒有區分為發出聲音的讀或是默讀。 ＊讀書讀到把書翻爛為止：책이 너덜너덜해질 때까지 읽다
독서하다 /독써-/ 〈讀書-〉	讀書

책벌레 /책뻘레/	書呆子
책갈피 /책깔피/ 〈冊-〉	書籤
페이지 〈page〉 책장 /책짱/ 〈冊張〉	頁、書頁 ＊要說是第幾頁時用쪽〔12頁：십이 쪽〕。 ＊把書頁的一角折一下：페이지 한 구석을 접다 ＊刷刷的翻書：책장을 훌훌 넘기다

통독하다 /통도카다/ 〈通讀-〉	通讀 ＊從頭到尾全部閱讀完畢。
일독하다 /일도카다/ 〈一讀-〉	一讀、讀一遍
정독하다 /정도카다/ 〈精讀-〉	精讀
숙독하다 /숙또카다/ 〈熟讀-〉	熟讀
훑어 읽다 /-익따/	快速翻閱
골라서 읽다 /-익따/	選讀
다독하다 /다도카다/ 〈多讀-〉 많이 읽다 /-익따/	廣泛閱讀
난독하다 /난도카다/ 〈亂讀-〉	濫讀 ＊也稱為남독하다 /남도카다/ 〈濫讀-〉。

독파하다 〈讀破-〉	讀完、通讀 ＊一個晚上就讀完了：하룻밤에 독파하다

★分類

장르 /장느/ 〈genre〉	體裁
픽션 〈fiction〉	虛構作品
논픽션 〈nonfiction〉	紀實文學、非虛構寫作

비즈니스서 〈business 書〉	商業書籍
자기계발서 〈自己啓發書〉	心理勵志書籍
실용서 〈實用書〉	實用書
소설 〈小說〉	小說 ＊長篇：장편 <長篇> ＊短篇：단편 <短篇>
연애 소설 /여내-/ 〈戀愛小說〉	愛情小說
추리 소설 〈推理小說〉	推理小說
미스터리 소설 〈mystery 小說〉	懸疑小說 ＊鐵道懸疑小說：철도 미스터리
시대 소설 〈時代小說〉	時代小說 ＊屬於大眾文學，追求的是娛樂價值。以過去歷史上真正存在、發生過的歷史事件、朝代、人物為背景撰寫的虛構小說。
역사 소설 /역싸-/ 〈歷史小說〉	歷史小說 ＊屬於嚴肅文學，有豐富的歷史資料，是用歷史加以改編的小說。
하드보일드 〈hard-boiled〉	冷硬派推理小說
판타지 소설 〈fantasy 小說〉	奇幻小說
포르노 소설 〈porno 小說〉	淫穢小說、色情小說

에세이 〈essay〉	散文、隨筆

기행문 〈紀行文〉	遊記
수필 〈隨筆〉	隨筆、散文
번역물 /벼넝물/ 〈飜譯物〉	翻譯作品

전기 〈傳記〉	傳記 ＊偉人傳記：위인전
자서전 〈自敍傳〉	自傳
일기 〈日記〉	日記

문학 〈文學〉	文學
현대 문학 〈現代-〉	現代文學
외국 문학 /외궁-/ 〈外國-〉	外國文學
고전 문학 〈古典-〉	古典文學
구비 문학 〈口碑-〉	口頭文學
아동 문학 〈兒童-〉	兒童文學
순수 문학 〈純粹-〉	純文學
대중 문학 〈大衆-〉	大衆文學

★世界小說、文學作品

윌리엄 셰익스피어 〈William Shakespeare〉	威廉・莎士比亞 ＊《凱薩大帝》 줄리어스 시저 <Julius Caesar> ＊《仲夏夜之夢》한여름밤의 꿈 ＊《威尼斯商人》베니스의 상인 <Venice-商人> ＊《羅密歐與茱麗葉》로미오와 줄리엣 <Romeo-Juliet> ＊《馬克白》맥베스 <Macbeth> ＊《哈姆雷特》/《王子復仇記》햄릿<Hamlet> ＊《奧賽羅》오셀로<Othello> ＊《李爾王》리어왕<Lear 王>
스탕달 〈Stendhal〉	司湯達 ＊《紅與黑》적과 흑 <赤-黑>

괴테 〈Goethe〉	約翰‧沃夫岡‧馮‧歌德 ＊《少年維特的煩惱》젊은 베르테르의 슬픔 〈-Werther-〉 ＊《浮士德》파우스트〈Faust〉
빅토르 위고 〈Victor Hugo〉	維克多‧雨果 ＊《悲慘世界》레 미제라블〈Les Misérables〉
에드거 앨런 포우 〈Edgar Allan Poe〉	愛倫‧坡 ＊《黑貓》검은 고양이 ＊《莫爾格街兒殺案》모르그가의 살인 사건 〈Morgue 街-殺人事件〉 ＊《金甲蟲》황금충〈黃金蟲〉
찰스 디킨스 〈Charles Dickens〉	查爾斯‧狄更斯 ＊《雙城記》두 도시 이야기〈-都市-〉 ＊《孤雛淚》올리버 트위스트〈Oliver Twist〉 ＊《小氣財神》크리스마스 캐럴〈Christmas Carol〉
이반 투르게네프 〈Ivan Turgenev〉	伊凡‧謝吉耶維奇‧屠格涅夫 ＊《父與子》아버지와 아들 ＊《獵人筆記》사냥꾼의 수기〈-手記〉 ＊《初戀》첫사랑 ＊《羅亭》루딘〈Rudin〉 ＊《前夜》그 전날 밤〈- 前-〉
에밀리 브론테 〈Emily Brontë〉	艾蜜莉‧勃朗特 ＊《咆哮山莊》폭풍의 언덕〈暴風-〉
표도르 도스토에프스 키 〈Fyodor Dostoevskiy〉	費奧多爾‧米哈伊洛維奇‧杜斯妥也夫斯基 ＊《卡拉馬助夫兄弟們》카라마조프네 형제들 〈Karamazovï-兄弟-〉 ＊《罪與罰》죄와 벌〈罪-罰〉 ＊《白痴》백치〈白痴〉 ＊《群魔》악령〈惡靈〉
레프 톨스토이 〈Lev Tolstoi〉	列夫‧托爾斯泰 ＊《伊凡‧伊里奇之死》바보 이반〈-Ivan〉 ＊《戰爭與和平》전쟁과 평화〈戰爭-平和〉 ＊《安娜‧卡列尼娜》안나카레니나〈Anna Karenina〉
허먼 멜빌 〈Herman Melville〉	赫爾曼‧梅爾維爾 ＊《白鯨記》모비 딕〈Moby-Dick〉
에밀 졸라 〈Emile Zola〉	埃米爾‧左拉 ＊《小酒店》목로 주점〈木壚酒店〉

루이스 캐럴 〈Lewis Carroll〉	路易斯 · 卡羅 ＊《愛麗絲夢遊仙境》이상한 나라의 앨리스 〈異常-Alice〉 ＊《愛麗絲鏡中奇遇》거울 나라의 앨리스 〈-Alice〉
프랜시스 버넷 〈Frances Burnett〉	法蘭西絲 · 霍森 · 柏納特 ＊《小少爺方特落伊》소공자 〈小公子〉 ＊《小公主》소공녀 〈小公女〉 ＊《祕密花園》비밀의 화원 〈秘密-花園〉
기 드 모파상 〈Guy de Maupassant〉	居伊 · 德 · 莫泊桑 ＊《羊脂球》비곗덩어리 ＊《一生》여자의 일생 〈女子-一生〉 ＊《皮埃爾與若望》피에르와 장 〈Pierre-Jean〉
안톤 체호프 〈Anton Chekhov〉	安東 · 帕夫洛維奇 · 契訶夫 ＊《三姐妹》세 자매 〈-姊妹〉 ＊《櫻桃園》벚꽃 동산
오 헨리 〈O · Henry〉	歐 · 亨利 ＊《麥琪的禮物》현자의 선물 〈賢者-膳物〉 ＊《最後一片常春藤葉》마지막 잎새
로맹 롤랑 〈Romain Rolland〉	羅曼 · 羅蘭 ＊《約翰 · 克利斯朵夫》장 크리스토프 〈Jean-Christophe〉
앙드레 지드 〈André Gide〉	安德烈 · 紀德 ＊《窄門》좁은 문 〈-門〉
마르셀 프루스트 〈Marcel Proust〉	馬塞爾 · 布魯斯特 ＊《追憶似水年華》잃어버린 시간을 찾아서 〈-時間-〉
루시 몽고메리 〈Lucy Montgomery〉	露西 · 莫德 · 蒙哥馬利 ＊《清秀佳人》빨간 머리 앤 〈-Anne〉
윌리엄 서머셋 몸 〈William Somerset Maugham〉	威廉 · 薩默塞特 · 毛姆 ＊《人性枷鎖》인간의 굴레 〈人間-〉 ＊《月亮和六便士》달과 6 펜스 〈-pence〉
토머스 만 〈Thomas Mann〉	湯瑪斯 · 曼 ＊《魔山》마의 산 〈魔-山〉
헤르만 헤세 〈Hermann Hesse〉	赫爾曼 · 黑塞 ＊《在輪下》수레바퀴 아래서

프란츠 카프카 〈Franz Kafka〉	法蘭茲·卡夫卡 ＊《變形記》변신〈變身〉 ＊《在流行地》유형지에서〈流刑地-〉
데이빗 로렌스 〈David Lawrence〉	大衛·赫伯特·勞倫斯 ＊《查泰萊夫人的情人》채털리 부인의 사랑 〈Chatterley 夫人-〉
어네스트 헤밍웨이 〈Ernest Hemingway〉	厄尼斯特·海明威 ＊《太陽照常升起》해는 또다시 떠오른다 ＊《老人與海》노인과 바다〈老人-〉 ＊《戰地春夢》무기여 잘 있거라〈武器-〉 ＊《戰地鐘聲》누구를 위하여 종은 울리나〈-爲-鐘-〉 ＊《乞力馬札羅的雪》킬리만자로의 눈 〈Kilimanjaro-〉
보리스 파스테르나크 〈Boris Pasternak〉	鮑里斯·巴斯特納克 ＊《齊瓦哥醫生》닥터 지바고〈Doctor Zhivago〉
생 텍쥐페리 〈Saint-Exupéry〉	安東尼·迪·聖-修伯里 ＊《小王子》어린 왕자〈-王子〉
마가렛 미첼 〈Margaret Mitchell〉	瑪格麗特·米契爾 ＊《亂世佳人》바람과 함께 사라지다
존 스타인벡 〈John Steinbeck〉	約翰·史坦貝克 ＊《憤怒的葡萄》분노의 포도〈憤怒-葡萄〉 ＊《伊甸之東》에덴의 동쪽〈Eden-東-〉
에리히 캐스트너 〈Erich Kästner〉	艾瑞克·卡斯特納 ＊《我和我的好朋友》핑크트헨과 안톤 〈Pünktchen und Anton〉 ＊《會飛的教室》하늘을 나는 교실〈-教室〉
조지 오웰 〈George Orwell〉	喬治·歐威爾 ＊《動物農莊》동물 농장〈動物農場〉
시몬 드 보부아르 〈Simone de Beauvoir〉	西蒙·波娃 ＊《第二性》제2의 성〈第二-性〉
알베르 카뮈 〈Albert Camus〉	阿爾貝·卡繆 ＊《異鄉人》이방인〈異邦人〉
프랑수아즈 사강 〈Françoise Sagan〉	佛蘭西絲·莎崗 ＊《日安憂鬱》슬픔이여 안녕〈-安寧〉
노신〈魯迅〉	魯迅 ＊《阿Q正傳》아Q정전〈阿Q正傳〉 ＊《狂人日記》광인일기〈狂人日記〉

◆日本文學作品

모리 오가이 〈森鷗外〉	森鷗外 ＊《青年》청년 〈青年〉 ＊《雁》기러기 ＊《阿部一族》아베 일족 〈青年〉
나쓰메 소세키 〈夏目漱石〉	夏目漱石 ＊《我是貓》나는 고양이로소이다 ＊《少爺》도련님 ＊《心》마음
아쿠타가와 류노스케 〈芥川竜之介〉	芥川龍之介 ＊《羅生門》나생문 〈羅生門〉 ＊《蜘蛛之絲》거미줄
오자키 고요 〈尾崎紅葉〉	尾崎紅葉 ＊《金色夜叉》금색야차 〈金色夜叉〉
시마자키 도손 〈島崎藤村〉	島崎藤村 ＊《黎明前》날이 샐 무렵
히구치 이치요 〈樋口一葉〉	樋口一葉 ＊《青梅竹馬》키재기 ＊《濁江》흐린 강 〈-江〉
시가 나오야 〈志賀直哉〉	志賀直哉 ＊《在城崎》기노사키에서 ＊《暗夜行路》암야행로 〈暗夜行路〉
다니자키 준이치로 〈谷崎潤一郎〉	谷崎潤一郎 ＊《痴人之愛》치인의 사랑 〈痴人-〉 ＊《細雪》세설 〈細雪〉
야마모토 유조 〈山本有三〉	山本有三 ＊《路旁石》길가의 돌
미야자와 겐지 〈宮沢賢治〉	宮澤賢治 ＊《銀河鐵道之夜》은하철도의 밤 〈銀河鐵道-〉 ＊《要求特別多的餐廳》주문이 많은 요리점 〈注文-料理店〉 ＊《風之又三郎》바람의 마타사부로
이노우에 야스시 〈井上靖〉	井上靖 ＊《天平之甍》덴표의 용마루 〈-龍-〉 ＊《冰壁》빙벽 〈氷壁〉 ＊《夏草冬濤》여름 풀과 겨울 바다
가와바타 야스나리 〈川端康成〉	川端康成 ＊《雪國》설국 〈雪國〉 ＊《伊豆的舞孃》이즈의 무희 〈-舞姬〉

다자이 오사무 〈太宰治〉	太宰治 ＊《人間失格》인간실격 〈人間失格〉 ＊《斜陽》사양 〈斜陽〉
마쓰모토 세이초 〈松本清張〉	松本清張 ＊《點與線》점과 선 〈點-線〉 ＊《砂之器》모래 그릇
시바 료타로 〈司馬遼太郎〉	司馬遼太郎 ＊《街道漫步》가도를 가다 〈街道-〉
오에 겐자부로 〈大江健三郎〉	大江健三郎 ＊《萬延元年的足球隊》만연 원년의 풋볼 〈万延 元年-football〉
미시마 유키오 〈三島由紀夫〉	三島由紀夫 ＊《假面的告白》가면의 고백 〈假面-告白〉 ＊《禁色》금색 〈禁色〉 ＊《潮騷》파도 소리 〈波濤-〉 ＊《金閣寺》금각사 〈金閣寺〉 ＊《憂國》우국 〈憂國〉 ＊《豐饒之海》풍요의 바다 〈豊饒-〉
무라카미 하루키 〈村上春樹〉	村上春樹 ＊《挪威的森林》노르웨이의 숲 〈Norway-〉 ＊《舞・舞・舞》댄스 댄스 댄스 〈dance dance dance〉 ＊《國境之南太陽之西》국경의 남쪽, 태양의 서 쪽 〈國境-南-太陽-西-〉 ＊《發條鳥年代記》태엽 감는 새 연대기 〈胎葉- 年代記〉 ＊《海邊的卡夫卡》해변의 카프카 〈海邊- Kafka〉 ＊《1Q84》 1Q84 ＊《刺殺騎士團長》기사단장 죽이기 〈騎士團 長-〉
히가시노 게이고 〈東野 圭吾〉	東野圭吾 ＊《嫌疑犯X的獻身》용의자 X의 헌신 〈容疑者- 獻身〉 ＊《紅色手指》붉은 손가락 ＊《流星之絆》유성의 인연 〈流星-因緣〉 ＊《新參者》신참자 〈新參者〉 ＊《假面飯店》매스커레이드 호텔 ＊《解憂雜貨店》나미야 잡화점의 기적 〈-雜貨 店-奇蹟〉

미나토 가나에	**湊佳苗** ＊《告白》고백〈告白〉 ＊《夜行摩天輪》야행관람차
릴리 프랭키	**中川雅也** ＊《東京鐵塔：老媽和我，有時還有老爸》도쿄 타워

★台灣文學作品

량스추/양실추〈梁實秋〉	**梁實秋** ＊《雅舍小品》아사소품〈雅舍小品〉
천즈판/진지번〈陳之藩〉	**陳之藩** ＊《劍河倒影》캠강의 도영〈倒影〉
양무/양목〈楊牧〉	**楊牧** ＊《楊牧詩集》양목〈楊牧〉시집 ＊《一首詩的完成》시 한편의 완성 ＊《搜索者》수색자 ＊《奇萊前書》기래산〈奇萊山〉전편 ＊《奇萊後書》기래산〈奇萊山〉후편
지엔정/간정〈簡媜〉	**簡媜** ＊《女兒紅》여아홍주〈酒〉
정처우위/정추여 〈鄭愁予〉	**鄭愁予** ＊《鄭愁予詩集》정추여〈鄭愁予〉시집
위꾸앙쭝/위광중 〈余光中〉	**余光中** ＊《鄉愁》향수 ＊《左手的繆思》왼손의 Muse ＊《蓮的聯想》연꽃의 연상〈聯想〉 ＊《記憶像鐵軌一樣長》철도만큼 긴 기억 ＊《狼來了》늑대가 나타났다 ＊《紫荊賦》백태기나무 현대시
라이성촨/뢰성천 〈賴聲川〉	**賴聲川** ＊《暗戀桃花源》암련도화원〈暗戀桃花源〉 ＊《那一夜，我們說相聲》그날 밤, 함께했던 만 담 ＊《紅色的天空》적색의 천공〈天空〉 ＊《覺醒的勇氣》용기의 각성〈覺醒〉

바이센융/백선용 〈白先勇〉	白先勇
	* 《孽子》불효자
	* 《台北人》타이베이인
	* 《國葬》국장 〈國葬〉
	* 《花橋榮記》화교영기 〈花橋榮記〉
	* 《金大班的最後一夜》금대반 최후의 하룻밤
장아이링/장애령 〈張愛玲〉	張愛玲
	* 《半生緣》반생연 〈半生緣〉
치쥔/옥군 〈琦君〉	琦君
	* 《橘子紅了》귤이 여물었다
	* 《桂花雨》물푸레나무 꽃비
	* 《三更有夢書當枕》깊은 밤 책을 베게 삼아
	* 《母親的金手錶》어머니의 금손목시계
	* 《夢中的餅乾屋》몽중 〈夢中〉 과자집
	* 《錢塘江畔》첸탕 〈錢塘〉 강가
	* 《母親的菩提樹》어머니의 보리수 나무
왕원화/왕문화 〈王文華〉	王文華
	* 《倒數第二個女朋友》끝에서 두번째 여자친구
	* 《蛋白質女孩》단백질 소녀
	* 《天使寶貝》천사
	* 《舊金山下雨了》샌프란시스코에 비가 내리면

◆世界兒童文學作品

《湯姆叔叔的小屋》톰 아저씨의 오두막집 〈Tom-〉

《乞丐王子》왕자와 거지 〈王子-〉

《綠野仙蹤》오즈의 마법사 〈Oz-魔法師〉

《海底歷險記》해저 2 만리 〈海底二萬里〉

《亞森・羅蘋》괴도 뤼팽 〈怪盜 Lupin〉

*亞森・羅蘋 : 아르센 뤼팽 〈Arsène Lupin〉

《格列佛遊記》걸리버 여행기 〈Gulliver 旅行記〉

《天地一沙鷗》갈매기의 꿈

《巖窟王》암굴왕 〈岩窟王〉

*改編自《基督山恩仇記》的電視動畫。

《最後一課》마지막 수업 〈-授業〉

《西遊記》서유기 〈西遊記〉

《三國志》삼국지 〈三國志〉

《三劍客》삼총사 〈三銃士〉

《西頓動物記》시튼 동물기 〈Seton 動物記〉

《簡愛》제인 에어〈Jane Eyre〉
《化身博士》지킬박사와 하이드〈Jekyll 博士-Hyde〉
《福爾摩斯》셜록 홈스의 모험〈Sherlock Holmes-冒險〉
《叢林奇譚》정글북〈Jungle Book〉
《十五少年漂險記》십오 소년 표류기〈十五少年漂流記〉
《水滸傳》수호지〈水滸誌〉
《金銀島》보물섬〈寶物-〉
《湯姆歷險記》톰 소여의 모험〈Tom Sawyer-冒險〉
《德古拉》드라큘라〈Dracula〉
《杜立德醫生非洲歷險記》돌리틀 선생의 아프리카 여행〈Dolittle 先生-Africa旅行〉
《杜立德醫生航海記》돌리틀 선생 항해기〈Dolittle 先生航海記〉
《唐吉訶德》돈키호테〈Don Quixote〉
《納尼亞傳奇》나르니아 연대기〈Narnia 年代記〉
《騎鵝歷險記》닐스의 이상한 모험〈Nils-異常-冒險〉
《哈利波特》系列 해리 포터 시리즈〈Harry Potter series〉
＊《神秘的魔法石》마법사의 돌〈魔法師-〉
＊《消失的密室》비밀의 방〈秘密-房〉
＊《阿茲卡班的逃犯》아즈카반의 죄수〈Azkaban-囚人〉
＊《火盃的考驗》불의 잔〈-盞〉
＊《鳳凰會的密令》불사조 기사단〈不死鳥騎士團〉
＊《混血王子的背叛》혼혈왕자〈-混血王子〉
＊《死神的聖物》죽음의 성물〈-聖物〉
＊《被詛咒的孩子》저주받은 아이
《昆蟲記》파브르 곤충기〈Fabre 昆蟲記〉
《科學怪人》프랑켄슈타인〈Frankenstein〉
《龍龍與忠狗》플란다스의 개〈Flanders-〉
《窗邊的小荳荳》창가의 토토〈窓-〉
《鵝媽媽》마더구즈〈Mother Goose〉
《歡樂滿人間》매리 포핀즈〈Mary Poppins〉
《麥田捕手》호밀밭의 파수꾼
《魯濱遜漂流記》로빈슨 크루소〈Robinson Crusoe〉
《羅賓漢冒險記》로빈후드의 모험〈Robin Hood-冒險〉
《小婦人》작은 아씨들

시〈詩〉	詩
산문시〈散文詩〉	散文詩

서사시 〈敍事詩〉	敍事詩
서정시 〈抒情詩〉	抒情詩
한시 〈漢詩〉	舊體詩

신화 〈神話〉	神話
민화 〈民話〉	民間故事、民間傳說
옛이야기 /옌니야기/	古代的故事、傳統民間故事 ＊也稱為전래 동화〈傳來童話〉。

◆韓國傳統民間故事

「傳統民間故事」也稱為전래 동화〈傳來童話〉，被稱為「鬼怪（도깨비）」的「妖怪」經常出現。另外，韓國人與老虎之間的關係也很有趣。老虎從過去就為人所熟知，經常出現在神話或民間故事中。韓國家喻戶曉的民間故事如下。

- 빨간부채와 파란부채《紅扇子和藍扇子》
- 청개구리《青蛙》
- 호랑이와 곶간《老虎和柿餅》
- 은혜 갚은 까치《報恩的喜鵲》
- 호랑이와 나그네《老虎和遊子》
- 거울을 처음본 사람들《第一次看鏡子的人們》
- 별주부전 (토끼전)《鱉主簿傳》
- 소가 된 게으름뱅이《變成牛的懶蟲》
- 꼬리 빠진 호랑이《掉了尾巴的老虎》
- 선녀와 나무꾼《仙女和樵夫》
- 파란 구슬《藍色珠子》
- 금강산 호랑이 잡은 사냥꾼《抓住金剛山老虎的獵人》
- 옹고집전《雍固執傳》
- 선비와 까치《書生和喜鵲》
- 혹부리 영감《瘤子老頭》
- 심청전《沈清傳》
- 홍길동전《洪吉童傳》
- 해님과 달님《太陽和月亮》
- 흥부와 놀부《興夫傳》
- 견우와 직녀《牛郎織女》
- 콩쥐 팥쥐《黃豆女和紅豆女》

784

동화 〈童話〉	童話
그림책 〈-冊〉	繪本
만화 〈漫畫〉	漫畫
코믹스 〈comics〉	漫畫

◆世界童話

《格林童話》그림 동화 〈Grimm 童話〉
· 《白雪公主》백설 공주 〈白雪公主〉
· 《傑克與豌豆》잭과 콩나무 〈Jack-〉
· 《布萊梅的城市樂手》브레멘의 음악대 〈Bremen-音樂隊〉
· 《小紅帽》 빨간 모자 〈-帽子〉
· 《青蛙王子》개구리 왕자 〈-王子〉
· 《大野狼與七隻小羊》늑대와 일곱 마리 아기 염소
· 《糖果屋》헨젤과 그레텔 〈Hänsel-Gretel〉

《安徒生童話全集》안데르센 동화 〈Andersen 童話〉
· 《國王的新衣》벌거숭이 임금님
· 《小美人魚》인어 공주 〈人魚公主〉
· 《賣火柴的小女孩》성냥팔이 소녀 〈-少女〉
· 《拇指姑娘》엄지 공주 〈-公主〉
· 《醜小鴨》미운 오리 새끼

《伊索寓言》이솝 이야기 〈Aesop-〉
· 《龜兔賽跑》토끼와 거북이
· 《鄉下老鼠與都市老鼠》시골쥐와 서울쥐
· 《螞蟻與蚱蜢》개미와 여치
· 《北風與太陽》북풍과 태양 〈北風-太陽〉
· 《生金蛋的鵝》황금 알을 낳는 거위 〈黃金-〉

◆其他童話

《穿靴子的貓》장화 신은 고양이 〈長靴-〉
《大拇指湯姆》엄지동자 〈-童子〉
《三隻小豬》아기돼지 삼형제 〈-三兄弟〉
《灰姑娘》신데렐라 〈Cinderella〉

《胡桃鉗》호두까기 인형〈-人形〉
《鐘樓怪人》노틀담의 꼽추〈Notre-Dame-〉
《木偶奇遇記》피노키오〈Pinocchio〉
《青鳥》파랑새
《一千零一夜》아라비안나이트〈Arabian Nights〉、천일야화〈千一夜話〉
《阿里巴巴和四十大盜》알리바바와 사십 인의 도둑〈Alibaba-四十人-〉
《天方夜譚》신밧드의 모험〈Sindbad-冒險〉
《阿拉丁神燈》알라딘과 요술 램프〈Aladdin-妖術 lamp〉

평론 /평논/〈評論〉	評論
연감〈年鑑〉	年鑑
도감〈圖鑑〉	圖鑑、圖譜
전집〈全集〉	全集
문고본〈文庫本〉	平裝本
단행본〈單行本〉	單行本
하드커버〈hardcover〉	精裝本

주제〈主題〉	主題
등장 인물〈登場人物〉	登場人物
주인공〈主人公〉	主角
줄거리	摘要、情節
결말〈結末〉	結局、結尾
해피엔딩〈happy ending〉	美滿結局

★寫作

책을 쓰다	寫書 ＊不用책을 적다〔적다是隨手做筆記，臨時寫下〕。
집필하다〈執筆-〉	執筆
작가 /작까/〈作家〉	作家 ＊知名作家：인기 작가

소설가 〈小說家〉	小說家
수필가 〈隨筆家〉	散文家
시인 〈詩人〉	詩人

저서 〈著書〉	著作 ＊留下著作：저서를 남기다 ＊敬贈著作：저서를 삼가 드리다 ＊혜존<惠存>：惠存。「請保存」之意，在贈送 　自己的著述等的時候，寫在對方名字旁邊的 　話。
저자 〈著者〉	作者 ＊作者落款：저자 서명본 〈-署名本〉

원고 〈原稿〉	原稿 ＊截稿：원고 마감
탈고하다 〈脫稿-〉	脫稿 ＊著作完成的意思。
교정하다 〈校正-〉	校正 ＊一校：초교、二校：재교、三校：삼교
교열하다 〈校閱〉	校閱、審校
교정쇄 〈校正刷〉	數位樣 ＊也稱為갤리〈galley〉、갤리쇄、갤리 인쇄等。 　指的是校稿完成後交付印刷廠打樣，印刷廠交 　給出版社做最後確認用的稿件。

단락 /달락/ 〈段落〉	段落
목차 〈目次〉 차례 〈次例〉	目錄、目次
머리말	序言、前言 ＊與머리말相對的「後記」是꼬리말。
서론 〈序論〉	序論
결론 〈結論〉	結論 ＊也稱為맺음말。
서문 〈序文〉	序文
발문 〈跋文〉	跋文

文學

각주 /각쭈/ 〈脚註〉	註腳
색인 〈索引〉	索引 ＊也稱為찾아보기。

원고료 〈原稿料〉	稿費
인세 /인쎄/ 〈印稅〉	版稅
저작권 /저작꿘/ 〈著作權〉	著作權、版權
초상권 /초상꿘/ 〈肖像權〉	肖像權
지적 소유권 /지쩍소유꿘/ 〈知的所有權〉	知識財產權

★出版

독자 /독짜/ 〈讀者〉	讀者
독자층 /독짜층/ 〈讀者層〉	讀者層
애독자 /애독짜/ 〈愛讀者〉	忠實讀者

출판하다 〈出版-〉	出版 ＊自費出版：자비 출판
출판사 〈出版社〉	出版社
출판물 〈出版物〉	出版物
인쇄하다 〈印刷-〉	印刷
인쇄소 〈印刷所〉	印刷廠
인쇄물 〈印刷物〉	印刷品

편집하다 /편지파다/ 〈編輯-〉	編輯
편집자 /편집짜/ 〈編輯者〉	編輯、編輯人員
발행하다 〈發行-〉	發行
발행 부수 〈發行部數〉	發行部數

제본하다 〈製本-〉	裝訂
표지 디자인 〈表紙 design〉	封面設計
난장 〈亂張·亂帳〉	裝訂錯誤
낙장 /낙짱/ 〈落張〉	缺頁 ★幫您更換缺頁的書：잘못 만들어진 책은 바꾸 어 드립니다.

초판 〈初版〉	初版
재판 〈再版〉	再版
신간 〈新刊〉	新書
개정판 〈改訂版〉	修訂版
중판 〈重版〉	重新出版
절판 〈絕版〉	絕版 ＊變成絕版：절판되다

베스트셀러 〈bestseller〉	暢銷書
밀리언셀러 〈million seller〉	百萬暢銷書
스테디셀러 〈steady seller〉	長銷書

2. 繪畫·美術
★繪畫

그림	圖畫
회화 /훼화/ 〈繪畫〉	繪畫
그림을 그리다	畫畫
사생하다 〈寫生-〉	寫生
스케치하다 〈sketch-〉	素描、速寫
데생하다 〈dessin-〉	素描 ＊也稱為소묘하다 〈素描-〉。
묘사하다 〈描寫-〉	描寫、描繪

작품 〈作品〉	作品
걸작 /걸짝/ 〈傑作〉	傑作
가작 〈佳作〉	佳作
수작 〈秀作〉	傑作、優秀作品
졸작 /졸짝/ 〈拙作〉	拙作、劣作
위작 〈偽作〉	偽作、贋品 ＊也可單稱가짜。
표절 작품 〈剽竊作品〉	抄襲作品、剽竊作品

화가 〈畫家〉	畫家
구상화 〈具象畫〉	具象畫
추상화 〈抽象畫〉	抽象畫
아방가르드 〈avant-garde〉	前衛藝術 ＊雖會說전위 예술 〈-藝術〉，但不會說전위화。
명화 〈名畫〉	名畫
복제화 /복쩨화/ 〈複製畫〉	複製畫

유화 〈油畫〉	油畫 ＊也稱為유채 〈油彩〉。
수채화 〈水彩畫〉	水彩畫
동양화 〈東洋畫〉	東洋畫
수묵화 /수무콰/ 〈水墨畫〉	水墨畫
산수화 〈山水畫〉	山水畫
화조화 〈花鳥畫〉	花鳥畫
초충도 〈草蟲圖〉	草蟲畫
혁필화 〈革筆畫〉	皮畫

서양화 〈西洋畫〉	西洋畫
풍경화 〈風景畫〉	風景畫
정물화 〈靜物畫〉	靜物畫
인물화 〈人物畫〉	人物畫

초상화 〈肖像畵〉	肖像畫

판화 〈版畵〉	版畫 ＊雕刻版畫：판화를 새기다 ＊版畫家：판화가 〈版畵家〉
리토그라프 〈lithograph〉 석판화 〈石版畵〉	石版畫
벽화 /벼콰/ 〈壁畵〉	壁畫

인상서 〈人相書〉	人像素描、嫌犯素描 ＊也稱為용모파기 〈容貌疤記〉〔這是朝鮮時代在 「緝捕」時的用法〕。
초상화 〈肖像畵〉	肖像畫 ＊也可以說몽타주 그림 〈montage-〉、몽타주， 　但都是指為了搜捕犯人而畫的「畫像」 　〔montage 原本的意思是「合成相片」〕。

아틀리에 〈atelier〉	工作室 ＊指畫室、雕刻室或相館攝影棚。
물감 /물깜/	顏料 ＊用顏料著色：물감으로 색칠하다 ＊顏料在水中化開：물에 물감을 풀다 ＊壓克力顏料：아크릴 물감 /-물깜/
붓 /붇/ 화필 〈畵筆〉	畫筆
팔레트 〈palette〉	調色板
스케치북 〈sketchbook〉	寫生簿、素描冊
이젤 〈easel〉	畫架
캔버스 〈canvas〉	畫布
액자 〈額子〉	畫框

미술관 〈美術館〉	美術館
화랑 〈畫廊〉	畫廊
갤러리 〈gallery〉	畫廊

개인전 〈個人展〉	個人畫展

조각 〈彫刻〉	雕刻 ＊雕刻家：조각가 / 조각까 /
공예 〈工藝〉	工藝
도예 〈陶藝〉	陶藝 ＊陶藝家：도예가；陶匠：옹기장이 〈甕器匠-〉；陶瓷器工匠：도공 〈陶工〉。

★西洋美術的歷史

고딕 〈Gothic〉	哥德體、哥特式(建築)
르네상스 〈Renaissance〉	文藝復興
바로크 〈Baroque〉	巴洛克
로코코 〈Rococo〉	洛可可
신고전주의 〈新古典主義〉	新古典主義
낭만주의 〈浪漫主義〉	浪漫主義
인상파 〈印象派〉	印象派
초현실주의 〈超現實主義〉	超現實主義

◆世界知名的畫家、雕刻家及其作品

보티첼리 〈Botticelli〉	坡提且利 ＊《維納斯的誕生》비너스의 탄생 〈Venus- 誕生〉 ＊《春》（Primavera）봄 (프리마 베라)
레오나르도 다 빈치 〈Leonardo da Vinci〉	李奧納多・達文西 ＊《受胎告知》수 태고지 〈受胎告知〉 ＊《最後的晚餐》최후의 만찬 〈最後-晚餐〉 ＊《蒙娜麗莎》모나리자 〈Mona Lisa〉
미켈란젤로 〈Michelangelo〉	米開朗基羅 ＊《創造亞當》아담의 창조 〈Adam-創造〉 ＊《大衛像》다비드 〈David〉 ＊《最後的審判》최후의 심판 〈最後-審判〉

밀레 ⟨Millet⟩	米勒 ＊《晚禱》만종 ⟨晚鐘⟩ ＊《播種者》씨 뿌리는 사람 ＊《拾穗》이삭줍기
고야 ⟨Goya⟩	哥雅 ＊《裸體的瑪哈》옷을 벗은 마하 ⟨-Maja⟩ ＊《查理四世的一家》카를로스 4 세의 가족 　⟨Charles 四世-家族⟩
라파엘로 ⟨Raffaello⟩	拉斐爾 ＊《椅上聖母子》작은 의자의 성모 ⟨-椅子-聖母⟩
렘브란트 ⟨Rembrandt⟩	林布蘭 ＊《尼古拉斯·杜爾博士的解剖學課》툴프 박사 　의 해부학 강의 ⟨-博士- 解剖學講義⟩ ＊《夜巡》야경 ⟨夜警⟩
마네 ⟨Manet⟩	馬內 ＊《吹笛子的少年》피리 부는 소년 ⟨-少年⟩ ＊《草地上的午餐》풀밭 위의 점심 ⟨-點心⟩
드가 ⟨Degas⟩	竇加 ＊《舞蹈課》발레 수업 ＊《費爾南德馬戲團的拉拉小姐》경마장 풍경 　⟨競馬場風景⟩
세잔느 ⟨Cezanne⟩	塞尚 ＊《玩紙牌的人》카드 놀이하는 사람들 ⟨card-⟩ ＊《聖維克多山》생 빅트와르 산 ⟨Sainte-Victoire 　山⟩
모네 ⟨Monet⟩	莫內 ＊《睡蓮池》수련 ⟨睡蓮⟩ ＊《打陽傘的女人》양산 쓴 여인 ⟨陽傘-女人⟩
로댕 ⟨Rodin⟩	羅丹 ＊《沉思者》생각하는 사람 ＊《加來義民》칼레의 시민 ⟨Calais-市民⟩
고흐 ⟨Gogh⟩	梵谷 ＊《阿爾附近的吊橋》아를르의 다리 ⟨Arles-⟩ ＊《向日葵》해바라기 ＊《有絲柏的道路》삼나무와 별이 있는 길 ⟨杉-⟩ ＊《自畫像》자화상 ⟨自畫像⟩
달리 ⟨Dali⟩	達利 ＊《一條安達魯狗》안달루시아의 개 ⟨Andalucía-⟩ ＊《黃金時代》황금시대 ⟨黃金時代⟩

고갱 〈Gauguin〉	高更 ＊《黃色的基督》황색의 그리스도 〈黃色-〉 ＊《沙灘上的大溪地女人》타히티의 여인들 〈-女人-〉
르노와르 〈Renoir〉	雷諾瓦 ＊《船上的午宴》뱃놀이하는 사람들의 점심 〈-點心〉 ＊《煎餅磨坊的舞會》물랭 드 라 갈레트 〈Le Moulin de la Galette〉
뭉크 〈Munch〉	蒙克 ＊《吶喊》절규 〈絶叫〉
로트레크 〈Lautrec〉	羅特列克 ＊《紅磨坊》물랭 루즈 〈Moulin Rouge〉
루소 〈Rousseau〉	盧梭 ＊《沉睡的吉普賽人》잠자는 보히미아의 여인 〈-女人〉
마티스 〈Matisse〉	馬諦斯 ＊《舞蹈》댄스 〈dance〉
피카소 〈Picasso〉	畢卡索 ＊《亞維農的少女》아비뇽의 아가씨들 〈Avignon-〉 ＊《格爾尼卡》게르니카 〈Guernica〉
모딜리아니 〈Modigliani〉	莫迪里安尼 ＊《繫著黑領結的女人》검은 넥타이를 맨 부인 〈-necktie-婦人〉
샤갈 〈Chagall〉	夏卡爾 ＊《七指自畫像》손가락이 일곱 개인 자화상 〈-個-自畫像〉

3. 音樂
★音樂相關

음악 〈音樂〉	音樂 ＊傳統音樂 : 전통 음악 〈傳統音樂〉
음악가 /음악까/ 〈音樂家〉	音樂家

노래	歌曲 ＊板索里（판소리）等的歌稱為소리。
노래하다	唱歌 ＊可以用在鳥唱歌、人哼歌等，範圍比노래를 부르다更廣。
노래를 부르다	唱歌 ＊人出聲唱歌。 ＊吟詠詩歌為노래를 부르다、노래를 읊다 /-읍따/ 。
가수 〈歌手〉	歌手
돌림 노래를 부르다	輪唱
독창 〈獨唱〉	獨唱 ＊獨奏：솔로 〈solo〉
이중창 〈二重唱〉	二重唱 ＊二重奏：듀엣 〈duet〉
삼중창 〈三重唱〉	三重唱 ＊三重奏：트리오 〈trio〉
사중창 〈四重唱〉	四重唱 ＊四重奏：콰르텟 〈quartet〉
모내기 노래	插秧歌
뱃노래 /밴노래/	船夫曲、船歌
곡 〈曲〉	曲子、歌曲 ＊作一首曲：한 곡 하세요.
제목 〈題目〉	曲目
작곡하다 /자꼬카다/ 〈作曲-〉	作曲 ＊也稱為노래를 짓다 /-짇따/ 。
작곡가 /자꼭까/ 〈作曲家〉	作曲家
편곡하다 /편고카다/ 〈編曲-〉	編曲
동요 /동 : 요/ 〈童謠〉	童謠
민요 〈民謠〉	民謠

아리랑	阿里郎 ＊韓國的民謠。有密陽阿里郎（밀양아리랑）、江原道阿里郎（강원도아리랑）、珍島阿里郎（진도아리랑）等，各地有各地的阿里郎，唱法與歌詞也各自不同。
가곡 〈歌曲〉	歌曲、(韓國時調搭配傳統樂器的)唱曲
판소리	板索里 ＊18 世紀初以全羅道為中心，在庶民之間配合唱劇（창극）歌唱，以悲歡豐富的抑揚頓挫與有力的丹田唱出故事，是韓國代表性的傳統說唱藝術。由歌手（광대）與太鼓的鼓手（고수）各一位組合演出，等於是說唱的歌劇。只剩下 5 個曲目傳承至今。
가요곡 〈歌謠曲〉	歌謠、歌曲
유행가 〈流行歌〉	流行歌曲
트로트 〈trot〉	韓國演歌 ＊因為演歌輕快的 4 拍子旋律聽起來像 ppongjjak、ppongjjak，所以俗稱又稱為뽕짝。
흘러간 노래	老歌
신곡 〈新曲〉	新歌

팝송 〈pop song〉	流行歌曲
록 〈rock〉	搖滾樂
재즈 〈jazz〉	爵士樂
삼바 〈samba〉	森巴
보사노바 〈bossa nova〉	巴薩諾瓦
랩 〈rap〉	饒舌
발라드 〈ballade〉	抒情歌
샹송 〈chanson〉	法國流行音樂
블루스 〈blues〉	藍調
가스펠 〈gospel〉	福音音樂
칸초네 〈canzone〉	義大利流行音樂
오페라 〈opera〉	歌劇

요들 〈yodel〉	約德爾唱法
무드음악 〈mood 音樂〉	情調音樂
스트링스 〈strings〉	弦樂
합창 〈合唱〉	合唱 ＊混聲合唱：혼성 합창 〈混聲合唱〉
아카펠라 〈a cappella〉	無伴奏合唱
독창회 〈獨唱會〉	獨唱會 ＊舉辦獨唱會：독창회를 열다
클래식 〈classic〉	古典音樂
행진곡 〈行進曲〉	進行曲
교향곡 〈交響曲〉	交響曲 ＊也稱為심포니 〈symphony〉。
협주곡 /협쭈곡/ 〈協奏曲〉	協奏曲 ＊也稱為콘체르토 〈concerto〉。
광상곡 〈狂想曲〉	狂想曲、隨想曲
야상곡 〈夜想曲〉	夜曲 ＊也稱為녹턴 〈nocturne〉。
소나타 〈sonata〉	奏鳴曲
원무곡 〈圓舞曲〉	圓舞曲 ＊也稱為왈츠。
서곡 〈序曲〉	序曲、前奏曲
모음곡 〈-曲〉	組曲
가사 〈歌詞〉	歌詞
작사하다 /작싸-/ 〈作詞-〉	作詞
작사가 /작싸가/ 〈作詞家〉	作詞家
지휘자 〈指揮者〉	指揮
성악가 /성악까/ 〈聲樂家〉	聲樂家
피아니스트 〈pianist〉	鋼琴家

바이올리니스트 〈violinist〉	小提琴家

선율 〈旋律〉	旋律
멜로디 〈melody〉	旋律、曲調
리듬 〈rhythm〉	韻律、節奏
템포 〈tempo〉	節奏、速度
하모니 〈harmony〉	和聲
후렴 〈後斂〉	副歌

★樂器演奏

악기 /악끼/ 〈樂器〉	樂器
연주하다 〈演奏-〉	演奏
합주하다 /합쭈-/ 〈合奏〉	合奏 ＊二重奏：이중주 〈二重奏〉、듀엣 〈duet〉 ＊三重奏：삼중주 〈三重奏〉 ＊四重奏：사중주 〈四重奏〉、콰르텟 〈quartette〉 ＊五重奏：오중주 〈五重奏〉
오케스트라 〈orchestra〉	管弦樂團、管弦樂
관현악단 /관현악딴/ 〈管絃樂團〉	管弦樂團
교향악단 /교향악딴/ 〈交響樂團〉	交響樂團
실내악단 /실래악딴/ 〈室內樂團〉	室內樂團

★管樂器

관악기 /관악끼/ 〈管樂器〉	管樂器
불다	吹

피리	笛子 ＊吹笛子：피리를 불다
휘파람	口哨 ＊吹口哨：휘파람을 불다
나팔	喇叭
하모니카 〈harmonica〉	口琴
플루트 〈flute〉	長笛
색소폰 〈saxophone〉	薩克斯風
트럼펫 〈trumpet〉	小號
클라리넷 〈clarinet〉	單簧管
트롬본 〈trombone〉	長號
피콜로 〈piccolo〉	短笛
오카리나 〈ocarina〉	陶笛
파고토 〈fagotto〉 바순 〈bassoon〉	低音管
잉글리시 호른 〈English horn〉	英國管
오보에 〈oboe〉	雙簧管
튜바 〈tuba〉	低音號

★打擊樂器

타악기 /타악끼/ 〈打樂器〉	打擊樂器
치다	打、敲、擊 ＊直接用手發出聲音的樂器，使用意為敲、打的 치다。
드럼 〈drum〉	鼓 ＊打鼓：드럼을 치다 ＊鼓手：드러머 〈drummer〉
북	鼓 ＊打鼓：북을 치다

피아노 〈piano〉	鋼琴 ＊彈鋼琴：피아노를 치다 ＊鋼琴家：피아니스트 〈pianist〉
오르간 〈organ〉	風琴 ＊也稱為풍금〈風琴〉。
아코디언 〈accordion〉	手風琴 ＊也稱為손풍금〈-風琴〉。 ＊演奏手風琴：아코디언을 연주하다
전자 오르간 〈電子 organ〉	電子管風琴
파이프 오르간 〈pipe organ〉	管風琴
신시사이저 〈synthesizer〉	合成器
실로폰 〈xylophone〉	木琴 ＊敲木琴：실로폰을 치다
캐스터네츠 〈castanets〉	響板 ＊打響板：캐스터네츠를 치다
탬버린 〈tambourine〉	鈴鼓 ＊打鈴鼓：탬버린을 치다
심벌즈 〈cymbals〉	銅鈸 ＊打銅鈸：심벌즈를 치다
트라이앵글 〈triangle〉	三角鐵 ＊敲三角鐵：트라이앵글을 치다
팀파니 〈timpani〉	定音鼓 ＊打定音鼓：팀파니를 치다

★弦樂器

현악기 /현악끼/ 〈絃樂器〉	弦樂器
켜다	拉 ＊弦樂器大多使用意為「拉」的켜다。 ＊켜다是利用工具拉弦發出聲音。
바이올린 〈violin〉	小提琴 ＊拉小提琴：바이올린을 켜다 ＊小提琴家：바이올리니스트 〈violinist〉

기타 〈guitar〉	吉他 ＊彈吉他：기타를 치다〔直接用手發出聲音所以用치다〕 ＊吉他手：기타리스트 〈guitarist〉
전기 기타 〈電氣 guitar〉	電吉他
스틸 기타 〈steel guitar〉	鋼棒吉他
우쿨렐레 〈ukulele〉	烏克麗麗 ＊彈烏克麗麗：우쿨렐레를 치다
만돌린 〈mandolin〉	曼陀林琴 ＊演奏曼陀林琴：만돌린을 치다/-튕기다/-타다/-연주하다
비올라 〈viola〉	中提琴 ＊拉中提琴：비올라를 켜다
첼로 〈cello〉	大提琴 ＊拉大提琴：첼로를 켜다
콘트라베이스 〈contrabass〉	低音提琴 ＊拉低音提琴：콘트라베이스를 켜다
하프 〈harp〉	豎琴 ＊演奏豎琴：하프를 뜯다〔-튕기다/-타다/-연주하다〕

★韓國傳統樂器

韓國的傳統音樂是국악〈國樂〉，而韓國的傳統樂器稱為국악기〈國樂器〉。
＊북：鼓〔打鼓：북을 치다〕。
＊큰북：大鼓
＊작은북：小鼓，有把手的鼓。也稱為소고〈小鼓〉。
＊장구：長鼓。以手指擊打發出聲響，鼓身長的鼓。
＊아쟁〈牙箏〉：牙箏，弓弦樂器。箏體的左側以箏台抬高，看起來像是琴的樂器。演奏時用細木棒摩擦以弦柱調節的 7 條弦。
＊거문고：玄鶴琴。以撥（小木匙）挑、彈弦線來演奏，如琴的樂器。別名玄琴〔彈奏玄琴：거문고를 타다〕。
＊가야금 〈伽倻琴〉：伽倻琴。以桐木做成長形的共鳴箱，上面有 12 根弦的琴〔彈奏伽倻琴：가야금을 타다〕。
＊꽹과리：手鑼。鑼、小鉦。以黃銅做成的小鑼，可手持的打擊樂器〔敲鑼：

꽹과리를 치다〕。
* 징：鑼。
* 나팔〈喇叭〉：喇叭。
* 피리：笛子。
* 대금〈大芩〉：大芩。
* 태평소〈太平簫〉：太平簫。以木材做成的喇叭般的管樂器。嗩吶。
* 농악〈農樂〉：中文。朝鮮半島的農村傳統民族音樂與舞蹈。慶祝豐收時會演
    奏장구、꽹과리、태평소等的樂器，揮舞農旗跳舞遊行。
* 사물놀이〈四物-〉：在 1978 年組成，名為「四物農樂」的 4 人團體，以꽹과
    리〔鏘鏘鏘的金屬音〕，징〔空、空的低沉鐘聲〕，북〔咚咚咚的大鼓
    聲〕，장구〔輕快的答答答答聲〕這 4 種打擊樂器來演奏，創造出新的音樂
    形式。以此為始，使用 4 種打擊樂器由 4 人來進行的演奏就被稱為「四物農
    樂」。四物農樂沒有旋律，是單純只有韻律的音樂。

★讀樂譜

음계〈音階〉	音階 *也可以單稱계〈階〉。在韓國是다라마바사가나다。
다장조 /다장쪼/〈-長調〉	C 大調
마단조 /마단쪼/〈-短調〉	E 小調 *E 小調第 9 號交響曲《新世界》：교향곡 제9번 마단조 신세계로부터
악보 /악뽀/〈樂譜〉	樂譜
오선지〈五線紙〉	五線譜紙 *五線譜的線是줄，線與線之間稱為간。
음표〈音標〉	音符
도레미파솔라시도〈do re mi fa so la ti do〉	Do Re Mi Fa So La Ti Do

★音符等

높은음자리표	高音譜號
낮은음자리표	低音譜號

샵 〈sharp〉	升號、升音符 ＊也稱為올림표。
플랫 /플랟/ 〈flat〉	降號、降音符 ＊也稱為내림표。
온음표 /오늠표/	全音符
이분음표	二分音符
사분음표	四分音符
팔분음표	八分音符
십육분음표 /심뉵뿐늠표/	十六分音符
쉼표	休止符
온쉼표	全休止符
이분쉼표	二分休止符
사분쉼표	四分休止符
잇단음표 /읻따늠표/	連音符
둘잇단음표 /둘릳따늠표/	二連音
셋잇단음표 /센닏따늠표/	三連音
넷잇단음표 /넨닏따늠표/	四連音
사분의 이박자	四分之二拍
사분의 삼박자	四分之三拍
팔분의 육박자 /-육빠짜/	八分之六拍

★享受歌唱

소프라노 〈soprano〉	女高音
메조소프라노 〈mezzosoprano〉	次女高音
알토 〈alto〉	女低音
테너 〈tenor〉	男高音
바리톤 〈baritone〉	男中音
베이스 〈bass〉	男低音

음악회 /으마퀘/ 〈音樂會〉	音樂會
음악당 /으막땅/ 〈音樂堂〉	音樂廳
연주회 /연주훼/ 〈演奏會〉	演奏會
콘서트 〈concert〉	音樂會、演唱會
콘서트홀 〈concert hall〉	音樂廳、演奏廳、曲藝館
스튜디오 〈studio〉	播音室、錄音室、演奏室
레코딩 〈recording〉	錄音

앙코르 〈encore〉	安可
리퀘스트 〈request〉	要求
레퍼토리 〈repertory〉	曲目
노래자랑	歌唱比賽
노래방 〈-房〉	KTV、練歌房
십팔 번 〈十八番〉	拿手的歌、特長、絕技 ★《一片丹心蒲公英》是我的拿手好戲：일편단 심 민들레는 내 십팔 번이야.
솜씨	手藝、本事
전문가 〈專門家〉	專家
아마추어 〈amateur〉	業餘人士 ＊也稱為풋내기 /푼내기/ 。
음치 〈音癡〉	音癡
콧노래 /콘노래/	哼歌、哼唱 ＊鼻音哼唱：콧노래를 부르다

◆世界作曲家及其名曲
帕海貝爾：파헬 벨 〈Pachelbel〉
· 《D 大調卡農》 캐논

韋瓦第：비발디 〈Vivaldi〉
· 《四季》 사계

巴哈：바흐 〈Bach〉

- 《G 弦上的詠嘆調》/《G 弦之歌》G 선상의 아리아
- 《布蘭登堡協奏曲》브란덴부르크 협주곡
- 《無伴奏大提琴組曲》무반주 첼로주곡
- 《馬太受難曲》마태 수난곡

韓德爾：헨델〈Händel〉
- 《水上音樂》관현악곡 수상 음악
- 《皇家煙火》왕궁의 불꽃놀이

海頓：이든〈Haydn〉
- C 大調弦樂四重奏《皇帝》현악 4중주곡 황제
- 神劇《創世紀》오라토리오 천지창조

莫札特：모차르트〈Mozart〉
- 《G 大調弦樂小夜曲》아이네 클라이네 나흐트뮤지크
- 《土耳其進行曲》터키 행진곡
- 《魔笛》마술 피리
- 《費加洛婚禮》피가로의 결혼

韋伯：베버〈Weber〉
- 《魔彈射手》마탄의 사수
- 《奧布朗》오베론

羅西尼：로시니〈Rossini〉
- 《威廉・泰爾》빌헬름 텔 서곡
- 《塞維亞的理髮師》세빌랴의 이발사

貝多芬：베토벤〈Beethoven〉
- 《給愛麗絲》엘리제를 위하여
- 《降 E 大調第 5 號鋼琴協奏曲》/《皇帝協奏曲》피아노협주곡 제5번 황제
- 《C 小調第 8 號鋼琴奏鳴曲》/《悲愴奏鳴曲》피아노소나타 제8번 비창
- 《升 C 小調第 14 號鋼琴奏鳴曲》/《月光奏鳴曲》피아노소나타 제14번 월광
- 《降 E 大調第三號交響曲「英雄」》/《英雄》交響曲교향곡 제3번 영웅
- 《C 小調第 5 號交響曲「命運」》/《命運》交響曲교향곡 제5번 운명
- 《F 大調第 6 號交響曲「田園」》/《田園》交響曲교향곡 제6번 전원
- 《D 小調第 9 號交響曲「合唱」》/《合唱》交響曲교향곡 제9번 합창

孟德爾頌：멘델스존〈Mendelssohn〉
- 《仲夏夜之夢》한여름 밤의 꿈
- 《e 小調小提琴協奏曲》바이올린 협주곡 e 단조

舒伯特：슈베르트〈Schubert〉
- 《野玫瑰》들장미
- 《鱒魚鋼琴五重奏》/《阿貝鳩奈奏鳴曲》송어
- 《美麗的磨坊女》아름다운 물방앗간의 아가씨

蕭邦：쇼팽〈Chopin〉
- 《革命練習曲》혁명 연습곡
- 《夜曲》야상곡
  ＊也稱為녹턴〈nocturne〉。
- 《離別曲》이별곡
- 《小狗圓舞曲》강아지 왈츠

舒曼：슈만〈Schumann〉
- 《童年即景》어린이 정경 (트로이메라이)

李斯特：리스트〈Liszt〉
- 《第 2 號匈牙利狂想曲》헝가리 랩소디 제2번

威爾第：베르디〈Verdi〉
- 《安魂曲》레퀴엠
- 《茶花女》라 트라비아타 동백 아가씨

小約翰・史特勞斯：요한 슈트라우스
- 《藍色多瑙河》아름답고 푸른 도나우

佛斯特：포스터
- 《肯塔基老家》켄터키 옛집
- 《康城賽馬歌》시골 경마
- 《哦，蘇珊娜》오 , 수재너
- 《老黑爵》올드 블랙 조

布拉姆斯：브람스
- 《第 5 號匈牙利舞曲》헝가리 무곡 5번
- 《大學慶典序曲》대학축전서곡

巴達捷夫斯卡：바다르체프스카〈Badarzewska〉
- 少女的祈禱《소녀의 기도》

比才：비제〈Bizet〉

- 《卡門》카르멘
- 《阿萊城姑娘》組曲아를르의 여인

柴可夫斯基：차이코프스키
- 《天鵝湖》백조의 호수
- 《睡美人》잠자는 숲 속의 미녀
- 《第 6 號交響曲「悲愴」》교향곡 제 6 번 비창
- 《胡桃鉗》호두까기 인형

德弗札克：드보르자크〈Dvo ák〉
- 《新世界交響曲》신세계로부터

伊凡諾維奇：이바노비치〈Ivanovici〉
- 《多瑙河之漣》다뉴브 강의 잔물결

普契尼：푸치니〈Puccini〉
- 《蝴蝶夫人》나비 부인

西貝流士：시벨리우스〈Sibelius〉
- 《圖翁內拉的天鵝》/《黃泉的天鵝》토우넬라의 백조
- 《芬蘭頌》핀란디아

◆世界的歌手・樂團
動物樂團 애니멀스〈The Animals〉
艾爾頓・強 엘튼 존〈Elton John〉
艾維斯・普里斯萊/貓王 엘비스 프레슬리〈Elvis Presley〉
木匠兄妹樂團 카펜터스〈Carpenters〉
格倫・米勒 글렌 밀러〈Glenn Miller〉
康尼・法蘭西斯 코니 프란시스〈Connie Francis〉
南方之星 사잔올스타〈Southern All Stars〉
賽門與葛芬柯 사이먼 앤 가펑클〈Simon and Garfunkel〉
珍娜・傑克森 자넷 잭슨〈Janet Jackson〉
詹姆士・布朗 제임스 브라운〈James Brown〉
喬治・麥可 조지 마이클〈George Michael〉
約翰・藍儂 존 레논〈John Lennon〉
史提夫・汪達 스티비 원더〈Stevie Wonder〉
深紫 딥 퍼플〈Deep Purple〉

尼爾·薩達卡 닐 세다카〈Neil Sedaka〉
超脫樂團 너바나〈Nirvana〉
海灘男孩 비치 보이스〈The Beach Boys〉
披頭四樂團 비틀즈〈The Beatles〉
比利·禾根 빌리 본〈Billy Vaughn〉
平克·佛洛伊德 핑크 플로이드〈Pink Floyd〉
粉紅淑女 핑크 레이디〈Pink Lady〉
法蘭克·辛納屈 프랭크 시나트라〈Frank Sinatra〉
投機者樂團 벤처스〈The Ventures〉
保羅·安卡 폴 엔카〈Paul Anka〉
巴布·狄倫 밥 딜런〈Bob Dylan〉
巴布·馬利 밥 말리〈Bob Marley〉
麥可·傑克森 마이클 잭슨〈Michael Jackson〉
瑪丹娜 마돈나〈Madonna〉
瑪麗亞·凱莉 머라이어 캐리〈Mariah Carey〉
瑞奇·馬汀 리키 마틴〈Ricky Martin〉
雷·查爾斯 레이 찰스〈Ray Charles〉
齊柏林飛船 레드 제플린〈Led Zeppelin〉
滾石樂團 롤링 스톤즈〈The Rolling Stones〉

★跳舞

무용〈舞踊〉	舞蹈 ＊民俗舞：민속 무용 /민송-/〈民俗舞踊〉
무용가〈舞踊家〉	舞蹈家
춤	舞蹈 ＊跳舞：춤을 추다
댄스〈dance〉	舞蹈 ＊舞者：댄서〈dancer〉
사교 댄스〈社交 dance〉	社交舞、交際舞、國標舞
재즈 댄스〈jazz dance〉	爵士舞
탭댄스〈hula dance〉	夏威夷舞
안무〈按舞〉	編舞 ＊編舞家：안무가〈按舞家〉
발레〈ballet〉	芭蕾舞 ＊芭蕾伶娜、芭蕾舞者：발레리나〈ballerina〉

왈츠 〈waltz〉	華爾滋
탱고 〈tango〉	探戈
룸바 〈rumba〉	倫巴
차차 〈chacha〉	恰恰
삼바 〈samba〉	森巴
람바다 〈lambada〉	黏巴達
폴카 〈polka〉	波格
볼레로 〈bolero〉	泊萊羅
플라멩코 〈flamenco〉	佛朗明哥
트위스트 〈twist〉	扭動、扭扭舞
고고 〈go-go〉	go-go
힙합 〈hiphop〉	嘻哈
훌라댄스 〈hula dance〉	草裙舞

4. 電影・戲劇
★看電影

영화 〈映畫〉	電影
극장 /극짱/ 〈劇場〉	戲院、劇院 ＊比起영화관 〈映畫館〉，극장更常被使用。當然也可以如국립극장 〈國立劇場〉 般作為「劇場」的意思使用。 ＊深夜劇場：심야 극장 〈深夜劇場〉 ＊二輪電影院：동시 상영관 〈同時上映館〉
멀티플렉스 〈multiplex〉	複合式影廳 ＊最近韓國的劇場幾乎都是小劇場，而且是有劃位的指定席（지정석）制。
상영하다 〈上映-〉	上映
두 편 동시 상영 〈-篇同時上映〉	兩部電影同時上映

개봉하다 〈開封-〉	首映 ＊首映電影院：개봉관〈開封館〉
처녀작 〈處女作〉	處女作
화제작 〈話題作〉	熱門電影
장기 상영 〈長期上映〉	長期放映 ＊持續長期放映：장기 상영을 계속하다
인기 /인끼/ 〈人氣〉	人氣 ＊受歡迎：인기를 모으다 ＊史無前例大受歡迎：사상 유례없는 인기 〈史上 類例-人氣〉 ＊獲得很高的人氣：큰 인기를 얻다
성공을 거두다 〈成功-〉	成功 ＊也稱為히트하다〈hit-〉。 ＊大獲成功：대박을 터트리다 ＊賣座大片：대형 흥행작 〈大型-興行作〉
호평 〈好評〉	好評 ＊獲得好評：호평을 받다
혹평 〈酷評〉	酷評 ＊受到媒體的酷評：매스컴으로부터 혹평을 받 다
관객 〈觀客〉	觀眾 ＊吸引觀眾：관객을 사로잡다 /-사로잡따/ ＊觀眾寥寥無幾：관객의 발길이 뜸하다
팬 〈fan〉	粉絲
흥행 〈興行〉	票房 ＊票房排名：흥행 순위 〈興行順位〉
표 〈票〉	票
예매권 /예매꿘/ 〈豫賣券〉	預售票 ＊預售：예매하다 〈豫賣-〉
당일권 〈當日券〉	當日票
조조 할인 〈早朝割引〉	早場優惠 ＊早上 8-9 時左右的早場優惠，也稱為조조。
학생 할인 /학쌩-/ 〈學生割引〉	學生優惠

810

스크린 〈screen〉	螢幕
박력이 있다 /방녁-/ 〈迫力-〉	有魄力
현실감이 넘치다 〈現實感-〉	充滿臨場感
무삭제판 /무삭쩨판/ 〈無削除版〉	無刪減版
자막 〈字幕〉	字幕 *日文字幕：일본어 자막
더빙 〈dubbing〉	配音 *韓語配音：한국어 더빙〔韓國人會說우리말 더빙。另，與우리말沒有分開書寫時，是韓國 人提到自己國家的語言，也就是指韓語。如果 是우리 말分開書寫的情況，就是韓國人以外 的外國人提到自己國家的語言〕
후시 녹음 〈後時錄音〉	後期錄音
엔딩 크레딧 〈ending credit〉	片尾名單 *享受餘音：여운을 즐기다
크레디트 타이틀 〈credit title〉	對原作者及其他有貢獻者的謝啟和姓名
사운드 트랙 〈sound track〉	音帶、聲帶

★各種電影

외국 영화 /외궁녕화/ 〈外國映畫〉	外國電影 *也稱為외화〈外畫〉。
한국 영화 /한궁녕화/ 〈韓國映畫〉	韓國電影 *也稱為방화〈邦畫〉。
코미디 영화 〈comedy 映畫〉	喜劇片
서스펜스 영화 〈suspense 映畫〉	懸疑片
전쟁 영화 〈戰爭映畫〉	戰爭片 *戰爭場景：전투 장면 〈戰鬪場面〉

공포 영화 〈恐怖映畫〉	恐怖片
액션 영화 〈action 映畫〉	動作片
블록버스터 〈blockbuster〉	超級強片
에스에프 영화 〈SF 映畫〉	科幻片
애니메이션 영화 〈animation 映畫〉	動畫片
성인 영화 〈成人映畫〉	成人電影 ＊情色影片：에로 영화 ＊性愛場景：정사 장면 〈情事場面〉 ＊床戲：베드신 〈bed scene〉

★拍攝電影

영화를 찍다 /-찍따/ 〈映畫-〉	拍電影
촬영하다 〈撮影-〉	拍攝 ＊收入膠卷裡：필름에 담다 /-담따/ ＊收入鏡頭裡：렌즈에 담다 ＊製作成影片：영상으로 엮어내다
로케이션 〈location〉	外景場地 ＊也稱為로케。 ＊野外外景場地：야외 로케 ＊找外景場地：로케이션 헌팅
영화 촬영소 〈映畫撮影所〉	電影製片場
소품 〈小品〉	小道具 ＊大道具也稱為소품。
무대 장치 〈舞臺裝置〉	舞臺裝置
세트장 〈set 場〉	場地、拍攝場地
극적인 장면 /극쩍-짱면/ 〈劇的-場面〉	戲劇性場面 ＊也稱為볼 만한 장면〔最值得一看的場面：가 　장 볼 만한 장면〕
영화 감독 〈映畫監督〉	電影導演

배우 〈俳優〉	演員 ＊一般男藝人稱為배우，女藝人稱為여배우。 ＊偶像男演員：미남 배우 〈美男-〉 ＊喜劇演員：코믹 배우 〈comic-〉 ＊新生代實力派演員：젊은 연기파 배우
톱스타 /톱쓰타/ 〈top star〉	巨星
배역 〈配役〉	角色 ＊也稱為캐스트 〈cast〉。
주연 〈主演〉	主演 ＊擔任主演：주연을 맡다 ＊辭去主演一角：주연에서 물러나다 ＊演技好到掩蓋掉主角的「名配角」稱為신스틸 　러 〈scene stealer〉。
조연 〈助演〉	配角
아역 〈兒役〉	兒童演員
단역 〈端役〉	配角、小角色
엑스트라 〈extra〉	臨時演員、群眾演員
한류 스타 /할류-/ 〈韓流 star〉	韓流明星
악역 〈惡役〉	反派角色 ＊擔任反派角色：악역을 맡다；當反派角色：악 　역 노릇을 하다 ＊演反派角色：악역을 연기하다
연기하다 〈演技-〉	表演 ＊展現了出色的表演：호연을 펼치다 〈好演-〉 ＊展現純熟的演技：세련된 연기를 하다 〈洗鍊-〉 ＊展現逼真的演技：박진감 넘치는 연기를 하다 　/박찐감-/ 〈迫眞感-〉 ＊就地演出：있는 그대로 연기하다
몸짓 /몸짇/	身體動作 ＊表情：표정
이미지 〈image〉	形象 ＊改變形象：이미지를 바꾸다 ＊試圖轉變形象：이미지 변화를 꾀하다 ＊甩掉原有的形象：이미지를 벗어 버리다

캐스팅하다 〈casting-〉	選角、試鏡
스캔들 〈scandal〉	醜聞 ＊捲入醜聞：스캔들에 휘말리다
사생활 〈私生活〉	私生活 ＊也稱為프라이버시〈privacy〉。 ＊侵犯隱私：프라이버시를 침해당하다〈-侵害當-〉
시사회 〈試寫會〉	試映會 ＊抽中去試映會：시사회에 당첨되다〈-當籤-〉
무대 인사 〈舞臺人事〉	舞臺致謝、謝幕
기립 박수 /기립빡수/ 〈起立拍手〉	起立鼓掌 ＊受到（人們的）喝采：갈채를 받다
칸 국제영화제 〈Cannes 國際映畫祭〉	坎城影展 ＊金棕櫚獎：황금 종려상〈黃金棕櫚賞〉
베를린 국제영화제 〈Berlin-〉	柏林國際影展 ＊金熊獎：금곰상〈金-賞〉
베니스 국제영화제 〈Venice-〉	威尼斯影展 ＊金獅獎：금사자상〈金獅子賞〉
노미네이트 〈nominate〉	提名 ＊被提名：노미네이트 되다；入圍候選名單：후보에 오르다〈候補-〉
아카데미상 〈Academy 賞〉	奧斯卡金像獎
시상식 〈施賞式〉	頒獎典禮
남우 주연상 〈男優主演賞〉	奧斯卡金像獎最佳男主角獎
여우 주연상 〈女優主演賞〉	奧斯卡金像獎最佳女主角獎
그랑프리 〈Grand Prix〉	評審團大獎(坎城影展) ＊擁抱評審團大獎的榮譽：그랑프리의 영예를 안다 /-안따/
휩쓸다	橫掃、席捲 ＊橫掃電影獎項：영화상을 휩쓸다
할리우드 〈Hollywood〉	好萊塢

브로드웨이 〈Broadway〉	百老匯

★戲劇

극장 /극짱/ 〈劇場〉	劇場
연극 〈演劇〉	演劇、戲劇、話劇
희극 /히극/ 〈喜劇〉	喜劇
비극 〈悲劇〉	悲劇
뮤지컬 〈musical〉	音樂劇
상연하다 〈上演-〉	上演、演出
무대 〈舞臺〉	舞臺 ＊第一次登上舞台：첫 무대를 밟다 /천무대-/ ＊站在舞台上：무대에 서다
스포트라이트 〈spotlight〉	鎂光燈、聚光燈 ＊打鎂光燈：스포트라이트를 비추다 ＊成為鎂光燈的焦點：스포트라이트를 받다
커튼 콜 〈curtain call〉	謝幕
연출가 〈演出家〉	導演、製片人

◆世界的知名電影
《淘金記》 황금광 시대
《波坦金戰艦》 전함 포템킨
《西線無戰事》 서부전선 이상없다
《城市之光》 시티 라이트
《望鄉》 망향
《亂世佳人》 바람과 함께 사라지다
《驛馬車》 역마차
《憤怒的葡萄》 분노의 포도
《北非諜影》 카사블랑카
《天堂的孩子》 천국의 아이들
《郵差總按兩次鈴》 포스트맨은 벨을 두 번 울린다
《俠骨柔情》 황야의 결투
《黑獄亡魂》 제3의 사나이

《慾望街車》욕망이라는 이름의 전차
《舞臺生涯》라임라이트
《凡爾杜先生》살인광 시대
《禁忌的遊戲》금지된 장난
《願嫁金龜婿》백만장자와 결혼하는 법
《飛瀑慾潮》나이아가라
《羅馬假期》로마의 휴일
《萬花嬉春》사랑은 비를 타고
《後窗》이창
《電話情殺案》다이얼 M 을 돌려라
《大江東去》돌아오지 않는 강
《葛倫米勒傳》글렌 밀러 스토리
《七年之癢》7년만의 외출
《天倫夢覺》에덴의 동쪽
《生死戀》모정
《養子不教誰之過》이유없는 반항
《環遊世界八十天》80일간의 세계일주
《紐約王》뉴욕의 왕
《桂河大橋》콰이강의 다리
《十誡》십계
《南太平洋》남태평양
《熱情似火》뜨거운 것이 좋아
《賓漢》벤허
《斷了氣》네 멋대로 해라
《陽光普照》태양은 가득히
《公寓春光》아파트 열쇠를 빌려드립니다
《西城故事》웨스트 사이드 스토리
《第凡內早餐》티파니에서 아침을
《阿拉伯的勞倫斯》아라비아의 로렌스
《鳥》새
《謎中謎》샤레이드
《秋水伊人》/《瑟堡的雨傘》쉘부르의 우산
《第七號情報員續集》007(공공칠) 위기일발
＊《007：金手指》：골드핑거
＊《007：雷霆谷》：007은 두 번 죽는다
＊《007：女王密使》：여왕폐하 대작전
＊《007：金剛鑽》：다이아몬드는 영원히
＊《007：海底城》：나를 사랑한 스파이

《瘋狂大賽車》그레이트 레이스
《真善美》사운드 오브 뮤직
《齊瓦哥醫生》닥터 지바고
《男歡女愛》남과 여
《我倆沒有明天》우리에게 내일은 없다
《畢業生》졸업
《殉情記》로미오와 줄리엣
《午夜牛郎》미드나잇 카우보이
《虎豹小霸王》내일을 향해 쏴라
《第二個月亮》해바라기
《教父》대부
《往日情懷》추억
《惡魔島》빠삐용
《刺激》스팅
《龍爭虎鬥》용쟁호투
《火燒摩天樓》타워링
《大白鯊》죠스
《洛基》록키
《星際大戰》스타워즈
《克拉瑪對克拉瑪》크레이머 대 크레이머
《現代啟示錄》지옥의 묵시록
《火戰車》불의 전차
《第一滴血》람보

《E.T.外星人》이티
《俘虜》전장의 메리 크리스마스
《大魔域》네버엔딩 스토리
《魔鬼終結者》터미네이터
《印第安納‧瓊斯》인디아나 존스
《魔鬼剋星 3》/《捉鬼敢死隊》고스트 버스터즈
《回到未來》백 투 더 퓨처
《前進高棉》플래툰
《英雄本色》영웅본색
《末代皇帝》마지막 황제
《致命的吸引力》위험한 정사
《終極警探》다이하드
《沉默的羔羊》양들의 침묵
《與狼共舞》늑대와 춤을
《麻雀變鳳凰》귀여운 여인

《小鬼當家》나홀로 집에
《侏儸紀公園》쥬라기 공원
《辛德勒的名單》쉰들러 리스트
《阿甘正傳》포레스트 검프
《鬼馬小精靈》꼬마 유령 캐스퍼
《鐵達尼號》타이타닉
《春光乍洩》해피 투게더
《哥吉拉》고질라
《大搜查線》춤추는 대수사선
《駭客任務》매트릭스
《哈利波特》系列電影해리 포터
《魔戒》電影三部曲반지의 제왕
《少林足球》소림축구
《末代武士》라스트 사무라이
《明天過後》투모로우
《在世界的中心呼喊愛情》세상의 중심에서 사랑을 외치다
《功夫》쿵푸허슬
《愛是您‧愛是我》러브 액츄얼리
《歌劇魅影》오페라의 유령

◆**動畫**

《小天使》알프스 소녀 하이디
《幻想曲》환타지아
《小飛象》덤보
《小鹿斑比》밤비
《愛麗絲夢遊仙境》이상한 나라의 앨리스
《小飛俠》피터 팬
《小姐與流氓》레이디와 트램프
《睡美人》잠자는 숲속의 미녀
《美女與野獸》미녀와 야수
《米老鼠》미키 마우스
《史奴比》스누피
《101 忠狗》101 마리 강아지
《獅子王》라이온 킹
《玩具總動員》토이 스토리
《蟲蟲危機》벅스 라이프
《泰山》타잔

《怪獸電力公司》몬스터 주식회사
《史瑞克 2》슈렉 2
《超人特攻隊》미스터 인크레더블
《恐龍》디노사우르
《小美人魚》인어공주
《小蟻雄兵》개미
《海底總動員》니모를 찾아서

《風之谷》바람 계곡의 나우시카
《天空之城》천공의 성 라퓨타
《龍貓》이웃집 토토로
《魔女宅急便》마녀 배달부 키키
《兒時的點點滴滴》추억은 방울방울
《紅豬》붉은 돼지
《歡喜碰碰狸》너구리 대작전
《心之谷》귀를 기울이면
《魔法公主》원령공주
《神隱少女》센과 치히로의 행방불명
《貓的報恩》고양이의 보은
《霍爾的移動城堡》하울의 움직이는 성
《地海戰記》게드전기 : 어스시의 전설
《崖上的波妞》벼랑 위의 포뇨
《來自紅花坂》코쿠리코 언덕에서
《風起》바람이 분다
《你的名字》너의 이름은

《神奇寶貝》포켓몬
《原子小金剛》아톰
《櫻桃小丸子》마루코는 아홉 살
《未來少年柯南》미래소년 코난
《銀河鐵道 999》은하철도 999

◆世界的電影演員、電影導演

亞瑟・米勒　아서 밀러〈Arthur Miller〉
阿諾・史瓦辛格　아놀드 슈와제네거〈Arnold Schwarzenegger〉
亞蘭・德倫　알랑 드롱〈Alain Delon〉
艾爾・帕西諾　알 파치노〈Al Pacino〉

亞佛烈德・希區考克　알프레드 히치콕〈Alfred Hitchcock〉

安東尼・霍普金斯　앤소니 홉킨스〈Anthony Hopkins〉

英格麗・褒曼　잉그리드 버그만〈Ingrid Bergman〉

威廉・霍頓　윌리엄 홀덴〈William Holden〉

伊莉莎白・泰勒　엘리자베스 테일러〈Elizabeth Taylor〉

奧黛麗・赫本　오드리 헵번〈Audrey Hepburn〉

奧莉薇・荷西　올리비아 핫세〈Olivia Hussey〉

凱撒琳・丹尼芙　카트리느 드뇌브〈Catherine Deneuve〉

基努・李維　키아누 리브스〈Keanu Reeves〉

凱瑟琳・赫本　캐서린 햅번〈Katharine Hepburn〉

卡瑟琳・羅斯　캐서린 로스〈Katharine Ross〉

卡麥蓉・狄亞　카메론 디아즈〈Cameron Diaz〉

葛雷哥萊・畢克　그레고리 펙〈Gregory Peck〉

葛麗絲・凱莉　그레이스 켈리〈Grace Kelly〉

賈利・古柏　게리 쿠퍼〈Gary Cooper〉

卡萊・葛倫　캐리 그란트〈Cary Grant〉

凱文・科斯納　케빈 코스트너〈Kevin Costner〉

吉娜・戴維斯　지나 데이비스〈Geena Davis〉

詹姆斯・狄恩　제임스 딘〈James Dean〉

珍・芳達　제인 폰다〈Jane Fonda〉

薛尼・鮑迪　시드니 포이티어〈Sidney Poitier〉

莎莉・麥克琳　셜리 맥클레인〈Shirley MacLaine〉

成龍　성룡〈成龍〉

傑克・李蒙　잭 레몬〈Jack Lemmon〉

尚・嘉賓　장 가방〈Jean Gabin〉

尚-保羅・貝爾蒙多　장 폴 벨몽드〈Jean-Paul Belmondo〉

茱莉亞・羅勃茲　줄리아 로버츠〈Julia Roberts〉

茱莉・安德魯絲　줄리 앤드류스〈Julie Andrews〉

約翰・韋恩　존 웨인〈John Wayne〉

約翰・屈伏塔　존 트라볼타〈John Travolta〉

約翰・福特　존 포드〈John Ford〉

席維斯・史特龍　실베스터 스탤론〈Sylvester Stallone〉

史提夫・麥昆　스티브 맥퀸〈Steve McQueen〉

史蒂芬・史匹柏　스티븐 스필버그〈Steven Spielberg〉

蘇菲亞・羅蘭　소피아 로렌〈Sophia Loren〉

蘇菲・瑪索　소피 마르소〈Sophie Marceau〉

達斯汀・霍夫曼　더스틴 호프만〈Dustin Hoffman〉

查理・卓別林　찰리 채플린〈Charlie Chaplin〉

卻爾登・希斯頓　찰톤 헤스턴〈Charlton Heston〉
周星馳　주성치〈周星馳〉
東尼・柯蒂斯　토니 커티스〈Tony Curtis〉
陶比・麥奎爾　토비 맥과이어〈Tobey Maguire〉
茱兒・芭莉摩　드루 베리모어〈Drew Barrymore〉
湯姆・克魯斯　톰 크루즈〈Tom Cruise〉
湯姆・漢克斯　톰 행크스〈Tom Hanks〉
娜妲麗・華　나탈리 우드〈Natalie Wood〉
芭芭拉・史翠珊　바브라 스트라이샌드〈Barbra Streisand〉
哈里遜・福特　해리슨 포드〈Harrison Ford〉
費雯・麗　비비안 리〈Vivien Leigh〉
休・傑克曼　휴 잭맨〈Hugh Jackman〉
布萊德・彼特　브래드 피트〈Brad Pitt〉
碧姬・芭杜　브리지드 바르도〈Brigitte Bardot〉
李小龍　이소룡〈李小龍〉
布魯克・雪德絲　브룩 쉴즈〈Brooke Shields〉
亨利・方達　헨리 폰다〈Henry Fonda〉
保羅・紐曼　폴 뉴먼〈Paul Newman〉
馬龍・白蘭度　말론 브란도〈Marlon Brando〉
瑪麗蓮・夢露　마릴린 몬로〈Marilyn Monroe〉
瑪琳・黛德麗　마리네 디트리히〈Marlene Dietrich〉
蜜雪兒・菲佛　미쉘 파이퍼〈Michelle Pfeiffer〉
李奧納多・狄卡皮歐　레오나르도 디카프리오〈Leonardo DiCaprio〉
勞倫斯・奧立維耶　로렌스 올리비에〈Laurence Olivier〉
勞勃・狄尼洛　로버트 드 니로〈Robert De Niro〉
勞勃・瑞福　로버트 레드포드〈Robert Redford〉

電影・戲劇

21.

社會的組成

1. 政治
★政治

정치 〈政治〉	政治
	*政治結構：정치 구조 〈政治構造〉
	*政治權力：정치 권력 /-궐력/ 〈政治權力〉
	*政治路線：정치 노선 〈政治路線〉
	*政治團體：정치 단체 〈政治團體〉
	*政治理念：정치 이념 〈政治理念〉
	*政治資金：정치 자금 〈政治資金〉
다스리다	治理、管理、統治、管轄、鎮壓
	*治理國家：나라를 다스리다
통치하다 〈統治-〉	統治

정부 〈政府〉	政府
정권 /정꿘/ 〈政權〉	政權
	*現任政權、執政當局：현정권 /현정꿘/ 〈現政權〉
연립 정권 /-정꿘/ 〈聯立政權〉	聯合政府
정권 교체 /정껀-/ 〈政權交替〉	政權交替

당국 〈當局〉	當局

정당 〈政黨〉	政黨
	*朴槿惠政權的執政黨是新國家黨（새누리당），最大在野黨是民主黨（민주당）。
정책 〈政策〉	政策

당 〈黨〉	政黨
	*政黨內三個重要職務：당 3역
	*政黨幹部：당 간부
	*政黨總部：당 본부
	*政黨決策執行部門：당 집행부 /-지팽부/

여당 〈與黨〉	執政黨 ＊聯合執政黨：연립 여당 / 열립-/
야당 〈野黨〉	在野黨 ＊最大在野黨：제일 야당 〈第一野黨〉
보수 〈保守〉	保守 ＊保守政黨：보수 정당 ＊右派政黨、右翼政黨：우파 정당
중도 〈中道〉	中立
혁신 / 혁씬/ 〈革新〉	革新 ＊左派政黨、左翼政黨：좌파 정당
매파 〈-派〉	鷹派 ＊強硬派：강경파 〈強硬派〉
비둘기파 〈-派〉	鴿派 ＊穩健派：온건파 〈穩健派〉

여소 야대 〈與小野大〉	朝小野大
절대 안정 다수 / 절때-/ 〈絕對安定多數〉	絕對多數 ＊盡可能確保絕對多數的席位：절대 안정 다수 　를 크게 웃도는 의석을 확보하다

파벌 〈派閥〉	派別
탈당하다 / 탈땅-/ 〈脫黨-〉	退黨
여론 〈與論〉	輿論

★國家政要、與國政有關的人們

대통령 / 대통녕/ 〈大統領〉	總統 ＊副總統：부통령 / 부통녕/ 〈副統領〉
국무총리 / 궁무총니/ 〈國務總理〉	國務總理
수상 〈首相〉	首相
국가주석 / 국까-/ 〈國家主席〉	國家主席

원수 〈元首〉	元首
군주 〈君主〉	君主
수장 〈首長〉	首長
각하 /가카/ 〈閣下〉	閣下
총통 〈總統〉	總統
장군 〈將軍〉	將軍

천황 〈天皇〉	天皇 ＊也稱為 일왕 〈日王〉。
황후 〈皇后〉	皇后

왕 〈王〉	王
여왕 〈女王〉	女王
왕비 〈王妃〉	王妃
황태자 〈皇太子〉	皇太子 ＊過去，朝鮮王朝是中國的藩屬國，其王位繼承人被稱為 왕세자 〈王世子〉，而王世子的長子稱為 왕세손 〈王世孫〉。1899 年，高宗改年號為「光武」，改王世子為皇太子，追封閔妃為明成皇后。
황태자비 〈皇太子妃〉	皇太子妃
왕자 〈王子〉	王子
공주 〈公主〉	公主 ＊比 왕녀 〈王女〉更普遍的用法。

청와대 〈青瓦臺〉	青瓦臺 ＊因為官邸屋頂鋪有青色的瓦而得名。
백악관 /백악꽌/ 〈白堊館〉	白宮
총리 관저 〈總理官邸〉	總理官邸、首相官邸
황거 〈皇居〉	皇宮
왕궁 〈王宮〉	王宮

◆韓國歷任總統
이승만〈李承晚〉：第 1 任～第 3 任（1948～1960）
윤보선〈尹潽善〉：第 4 任（1960～1962）
박정희〈朴正熙〉：第 5 任～第 9 任（1963～1979）
최규하〈崔圭夏〉：第 10 任（1979～1980）
전두환〈全斗煥〉：第 11 任～第 12 任（1980～1988）
노태우〈盧泰愚〉：第 13 任（1988～1993）
김영삼〈金泳三〉：第 14 任（1993～1998）
김대중〈金大中〉：第 15 任（1998～2003）
노무현〈盧武鉉〉：第 16 任（2003～2008）
이명박〈李明博〉：第 17 任（2008～2013）
박근혜〈朴槿惠〉：第 18 任（2013～2017）
문재인〈文在寅〉：第 19 任（2017～　）

★國會

국회 /구퀘/〈國會〉	國會
의회〈議會〉	議會

내각〈內閣〉	內閣
장관〈長官〉	長官、部長
각료 /강뇨/〈閣僚〉	內閣閣員
정부 기관〈政府機關〉	政府機關
차관〈次官〉	次長、副部長、副長官、副國務卿 ＊事務次長：사무 차관〈事務次官〉 ＊政務次長：정무 차관〈政務次官〉
국장 /국짱/〈局長〉	局長
관방 장관〈官房長官〉	(日本)官房長官、(日本)內閣總理大臣
대변인〈代辯人〉	發言人

국회 의원 /구퀘-/ 〈國會議員〉	國會議員
입법〈立法〉	立法

법안 〈法案〉	法案

심의하다 /시미-/ 〈審議-〉	審議
찬성하다 〈贊成-〉	贊成
반대하다 〈反對-〉	反對
다수결 〈多數決〉	多數決 ＊服從多數：다수결에 따르다 ＊以多數表決決定：다수결로 정하다 ＊選擇多數表決：다수결을 택하다
만장일치 〈滿場一致〉	全場一致 ＊全票通過：만장일치로 통과하다
과반수 〈過半數〉	過半數 ＊過半數：과반수를 차지하다
가결하다 〈可決-〉	通過 ＊議案被通過：의안이 가결되다
부결하다 〈否決-〉	否決 ＊議案被否決：의안이 부결되다

임기 〈任期〉	任期 ＊任期滿了：임기만료 〈任期滿了〉
이원제도 〈二院制度〉	兩院制
중의원 〈衆議院〉	眾議院
참의원 〈參議院〉	參議院

연설하다 〈演說-〉	演說 ＊施政方針演講：시정 방침 연설 〈施政方針演說〉 ＊政見發表演講：소신 표명 연설 〈所信表明演說〉
본회의 /본훼이/ 〈本會議〉	大會、全體會議
회기 〈會期〉	會期
소집하다 /소지파다/ 〈召集-〉	召集、召開
위원회 〈委員會〉	委員會 ＊常任委員會：상임 위원회 ＊特設委員會：특별 위원회 /특뼐-/ ＊小組委員會：소위원회

공청회 〈公聽會〉	公聽會
신임 투표 〈信任投票〉	信任投票 ＊不信任投票：불신임 투표 〈不信任投票〉
내각 총사직 〈內閣總辭職〉	內閣集體辭職、內閣總辭
해산하다 〈解散-〉	解散
야유 〈揶揄〉	嘲諷、揶揄 ＊大聲嘲諷：큰 소리로 야유를 보내다

★行政、生活手續

관공서 〈官公署〉	公共行政機關
관청 〈官廳〉	政府機關
행정 〈行政〉	行政 ＊行政機關：행정 기관 〈行政機關〉 ＊行政劃分：행정 구획 〈行政區劃〉
지방자치체 〈地方自治體〉	地方自治團體

도청 〈道廳〉	道廳、道政府 ＊相當於省政府。 →相關資料請參照附錄的韓國行政區域。
시청 〈市廳〉	市政府、市廳
구청 〈區廳〉	區政府、區廳 ＊相當於台灣的鄉鎮市公所。
동사무소 〈洞事務所〉	洞事務所 ＊相當於台灣的里辦公室、村辦公室。

지사 〈知事〉	知事 ＊相當於省長。
시장 〈市長〉	市長
구청장 〈區廳長〉	區長、區廳長 ＊相當於台灣的鄉鎮市公所所長。
이장 〈里長〉	里長、村長

자치회 〈自治會〉	自治團體

반상회 〈班常會〉	社區居民委員會

호적 〈戶籍〉	戶籍 ＊全戶戶籍謄本：호적 등본〈戶籍謄本〉 ＊部分戶籍謄本：호적 초본〈戶籍抄本〉 ＊在韓國，已更改以戶主為中心，也就是以家為單位編製戶籍的方式，改為編製每個國民個人的가족관계등록부〈家族關係登錄簿〉。
주민 등록표 /-등록표/ 〈住民登錄票〉	身分證
전입 신고 /저닙- / 〈轉入申告〉	遷入登記
전출 신고 〈轉出申告〉	遷出登記
외국인 등록 /-등녹/ 〈外國人登錄〉	外國人登錄

★韓國政府組織
〔2 院〕

감사원	監察院
국가정보원 /국까-/	國家情報院

〔17 部〕

기획재정부＝재경부	企劃財政部＝財政部 ＊相當於各國的財務部。 · 國稅廳：국세청 · 關稅廳：관세청 · 統計廳：통계청 · 調達廳：조달청 　負責政府物資購買、供給與管理，並負責處理政府主要設施的工程契約等相關事宜。
미래창조과학부 /-과학 뿌/	未來創造科學部
교육부 /교육뿌/	教育部

외교부	外交部
통일부	統一部
법무부 /범무부/	法務部 · 檢察廳：검찰청
국방부 /국빵부/	國防部 · 兵務廳：병무청 · 防衛事業廳：방위사업청
안전행정부	安全行政部 · 警察廳：경찰청 · 消防防災廳：소방방재청
문화체육관광부 /-꽌광부/	文化體育觀光部 · 文化財廳：문화재청〈文化財廳〉
농림축산식품부 /농님축싼-/	農林畜産食品部 · 農村振興廳：농촌진흥청 · 山林廳：산림청 /살림청/
산업통상자원부 /사넙-/	産業通商資源部 · 中小企業廳：중소기업청 · 專利廳：특허청 /트커청/
보건복지부 /-복찌부/	保健福祉部
환경부	環境部 · 氣象廳：기상청〈氣象廳〉
고용노동부	雇用勞動部
여성가족부 /-가족뿌/	女性家庭部
국토교통부	國土交通部 · 新萬金開發廳：새만금개발청 ＊새만금是 1991 年起大規模進行填海造陸工程，位於韓國全羅北道黃海岸邊的廣大海灘。
해양수산부	海洋水産部 · 海洋警察廳：해양경찰청 · 行政中心複合都市建設廳：행정중심복합도시건설청 /-보캅-/

〔3 處〕

법제처 /법쩨처/	法制處

국가보훈처 /국까-/	國家報勳處 ＊對援助對象或愛國志士及其遺族、自北韓亡命 　而來的人（월남귀순자〈越南歸順者〉）給予援 　助、辦理軍人保險相關事務的機構。
식품의약품안전처	食品醫藥品安全處

〔5室〕

대통령비서실 /대통녕-/	總統秘書辦公室
국가안보실 /국까-/	國家安保室
대통령경호실 /대통녕-/	總統警衛室
국무조정실 /궁무-/	國務調整室
국무총리비서실 /궁무총 니-/	國務總理秘書室

〔5委員會〕

방송통신위원회	廣播通信委員會
공정거래위원회	公平交易委員會
금융위원회 /금늉·그뮹-/	金融委員會
국민권익위원회 /궁민궈닉-/	國民權益委員會
원자력안전위원회	核能安全委員會

2. 選舉
★選舉制度

선거 〈選舉〉	選舉
총선 〈總選〉	大選、普選
대선 〈大選〉	總統大選 ＊대통령 당선자〈大統領當選者〉：總統當選者。 　在總統選舉中當選的下一任總統。

대선 경선 〈大選競選〉	大選競選 ＊參加總統競選：대선 경선에 나가다
통일 지방 선거 〈統一地方選舉〉	統一地方選舉 ＊在韓國稱為전국 동시 지방 선거〈全國同時地方選舉〉。
자치 단체장 선거 〈自治團體長選舉〉	自治團體首長選舉 ＊市長選舉：시장 선거 ＊道知事選舉、省長選舉：도지사 선거
보궐 선거 〈補闕選舉〉	補選 ＊或稱為보결 선거〈補缺選舉〉。
차점자 승계 제도 /차쩜자-/〈次點者承繼制度〉	得票數次高者遞補制度 ＊韓國沒有遞補當選（制度），因為參加地方選舉、違反選舉章程而失去議席，造成國會議員缺額時，則進行재보궐 선거〈再補闕選舉〉。
선거 제도 〈選舉制度〉	選舉制度 ＊直接選舉制度：직선제/직썬제/〈直選制〉 ＊間接選舉制度：간선제〈間選制〉 ＊一人一票制：1인1표제
선거권 /선거꿘/〈選舉權〉	選舉權 ＊被選舉權：피선거권〈被選舉權〉
선거 연령 /-열령/ 〈選舉年齡〉	選舉年齡
유권자 /유꿘자/〈有權者〉	選民
선거구 〈選舉區〉	選區 ＊小選區制：소선거구제〈小選舉區制〉 ＊比例代表制：비례대표제〈比例代表制〉
공직 선거법 /-선거뻡/ 〈公職選舉法〉	公職選舉法 ＊台灣稱為公職人員選舉罷免法。 ＊違反公職選舉法：공직 선거법에 위반되다 ＊牴觸公職選舉法：공직 선거법에 저촉되다
선거 관리 위원회 /-괄리-/〈選舉管理委員會〉	選舉管理委員會 ＊台灣稱為選舉委員會。跟韓國一樣，除了中央選舉委員會之外，也有地方選舉委員會。

833

공시하다 〈公示-〉	公告 ＊公告選舉日期：선거 기일을 공시하다
출마하다 〈出馬-〉	出馬、參選 ＊出馬競選：선거에 출마하다 ＊首次參選：첫 출마
등록하다 /등노카다/ 〈登錄-〉	登記 ＊登記市長候選人：시장 후보자로 등록하다
입후보하다 /이푸보-/ 〈立候補-〉	參加選舉、出任候選人 ＊以無黨派資格參加選舉：무소속으로 입후보하다
입후보 신고 /이푸보-/ 〈立候補申告〉	申報候選人
후보자 〈候補者〉	候選人 ＊挑選候選人：후보자를 뽑다
공천하다 〈公薦-〉	推薦、提名 ＊受到黨內的推薦參選：당의 공천을 받아 출마하다
공천자 〈公薦者〉 공천 후보자 〈公薦候補者〉	被推薦的候選人、被提名的候選人
최유력 후보자 〈最有力候補者〉	最有力的候選人
무소속 〈無所屬〉	無黨派
캠프 〈camp〉	陣營
선거 운동 〈選舉運動〉	選舉運動、選舉活動 ＊事前選舉運動：사전 선거 운동
선거 운동원 〈選舉運動員〉	選舉活動工作人員
로비 활동 /-활똥/ 〈lobby 活動〉	遊說活動 ＊옷 로비 사건：「華服遊說事件」發生於 1999 年，當時有外幣違法輸出嫌疑的新東亞集團（新東亞集團）崔順英會長夫人，為了救丈夫而送政府高官夫人高價的衣服，進行遊說活動。為了調查這個事件，導入韓國史上第一次的特別檢事制度。

로비스트 〈lobbyist〉	說客

이익 단체 〈利益團體〉	利益團體
압력 단체 /암녁떤체/ 〈壓力團體〉	壓力團體 ＊指的是對政府決策施加壓力，透過政治活動來 　達成目標，使其對己方有力的社會團體。

유세하다 〈遊說-〉	遊說
가두연설 〈街頭演說〉	街頭演說

지지하다 〈支持-〉	支持
지지자 〈支持者〉	支持者
후원회 〈後援會〉	後援會
진영 /지녕/ 〈陣營〉	陣營

선거차 〈選舉車〉	選舉車
게시판 〈揭示板〉	公告欄、留言板
선거 포스터 〈選舉 poster〉	選舉海報 ＊黏貼選舉海報：포스터를 붙이다
선거 공약 〈選舉公約〉 매니페스토 〈manifesto〉	競選承諾、政見 ＊提出競選承諾：선거 공약을 내걸다
낙선 운동 /낙썬-/ 〈落選運動〉	落選運動、反擊競選對手運動 ＊展開落選運動：낙선 운동을 펼치다

선거 자금 〈選舉資金〉	選舉資金 ＊籌集選舉資金：선거 자금을 마련하다
공탁금 /공탁끔/ 〈供託金〉	選舉保證金 ＊繳納選舉保證金：공탁금을 맡겨 놓다

선거 기반 〈選舉基盤〉	選舉基礎 ＊選舉基礎雄厚：선거 기반이 튼튼하다
표밭 /표받/ 〈票-〉	選區、選票集中區 ＊開發選區：표밭을 일구다 ＊鞏固選區：표밭 다지기

835

표 〈票〉	選票 ＊用力拉票：표 모으기에 기를 쓰다 ＊票源被分散：표가 갈라지다
지지표 〈支持票〉	支持選票
고정표 〈固定票〉	固定選票、鐵票
동정표 〈同情票〉	同情票 ＊爭取同情票：동정표를 모으다
부동표 〈浮動票〉	浮動選票 ＊覬覦城市的浮動選票：도시의 부동표를 노리다 ＊大多數的浮動選票集中在 XX 黨：부동표의 상당수가 ○○당으로 몰리다
선거전 〈選舉戰〉	選戰
양자 구도 〈兩者構圖〉	選情陷入膠著
삼파전 〈三巴戰〉	三方選戰、三方之爭

★投票

뽑다 /뽑따/	選拔 ＊뽑다：從許多候選人當中選擇、選拔。 ＊被選上：뽑히다或是선발되다 〈選拔-〉
투표일 〈投票日〉	投票日 ＊台灣將投票日設定在假日，韓國是依照法令，投票日視同國定假日。
투표하다 〈投票-〉	投票
사전 투표 〈事前投票〉	期前投票
투표소 〈投票所〉	投票所
투표지 〈投票紙〉	投票紙
기표소 〈記票所〉	圈票處、投票亭 ＊在選票上圈選稱為기표하다 〈記票-〉。
기표 용구 〈記票用具〉	圈選工具 ＊蓋在選票上的印章。「人」型的記號代表複字<卜字>。另外，不使用選舉委員會提供的기표 용구、蓋兩個以上的기표 용구（蓋上多個印

	戳）或者是在候選人欄跨欄紀載（蓋印）、以指印、筆等標記名字、記號、塗鴉）等，都視為無效票。
투표함 〈投票函〉	投票箱
투표 마감 시간 〈投票-時間〉	投票截止時間
기권하다 /기꿘-/ 〈棄權-〉	棄權
투표율 〈投票率〉	投票率 ＊投票率低：투표율이 낮다
출구 조사 〈出口調查〉	(選舉的)出口民調

★開票

개표하다 〈開票-〉	開票
개표 속보 〈開票速報〉	開票快報
당일 개표 〈當日開票〉	當日開票
익일 개표 〈翌日開票〉	隔日開票

무효표 〈無效票〉	無效票
득표율 〈得票率〉	得票率 ＊得票率低於30%：득표율이 30%를 밑돌다

당선되다 〈當選-〉	當選 ＊在韓國，當得票數相同時，依據法律規定由年長者當選。
당선권 /당선꿘/ 〈當選圈〉	當選範圍 ＊進入可能當選範圍：당선권에 들다
당선 확실 /-확씰/ 〈當選確實〉	確定當選 ＊基本確定當選：당선이 확실시되다
초선 〈初選〉	初選 ＊初選議員：초선 의원
당선 횟수 /-휃쑤/ 〈當選回數〉	當選次數 ＊3次當選議員：3선 의원

837

무투표 당선 〈無投票當選〉	自動當選 ＊3次連續自動當選：3기 연속 무투표 당선
의석 〈議席〉	議席 ＊確定議席：의석을 확보하다
낙선되다 /낙썬-/ 〈落選-〉	落選
재선 〈再選〉	再次當選、再次參選

★政治腐敗

선거 위반 〈選擧違反〉	選擧違法
연좌제 〈緣坐制〉	連坐制度
매수하다 〈買收-〉	收買

비리 〈非理〉	舞弊、非法勾當 ＊搞非法勾當：비리를 저지르다
부패 〈腐敗〉	腐敗 ＊整頓政治腐敗：정치 부패를 바로잡다
의혹 〈疑惑〉	懷疑、疑惑 ＊產生懷疑：의혹을 낳다 ＊充滿懷疑：의혹을 품다 ＊被籠罩在懷疑中：의혹에 싸이다 ＊疑惑被解開：의혹이 풀리다

뇌물 〈賂物〉	賄賂 ＊行賄：뇌물을 주다 ＊收賄：뇌물을 받다
증회 〈贈賄〉	行賄
수뢰 〈收賂〉	收賄

담합 〈談合〉	私下商定、串通
오직 〈汚職〉	瀆職
추문 〈醜聞〉	醜聞 ＊也稱為스캔들〈scandal〉。 ＊捲入政界醜聞：정계 스캔들에 휘말리다

3. 法
★各種法

법 〈法〉	法、法律 ＊守法：법을 지키다 ＊違法：법을 어기다 ＊訴諸法律：법에 호소하다
법률 /범뉼/ 〈法律〉	法律
헌법 /헌뻡/ 〈憲法〉	憲法 ＊符合憲法：합헌 〈合憲〉 ＊違憲：위헌 〈違憲〉
형법 /형뻡/ 〈刑法〉	刑法
민법 /민뻡/ 〈民法〉	民法
상법 /상뻡/ 〈商法〉	商業法 ＊民事訴訟法：민사소송법 〈民事訴訟法〉
형사 소송법 /-소송뻡/ 〈刑事訴訟法〉	刑事訴訟法
행정법 /행정뻡/ 〈行政法〉	行政法
국내법 /궁내뻡/ 〈國內法〉	國內法
노동법 /노동뻡/ 〈勞動法〉	勞動法 ＊分為노동조합법 〈勞動組合法〉、노동 쟁의 조정법 〈勞動爭議調停法〉、근로 기준법 〈勤勞基準法〉。
국제법 /국쩨뻡/ 〈國際法〉	國際法、國際公法

★司法

사법 〈司法〉	司法 ＊司法考試：사법 고시 〈司法考試〉
법조계 /법쪼게/ 〈法曹界〉	法律界、司法界
법원 〈法院〉	法院 ＊也稱為재판소 〈裁判所〉。 ＊最高法院：대법원 〈大法院〉 ＊高等法院：고등 법원 〈高等法院〉 ＊地方法院：지방법원 〈地方法院〉 ＊家庭法院：가정 법원 〈家庭法院〉

대법원장 〈大法院長〉	最高法院院長
재판장 〈裁判長〉	審判長
법관 /법꽌/ 〈法官〉	法官 ＊也稱為재판관〈裁判官〉。
판사 〈判事〉	法官
서기관 〈書記官〉	書記官
검찰청 〈檢察廳〉	檢察署 ＊最高檢察署：대검찰청〈大檢察廳〉
검사 〈檢事〉	檢察官
검찰관 〈檢察官〉	軍事檢察官
변호사 〈辯護士〉	律師

★審判

재판 〈裁判〉	審判、判決 ＊判決勝訴：재판에 이기다 ＊判決敗訴：재판에 지다 ＊接受審判：재판을 받다 ＊交付審判：재판에 회부되다
탄핵재판 〈彈劾裁判〉	彈劾審判
소송 〈訴訟〉	訴訟 ＊提起訴訟：소송을 일으키다 ＊撤銷訴訟：소송을 취하하다 ＊刑事訴訟：형사 소송〈刑事訴訟〉 ＊民事訴訟：민사 소송〈民事訴訟〉 ＊離婚訴訟：이혼 소송〈離婚訴訟〉 ＊訴訟代理人：소송대리인〈訴訟代理人〉 ＊訴訟費用：소송비용〈訴訟費用〉
법정 /법쩡/ 〈法廷〉	法庭 ＊出庭：출정하다〈出廷-〉 ＊退庭：퇴정하다〈退廷-〉
공판 〈公判〉	公審
증거 〈證據〉	證據 ＊銷毀證據：증거인멸〈證據湮滅〉

입증하다 〈立證-〉	作證、證明
증인 〈證人〉	證人 ＊見證人、活的證人：산 증인 ＊作證：증인이 되다 ＊站上證人台：증인대에 서다
증인 환문 〈證人喚問〉	傳訊證人 ＊證人應訊：증인 환문에 응하다
소환되다 〈召喚-〉	傳喚
증언하다 〈證言-〉	作證、發表證詞
유죄 답변 거래 〈有罪答辯去來〉	認罪協商
신문하다 〈訊問-〉	審問 ＊主詢問：주신문 〈主訊問〉 ＊交叉詢問、反詢問：반대 신문 〈反對訊問〉 ＊誘導性問題：유도 신문 〈誘導訊問〉
이의 〈異議〉	異議 ＊提出異議：이의를 신청하다
항소하다 〈抗訴-〉	抗訴、上訴
상고하다 〈上告-〉	上訴
판결 〈判決〉	判決 ＊判決確定：판결이 확정되다 ＊判處徒刑：실형 판결 〈實刑判決〉
판례 /팔례/ 〈判例〉	判例、先例
배심원 〈陪審員〉	陪審員 ＊台灣稱為「國民法官」。
재판원 〈裁判員〉	裁判員 ＊日本特有的國民參與審判制度中參與審判的國 　民。
방청하다 〈傍聽-〉	旁聽 ＊旁聽者：방청객 〈傍聽客〉 ＊旁聽證：방청권 /방청꿘/ 〈傍聽券〉
피해자 〈被害者〉	被害人
가해자 〈加害者〉	加害人

4. 警察
★警察的工作

경찰 〈警察〉	警察 ＊被警察逮捕：경찰에 연행되다 ＊被警察抓走：경찰에 끌려가다 ＊警方傳喚：경찰에 불려가다 ＊報警：경찰에 신고하다
경찰서 /경찰써/ 〈警察署〉	警察署 ＊等同台灣的「警政署」。
경찰관 〈警察官〉	警官
형사 〈刑事〉	刑警 ＊便衣刑警：사복 형사 〈私服刑事〉
순경 〈巡警〉	巡警 ＊也稱為경찰 아저씨 〈警察-〉。
정당 방위 〈正當防衛〉	正當防衛
파출소 /파출쏘/ 〈派出所〉	派出所
교통 경찰 〈交通警察〉	交通警察、交警

단속 〈團束〉	取締 ＊取締：단속하다 〈團束-〉
검문소 〈檢問所〉	臨檢站
불심 검문 〈不審檢問〉	例行檢查、例行臨檢
추적하다 〈追跡-〉	追捕
경찰 오토바이 〈警察-〉	警用機車
경찰차 〈警察車〉	警車、警用車輛 ＊又稱순찰차 〈巡察車〉，隱晦說法為백차 〈白車〉。
전투 경찰 〈戰鬪警察〉	特勤警察、特種警察
짭새	條子

경찰 수첩 〈警察手帖〉	警察手冊
수갑 〈手匣〉	手銬 ＊쇠고랑：手銬的俗稱。
포승 〈捕繩〉	警繩

전자 발찌 〈電子-〉	電子腳鐐 ＊為防止再犯性犯罪，性犯罪者的腳上掛內建 GPS 的腳環。
경찰봉 〈警察棒〉	警棍
경찰견 〈警察犬〉	警犬

★逮捕、調查

수사하다 〈搜查-〉	搜查、偵查、調查 ＊故設圈套、臥底行動：함정 수사 〈陷穽搜查〉 ＊公開搜查：공개 수사 〈公開搜查〉 ＊住家搜查：가택수사 〈家宅搜查〉 ＊刑事調查人員：수사 요원 〈搜查要員〉
범인 〈犯人〉	犯人 ＊真兇：진범 〈眞犯〉 ＊兇惡罪犯：흉악범 /흉악뻠/ 〈凶惡犯〉 ＊同一罪犯：동일범 〈同一犯〉 ＊初犯：초범 〈初犯〉 ＊累犯：누범 〈累犯〉 ＊共犯：공범 〈共犯〉 ＊現行犯：현행범 〈現行犯〉 ＊慣犯：상습범 /상습뻠/ 〈常習犯〉 ＊犯人被逮捕：범인이 잡히다
전과 /전꽈/ 〈前科〉	前科
전력 /절력/ 〈前歷〉	經歷
지명 수배 〈指名手配〉	通緝
현상금 〈懸賞金〉	懸賞、賞金
단서 〈端緒〉	線索、端倪 ＊找到線索：단서를 잡다 ＊留下線索：단서를 남기다
범행 〈犯行〉	罪行、犯罪行為 ＊犯罪現場：범행 현장 〈犯行現場〉 ＊累犯：범행을 거듭하다
고소하다 〈告訴-〉	起訴 ＊被起訴：고소되다或是고소 당하다

843

고발하다 〈告發-〉	控告、告發、檢舉 ＊被控告：고발되다或是고발 당하다
자수하다 〈自首-〉	自首
도망 〈逃亡〉	逃跑 ＊逃跑：도망치다〔不說도망하다〕 ＊企圖逃跑：도망을 기도하다
검거하다 〈檢擧-〉	拘留、羈押 ＊被拘留：검거되다
입건하다 /입껀-/ 〈立件-〉	立案

용의자 〈容疑者〉	嫌疑犯
참고인 〈參考人〉	關係人 ＊重要關係人：중요 참고인 〈重要參考人〉

목격자 /목꼊짜/ 〈目擊者〉	目擊者
혐의 〈嫌疑〉	嫌疑 ＊有嫌疑：혐의를 두다 ＊涉嫌：혐의를 받다 ＊洗刷嫌疑：혐의를 풀다 ＊被排除嫌疑：혐의가 풀리다

취조 〈取調〉	審問、訊問、盤查
묵비권 /묵삐꿘/ 〈默秘權〉	緘默權
진술하다 〈陳述-〉	陳述 ＊宣誓書、宣示陳述書：진술서 〈陳述書〉
자백 〈自白〉	自白、口供 ＊承認：시인하다 〈是認-〉
거짓말 탐지기 〈-探知機〉	測謊器 ＊測謊儀檢查：폴리그래프 검사 〈Polygraph 檢查〉
알리바이 〈alibi〉	不在場證明、不在犯罪現場
임의 동행 〈任意同行〉	任意同行 ＊指調查機關為了調查嫌疑犯或關係人，於獲得 　當事人同意後，將其帶回警局。
체포하다 〈逮捕-〉	逮捕 ＊逮捕現行犯：현행범 체포 〈現行犯逮捕〉 ＊另案逮捕：별건 체포 〈別件逮捕〉 ＊再次逮捕：재체포 〈再逮捕〉

구속 〈拘束〉	拘留、限制行動 ＊為了防止逃亡或湮滅證據之虞，將嫌疑犯、被告留置於一定的場所。不是刑罰。 ＊拘留通知書：구속연장 〈拘束延長〉
구치소 〈拘置所〉	拘留所 ＊會面、探視：면회하다 〈面會-〉

차입하다 /차이파다/ 〈差入-〉	(給被拘留的人)送東西
석방하다 /석빵-/ 〈釋放-〉	釋放 ＊假釋：가석방 〈假釋放〉
방면하다 〈放免-〉	釋放 ＊훈방：訓誡釋放（훈계방면）的簡稱。
보석하다 /보서카다/ 〈保釋-〉	保釋 ＊被保釋：보석되다或是보석으로 풀려나다 ＊保釋金：보석금 〈保釋金〉 ＊繳交保證金：보석금을 내다

시효 〈時效〉	時效
고의 〈故意〉	故意
과실 〈過失〉	過失

기소하다 〈起訴-〉	起訴 ＊被起訴：기소되다 ＊起訴書、公訴書：기소장 〈起訴狀〉
모두 진술 〈冒頭陳述〉	開審陳述
죄상 인정 여부 〈罪狀認定與否〉	罪狀承認與否
정상 〈情狀〉	案情、情況、情節 ＊斟酌情節：정상을 참작하다

심신 상실 〈心神喪失〉	心智喪失、精神錯亂
심신 모약 〈心神耗弱〉	心神耗弱

시담 〈示談〉	和解

탄원서 〈歎願書〉	請願書 ＊針對行政的請願書，稱為 민원〈民願〉。
구형 〈求刑〉	求刑、判刑
선고하다 〈宣告-〉	宣判、判處
유죄 〈有罪〉	有罪 ＊宣判有罪：유죄를 선고하다 ＊有罪判決：유죄 판결 〈有罪判決〉
무죄 〈無罪〉	無罪 ＊無罪釋放：무죄 석방 〈無罪釋放〉
원죄 〈冤罪〉	冤罪、冤獄 ＊洗刷冤情：원죄를 풀다 ＊洗清罪名：누명을 벗다 〈陋名-〉
누명 〈陋名〉	罪名、冤罪、莫須有的罪名
무고죄 〈誣告罪〉	誣告罪
오심 〈誤審〉	誤審、誤判
참회의 눈물 〈懺悔-〉	懊悔的眼淚

★犯罪

죄 〈罪〉	罪 ＊贖罪：속죄하다 〈贖罪-〉
범죄 〈犯罪〉	犯罪 ＊完美的犯罪、智慧犯罪：완전 범죄 〈完全犯罪〉 ＊輕微的罪行：경범죄 〈輕犯罪〉 ＊少年犯罪：소년 범죄 〈少年犯罪〉 ＊性犯罪：성범죄 〈性犯罪〉 ＊外國人犯罪：외국인 범죄 〈外國人犯罪〉 ＊兇惡犯罪：흉악 범죄 〈凶惡犯罪〉 ＊信用卡犯罪：신용카드 범죄 〈信用 card 犯罪〉 ＊劇場型犯罪：극장형 범죄 〈劇場型犯罪〉
범하다 〈犯-〉	犯、違犯 ＊犯罪：죄를 범하다；犯法：죄를 저지르다

| 흉기 〈凶器〉 | 兇器 |

◆各種犯罪

공무집행방해죄 〈公務執行妨害罪〉	妨礙公務罪
범인은닉죄 〈犯人隱匿罪〉	藏匿犯人罪
증거인멸죄 〈證據湮滅罪〉	銷毀證據罪
방화죄 〈放火罪〉	放火罪、縱火罪 ＊失火罪：실화죄 〈失火罪〉
주거침입죄 〈住居侵入罪〉	非法侵入住宅罪
비밀누설죄 〈秘密漏泄罪〉	洩漏秘密罪
위조죄 〈僞造罪〉	僞造罪 ＊僞造貨幣罪：통화위조죄 〈通貨僞造罪〉 ＊僞造有價證券罪：유가증권위조죄 〈有價證券僞造罪〉 ＊僞造文書印罪：문서위조죄 〈文書僞造罪〉
위증죄 〈僞證罪〉	僞證罪
무고죄 〈誣告罪〉	誣告罪
공연외설죄 〈公然猥褻罪〉	公然猥褻罪
강제추행죄 〈强制醜行罪〉	强制猥褻罪
강간죄 〈强姦罪〉	强制性交罪、强姦罪 ＊强制性交傷害罪：강간치상죄 〈强姦致傷罪〉 ＊强制性交致死罪：강간치사죄 〈强姦致死罪〉
직권남용죄 〈職權濫用罪〉	濫用職權罪、瀆職罪
수회죄 〈收賄罪〉	收賄罪
증회죄 〈贈賄罪〉	賄賂罪、貪污罪
살인죄 〈殺人罪〉	殺人罪 ＊謀殺罪：살인예비죄 〈殺人豫備罪〉 ＊幫助自殺罪：자살방조죄 〈自殺幫助罪〉 ＊同意殺人罪：동의살인죄 〈同意殺人罪〉 ＊「幫助自殺罪」和「同意殺人罪」皆屬台灣刑法第 275 條的「加工自殺罪」。

상해죄 〈傷害罪〉	傷害罪 ＊傷害致死罪：상해치사죄 〈傷害致死罪〉
폭행죄 〈暴行罪〉	故意傷害罪
과실상해죄 〈過失傷害罪〉	過失傷害罪 ＊業務過失傷害罪：업무상과실치상죄 〈業務上過失致傷罪〉 ＊加重過失傷害罪：중과실치상죄 〈重過失致傷罪〉
과실치사죄 〈過失致死罪〉	過失致死罪 ＊業務過失致死罪：업무상과실치사죄 〈業務上過失致死罪〉 ＊加重過失致死罪：중과실치사죄 〈重過失致死罪〉
낙태죄 〈落胎罪〉	墮胎罪
유기죄 〈遺棄罪〉	遺棄罪 ＊遺棄屍體罪：시체유기죄 〈屍體遺棄罪〉
감금죄 〈監禁罪〉	剝奪他人行動自由罪
협박죄 〈脅迫罪〉	脅迫罪
유괴죄 〈誘拐罪〉	誘拐罪
명예훼손죄 〈名譽毀損罪〉	妨害名譽罪
업무방해죄 〈業務妨害罪〉	業務妨害罪 ＊散布假消息或透過規劃好的計劃、暴力等方式使他人無法做生意、工作而成立的罪名。
절도죄 〈竊盜罪〉	竊盜罪
강도죄 〈強盜罪〉	強盜罪 ＊強盜致傷罪：강도치상죄 〈強盜致傷罪〉 ＊強盜致死罪：강도치사죄 〈強盜致死罪〉 ＊強盜結合強制性交罪：강도강간죄 〈強盜強姦罪〉 ＊預備強盜罪：강도예비죄 〈強盜豫備罪〉
사기죄 〈詐欺罪〉	詐欺罪
배임죄 〈背任罪〉	背信罪 ＊特別背信罪：특별배임죄 〈特別背任罪〉
공갈죄 〈恐喝罪〉	恐嚇罪
횡령죄 〈橫領罪〉	侵占罪 ＊業務侵占罪：업무상횡령죄 〈業務上橫領罪〉

장물죄 〈贓物罪〉	贓物罪
기물손괴죄 〈器物損壞罪〉	毀棄損壞罪
각성제단속법 위반 〈覺醒劑團束法違反〉	違反覺醒劑取締法、違反興奮劑取締法
마약단속법 위반 〈麻藥團束法違反〉	違反毒品危害防制條例
도로교통법 위반 〈道路交通法違反〉	違反道路交通管理處罰條例
총포 · 도검 · 화약류 등 단속법 위반 〈銃砲刀劍火藥類等團束法違反〉	違反槍砲彈藥刀械管制條例

★服刑

형 〈刑〉	刑 ＊判處三年有期徒刑：삼 년 형에 처하다
양형 〈量刑〉	量刑
교도소 〈矯導所〉	監獄 ＊형무소 〈刑務所〉是以前的說法。
교도관 〈矯導官〉	典獄長、監獄長
죄수 〈罪囚〉	囚犯 ＊囚犯服、囚衣：죄수복 〈罪囚服〉 ＊政治犯：양심수 〈良心囚〉 ＊模範囚犯：모범수 〈模範囚〉
탈옥 〈脫獄〉	越獄 ＊越獄犯：탈옥수 〈脫獄囚〉

처벌 〈處罰〉	處罰、懲處
집행 유예 〈執行猶豫〉	緩刑
형기 〈刑期〉	刑期 ＊服完刑期：형기를 마치다
사형 〈死刑〉	死刑 ＊絞刑：교수형 〈絞首刑〉 ＊死刑犯：사형수 〈死刑囚〉

징역 〈懲役〉	徒刑 ＊有期徒刑：유기징역 〈有期懲役〉 ＊無期徒刑：무기징역 〈無期懲役〉 ＊終身監禁：종신형 〈終身刑〉
복역하다 /보겨카다/ 〈服役-〉	服刑、服勞役
금고 〈禁錮〉	監禁、禁錮
구류 〈拘留〉	拘留、扣押 ＊以剝奪自由為内容的刑罰，1 日以上 30 日以 　下，將犯罪人拘置於拘留所。
벌금 〈罰金〉	罰金、罰款
과료 〈科料〉	罰鍰
몰수하다 /몰쑤하다/ 〈沒收-〉	沒收 ＊被沒收：몰수되다
출감하다 〈出監-〉	出獄
사면 〈赦免〉	赦免
은사 〈恩赦〉	恩赦、赦免
특별 사면 /-싸면/ 〈特別赦免〉	特赦
감형 〈減刑〉	減刑
지능범 〈知能犯〉	智能犯
사상범 〈思想犯〉	思想犯
정치범 〈政治犯〉	政治犯
확신범 〈確信犯〉	確信犯、信仰犯 ＊因道德、宗教、政治的信念形成決定性動機而 　導致的犯罪行為或罪犯。

★民事

권리 /궐리/ 〈權利〉	權利

의무 〈義務〉	義務
물권 /물꿘/ 〈物權〉	物權
소유권 /소유꿘/ 〈所有權〉	所有權
공유하다 〈共有-〉	共有
점유하다 〈占有-〉	占有
채권 〈債權〉	債權
채무 〈債務〉	債務 ＊債務不履行：채무 불이행 〈債務不履行〉
교섭하다 /교서파다/ 〈交涉-〉	交涉
계약하다 /계야카다/ 〈契約-〉	立約、簽約 ＊訂定合約：계약을 맺다 ＊解除合約：계약을 해지하다 〈-解止-〉 ＊契約書：계약서 〈契約書〉 ＊草約：가계약 〈假契約〉 ＊僱用契約：고용 계약 〈雇用契約〉 ＊買賣契約：매매 계약 〈賣買契約〉
인감 도장 〈印鑑圖章〉	印鑑、印章
변제하다 〈辨濟-〉	償還、還債 ＊代物清償：대물변제 〈代物辨濟〉
상쇄하다 〈相殺-〉	相抵、抵銷 ＊也會使用상계하다 〈相計-〉這個字。
불법 행위 〈不法行爲〉	非法行為
책임 〈責任〉	責任 ＊負責任：책임지다
손해 〈損害〉	損害、損失 ＊遭受損害、損失：손해를 입다
담보 〈擔保〉	擔保
보증인 〈保證人〉	保證人 ＊做保證人：보증인이 되다 ＊連帶保證人：연대보증인 〈連帶保證人〉

저당권 /저당꿘/ 〈抵當權〉	抵押權 ＊制定抵押權：저당권을 설정하다 ＊塗銷抵押權：저당권을 말소하다 ＊最高限額抵押權：근저당권 〈根抵當權〉
토지 〈土地〉	土地 ＊又稱為땅。 ＊대지 〈岱地〉是指建築用地。
매매하다 〈賣買-〉	賣買
전매하다 〈轉賣-〉	轉賣
양도하다 〈讓渡-〉	轉讓
등기하다 〈登記-〉	登記 ＊登記費：등기료 〈登記料〉 ＊登記簿：등기부 〈登記簿〉 ＊登記處：등기소 〈登記所〉

사법 서사 〈司法書士〉	司法書士 ＊類似台灣的代書、地政士。
호소하다 〈呼訴-〉	訴苦、申訴、控訴 ＊訴狀：소장 /소짱/ 〈訴狀〉
원고 〈原告〉	原告
피고 〈被告〉	被告
승소하다 〈勝訴-〉	勝訴 ＊原告方勝訴：원고측의 승소
패소하다 〈敗訴-〉	敗訴 ＊原告敗訴：원고의 패소가 되다
화해하다 〈和解-〉	和解 ＊勸解：화해시키다 ＊加害者和被害者之間達成和解：가해자와 피해자 간에 화해가 이루어지다
조정 〈調停〉	調停、調解 ＊申請調停：조정을 신청하다 ＊達成調解：조정이 성립되다
집행하다 /지팽-/ 〈執行-〉	執行
압류 /암뉴/ 〈押留〉	扣押、查封
경매 〈競賣〉	拍賣 ＊被拍賣、遭到法拍：경매에 붙여지다

파산하다 〈破產-〉	破產 ＊宣告破產：파산 선고 〈破產宣告〉 ＊自願破產：자기 파산 〈自己破產〉 ＊破產程序：파산 절차 〈破產節次〉
면책 〈免責〉	免除債務
친권 /친꿘/ 〈親權〉	親權
인지하다 〈認知-〉	承認、認定
후견인 〈後見人〉	監護人
입양 〈入養〉	收養、領養 ＊收養養子：양자를 입양하다 ＊成為養子：양자가 되다 ＊解除收養關係稱為파양 〈罷養〉。
증여하다 〈贈與-〉	贈與
상속하다 /상소카다/ 〈相續-〉	繼承 ＊繼承遺產：유산 상속 〈遺產相續〉 ＊遺產權紛爭：상속권 분쟁 〈相續權紛爭〉
유산 〈遺產〉	遺產 ＊留下遺產：유산을 물려주다
유언 〈遺言〉	遺言 ＊留下遺言：유언을 남기다
유언장 /유언짱/ 〈遺言狀〉	遺書
공정 증서 〈公正證書〉	公證證書
공증인 〈公證人〉	公證人
공증인 사무소 〈公證人事務所〉	公證人事務所

◆基本人權

기본적 인권 /-인꿘/ 〈基本的人權〉	基本的人權
행복권 /-꿘/ 〈幸福權〉	幸福權 ＊追求幸福權：행복권 추구 〈幸福權追求〉 ＊侵害幸福權：행복권 침해 〈幸福權侵害〉

공공복지 /공공복찌/ 〈公共福祉〉	公共福祉
생존권 /-꿘/ 〈生存權〉	生存權
평등권 /-꿘/ 〈平等權〉	平等權 ★所有國民法律面前人人平等：모든 국민은 법 앞에 평등하다.
재산권 /-꿘/ 〈財産權〉	財産權
표현의 자유 〈表現-自由〉	表達自由、言論自由
알 권리 /-꿜리/ 〈-權利〉	知情權
사상-양심의 자유 〈思想良心-自由〉	思想自由、良心自由
신앙의 자유 〈信仰-自由〉	宗教信仰自由
결사의 자유 /결싸-/ 〈結社-自由〉	結社自由
통신의 자유 〈通信-自由〉	通訊自由 ＊禁止檢閱：검열의 금지 〈檢閱-禁止〉
직업 선택의 자유 〈職業選擇-自由〉	職業選擇自由
거주 이전의 자유 〈居住移轉-自由〉	居住遷徙自由
인신의 자유 〈人身-自由〉	人身自由
사회권 /-꿘/ 〈社會權〉	社會權
참정권 /-꿘/ 〈參政權〉	參政權
교육을 받을 권리 /-꿜리/ 〈敎育- 權利〉	受教育權
노동 기본권 /-꿘/ 〈勞動基本權〉	勞動基本權 ＊團結權：단결권 〈團結權〉 ＊團體交涉權：단체교섭권 〈團體交涉權〉 ＊團體行動權：단체행동권 〈團體行動權〉
초상권 /-꿘/ 〈肖像權〉	肖像權 ＊侵犯肖像權：초상권 침해 〈- 侵害〉
명예 훼손 〈名譽毀損〉	名譽毀損
프라이버시권 /-꿘/ 〈privacy 權〉	隱私權 ＊侵犯隱私權：프라이버시 침해 〈-侵害〉

5. 事件・事故・災害
★事件、事故

사고 〈事故〉	事故 ＊引發事故、闖禍：사고를 내다、사고를 치다 ＊發生事故：사고가 일어나다
사건 〈事件〉	事件
살인 〈殺人〉	殺人 ＊犯下殺人案：살인을 저지르다 ＊殺人案：살인 사건 〈殺人事件〉 ＊殺人未遂：살인 미수 〈殺人未遂〉
살해하다 〈殺害-〉	殺害 ＊被殺害：피살되다 〈被殺-〉 ＊被殺害者：피살자 〈被殺者〉
암살하다 〈暗殺-〉	暗殺 ＊被暗殺：암살되다
학살하다 〈虐殺-〉	虐殺、屠殺 ＊被虐殺：학살되다
몰살 〈沒殺〉	趕盡殺絕、殺光
묻지마 살인 /묻찌마-/ 〈-殺人〉	隨機殺人
토막 살인 〈-殺人〉	殺人分屍
액살 〈扼殺〉	扼殺
교살 〈絞殺〉	絞殺
척살 〈刺殺〉	刺殺
사살 〈射殺〉	射殺、槍殺
박살 〈撲殺〉	撲殺
자살 〈自殺〉	自殺 ＊自殺未遂：자살 미수 〈自殺未遂〉
타살 〈他殺〉	他殺
동반 자살 〈同伴自殺〉	結伴自殺
유가족 〈遺家族〉	遺屬、罹難者家屬
유서 〈遺書〉	遺書

유류품 〈遺留品〉	遺物
소지품 〈所持品〉	持有物、攜帶品
자연사 〈自然死〉	自然死亡
병사 〈病死〉	病死
변사 〈變死〉	橫死、死於非命
급사 /급싸/ 〈急死〉	暴斃、猝死
돌연사 〈突然死〉	猝死、突然死亡
과로사 〈過勞死〉	過勞死
객사 /객싸/ 〈客死〉	客死、客死異鄉

옥사 /옥싸/ 〈獄死〉	死在獄中
순사 〈殉死〉	殉節、殉國
가사 〈假死〉	假死
즉사 /즉싸/ 〈卽死〉	當場死亡
압사 /압싸/ 〈壓死〉	壓死
액사 /액싸/ 〈縊死〉	縊死、絞死
아사 〈餓死〉	餓死
감전사 〈感電死〉	電死
소사 〈燒死〉	燒死
쇼크사 〈shock 死〉	休克死亡
질식사 /질씩싸/ 〈窒息死〉	窒息死亡
추락사 /추락싸/ 〈墜落死〉	墜落死亡
익사 /익싸/ 〈溺死〉	溺死、淹死
동사 〈凍死〉	凍死
복상사 /복쌍사/ 〈腹上死〉	性猝死、馬上風
역사 /역싸/ 〈轢死〉	(被車)輾死
안락사 /알락싸/ 〈安樂死〉	安樂死
존엄사 〈尊嚴死〉	尊嚴死

연탄 가스 중독 〈煉炭 gas 中毒〉	瓦斯中毒
일산화 탄소 중독 〈一酸化炭素中毒〉	一氧化碳中毒
검시 〈檢屍〉	驗屍
부검 〈剖檢〉	解剖檢驗
시체 해부 〈屍體解剖〉	屍體解剖 ＊司法解剖：사법 해부 〈司法解剖〉 ＊行政解剖：행정 해부 〈行政解剖〉
사인 〈死因〉	死因
검시관 〈檢視官〉 법의관	法醫
법의학 〈法醫學〉	法醫學
혈흔 〈血痕〉	血痕、血跡
유괴 〈誘拐〉	誘拐、拐騙
납치 〈拉致〉	綁架 ＊피랍되다 〈被拉-〉：被綁架
인질 〈人質〉	人質
몸값 /몸깝/	身價
협박장 /협빡짱/ 〈脅迫狀〉	恐嚇信
강간 〈强姦〉	強姦
치한 〈痴漢〉	色狼
매춘 〈賣春〉	賣春、賣淫
매춘 〈買春〉	買春 ＊中文裡「買春」與「賣春」字不同有所區別，韓語之中則是同音異義語。在電視、廣播等稱之為성을 사는 행위인 매춘，而在報紙、雜誌則寫為매춘 〈買春〉。
성희롱 〈性戲弄〉	性騷擾
원조 교제 〈援助交際〉	援助交際
미인계 〈美人計〉	美人計
스토커 〈stalker〉	跟蹤狂

마약 사범 〈麻藥事犯〉	毒品犯 ＊毒品地下交易：마약 밀매〈麻藥密賣〉
대마초 〈大麻草〉	大麻
마피아 〈Mafia〉	嗎啡
각성제 〈覺醒劑〉	興奮劑
밀수 / 밀쑤/ 〈密輸〉	走私
공갈 〈恐喝〉	恐嚇
사기 〈詐欺〉	詐欺 ＊詐欺犯、騙子：사기꾼〈詐欺-〉
보이스피싱 〈voice fishing〉	電話詐騙 ＊車手：인출책〈引出責〉
불량배 〈不良輩〉	不良份子
폭주족 / 폭쭈족/ 〈暴走族〉	暴走族
깡패 〈-牌〉	流氓 ＊也可以說日語的야쿠자。
조폭 〈組暴〉	黑社會組織、黑幫
문신 〈文身〉	紋身、刺青
폭력 / 퐁녁/ 〈暴力〉	暴力 ＊施暴：폭력을 휘두르다
도메스틱 바이오런스 〈domestic violence〉	家庭暴力 ＊也稱為가정내 폭력〈家庭內暴力〉。
절도 / 절또/ 〈竊盜〉	竊盜、偷竊
도둑	小偷 ＊被盜、被偷、被竊：도둑(을) 맞다、도둑맞다
좀도둑 / 좀또둑/	小偷
빈집 털이	闖空門
파수꾼 〈把守-〉	把風的人
한패 〈-牌〉	同夥、一夥
도난 〈盜難〉	失竊、被偷
강도 〈強盜〉	強盜、搶匪 ＊銀行搶匪：은행 강도〈銀行強盜〉 ＊搶劫銀行：은행을 털다
훔치다	偷、盜

도벽 〈盜癖〉	偷竊成癮、偷竊癖
도둑질 /도둑찔/	偷東西
장물 〈臟物〉	臟物 ＊所謂的臟物，是指偷來的物品或是以其他犯罪 　行為不法得到的財物。
소매치기	扒手、小偷、三隻手
날치기	搶劫、扒竊
들치기	行竊、三隻手 ＊可指趁人不注意迅速行竊逃跑的行為，也可指 　這麼做的人。
몰래 카메라 〈-camera〉	偷拍相機、針孔攝影機、隱藏攝影機 ＊簡稱為몰카。
도청하다 〈盜聽-〉	竊聽、偷聽
도촬하다 〈盜撮-〉	偷拍
묻지마 범죄 /묻찌마-/ 〈-犯罪〉	隨機犯罪
아리랑치기	扒竊 ＊專偷醉倒在路邊之人財物的行為。
강매 〈強賣〉	強迫是推銷、強賣
하이잭 〈hijack〉	劫機 ＊也稱為공중 납치〈空中拉致〉。

◆緊急時大叫
救命！ 사람 살려！
快來人啊！ 누구 없어！
危險！ 위험해！〈危險-〉
快逃！ 도망 가！〈逃亡-〉
失火了！ 불이야！
有小偷！ 도둑이야！
等一下！ 기다려！
抓住他！ 잡아라！
警察先生！ 경찰 아저씨！〈警察-〉
幫我叫警察！ 경찰을 불러줘！〈警察-〉
幫我叫救護車！ 구급차를 불러줘！〈救急車-〉
幫我叫醫生過來！ 의사를 불러줘！〈醫師-〉

★災害

재해 〈災害〉	災害
피해 〈被害〉	被害、損失、受災 ＊造成損失：피해가 나다 ＊損失很大：피해가 크다 ＊受害：피해를 입다 ＊調查受災情況：피해 상황을 조사하다
재난 〈災難〉	災難 ＊也稱為재앙〈災殃〉。 ＊遭遇災難、遭殃：재앙을 당하다 ＊招災惹禍：재앙을 초래하다
자연 재해 〈自然災害〉	自然災害
천재 〈天災〉	天災 ＊遭受天災：천재를 입다
인재 〈人災〉	人禍
예지 〈豫知〉	預知
경보 〈警報〉	警報 ＊發布警報：경보가 발령되다 ＊解除警報：경보가 해제되다
피난하다 〈避難-〉	避難 ＊避難勸告、避難通知：피난 권고 〈避難勸告〉 ＊發布避難勸告：피난 권고가 발령되다

★火災

화재 〈火災〉	火災 ＊發生火災：화재가 발생하다〔會話中稱為불이 나다〕
실화 〈失火〉	失火
방화 〈放火〉	放火
산불 /산뿔/ 〈山-〉	山林火災、森林大火
전소 〈全燒〉	燒光、燒毀
유소 〈類燒〉	延燒

불을 끄다	滅火、救火 ＊滅火：불을 껐다 ＊關燈或關掉電器的開關也稱為끄다。
방수 〈放水〉	灑水、放水
소화 〈消火〉	滅火 ＊消防栓：소화전 〈消火栓〉 ＊滅火器：소화기 〈消火器〉
진화 〈鎮火〉	滅火、救火 ＊火災警報器： 화재 경보기 〈火災警報器〉
스프링클러 〈sprinkler〉	灑水器 ＊設置灑水器：스프링클러를 설치하다
비상벨 〈非常 bell〉	警報鈴 ＊警報鈴響起：비상벨이 울리다
소방서 〈消防署〉	消防署 ＊消防官：소방관 〈消防官〉 ＊消防車：소방차 〈消防車〉 ＊雲梯車：사다리차 〈-車〉 ＊泵車：펌프차 〈pump 車〉

★水災、旱災

수해 〈水害〉	水害 ＊鬧水災：수해가 나다
홍수 〈洪水〉	洪水
큰물	大水、洪水 ＊發洪水、發大水：큰물이 지다
범람 /범남/ 〈氾濫〉	氾濫 ＊大雨造成河川氾濫：큰비로 하천이 범람하다
댐 〈dam〉	水壩
제방 〈堤防〉	堤防 ＊堤防倒塌：제방이 무너지다、둑이 터지다
보	水壩 ＊水壩裡的水宛如爆炸般湧出：봇물이 터지듯 　쏟아져 나오다
가뭄	乾旱

갈수 /갈쑤/ 〈渴水〉	枯水、乾涸
	＊枯水期：갈수기 〈渴水期〉
저수지 〈貯水池〉	蓄水池、水庫
	＊水庫乾涸：저수지의 물이 마르다
관개 용수 〈灌漑用水〉	灌漑用水
냉해 〈冷害〉	寒害
	＊遭受寒害：냉해를 당하다

★火山爆發

폭발 /폭빨/ 〈爆發〉	爆發
분화 〈噴火〉	噴發
	＊火山口：분화구 〈噴火口〉
용암 〈熔岩•鎔岩〉	熔岩、岩漿
마그마 〈magma〉	岩漿
화산재 〈火山-〉	火山灰

★地震、海嘯

지진 〈地震〉	地震
	＊發生地震：지진이 일어나다，지진이 발생하다
	＊被地震襲捲：지진에 휩쓸리다
	＊有感地震：유감 지진；無感地震：무감 지진
	＊淺層地震：얕은 지진；深層地震：깊은 지진
	＊垂直型地震：직하형 지진
	＊震源：진원지 〈震源地〉
	＊餘震：여진 〈餘震〉
지진 피해 〈地震被害〉	地震災害

진도 〈震度〉	震度
	＊震度 4 級的中震：진도 4도의 다소 강한 지진
매그니튜드 〈magnitude〉	規模
	＊規模 7.2 的劇震：매그니튜드 7.2의 강한 지진
	＊以規模來表示地震震度的說法在韓國並不普及。

흔들리다	搖動、搖晃 ＊大力搖晃：크게 흔들리다 ＊劇烈搖晃：심하게 흔들리다 ＊反覆搖晃：반복해서 흔들리다
좌우로 흔들리다 〈左右-〉	左右搖晃
위아래로 흔들리다	上下搖晃
무너지다	倒塌、坍方 ＊建築物倒塌：건물이 무너지다
붕괴되다〈崩壞-〉	崩潰、崩塌、坍塌 ＊建築物崩塌：건물이 붕괴되다
산사태〈山沙汰〉	山崩、(山區)土石流 ＊發生山崩：산사태가 일어나다 ＊地面裂開、地面龜裂：땅이 갈라지다
낙석 /낙썩/〈落石〉	落石
눈사태〈-沙汰〉	雪崩
생매장〈生埋葬〉	活埋
사태〈沙汰〉	崩塌、坍方
토사류〈土沙流〉	(大雨、洪水造成的)土石流 ＊發生土石流：토석류가 발생하다
활단층〈活斷層〉	活斷層
플레이트〈plate〉	板塊 ＊太平洋板塊：태평양 플레이트、태평양판
지반 침하〈地盤沈下〉	地層下陷 ＊地表下移：지반이 내려앉다 ＊海底隆起：해저가 융기하다
액상화 현상 /액쌍화-/ 〈液狀化現象〉	土壤液化
쓰나미	海嘯 ＊被捲進海嘯裡：쓰나미에 휩쓸려 나가다 ＊發布〔解除〕海嘯警報：쓰나미 경보가 발령 되다〔해제되다〕

낙뢰 /낭뇌/ 〈落雷〉	打雷、雷擊
피뢰침 〈避雷針〉	避雷針

★災害對策

조난하다 〈遭難-〉	遇難、落難、遇險
에스오에스 〈SOS〉	緊急求救信號
구출하다 〈救出-〉	救出 ＊被救出：구출되다
구조하다 〈救助-〉	救難、搶救、救援、營救 ＊被營救：구조되다 ＊搶救生命：인명 구조 〈人命救助〉
레스큐 부대 〈rescue 部隊〉	救難隊、救難部隊
재해 구조견 〈災害救助犬〉	災害搜救犬
소생술 〈蘇生術〉	心肺復甦術
인공 호흡 〈人工呼吸〉	人工呼吸
심장 마사지 〈心臟 massage〉	體外心臟按摩
신원 확인 〈身元確認〉	確認身份
치형 감정 〈齒型鑑定〉	齒型鑑定
디엔에이 감정 〈DNA 鑑定〉	DNA 鑑定、親子鑑定
생존자 〈生存者〉	生還者
부상자 〈負傷者〉	傷員、傷患
피해지 〈被害地〉	受害者
이재민 〈罹災民〉	災民
희생자 〈犠牲者〉	罹難者
행방불명 〈行方不明〉	下落不明、失蹤 ＊要求對失蹤者進行搜索，稱為행불신고 〈行不申告〉。
가설 주택 /-쭈택/ 〈假設住宅〉	臨時住宅

구호물자 /-물짜/ 〈救護物資〉	救難物資、救援物資
비상식 〈非常食〉	應急食物
의연금 〈義捐金〉	救難金、捐款 ＊募集捐款：의연금을 모으다
성금 〈誠金〉	捐款、善款 ＊支付善款：성금을 지급하다
라이프 라인 〈lifeline〉	生命線、安全母索
위기 관리 〈危機管理〉	危機管理

6. 環境問題
★環境問題

환경 문제 〈環境問題〉	環境問題 ＊環保的：친환경적 〈親環境的〉 ＊環境保護：환경 보호 〈環境保護〉 ＊環境污染：환경 오염 〈環境汚染〉 ＊環境破壞：환경 파괴 〈環境破壞〉
소비자 운동 〈消費者運動〉	消費者運動
환경 마크 〈環境 mark〉	環保標誌
녹색 상품 /녹쌕-/ 〈綠色商品〉	綠色商品 ＊指保護環境的商品。
삼림 벌채 /삼님-/ 〈森林伐採〉	砍伐森林 ＊濫伐：남벌 〈濫伐〉
식림 /싱님/ 〈植林〉	造林
녹화 운동 /노콰-/ 〈綠化運動〉	綠化運動
수산 자원 〈水產資源〉	水產資源、漁業資源 ＊內陸漁業：내수면 어업 〈內水面漁業〉 ＊沿岸漁業：연안 어업 〈沿岸漁業〉 ＊近海漁業：근해 어업 〈近海漁業〉 ＊遠洋漁業：원양 어업 〈遠洋漁業〉

200 해리 배타적 경제수역 〈- 海里排他的經濟水域〉	200 海浬專屬經濟水域
밀어 〈密漁〉	非法捕撈、私自捕魚
남획 〈濫獲〉	濫捕
포경 〈捕鯨〉	捕鯨

생태계 〈生態界〉	生態系統 ＊生態學：생태학〈生態學〉
절멸하다 〈絶滅-〉	滅絕 ＊滅絕危機的物種：절멸 위구종〈絶滅危懼種〉
야생 동물 〈野生動物〉	野生動物
람사 협약 〈Ramsar 協約〉	《拉姆薩公約》 ＊1971 年在伊朗的拉姆薩爾簽署，目的在保護作為水禽棲地非常重要的濕地以及在濕地生存的動植物的條約。正式名稱為「물새 서식지로서 특히 국제적으로 중요한 습지에 관한 협약《關於特別是作為水禽棲息地的國際重要濕地公約》」。
워싱턴 조약 〈Washington 條約〉	《華盛頓公約》 ＊1973 年在華盛頓會議中簽署，有關瀕臨滅絕野生動植物種國際間交易的條約。正式名稱為「멸종의 우려가 있는 야생동식물 종의 국제거래에 관한 조약《瀕臨絕種野生動植物國際貿易公約》」。

지구 온난화 〈地球溫暖化〉	全球暖化
온실 효과 가스 〈溫室效果 gas〉	溫室氣體、溫室效應氣體 ＊二氧化碳：이산화탄소〈二酸化炭素〉 ＊氟利昂、氟氯碳化合物：프레온 가스〈freon gas〉 ＊甲烷、沼氣：메탄 가스〈Methan gas〉 ＊臭氧：오존〈ozone〉 ＊臭氧層：오존층〈-層〉 ＊臭氧洞：오존홀〈-hall〉

지반 침하 〈地盤沈下〉	地層下陷 ＊浸水：수몰 〈水沒〉
자외선 〈紫外線〉	紫外線
적외선 〈赤外線〉	紅外線
산성비 〈酸性-〉	酸雨
대기 오염 〈大氣汚染〉	空氣汙染、大氣汙染
광화학 스모그 〈光化學 smog〉	光化學煙霧、光化煙霧
미세 먼지 〈微細-〉	粉塵、霧霾
배기 가스 〈排氣 gas〉	排出的廢氣 ＊《空氣汙染管制條例》：배기 가스 규제 〈排氣 　gas 規制〉
무연 가솔린 〈無鉛 gasoline〉	無鉛汽油
오염 물질 /-물찔/ 〈汚染物質〉	汚染物質
질소 화합물 /질쏘화함물/ 〈窒素化合物〉	含氮化合物
담배 연기 〈-煙氣〉	香菸煙氣
간접 흡연 〈間接吸煙〉	二手菸
수질 오염 〈水質汚染〉	水質汙染、水汙染
상수원 〈上水源〉	水源地
석유 유출 〈石油流出〉	石油漏油
하수 처리장 〈下水處理場〉	汙水處理場
해양 투기 〈海洋投棄〉	海洋處置、排入海洋
적조 /적쪼/ 〈赤潮〉	紅潮、赤潮 ＊浮游生物：플랑크톤 〈plankton〉 ＊聖嬰現象：엘니뇨 현상 〈El Niño 現象〉
방사능 오염 〈放射能汚染〉	輻射汙染 ＊輻射物質外洩：방사능 누출 〈放射能漏出〉 ＊放射性廢棄物：방사성 폐기물 〈放射性廢棄物〉 ＊放射性塵埃：죽음의 재

★食品問題

식품 안전 〈食品安全〉	食品安全
농약 〈農藥〉	農藥 ＊噴灑農藥：농약을 뿌리다
파라치온 〈parathion〉	巴拉松
제초제 〈除草劑〉	除草劑
흰가루병 /-뼝/ 〈-病〉	白粉病
노균병 /-뼝/ 〈露菌病〉	露菌病
화학 비료 /-삐료/ 〈化學肥料〉	化學肥料
유기 비료 〈有機肥料〉	有機肥料
무농약 야채 /무농양야채/ 〈無農藥野菜〉	無農藥蔬菜
유기농 야채 〈有機農野菜〉	有機蔬菜
유전자 변형 식품 〈遺傳子變形食品〉	基因改造食品 ＊遺傳因子操縱：유전자 조작 〈遺傳子操作〉
식품 첨가물 〈食品添加物〉	食品添加物、食品添加劑 ＊人工甜味劑：인공 감미료 〈人工甘味料〉 ＊食用色素：합성 착색료 〈合成着色料〉 ＊食品保藏劑、食品防腐劑：식품 보존료 〈食品 　保存料〉 ＊香料：향료 〈香料〉 ＊抗氧化劑：산화 방지제 〈酸化防止劑〉 ＊防腐劑：방부제 〈防腐劑〉 ＊防霉劑：곰팡이방지제 〈-防止劑〉 ＊化學調味劑：화학 조미료 〈化學調味料〉 ＊調味料：조미료 〈調味料〉
유해 물질 /-물찔/ 〈有害物質〉	有害物質
발암성 물질 /발암썽물찔/ 〈發癌性物質〉	致癌物質
광우병 /광우뼝/ 〈狂牛病〉	狂牛病、狂牛症
구제역 〈口蹄疫〉	口蹄疫

육골분 /육꼴분/〈肉骨粉〉	肉骨粉
조류 독감〈鳥類毒感〉	禽流感

★垃圾問題

쓰레기	垃圾 ＊一般垃圾：일반 쓰레기 ＊養豬廚餘：음식물 쓰레기 ＊堆肥廚餘：음식물 찌거기 ＊資源垃圾：자원 쓰레기 ＊大型垃圾：대형 쓰레기 ＊可燃垃圾：타는 쓰레기 ＊不可燃垃圾：안 타는 쓰레기
쓰레기 배출 방법 〈-排出方法〉	垃圾管理辦法、垃圾丟棄方法 ＊垃圾回收：쓰레기 수거 ＊分類回收：분리 수거 ＊按照垃圾量支付收集費用稱為쓰레기 종량제〈- 從量制〉。 ＊垃圾車：쓰레기차

산업 폐기물〈產業廢棄物〉	工業廢棄物、工業廢料
불법 투기〈不法投棄〉	非法傾倒、非法丟棄
쓰레기 소각로 /-소강노/ 〈-燒却爐〉	垃圾焚化爐
다이옥신〈dioxin〉	戴奧辛
매립지 /매립찌/〈埋立地〉	掩埋場
쓰레기 매립장 /-매립짱/ 〈-埋立場〉	垃圾掩埋場
토양 오염〈土壤污染〉	土壤污染
진흙 /진흑/	泥土
유기 염소 화합물 /화함물/〈有機鹽素化合物〉	有機氯化合物
환경 호르몬 〈環境 hormon〉	環境荷爾蒙、內分泌干擾素

재활용 〈再活用〉	再利用
재생지 〈再生紙〉	再生紙

★公害

공해 〈公害〉	公害
공해병 / 공해뼝 / 〈公害病〉	公害病 ＊온산병〈溫山病〉：溫山病。1982 年發生於慶尚南道溫山工業區，是韓國最早的公害病〔重金屬中毒〕。
이타이이타이병 / -뼝 / 〈-病〉	痛痛病、骨痛病
미나마타병 / -뼝 / 〈-病〉	汞中毒、水俣病
중금속 중독 〈重金屬中毒〉	＊甲汞：메틸 수은〈methyl 水銀〉 ＊鉛：납 ＊鎘：카드뮴〈cadmium〉 ＊鉻：크롬〈chrome〉 ＊鋅：아연〈亞鉛〉 ＊錳：망간〈mangan〉
직업병 / -뼝 / 〈職業病〉	職業病
직업성 난청 / 직업썽- / 〈職業性難聽〉	職業性重聽
진동병 / -뼝 / 〈振動病〉	震動病 ＊因機械或器具的震動而造成的職業病。
레이노병 / -뼝 / 〈Raynaud's 病〉	雷諾氏症候群
진폐증 / -쯩 / 〈塵肺症〉	肺塵埃沉著病、塵肺症(pneumoconiosis)
규폐증 / -쯩 / 〈珪肺症〉	矽肺病(silicosis)
석면 침착증 / 성면-쯩 / 〈石綿沈着症〉	石綿沉著病(asbestosis)
유기 용제 중독 〈有機溶劑中毒〉	有機溶劑中毒 ＊丙酮：아세톤〈acetone〉 ＊苯：벤젠〈benzene〉 ＊甲苯：톨루엔〈toluene〉 ＊稀釋劑：시너〈thinner〉

산업 안전 관리 /-괄리/ 〈產業安全管理〉	產業安全管理、職業安全管理
산재 〈產災〉	工業意外、職業災害

7. 保險‧福利

★保險

보험 〈保險〉	保險 ＊投保：보험을 들다、보험에 가입하다 ＊保險簽約：보험을 계약하다
보험 회사 〈保險會社〉	保險公司 ＊大型保險公司：대형 보험 회사 〈大型保險會社〉 ＊外商保險公司：외자계 보험 회사 〈外資系保險 　會社〉

약관 /약꽌/ 〈約款〉	條款
보험 증권 /-증꿘/ 〈保險證券〉	保險單、保單
피보험자 〈被保險者〉	被保險人
보험금 수취인 〈保險金受取人〉	保險受益人

배상하다 〈賠償-〉	賠償
책임 보험 〈責任保險〉	責任保險
대인 배상 〈對人賠償〉	人身傷害賠償、對人賠償
대물 배상 〈對物賠償〉	對物賠償
배상 책임 〈賠償責任〉	賠償責任

의료 과오 〈醫療過誤〉	醫療過失、醫療處置失當
오진 〈誤診〉	誤診
의료 미스 〈醫療 miss〉	醫療失誤
의료 사고 〈醫療事故〉	醫療事故
의료 분쟁 〈醫療紛爭〉	醫療紛爭

871

◆各種保險

생명보험 〈生命保險〉：人身壽險、壽險
교육보험 〈教育保險〉：教育保險
연금보험 〈年金保險〉：年金保險、年金險
종신보험 〈終身保險〉：終身保險、終身險
＊정기부 종신보험 〈定期付終身保險〉：定期保險特約終身壽險
양로보험 〈養老保險〉：養老保險、生死合險
상해보험 〈傷害保險〉：傷害保險、傷害險
질병보험 〈疾病保險〉：疾病保險、疾病險
암보험 〈癌保險〉：癌症保險、癌症險
도난보험 〈盜難保險〉：竊盜保險、竊盜險
화재보험 〈火災保險〉：火災保險、火險
지진보험 〈地震保險〉：地震保險、地震險
해상보험 〈海上保險〉：海上保險、水險
여행보험 〈旅行保險〉：旅遊保險
＊台灣有分旅行平安險和旅遊不便險。
손해보험 〈損害保險〉：損害保險、損失填補險
자동차보험 〈自動車保險〉：汽車保險、汽車險
사회보험 〈社會保險〉：社會保險
근재보험 〈勤災保險〉：職災保險

★福利

세상 〈世上〉	世界上、世上、世間
복지 /복찌/ 〈福祉〉	福祉、福利 ＊福利國家：복지 국가 〈福祉國家〉
복리 후생 /봉니-/ 〈福利厚生〉	福利、社會福利
사회 보장 〈社會保障〉	社會保障
연금 〈年金〉	年金
병구완 〈病-〉	看護、護理、照顧
추후 치료 〈追後治療〉	追蹤治療 ＊也稱為추후관리 〈追後管理〉。

의료 서비스 〈醫療 service〉	醫療服務
소셜 워커 〈social worker〉	社工員
장애인 〈障碍人〉	身心障礙人士、殘障人士 ＊身心健全者：심신 장애가 없는 사람
고령화 〈高齡化〉	高齡化
독거 노인 /독꼬-/ 〈獨居老人〉	獨居老人
양로원 /양노원/〈養老院〉	養老院
소자화 〈少子化〉	少子化 ＊少子化現象：소자화 경향 〈少子化傾向〉

평생 교육 〈平生敎育〉	終身敎育
자원 봉사 〈自願奉仕〉	做義工、公益服務
자선 사업 〈慈善事業〉	慈善事業
봉사하다 〈奉仕-〉	奉獻、服務
활동하다 /활똥-/〈活動-〉	活動
참가하다 〈參加-〉	參加
부탁하다 /부타카다/〈付託-〉	拜託
돕다 /돕따/	幫助 ＊在身邊幫助自己各種事物的人稱為도움이。
불우 이웃 돕기 /부루이 욷똡끼/〈不遇-〉	幫助不幸的鄰居

22.

了解世界

〔22〕了解世界

1. 國
★國家

세계 〈世界〉	世界
나라	國家
국가 /국까/ 〈國家〉	國家
독립국 /동닙꾹/ 〈獨立國〉	獨立國家
공화국 〈共和國〉	共和國
군주국 〈君主國〉	君主國
왕국 〈王國〉	王國
국토 〈國土〉	國土
영토 〈領土〉	領土 ＊領土紛爭：영토 분쟁 〈領土紛爭〉
영공 〈領空〉	領空、空域
방공 식별권 /-식별꿘/ 〈防空識別圈〉	防空識別區 ＊也稱為방공 식별 구역 〈防空識別區域〉。
영해 〈領海〉	領海
본토 〈本土〉	本土
국경 〈國境〉	國境
공해 〈公海〉	公海
주권 국가 /주꿘국까/ 〈主權國家〉	主權國家
연방 국가 /-국까/ 〈聯邦國家〉	聯邦國家
법치 국가 /-국까/ 〈法治國家〉	法治國家

국력 /궁녁/ 〈國力〉	國力
대국 〈大國〉	大國 ＊超級強國：초대국〈超大國〉
선진국 〈先進國〉	先進國家
후진국 〈後進國〉	落後國家、低度開發國家
제삼세계 〈第三世界〉	第三世界 ＊先進資本主義諸國稱為第一世界（제일세계），社會主義諸國稱為第二世界（제이세계），亞洲、非洲、拉丁美洲等發展中國家則稱為第三世界。
발전 도상국 /발쩐-/ 〈發展途上國〉	發展中國家
개발 도상국 〈開發途上國〉	開發中國家 ＊簡稱개도국〈開途國〉。
해양국 〈海洋國〉	海洋國家
섬나라	島嶼國家
자본주의 /-주이/ 〈資本主義〉	資本主義
공산주의 /-주이/ 〈共產主義〉	共產主義
사회주의 /-주이/ 〈社會主義〉	社會主義
민주주의 /-주이/ 〈民主主義〉	民主主義
제국주의 /-쭈이/ 〈帝國主義〉	帝國主義
독재제 /독째제/ 〈獨裁制〉	獨裁制
봉건제 〈封建制〉	封建制
공화제 〈共和制〉	共和制
입헌군주제 /이펀-/ 〈立憲君主制〉	君主立憲制

다스리다	治理
통치하다 〈統治-〉	統治

★旗

기 〈旗〉	旗 ＊升旗：기를 게양하다 ＊插旗子：기를 꽂다 ＊降旗：기를 내리다 ＊揮旗：기를 흔들다 ＊旗幟稱為깃발。
반기 〈半旗〉	半旗 ＊以哀悼之意升半旗：애도의 뜻으로 반기를 게양하다
조기 〈弔旗〉	半旗
펄럭이다	飄動 ＊旗幟隨風飄動：깃발이 바람에 펄럭이고 있다。 ＊啪啦啪啦的飄動：펄럭펄럭 펄럭이다
나부끼다	飄揚 ＊國旗隨風飄揚：국기가 바람에 나부끼고 있다。

국기 /국끼/ 〈國旗〉	國旗
태극기 /태극끼/ 〈太極旗〉	太極旗 ＊1882 年 8 月，韓國遣往日本的特使—修信使—行人在船上掛的旗幟，便是這太極旗。其原案是按照朝鮮王朝第 26 代王，高宗（고종）的指示所做成。
일장기 /일짱기/ 〈日章旗〉	日章旗、日本國旗
성조기 〈星條旗〉	星條旗、美國國旗
유니언잭 〈Union Jack〉	聯合傑克、聯合旗、英國國旗
삼색기 /삼색끼/ 〈三色旗〉	三色旗、法國國旗
오성홍기 〈五星紅旗〉	五星旗、中華人民共和國國旗
청천백일기 〈靑天白日旗〉	靑天白日旗、中華民國國旗

2. 國際關係
★國際關係

국제 관계 /국쩨관게/ 〈國際關係〉	國際關係
국제색 /국쩨색/ 〈國際色〉	國際色彩 ＊國際色彩豐富的～：국제색이 풍부한～〈國際 色-豐富-〉
유화 정책 〈宥和政策〉	綏靖主義、姑息主義、綏靖政策
봉쇄 정책 〈封鎖政策〉	封鎖政策
통상 정지 〈通商停止〉	禁止進出口、禁止通商
긴장 완화 〈緊張緩和〉	緩和緊張、緩解緊張
데탕트 〈détente〉	(國際局勢)緩和
평화 공존 〈平和共存〉	和平共處、和平共生
상호 의존 〈相互依存〉	相互依存、相互依賴

★國家的獨立

독립하다 /동니파다/ 〈獨立-〉	獨立
지배하다 〈支配-〉	支配
식민지 /싱민지/ 〈植民地〉	殖民地
민족 분쟁 〈民族紛爭〉	民族紛爭
패권 /패꿘/ 〈霸權〉	霸權
괴뢰 정권 /괴뢰정꿘/ 〈傀儡政權〉	傀儡政權、偽政權
잠정 정권 /-정꿘/ 〈暫定政權〉	臨時政權、臨時政府
내정 간섭 〈內政干涉〉	內政干涉
쿠데타 〈coup d'état〉	政變
폭동 /폭똥/ 〈暴動〉	暴動

계엄령 /계엄녕/ 〈戒嚴令〉	戒嚴令
혁명 /형명/ 〈革命〉	革命 ＊引發革命：혁명을 일으키다
산업 혁명 /사너편명/ 〈産業革命〉	産業革命、工業革命

★外交

외국 〈外國〉	外國
국교 /국꾜/ 〈國交〉	邦交
국교 수립 /국꾜-/ 〈國交樹立〉	建立邦交 ＊建交：국교를 맺다
국교 단절 /국꾜-/ 〈國交斷絶〉	斷絶邦交 ＊斷交：국교를 끊다
국교 회복 /국꾜-/ 〈國交回復〉	恢復邦交
국교 정상화 /국꾜-/ 〈國交正常化〉	邦交正常化、國際關係正常化
외교 〈外交〉	外交 ＊低姿態外交：저자세 외교 ＊外交辭令：외교사령 〈外交辭令〉 ＊外交特權：외교 특권/-특꿘/ 〈外交特權〉
외교 채널 〈外交 channel〉	外交管道
외교 소식통 〈外交消息通〉	外交部消息人士
민간 외교 〈民間外交〉	民間外交
외교단 〈外交團〉	外交團
외교 관계 〈外交關係〉	外交關係 ＊建立外交關係：외교 관계를 수립하다 /-수리파 다/
전방위 외교 〈全方位外交〉	全方位外交
치외 법권 /-법꿘/ 〈治外法權〉	治外法權

대사 〈大使〉	大使 ＊大使館：대사관 〈大使館〉
외교관 〈外交官〉	外交官
영사 〈領事〉	領事 ＊領事館：영사관 〈領事館〉
참사관 〈參事官〉	參事官
서기관 〈書記官〉	書記官 ＊一等書記官：일등 서기관 〈一等書記官〉 ＊二等書記官：이등 서기관 〈二等書記官〉
의례적 방문 〈儀禮的訪問〉	禮貌性訪問
정상 회담 〈頂上會談〉	高峰會議 ＊G8 高峰會：선진 8개국 정상 회담 〈先進八個國 頂上會談〉 ＊參加國有日本（일본）、美國（미국）、英國 （영국）、法國（프랑스）、德國（독일）、 義大利（이탈리아）、加拿大（캐나다）、俄 羅斯（러시아）。
대표단 〈代表團〉	代表團
파견단 〈派遣團〉	派遣團
사절단 /사절딴/ 〈使節團〉	使節團

★聯合國、條約

유엔 〈UN〉	聯合國
가맹국 〈加盟國〉	會員國 ＊非會員國：비가맹국 〈非加盟國〉
상임이사국 〈常任理事國〉	常任理事國
동맹국 〈同盟國〉	同盟國 ＊非同盟：비동맹국 〈非同盟國〉
중립국 /중닙꾹/ 〈中立國〉	中立國 ＊永久中立國：영세 중립국 〈永世中立國〉
유엔평화유지군 〈UN 平和維持軍〉	聯合國維和部隊

조약 〈條約〉	條約 ＊締結條約：조약을 체결하다 ＊簽署條約：조약에 조인하다
안전보장이사회 〈安全保障理事會〉	安全理事會 ＊聯合國安全理事會的簡稱，全名為유엔 안전 　보장 이사회，又稱為국제 연합 안전 보장 이 　사회。
협정 〈協定〉	協定 ＊締結協定：협정을 맺다 ＊廢除協定、撤銷協定：협정을 파기하다
비준 〈批准〉	(條約)批准 ＊（條約）交換批准書：비준 교환 ＊批准條約：조약을 비준하다
친서 〈親書〉	親函、親筆信 ＊遞交總理的親函：총리의 친서를 전달하다
공동 성명 〈共同聲明〉	聯合聲明 ＊發表聯合聲明：공동 성명을 내다

★國際協力、國際援助

국제 협력 /-혐녁/ 〈國際協力〉	國際合作
대외 원조 〈對外援助〉	外援
경제 협력 /-혐녁/ 〈經濟協力〉	經濟合作
차관 〈借款〉	借款、貸款
원조국 〈援助國〉	援助國 ＊受援助國：피원조국 〈被援助國〉
식량 문제 /싱냥- / 〈食糧問題〉	糧食問題
정부개발원조 〈政府開發援助〉	政府開發援助 ＊ODA〔official development assistance〕。先進國 　政府機關對於開發中國家或國際機關的援助。 　採取贈與〔증여〈贈與〉〕、借款〔차관〈借 　款〉〕、賠償〔배상〈賠償〉〕、技術援助〔기 　술 원조〈技術援助〉〕等形式。

아세안 〈ASEAN〉	東南亞國家協會 ＊東南亞國家協會〔동남아시아 제국연합（東南 Aisa 諸國聯合）〕，Association of Southeast Asian Nations。1967 年由泰國（태국）·馬來 西亞（말레이시아）·菲律賓（필리핀）·印 尼（인도네시아）·新加坡（싱가포르）5 國 結成的地區協力機構。84 年汶萊（브루나 이），95 年越南（베트남），97 年寮國（라오 스）、緬甸（미얀마），99 年柬埔寨（캄보디 아）參加，成為 ASEAN10。
비영리조직 /비영니- / 〈非營利組織〉	非營利組織
비정부조직 〈非政府組織〉	非政府組織

★核武問題

핵문제 /행문제/ 〈核問題〉	核問題
핵사찰 〈核查察〉	核檢查
핵 보유국 〈核保有國〉	核武器擁有國 ＊非核國家：비핵 보유국 〈非核保有國〉
비핵 삼원칙 〈非核三原則〉	非核三原則 ＊日本對於核武器的三原則：①不擁有核武器 （핵무기를 보유하지도 않고）②不製造（제 조하지도 않으며）③不引進（들여오지도 않 는다는 것）。
핵개발 /핵깨발/ 〈核開發〉	核開發
핵군축 /핵꾼축/ 〈核軍縮〉	裁減核武軍備
핵확산금지조약 〈核擴散禁止條約〉	《核武禁擴條約》、《核不擴散條約》、 《防止核武器繁衍條約》
제재 조치 〈制裁措置〉	制裁措施

★難民問題

난민 〈難民〉	難民

보트 피플 〈boat people〉	船上難民
이민 〈移民〉	移民
영주하다 〈永住-〉	永久居住
망명하다 〈亡命-〉	流亡、亡命 ＊流亡者、亡命之徒：망명자 〈亡命者〉 ＊政治難民：정치 망명 〈政治亡命〉
귀화하다 〈歸化-〉	歸化、入籍
이산 가족 〈離散家族〉	離散家族
탈북자 /탈북짜/ 〈脫北者〉	脫北者
강제 송환 〈强制送還〉	強制遣返
국외 추방 〈國外追放〉	驅逐出境

3. 軍事
★軍事、軍隊

군사 〈軍事〉	軍事 ＊軍事預算：군사비 〈軍事費〉 ＊軍事介入：군사 개입 〈軍事介入〉 ＊軍事審判：군사 재판 〈軍事裁判〉 ＊軍事教育：군사 교육 〈軍事教育〉 ＊軍事機密：군사 기밀 〈軍事機密〉 ＊軍事基地：군사 기지 〈軍事基地〉
국방 /국빵/ 〈國防〉	國防 ＊守備、防守：수비 〈守備〉
지키다	保衛、捍衛、守護 ＊保衛國家：나라를 지키다 ＊專守防衛：전수 방위 〈專守防衛〉
군대 〈軍隊〉	軍隊 ＊陸軍：육군 〈陸軍〉；海軍：해군 〈海軍〉；空軍：공군 〈空軍〉
입대하다 /입때-/ 〈入隊-〉	入伍
제대하다 〈除隊-〉	退伍 ＊破冬：제대 말년 / -말련/ 〈除隊末年〉
해병대 〈海兵隊〉	海軍陸戰隊

사관 학교 / - 학교/ 〈士官學校〉	軍校、士官學校
병역 〈兵役〉	兵役
징병 〈徵兵〉	徵兵 ＊對於韓國男子徵兵制度，原則上滿 19 歲那一年要接受徵兵檢查。
징집 〈徵集〉	徵召 ＊兵單、徵召令：영장 / 영짱/ 〈令狀〉 ＊逃避徵召：징집 기피 〈徵集忌避〉 ＊兵單下來了：영장이 나오다
현역병 / 혀녁뼝/ 〈現役兵〉	現役軍人
복무 / 봉무/ 〈服務〉	服役 ＊徵兵檢查判定需服兵役的話，要在陸軍服役 21 個月，或於海軍服役 23 個月，或在空軍服役 24 個月。
군인 〈軍人〉	軍人 ＊女兵：여군 〈女軍〉 ＊카투사 〈K.A.T.U.S.A〉：美國陸軍附編韓軍〔Korean Augmentation to The U.S. Army：取自駐韓美軍第一個字母的簡稱〕。是志願制，一定要會英語。這個部隊也負責板門店的警備。
군복 〈軍服〉	軍服、軍裝 ＊戰鬥服：전투복 〈戰鬪服〉 ＊軍靴：군화 〈軍靴〉
방탄조끼 〈防彈-〉	防彈背心
방독면 / 방동면/ 〈防毒面〉	防毒面具
군수품 〈軍需品〉	軍需品
군용지 〈軍用地〉	軍事用地
주둔지 〈駐屯地〉	駐地、營地
병영 〈兵營〉	兵營、軍營
진영 〈陣營〉	陣營 ＊陣地：진지 〈陣地〉

병사 〈兵士〉	士兵 ＊醫務兵：의무병〈醫務兵〉、衛生兵：위생병〈衛生兵〉、看護兵：간호병〈看護兵〉、駕駛兵：운전병〈運轉兵〉、伙房兵：취사병〈炊事兵〉、行政兵：행정병〈行政兵〉、通信兵：통신병〈通信兵〉、維修兵：정비병〈整備兵〉、砲兵：포병〈砲兵〉、步兵：보병〈步兵〉、水兵：수병〈水兵〉
헌병 〈憲兵〉	憲兵
보초 〈步哨〉	崗哨、步哨
초병 〈哨兵〉	哨兵
특공대 /특꽁대/〈特攻隊〉	特攻隊
의장병 〈儀仗兵〉	儀兵
기병대 〈騎兵隊〉	騎兵隊
부대 〈部隊〉	部隊 ＊特殊部隊：특수부대〈特殊部隊〉 ＊後援部隊：지원부대〈支援部隊〉 ＊空降部隊、空運部隊：공수부대〈空輸部隊〉 ＊戰鬥部隊：전투부대〈戰鬥部隊〉 ＊擋箭牌、砲灰：총알받이〈銃-〉
정규군 〈正規軍〉	正規軍
의용군 〈義勇軍〉	義勇軍
군가 〈軍歌〉	軍歌

사령부 〈司令部〉	司令部
사령관 〈司令官〉	司令官
참모총장 〈參謀總長〉	參謀總長
제독 〈提督〉	海軍司令官、海軍特級上將
장교 〈將校〉	軍官
상관 〈上官〉	上司、上級、長官
지휘관 〈指揮官〉	指揮官
학군단 〈學軍團〉	大學儲備軍官訓練團 ＊ROTC（Reserve Officers' Training Corps）아르오티시或是稱為알오티시

★戰爭

전쟁 〈戰爭〉	戰爭
냉전 〈冷戰〉	冷戰
육이오전쟁 〈六二五戰爭〉	韓戰 ＊因為爆發於 1950 年 6 月 25 日所以如此稱呼。 ＊也稱為육이오 동란〈六二五動亂〉或是한국전쟁 〈韓國戰爭〉。
제이차 세계대전 〈第 2 次世界大戰〉	第二次世界大戰
최전방 〈最前方〉	最前線
후방 〈後方〉	後方
전장 〈戰場〉	戰場 ＊也稱為전쟁터〈戰爭-〉。
격전지 〈激戰地〉	激戰地
요새 〈要塞〉	要塞
기지 〈基地〉	基地

침략 〈侵略〉	侵略
침범 〈侵犯〉	侵犯
공습 〈空襲〉	空襲
공중 폭격 〈空中爆擊〉	空中轟炸
무력 행사 〈武力行使〉	行使武力、訴諸武力
테러행위 〈-行爲〉	恐怖行為
자폭테러 〈自爆-〉	自殺攻擊、自殺式襲擊、人肉炸彈
게릴라전 〈guerrilla 戰〉	游擊戰

적 〈敵〉	敵人 ＊敵國：적국〈敵國〉；敵軍：적군〈敵軍〉
아군 〈我軍〉	我方軍隊、我軍
간첩 〈間諜〉	間諜 ＊雙重間諜：이중 간첩〈二重間諜〉
작전 /작쩐/ 〈作戰〉	作戰

전략 /절략/ 〈戰略〉	戰略
전술 〈戰術〉	戰術 ＊人海戰術：인해전술 〈人海戰術〉
육탄전 〈肉彈戰〉	肉搏戰
생화학전 /생화학쩐/ 〈生化學戰〉	生化戰爭
화생방전 〈化生放戰〉	化學、生物和放射戰爭 ＊CBR：毒氣等化學（chemical）武器，細菌等生 　物（ b i o l o g i c a l ）武 器 ，以 及 放 射 性 　（radioactive）武器的總稱。
불침번 〈不寢番〉	夜哨
행군 〈行軍〉	行軍
배수진 〈背水陣〉	背水一戰
손자병법 /-병뻡/ 〈孫子兵法〉	孫子兵法

승리 /승니/ 〈勝利〉	勝利
탈환 〈奪還〉	奪回
훈장 〈勳章〉	勳章

항복하다 〈降伏-〉	投降、降伏、投誠
백기 /백끼/ 〈白旗〉	白旗 ＊舉白旗：백기를 들다
함락되다 /함낙뙤다/ 〈陷落-〉	淪陷、失守
패전 〈敗戰〉	戰敗 ＊戰敗國：패전국 〈敗戰國〉 ＊殘兵敗將：패잔병 〈敗殘兵〉
패배하다 〈敗北-〉	敗北
퇴각하다 /퇴가카다/ 〈退却-〉	撤退、撤離
점령하다 /점녕-/ 〈占領-〉	佔領、攻佔 ＊佔領軍：점령군 〈占領軍〉 ＊佔領地：점령지 〈占領地〉
투항하다 〈投降-〉	投降

포로 〈捕虜〉	俘虜 ＊被抓去做俘虜、被俘：포로로 잡히다 ＊釋放俘虜：포로를 석방하다 ＊俘虜集中營：포로수용소 〈捕虜收容所〉 ＊活捉、生擒：생포 〈生捕〉
고문 〈拷問〉	拷問、刑訊、拷打
전범 〈戰犯〉	戰爭犯罪、戰犯
전사 〈戰死〉	戰死
휴전 〈休戰〉	休戰 ＊停戰線、軍事分界線：휴전선 〈休戰線〉 ＊38度線：삼팔선 〈三八線〉
정전 〈停戰〉	停戰
조정 〈調停〉	調停、斡旋
비무장지대 〈非武裝地帶〉	非武裝地帶、非軍事區
무장 해제 〈武裝解除〉	解除武裝
분단 〈分斷〉	分裂
분쟁 〈紛爭〉	紛爭
통일 〈統一〉	統一
평화 〈平和〉	和平
반전 데모 〈反戰-〉	反戰示威
반체제 활동가 〈反體制活動家〉	反體制積極份子、反體制活動家
미군 〈美軍〉	美軍 ＊美軍基地：미군 기지 〈美軍基地〉
한국중앙정보부 〈韓國中央情報部〉	韓國中央情報部(KCIA) ＊全名為 Korean Central Intelligence Agency。主要進行與國家安全保障有關的內外情報收集行動，1980年改組為國家安全企劃部〔국가안전기획부＝簡稱안기부 〈安企部〉〕，1999年再度改編為國家情報院〔국가정보원＝簡稱국정원 〈國情院〉〕。

★兵器、武器

병기 〈兵器〉	兵器、武器
핵무기 /행문기/ 〈核武器〉	核武器
화학무기 /화항무기/ 〈化學武器〉	化學武器
생물병기 〈生物兵器〉	生物武器
무기 〈武器〉	武器

총 〈銃〉	槍
권총 〈拳銃〉	手槍
방아쇠	板機 ＊扣板機：방아쇠를 당기다
기관총 〈機關銃〉	機關槍
자동 소총 〈自動小銃〉	自動步槍
라이플총 〈rifle 銃〉	來福槍
총알 〈銃-〉	子彈
탄환 〈彈丸〉	子彈、炮彈

대포 〈大砲〉	大砲
고사포 〈高射砲〉	高射砲 ＊最近稱為크로스〈cross〉。
바주카포 〈bazooka 砲〉	巴祖卡火箭筒 ＊也稱為反坦克火箭筒〔대전차로켓〈對戰車 rocket〉〕。圓筒狀的砲身可填入火箭彈發射。重量輕又容易操作，攜帶便利且破壞力非常大，缺點是射程距離短。
탄도미사일 〈彈道 missile〉	彈道飛彈 ＊發射導彈：미사일 발사〈missile 發射〉
화염방사기 〈火焰放射器〉	火焰噴射器
화포 〈火砲〉	火砲

폭탄 〈爆彈〉	炸彈 ＊定時炸彈：시한폭탄〈時限爆彈〉
폭약 〈爆藥〉	炸藥
화약 〈火藥〉	火藥
가스탄 〈gas 彈〉	毒氣彈
수류탄 〈手榴彈〉	手榴彈 ＊丟手榴彈：수류탄을 던지다
최루탄 〈催淚彈〉	催淚彈
소이탄 〈燒夷彈〉	空投燃燒彈
네이팜탄 〈napalm 彈〉	汽油彈
플라스틱 폭탄 〈plastic 爆彈〉	塑膠炸藥、塑性炸藥 ＊火藥與塑膠狀化合物混合而成的爆炸物。有可 塑性，可以自由塑型。
열화 우라늄 폭탄 〈劣化 uranium 爆彈〉	貧化鈾彈、衰變鈾彈、耗弱鈾彈
지뢰 〈地雷〉	地雷 ＊踩地雷：지뢰를 밟다 ＊地雷爆炸：지뢰가 터지다
어뢰 〈魚雷〉	魚雷
방패 〈防牌〉	盾牌
창 〈槍〉	長槍、長矛 ＊這裡的長槍指的是以前用長木棍將一頭削尖 後，裝上尖刀的長柄武器。
전차 〈戰車〉	戰車、坦克車 ＊也稱為탱크〈tank〉。
장갑차 〈裝甲車〉	裝甲車
전투기 〈戰鬪機〉	戰鬥機
군용기 〈軍用機〉	軍用機

군항 〈軍港〉	軍港
군함 〈軍艦〉	軍艦、戰艦
항공모함 〈航空母艦〉	航空母艦
잠수함 〈潛水艦〉	潛艦 ＊潛水艇、小型潛艇：잠수정 〈潛水艇〉
순양함 〈巡洋艦〉	巡洋艦

◆軍隊階級

장군 〈將軍〉	將軍
장성 계급 〈將星階級〉	將官階級、將官軍階 ＊元帥、五星上將：원수 〈元帥〉是 5 顆星，所以也稱為오성 장군 〈五星將軍〉。 ＊上將、四星上將：대장 〈大將〉，4 顆星。 ＊中將、三星中將：중장 〈中將〉是 3 顆星，所以也稱為삼성 장군 〈三星將軍〉。 ＊少將：소장 〈小將〉 ＊准將：준장 〈准將〉 ＊國民政府遷台後，於 1956 年制定《陸海空軍軍官任官條例》，廢止位階介於少將和上校之間的准將，統一三軍官制。不過韓國至今依然有「准將」此一軍階。
영관 계급 〈領官階級〉	校官階級 ＊上校：대령 〈大領〉 ＊中校：중령 〈中領〉 ＊少校：소령 〈小領〉
위관 계급 〈尉官階級〉	尉官階級 ＊上尉：대위 〈大尉〉 ＊中尉：중위 〈中尉〉 ＊少尉：소위 〈小尉〉 ＊准尉：준위 〈准尉〉 ＊國民政府於 1980 年制定《陸海空軍軍官士官任官條例》，廢除准尉階級。這個軍階在韓國是獨立一個軍階，屬於「준사관」，不屬於尉官階級也不屬於士官階級。

부사관 계급
〈副士官階級〉

士官階級
＊以前稱為下士官（하사관）。
＊元士、士官長（韓國士兵軍銜，介於上士與准尉之間）：원사〈元士〉
＊上士：상사〈上士〉
＊中士：중사〈中士〉
＊下士：하사〈下士〉
＊兵長（韓國士兵軍銜）：병장〈兵長〉
＊上等兵：상병〈上兵〉
＊一等兵：일병〈一兵〉
＊二等兵：이병〈二兵〉

23.

経濟

【23】經濟

1. 經濟
★經濟相關

경제 〈經濟〉	經濟 ＊經濟白皮書、經濟白書：경제 백서〈經濟白書〉 ＊經濟成長：경제 성장〈經濟成長〉 ＊市場經濟：시장 경제〈市場經濟〉 ＊經濟大國：경제 대국〈經濟大國〉
거품 경제 〈-經濟〉	泡沫經濟 ＊泡沫崩潰、泡沫經濟崩潰：거품이 붕괴되다 ＊泡沫破裂、泡沫經濟破裂：거품이 깨지다
경제학 〈經濟學〉	經濟學 ＊總體經濟學：거시경제학〈巨視經濟學〉 ＊微觀經濟學、個體經濟學：미시경제학〈微視經濟學〉 ＊計量經濟學：계량경제학〈計量經濟學〉 ＊馬克思主義經濟學：마르크스 경제학〈Marx 經濟學〉
소득 〈所得〉	所得、收入 ＊增加所得：소득이 늘다 ＊提高所得：소득을 올리다
소득 격차 /소득꺽차/ 〈所得格差〉	所得差距
근로 소득 /글로-/ 〈勤勞所得〉	勞務所得
불로 소득 /불로-/ 〈不勞所得〉	非勞動所得
국민 소득 /궁민-/ 〈國民所得〉	國民所得 ＊人均國民所得：일인당 국민 소득〈一人當國民所得〉
국민 총생산 /궁민-/ 〈國民總生產〉	國民生產毛額(GNP)

시장 〈市場〉	**市場** ＊批發市場：도매 시장 〈都賣市場〉 ＊期貨市場：선물 시장 〈先物市場〉 ＊買方市場：구매자 시장 〈購買者市場〉 ＊賣方市場：판매자 시장 〈販賣者市場〉
경기 〈景氣〉	**景氣** ＊景氣惡化：경기가 악화되다 ＊景氣停滯：경기가 침체하다 ＊對景氣前景的不安加劇：경기 전망에 대한 불 　안감이 확산되다 ＊景氣復甦政策：경기 부양책 〈景氣浮揚策〉 ＊景氣刺激政策：경기 자극책 〈景氣刺戟策〉 ＊景氣動向：경기 동향 〈景氣-動向〉 ＊景氣停滯：경기 침체 〈-沈滯〉 ＊景氣復甦趨勢：경기 회복세 〈-回復勢〉
호경기 〈好景氣〉	**好景氣**
호황 〈好況〉	**景氣好、景氣繁榮、經濟繁榮**
불경기 〈不景氣〉	**不景氣**
불황 〈不況〉	**蕭條、低迷、不景氣**
우량 기업 〈優良企業〉	**優良企業**
부실 기업 〈不實企業〉	**虧損企業、不良企業**
불량 채권 / -채꿘/ 〈不良債權〉	**不良債權** ＊也稱為부실 채권 〈不實債券〉。
도산 〈倒產〉	**倒閉、破產** ＊連鎖破產：무더기 도산 〈-倒產〉
경영 파탄 〈經營破綻〉	**經營破產、經營失敗**
대손 〈貸損〉	**壞帳、呆帳**
인플레	**通貨膨脹** ＊也稱為통화 팽창 〈通貨膨脹〉、인플레이션 　〈inflation〉。

디플레	通貨緊縮 ＊也稱為통화 수축〈通貨收縮〉、디플레이션〈deflation〉。
현상 유지〈現狀維持〉	維持現狀
수요〈需要〉	需求
공급〈供給〉	供給
개인 소비〈個人消費〉	個人消費
구매력〈購買力〉	購買力
물가 /물까/〈物價〉	物價 ＊物降上漲〔下跌〕：물가가 오르다〔내리다〕 ＊物價高：물가고〈物價高〉 ＊生產者物價指數(PPI)：생산자 물가 지수 ＊消費者物價指數(CPI)：소비자 물가 지수
독점 금지법 /독쩜금지뻡/ 〈獨占禁止法〉	反托拉斯法(Antitrust laws)、反壟斷法
독점 가격 /독쩜-/ 〈獨占價格〉	壟斷價格
적정 가격 /적쩡-/ 〈適正價格〉	合理價格
소매 가격〈小賣價格〉	零售價格
도매 가격〈都賣價格〉	批發價格

★財政

재정〈財政〉	財政 ＊財政支出：재정 지출 ＊財政困難：재정난〈財政難〉 ＊陷入財政困難：재정난에 빠지다
재원〈財源〉	財源、資金來源
예산〈豫算〉	預算 ＊擬定預算：예산을 짜다 ＊預算編列：예산 편성〈豫算編成〉 ＊預算案：예산안〈豫算案〉 ＊臨時預算：잠정 예산〈暫定豫算〉〔也稱為가예산〈假豫算〉〕 ＊追加更正預算：추가 경정 예산〈追加更正豫算〉

세입 〈歲入〉	歲入 ＊不含舉債收入。
세출 〈歲出〉	歲出 ＊不含債務還本。

국고 /국꼬/ 〈國庫〉	國庫
회계 연도 〈會計年度〉	會計年度
일반 회계 〈一般會計〉	一般會計
적자 국채 /적짜-/ 〈赤字國債〉	赤字國債

★金融

금융 /금늉·그뮹/ 〈金融〉	金融 ＊金融政策：금융 정책 〈金融政策〉 ＊金融緊縮：금융 긴축 〈金融緊縮〉 ＊寬鬆貨幣政策：융 완화 정책 〈金融緩和政策〉
공정 이율 〈公定利率〉	法定利率
절상 /절쌍/ 〈切上〉	(貨幣)升值 ＊日幣升值：엔화 절상 〈-貨切上〉
절하 〈切下〉	(貨幣)貶值

기축 통화 〈基軸通貨〉	關鍵通貨(Key Currency)
통화 공급량 /-공금냥/ 〈通貨供給量〉	貨幣供給量
디노미네이션 〈denomination〉	貨幣面額

★金融機構

금융기관 /금늉·그뮹-/ 〈金融機關〉	金融機關

은행 〈銀行〉	銀行 ＊中央銀行：중앙은행〈中央銀行〉 ＊都市銀行：도시 은행〈都市銀行〉 ＊地方銀行：지방 은행〈地方銀行〉
논뱅크 〈nonbank〉	非銀行
신용 금고 /시늉- / 〈信用金庫〉	信用金庫、信用合作社
신용 조합 /시늉- / 〈信用組合〉	互助會、標會
농협 〈農協〉	農協、農業信用合作社

★在銀行

은행장 〈銀行長〉	銀行行長
은행원 〈銀行員〉	銀行員
계좌 〈計座〉	帳戶 ＊申辦存摺：계좌를 만들다；開戶：계좌를 개 설하다
현금 카드 〈現金card〉	提款卡
비밀번호 〈秘密番號〉	密碼 ＊也會說비밀번호的簡稱비번〔年輕人的用法〕。
현금 자동 인출기 〈現金自動引出機〉	自動提款機、ATM
입금 /입끔/ 〈入金〉	存錢 ＊在會話中，匯錢或存錢至銀行也這麼說。
예금 인출 〈預金引出〉	提領存款、提款 ＊領錢、提款：돈을 찾다〔會話中不會說돈을 출금하다、돈을 인출하다〕
수수료 〈手數料〉	手續費
잔고 〈殘高〉	餘額 ＊也稱為잔금〈殘金〉或잔액〈殘額〉。 ＊餘額查詢：잔금 조회〈殘金照會〉
통장 〈通帳〉	存摺 ＊刷存摺：통장 정리〈通帳整理〉

도장 〈圖章〉	印章 ＊印鑑、印章：인감 도장 〈印鑑圖章〉 ＊蓋印章：도장을 찍다
계좌 이체 〈計座移替〉	轉帳
자동 이체 〈自動移替〉	自動轉帳
예금 〈預金〉	存款、儲蓄 ＊提領存款：예금을 찾다 ＊普通存款：보통 예금 〈普通預金〉 ＊活期存款：당좌 예금 〈當座預金〉 ＊定期存款：정기 예금 〈定期預金〉 ＊예금、적금、저금的中文都是存款、儲蓄。其中예금和적금均特指「定存」，但예금的性質是必須在開立帳戶時一次就放入一大筆錢直到到期為止，類似我們的整存整付或存本取息。
적금 /적끔/ 〈積金〉	存款、儲蓄 ＊存款、定額儲蓄：적음을 붓다 ＊예금、적금、저금的中文都是存款、儲蓄，其中예금和적금均特指「定存」。但적금的性質與예금有些不同，是指每個月固定將一定金額放入存摺內，金額比較小，是一種把小錢慢慢存，存摺一大筆錢的概念。類似我們的零存整付。
저금 〈貯金〉	存款、儲蓄 ＊指一般存摺裡隨時會動用的存款。
저금통 〈貯金桶〉	存錢筒 ＊在韓國，豬是錢的象徵，紅豬撲滿是經典款。 ＊存錢：돈을 모으다〔過去式是모았다〕
대여 금고 〈貸與金庫〉	(銀行)保險箱
비상금 〈非常金〉	緊急預備金 ＊也稱為장롱예금 〈欌籠預金〉。
용돈 /용똔/ 〈用-〉	零用錢
재테크 〈財-〉	理財
모럴 해저드 〈moral hazard〉	道德風險、道德危機 ＊也稱為도덕적 위해 〈道德的危害〉。
예금 지불 보증 제도 〈預金支拂保證制度〉	存款保險制度、存保制度

창구 〈窓口〉	窗口
번호표 〈番號票〉	號碼牌
송금 〈送金〉	匯款 ＊海外匯款：해외 송금 〈海外送金〉 ＊電匯：전신 송금 〈電信送金〉
지로 창구 〈giro 窓口〉	劃撥窗口、(銀行)轉帳窗口 ＊所謂지로（giro）是指公共費用繳納的處理系統。
불입 〈拂入〉	匯入、轉入、支付、繳納 ＊轉入款項：돈을 입금하다或是돈을 송금하다
이자 〈利子〉	利息 ＊生息：이자가 붙다
이율 〈利率〉	利率 ＊指本金利息的比率。
금리 /금니/ 〈金利〉	利率 ＊利率很貴：금리가 비싸다 ＊高利率：고금리 〈高金利〉 ＊指貸款或存款等附加的利息，或該筆利息的比率。
만기 〈滿期〉	滿期、到期
원금 〈元金〉	本金
융자 〈融資〉	融資
론 〈loan〉	貸款 ＊放款、貸款、借貸：대부 〈貸付〉 　・指把錢或物品借出去給他人使用，從中獲取收益的行為。 ＊貸款：대출 〈貸出〉 　・指借貸這件事。 ＊向...貸款、借款：대부를 받다
담보 〈擔保〉	抵押、保證、擔保 ＊設定擔保：담보를 설정하다 ＊作為擔保：담보로 잡히다
저당 〈抵當〉	抵押 ＊設定抵押權：저당권 설정 〈抵當權設定〉
결제일 /결쩨일/ 〈決濟日〉	結算日

사채 〈私債〉	私人放債、公司債
빚 /빋/	債 ＊欠債：빚을 얻다 ＊還債：빚을 갚다
개인 파산 〈個人破產〉	個人破產 ＊也稱為소비자 파산〈消費者破產〉。
신용 규제 〈信用規制〉	信用管制
채무 불이행 〈債務不履行〉	不履行債務
채권 /채꿘/〈債券〉	債券
어음	票據、匯票 ＊壹千萬元整匯票：천만 원짜리 어음 ＊票據貼現：어음을 할인하다 ＊發行票據：어음을 발행하다或是어음을 끊다
수표 〈手票〉	支票 ＊開支票：수표를 끊다或是수표를 발행하다
부도 〈不渡〉	拒絕承兌、破產 ＊拒付票據：부도 어음〈不渡-〉 ＊跳票：부도가 나다
빌려 주다	借給 ＊也稱為꾸어 주다。
빌리다	借 ＊也稱為꾸다。

經濟

◆「貸」與「借」

＊「貸」有빌려 주다與꾸어 주다 2 種。原則上，貸出之物保持原來的形式，之後按照原樣歸還〔房屋等〕是用빌려 주다；貸出之物本身被消費之後，以別的形式歸還〔米等〕是使用꾸어 주다，兩者都可以用在金錢。

貸 出 錢：（○）돈을 빌려 주다　　（○）돈을 꾸어 주다
貸出房間：（○）방을 빌려 주다　　（×）방을 꾸어 주다
貸 出 米：（×）쌀을 빌려 주다　　（○）쌀을 꾸어 주다

＊「借」同樣也有빌리다與꾸다 2 種。빌리다一般以빌려오다的形式使用。原則上，會如「借來物品（물건을 빌려오다）」這般，用在將借來之物使用

903

後再度歸回原處的情況，抑或用於場所를 빌리다(借用場所)這樣的情形。相對的，꾸다是用在如쌀을 꾸다(借米)這種已將借來之物消費掉，致使本來的物品難以以原來的形式歸還的狀況。但金錢則是돈을 빌리다（빌려오다）、돈을 꾸다兩者皆可使用〔因為借來的錢可能是現物歸還，也可能是以其他的物品歸還〕。

借　　錢：	（○）돈을 빌리다	（○）돈을 꾸다
借停車場：	（○）주차장을 빌리다	（×）주차장을 꾸다
借　　菸：	（×）담배를 빌리다	（○）담배를 꾸다

★通貨

돈	錢
현금 〈現金〉	現金
통화 〈通貨〉	貨幣
원 〈won〉	韓幣、韓元
대만 달러 〈臺灣 dollar〉	台幣
엔 〈yen〉	日幣、日元
달러 〈dollar〉	美元、美金
유로 〈euro〉	歐元

화폐 〈貨幣〉	貨幣
지폐 〈紙幣〉	紙幣、鈔票 ＊大把鈔票：돈뭉치
동전 〈銅錢〉	錢幣、硬幣
잔돈	零錢
환전 〈換錢〉	換錢、兌換外幣 ★請幫我換成韓元：한국 돈으로 바꾸어 주세요.

★貨幣兌換

환 〈換〉	匯兌、外匯 ＊外匯：외환 〈外換〉 ＊匯款：환으로 송금하다

환율 /화늌/ ⟨換率⟩	匯率
환어음 ⟨換-⟩	匯票、匯款單

엔고 ⟨-高⟩	日幣升值、日幣走強 ＊也稱為엔화 강세 ⟨-貨強勢⟩。
엔저 ⟨-低⟩	日幣貶值、日幣疲軟、日幣走低 ＊也稱為엔화 약세 ⟨-貨弱勢⟩。

외화 보유액 ⟨外貨保有額⟩	外匯持有額
외환 시장 ⟨外換市場⟩	外匯市場
시세 ⟨市勢⟩	(市場)行情、市價 ＊日幣行情：엔화 시세 ⟨-貨市勢⟩ ＊固定匯率制：고정 환율제도 ⟨固定換率制度⟩ ＊浮動匯率制：변동 환율 제도 ⟨變動換率制度⟩
아이엠에프 ⟨IMF⟩	國際貨幣基金、IMF ＊國際貨幣基金〔International Monetary Fund〕： 　국제통화기금 ⟨國際通貨基金⟩

★股票

주식 ⟨株式⟩	股份、股票
주식회사 /주시쾨사/ ⟨株式會社⟩	股份有限公司
주식 시장 ⟨株式市場⟩	股票市場、證券市場
주식 공개 매수 ⟨株式公開買收⟩	公開收購股份
주 ⟨株⟩	股、股份、股票 ＊本公司股票、庫藏股：자사주 ⟨自社株⟩ ＊持股：소유주 ⟨所有株⟩ ＊上市股：상장주 ⟨上場株⟩ ＊藍籌股、績優股：우량주 ⟨優良株⟩
소유주 회사 ⟨所有株會社⟩	控股公司
주주 총회 ⟨株主總會⟩	股東大會

주가 지수 /주까-/ 〈株價指數〉	股價指數
다우 평균 〈Dow 平均〉	道瓊工業平均指數、道瓊工業指數
닛케이 평균 주가 /-주까/ 〈Nikkei 平均株價〉	日經平均指數
동증 주가 지수 /-주까-/ 〈東證株價指數〉	日本東証股價指數、TOPIX指數
주가 폭락 /주까퐁낙/ 〈株價暴落〉	股價暴跌、股票市場崩潰
거래 총액 〈去來總額〉	交易總額

증권 /증꿘/ 〈證券〉	證券 ＊證券市場：증권 시장 〈證券市場〉 ＊證券公司：증권 회사 〈證券會社〉 ＊有價證券：유가 증권 〈有價證券〉
공사채 〈公社債〉	公債和公司債券
증권 거래소 /증꿘-/ 〈證券去來所〉	證券交易所
주요 종목 〈主要種目〉	主要種類
주도주 〈主導株〉	主導股

상장 〈上場〉	上市
고가주 /고까주/ 〈高價株〉	高價股
저가주 /저까주/ 〈低價株〉	低價股
손절매 〈損切賣〉	虧本出售
배당 〈配當〉	分紅

★投資

투자 〈投資〉	投資 ＊黃金投資：금 투자 〈金投資〉

투자가 〈投資家〉	投資人 ＊也稱為투자자〈投資者〉 ＊大戶：큰손 ＊散戶：개인 투자가〈個人投資家〉
투기 〈投機〉	投機
선물 거래 〈先物去來〉	期貨交易
매점 〈買占〉	囤積
매매 업자 /-업짜/ 〈賣買業者〉	買賣業者
외화 예금 〈外貨預金〉	外匯存款、外幣存款
금융 상품 /금늉 · 그뮹-/ 〈金融商品〉	金融商品
투자 신탁 〈投資信託〉	投資信託
대부 신탁 〈貸付信託〉	信託貸款
국채 펀드 〈國債 fund〉	國債基金
전환 사채 〈轉換社債〉	可轉換債券、可換股債券
채권 수익률 / 채꿘-/ 〈債券收益率〉	債券收益率
금융 실명제 /금늉 · 그 뮹-/〈金融實名制〉	金融實名制
내부자 거래 〈內部者去來〉	內線交易
공정 거래법 /-거래뻡/ 〈公正去來法〉	公平交易法

★稅金

국세청 /국쎄청/〈國稅廳〉	國稅廳
세무서 〈稅務署〉	稅務署

세금 〈稅金〉	稅金 ＊繳納稅金：세금을 납부하다 ＊租稅：조세〈租稅〉 ＊直接稅：직접세〈直接稅〉 ＊間接稅：간접세〈間接稅〉 ＊營利事業所得稅：법인세〈法人稅〉 ＊地方稅：지방세〈地方稅〉 ＊居民稅：주민세〈住民稅〉 ＊所得稅：소득세〈所得稅〉 ＊繼承稅、遺產稅：상속세〈相續稅〉 ＊贈與稅：증여세〈贈與稅〉 ＊增值稅、營業稅：부가가치세〈附加價值稅〉 ＊固定資產稅：고정자산세〈固定資產稅〉
면세 〈免稅〉	免稅
과세 〈課稅〉	課稅 ＊累進課稅：누진 과세〈累進課稅〉
비과세 〈非課稅〉	不課稅、免稅
납세자 /납쎄자/〈納稅者〉	納稅人 ＊納稅人編號：납세자 번호〈納稅者番號〉
확정 신고 〈確定申告〉	申報個人綜合所得稅
녹색 신고 /녹쌕씬고/ 〈綠色申告〉	主動申報 ＊這個單字因報稅單是綠色的而得此名。
원천 징수 〈源泉徵收〉	預扣所得稅
공제 〈控除〉	扣除
필요 경비 〈必要經費〉	必要經費 ＊審核為必要經費：필요경비로 인정되다〈-認定-〉
교제비 〈交際費〉	交易費
접대비 /접때비/〈接待費〉	接待費、招待費
부양가족 〈扶養家族〉	贍養親屬 ＊扶養親屬免稅額：부양 공제〈扶養控除〉
세제 개혁 〈稅制改革〉	稅制改革
증세 〈增稅〉	增稅

감세 〈減稅〉	減稅
탈세 /탈쎄/ 〈脫稅〉	逃稅
신고 누락 〈申告漏落〉	漏報
추징세 〈追徵稅〉	稅款滯納金
가산세 〈加算稅〉	附加稅
연말 정산 〈年末精算〉	(所得稅)年終結算
세금 환부 〈稅金還付〉	稅金退還、退稅
소득 공제 /소득꽁제/ 〈所得控除〉	所得稅免稅額
절세 대책 /절쎄-/ 〈節稅對策〉	節稅對策、節稅辦法、節稅措施

★決算

결산 /결싼/ 〈決算〉	決算、結算
대차 대조표 〈貸借對照表〉	資產負債表、損益平衡表
자산 〈資產〉	資產
부채 〈負債〉	負債
채무 〈債務〉	債務
회계 감사 〈會計監查〉	會計審查、審計
감가상각 /감까-/ 〈減價償却〉	折舊
주먹구구식 〈-九九式〉	大致估算

★世界知名企業
●食品
可口可樂 코카 콜라〈Coca-Cola〉
百事可樂 펩시 콜라〈Pepsi Cola〉
麥斯威爾 맥스웰〈Maxwell〉
UCC 上島珈琲 유시시〈UCC〉
立頓 립톤〈Lipton〉

●相機・光學機器
奧林巴斯 올림푸스〈Olympus〉
寶麗萊 폴라로이드〈Polaroid〉
富士 후지〈FUJI〉
佳能 캐논〈Canon〉
柯達 코닥〈Kodak〉
柯尼卡 코니카〈Konica〉
美能達 미놀타〈MINOLTA〉
尼康 니콘〈Nikon〉

●電腦・資訊相關機器
康柏 컴펙〈Compaq〉
惠普 휼렛패커드〈Hewlett-packard〉
英特爾奔騰 인텔펜티엄〈Intel pentium〉
愛普生 엡손〈Epson〉
諾基亞 노키아〈Nokia〉
三星 삼성〈Samsung〉
麥克賽爾 맥셀〈Maxell〉
微軟 마이크로소프트〈Microsoft〉
蘋果 맥〈Mac〉

●電化製品・電子產業
飛利浦 필립스〈Phillips〉
傑伍 켄우드〈Kenwood〉
索尼 소니〈Sony〉

●車
戴姆勒・克萊斯勒 다임러-크라이슬러〈DaimlerChrysler〉
奧迪 아우디〈Audi〉
凱迪拉克 캐딜락〈Cadillac〉
飛雅特 피아트〈Fiat〉
福特 포드〈Ford〉
賓士 벤츠〈Benz〉
富豪 볼보〈Volvo〉
雷諾 르노〈Renault〉
現代 현대〈Hyundai〉

●金融公司・銀行
國民西敏銀行 내셔널 웨스트민스터 뱅크〈National Westminster Bank〉

花旗銀行 시티뱅크〈Citibank〉
雷曼兄弟控股公司 리만브라더스 홀딩스〈Lehman Brothers Holdings〉

●藥品・衛生
輝瑞 화이자〈Pfizer〉
葛蘭素史克 글락소스미스클라인〈GlaxoSmithKline〉
賽諾菲 아벤티스〈Aventis〉
嬌生 존슨앤존슨〈Johnson & Johnson〉
阿斯特捷利康 아스트라제네카〈AstraZeneca〉
羅氏 로슈〈Roche〉
諾華 노바티스〈Novartis〉
拜耳 바이엘〈Bayer〉
安斯泰來 아스텔라스〈Astellas〉

2. 產業

★貿易

무역〈貿易〉	貿易
무역 협정 /-껍쩡/ 〈貿易協定〉	貿易協定 ＊自由貿易協定：자유 무역 협정〈自由貿易協定〉
무역 상대국 /-쌍대국/ 〈貿易相對國〉	貿易夥伴
무역 불균형 /-뿔균형/ 〈貿易不均衡〉	貿易不均衡 ＊也稱為무역 역조〈貿易逆潮〉 ＊導致貿易不均衡：무역불균형을 초래하다 ＊修正貿易不均衡：무역 불균형을 시정하다
무역 마찰 /무영-/ 〈貿易摩擦〉	貿易摩擦
무역 수지 /-쑤지/ 〈貿易收支〉	貿易收支 ＊貿易赤字、貿易逆差：무역 적자〈貿易赤字〉 ＊貿易盈餘、貿易順差：무역 흑자〈貿易黑字〉
보호 무역 주의 /-쭈이/ 〈保護貿易主義〉	貿易保護主義
규제 완화〈規制緩和〉	放寬限制

세계 무역 기구 /-끼구/ 〈世界貿易機構〉	世界貿易組織
우루과이 라운드 협 정 /-협찡/ 〈Uruguay Round 協定〉	烏拉圭回合
최혜국 대우 〈最惠國待遇〉	最惠國待遇

★進出口

수출 〈輸出〉	出口、輸出
수입 〈輸入〉	進口、輸入 ＊禁止進口：수입 금지 〈輸入禁止〉 ＊進口配額、進口限額：수입 해당량 〈輸入該當 量〉 ＊平行輸入：평행 수입 〈平行輸入〉

세관 〈稅關〉	海關
관세 〈關稅〉	關稅 ＊廢除關稅、撤銷關稅：관세 철폐 〈關稅撤廢〉

검역 〈檢疫〉	檢疫
밀수 /밀쑤/ 〈密輸〉	走私
물물 교환 〈物物交換〉	以物換物
견적서 /견적써/ 〈見積書〉	報價單、估價單 ＊也稱為추산서 〈推算書〉。
신용장 /시뇽짱/ 〈信用狀〉	信用狀
선적 〈船積〉	裝船、裝貨
전표 〈傳票〉	傳票
송장 /송짱/ 〈送狀〉	發貨單 ＊也稱為인보이스 〈invoice〉。
원산지 〈原產地〉	原產地
발송 /발쏭/ 〈發送〉	發送

보세 구역 〈保稅區域〉	保稅區
선하 〈船荷〉	貨物裝船、船貨 ＊運單(B/L)：선하 증권 〈船荷證券〉
오퍼 〈offer〉	報價
반대 오퍼 〈反對 offer〉	還價 ＊也稱為카운터 오퍼 〈counter offer〉。
수취인 지급 〈受取人支給〉	收件人付款

★能源產業

자원 〈資源〉	資源 ＊天然資源：천연 자원 〈天然資源〉
동력원 / 동녀권/ 〈動力源〉	動力能源、動力源
에너지 〈energy〉	能源 ＊替代能源：대체 에너지 〈代替 energy〉 ＊可再生能源：재생 가능 에너지 〈再生可能 energy〉 ＊太陽能：태양 에너지 〈太陽 energy〉 ＊地熱能：지열 에너지 〈地熱 energy〉 ＊核能源：핵에너지 〈核 energy〉
에너지 절약 〈energy 節約〉	節約能源

태양 전지 〈太陽電池〉	太陽能電池
연료 전지 / 열료-/ 〈燃料電池〉	燃料電池
전력 / 절력/ 〈電力〉	電力 ＊電力不足：전력 부족 〈電力不足〉 ＊電力需求：전력 수요 〈電力需要〉
발전 / 발쩐/ 〈發電〉	發電 ＊發電廠：발전소 〈發電所〉
송전선 〈送電線〉	輸電線、電力線路
고압선 〈高壓線〉	高壓線

23
經
濟

產
業

공급량 /공금냥/ 〈供給量〉	供給量、供應量
소비량 〈消費量〉	消費量

수력 발전 /-빨쩐/ 〈水力發電〉	水力發電
화력 발전 /-빨쩐/ 〈火力發電〉	火力發電
풍력 발전 /-빨쩐/ 〈風力發電〉	風力發電
원자력 발전 /-빨쩐/ 〈原子力發電〉	核能發電 ＊簡稱為원전〈原電〉。 ＊廢核：탈원전〈脱原電〉

원자로 〈原子爐〉	核子反應爐、核反應器
고속 증식로 /-증싱노/ 〈高速增殖爐〉	快中子增殖反應爐
방사능 〈放射能〉	放射性、輻射能
방사성 동위원소 〈放射性同位元素〉	放射性同位素
핵분열 /핵뿐녈/ 〈核分裂〉	核分裂
핵융합 /행늉합/ 〈核融合〉	核融合
제어봉 〈制御棒〉	控制棒
연료봉 /열료봉/ 〈燃料棒〉	燃料棒
냉각제 /냉각쩨/ 〈冷却劑〉	冷却劑
1차 냉각수 /-냉각쑤/ 〈一次冷却水〉	主冷却劑、一次冷却劑
우라늄 〈uranium〉	鈾 ＊濃縮鈾：농축 우라늄〈濃縮-〉
플루토늄 〈plutonium〉	鈽
노심 용해 〈爐心鎔解〉	核心熔毀、應爐融燬
사용 후 핵연료 /-행녈료/ 〈使用後核燃料〉	使用過後的核燃料 ＊俗稱「用過燃料」或「乏燃料」。

재처리 공장 〈再處理工場〉	再處理廠、核燃料後處理工廠
국제 원자력 기구 /-끼구/ 〈國際原子力機構〉	國際原子能總署 ＊International Atomic Energy Agency（簡稱 IAEA）
제트 연료 /-열료/ 〈jet 燃料〉	噴射機燃料
화석 연료 /화성열료/ 〈化石燃料〉	化石燃料 ＊指石油、煤、天然瓦斯等。
고체 연료 /-열료/ 〈固體燃料〉	固體燃料
석탄 〈石炭〉	煤炭、石炭
숯	炭、木炭
기체 연료 /-열료/ 〈氣體燃料〉	氣體燃料
천연 가스 〈天然 gas〉	天然氣、天然瓦斯
액화 석유 가스 /애콰-/ 〈液化石油 gas〉	液化石油氣(LPG)
프로판 가스 〈propane gas〉	丙烷氣
액체 연료 /-열료/ 〈液體燃料〉	液體燃料、液態燃料
원유 〈原油〉	原油 ＊原油埋藏量：원유 매장량 〈原油埋藏量〉 ＊原油價格：원유가격 〈原油價格〉
석유 〈石油〉	石油
중유 〈重油〉	重油
경유 〈輕油〉	輕油、柴油
등유 〈燈油〉	燈油、煤油
해저 유전 〈海底油田〉	海底油田
유정 〈油井〉	油井

정유소 〈精油所〉	煉油廠
석유 화학 콤비나트 〈石油化學 kombinat〉	石油化學工業區
석유 비축 탱크 〈石油備蓄 tank〉	儲油槽
산유국 〈產油國〉	產油國
석유 수출국 기구 /-끼 구/ 〈石油輸出國機構〉	石油輸出國家組織 ＊Organization of Petroleum Exporting Countries （簡稱 OPEC）

24.

其他品詞

1. 其他品詞

★代名詞

저	**我** ＊和長輩、上司提到自己時，向對方表示謙讓之意的謙讓語。 ＊我是：저는〔會話中簡稱전〕 ＊我：제가 ＊我的：제 ＊給我：저한테、저에게〔~한테多用於會話，~에게多用在書面文件〕
나	**我** ＊向相同年齡的對象或後輩、屬下提到自己時的自稱。最好不要對第一次見面的人使用。 ＊我是：나는〔會話中簡稱為난〕 ＊我：내가 ＊我的：내 ＊給我：나한테、나에게〔~한테多用於會話，~에게多用在書面文件〕
저희	**我們** ＊和長輩、上司提到自己等人的謙讓語。
우리	**我們** ＊우리들：我們。2 人或者是 2 人以上的一群人中的每個人。
당신〈當身〉	**你** ＊這是夫妻間稱呼對方或吵架時用的「你」，使用的方式有所限制，幾乎不會用在日常普通會話中。一般使用在廣告等對於不特定多數人的稱呼，或是英語課中，譯為第二人稱單數「you」的時候。
그대	**你** ＊如사랑하는 그대에게（給心愛的你）這般，是戀人在情書裡用的字詞。若用在朋友或晚輩身上，則有客氣對待對方的意思〔書面語用語〕。

너	**你** ＊用來稱呼下屬、後輩或親近的朋友，女性也可以用在親近的朋友之間。在公司裡，上司對下屬最好不要用這個字。 ＊你與我：너와 나 ＊你是：너는〔會話中簡稱넌〕 ＊你：네가〔會與내가混淆，大多發音為/니가/〕 ＊你的：네〔會與내混淆，大多發音為/니/〕 ＊給你：너한테、너에게〔~한테多用於會話，~에게多用在書面文件〕 ＊你們：너희들
자네	**你** ＊這是年長的人對年紀較小者客氣的說法。主要是妻子的父親（岳父）或妻子的母親（岳母）面對女婿時使用。
자네들	**你們** ＊這是年長的人對年紀較小者客氣的說法。主要是妻子的父親（岳父）或妻子的母親（岳母）對女兒夫婦使用。
그	**他** ＊主要用在書面文件，會話中用그 사람。
그녀	**她** ＊主要用在書面文件，會話中用그 사람。
애	**這孩子** ＊이 아이的簡稱。朋友之間的會話經常使用。 ★孩子讀書讀得真好：애는 공부를 참 잘해.
걔	**那孩子** ＊그 아이的簡稱。朋友之間的會話經常使用。 ★那孩子跟你一樣喜歡電影嗎？：걔도 너처럼 영화를 좋아하니？
쟤	**那孩子** ＊저 아이的簡稱。 ★那孩子是誰？：쟤가 누구더라？
이 분	**這位**

其他品詞

이이	這位
	*比이 사람稍微尊待一點的說法。使用이 분則帶有較多的敬意。女性介紹自己身旁的丈夫、男友給他人，或是談話中提到時皆可使用。
그 분	那位
그이	那位
	*比그 사람稍微尊待一點的說法。使用그 분則帶有較多的敬意。女性介紹不在身旁的丈夫、男友給他人，或是談話中提到時皆可使用。
저 분	那位
저이	那位
	*比저 사람稍微尊待一點的說法。使用저 분則帶有較多的敬意。在回想「那個人」時，使用그 사람、그이、그분。

이들	這些人
그들	他們
저들	他們

이	這
그	那
	*除了用在聽者附近的「那、那個」之外，也用在話者與聽者能夠相互理解、看不到的「那、那個」。
	*當時的那個人：그 때 그 사람
저	那
	*用在指稱距離話者與聽者兩者都很遠的地方；或是在眼睛可以看得到的距離，用手指著該東西談論的時候使用。如果要講回憶裡的東西，就要用그。

이것 /이걸/	這個
	*在會話中用ㅅ脫落的이거。
그 것 /그걸/	那個
	*在會話中用ㅅ脫落的그거。
저것 /저걸/	那個
	*在會話中用ㅅ脫落的저거。

920

이렇게 /이러케/	這樣
그렇게 /그러케/	那樣
저렇게 /저러케/	那樣

★疑問詞

누구	誰 ★你是誰？：누구세요？ ★這是誰？：이거 누구 거예요？ ★那位是誰？：저 분은 누구세요？ ★有人在嗎？：누구 있어요？〔用在聽得到聲音，確定有人在的時候〕 ★沒人在嗎？：누구 없어요？〔用於在許多人當中想要找個志願者的時候〕
누가	誰 ＊누구接가的時候，누구가→누가。 ★有人在嗎？：누가 있어요？
누구를	讓誰 ＊會話中簡略為누굴。
아무도	空無一人、沒半個人影 ＊아무도 없어요.使用否定形態，表示連個人影都沒看見。

무엇 /무얻/	什麼 ＊會話中簡略為뭐。 ★這是什麼？：이게 뭐예요？ ＊什麼：무엇이〔會話中簡略為뭐가〕 ＊什麼：무엇을〔會話中簡略為뭘〕
무슨	什麼 ★什麼書？：무슨 책이에요？
아무것도 /아무걷또/	空無一物 ★아무것도 없어요.使用否定形態，表示什麼東西都沒有。

어느	哪一種 ＊使用在從同種類中選擇的時候。 ★哪一種書？：어느 책이에요？

其他品詞

어느 것 /어느걷/	哪一個
어느 쪽	哪一邊
어느 분	哪一位

어떻게 /어떠케/	怎麼 ★어떻게 오셨어요？〔用於在醫院問初診病人 　「你怎麼了？」的時候。對客人也可以用來當 　作「歡迎光臨」的意思。
왜	怎麼了 ＊왜用在只是單純問原因的時候。相對的，어째 　서就比較有強調的意思。
웬일 /왠닐/	什麼事 ★什麼事啊？：웬일이나？
어디	在哪 ★廁所在哪？：화장실이 어디죠？ ★請問是哪裡？：어디십니까？(在電話中詢問您 　是哪位時) ★要轉告您是哪位呢？：어디라고 전해 드릴까 　요？(在公司的櫃台等)
어떤	什麼樣的 ★他是什麼樣的人？：그는 어떤 사람이니？
언제	何時
몇 /멷/	幾 ★你今年幾歲？：올해 네 나이가 몇이나？ ★來了幾個人？：몇 사람이 왔어요？
얼마	多少、多遠、多久、多少錢 ★一個多少錢？：한 개에 얼마예요？ ★多久：얼마나〔來首爾多久了？：서울에 온 　지 얼마나 되었나요？〕

★連接用詞

어디까지나	不管如何、終究、畢竟
어쨌든 /어쨏뜬/	不管怎樣、無論如何、總之、反正 ＊也稱為아무튼 /아무튼/。 ★어쨌든 간에 나는 갈 거야.：總之我要走了。

그렇지만 /그러치만/	但是、可是
그러나	但是、可是、然而
게다가	再加上、而且、況且
실은 〈實-〉	實際上、其實、本來 ★실은 저도 잘 몰라요. : 其實我也不清楚。
그리고	而且、並且
그래서	所以、因此 ★在會話中表「所以呢？」、「然後呢？」。
그러면	那麼 ★在會話中表「那麼」、「這樣的話」。
그런데도	即便如此
그런대로	還算、好歹
그건 그렇고 /-그러코/	話說回來、對了 ★그건 그렇고, 내일은 어떻게 할거야? : 話說 回來，那明天要怎麼辦？
그러니까	因此、所以
왜냐하면	因為
예를 들면	比如、譬如 *也有예를 들어~、예를 들어서~等用法。
즉 〈即〉	即
특히 /트키/ 〈特-〉	尤其
요컨대	總之、簡言之 ★요컨대 이번 모임에는 관심이 없다는 말이 지? : 總之，你的意思是你對這次聚會沒興趣 對吧？ *也稱為쉽게 말하면。
말하자면	也就是說
바꾸어 말하자면	換言之
그런데	可是、但是、反而、不過 ★근데, 지난 번에 그 일은 어떻게 됐어? : 不 過, 上次那件事情怎麼樣了？
다름이 아니라	我想說的是、不是別的、不為別的 ★다름이 아니라, 부탁 좀 들어 주실래요? : 我 想說的是，能不能拜託你聽聽我的請求？

자칫하면 /자치타면/	一不留神、差一點、動輒、搞不好 ★자칫하면 안 좋은 길로 빠지기 쉬운 나이네요.：是一不留神就容易誤入歧途的年紀呢。
물론 〈勿論〉	當然、那還用說、不用說
역시 /역씨/ 〈亦是〉	不愧是、果然
고로 〈故-〉	由於 ＊使用在書面文件。 ＊我思故我在：나는 생각한다, 고로 나는 존재한다.
저	那個 ★那個，請問化妝室在哪裡？：저, 여기 화장실이 어디에 있어요？
있잖아요 /읻짜나요/	那個…、我說、你也知道 ★那個…：저기 있잖아요.

★應答

맞장구치다 /맏짱구치다/	一搭一唱、幫腔
그래	好啊、是嗎、嗯、就是
그러네요	就是說啊
그러게	我就說嘛、說得也是 ＊強調自己說的話是正確的。 ★그러게 내가 뭐랬어？：所以我說什麼？
그러게 그러게요	就是、就是說啊 ＊對於對方說的話表示贊成之意。
맞아！	對！ ★對啊：맞아요.
안 그래！	不是！ ★不是：안 그래요.
글쎄요	這個嘛、也許吧 ＊對於對方的質問或要求，無法判斷、不知如何回答或答不出來時發出的聲音。唔、呢、那麼。

네?	什麼? ＊一時之間沒有聽清楚對方所說的話時回問的話。將末尾的音提高，短促地發音即可。
뭐라고?	什麼?
뭐라고요?	你說什麼?
정말?	真的?
설마!	不會吧、難道、才怪!

★感嘆詞等

깜짝 놀랐어! /깜짱-/	嚇到我了! ＊也可以說깜짝이야! 女性大多使用어머! 깜짝이야!。
으악!	呀!
으악! 무서워라!	呀! 好恐怖哦!
어머나! 어머!	唉唷喂、唉唷! ＊女性用語。如果男性使用就會很奇怪。
아이고!	哎呀! ＊아이고! 男性也可以使用〔主要是中年人〕。
아니	咦? ＊아니, 선생님이 여기 웬일이세요? : 咦, 老師怎麼了〔為什麼在這裡?〕
맙소사! /맙쏘사/	我的天啊、我的媽呀! ＊使用在電影的字幕等，實際會話中幾乎不會使用。
아 참!	啊 對了!
아차!	啊 對了!
아 뜨거워!	啊 好燙!
아파!	好痛! ＊아야! 아이고 아파! : 哎呀! 哎呀, 好痛!
싫어!	不要!
안 돼!	不可以、不行!

너무해 !	太過分了 !

★緊急呼喊時

사람 살려 !	救命 !
누구 없어요 !	有沒有人啊 !
위험해 !	危險 !
도망 가 !	快逃 !
불이야 !	失火了 !
도둑이야 !	有小偷 !
거기 서 !	站住 !
잡아라 !	抓住他 !
경찰 아저씨 !	警察先生 !
경찰을 불러줘 !	幫我叫警察 !
구급차를 불러줘 !	幫我叫救護車 !
의사를 불러줘 !	幫我叫醫生過來 !

25.

數量的數法

【25】數量的數法

1. 數
★數字

수 〈數〉	數 ＊「數學用語的數（名詞）」也稱為수〈數〉。
숫자 /숟짜/ 〈數字〉	數字 ＊對數字不敏銳：숫자에 약하다 /-야카다/
번호 〈番號〉	號碼 ＊編號：번호를 매기다 ＊標號：번호를 붙이다 /부치다/ ＊按號碼：번호를 누르다 ＊對號碼：번호를 맞추다 /맏추다/

계산하다 〈計算-〉	計算
암산하다 〈暗算-〉	心算
검산하다 〈檢算-〉	驗算
계측하다 /게츠카다/ 〈計測-〉	測量
계량하다 〈計量-〉	計量

값 /갑/	價格 ＊값이 /갑씨/，값을 /갑쓸/，값만 /감만/
합계 /합께/ 〈合計〉	合計、總計

★漢數詞

공 〈空〉	零 ＊也說成영〈零〉，俗稱빵〔因為和麵包一樣是圓的〕。
일 〈一〉	一
이 〈二〉	二
삼 〈三〉	三
사 〈四〉	四

오 〈五〉	五
육 〈六〉	六 ＊16 發音為 /심뉵/，26 發音為 /이심뉵/…。 ＊位於釜山近海的「五六島」發音為/오륙또/。
칠 〈七〉	七
팔 〈八〉	八
구 〈九〉	九
십 〈十〉	十
백 〈百〉	百
천 〈千〉	千
만 〈萬〉	萬 ＊一萬不念為일만，而是念為만。 ＊一萬五千兩百三十五（15,235）念為만Ｖ오Ｖ천 　Ｖ이Ｖ백Ｖ삼십오〈萬五千二百三十五〉
십만 /심만/ 〈十萬〉	十萬
백만 /뱅만/ 〈百萬〉	百萬
천만 〈千萬〉	千萬
억 〈億〉	億
조 〈兆〉	兆
경 〈京〉	京

★固有數詞

・Ｖ是空白、留白的標記

하나 〔한Ｖ～〕	一
둘 〔두Ｖ～〕	二
셋 /셑/ 〔세Ｖ～〕	三
넷 /넫/ 〔네Ｖ～〕	四
다섯 /다섣/ 〔다섯Ｖ～〕	五
여섯 /여섣/ 〔여섯Ｖ～〕	六

일곱 〔일곱V~〕	七
여덟 /여덜/ 〔여덟V~〕	八
아홉 〔아홉V~〕	九
열 〔열V~〕	十
열V하나 〔열V한V~〕	十一
열V둘 /열뚤/ 〔열V두V~/열뚜/〕	十二
열V셋 /열쎋/ 〔열V세V~/열쎄/〕	十三
열V넷 /열롄/ 〔열V네V~/열례/〕	十四
열V다섯 /열따섣/ 〔열V다섯V~〕	十五
열V여섯 /여려섣/ 〔열V여섯V~〕	十六
열V일곱 /여릴곱/ 〔열V일곱V~〕	十七
열V여덟 /여려덜/ 〔열V여덟V~〕	十八
열V아홉 /여라홉/ 〔열V아홉V~〕	十九
스물 〔스무V~〕	二十
서른 〔서른V~〕	三十
마흔 〔마흔V~〕	四十
쉰 〔쉰V~〕	五十
예순 〔예순V~〕	六十
일흔 〔일흔V~〕	七十
여든 〔여든V~〕	八十
아흔 〔아흔V~〕	九十

한둘 〔한두V~〕	一兩、一二 ＊一兩歲：한두 살 ＊一兩次：한두 번 ＊一兩位：한두 명 ＊1、2 日是하루이틀，但之後都是漢字數字，要說이삼일（2、3 日），삼사일（3、4 日），사오일（4、5 日）。
두셋 /두섿/ 〔두세V~〕	兩三、二三 ＊兩三歲：두세 살 ＊兩三次：두세 번 ＊兩三位：두세 명
서넛 /서넏/ 〔서너V~〕	三四 ＊三四歲：서너 살 ＊三四次：서너 번 ＊三四位：서너 명
네댓 〔네댓V~〕	四五 ＊四五歲：네댓 살或是네다섯 살 ＊四五次：네댓 번或是네다섯 번 ＊四五位：네댓 명或是네다섯 명
대여섯 /대여섣/ 〔대여섯V~〕	五六 ＊五六歲：대여섯 살 ＊五六次：대여섯 번 ＊五六位：대여섯 명
예닐곱 〔예닐곱V~〕	六七 ＊六七歲：예닐곱 살 ＊六七次：예닐곱 번 ＊六七位：예닐곱 명
일여덟 /이려덜/ 〔일여덟V~〕	七八 ＊七八歲：일여덟 살 ＊七八次：일여덟 번 ＊七八位：일여덟 명
엳아홉 〔엳아홉V~〕	八九 ＊八九歲：엳아홉 살 ＊八九次：엳아홉 번 ＊八九位：엳아홉 명

★各種單位詞

번 〈番〉	**次、號** ＊這次主隊：이번 홈 ＊四號打擊手：사번 타자 ＊五年一班 12 號：오 학년 일 반 십이 번
번 〈番〉	**回、次** ＊一回、一次：한 번〔表示次數時，한跟번中間要空格；若要作為副詞使用，如「一旦開始就無法停止」這樣表示「一旦」、「一次」的意思，한번就要寫在一起，中間不空格〕。 ＊兩次：두 번 ＊下一次：다음 번 /다음뻔/ ＊每次：몇 번이나 /면뻔이나/
회 〈回〉	**回、屆** ＊第 28 屆奧林匹克大會：제 28 회 올림픽 대회
번째 〈番-〉	**第○次** ＊第一次：첫 번째 /첟뻔째/ ＊第二次：두 번째 ＊好幾次：몇 번째 /면뻔째/
명 〈名〉	**名** ＊十名學生：학생 열 명 ＊幾名：몇 명 /면명/
사람	**人** ＊一個人：한 사람 ＊朋友四人：친구 네 사람 ＊「2 人座」、「4 人座」分別是이인승 〈二人乘〉，사인승 〈四人乘〉。 ＊「一人份」、「三人份」分別是일인분 〈一人分〉，삼인분 〈三人分〉。
분	**位** ＊1 位：한 분 ＊2 位：두 분 ＊請問有幾位？：몇 분이세요？ /면뿐-/
마리	**隻、頭、匹、條** ＊獸、魚、蟲、鳥等，除了人以外的動物都可使用。 ＊一頭牛：소 한 마리 ＊一隻狗：개 한 마리 ＊一條魚：물고기 한 마리

	*一隻蟲：벌레 한 마리 *一隻鳥：새 한 마리
자루	**枝、把** *用來數長的文具或武器時用的單位詞。 *1 枝鉛筆：연필 한 자루 *1 把刀：칼 한 자루 *1 把手槍：권총 한 자루 *1 把鋤頭：호미 한 자루
병〈瓶〉	**瓶** *兩瓶燒酒：소주 두 병 *三瓶可樂：콜라 세 병
개〈個〉	**個、塊、顆** *1 顆蘿蔔：무 한 개 *1 顆蘋果：사과 한 개 *1 塊橡皮擦：지우개 한 개 *1 個糖果：사탕 한 개
갑〈匣〉	**盒** *1 盒香菸：담배 한 갑 *大的箱子稱為상자〈箱子〉。 *1 箱泡麵：라면 한 상자
다스	**打** *1 打鉛筆：연필 한 다스
보루	**條** *1 條香菸：담배 한 보루
군데	**處、地方** *一個地方：한 군데 *幾個地方：몇 군데 /멷꾼데/ *許多地方：여러 군데
권〈卷〉	**本** *一本書：책 한 권 *一本筆記本：공책 한 권
잔〈盞〉	**杯、盅、盞** *一杯酒：술 한 잔 *兩杯啤酒：맥주 한두 잔 *一杯咖啡：커피 한 잔 *「3 杯」正式的說法為석 잔，「4 杯」為넉 　잔；然而也有許多人會說세 잔、네 잔。

장 〈張〉	**張** ＊1 張照片：사진 한 장 ＊1 張海苔：김 한 장 ＊1 張毛巾：타월 한 장 ＊3 張正式的說法是석 장，4 張是넉 장；但也有許多人說세 장、네 장。 ＊「張」這個單位詞，一是用來計算某些可以張開的物體，二是用來計算平面物品。
층 〈層〉	**層、樓** ＊一樓：일 층 ＊地下一樓：지하 일 층 ＊共二樓的：이 층짜리
살 세 〈歲〉	**歲** ＊表示年齡有 2 種說法。 ＊살〔會話體。比세柔軟的說法。例如，1 歲：한 살、12 歲：열두 살、33 歲：서른세 살、64 歲：예순네 살，連接固有數字〕 ＊세〔書面語。比살更正式的說法。例如，滿 20 歲：만 이십 세、60 歲：육십 세，連接漢字數字〕 ＊在韓國，日常會話中，一般的習慣年齡是以「數滿幾歲」來表示，請特別注意。如同台灣人在提到歲數時會說「滿～」，說만으로 스물다섯 살（滿 25 歲），만 오십육 세（滿 56 歲），就不會有錯。
대 〈代〉	**幾歲的年齡層、代、世代** ＊十幾（歲）：십 대 ＊二十幾（歲）：이십 대 ＊七十幾（歲）的老人：칠십 대 노인
대 〈臺〉	**台、架、輛** ＊一輛車：자동차 한 대 ＊一台腳踏車：자전거 한 대 ＊一台機器：기계 한 대 ＊一架飛機：비행기 한 대
돌 주년 〈周年〉	**周年、周歲** ＊固有語是돌，漢字語是주년，兩者都可以使用。 ＊一周年：돌，일 주년 ＊二十周年：스무 돌，이십 주년 ＊一百周年：백 돌，백 주년 ＊在北韓寫為돐，但在韓國 ㄹㅅ 這個收尾音已廢止，不再使用。

배 〈倍〉	倍 ＊2 倍：두 배、3 倍：세 배。用法是固有數字＋배，不會使用漢字數字說成이 배、삼 배。
통 〈通〉	封、份 ＊一封信：편지 한 통 ＊一份資料：서류 한 통
가지	種 ＊兩種方法：두 가지 방법 ＊三種思考方式：세 가지 사고방식
벌	件、套 ＊1 件襯衫：셔츠 한 벌 ＊1 條褲子：바지 한 벌 ＊2 套西裝：양복 두 벌
겹	層、疊 ＊三層肉：삼겹살 ＊因為太冷了，穿了兩層衣服。：추워서 옷을 두 겹이나 입다

★其他物品的計數方法

・樹木（棵）나무 한 그루
・鉛筆（枝）연필 한 자루
・小黃瓜（條）오이 한 개〈個〉
・胡蘿蔔（條）당근 한 개〈個〉
・傘（把）우산 한 개〈個〉
・電線桿（根）전봇대 한 대
・啤酒（瓶）맥주 한 병〈瓶〉
・燒酒（瓶）소주 한 병〈瓶〉
・電影（部）영화 한 편〈篇〉
・牛小排（條）갈비 한 대
・針劑（支）주사 한 대
・針（根）바늘 한 개
・花（朵）꽃 한 송이
・火柴（根）성냥 한 개비
・香菸（支）담배 한 개비
・褲子（條）바지 한 벌
・頭髮（根）털 한 가닥
・全壘打（支）홈런 한 방〈放〉

- 筷子與湯匙（套）수저 한 벌
- 餐具（套）그릇 한 벌
- 盤子（塊）접시 한 개〈個〉
- 吃飯（頓）식사 한 끼
- 菜餚（盤）한 접시
- 料理（人份）일 인분〈人分〉
- 南瓜（顆）호박 한 통〈筒〉
- 西瓜（顆）수박 한 통〈筒〉
- 栗子（顆）밤 한 톨
- 白菜（顆）배추 한 포기
- 蛋（顆）계란 한 알

  ＊계란 한 판은 30 顆一盤的雞蛋。
- 米袋（石）쌀 한 섬〔約180 公升。米一公升是쌀 한 되〕
- 米（粒）쌀 한 톨
- 米飯（碗）밥 한 공기〈空器〉，밥 한 그릇
- 墓（座）무덤 한 기〈基〉
- 書畫（幅）동양화 한 폭〈幅〉
- 繪畫（張）그림 한 장〈張〉
- 字（字）글자 한 자〈字〉
- 書頁（頁）책장 한 쪽
- 硬幣（枚）돈전 한 닢
- 鞋子（雙）신발 한 켤레
- 襪子（雙）양말 한 켤레
- 棉被（床）이불 한 채
- 房子（棟）집 한 채
- 房間（間）방 한 칸
- 公寓（棟）아파트 한 동〈棟〉
- 車廂（節）차 한 칸
- 子彈（發）총알 한 발〈發〉
- 袋子（袋）한 봉지〈封紙〉
- 環繞（圈）한 바퀴
- 屁（個）방귀 한 방〈放〉
- 走路（步）한 걸음、한 발
- 肉（塊）한 토막
- 魚（2 條）한 손〔鹹鯖魚 2 條：자반 고등어 한 손〕
- 海苔（疊）김 한 톳〔海苔 100 片一疊：김 한 톳〕

2. 單位
★公制法

단위 〈單位〉	單位
국제 단위 〈國際單位〉	國際單位
미터법 〈meter 法〉	公制、米制

거리	距離
길이	長度
높이	高度
깊이	深度
두께	厚度
굵기 /굴끼/	粗細度
너비	寬度、寬幅 ＊也說成폭〈幅〉。
둘레	周長
높낮이 /놈나지/	高低

밀리미터 〈millimeter〉	毫米、公釐 ＊三毫米：삼 밀리미터
센티미터 〈centimeter〉	釐米、公分 ＊五十公分：오십 센티미터
미터 〈meter〉	公尺 ＊一百公尺：백 미터
킬로미터 〈kilometer〉	公里 ＊二十公里：이십 킬로미터
마이크로미터 〈micrometer〉	微米
나노미터 〈nanometer〉	奈米
옹스트롬 〈angstrom〉	埃

무게	重量
밀리그램 〈milligram〉	毫克 ＊十毫克：십 밀리그램

그램 〈gram〉	公克、克 ＊一百公克：백 그램
킬로그램 〈kilogram〉	公斤 ＊二十公斤：이십 킬로그램
톤 〈ton〉	噸 ＊五百噸：오백 톤
넓이	寬度
면적 〈面積〉	面積
평방미터 〈平方-〉	平方公尺 ＊五百平方公尺：오백 평방미터 ＊會話中說제곱미터。
평방킬로미터	平方公里 ＊十萬零兩百平方公里：십만 이백 평방킬로미 터 ＊會話中說제곱킬로미터。
아르 〈are〉	公畝
헥타르 〈hectare〉	公頃
부피	體積、容積
체적 〈體積〉	體積
용적 〈容積〉	容積
시시 〈cc〉	毫升(cc) ＊兩百五十毫升：이백오십 시시
입방센티미터 /입빵-/ 〈立方 centimeter〉	立方公分 ＊1 立方公分：일 입방센티미터 ＊會話中說세제곱센티미터。
입방미터 /입빵-/ 〈立方 meter〉	立方公尺 ＊1 立方公尺：일 입방미터 ＊會話中說세제곱미터。
리터 〈liter〉	公升
데시리터 〈deciliter〉	分升、公合、十分之一升

★英制法

야드파운드법 〈yard-pound 法〉	英制
야드 〈yard〉	碼 ＊約 91.4 公分。
피트 〈feet〉	英尺 ＊約 30.4 公分。
인치 〈inch〉	英吋、吋 ＊約 2.54 公分＝ 1/12 呎＝ 1/36 碼。
마일 〈mile〉	英里、哩 ＊約 1,609 公尺。
온스 〈ounce〉	盎司、英兩 ＊約 31.1 公克。
파운드 〈pound〉	磅 ＊約 450 公克。
캐럿 〈carat〉	克拉 ＊寶石的重量單位。200 毫克。
에이커 〈acre〉	英畝 ＊約 4,047 平方公尺。
갤런 〈gallon〉	加侖 ＊約 3.8 公升(美國)。
쿼트 〈quart〉	夸脫 ＊1 加侖的 4 分之 1。約 0.946 公升(美國)。
배럴 〈barrel〉	桶 ＊每一桶是 102.33 美元：1배럴당 102.33달러 ＊原油計量與價格設定之國際單位。
노트 〈knot〉	節 ＊時速 1 海浬〔1.852 公里〕。
마하 〈mach〉	馬赫 ＊表示速度為音速之幾倍的指標。 ＊音速：음속

★尺貫法

척관법 /척꽌뻡/ 〈尺貫法〉	日本度量衡
척 〈尺〉	尺
촌 〈寸〉	寸
관 〈貫〉	貫
근 〈斤〉	斤
돈쯩	錢
평 〈坪〉	坪 ＊「60평이에요.」又可稱為「약 198제곱미터 　예요.」。近來韓國多稱「坪」為「平方公尺 　（제곱미터）」，較少使用「坪（평）」這個 　詞語。但在一般會話中，還是習慣用사십 평 　짜리 아파트（40坪的大樓）這樣的說法。

★其他的數字讀法

시력 〈視力〉	視力 ＊1.2：일 점 이 ＊1.0：일 점 영 ＊0.5：영 점 오
열 〈熱〉	熱 ＊36.5度：삼십육도 오분 ＊38.9度：삼십팔도 구분
속도 /속또/ 〈速度〉	速度 ＊時速八十公里：시속 팔십 킬로미터 ＊秒速四十公尺：초속 사십 미터

★加減乘除

가감승제 〈加減乘除〉	加減乘除
덧셈 /덛쎔/	加法
더하다	加 ＊8+2=10：팔 더하기 이는 십

뺄셈 /뺄쎔/	減法
빼다	減 ＊8-2=6：팔 빼기 이는 육
곱셈 /곱쎔/	乘法
곱하다 /고파다/	乘 ＊8x2=16：팔 곱하기 이는 십육
나눗셈 /나눋쎔/	除法
나누다	除 ＊8÷2=4：팔 나누기 이는 사 ＊除開：나누어지다 ＊除不開：나누어지지 않다

★與數字分開書寫

＊V 是空格、留白的標記。

單位詞與前面的字要分開書寫。可是像第 1 課（제1과）或 2015 年 5 月 16 日（2015년 5월 16일）這樣表示順序的時候，數字與後面的單位連在一起書寫，不分開書寫。不過完全以韓文字書寫的時候就如（　　）內般分開書寫。

- 兩點五分三秒：2시 5분 30초（두V시V오V분V삼십V초）
- 四年一班：4학년 1반（사V학년V일V반）
- 210 棟 1153 號：210동 1153호실（이백십V동V천백오십삼V호실）
- 十餘年：십여V년
- 百餘公尺：백여V미터
- 幾十年：몇V십V년
- 幾名：몇V명
- 幾百名：몇V백V명

錢和數字一起時連在一起書寫。

- 一千韓元：1,000원（천V원）
- 兩萬韓元：20,000원（이만V원）
- 一百萬韓元：100만엔（백만V엔）
- 一百人民幣：100위앤（백V위안）
- 五十美元：50달러（오십V달러）
- 一千五百歐元：1,500유로（천오백V유로）

寫數字時，以萬為單位分段書寫。

- 123,456,789（1 億 2345 萬 6789）：1억 2345만 6789（일억V이천삼백사십오만V육천칠백팔십구）

3. 年・月・日

★曆法

달력 〈-曆〉	月曆
일력 〈日曆〉	日曆

평일 〈平日〉	平日
휴일 〈休日〉	假日、公休假日、休息日 ＊韓語中沒有等同「假日」的字，就用공휴일〈公休日〉。
연휴 〈連休〉	連休、長假 ＊連續假期：징검다리 연휴

큰달	大月
작은달	小月

기념일 〈記念日〉	紀念日 ＊結婚紀念日：결혼 기념일 ＊創立紀念日：창립 기념일 /창닙-/ ＊獨立紀念日：독립 기념일 /동닙-/ ＊建校紀念日：개교 기념일
길일 〈吉日〉	吉日
기일 〈忌日〉	忌日

양력 /양녁/ 〈陽曆〉	陽曆、國曆
음력 /음녁/ 〈陰曆〉	陰曆、農曆
서기 〈西紀〉	西元 ＊西元 2005 年：서기 2005년
단기 〈檀紀〉	檀紀、檀君紀元 ＊以朝鮮神話中最初的王단군 왕검〔檀君王儉〕的即位為紀元〔西元前 2333 年〕的紀年法。韓國於獨立後的 1948 年〔檀紀 4281 年〕開始用在正式場合，但 1961 年〔檀紀 4294 年〕朴正熙制定廢止年號的法令，自 1962 年 1 月 1 日起禁止使用於正式場合。

육십갑자 /육씹갑짜/ ⟨六十甲子⟩	**六十甲子** ＊過去東方在表示方位或時刻時，都是使用十干十二支(天干地支)。「十干」是指「甲（갑）・乙（을）・丙（병）・丁（정）・戊（무）・己（기）・庚（경）・辛（신）・壬（임）・癸（계）」。與「子（자）・丑（축）・寅（인）・卯（묘）・辰（진）・巳（사）・午（오）・未（미）・申（신）・酉（유）・戌（술）・亥（해）」這十二支組合之後以 60 為一周期來表示年、日。
띠	**生肖** ＊간지 ⟨干支⟩，也稱為십이간지 ⟨十二干支⟩。 ＊鼠年 : 쥐띠、牛年 : 소띠、虎年 : 호랑이띠、兔年 : 토끼띠、龍年 : 용띠、蛇年 : 뱀띠、馬年 : 말띠、羊年 : 양띠、猴年 : 원숭이띠、雞年 : 닭띠、狗年 : 개띠、豬年 : 돼지띠

★ 每年慣例的活動或儀式

새해	**新年** ＊國曆 1 月 1 日稱為신정 ⟨新正⟩。
새해가 밝다	**新年到了**
새해 인사 ⟨-人事⟩	**拜年、新年賀詞** ＊在韓國，年底打招呼時也會說「새해 복 많이 받으세요.」。
새해 해맞이	**迎新年**
세뱃돈 /세밷똔/ ⟨歲拜-⟩	**壓歲錢**
설날 /설랄/	**春節、農曆新年、大年初一** ＊相對於신정 ⟨新正⟩，稱為구정 ⟨舊正⟩。 ＊過節、過年 : 설을 쇠다
대보름 ⟨大-⟩	**元宵節、農曆正月十五**
단오 ⟨端午⟩	**端午、端午節** ＊5 月有어린이날（兒童節）、어버이날（父母節）、스승의 날（教師節）等，別名가정의 달（家庭月）。

칠석 〈七夕〉	七夕
복날 /봉날/ 〈伏-〉	三伏天 ＊夏至之後的第 3、第 4 個庚日與立秋之後最初的庚日是最炎熱的時期，稱為삼복〈三伏〉。有초복〈初伏〉、중복〈中伏〉、말복〈末伏〉。民俗吃개장국（狗肉鍋）或삼계탕〈蔘鷄湯〉來避暑。
추석 〈秋夕〉	中秋 ＊農曆 8 月 15 日。
김장철	醃過冬泡菜的季節 ＊立冬前後醃漬泡菜的時期。
동짓달 /동짇딸/	冬至
세모 〈歲暮〉 세밑 /세믿/ 〈歲-〉	年底、歲末
섣달 /섣딸/	臘月

★年、月、日

년 〈年〉	年 ＊1 年：일 년、10 年：십 년〔連在數字後面書寫時，如 1년、10년、2020년這樣，不分開書寫〕
년월일 〈年月日〉	年月日
몇 년 /면년/ 〈-年〉	幾年
몇 월 /며뒬/ 〈-月〉	幾月
며칠	幾天、幾日 ＊注意不要拚成몇 일（×）。
연시 〈年始〉	年初 ＊也稱為연초〈年初〉。
연말 〈年末〉	年末、年底、歲末

올해	今年
작년 /장년/ 〈昨年〉	去年
재작년 /재장년/ 〈再昨年〉	前年
내년 〈來年〉	明年
내후년 〈來後年〉	後年
윤년 〈閏年〉	閏年

상반기 〈上半期〉	上半期、上半年
하반기 〈下半期〉	下半期、下半年

이번 달 /-딸/ 이달	本月
지지난 달	上上個月
다음 달 /-딸/	下個月
다다음 달 /-딸/	下下個月

상순 〈上旬〉	上旬 ＊6 月上旬是유월 초，除了「上旬」之外也會使用초〈初〉這個字。
중순 〈中旬〉	中旬
하순 〈下旬〉	下旬 ＊7 月下旬是칠월 말，除了「下旬」之外也會使用말〈末〉這個字。

월초 〈月初〉	月初
월말 〈月末〉	月底

오늘	今天
어제	昨天 ＊會話中經常使用어저께。
그저께 그제	前天

그끄저께	大前天
	*1 天前：하루 전或일일 전
	*2 天前：이틀 전或이일 전
	*3 天前：사흘 전或삼일 전
	*2、3 天前：이삼일 전

내일 〈來日〉	明天
모레	後天
	*會話中經常會說내일모레。
글피	大後天
그글피	大大後天

★12 個月

일월 /이뤌/ 〈一月〉	一月
	*會話中也會在月的後面加上달，成為일월달 /이뤌딸/〔後面的二月이월달、三月삼월달等均以此類推〕。
이월 〈二月〉	二月
삼월 /사뭘/ 〈三月〉	三月
사월 〈四月〉	四月
오월 〈五月〉	五月
유월 〈六月〉	六月
	*注意不是육월。
칠월 /치뤌/ 〈七月〉	七月
팔월 /파뤌/ 〈八月〉	八月
구월 〈九月〉	九月
시월 〈十月〉	十月
	*注意不是십월。
십일월 /십이뤌/ 〈十一月〉	十一月
십이월 〈十二月〉	十二月

★日期的說法

1 日	일일	11 日	십일일	21 日	이십일일
2 日	이일	12 日	십이일	22 日	이십이일
3 日	삼일	13 日	십삼일	23 日	이십삼일
4 日	사일	14 日	십사일	24 日	이십사일
5 日	오일	15 日	십오일	25 日	이십오일
6 日	육일	16 日	십육일	26 日	이십육일
7 日	칠일	17 日	십칠일	27 日	이십칠일
8 日	팔일	18 日	십팔일	28 日	이십팔일
9 日	구일	19 日	십구일	29 日	이십구일
10 日	십일	20 日	이십일	30 日	삼십일
				31 日	삼십일일

＊農曆初一：초하루〈初-〉

＊農曆十五：보름〔會話中也會說보름날〕

＊農曆每個月的最後一天、晦日：그믐〔會話中也會說그믐날〕

★週與星期

이번 주 /-쭈/ 〈-週〉	這週
지난주 〈-週〉	上週
지지난 주 〈-週〉	上上週
다음 주 /-쭈/ 〈-週〉	下週
다다음 주 /-쭈/ 〈-週〉	下下週
주말 〈週末〉	週末
요일 〈曜日〉	星期 ＊「星期幾」是무슨 요일 /무슨뇨일/ ★今天星期幾？：오늘이 무슨 요일이에요？
일요일 〈日曜日〉	星期天 ＊會話中會在星期後面加上날，如일요일날 /이료일랄/〔後面的星期一월요일날、星期二화요일날等均以此類推〕。
월요일 〈月曜日〉	星期一

947

화요일 〈火曜日〉	星期二
수요일 〈水曜日〉	星期三
목요일 〈木曜日〉	星期四
금요일 〈金曜日〉	星期五
토요일 〈土曜日〉	星期六

★韓國的節日

1月1日：신정〈新正〉
＊國曆的過年是 1 月 1 日，只有休 1 天，團體或公司大致上都是在 1 月 2 日舉辦開工典禮。

農曆 1 月 1 日：설날〔最近表示舊曆新年的구정〈舊正〉已不再使用〕
＊農曆除夕與農曆 1 月 1 號、2 號是連休，家人聚在一起祭祀祖先，向長輩拜年。人口移動超乎想像。

3 月 1 日：삼일절 /삼일쩔/〈三一節〉
＊1919 年 3 月 1 日，獨立萬歲運動發生之日。獨立運動紀念日。

農曆 4 月 8 日：부처님 오신 날
＊佛祖誕辰紀念日。

5 月 5 日：어린이날
＊兒童節。

6 月 6 日：현충일〈顯忠日〉
＊陣亡將士紀念日。紀念在獨立運動或韓戰中為國家獻上生命之烈士們的日子。

7 月 15 日：중원절
＊中元節的由來眾說紛紜，其中最有名的就是佛教的《目蓮救母》以及道教的「地官赦罪日」。

8 月 15 日：광복절 /광복쩔/〈光復節〉
＊光復紀念日。1945 年 8 月 15 日，日本正式向聯軍投降，大韓民國從日本的佔領中光復〔8.15：팔일오〕。

陰曆 8 月 15 日：추석〈秋夕〉
＊中秋節。中秋節最有名的故事便是《嫦娥奔月》、《吳剛伐桂》等。

10 月 3 日：개천절〈開天節〉
＊建國紀念日。紀念西元前 2333 年，檀君왕검<王儉>在朝鮮半島建立朝鮮。

10 月 9 日：한글날 /한글랄/
＊韓文日。紀念朝鮮王朝世宗大王發明韓文的日子。

12 月 25 日：성탄절〈聖誕節〉
＊耶誕節。耶穌基督的生日。

‧韓國有國家法律規定的국경일 /국겡일/〈國慶日〉。其中有삼일절、제헌절、광복절、개천절、한글날，唯一只有제헌절沒有放假。
‧韓國自 2014 年起導入彈性放假制（대체휴일제〈代替休日制〉）。설날（農曆新年）、추석（中秋節）遇上公休日時，將之後第一個平日改為公休日。若어린이날（兒童節）遇上週六或其他的公休日，會將之後第一個平日改為公休日，兒童節以外的假日若落在週六，則不含在代替公休日之內。

★最好能知道的韓國紀念日〔不放假〕
식목일 /심목일/：植樹節
향토예비군의 날：鄉土預備軍日
혁명기념일，4.19 /사일구/：革命紀念日、四一九
근로자의 날：勞動節
어버이날：父母節、雙親節
스승의 날：教師節
5.16 /오일륙/：五一六
＊박정희〈朴正熙〉政變奪得政權之日。
6.25 /유기오/：六二五
＊南北韓戰爭爆發紀念日。
제헌절〈制憲節〉：制憲節
＊1948 年 7 月 17 日，宣布大韓民國憲法之日。
국군의 날：國軍日

★台灣的節日

신정：元旦（1 月 1 日）
평화 기념일：和平紀念日（2 月 28 日）
부녀절：婦女節（3 月 8 日）
식목일：植樹節（3 月 12 日）
청년절：青年節（3 月 29 日）
어린이날：兒童節（4 月 4 日）
청명절：清明節（4 月 5 日）
근로자의 날：勞動節（5 月 1 日）
모친절：母親節（5 月的第二個星期天）
부친절：父親節（8 月 8 日）
스승의 날：教師節（9 月 28 日）
국경일：國慶日（10 月 10 日）
대만 관복절：臺灣光復節（10 月 25 日）
국부 탄신 기념일：國父誕辰紀念日（11 月 12 日）
행헌 기념일：行憲紀念日（12 月 25 日）
성탄절：聖誕節（12 月 25 日）
제야：除夕（農曆 12 月 29 日）
설날：春節（農曆 1 月 1 日）
단옷날：端午節（農曆 5 月 5 日）
칠석：七夕（農曆 7 月 7 日）
중원절：中元節（農曆 7 月 15 日）
추석：中秋節（農曆 8 月 15 日）

4. 時間
★早、中、晚

아침	早上
새벽	凌晨
꼭두새벽 /꼭뚜-/	黎明、破曉、大清早
낮 /낟/	白天、白晝
저녁	晚上、黃昏、傍晚
밤	晚上、夜晚
초저녁 〈初-〉	黃昏、傍晚

심야 /시먀/ 〈深夜〉	深夜
한밤중 /한밤쯩/ 〈-中〉	半夜、午夜

해돋이 /해도지/	日出 ＊也稱為일출〈日出〉。 ＊日出：해가 뜨다 ＊看日出：해맞이
일몰 〈日沒〉	日落 ＊日落：해가 지다 ＊賞月：달맞이

오늘 아침	今天早上
오늘 밤 /-빰/	今天晚上
어젯밤 /어젣빰/	昨天晚上

내일 밤 /-빰/	明天晚上
내일 아침 /내이라침/	明天早上

★期間

하루 종일 〈-終日〉	一整天
한나절	大白天

하룻밤 /하룯빰/	一晚、一夜
밤새도록	整夜、通宵

일 개월 〈一個月〉	一個月 ＊也稱한 달。
이 개월 〈二個月〉	兩個月 ＊也稱두 달。
삼 개월 〈三個月〉	三個月 ＊也稱석 달 /석딸/。

사 개월 〈四個月〉	四個月 ＊也稱넉 달 /넉딸/。

하루	一天
이틀	兩天
사흘	三天
나흘	四天
닷새 /닫쌔/	五天
엿새 /엳쌔/	六天
이레	七天
여드레	八天
아흐레	九天
열흘	十天
일주일 동안 〈一週日-〉	一週期間 ＊單純要說 1 週、2 週的時候用일주일、이주일。

매일 〈每日〉	每天 ＊會話中常用맨날這個詞語。
매주 〈每週〉	每周
매월 〈每月〉	每月
매년 〈每年〉	每年

하루 걸러	隔日、隔一天 ＊也稱為격일 〈隔日〉。 ＊隔日上班：격일 근무
한 주 걸러	隔週 ＊也稱為격주 /격쭈/ 〈隔週〉。 ＊隔週週六公休：격주 토요일 휴무
한 달 걸러	隔月 ＊也稱為격월 〈隔月〉。
간격 〈間隔〉	間隔 ＊每隔一小時：한 시간 간격으로

| 마다 | 每-
＊每小時：한 시간 마다
＊每天：날마다 |

★時刻與時間

시계〈時計〉	鐘錶、時鐘、手錶 ＊手錶快〔慢〕五分鐘：시계가 5 분 빨리〔늦게〕가다
시간〈時間〉	時間 ＊時間的長度한 시간（1 小時）、두 시간（2 小時）、세 시간（3 小時）…，열 시간（10 小時）、열다섯 시간（15 小時）、스물네 시간（24 小時）等都以固有數字來表示。
시〈時〉	時、點 ＊念法是한 시（1 點）、두 시（2 點）、세 시（3 點）、네 시（4 點）…，열 시（10 點）、열한 시（11 點）、열두 시（12 點）等以固有數字表示。 ＊12 點 30 分：열두 시 삼십 분或是열두 시 반〔12 點半〕 ＊軍隊、政府機關或鐵道相關機構習慣以 24 小時制來念時間，在這種情況下，到 12 點以固有數字念出，之後십삼 시（13 點）、십사 시（14 點）、십오 시（15 點）…、이십 시（20 點）、이십사 시（24 點）、이십오 시（25 點）等以漢字數字念出。
분〈分〉	分 ＊讀法是일 분（1 分）、이 분（2 分）、삼 분（3 分）、십오 분（15 分）、삼십 분（30 分）、사십오 분（45 分）、육십 분（60 分）等以漢數字表示。 ＊要表示分的長度時，如일 분간（1 分鐘）、오 분간（5 分鐘）、삼십 분간（30 分鐘）等，均用漢數字表示。
초〈秒〉	秒 ＊念法是일 초（1 秒）、십오 초（15 秒）、삼십 초（30 秒）、육십 초（60 秒）等以漢字數字表示。

몇 시 /멷씨/ 〈-時〉	幾點 ＊〜小時前：〜시간 전〔1 小時前：한 시간 전〕 ＊〜小時後：〜시간 후〔2 小時後：두 시간 후〕 ＊전〈前〉無法置換為앞，但후〈後〉可以置換為 　뒤。
몇 분 /멷뿐/ 〈-分〉	幾分 ＊〜分前：〜분 전〔12 點 10 分前：열두 시 십 　분 전〕 ＊過〜分：韓文裡若要表示過了幾點幾分，單 　說〜분就可以了〔譬如過了8點15分，韓文可以 　說여덟 시 십오 분〕 ＊「〜分前」是〜분전〈-分前〉。

오전 〈午前〉	上午
정오 〈正午〉	中午
오후 〈午後〉	下午
자정 〈子正〉	午夜 ＊也稱為영시〈零時〉。

현재 〈現在〉	現在
과거 〈過去〉	過去
미래 〈未來〉	未來
옛날 /옌날/	以前、昔日

補充資料

★世界區域與國家

동양 東方
서양 西方
유럽〈Europe〉歐洲
＊也稱為구라파〈歐羅巴〉〔主要是
　年長者使用〕。
북구 /북꾸 北歐
＊也稱為북유럽〈北 Europe〉。

아시아〈Asia〉亞洲
극동 아시아 /극똥-/〈極東 Asia〉遠東
시베리아〈Siberia〉西伯利亞
동아시아〈東 Asia〉東亞

구미 歐美

아프리카〈Africa〉非洲

북아메리카〈北 America〉北美洲
＊也稱為북미 /붕미/〈北美〉。
알래스카〈Alaska〉阿拉斯加州

중동 中東

동구 東歐
＊也稱為동유럽〈東 Europe〉。
서구 西歐
＊也稱為서유럽〈西 Europe〉。
남구 南歐
＊也稱為남유럽〈南 Europe〉。

동남아시아〈東南 Asia〉東南亞
중앙아시아〈中央 Asia〉中亞
남아시아〈南 Asia〉南亞

유라시아〈Eurasia〉歐亞大陸

오세아니아〈Oceania〉大洋洲
＊也稱為대양주〈大洋洲〉。

남아메리카〈南 America〉南美洲
＊也稱為남미〈南美〉。

중근동 中近東
＊中東加近東。

南北韓都市與行政區

★韓國・朝鮮

・韓國地方自治團體

分為廣域自治團體（道、特別市、廣域市）與基礎自治團體（市、郡、自治區），以 2018 年 1 月 1 日為準，有 8 道、1 特別自治道、1 特別市、1 特別自治市、6 廣域市、75 市、88 郡。其下有구〈區〉、읍〈邑〉，면〈面〉，동〈洞〉，리〈里〉。도〈道〉是朝鮮半島自古以來的地方區分單位，由「市」與「郡」組成。自古以來便有咸鏡道、平安道、黃海道、京畿道、江原道、忠清道、全羅道、慶尚道等，稱為「朝鮮八道」，現在的「道」是以朝鮮時代末期的區域為基礎。但因為 1945 年的南北分裂與 1950〜1953 年的韓戰，在接近南北境界線的地域，「道」的範圍有所變動。

◎서울특별시 首爾特別市〔25 區〕
종로구 鍾路區／중구 中區／성동구 城東區／용산구 龍山區／광진구 廣津區／동대문구 東大門區／중랑구 中浪區／성북구 城北區／강북구 江北區／도봉구 道峰區／노원구 蘆原區／은평구 恩平區／서대문구 西大門區／마포구 麻浦區／양천구 陽川區／강서구 江西區／구로구 九老區／금천구 衿川區／영등포구 永登浦區／동작구 銅雀區／관악구 冠岳區／서초구 瑞草區／강남구 江南區／송파구 松坡區／강동구 江東區

• 세종특별자치시 世宗特別自治市
＊2012 年 7 月 1 日建立的行政中心複合都市。

◎부산광역시 釜山廣域市〔15 區 1 郡〕
중구 中區／서구 西區／동구 東區／영도구 影島區／부산진구 釜山鎮區／동래구 東萊區／남구 南區／북구 北區／해운대구 海雲臺區／사하구 沙下區／금정구 金井區／강서구 江西區／연제구 蓮堤區／수영구 水營區／사상구 沙上區／기장군 機張郡

• 인천광역시 仁川廣域市〔8 區 2 郡〕
중구 中區／서구 西區／동구 東區／남구 南區／연수구 延壽區／남동구 南洞區／부평구 富平區／계양구 桂陽區／강화군 江華郡／옹진군 甕津郡

• 대전광역시 大田廣域市〔5 區〕
중구 中區／동구 東區／서구 西區／유성구 儒城區／대덕구 大德區

- 대구광역시 大邱廣域市〔7 區 1 郡〕
  중구 中區／동구 東區／서구 西區／남구 南區／북구 北區／수성구 壽城區／
  달서구 達西區／달성군 達城郡

- 광주광역시 光州廣域市〔5 區〕
  동구 東區／서구 西區／남구 南區／북구 北區／광산구 光山區

- 울산광역시 蔚山廣域市〔4 區 1 郡〕
  중구 中區／북구 北區／동구 東區／남구 南區／울주군 蔚州郡

·韓國其他主要都市

　　若是未達「廣域市」規模但人口超越 50 萬人的「市」，則不設立自治區而是設置「行政區」。目前，水原市、城南市、安養市、安山市、高陽市、清州市、全州市、浦項市、馬山市這 10 市設有「行政區」。

- 경기도 京畿道〔28 市〕

수원시 水原市	구리시 九里市
＊장안구 長安區／권선구 勸善區／	남양주시 南楊州市
팔달구 八達區／영통구 靈通區	오산시 烏山市
성남시 城南市	시흥시 始興市
＊수정구 壽井區／중원구 中院區／	군포시 軍浦市
분당구 盆唐區	의왕시 義王市
의정부시 議政府市	하남시 河南市
안양시 安養市	용인시 龍仁市
＊만안구 萬安區／동안구 東安區	＊수지구 水枝區／기흥구 器興區／
부천시 富川市	처인구 處仁區
광명시 光明市	이천시 利川市
평택시 平澤市	안성시 安城市
동두천시 東豆川市	김포시 金浦市
안산시 安山市	화성시 華城市
＊상록구 常綠區／단원구 檀園區	광주시 廣州市
고양시 高陽市	양주시 楊州市
＊덕양구 德陽區／일산동구 一山東	파주시 坡州市
區／일산서구 一山西區	포천시 抱川市
과천시 果川市	여주시 驪州市

• 강원도 江原道〔7市〕

춘천시 春川市	태백시 太白市
원주시 原州市	속초시 束草市
강릉시 江陵市	삼척시 三陟市
동해시 東海市	

• 충청북도 忠淸北道〔3市〕，簡稱為충북〈忠北〉

청주시 淸州市	충주시 忠州市
＊상당구 上黨區／흥덕구 興德區	제천시 堤川市

• 충청남도 忠淸南道〔8市〕，簡稱為충남〈忠南〉

천안시 天安市	서산시 瑞山市
＊동서구 東西區／남북구 南北區	논산시 論山市
공주시 公州市	계룡시 鷄龍市
보령시 保寧市	당진시 唐津市
아산시 牙山市	

• 전라북도 全羅北道〔6市〕，簡稱為전북〈全北〉

전주시 全州市	정읍시 井邑市
＊완산구 完山區／덕진구 德津區	남원시 南原市
군산시 群山市	김제시 金堤市
익산시 益山市	

• 전라남도 全羅南道〔5市〕，簡稱為전남〈全南〉

목포시 木浦市	나주시 羅州市
여수시 麗水市	광양시 光陽市
순천시 順天市	

• 경상북도 慶尙北道〔10市〕，簡稱為경북〈慶北〉

포항시 浦項市	구미시 龜尾市
＊남구 南區／북구 北區	영주시 榮州市
경주시 慶州市	영천시 永川市
김천시 金泉市	상주시 尙州市
안동시 安東市	문경시 聞慶市
경산시 慶山市	

• 경상남도 慶尙南道〔8市〕，簡稱為경남〈慶南〉

창원시 昌原市
＊마산합포구 馬山合浦區／마산회원구 馬山會原區／성산구 城山區／의창구

義昌區／진해구 鎮海區

진주시 晉州市	밀양시 密陽市
통영시 統營市	거제시 巨濟市
사천시 泗川市	양산시 梁山市
김해시 金海市	

• 제주특별자치도 濟州特別自治道〔2 市〕

제주시 濟州市	서귀포시 西歸浦市

• 朝鮮行政區

＊朝鮮的行政區（2008 年 1 月至現在）：朝鮮的地方行政體系，基本上的構造為直轄市、道-市、郡、區域-邑、洞、里、勞工區。現在有 9 道 1 直轄市、3 特別市、3 特別區、24 市、148 郡。

◎평양직할시 平壤直轄市〔19 區〕
동대원구역 東大院區域／대동강구역 大同江區域／대성구역 大城區域／락랑구역 樂浪區域／력포구역 力浦區域／룡성구역 龍城區域／만경대구역 萬景臺區域／모란봉구역 牡丹峰區域／보통강구역 普通江區域／사동구역 寺洞區域／삼석구역 三石區域／서성구역 西城區域／선교구역 船橋區域／순안구역 順安區域／승호구역 勝湖區域／중구역 中區域／평천구역 平川區域／형제산구역 兄弟山區域／은정구역 恩情區域

• 라선특별시 羅先特別市	• 개성특별시 開城特別市
• 남포특별시 南浦特別市	

特別區：不適用北韓一般的法律，有獨立制度的特殊地區。
• 신의주특별행정구 新義州特別行政區
• 금강산국제관광특별구 金剛山國際觀光特別區
• 개성공업지구 開城工業地區

• 평안북도 平安北道〔3 市〕

신의주시 新義州市	정주시 定州市
구성시 龜城市	

• 평안남도 平安南道〔5 市〕

평성시 平城市	안주시 安州市

개천시 价川市   순천시 順川市
덕천시 德川市

- 자강도 慈江道〔3 市〕
강계시 江界市   희천시 熙川市
만포시 滿浦市

- 량강도 兩江道〔1 市〕
혜산시 惠山市

- 황해북도 黃海北道〔2 市〕
사리원시 沙里院市   송림시 松林市

- 황해남도 黃海南道〔1 市〕
해주시 海州市

- 강원도 江原道〔2 市〕
원산시 元山市   문천시 文川市

- 함경북도 咸鏡北道〔3 市〕
청진시 清津市   회령시 會寧市
김책시 金策市

- 함경남도 咸鏡南道〔4 市〕
흥남시 興南市   단천시 端川市
신포시 新浦市   함흥시 咸興市

補充資料

南北韓都市與行政區

世界各國與主要都市

★亞洲地區

대한민국 大韓民國
◎서울특별시〈Seoul 特別市〉首爾特別市

대만 臺灣
＊也稱為타이완〈Taiwan〉。
◎台北：타이베이〈Taipei〉
　・新北：신베이〈New Taipei〉
　・台中：타이중〈Taichung〉
　・台南：타이난〈Tainan〉
　・高雄：가오슝〈Gaoxiong〉

일본 日本
◎東京：도쿄〈Tokyo〉
　・札幌：삿포로〈Sapporo〉
　・川崎：가와사키〈Kawasaki〉
　・橫濱：요코하마〈Yokohama〉
　・名古屋：나고야〈Nagoya〉
　・京都：교토〈Kyoto〉
　・大阪：오사카〈Osaka〉
　・神戶：고베〈Kobe〉
　・廣島：히로시마〈Hiroshima〉
　・福岡：후쿠오카〈Fukuoka〉
　・熊本：구마모토〈Kumamoto〉

인도〈India〉印度
　・艾哈邁達巴德：아마다바드〈Ahmedabad〉
　・加爾各答：캘커타〈Calcutta〉
　・坎普爾：칸푸르〈Kanpur〉
　・清奈：첸나이〈Chennai〉
　・德里：델리〈Delhi〉
　・那格浦爾：나그푸르〈Nagpur〉
◎新德里：뉴델리〈New Delhi〉
　・海德拉巴：하이데라바드〈Hyderabad〉
　・班加羅爾：벵갈루루〈Bengalure〉

· 浦納：푸네〈Pune〉
· 孟買：뭄바이〈Mumbai〉
· 勒克瑙：러크나우〈Lucknow〉

인도네시아〈Indonesia〉印度尼西亞
◎雅加達：자카르타〈Jakarta〉
· 泗水：수라바야〈Surabaya〉
· 萬隆：반둥〈Bandung〉
· 棉蘭：메단〈Medan〉

캄보디아〈Cambodia〉柬埔寨
◎金邊：프놈펜〈Phnom Penh〉

싱가포르〈Singapore〉新加坡
◎新加坡：싱가포르〈Singapore〉

스리랑카〈Sri Lanka〉斯里蘭卡
· 斯里賈亞瓦德納普拉科特：스리자야와르데네푸라코테〈Sri Jayawardenepura Kotte〉

타이〈Thailand〉泰國
＊也稱為태국〈泰國〉。
◎曼谷：방콕〈Bangkok〉
· 清邁：치앙마이〈Chiang Mai〉

중국 中國
＊正式名稱為중화인민공화국〈中華人民共和國〉。
　◎北京：베이징〈Beijing〉
　＊中國的地名請參照 986 頁。

네팔〈Nepal〉尼泊爾
◎加德滿都：카트만두〈Katmandu〉

파키스탄〈Pakistan〉巴基斯坦
◎伊斯蘭瑪巴德：이슬라마바드〈Islamabad〉
· 喀拉蚩：카라치〈Karachi〉
· 拉合爾：라호르〈Lahore〉
· 拉瓦爾品第：라왈핀디〈Rawalpindi〉

방글라데시 〈Bangladesh〉 孟加拉
◎達卡 : 다카 〈Dacca〉

동티모르 〈東 Timor〉 東帝汶
◎狄力 : 딜리 〈Dili〉

필리핀 〈Philippines〉 菲律賓
◎馬尼拉 : 마닐라 〈Manila〉
　• 奎松市 : 케손시티 〈Quezon City〉

부탄 〈Bhutan〉 不丹
◎廷布 : 팀부 〈Thimphu〉

브루나이 〈Brunei〉 汶萊
◎斯里巴卡旺市 : 반다르스리브가완 〈Bandar Seri Begawan〉

베트남 〈Vietnam〉 越南
＊也稱為월남 〈越南〉。
◎河內市 : 하노이 〈Hanoi〉
　• 胡志明市 : 호찌민 시 〈Ho Chi Minh〉

홍콩 〈Hong Kong〉 香港

말레이시아 〈Malaysia〉 馬來西亞
◎吉隆坡 : 쿠알라룸푸르 〈Kuala Lumpur〉

미얀마 〈Myanmar〉 緬甸
◎仰光 : 양곤 〈Yangon〉

몰디브 〈Maldive〉 馬爾地夫
◎馬利 : 말레 〈Malé〉

몽골 〈Mongolia〉 蒙古國
◎烏蘭巴托 : 울란바토르 〈Ulan Bator〉

라오스 〈Laos〉 寮國
◎永珍 : 비엔티안 〈Vientiane〉

★中亞・中東地區

아프가니스탄〈Afghanistan〉阿富汗伊斯蘭共和國、阿富汗
◎喀布爾：카불〈Kabul〉

아랍에미리트〈United Arab Emirates〉阿拉伯聯合大公國、阿聯
◎阿布達比：아부다비〈Abu Dhabi〉
　・杜拜：두바이〈Dubai〉

예멘〈Yemen〉葉門共和國、葉門
◎沙那：사나〈Sana'a〉

이스라엘〈Israel〉以色列國、以色列
◎耶路撒冷：예루살렘〈Jerusalem〉
　・特拉維夫：텔아비브〈Tel Aviv〉

이라크〈Iraq〉伊拉克共和國、伊拉克
◎巴格達：바그다드〈Baghdad〉

이란〈Iran〉伊朗伊斯蘭共和國、伊朗
◎德黑蘭：테헤란〈Teheran〉

오만〈Oman〉阿曼蘇丹國、阿曼
◎馬斯喀特：무스카트〈Muscat〉

카타르〈Qatar〉卡達
◎杜哈：도하〈Doha〉

쿠웨이트〈Kuwait〉科威特國、科威特
◎科威特：쿠웨이트〈Kuwait〉

사우디아라비아〈Saudi Arabia〉沙烏地阿拉伯王國、沙烏地阿拉伯
　・麥加：메카〈Mecca〉
　◎利雅德：리야드〈Riyadh〉

시리아〈Syria〉阿拉伯敘利亞共和國、敘利亞
＊與韓國沒有邦交。
◎大馬士革：다마스커스〈Damascus〉

터키 〈Turkey〉土耳其共和國、土耳其
◎安卡拉：앙카라〈Ankara〉
　　• 伊斯坦堡：이스탄불〈Istanbul〉

바레인 〈Bahrain〉巴林王國、巴林
◎麥納瑪：마나마〈Manama〉

팔레스타인 〈Palestine〉巴勒斯坦國、巴勒斯坦
＊巴勒斯坦自治政府：팔레스타인 자치 정부

요르단 〈Jordan〉約旦哈希姆王國、約旦
◎安曼：암만〈Amman〉

레바논 〈Lebanon〉黎巴嫩共和國、黎巴嫩
◎貝魯特：베이루트〈Beirut〉

★太平洋地區

오스트레일리아 〈Australia〉澳大利亞聯邦、澳大利亞、澳洲
＊也稱為호주〈濠洲〉。
◎坎培拉：캔버라〈Canberra〉
　　• 雪梨：시드니〈Sydney〉
　　• 布里斯本：브리즈번〈Brisbane〉
　　• 墨爾本：멜버른〈Melbourne〉

키리바시 〈Kiribati〉吉里巴斯共和國、吉里巴斯
◎南塔拉瓦：사우스타라와〈South Tarawa〉

사모아 〈Samoa〉薩摩亞獨立國、薩摩亞
◎阿皮亞：아피아〈Apia〉

솔로몬제도 〈Solomon 諸島〉索羅門群島
◎荷尼阿拉：호니아라〈Honiara〉

투발루 〈Tuvalu〉吐瓦魯
◎富納富提：푸나푸티〈Funafuti〉

통가〈Tonga〉東加王國、東加
◎努瓜婁發：누쿠알로파〈Nuku'alofa〉

나우루〈Nauru〉諾魯共和國、諾魯
◎雅連區：야렌 구〈Yaren 區〉

뉴질랜드〈New Zealand〉紐西蘭
◎威靈頓：웰링턴〈Wellington〉
　・基督城：크라이스트처치〈Christchurch〉

바누아투〈Vanuatu〉萬那杜共和國、萬那杜
◎維拉港：포트빌라〈Port Vila〉

파푸아뉴기니〈Papua New Guinea〉巴布亞紐幾內亞獨立國、巴布亞紐幾內亞
◎摩斯比港：포트모르즈비〈Port Moresby〉

팔라우〈Palau〉帛琉共和國、帛琉
◎梅萊凱奧克：멜레케오크〈Melekeok〉

피지〈Fiji〉斐濟共和國、斐濟
◎蘇瓦：수바〈Suva〉

마셜제도〈Marshall 諸島〉馬紹爾群島共和國、馬紹爾群島
◎馬久羅：마주로〈Majuro〉

미크로네시아〈Micronesia〉密克羅尼西亞聯邦
◎帕利基爾：팔리키르〈Palikir〉

★歐洲地區

아이슬란드〈Iceland〉冰島
◎雷克雅維克：레이캬비크〈Reykjavik〉

아일랜드〈Ireland〉愛爾蘭共和國、愛爾蘭
◎都柏林：더블린〈Dublin〉

아제르바이잔〈Azerbaijan〉亞塞拜然共和國、亞塞拜然
◎巴庫：바쿠〈Baku〉

알바니아〈Albania〉阿爾巴尼亞共和國、阿爾巴尼亞
◎地拉那：티라나〈Tirana〉

아르메니아〈Armenia〉亞美尼亞共和國、亞美尼亞
◎ 葉里溫：예레반〈Yerevan〉

안도라〈Andorra〉安道爾侯國、安道拉親王國、安道爾
◎老安道爾：안도라라베야〈Andorra la Vella〉

영국 大不列顛及北愛爾蘭聯合王國、英國
◎倫敦：런던〈London〉
  · 布里斯托：브리스틀〈Bristol〉
  · 曼徹斯特：맨체스터〈Manchester〉
  · 利物浦：리버풀〈Liverpool〉

이탈리아〈Italy〉義大利共和國、義大利
＊有許多人寫成이태리，但並非正式的拼法。
◎羅馬：로마〈Rome〉
  · 米蘭：밀라노〈Milano〉

우크라이나〈Ukraine〉烏克蘭
◎基輔：키예프〈Kiev〉
  · 聶伯城：드니프로페트로우시크〈Dnipropetrovsk〉
  · 頓內次克：도네츠크〈Donetsk〉
  · 卡爾可夫：하르키우〈Kharkiv〉

우즈베키스탄〈Uzbekistan〉烏茲別克共和國、烏茲別克
◎ 塔什干：타쉬켄트〈Tashkend〉

에스토니아〈Estonia〉愛沙尼亞
◎塔林：탈린〈Tallinn〉

오스트리아〈Austria〉奧地利共和國、奧地利
◎維也納：비엔나〈Wien〉

네덜란드〈Netherlands〉荷蘭王國、荷蘭
◎阿姆斯特丹、荷京：암스테르담〈Amsterdam〉
　• 海牙：헤이그〈Haag〉〔海牙〈Den Haag〉：더 헤이그〕

카자흐스탄〈Kazakhstan〉哈薩克共和國、哈薩克
◎阿斯塔納：아스타나〈Astana〉
　• 阿拉木圖：알마티〈Almaty〉

키프로스〈Cyprus〉賽普勒斯共和國、賽普勒斯
◎尼克西亞：니코시아〈Nicosia〉

그리스〈Greece〉希臘共和國、希臘
◎雅典：아테네〈Athens〉

키르기스스탄〈Kyrgyzstan〉吉爾吉斯共和國、吉爾吉斯
◎ 比斯凱克：비슈케크〈Bishkek〉

조지아〈Georgia〉喬治亞
◎提比里斯：트빌리시〈Tbilisi〉

크로아티아〈Croatia〉克羅埃西亞共和國、克羅埃西亞
◎札格瑞布：자그레브〈Zagreb〉

코소보〈Kosovo〉科索沃共和國、科索沃
◎ 普里斯提納：프리슈티나〈Prishtina〉

산마리노〈San Marino〉聖馬利諾共和國、聖馬利諾
◎聖馬利諾市：산마리노 시〈Città di San Marino〉

스위스〈Switzerland〉瑞士聯邦、瑞士
◎伯恩：베른〈Bern〉
　• 蘇黎世：취리히〈Zurich〉

스웨덴〈Sweden〉瑞典王國、瑞典
◎斯德哥爾摩：스톡홀름〈Stockholm〉

스페인〈Spain〉西班牙王國、西班牙
＊或是按西語稱에스파냐〈Espanā〉，是唯一有兩個正式名稱的國家。

◎馬德里：마드리드〈Madrid〉
• 巴塞隆納：바르셀로나〈Barcelona〉

슬로바키아〈Slovakia〉斯洛伐克共和國、斯洛伐克
◎布拉提斯拉瓦：브라티슬라바〈Bratislava〉

슬로베니아〈Slovenia〉斯洛維尼亞
◎盧比安納：류블랴나〈Ljubljana〉

세르비아〈Serbia〉塞爾維亞共和國、塞爾維亞
◎貝爾格勒：베오그라드〈Belgrade〉

타지키스탄〈Tajikistan〉塔吉克斯坦共和國、塔吉克
◎杜尚貝：두샨베〈Dushanbe〉

체코〈Czech〉捷克共和國、捷克
◎布拉格：프라하〈Prague〉

덴마크〈Denmark〉丹麥王國、丹麥
◎哥本哈根：코펜하겐〈Copenhagen〉

독일〈獨逸〉德意志聯邦共和國、德國
◎柏林：베를린〈Berlin〉
• 伍珀塔爾：부퍼탈〈Wuppertal〉
• 愛丁堡：에든버러〈Edinburgh〉
• 德勒斯登：드레스덴〈Dresden〉
• 海德堡：하이델베르크〈Heidelberg〉
• 漢堡：함부르크〈Hamburg〉
• 波昂：본〈Bonn〉
• 慕尼黑：뮌헨〈Munich〉
• 萊比錫：라이프치히〈Leipzig〉

투르크메니스탄〈Turkmenistan〉土庫曼
◎ 阿什哈巴特：아시가바트〈Ashgabat〉

노르웨이〈Norway〉挪威王國、挪威
◎奧斯陸：오슬로〈Oslo〉

바티칸〈Vatican〉梵蒂岡城國、梵蒂岡
＊바티칸 시국〈-市國〉，也稱為교황청〈教皇廳〉。

헝가리〈Hungary〉匈牙利
◎布達佩斯：부다페스트〈Budapest〉

핀란드〈Finland〉芬蘭共和國、芬蘭
◎赫爾辛基：헬싱키〈Helsinki〉

프랑스〈France〉法蘭西共和國、法國
• 土魯斯：툴루즈〈Toulouse〉
• 尼斯：니스〈Nice〉
◎巴黎：파리〈Paris〉
  • 波爾多：보르도〈Bordeaux〉
  • 馬賽：마르세유〈Marseille〉
  • 里昂：리옹〈Lyon〉

불가리아〈Bulgaria〉保加利亞共和國、保加利亞
◎ 索菲亞：소피아〈Sofia〉

벨로루스〈Belarus〉白俄羅斯共和國、白俄羅斯
◎明斯克：민스크〈Minsk〉

벨기에〈Belgium〉比利時王國、比利時
• 安特衛普：안트베르펜〈Antwerpen〉〔也稱為앤트워프〈Antwerp〉〕
  ◎布魯塞爾-首都大區：브뤼셀〈Brussels〉

폴란드〈Poland〉波蘭共和國、波蘭
◎華沙：바르샤바〈Warsaw〉

보스니아 헤르체고비나〈Bosnia and Herzegovina〉波士尼亞與赫塞哥維納
◎ 塞拉耶佛：사라예보〈Sarajevo〉

포르투갈〈Portugal〉葡萄牙共和國、葡萄牙
◎里斯本、葡京：리스본〈Lisbon〉

마케도니아〈Macedonia〉前南斯拉夫馬其頓共和國、北馬其頓、北馬其頓共和國
＊與韓國沒有邦交。
◎史高比耶：스코페〈Skopje〉

몰타〈Malta〉馬爾他共和國、馬爾他
◎ 法勒他：발레타〈Valletta〉

모나코〈Monaco〉摩納哥親王國、摩納哥公國、摩納哥
＊與韓國沒有邦交。
◎摩納哥：모나코〈Monaco〉
　・蒙地卡羅：몬테카를로〈Monte Carlo〉

몰도바〈Moldova〉摩爾多瓦共和國、摩爾多瓦
◎基希涅夫、奇西瑙：키시너우〈Chişinău〉

몬테네그로〈Montenegro〉蒙特內哥羅
◎波德里查：포드고리차〈Podgorica〉

라트비아〈Latvia〉拉脫維亞共和國、拉脫維亞
◎里加：리가〈Riga〉

리히텐슈타인〈Liechtenstein〉列支敦斯登親王國、列支敦斯登
◎瓦都茲：파두츠〈Vaduz〉

리투아니아〈Lithuania〉立陶宛共和國、立陶宛
◎維爾紐斯：빌뉴스〈Vilnius〉

루마니아〈Romania〉羅馬尼亞
◎布加勒斯特：부쿠레슈티〈Bucharest〉

룩셈부르크〈Luxembourg〉盧森堡大公國、盧森堡
◎盧森堡：룩셈부르크 시〈Luxembourg〉

러시아〈Russia，Россия〉俄羅斯聯邦、俄羅斯
◎莫斯科：모스크바〈Moskva，Москва〉
　・伊爾庫次克：이르쿠츠크〈Irkutsk，Иркутск〉
　・烏法：우파〈Ufa，Уфа〉
　・海參崴：블라디보스토크〈Vladivostok，Владивосток〉
　・葉卡捷琳堡：예카테린부르크〈Yekaterinburg，Екатеринбург〉
　・鄂木斯克：옴스크〈Omsk，Омск〉
　・喀山：카잔〈Kazan'，Казань〉
　・克拉斯諾亞爾斯克：크라스노야르스크〈Krasnoyarsk，Красноярск〉
　・薩馬拉：사마라〈Samara，Самара〉
　・聖彼得堡：상트페테르부르크〈St. Petersburg，Санкт-Петербург〉
　・索契：소치〈Sochi，Сочи〉
　・車里雅賓斯克：첼랴빈스크〈Chelyabinsk，Челябинск〉

- 下諾夫哥羅德：니즈니노브고로드〈Nizhnij Novgorod，Нижний Новгород〉
- 新西伯利亞：노보시비르스크〈Novosibirsk，Новосибирск〉
- 伯力、哈巴羅夫斯克：하바롭스크〈Khabarovsk，Хабаровск〉
- 南薩哈林斯克：유즈노사할린스크〈Yuzhno-Sakhalinsk，Южно-Сахалинск〉

★北美、中・南美地區

미합중국/미합쯍국/〈美合衆國〉美利堅合眾國、美國
＊一般稱為미국〈美國〉，也稱為아메리카합중국〈America-〉。
- 亞特蘭大：애틀랜타〈Atlanta〉
- 安克拉治：앵커리지〈Anchorage〉
- 印第安納波利斯：인디애나폴리스〈Indianapolis〉
- 奧克拉荷馬市：오클라호마시티〈Oklahoma City〉
- 奧克蘭：오클랜드〈Auckland〉
- 堪薩斯城：캔자스시티〈Kansas City〉
- 克里夫蘭：클리블랜드〈Cleveland〉
- 沙加緬度、薩克拉門托：새크라멘토〈Sacrament〉
- 聖安東尼奧：샌안토니오〈San Antonio〉
- 聖地牙哥：샌디에이고〈San Diego〉
- 舊金山市郡、舊金山：샌프란시스코〈San Francisco〉
- 西雅圖：시애틀〈Seattle〉
- 芝加哥：시카고〈Chicago〉
- 辛辛那堤：신시내티〈Cincinnati〉
- 聖路易：세인트루이스〈St. Louis〉
- 鹽湖城：솔트레이크시티〈Salt Lake City〉
- 達拉斯：댈러스〈Dallas〉
- 底特律：디트로이트〈Detroit〉
- 丹佛：덴버〈Denver〉
- 紐華克：뉴어크〈Newark〉
- 紐奧良：뉴올리언스〈New Orleans〉
- 紐約市、紐約：뉴욕〈New York〉
- 水牛城：버펄로〈Buffalo〉
- 匹茲堡：피츠버그〈Pittsburgh〉
- 休士頓：휴스턴〈Houston〉
- 費城、費利德菲亞：필라델피아〈Philadelphia〉
- 波士頓：보스턴〈Boston〉
- 火奴魯魯、檀香山：호놀룰루〈Honolulu〉

- 巴爾的摩：볼티모어〈Baltimore〉
- 邁阿密：마이애미〈Miami〉
- 明尼亞波利斯：미니애폴리스〈Minneapolis〉
- 密爾瓦基：밀워키〈Milwaukee〉
- 曼非斯：멤피스〈Memphis〉
- 拉斯維加斯：라스베이거스〈Las Vegas〉
- 洛杉磯、洛城：로스앤젤레스〈Los Angeles〉
  ＊簡稱 L.A.（엘에이）。
    ◎華盛頓哥倫比亞特區：워싱턴D.C.〈Washington, D.C.〉

아르헨티나〈Argentina〉阿根廷共和國、阿根廷
◎布宜諾斯艾利斯：부에노스아이레스〈Buenos Aires〉

앤티가 바부다〈Antigua and Barbuda〉安地卡及巴布達、安巴
◎聖約翰：세인트존스〈St. John's〉

우루과이〈Uruguay〉烏拉圭東岸共和國、烏拉圭
◎蒙特維多：몬테비데오〈Montevideo〉

에콰도르〈Ecuador〉厄瓜多共和國、厄瓜多
◎ 基多：키토〈Quito〉
- 瓜亞基爾：과야킬〈Guayaquil〉

엘살바도르〈El Salvador〉薩爾瓦多共和國、薩爾瓦多
◎聖薩爾瓦多、薩京：산살바도르〈San Salvador〉

가이아나〈Guyana〉蓋亞那合作共和國、蓋亞那
◎喬治城：조지타운〈Georgetown〉

캐나다〈Canada〉加拿大
＊許多人會寫成카나다，但這並非正式的拼法。
◎渥太華：오타와〈Ottawa〉
- 魁北克市、魁北克城：퀘벡〈Québec〉
- 多倫多：토론토〈Toronto〉
- 溫哥華：벤쿠버〈Vancouver〉
- 蒙特婁：몬트리올〈Montreal〉

쿠바〈Cuba〉古巴共和國、古巴
＊與韓國無邦交。
◎哈瓦那：아바나〈Havana〉

과테말라〈Guatemala〉瓜地馬拉共和國、瓜地馬拉
◎瓜地馬拉市：과테말라 시〈Guatemala City〉

그레나다〈Grenada〉格拉納達
◎聖喬治：세인트조지스〈St. George's〉

코스타리카〈Costa Rica〉哥斯大黎加共和國、哥斯大黎加
◎聖荷西：산호세〈San Jose〉

콜롬비아〈Colombia〉哥倫比亞共和國、哥倫比亞
◎波哥大：보고타〈Bogotá〉
　・麥德林：메데인〈Medellín〉

자메이카〈Jamaica〉牙買加
◎京斯敦：킹스턴〈Kingston〉

수리남〈Suriname〉蘇利南共和國、蘇利南
◎巴拉馬利波：파라마리보〈Paramaribo〉

세인트빈센트 그레나딘〈Saint Vincent and the Grenadines〉
聖文森及格瑞那丁、聖文森
◎金斯敦：킹스타운〈Kingstown〉

세인트크리스토퍼 네비스〈Saint Christopher and Nevis〉
聖克里斯多福與尼維聯邦、聖克里斯多福及尼維斯
◎巴士地：바스테르〈Basseterre〉

세인트루시아〈Saint Lucia〉聖露西亞
◎卡斯翠：캐스트리스〈Castries〉

칠레〈Chile〉智利共和國、智利
◎聖地亞哥：산티아고〈Santiago〉

도미니카공화국〈Dominica 共和國〉多明尼加共和國、多明尼加
◎聖多明哥：산토도밍고〈Santo Domingo〉

도미니카연방〈Dominica聯邦〉多米尼克國、多米尼克
◎羅索：로조〈Roseau〉

트리니다드토바고〈Trinidad and Tobago〉千里達及托巴哥共和國、千里達
◎西班牙港：포트오브스페인〈Port of Spain〉

니카라과〈Nicaragua〉尼加拉瓜共和國、尼加拉瓜
◎馬拿瓜：마나과〈Managua〉

아이티〈Haiti〉海地共和國、海地
◎太子港：포르토프랭스〈Port-au-Prince〉

파나마〈Panama〉巴拿馬共和國、巴拿馬
◎巴拿馬城：파나마 시〈Panama〉

바하마〈Bahamas〉巴哈馬國、巴哈馬
◎拿索：나소〈Nassau〉

버뮤다〈Bermuda〉百慕達、百慕達群島
＊北大西洋上的群島，英國的海外領土。
◎漢密爾頓：해밀턴〈Hamilton〉

파라과이〈Paraguay〉巴拉圭共和國、巴拉圭
◎亞松森：아순시온〈Asunción〉

바베이도스〈Barbados〉巴貝多
◎橋鎮：브리지타운〈Bridgetown〉

브라질〈Brazil〉巴西聯邦共和國、巴西
 ‧薩爾瓦多：사우바도르〈Salvador〉
 ‧聖保羅：상파울루〈Sao Paulo〉
◎巴西利亞：브라질리아〈Brasilia〉
 ‧美景市：벨루오리존치〈Belo Horizonte〉
 ‧里約熱內盧：리우데자네이루〈Rio de Janeiro〉
 ‧勒西菲：헤시피〈Recife〉

베네수엘라〈Venezuela〉委內瑞拉玻利瓦共和國、委內瑞拉
◎卡拉卡斯：카라카스〈Caracas〉

벨리즈〈Belize〉貝里斯
◎貝爾墨邦：벨모판〈Belmopan〉

페루〈Peru〉秘魯共和國、秘魯
◎利馬：리마〈Lima〉

볼리비아〈Bolivia〉多民族玻利維亞國、玻利維亞
◎拉巴斯：라파스〈La Paz〉

온두라스〈Honduras〉宏都拉斯共和國、宏都拉斯
◎德古西加巴：테구시갈파〈Tegucigalpa〉

멕시코〈Mexico〉墨西哥合眾國、墨西哥
◎墨西哥城：멕시코시티〈Mexico City〉
　• 瓜達拉哈拉：과달라하라〈Guadalajara〉
　• 蒙特雷：몬테레이〈Monterrey〉

★非洲地區

알제리〈Algeria〉阿爾及利亞民主人民共和國、阿爾及利亞
◎ 阿爾及爾：알제〈Algiers〉

앙골라〈Angola〉安哥拉共和國、安哥拉
◎羅安達：루안다〈Luanda〉

우간다〈Uganda〉烏干達共和國、烏干達
◎坎帕拉：캄팔라〈Kampala〉

이집트〈Egypt〉阿拉伯埃及共和國、埃及
　• 亞歷山大港：알렉산드리아〈Alexandria〉
　　◎開羅：카이로〈Cairo〉

에티오피아〈Ethiopia〉衣索比亞聯邦民主共和國、衣索比亞
◎ 阿迪斯阿貝巴：아디스아바바〈Addis Ababa〉

에리트레아〈Eritrea〉厄利垂亞國、厄利垂亞
◎阿斯馬拉：아스마라〈Asmara〉

가나 〈Ghana〉 迦納共和國、迦納
◎ 阿克拉 : 아크라 〈Accra〉

카보베르데 〈Cape Verde〉 維德角共和國、維德角
◎培亞 : 프라이아 〈Praia〉

가봉 〈Gabon〉 加彭共和國、加彭
◎自由市 : 리브르빌 〈Libreville〉

카메룬 〈Cameroon〉 喀麥隆共和國、喀麥隆
◎雅溫德 : 야운데 〈Yaoundé〉

감비아 〈Gambia〉 甘比亞共和國、甘比亞
◎班竹 : 반줄 〈Banjul〉

기니 〈Guinea〉 幾內亞共和國、幾內亞
◎ 科奈克里 : 코나크리 〈Conakry〉

기니비사우 〈Guinea-Bissau〉 幾內亞比索共和國、幾內亞比索
◎比索 : 비사우 〈Bissau〉

케냐 〈Kenya〉 肯亞共和國、肯亞
◎奈洛比 : 나이로비 〈Nairobi〉

코트디부아르 〈Côte d' Ivoire〉 象牙海岸共和國、象牙海岸
◎阿必尚 : 아비장 〈Abidjan〉

코모로 〈Comoros〉 葛摩聯盟、葛摩
◎莫洛尼 : 모로니 〈Moroni〉

콩고공화국 〈Congo 共和國〉 剛果共和國、剛果
◎布拉薩市 : 브라자빌 〈Brazzaville〉

콩고민주공화국 〈Congo 民主共和國〉 剛果民主共和國、民主剛果
＊舊名薩伊〈Zaire〉。
◎金夏沙 : 킨샤사 〈Kinshasa〉

상투메 프린시페 〈Sao Tome and Principe〉
聖多美普林西比民主共和國、聖多美普林西比、聖普
◎ 聖多美 : 상투메 〈Sao Tome〉

잠비아〈Zambia〉尚比亞共和國、尚比亞
◎路沙卡：루사카〈Lusaka〉

시에라리온〈Sierra Leone〉獅子山共和國、獅子山
◎自由城：프리타운〈Freetown〉

지부티〈Djibouti〉吉布地共和國、吉布地
◎ 吉布地市：지부티 시〈Djibouti〉

짐바브웨〈Zimbabwe〉辛巴威共和國、辛巴威
◎ 哈拉雷：하라레〈Harare〉

수단〈Sudan〉蘇丹共和國、蘇丹
◎喀土木：하르툼〈Khartoum〉

스와질랜드〈Swaziland〉史瓦濟蘭
◎墨巴本：음바바네〈Mbabane〉

세이셸〈Seychelles〉塞席爾共和國、塞席爾
◎維多利亞港：빅토리아〈Victoria〉

적도기니〈赤道 Guinea〉赤道幾內亞共和國、赤道幾內亞
◎馬拉博：말라보〈Malabo〉

세네갈〈Senegal〉塞內加爾共和國、塞內加爾
◎達卡：다카르〈Dakar〉

소말리아〈Somalia〉索馬利亞聯邦共和國、索馬利亞
◎摩加迪休：모가디슈〈Mogadishu〉

탄자니아〈Tanzania〉坦尚尼亞聯合共和國、坦尚尼亞
◎三蘭港：다르에스살람〈Dar es Salaam〉

차드〈Chad〉查德共和國、查德
◎恩將納：은자메나〈N'Djamena〉

중앙아프리카공화국〈中央 Africa 共和國〉中非共和國
◎ 班基：방기〈Bangui〉

튀니지〈Tunisia〉突尼西亞共和國、突尼西亞
◎突尼斯：튀니스〈Tunis〉

토고〈Togo〉多哥共和國、多哥
◎洛美：로메〈Lomé〉

나이지리아〈Nigeria〉奈及利亞聯邦共和國、奈及利亞
◎阿布加：아부자〈Abuja〉
　・拉哥斯：라고스〈Lagos〉

나미비아〈Namibia〉納米比亞共和國、納米比亞
◎溫荷克：빈트후크〈Windhoek〉

니제르〈Niger〉尼日共和國、尼日
◎尼阿美：니아메〈Niamey〉

서사하라〈西 Sahara〉西撒哈拉
◎阿尤恩：엘아이운〈Laayoune〉

부르키나 파소〈Burkina Faso〉布吉納法索
◎瓦加杜古：와가두구〈Ouagadougou〉

부룬디〈Burundi〉蒲隆地共和國、蒲隆地
◎ 布松布拉：부줌부라〈Bujumbura〉

베냉〈Benin〉貝南共和國、貝南
◎ 科托努：코토누〈Cotonou〉

보츠와나〈Botswana〉波札那共和國、波札那
◎ 嘉柏隆里：가보로네〈Gaborone〉

마다가스카르〈Madagascar〉馬達加斯加共和國、馬達加斯加
◎安塔那那利佛：안타나나리보〈Antananarivo〉

말라위〈Malawi〉馬拉威共和國、馬拉威
◎里朗威：릴롱궤〈Lilongwe〉

말리〈Mali〉馬利共和國、馬利
◎巴馬科：바마코〈Bamako〉

남아프리카공화국 〈南 Africa 共和國〉南非共和國、南非
• 開普敦：케이프타운〈Cape Town〉
◎普利托利亞：프리토리아〈Pretoria〉
　• 約翰尼斯堡、約堡：요하네스버그〈Johannesburg〉

남수단 〈南 Sudan〉南蘇丹共和國、南蘇丹
◎ 朱巴：주바〈Juba〉

모리셔스 〈Mauritius〉模里西斯共和國、模里西斯
◎ 路易港：포트루이스〈Port Louis〉

모리타니 〈Mauritania〉茅利塔尼亞伊斯蘭共和國、茅利塔尼亞
◎ 諾克少：누악쇼트〈Nouakchott〉

모잠비크 〈Mozambique〉莫三比克共和國、莫三比克
◎ 馬布多：마푸투〈Maputo〉

모로코 〈Morocco〉摩洛哥王國、摩洛哥
• 卡薩布蘭卡：카사블랑카〈Casablanca〉
　◎拉巴特：라바트〈Rabat〉

리비아 〈Libya〉利比亞國、利比亞
◎的黎波里：트리폴리〈Tripoli〉

라이베리아 〈Liberia〉賴比瑞亞共和國、賴比瑞亞
◎蒙羅維亞：몬로비아〈Monrovia〉

르완다 〈Rwanda〉盧安達共和國、盧安達
◎吉佳利：키갈리〈Kigali〉

레소토 〈Lesotho〉賴索托王國、賴索托
◎馬塞盧：마세루〈Maseru〉

世界地理（２）

★世界海洋

오대양 五大洋
태평양 太平洋
대서양 大西洋
인도양 印度洋

베링해〈Bering 海〉白令海
오호츠크해〈Okhotsk 海〉鄂霍次克海
황해 黃海
동중국해 /동중구캐/ 東中國海、東海
남중국해 /남중구캐/ 南中國海、南海
흑해 /흐캐/ 黑海
카스피해〈Caspie 海〉裏海
지중해 地中海

북극해 /북끄캐/ 北極海
＊北冰洋：북빙양 /북삥양/
남극해 /남끄캐/ 南極海
＊南冰洋：남빙양

홍해 紅海
아라비아해〈Arabia 海〉阿拉伯海
사해 死海
아드리아해〈Adria 海〉亞得里亞海
에게해〈Aegean 海〉愛琴海
카리브해〈Carib 海〉加勒比海
발트해〈Balt 海〉波羅的海

★世界主要島嶼（按面積大小排列）

그린란드〈Greenland〉格陵蘭
뉴기니섬〈New Guinea-〉新幾內亞島
칼리만탄섬〈Kalimantan-〉加里曼丹島
＊婆羅洲島：보르네오 섬〈Borneo-〉
마다가스카르섬〈Madagascar-〉馬達
加斯加島
배핀섬〈Baffin-〉巴芬島
수마트라섬〈Sumatra-〉蘇門答臘島
혼슈 本州
그레이트브리튼섬〈Great Britain-〉大
不列顛島

빅토리아섬〈Victoria-〉維多利亞島
자바섬〈Java-〉爪哇島
루손섬〈Luzon-〉呂宋島
민다나오섬〈Mindanao-〉民答那峨島
아일랜드섬〈Mindanao-〉愛爾蘭島
사할린섬〈Sakhalin-〉庫頁島
타스마니아섬〈Tasmania-〉塔斯馬尼
亞島
하와이제도〈Hawaii 諸島〉夏威夷群
島
괌섬〈Guam-〉關島

★世界主要的山岳（按標高排列）

에베레스트산〈Everest 山〉（8,848m）聖母峰

케이 투〈K 2〉（8,611m）喬戈里峰

칸첸중가산〈Kanchenjunga 山〉（8,586m）干城章嘉峰

다울라기리산〈Dhaulagiri 山〉（8,167m）道拉吉里峰

마나슬루산〈Manaslu 山〉（8,163m）馬納斯盧峰

안나푸르나산〈Annapurna 山〉（8,091m）安納布爾納峰

아콩카과산〈Aconcagua 山〉（6,960m）阿空加瓜山

매킨리산〈McKinley 山〉（6,168m）德納利山

킬리만자로산〈Kilimanjaro 山〉（5,895m）吉力馬札羅山

옐브루스산〈Elbrus 山〉（5,642m）厄爾布魯士山

＊高加索山脈的最高峰。

케냐산〈Kenya 山〉（5,199m）肯亞山

빈슨산괴〈Vinson 山塊〉（4,892m）文森山

＊南極最高峰。

몽블랑산〈Mont Blanc 山〉（4,810m）白朗峰

몬테로사산〈Monte Rosa 山〉（4,634m）羅莎峰

마터호른산〈Matterhorn 山〉（4,478m）馬特洪峰、切爾維諾峰

마우나케아산〈Mauna Kea 山〉（4,205m）毛納基火山

＊從海底算起高度為世界最高，位於夏威夷的海火山。

융프라우산〈Jungfrau 山〉（4,158m）少女峰

아이거산〈Eiger 山〉（3,975 m）艾格峰

위산산（3,952m）玉山

＊台灣最高峰。日治時期因為比富士山更高，取「新的日本最高峰」之意命名
　為新高山。

후지 산（3,776 m）富士山

쿡 산〈Cook 山〉（3,754m）庫克山

＊紐西蘭最高峰。

백두산 / 백뚜산 /〈白頭山〉（2,744m）長白山

＊位於北韓與中國的國境，中國名為창바이 산〈長白山〉。

코지어스코 산〈Kosciuszko 山〉（2,228m）科修斯科山

＊澳洲大陸最高峰。

한라산 / 할라산 /（1,956m）漢拏山

＊大韓民國最高峰。

★世界主要海溝

필리핀 해구 〈Philippines 海溝〉菲律賓海溝
마리아나 해구 〈Mariana 海溝〉馬里亞納海溝
일본 해구 日本海溝
쿠릴-캄차카 해구 〈Kuril–Kamchatka 海溝〉千島–堪察加海溝

★世界主要海峽

지브롤터 해협 〈Gibraltar 海峽〉直布羅陀海峽
도버 해협 〈Dover 海峽〉多佛海峽
보스포루스 해협 〈Bosporus 海峽〉伊斯坦堡海峽
베링 해협 〈Bering 海峽〉白令海峽
믈라카 해협 〈Malacca 海峽〉馬六甲海峽
대한해협 〈大韓海峽〉朝鮮海峽

★世界主要運河

수에즈 운하 〈Suez-〉蘇伊士運河　　　파나마 운하 〈Panama-〉巴拿馬運河

★世界主要沙漠

사하라 사막 〈Sahara-〉撒哈拉沙漠
고비 사막 〈Govi-〉戈壁
룹알할리 사막 〈Rub' al khali-〉魯卜哈利沙漠
칼라하리 사막 〈Kalahari-〉喀拉哈里沙漠
리비아 사막 〈Libya-〉利比亞沙漠
타클라마칸 사막 〈Taklamakan-〉塔克拉瑪干沙漠

★世界主要半島

아라비아 반도 〈Arabia-〉 阿拉伯半島
래브라도 반도 〈Labrador-〉 拉布拉多半島
스칸디나비아 반도 〈Scandinavia-〉 斯堪地那維亞半島
이베리아 반도 〈Iberia〉 伊比利半島
인도차이나 반도 〈Indochina-〉 中南半島
아나톨리아 반도 〈Anatolia-〉 安那托利亞半島
발칸 반도 〈Balkan-〉 巴爾幹半島
캄차카 반도 〈Kamchatka-〉 堪察加半島
말레이 반도 〈Malay-〉 馬來半島
한반도 韓半島
케이프요크 반도 〈Cape York-〉 約克角半島
이탈리아 반도 〈Italia-〉 義大利半島
바하칼리포르니아 반도 〈Baja California-〉 下加利福尼亞半島
플로리다 반도 〈Florida-〉 佛羅里達半島
소말리아 반도 〈Somali-〉 索馬利亞半島、非洲之角
＊也稱為아프리카의 뿔。

中國行政區劃分

・中國的地名

★省

헤이룽장성 黑龍江省
＊哈爾濱：하얼빈
지린성 吉林省
＊長春：창춘
랴오닝성 遼寧省
＊瀋陽：선양
허베이성 河北省
＊石家莊：스자좡
산둥성 山東省
＊濟南：지난
장쑤성 江蘇省
＊南京：난징
산시성 山西省
＊太原：타이위안
허난성 河南省
＊鄭州：정저우
안후이성 安徽省
＊合肥：허페이
저장성 浙江省
＊杭州：항저우
후베이성 湖北省
＊武漢：우한

후난성 湖南省
＊長沙：창사
장시성 江西省
＊南昌：난창
푸젠성 福建省
＊福州：푸저우
광둥성 廣東省
＊廣州：광저우
하이난성 海南省
＊海口：하이커우
산시성 陝西省
＊西安：시안
구이저우성 貴州省
＊貴陽：구이양
간쑤성 甘肅省
＊蘭州：란저우
칭하이성 青海省
＊西寧：시닝
쓰촨성 四川省
＊成都：청두
윈난성 雲南省
＊昆明：쿤밍

★自治區

광시좡족자치구 廣西壯族自治區
＊南寧：난닝
네이멍구자치구 內蒙古自治區
＊呼和浩特：후허하오터
닝샤후이족자치구 寧夏回族自治區
＊銀川：인촨

신장웨이우얼자치구 新疆維吾爾自治區
＊烏魯木齊：우루무치
티베트자치구 西藏自治區
＊拉薩：라싸

★直轄市

베이징 北京
상하이 上海

톈진 天津
충칭 重慶

★特別行政區

마카오 澳門

홍콩 香港

★其他主要地名

연변 (옌볜) 조선족자치주 延邊朝
鮮族自治州
연길、옌지 延吉
투먼 圖們
훈춘 琿春
지안 集安
단동 丹東
다롄 大連
쑤저우 蘇州
칭다오 青島
뤄양 洛陽
둔황 敦煌
선전 深圳
샤먼 廈門

장백산、창바이산 長白山
＊長白山天池：창바이산 톈츠
목단강、무단장 牡丹江
송화강、쑹화장 松花江
두만강、투먼장 圖們江
압록강、아루장 鴨綠江
조어도、디아오위따오 釣魚台
＊有國境紛爭之島嶼，韓語稱「釣魚
島」，台灣稱「釣魚台」。
센카쿠섬 釣魚台列嶼
＊「尖閣諸島」，這是日本對釣魚台
列嶼的稱法。
천안문、톈안먼 天安門
만리장성 萬里長城

＊中國歷史上的地名，現在已不使用者，以韓語的漢字音標記。但是現在還在使用的
地名，則按照中文的發音標記。

台灣行政區劃分

★台灣主要地名與觀光景點

지룽 基隆

이란 宜蘭

화롄 花蓮

타이둥 台東

타이베이 台北

타오위안 桃園

신주 新竹

먀오리 苗栗

타이중 台中

장화 彰化

윈린 雲林

난터우 南投

쟈이 嘉義

타이난 台南

가오슝 高雄

핑둥 屏東

펑후 澎湖

진먼 金門

마조 馬祖

타이베이 101빌딩 台北 101

고궁 박물관 故宮博物院

국부 기념관 國父紀念館

충렬사 忠烈祠

적감루、츠칸러우 赤崁樓

용산사 龍山寺

타이난 공자묘 台南孔子廟

청수조사 사원 清水祖師廟

지룽 천후궁 基隆天后宮

다자 전란궁 大甲鎮瀾宮

가오슝 불광산 高雄佛光山

아리산 阿里山

청칭후 澄清湖

르웨탄 日月潭

예류 野柳

아이허 愛河

컨딩 墾丁

●四字成語

【ㄱ】

가담항설 〈街談巷說〉街談巷議
가렴주구 〈苛斂誅求〉暴斂橫徵
가인박명 〈佳人薄命〉紅顏薄命
간간악악 〈侃侃諤諤〉侃侃諤諤
간난신고 〈艱難辛苦〉千辛萬苦
간담상조 〈肝膽相照〉肝膽相照
감개무량 〈感慨無量〉感慨萬千
갑론을박 〈甲論乙駁〉你爭我辯
강기숙정 〈綱紀肅正〉整肅綱紀
건곤일척 〈乾坤一擲〉乾坤一擲
격세지감 〈隔世之感〉恍如隔世
격화소양 〈隔靴搔癢〉隔靴搔癢
견강부회 〈牽強附會〉牽強附會
견원지간 〈犬猿之間〉犬猿之仲
견인불발 〈堅忍不拔〉堅忍不拔
경거망동 〈輕舉妄動〉輕舉妄動
경천동지 〈驚天動地〉驚天動地
계명구도 〈鷄鳴狗盜〉雞鳴狗盜
고군분투 〈孤軍奮鬪〉孤軍奮戰
고립무원 〈孤立無援〉孤立無援
고사내력 〈故事來歷〉典故來歷
고색창연 〈古色蒼然〉古色古香
고육지계 〈苦肉之計〉苦肉之計
곡학아세 〈曲學阿世〉曲學阿世
 ＊曲學阿世之徒：곡학아세의 무리
골육상쟁 〈骨肉相爭〉骨肉相殘
공명정대 〈公明正大〉光明正大
공서양속 〈公序良俗〉公序良俗

공평무사 〈公平無私〉公平無私
과대망상 〈誇大妄想〉誇大妄想
관포지교 〈管鮑之交〉管鮑之交
관혼상제 〈冠婚喪祭〉冠婚喪祭
 ＊為冠禮、婚禮、喪禮、祭禮的合
  稱。
광대무변 〈廣大無邊〉廣大無邊
교언영색 〈巧言令色〉巧言令色
구사일생 〈九死一生〉九死一生
 ＊九死方得一生：구사일생이다
구우일모 〈九牛一毛〉九牛一毛
구태의연 〈舊態依然〉依然故態、依
然如故
군계일학 〈群鷄一鶴〉鶴立雞群
군웅할거 〈群雄割據〉群雄割據
군자표변 〈君子豹變〉君子豹變
권모술수 〈權謀術數〉權謀術數
권선징악 〈勸善懲惡〉勸善懲惡
권토중래 〈捲土重來〉捲土重來
금과옥조 〈金科玉條〉金科玉律
금상첨화 〈錦上添花〉錦上添花
금성탕지 〈金城湯池〉金城湯池、固
若金湯
급전직하 〈急轉直下〉急轉直下
기사회생 〈起死回生〉起死回生
기상천외 〈奇想天外〉異想天開
기승전결 〈起承轉結〉起承轉合

【ㄴ】

낙양지가 〈洛陽紙價〉洛陽紙貴
낙화유수 〈落花流水〉落花流水
난공불락 〈難攻不落〉牢不可破
남녀노소 〈男女老少〉男女老幼

남선북마 〈南船北馬〉南船北馬
낭중지추 〈囊中之錐〉囊中之錐
내우외환 〈內憂外患〉內憂外患
누란지위 〈累卵之危〉危如累卵

989

【ㄷ】

다사제제 〈多士濟濟〉 人才濟濟
단기지계 〈斷機之戒〉 斷織之誡
단도직입 〈單刀直入〉 單刀直入
＊單刀直入來說：단도직입적으로
　말하면<單刀直入的->
당랑지부 〈螳螂之斧〉 螳臂擋車
대기만성 〈大器晚成〉 大器晚成
대담부적 〈大膽不敵〉 大膽無畏
대동소이 〈大同小異〉 大同小異
대언장어 〈大言壯語〉 豪言壯語

대의명분 〈大義名分〉 正當藉口
도탄지고 〈塗炭之苦〉 生靈塗炭
독립독보 〈獨立獨步〉 獨來獨往
독립자존 〈獨立自存〉 獨立自主
동공이곡 〈同工異曲〉 異曲同工
동분서주 〈東奔西走〉 東奔西走
동상이몽 〈同床異夢〉 同床異夢
동서고금 〈東西古今〉 古今中外
두한족열 〈頭寒足熱〉 寒頭暖足

【ㅁ】

마이동풍 〈馬耳東風〉 馬耳東風
만신창이 〈滿身創痍〉 滿目瘡痍
맹모삼천 〈孟母三遷〉 孟母三遷
＊也稱孟母三遷之敎（맹모 삼천지
　교<孟母三遷之敎>）
면목일신 〈面目一新〉 面目一新
면종복배 〈面從腹背〉 陽奉陰違
면허개전 〈免許皆傳〉 傾囊相授
멸사봉공 〈滅私奉公〉 滅私奉公
명경지수 〈明鏡止水〉 明鏡止水

무념무상 〈無念無想〉 心無雜念
무리난제 〈無理難題〉 無解難題
무미건조 〈無味乾燥〉 枯燥無味
무사식재 〈無事息災〉 消災息難
문외불출 〈門外不出〉 不傳外人
문전작라 〈門前雀羅〉 門可羅雀
문호개방 〈門戶開放〉 門戶大開
미래영겁 〈未來永劫〉 無盡歲月
미사여구 〈美辭麗句〉 詞藻華麗

【ㅂ】

박리다매 〈薄利多賣〉 薄利多銷
반신반의 〈半信半疑〉 半信半疑
방방곡곡 〈坊坊曲曲〉 五湖四海
방약무인 〈傍若無人〉 旁若無人
배수진 〈背水陣〉 背水一戰
＊佈下背水之陣：배수진을 치다
백발백중 〈百發百中〉 百發百中
백사청송 〈白沙青松〉 白沙青松
＊比喩海邊的美景。
백화요란 〈百花燎亂〉 百花爭妍

본말전도 〈本末轉倒〉 本末倒置
부즉불리 〈不卽不離〉 若卽若離
부창부수 〈夫唱婦隨〉 夫唱婦隨
부화뇌동 〈附和雷同〉 隨聲附和
분골쇄신 〈粉骨碎身〉 粉身碎骨
불구대천 〈不俱戴天〉 不共戴天
＊不共戴天之仇：불구대천지수<不
　俱戴天之讐>
불면불휴 〈不眠不休〉 不眠不休

【ㅅ】

사고팔고 〈四苦八苦〉 四苦八苦
＊出自於佛教。四苦即生、老、病、
　死四種苦，八苦即愛別離苦、怨憎

會苦、求不得苦、五陰盛苦四苦再
加上生、老、病、死四苦即為八
苦。

사면초가 〈四面楚歌〉 四面楚歌
사상누각 〈砂上樓閣〉 空中樓閣
산자수명 〈山紫水明〉 山明水秀
산전수전 〈山戰水戰〉 歷盡艱難
＊韓文中是比喻人歷經山戰與海戰累
　積種種經驗，是經驗豐富、老練的
　意思。／他是個飽經滄桑的人：산
　전수전 다 겪은 만만치 않은 사람
삼고초려 〈三顧草廬〉 三顧茅廬
삼라만상 〈森羅萬象〉 森羅萬象
삼면육비 〈三面六臂〉 三頭六臂
삼삼오오 〈三三五五〉 三五成群
삼위일체 〈三位一體〉 三位一體
삼일천하 〈三日天下〉 短命政權
삼한사온 〈三寒四溫〉 三寒四暖
새옹지마 〈塞翁之馬〉 塞翁失馬
＊塞翁失馬，焉知非福：인간 만사

【ㅇ】

아비규환 〈阿鼻叫喚〉 慘不忍睹
아전인수 〈我田引水〉 自私自利
악전고투 〈惡戰苦鬪〉 艱苦戰鬥
안녕질서 〈安寧秩序〉 安定有序
암중모색 〈暗中摸索〉 暗中摸索
애매모호 〈曖昧模糊〉 模稜兩可
야랑자대 〈夜郎自大〉 夜郎自大
약석무효 〈藥石無效〉 藥石罔效
약육강식 〈弱肉強食〉 弱肉強食
양두구육 〈羊頭狗肉〉 掛羊頭賣狗肉
양자택일 〈兩者擇一〉 二者擇一
어부지리 〈漁父之利〉 漁翁之利
언어도단 〈言語道斷〉 言語道斷
＊佛教語，指深奧微妙，無法用言語
　說明。引申有荒謬絕倫、無以名狀
　之意。
언행일치 〈言行一致〉 言行一致
여유작작 〈餘裕綽綽〉 綽綽有餘
영고성쇠 〈榮枯盛衰〉 盛衰榮枯
예악형정 〈禮樂刑政〉 禮樂刑政
＊禮法、樂教、刑罰、政令的簡稱，

새옹지마 <人間萬事塞翁之馬>
선견지명 〈先見之明〉 先見之明
성자필쇠 〈盛者必衰〉 盛極必衰
속전즉결 〈速戰即決〉 速戰速決
수어지교 〈水魚之交〉 魚水之交
시대착오 〈時代錯誤〉 不合時代
시시비비 〈是是非非〉 是是非非
시종일관 〈始終一貫〉 始終如一
시행착오 〈試行錯誤〉 失敗探索
＊反覆進行失誤試驗：시행착오를
　가듭하다
신진기예 〈新進氣銳〉 後起之秀
신출귀몰 〈神出鬼沒〉 神出鬼沒
심기일전 〈心機一轉〉 心念一轉
심모원려 〈深謀遠慮〉 深謀遠慮
십인십색 〈十人十色〉 各有千秋

意指治國之道。出自王安石《上皇
帝萬言書》。
오리무중 〈五里霧中〉 五里霧中
오월동주 〈吳越同舟〉 吳越同舟
오장육부 〈五臟六腑〉 五臟六腑
오합지졸 〈烏合之卒〉 烏合之眾
＊韓文也稱오합지중<烏合之眾>。
옥석혼효 〈玉石混淆〉 魚龍混雜
온고지신 〈溫故知新〉 溫故知新
와신상담 〈臥薪嘗膽〉 臥薪嘗膽
완전무결 〈完全無缺〉 完美無缺
외교사령 〈外交辭令〉 外交辭令
용두사미 〈虎頭蛇尾〉 虎頭蛇尾
용맹과감 〈勇猛果敢〉 勇猛果敢
용의주도 〈用意周到〉 面面俱到
우여곡절 〈迂餘曲折〉 艱難曲折
우왕좌왕 〈右往左往〉 東奔西竄
우유부단 〈優柔不斷〉 優柔寡斷
우음마식 〈牛飲馬食〉 暴飲暴食
우화등선 〈羽化登仙〉 羽化登仙
우후죽순 〈雨後竹筍〉 雨後春筍

991

욱일승천 〈旭日昇天〉 旭日東昇
운니지차 〈雲泥之差〉 天壤之別
운산무소 〈雲散霧消〉 煙消雲散
월하노인 〈月下老人〉 月下老人
위기일발 〈危機一髮〉 千鈞一髮
유명무실 〈有名無實〉 有名無實、徒
有虛名
유상무상 〈有象無象〉 宇宙萬物
유아독존 〈唯我獨尊〉 唯我獨尊
유야무야 〈有耶無耶〉 不了了之
＊弄得含糊不清：유야무야로 얼버
무리다
유언비어 〈流言飛語〉 流言蜚語
유위전변 〈有為轉變〉 變幻無常
유유자적 〈悠悠自適〉 悠然自得
윤회전생 〈輪迴轉生〉 輪迴轉世
융통무애 〈融通無碍〉 暢行無阻
음신불통 〈音信不通〉 渺無音訊
의기소침 〈意氣銷沈〉 意志消沉、委
靡不振
의기양양 〈意氣揚揚〉 意氣風發
의기충천 〈意氣衝天〉 意氣高昂
의기투합 〈意氣投合〉 意氣相投
의기헌앙 〈意氣軒昂〉 意氣軒昂
의미심장 〈意味深長〉 意味深長
의식동원 〈醫食同源〉 藥食同源
이구동성 〈異口同聲〉 異口同聲
이로정연 〈理路整然〉 思路清晰
이매망량 〈魑魅魍魎〉 魑魅魍魎
이심전심 〈以心傳心〉 心照不宣
인과응보 〈因果應報〉 因果報應
인적미답 〈人跡未踏〉 人跡未至
일각천금 〈一刻千金〉 一刻千金
일거양득 〈一舉兩得〉 一舉兩得
일거일동 〈一舉一動〉 一舉一動
일기가성 〈一氣呵成〉 一氣呵成
일기당천 〈一騎當千〉 以一擋十
일도양단 〈一刀兩斷〉 一刀兩斷

일련탁생 〈一蓮托生〉 休戚與共
일망천리 〈一望千里〉 一望無際
일망타진 〈一網打盡〉 一網打盡
일목요연 〈一目瞭然〉 一目瞭然
일벌백계 〈一罰百戒〉 殺雞儆猴
일사천리 〈一瀉千里〉 一瀉千里
＊從形容水的奔流通暢快速遠達千
里，引伸事物進展快速的意思。일
사천리這詞的諧音 1472<일사칠이
>在韓國是個很吉利的數字，因此
很多公司的電話都喜歡使用。
일생일대 〈一生一代〉 一生一世
일석이조 〈一石二鳥〉 一箭雙鵰
＊「一石二鳥」的語源來自英諺 kill
two birds with one stone。
일숙일반 〈一宿一飯〉 眷顧之恩
일시동인 〈一視同仁〉 一視同仁
일심동체 〈一心同體〉 一心一意、同
心同德
일심불란 〈一心不亂〉 一心不亂
＊形容對一項事物專心致志。
일언반구 〈一言半句〉 片言隻語
일의대수 〈一衣帶水〉 一衣帶水
일일지장 〈一日之長〉 一日之長
일일천추 〈一日千秋〉 度日如年
일장일단 〈一長一短〉 尺短寸長
일조일석 〈一朝一夕〉 一朝一夕
일진월보 〈日進月步〉 日新月異
일진일퇴 〈一進一退〉 一進一退
일촉즉발 〈一觸即發〉 一觸即發、千
鈞一髮
일치단결 〈一致團結〉 團結一致
일확천금 〈一攫千金〉 一舉致富
일희일우 〈一喜一憂〉 悲喜交加
＊也有일희일비<一喜一悲>的說法。
임기응변 〈臨機應變〉 臨機應變
입립신고 〈粒粒辛苦〉 粒粒皆辛苦

【ㅈ】

자가당착 〈自家撞着〉自相矛盾
자급자족 〈自給自足〉自給自足
자문자답 〈自問自答〉自問自答
자승자박 〈自繩自縛〉作繭自縛
자업자득 〈自業自得〉自作自受
자연도태 〈自然淘汰〉物競天擇
자초지종 〈自初至終〉自始至終
자포자기 〈自暴自棄〉自暴自棄
자화자찬 〈自畫自讚〉自賣自誇
작량감경 〈酌量減輕〉酌量減輕
작심삼일 〈作心三日〉一曝十寒
재색겸비 〈才色兼備〉才貌兼備
저돌맹진 〈猪突猛進〉盲目冒進
적재적소 〈適材適所〉適才適所、知
人善任
전광석화 〈電光石火〉電光石火
전대미문 〈前代未聞〉前所未聞
전무후무 〈前無後無〉空前絕後
전인미답 〈前人未踏〉前人未至之境
전전긍긍 〈戰戰兢兢〉戰戰兢兢

절차탁마 〈切磋琢磨〉切磋琢磨
절체절명 〈絕體絕命〉窮途末路
제행무상 〈諸行無常〉諸行無常
＊佛教語，指萬物所行都是無常。
조강지처 〈糟糠之妻〉糟糠之妻
조령모개 〈朝令暮改〉朝令夕改
조삼모사 〈朝三暮四〉朝三暮四
조제남조 〈粗製濫造〉粗製濫造
종횡무진 〈縱橫無盡〉縱橫馳騁
좌고우면 〈左顧右眄〉左顧右盼
주객전도 〈主客顚倒〉反客為主
주야겸행 〈晝夜兼行〉晝夜兼程
주지육림 〈酒池肉林〉酒池肉林
죽마고우 〈竹馬故友〉青梅竹馬
지리멸렬 〈支離滅裂〉支離破碎
지엽말절 〈枝葉末節〉細枝末節
직정경행 〈直情徑行〉率直行事
질실강건 〈質實剛健〉質實剛健
질의응답 〈質疑應答〉質疑應答

【ㅊ】

천변만화 〈千變萬化〉千變萬化
천변지이 〈天變地異〉天崩地裂
천의무봉 〈天衣無縫〉天衣無縫
천재일우 〈千載一遇〉千載難逢
천진난만 〈天真爛漫〉天真爛漫
철두철미 〈徹頭徹尾〉徹頭徹尾
청경우독 〈晴耕雨讀〉晴耕雨讀
청렴결백 〈清廉潔白〉清廉潔白
청천백일 〈青天白日〉青天白日

청천벽력 〈青天霹靂〉晴天霹靂
청출어람 〈青出於藍〉青出於藍
초지관철 〈初志貫徹〉不捨初衷
취사선택 〈取捨選擇〉取捨選擇
취생몽사 〈醉生夢死〉醉生夢死
칠전팔도 〈七顛八倒〉千辛萬苦
침사묵고 〈沈思默考〉沉思默想
침소봉대 〈針小棒大〉言過其實

【ㅋ】

쾌도난마 〈快刀亂麻〉快刀斬亂麻
＊ 快刀斬亂麻：쾌도난마로 잘라 버리다

【ㅌ】

타력본원 〈他力本願〉坐享其成

＊源自佛教。意指自己不努力，一切

均依靠他人，衍伸為坐享其成。

타산지석 〈他山之石〉他山之石

【ㅍ】

파란만장 〈波瀾萬丈〉波瀾萬丈
팔방미인 〈八方美人〉八面玲瓏
＊「八面玲瓏」帶有四面討好的負面
　意義。而韓文的팔방미인則是指毫
　無缺點，無所不能的完人，帶有正
　面意義。
평신저두 〈平身低頭〉卑躬屈膝
평온무사 〈平穩無事〉平安無事

【ㅎ】

하로동선 〈夏爐冬扇〉夏爐冬扇、不
　合時宜
한단지몽 〈邯鄲之夢〉邯鄲之夢
합종연횡 〈合從連橫〉合縱連橫
해로동혈 〈偕老同穴〉白頭偕老
행운유수 〈行雲流水〉行雲流水
허심탄회 〈虛心坦懷〉開誠布公
허허실실 〈虛虛實實〉虛虛實實
현모양처 〈賢母良妻〉賢妻良母
형설지공 〈螢雪之功〉勤奮苦學、映
雪囊螢
호방뇌락 〈豪放磊落〉光明磊落
호시탐탐 〈虎視眈眈〉虎視眈眈
호화현란 〈豪華絢爛〉豪華絢爛

탁상공론 〈卓上空論〉紙上談兵
태연자약 〈泰然自若〉泰然自若

포복절도 〈抱腹絕倒〉捧腹大笑
폭음폭식 〈暴飲暴食〉暴飲暴食
표리일체 〈表裏一體〉表裡如一
품행방정 〈品行方正〉品行端正
풍광명미 〈風光明媚〉風光明媚
풍기문란 〈風紀紊亂〉傷風敗俗
풍전등화 〈風前燈火〉風中殘燭
피로곤비 〈疲勞困憊〉疲勞困頓

화기애애 〈和氣靄靄〉和藹可親
화룡점정 〈畫龍點睛〉畫龍點睛
＊畫龍不點睛、功虧一簣：화룡점정
　을 놓치다。
화조풍월 〈花鳥風月〉風花雪月
황당무계 〈荒唐無稽〉荒誕無稽
회자정리 〈會者定離〉會者定離
＊佛教語，指相會後必定會離別。
후안무치 〈厚顏無恥〉厚顏無恥
훤훤효효 〈喧喧囂囂〉喧嘩吵鬧
훼예포폄 〈毀譽褒貶〉毀譽褒貶
흥미진진 〈興味津津〉興致勃勃
희로애락 〈喜怒哀樂〉喜怒哀樂

●俗語、慣用句

【ㄱ】

가는 말이 고와야 오는 말이 곱다 投桃報李、禮尚往來

＊字義是「去言美，來言也美」。

가정맹어호 苛政猛於虎

＊韓文譯為가혹한 정치는 호랑이보다 더 사납다<苛酷- 政治- 虎狼->

각주구검 刻舟求劍

간에 붙었다 쓸개에 붙었다 한다 牆頭草，兩邊倒

＊「一會兒往肝臟上靠，一會兒往膽囊上靠」，指立場搖擺不定的意思。

개구리 올챙이적 생각을 못한다 得了金邊碗，忘了叫街時

＊「青蛙記不得蝌蚪時的情景」，比喻環境變好後忘了過去的困頓。

개천에서 용나다 <- 川- 龍-> 歹竹出好筍

＊「田溝裡出蛟龍」的意思。

거자막추 〈去者莫追〉 逝者已矣

거자일소 〈去者日疎〉 去者日以疏

거짓말도 방편 〈- 方便〉 必要時，撒個小謊也無妨；善意的謊言；權宜之計

계구우후 〈鷄口牛後〉 寧為雞口，勿為牛後

고슴도치도 제 새끼가 함함하다며 좋다 한다 癩痢頭兒子還是自己的好

＊字義是「刺蝟也會說自己小孩的毛柔順」。

공자 앞에서 문자 쓴다 〈孔子- 文字〉 班門弄斧

＊字義是「孔子面前說論語」。번데기 앞에서 주름 잡는다（在蝶蛹前擠皺紋）。

공짜보다 비싼 것은 없다 免錢的最貴；拿人手短，吃人嘴軟

과부 사정은 과부가 안다 〈寡婦事情- 寡婦-〉 如人飲水，冷暖自知

＊字義是「寡婦的心情只有寡婦知」。

과유불급 過猶不及

과전불납리 〈瓜田不納履〉 瓜田李下

광음여시 〈光陰如矢〉 光陰似箭

구슬이 서말이라도 꿰어야 보배다 玉不琢，不成器

＊字義是「珍珠三斗，也要串起來才算寶貝」。

구하십시오. 그리하면 받을 것입니다 〈求-〉 一分耕耘，一分收穫

＊字義是「要先請求才能領受」。

군자교담약수 〈君子交淡若水〉 君子之交淡如水

귀여운 자식 매로 키운다 〈- 子息-〉 不打不成器

＊ 字義是「愛孩子要用鞭子教他」。

그림의 떡 水中月，鏡中花

＊比喻不實在的東西。

근주자적 近朱者赤

긁어 부스럼 (만들지 말라) 多一事不如少一事

＊字義是「腫起來的地方不要去抓，以免更嚴重」。

금강산도 식후경〈金剛山-食後景〉吃飯皇帝大、民以食為天

＊字義是「賞金剛山也是在飽食之後」。

금의환향 衣錦還鄉

길고 짧은 것은 대 보아야 안다 事實勝於雄辯

＊字義是「是長是短量了就知道」。

꾸어다 놓은 보릿자루 指在熱鬧場合中默不作聲靜靜待在一邊的人

＊「借來的麵粉袋」的意思。意指很多人在一起說話的時候，只有一個人被晾
在一邊插不進話。以前韓國農家相當貧窮，在存糧見底的春窮期（春窮
期），便會去向家裡還有足夠存糧的人家借麥子救急。貧窮的家中只有那袋
麥子與孤獨的自己相伴，便是這句話的由來。

꿀도 약이라면 쓰다〈-藥-〉良藥苦口

＊字義是「蜂蜜若當作藥用，也是苦的」。

꿩 먹고 알 먹는다 一舉兩得

＊字義是「吃了雉雞，蛋也下肚」。

【ㄴ】

낙숫물이 돌을 뚫는다 滴水穿石

날은 저물고 갈 길은 멀다 日暮途遠

남남북녀〈南男北女〉南俊男，北美女

＊韓國人認為南方出俊男，北方出美女。

남의 떡이 커 보인다 老婆是人家的好

＊字義是「別人的餅看起來較大」。

낫 놓고 기역자도 모른다〈-字-〉目不識丁

＊字義是「即使鐮刀放在眼前，卻連長得像鐮刀的ㄱ這個字都不知道怎麼唸」。

낮말은 새가 듣고 밤말은 쥐가 듣는다 隔牆有耳

＊字義是「白天說話有鳥聽，晚上說話有鼠聞」。

낳은 정보다 기른 정〈-情-情〉養育之恩重於生育之恩

너나없이 不分彼此

농담이 진담된다〈弄談-真談-〉弄假成真

누워서 떡먹기 輕而易舉

＊字義是「躺著吃餅」。同式是 죽 먹기（喝冷粥）。

눈 감으면 코 베어 간다 世道險惡

＊「閉上眼睛，鼻子會被割走」，意思是說不可以一時掉以輕心。

눈엣 가시 眼中釘，肉中刺

＊字義是「目中刺」。

늙어서는 자식의 뜻을 따르라〈-子息-〉老來從子

능서불택필〈能書不擇筆〉善書不擇筆

【ㄷ】

도토리 키재기 半斤八兩 、五十步笑百步
＊字義是「量橡子大小」。意即差異不大，無需相比。

독안에 든 쥐 甕中之鱉
＊字義是「跑進缸子裡的老鼠」。

돈만 있으면 귀신도 부릴 수 있다〈- 鬼神-〉有錢能使鬼推磨
＊字義是「只要有錢，就能使喚鬼神」。

돌다리도 두드려보고 건넌다 三思而後行
＊字義是「石橋也要敲後再過」。

동병상련〈同病相憐〉同病相憐

돼지에 진주〈- 真珠〉暴殄天物
＊出自《聖經》馬太福音「不要把你們的珍珠丟在豬前」；也有取相近意思的
　說法，개발에 편자（給狗釘蹄鐵）。

두 마리 토끼 잡으려다 모두 놓친다 魚與熊掌不可兼得
＊字義是「追兩隻兔子，結果一隻也抓不到」。

등잔 밑이 어둡다〈燈盞-〉當局者迷，旁觀者清
＊字義是「燈盞台下是最暗之處」。

등화 가친지절〈燈火可親之節〉燈火稍可親
＊出自韓愈《符讀書城南》，意指秋夜涼爽，不會覺得燭火很熱，是適合讀書
　的好季節。

떡 줄 사람은 생각지도 않는데 김칫국부터 마신다 一廂情願、自作多情
＊字義是「完全沒去想是否有人會發餅，就先喝了泡菜湯」。在韓國，若是搬到
　新家或家裡有喜事，為了和鄰居們打好關係，都會做一些年糕送給鄰居。這麼
　做其實還有一層涵義是要告訴街坊鄰居「我從別的地方搬過來」、「這個社區
　有新住戶搬進來了」、「我家有喜事，我把喜氣分享給大家，讓大家沾沾喜氣」。

똥 묻은 개가 겨 묻은 개 나무란다 龜笑鱉無尾
＊字義是「沾了屎的狗嫌棄沾了米糠的狗」。

뛰는 놈 위에 나는 놈 있다 人外有人，天外有天
＊字義是「在跳的人頭上有飛的人」。

【ㅁ】

만사휴의〈萬事休矣〉萬事皆休

먼 사촌보다 가까운 이웃이 낫다〈- 四寸-〉遠親不如近鄰

모난 돌이 정 맞는다 人怕出名豬怕肥、樹大招風、槍打出頭鳥
＊정：鑿子／字義是「有稜角的石頭被敲」。

모르는 것이 약이다〈- 藥-〉無知便是福
＊字義是「不知道是藥」。

못된 송아지 엉덩이에 뿔난다 越是不成器的人，越愛惹事生非
＊字義是「不成材的小牛，屁股上長角」。意指醜人多作怪。

문경지교 刎頸之交

문전성시〈門前成市〉門庭若市
문정지경중〈問鼎之輕重〉問鼎輕重、妄圖奪取天下
물은 건너 봐야 알고, 사람은 겪어 봐야 안다 日久見人心
＊字義是「水深要涉渡過才知道，人心要交往之後才了解」。
미꾸라지 천 년에 용 된다〈- 千年龍-〉多年媳婦熬成婆、苦盡甘來
＊字義是「泥鰍千年也變龍」。
믿는 도끼에 제 발등 찍힌다 養虎為患、恩將仇報
＊字義是「被相信、熟悉的斧頭砍到腳背」。

【ㅂ】
배수진〈背水陣〉背水一戰、破釜沉舟
＊佈下背水之陣：배수진을 치다。比喻沒有退路，勇往直前。
배우기보다 익혀라 熟能生巧、實作比空談理論重要
＊字義是「動口不如動手」。
배은망덕〈背恩忘德〉忘恩負義、背信棄義
백년하청〈百年河清〉河清難俟
백문이불여일견〈百聞而不如一見〉百聞不如一見
백발삼천장〈白髮三千丈〉白髮三千丈
백아절현〈伯牙絕絃〉伯牙絕絃
백약지장〈百藥之長〉百藥之長
뱁새가 황새 쫓다 가랑이 찢어진다 東施效顰
＊字義是「棕頭鴉雀追東方白鸛，結果屁股開花」。
범 없는 골에는 토끼가 스승 閻王不在，小鬼當家、山中無老虎，猴子稱大王
＊字義是「谷中無虎，兔子稱王」。
범에 날개 如虎添翼
＊翻譯成韓文為범에 날개를 달아준 듯。
병이 고황에 들다〈病- 膏肓-〉病入膏肓
복수불반분〈覆水不返盆〉覆水難收
＊翻譯為韓文為엎질러진 물은 다시 담을 수 없다。
부부싸움은 칼로 물 베기〈夫婦-〉夫妻吵架，床頭吵床尾和
＊字義是「夫妻吵架如刀子割水」。
부전자전〈父傳子傳〉有其父必有其子
불입호혈 부득호자〈不入虎穴 不得虎子〉不入虎穴，焉得虎子
＊譯成韓文為산에 가야 범을 잡지（必須走到山裡，才能捉到老虎）。
비 온 뒤에 땅이 굳어진다 不經一番寒徹骨，焉得梅花撲鼻香
＊字義為「降雨後的地面更堅固」，因為泥濘地晴天後會變得乾硬，比喻歷經
　試煉而堅強。
비육지탄〈髀肉之嘆〉蹉跎歲月、沒有建樹
빈자일등〈貧者一燈〉貧者的一燈勝過長者的萬燈

【ㅅ】

사공이 많으면 배가 산으로 간다 〈沙工- 山-〉人多口雜、三個和尚沒水喝
＊字義是「船夫多，船也上山」。

사는 개가 죽은 정승보다 낫다 〈- 政丞-〉留得青山在，不怕沒柴燒
＊字義是「活著的狗，比死掉的宰相來得好」。

사후약방문 〈死後藥方文〉事後諸葛、無濟於事
＊약방문是處方箋的意思。意指死後開出的處方箋。也可以說行次後의 나팔
　　<行次後-喇叭>（大人巡視後才吹的喇叭）。

산 넘어 산 〈山- 山〉一波未平，一波又起、前路艱難遙遠
＊字義是「一山過了又一山」。也可以說갈 수록 태산이다<-泰山->。

산전수전 다 겪었다 〈山戰水戰-〉薑是老的辣、老謀深算、身經百戰、經驗豐富
＊指「歷經山、水大小戰役」的意思。

삼십육계 주위상계 〈三十六計 走為上計〉三十六計，走為上策

서당 개 삼년이면 풍월을 읊는다 〈書堂- 三年- 風月-〉耳濡目染、潛移默化
＊字義是「私塾養的狗，三年之後也能吟詩」。

서방이 미우면 그 자식도 밉다 〈書房- 子息-〉惡其餘胥
＊字義是「討厭丈夫，連孩子也看不順眼」。

선수를 쓰면 남을 이길 수 있다 〈先手-〉先發制人

세살 버릇 여든까지 간　從小看大、三歲看老、江山易改本性難移
＊字義是「三歲的習慣會持續到八十歲」。

세월은 사람을 기다려 주지 않는다 〈歲月-〉歲月不待人

소 잃고 외양간 고친다 〈- 餵養間-〉臨渴掘井、臨時抱佛腳
＊字義是「丟了牛，才去修牛舍」。

소년이로학난성 少年易老學難成
＊韓文譯為소년은 늙기 쉽고 학문은 배우기 어렵다。

소문난 잔치에 먹을 것 없다 〈所聞-〉有名無實
＊字義是「著名宴會上的菜，沒一道好吃」。

소문만복래 〈笑門萬福來〉和氣生財

소인은 한가하면 자칫 나쁜 짓을 한다 〈小人- 閑暇-〉小人閒居為不善

손뼉도 마주쳐야 난다 一個巴掌拍不響
＊字義是「兩個手掌也要相合才會發出聲音」。

쇠귀에 경 읽기 〈- 經-〉對牛彈琴
＊쇠귀：牛的耳朵，字義是「對著牛耳朵唸經」。

쇠뿔은 단김에 빼라 機不可失、打鐵趁熱
＊字義是「牛角要趁熱拔掉」。

수청무대어 〈水清無大魚〉水至清則無魚，人至察則無徒

시간은 금이다 〈時間- 金〉時間就是金錢

시작이 반이다 〈始作- 半-〉好的開始是成功的一半、萬事起頭難
＊字義是「開始就是一半」。

시장이 반찬이다 〈- 飯饌-〉飢不擇食

십 년이면 강산도 변한다 〈十年- 江山- 變-〉十年河東，十年河西

＊字義是「過了十年，山川都會改變」。

싼 게 비지떡 便宜沒好貨

＊字義是「便宜的餅是豆腐渣做的」。

썩어도 준치 品質好的不管怎樣仍舊是好的

＊ 준치是曹白魚。字義是「腐爛了也是曹白魚」。

【ㅇ】

아내 나쁜 것은 백 년 원수 〈- 百年怨讐〉娶了懶媳婦，窮了一輩子

＊字義是「惡妻是百年怨仇」。

아니 땐 굴뚝에 연기 날까 〈- 煙氣-〉無風不起浪

＊字義是「沒有點火的灶不會有煙」。

아닌 밤중에 홍두깨 沒頭沒腦的

＊字義是「大白天出現的搗衣棒」。搗衣棒用於打平漿衣，普通在夜間進行，
並等候夜歸丈夫，在注重婦女守節時代，寡婦不得再嫁，因本能關係期待有
男人夜晚出現將其背走，因搗衣棒狀似男性性器，故藉此暗指「男人」，而
搗衣棒不在夜間出現故令人驚愕，喻指「突如其來的事情」，轉指「意外發
生的事」。

악담은 덕담이다 〈惡談- 德談-〉壞話就是好話

＊字義是「中傷的話亦是好話」。有聽到中傷他人的話反而是對自己的警惕的
意思。譬如網路上流行的心靈毒雞湯。

악사천리 〈惡事千里〉壞事傳千里

악화가 양화를 구축한다 〈惡貨- 良貨- 驅逐-〉劣幣驅逐良幣

양반은 냉수를 먹고도 이를 쑤신다 〈兩班- 冷水-〉打腫臉充胖子

＊字義是「兩班只喝水也要剔牙」。

언 발에 오줌 누기 飲鴆止渴

＊「在凍僵的腿上撒尿」，比喻只能得到暫時效果，結果卻更加惡化。

엎친데 덮친다 屋漏偏逢連夜雨；福無雙至，禍不單行

＊ 字義是「倒下又撲了上去」。

연목구어 緣木求魚

연작이 어찌 홍곡의 뜻을 알랴 〈燕雀- 鴻鵠-〉燕雀安知鴻鵠之志

열 재주 가진 놈이 밥 굶는다 鼫鼠五技而窮

＊字義是「擁有十種才藝的人挨餓」。

영웅은 색을 좋아한다 〈英雄- 色-〉英雄難過美人關

오는 정이 있어야 가는 정이 있다 〈- 情- 情-〉人心換人心，八兩換半斤

＊ 字義是「來者有情，去者有情」。

오십보백보 〈五十步百步〉五十步笑百步

옥에 티 〈玉-〉瑕不掩瑜、玉中也會有小瑕疵

옷이 날개 人要衣裝，佛要金裝

＊ 字義是「衣服是翅膀」。
외기러기의 짝사랑 落花有意，流水無情
＊외기러기는 指孤雁，字義是「孤雁的單相思」。
우공이산 愚公移山
우물안 개구리 井底之蛙
우이를 잡다〈牛耳-〉執牛耳
원숭이도 나무에서 떨어진다 智者千慮，必有一失；人有失足，馬有亂蹄
＊字義是「猴子也會從樹上掉下來」。
원한이 뼈에 사무치다〈怨恨-〉恨之入骨
유비무환 有備無患
유유상종〈類類相從〉物以類聚，人以群分
유종지미〈有終之美〉有始有終
＊ 畫下完美的句點：유종지미를 장신하다<-裝飾->
읍참마속〈泣斬馬謖〉揮淚斬馬謖
의사 제병 못 고친다〈醫師- 病-〉盧醫不自醫
＊字義是「醫師治不了自己的病」。
의식이 족해야 예절을 차릴 줄 안다〈衣食- 足- 禮節-〉
衣食足而後知榮辱，倉廩實而後知禮義
이기면 충신 , 지면 역적〈- 忠臣- 逆賊〉勝者為王，敗者為寇
이열치열〈以熱治熱〉以毒攻毒
이하부정관〈李下不正冠〉瓜田李下
인간 만사 새옹지마〈人間萬事塞翁之馬〉塞翁失馬焉知非福
일맥상통〈一脈相通〉一脈相承
일엽낙천하지추〈一葉落天下知秋〉一葉知秋
일일여삼추〈一日如三秋〉一日不見，如隔三秋
일패도지〈一敗塗地〉一敗塗地

【ㅈ】
자승자박〈自繩自縛〉咎由自取
＊意同자업자득<自業自得>。
자식은 애물단지〈子息- 物-〉子女是債
＊字義是「孩子是煩惱之物」。
작은 고추가 맵다 人不可貌相
＊字義是「辣椒是小的辣」。比喻不要輕忽外貌不揚的人或物。
전화위복〈轉禍為福〉大難不死必有後福
젊어서 고생은 돈 주고 사서도 한다〈- 苦生-〉寧吃少年苦，不受老來貧
＊字義是「年輕的時候，即使花錢也要買苦來吃」。
정들면 고향〈情- 故鄉〉日久他鄉變故鄉、久居則安
＊字義是「有感情即故鄉」。
정신일도하사불성〈精神一到何事不成〉精誠所至，金石為開；有志者事竟成

補充資料　俗語、慣用句

제 눈에 안경 〈- 眼鏡〉情人眼裡出西施
* 字義是「自己的眼鏡」，意為自己的眼鏡只適合自己用。自己看順眼的人，
  別人不一定喜歡。
조문도석사가의 〈朝聞道夕死可矣〉朝聞道，夕死可矣
종로에서 뺨 맞고 한강에 가서 눈 흘긴다 〈鍾路- 漢江-〉敢怒不敢言
* 字義是「在鍾路被人打了臉，到了漢江狠狠瞪回去」。
중원축록 〈中原逐鹿〉逐鹿中原
쥐 구멍에도 볕들 날이 있다 柳暗花明、風水輪流轉
*字義是「老鼠窩也有照到陽光的一天」。
지렁이도 밟으면 꿈틀한다 脾氣再好的人也會生氣
*지렁이：蚯蚓。字義是「蚯蚓被踩一腳也會抽動」，比喻微不足道者也會反
  抗。
진인사대천명 〈盡人事待天命〉盡人事聽天命
징열갱이 취회혜 〈懲熱羹而吹膾兮〉一朝被蛇咬，十年怕草繩；被熱羹燙過的
  人，連涼菜也要吹吹再吃
*也會說 자라 보고 놀란 가슴 솥뚜껑 보고 놀란다 (被鱉嚇到之後，見到鍋蓋
  也會怕)。
짚신도 짝이 있다 每個人都有自己的另一半
* 字義是「草鞋也有配對」，意思是怨嘆自己沒有對象。

【ㅊ】
천고마비 〈天高馬肥〉秋高氣爽
천리 길도 한 걸음부터 〈千里-〉千里之行始於足下
천양지차 〈天壤之差〉天壤之別
천정부지 〈天井不知〉無邊無際
* 一般是使用 천정부지로。無止境地飛漲的物價：천정부지로 치솟는 물가。
청산유수 〈青山流水〉口若懸河
청출어람 〈青出於藍〉青出於藍而勝於藍
청탁병탄 〈清濁竝吞〉海納百川、有容乃大、兼容並蓄
춘면 불각효 〈春眠不覺曉〉春眠不覺曉
친구 따라 강남 간다 〈親舊- 江南-〉人云亦云
* 字義是「跟著朋友去江南」。指沒有主見，隨人行動。這裡所說的江南是指
  中國的揚子江以南，而不是現今韓國首爾的江南。
칠전팔기 〈七顚八起〉百折不撓

【ㅋ】
콩 심은 데 콩 나고 팥 심은 데 팥 난다 種瓜得瓜，種豆得豆
* 字義是「種黃豆得黃豆，種紅豆得紅豆」。
키 크고 싱겁지 않은 사람은 없다 十個大個兒九個笨
*字義是「個頭高的人都很乏味」。

【ㅌ】

태산명동서일필 〈泰山鳴動鼠一匹〉雷聲大雨點小

티끌 모아 태산 〈- 泰山〉積土成山、聚沙成塔

＊字義是「塵堆積而形成泰山」。

【ㅍ】

파죽지세 〈**破竹之勢**〉勢如破竹

패장은 군사를 말하지 않는다 〈**敗將- 軍事-**〉敗軍之將，不可言勇

필부지용 〈**匹夫之勇**〉匹夫之勇

【ㅎ】

하나를 들으면 열을 안다 聞一知十、舉一反三

하늘은 스스로 돕는 자를 돕는다 〈- 者-〉天助自助者

호가호위 狐假虎威

호랑이도 제말하면 온다 〈**虎狼-**〉說曹操曹操就到

＊ 字義是「老虎也是說到他就來了」。

호박이 넝쿨째 굴러 들어온다 〈**胡-**〉喜從天降

＊ 字義是「南瓜連藤蔓也一起滾了過來」。

호사유피인사유명 虎死留皮，人死留名

혹 떼러 갔다가 혹을 붙여 온다 賠了夫人又折兵

＊字義為「去摘腫瘤，卻多帶了腫瘤回來」。

회자정리 〈**會者定離**〉天下沒有不散的筵席；相會者終有一天將離去

후회막급 後悔莫及

補充資料 俗語、慣用句

索引

索引

數字・英文字母・ㄅ

索引
ㄅ

1011

索引

ㄆ

1014

索引
ㄈ

索引
ㄈ・ㄉ

索引

ㄉ

索引

ㄉ・ㄊ

索引

ㄊ

1040

索引

ㄌ

索引

ㄌ
·
ㄍ

ㄏ

1053

ㄏ
索
引

索引

ㄏ

索引

ㄐ
ㄐ

1064

索引

ㄐ・ㄑ

1074

ㄔ

索引

ㄔ

索引
ㄔ·ㄕ

索引

ㄕ

ㄖ

索引

ㄗ・ㄘ

索引

ㄊ・ㄞ・ㄠ・ㄡ・ㄢ・ㄣ・ㄤ・ㄦ・一

索引
一

史上最強韓語叢書推薦

韓語學習者必備用書，最專業、最完善的學習教材
針對單科分門別類撰寫的史上最強韓語系列套書
讓你可以依照目前的學習狀況挑選最適合自己的輔助教材！

作者：李昌圭
定價：399 元

作者：申賢貞、李垠定
定價：550 元

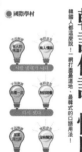

作者：曹喜澈
定價：399 元

作者：金喜卿、吳美程、
　　　李惠鏞
定價：550 元

作者：韓厚英、鄭寶永
價格：599 元

作者：今井久美雄
原價：1200 元，特價 699 元

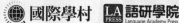

台灣廣廈 國際出版集團
Taiwan Mansion International Group

國家圖書館出版品預行編目（CIP）資料

全新！史上最強韓語單字／今井久美雄 著.
-- 初版. -- 新北市：國際學村, 2019.01
面； 公分
ISBN 978-986-454-092-1
1.韓語 2.詞彙

803.22 107017355

國際學村

全新！史上最強韓語單字
從初學入門到專業譯者都需要的10000個超詳細單字書

作　　　者／今井久美雄	編輯中心編輯長／伍峻宏・編輯／邱麗儒
審　　　訂／楊人從	封面設計／林珈伃・內頁排版／菩薩蠻數位文化有限公司
翻　　　譯／胡佩萱、洪嘉穗	製版・印刷・裝訂・壓片／東豪・弼聖・紘億・明和・超群

行企研發中心總監／陳冠蒨　　　　線上學習中心總監／陳冠蒨
媒體公關組／陳柔彣　　　　　　　數位營運組／顏佑婷
綜合業務組／何欣穎　　　　　　　企製開發組／江季珊、張哲剛

發　行　人／江媛珍
法律顧問／第一國際法律事務所 余淑杏律師・北辰著作權事務所 蕭雄淋律師
出　　版／國際學村
發　　行／台灣廣廈有聲圖書有限公司
　　　　　地址：新北市235中和區中山路二段359巷7號2樓
　　　　　電話：（886）2-2225-5777・傳真：（886）2-2225-8052
讀者服務信箱／cs@booknews.com.tw

代理印務・全球總經銷／知遠文化事業有限公司
　　　　　地址：新北市222深坑區北深路三段155巷25號5樓
　　　　　電話：（886）2-2664-8800・傳真：（886）2-2664-8801
郵政劃撥／劃撥帳號：18836722
　　　　　劃撥戶名：知遠文化事業有限公司（※單次購書金額未達1000元，請另付70元郵資。）

■出版日期：2019年1月　　ISBN：978-986-454-092-1
　　　　　2024年1月4刷　　版權所有，未經同意不得重製、轉載、翻印。